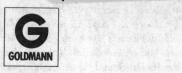

Ingeborg Drewitz (1923–1986) veröffentlichte Dramen, Romane, Erzählungen, Essays, Hörspiele sowie die erste umfassende Biographie der Bettine von Arnim. Sie war Mitarbeiterin vieler Zeitschriften, Mitbegründerin des »Verbandes deutscher Schriftsteller« (VS) in der IG Druck und Papier und Vizepräsidentin des PEN-Zentrums der Bundesrepublik Deutschland.

Außer dem vorliegenden Band sind von Ingeborg Drewitz als Goldmann-Taschenbücher erschienen:

Das Hochhaus. Roman (3825)
Bettine von Arnim. Eine Biographie (9328)

INGEBORG DREWITZ

Gestern war Heute

Hundert Jahre Gegenwart

Roman

GOLDMANN VERLAG

Ungekürzte Ausgabe
Umschlagbild: Blick auf den Kurfürstendamm
und die Kaiser-Wilhelm-Gedächtniskirche
in Berlin. Koloriertes Foto, um 1925

Der Goldmann Verlag
ist ein Unternehmen der Verlagsgruppe Bertelsmann

Made in Germany · 11. Auflage · 1/93
Genehmigte Taschenbuchausgabe
© 1978 by Claassen Verlag GmbH, Düsseldorf
Umschlagentwurf: Design Team München
Umschlagfoto: Archiv für Kunst und Geschichte, Berlin
Druck: Elsnerdruck, Berlin
Verlagsnummer: 3934
MV · Herstellung: Peter Papenbrok/sc
ISBN 3-442-03934-7

Inhaltsverzeichnis

I.

Geburt
1923

1.

Sie streckt ihre Hand aus, eine knochige, schmale Hand, die Haut ist braungefleckt und durchscheinend und knittert über dem Aderngeflecht wie Seidenpapier. Achtzig Jahre alt. Sie sieht ihre Hand an. Das Licht der Petroleumlampe glättet die Schatten zwischen den Mittelhandknochen. Sie soll nicht die Petroleumlampe benutzen, sagen alle in der Familie. Sie könnte stürzen. Und wie leicht brennt der alte Zunder in ihrem Zimmer! sagen sie.
Alter Zunder.
Sie sieht zärtlich zu dem Sofa, unter dem Schutzbezug, der Plüsch noch wie neu, weiß sie, dunkelroter Plüsch. Die werden Augen machen, wenn's einmal so weit ist. Aber heute sind sie beschäftigt. Sie hört eilige Schritte auf dem Korridor und das Stäkern im Küchenherd und wie das Wasser in den Kessel prasselt. Und manchmal Stöhnen. Im Nebenzimmer liegt Susanne in den Wehen, die Enkelin. Sie weiß noch, wie die geboren wurde. Damals hat sie geholfen. Damals hat sie das Wasser heiß gemacht und den Kaffee für die Hebamme gebrüht und sich über den Gustav geärgert, weil der so aufgeregt war, am Fenster stand und trommelte und Lieschen, Lieschen flüsterte und Lieschen ja wirklich fast nicht mehr aufgestanden wäre vom Kindbettfieber, nachher.
Die Hand unter der Lampe entspannt sich. Sie denkt daran, wie die Hand sich um den Hinterkopf des Säuglings gelegt hat, behutsam, um ihn zu stützen. Aber das war nicht Susanne, die sie so gehalten hat, das kleine Gesichtchen an die Brust geschmiegt. Die Hand war jung und straff, die Brust war prall und schwer von der Milch. Sie

stand an der Wohnungstür und sah dem Mann nach, wie er die Treppe hinunterging, sich am Treppenabsatz umwandte, eine Kußhand warf und der Tag so lang war bis zu dem Augenblick mittags, wenn sie ihm das Essen ans Fabriktor brachte. Da war er immer kurz angebunden, als schämte er sich seiner Zärtlichkeit, sah nicht auf Paul, den sie an der Hand hatte, sah nicht auf Lieschen. Sie weiß, es wird noch lange dauern. Die erste Geburt und Susanne ist nicht so robust, genausowenig wie es Lieschen war damals, als es soweit war. Es wird die Nacht hingehen, weiß sie, sie haben die Hebamme viel zu früh geholt. Aber Lieschen wird ihr sicher Kaffee machen, und Streuselkuchen ist auch noch da von Weihnachten, ein bißchen hart schon, die Frau kann ja stippen, hat Zeit genug, wenn sie die Gummitücher ausgebreitet und das Schamhaar rasiert hat. Kann auch nur warten und ein bißchen trösten und Ratschläge geben. Tief atmen, nicht schon pressen, noch nicht, tief durchatmen, keine Angst haben, das Kind liegt gut! kann dasitzen und erzählen, wie's bei anderen Frauen ist und wenn die nächste Wehe kommt wieder Ratschläge geben. Die Hand unter der Lampe zuckt, nicht ungeduldig, nur erschöpft von der ungewohnten Haltung, vom Körper weggespreizt, untätig. Die Lampenglocke klirrt leise. Sie soll die Petroleumlampe nicht benutzen, sie könnte stürzen und wie leicht brennt der alte Zunder! Sie sieht die Flammen aufzüngeln aus dem trockenen Holz, und ein Zimmer weiter wird das Kind geboren. Sie kichert, als sie sichs vorstellt, wie sie die Tür aufstoßen, ihre Kleider haben schon Feuer gefangen. Mutter! werden sie schreien, Mutter! ihr die Kleider vom Leibe zerren, den Teppich über die Möbel werfen, nach den Bildern in den alten hölzernen Rahmen greifen, das Porzellan packen und den Regulator von der Wand reißen, die Blechschachtel mit dem Geld werden sie nicht finden, die nicht!

Sie wird wichtig sein, mit einemmal wichtiger als das Kind, das geboren werden soll, sie werden sie in die Küche schleifen, die Flammen austreten. Um sie besorgt sein. Sie kichert. Ein alter Mensch ist zu nichts nutze, sagen sie, hat gelebt, lange genug gelebt ein unnützer Esser. Warum muß der Mensch essen? Sie nimmt die Hand in den Schoß zurück, in den Schatten, den der Tisch wirft, schiebt sie dicht an die rechte Hand, die ganz kalt ist auf der kalten Seidenschürze, der Festtagsschürze, die sie umgebunden hat für diese Nacht.

2.

Er sieht seinen Schatten auf der Hauswand gegenüber. Er hat das Deckenlicht eingeschaltet und den Vorhang beiseite geschoben und steht hinterm Fenster, die Stirn ans Glas gelehnt, wie auf das Fensterkreuz gepfählt, wenn er dem Schatten glaubt. Er starrt auf die Wand, läßt sich ansaugen von dem Schatten, Traumbild, das er nicht greifen kann, nicht verscheuchen kann, solange er dasteht vor dem hell erleuchteten Zimmer hinter sich.

Ein Mann ist unnütz, wenn ein Kind geboren wird. Bleib du draußen, hat seine Frau gesagt, du mit deiner Unrast! Das war abends, als die Tochter sich hingelegt hat, weil es soweit war. Weil die Wehen eingesetzt haben. Die Wohnung ist eng genug, drei Generationen, und wenn das Kind da ist, vier. Aber nicht deshalb die Angst. Die ist alt in ihm, ist immer wieder gekommen, seit er damals am Görlitzer Bahnhof zwischen Vater und Mutter, den Geschwistern und Kisten und Pappkartons gestanden hatte, nasser Schnee, eilige Leute, keiner kannte sie, und Vater sagte: wir werden schon leben. Läben, sagte er, schlesisch, weich, die Hände über den schäbigen Rock gefaltet, die hellbraunen Augen auf den Bahnhofsvorplatz gerichtet. Über die Kinder hinweg, über die Frau hinweg. Sind doch so viele weg nach Berlin! Kurt war nicht am Bahnhof gewesen, und hatte doch dem Vater geschrieben, wie gut man hier weiterkäme in der Reichshauptstadt bei Borsig oder bei Loewe – du kannst ja was; ein Schmied, ich seh dich die Pferde beschlagen, das Eisen biegen, hatte er geschrieben. Anderntags wußten sie, daß er krank war, hatten ihn gesucht nach der Nacht im Gasthaus, Mutter hatte kein Auge zugetan wegen der Kosten, hatten Kurt gefunden, wo er da wohnte zum Hof raus im Keller, Blut spuckte, einer aus dem Dorf, Vaters Pate. Du kannst ja was, ein Schmied!

Er hat die Angst nicht vergessen.

Kurt lebte noch drei, vier Jahre, und zeigte den Kindern die Taler, die er gesammelt hatte, zwei Briefumschläge voll. Wenn ich alt werde, kaufe ich mir einen Garten. Kurt wurde nicht alt, und die Taler, auf die Kinder verteilt, waren kein Reichtum. Die Mutter brachte die Taler zur Sparkasse. Was soll man auch tun mit dem Geld, das für einen Garten nicht reicht! Sie sahen auf den Hof. Da gab es einen hochgeschossenen Fliederbusch, der im Mai blühte. Vater nahm seinen Schemel auf den Hof, und wenn er sang, kamen immer welche, die mit ihm sangen. Von Brunnen und Bäumen und Bergen und Wiesen, von Liebe und Tod und Morgenröte. Tod gab es. Sein Zwillingsbruder erstickte an der Diphtherie. Aber es gab auch Leben, blutige Wäsche und das Kreischen der Frauen. Er wußte nicht, warum ihm seine Mutter zuwider war, wenn sie die Brust zum Stillen aus der Bluse nahm? Er wußte nicht, warum ihn die kleinen Geschwister störten, die in der Küche herumkrochen, plapperten, schrien, stanken. Leben war Unruhe, war Schmutz, war Sorge. Als Vater auf seinem Schemel auf dem Hof saß und nicht sang, und die anderen, die um den Hof herumwohnten, in Gruppen zusammenstanden und einer was von Schiffskarten sagte und von Amerika, und Vater dann mit den anderen wegging und ihn stehen ließ, einen kleinen, zehnjährigen Jungen, hatte ihn die Mutter in die Küche geholt und sie hatten gewartet, weil er der Große war, weil er der Mutter schon zuhören konnte. Da hat jemand den Kaiser umbringen wollen. Nobiling, merk dir den Namen! Oder besser nicht! Vielleicht müssen wir fort.

Er hat die Angst nicht vergessen, irgendwo dazustehen, zwischen den Eltern und Geschwistern, den Kisten und Kartons, nasser Schnee. Amerika oder Berlin, keine Wiesen, in denen man bis zu den Hüften in Blumen versinkt, keine Bäche, durch die man mit hochgekrempelten Hosen waten kann...

Er starrt auf die Wand, eine Hauswand mit bröckelndem Putz, eine bizarre Landkarte, weglos.

Sie haben ihn stehen lassen damals, weil er sich weigerte, ein Gedicht für den Sedantag zu lernen; weil er vom Vater anderes wußte über Paris, über die Franzosen, über den Aufstand, den sie gemacht hatten, nachdem ihr Kaiser Sedan verloren hatte, und weil sein Vater gesagt hatte, auch der deutsche Kaiser wird sein Sedan haben. Der Lehrer hörte nicht zu, der Lehrherr hörte nicht zu, brachte ihm Buchführung bei, du bist doch einer, der Zukunft hat, wer wird so reden! Beim Militär mieden ihn die Kameraden, weil er ein Stiller war, weil er an Mutter dachte, die zweimal in der Woche waschen ging und die jüngsten Geschwister mitnahm, denn Vater brachte nicht genug heim für die achtköpfige Familie. Kartoffeln, die in der Schale kochten, Kohl und süßliche Rüben, Brennsuppe und Gerstenkaffee mit Milch, Gerüche der Kindheit, Gerüche der Jugend; Urin und der Katzengeruch der Mädchen. Wie müde er schon mit einundzwanzig war! Du mußt hier weg, sagte die Mutter und brauchte ihn doch, das Geld, das er abgab, seit er als Buchhalter für eine Baufirma arbeitete. Sie wusch seine Hemden und stärkte die Hemdbrust und bügelte sie, stolz, daß er jeden Morgen eine halbe Stunde später als der Vater zur Arbeit gehen mußte, daß er was besseres geworden war.

Er mag nicht daran denken, auch nicht an ihren Tod auf der Treppe, zusammengebrochen und aus, der Sack mit den Kartoffeln aus der Hand geglitten. Und wie der Vater mit den Geschwistern zurückblieb am Grab, als die Leute aus dem Haus schon gegangen waren. Auch er. Weil er weg wollte, irgendwohin, wo das Leben anfing, wo er kein Stiller war, wo sie ihm zuhörten vielleicht...

Er starrt auf die Wand gegenüber, sieht, wie sich der Schatten zusammenkrümmt, die Arme hebt – nein, das Bild stimmt nicht, es ist ihm ja nicht gelungen, sich vom Pfahl loszureißen. Seine Landkarte ist weglos geblieben, bizarr und unerschlossen. Und er hört das Stöhnen, das Gerede der Frauen, wie ers von Kind an gehört hat, vom Bett der Mutter her, aus der Nachbarwohnung, aus der Wohnung eine Treppe höher und eine Treppe tiefer, dieser Zwang zu gebären – freut euch, ein neuer Mensch! – seine Mutter trug jeden Namen in die Bibel ein. Mein lieber Sohn, schrieb sie nach dem Tod des Zwillingsbruders neben das Kreuz, das sie hinter seinen Namen setzte, als wäre das selbstverständlich, das Leben, das Sterben, der Blick auf den Hof, die weglosen Landkarten aus bröckelndem Putz, das fischige Blau oder Grau über den Dächern.

Damals vom Kirchhof weg war er bis Hamburg gekommen, hatte im Hafen gearbeitet. Er hätte nicht zurückkehren sollen. Was gingen ihn Vater und die Geschwister an? Als er wieder auf dem Hof stand, die bekannten Gerüche, Kartoffeln, Kohl, Rüben und Windeln, immer in Seifenlauge kochende Windeln, da war etwas vorbei, Teergeruch und der Geruch vom Fluß, in den der Seewind steht, Schnaps- und Schweißgeruch der Männer, Öl und Tabak. Der Vater saß mit den Geschwistern um den Tisch, sie pellten die heißen Kartoffeln, und Vater hatte einen Hering auf dem Teller. Er setzte sich dazu. Er nahm sich Kartoffeln aus der Schüssel. Sie redeten nicht davon, daß er weggewesen war, daß er ohne weiße Hemdbrust zurückgekommen war. Mutter war tot. Sie hätte es ihm vielleicht vorgehalten. In der Baufirma machte ein anderer die Buchhaltung. Aber einer, der rechnen konnte, galt ja was. Wir werden schon läben. Aber er sagte das nicht, dachte das nicht, wollte das Schlesische vergessen, ging tanzen im Sommer, helle Berliner Juninächte, für Augenblicke kein fischiger Himmel, verstand den Vater nicht mehr, der Parteiversammlungen besuchte. Aber er gab wieder ab von seinem Gehalt, zwei Schwestern verdingten sich in Haushalten im Westen der Stadt, Aufgang für Dienstboten. Es genierte ihn, als er Luise besuchte, wollte sie doch nur einladen zu seiner Hochzeit mit Fräulein Alice, deren Vater Werkmeister war und die einen Bruder hatte, der in Paris studierte. Weil von der Dame des Hauses geläutet wurde, mußte er in der Küche auf Luise warten. Teezeit! du kannst nich einfach so kommen! Ein bißchen traurig sah sie aus, aber sie hatte zugenommen. Zu Martha ging er gar nicht erst hin, schrieb ihr einen Brief mit der Einladung auf Firmenpapier, fragte an, ob sie auch so gut verpflegt werde wie Luise, verstand seinen Vater noch immer nicht.
Zur Hochzeit hatte der Schwager eine Pendule aus Paris geschickt. Die Braut hatte eine vollständige Aussteuer erhalten wie eine Bürgers- oder Bauerntochter, genäht und bestickt von ihrer Mutter. Die alte Frau babbelt noch manchmal von den Hohlsäumen, wenn ihr das Essen nicht schmeckt oder wenn er kurz angebunden ist bei Tisch, weil ihn der Uringeruch der alten Frau ekelt und ihr übermäßiger Appetit.

Bei der Hochzeit war er der höfliche Schwiegersohn, und sein Vater in dem zu engen Gehrock war stolz auf ihn, sagte es auch, als er das Glas auf das Brautpaar hob. Luise kicherte, und Martha machte sich mit den kleineren Geschwistern zu schaffen. Sie machten Pläne, sie hatten Wünsche, eine Reise nach Wilhelmshagen, wo sich im Sand der Gosener Berge tollen ließ, wenn man nur ein Stück weit ging; ein Stück Garten, wenn sies ersparen konnten. Erdbeeren, ich möchte gern die Senker richten, sagte Martha, und Luise dachte ans Einkochen sommers. Der Schwiegervater und ein paar Herren sangen, und Vater erinnerte sich, sang mit von Brunnen und Bäumen und Bergen und Wiesen.

Nebenan Stöhnen und langgezogenes Wimmern. Er will nicht hinhören, das Wimmern nicht hören, weil er nicht trösten kann, weil ers nicht verstehen will, daß es so weitergeht: Gebären, gebären. Hatte er nicht mit der Tochter gerechnet? Ein Mädchen, dunkelhaarig wie seine Frau Alice, wie sein Schwager Paul, wie sein Schwiegervater, der Werkmeister, der noch den polnischen Akzent hatte von der Kindheit her. Weil die Töchter in den Familien, für die Luise und Martha arbeiteten, Klavierspielen lernten, weil die Tochter seines Chefs Klavierspielen lernte, legte er Monat für Monat Geld zurück und konnte Susanne zu ihrem siebenten Geburtstag ein Klavier schenken. Er sieht sie noch mit dem Zeigefinger eine Taste anschlagen, dem Ton nachhorchen, eine zweite Taste anschlagen, den Mund vor Staunen offen. Seine Angst war zurückgeblieben – Bahnhofsvorplatz, nasser Schnee, Vater, Mutter, die Geschwister, Kartons und Kisten und niemand, der wartet.

Susanne würde es schaffen, würde die Welt entdecken, geachtet sein, geliebt, verehrt, in Hoteletagen wohnen, nicht mehr den Kleinen-Leute-Geruch in den Kleidern haben. Er griff ihr mit den Fingern ins lange, offene Haar. Es kränkte ihn nicht mehr, Buchhalter eines Immobilienmaklers zu sein, der sich eine Villa in der Flotowstraße hatte bauen lassen; es kränkte ihn nicht mehr, keine Stadt außer Hamburg zu kennen, keine der Sprachen zu beherrschen, die dem Schwager geläufig waren. Er hatte in der Zeitung über Darwin gelesen, das interessierte ihn: Die Stärkeren setzen sich durch. Er ringelte sich das Kinderhaar um die Finger, wünschte es Susanne, stark zu werden, Zärtlichkeit eines Augenblicks, die ihn durch Jahre immer wieder überkam, wenn er sie üben hörte. Und wie rasch sie vorankam, ohne Scheu im Konservatorium vorspielte und aufgenommen wurde, eine Lycealschülerin, die französisch lernte. Auch das brachte er auf, Schulgeld und Bücherkosten. Einmal nahm er den Vater mit, als Susanne in der Schule spielte, genierte sich, weil Vater nach Schuhwichse roch und zu früh zu klatschen anfing, rückte von ihm ab, als wäre er ein Fremder.

In der Küche wird Kaffee gemahlen. Für die Hebamme, die Nacht wird noch lang, weil Susanne nicht vorbereitet ist auf eine Geburt, weil sie sich vorbereitet hat auf den Erfolg, den Ruhm, so hat er immer gedacht. Er sieht noch den Saal der Philharmonie. Die Sitzreihen waren nicht alle besetzt, auch keine großen Garderoben so kurz nach dem Weltkrieg, Susanne im Samtkleid mit weißem Kragen, sie strich den Rock glatt, knickste, der Flügel war offen, ein paar ältere Damen nahmen die Lorgnons vor die Augen. So weit hatte es keine von den klavierspielenden Töchtern gebracht. Sie spielte Chopin, die Polonaisen. Er hatte Mühe, nicht mitzusummen, so oft hatte er sie gehört beim Üben. Hinter dem aufgeklappten Flügel wie Schemen die Soldaten im August 14, im November 18, die baumlosen Straßen, die Fensterreihen und irgendwo hinterm Fenster der Vater, dem die Beine versagt hatten, die Augen versagt hatten, der den Krieg nicht verstanden, der immer nur gefragt hatte: warum stürzen sie den Kaiser nicht? und das nicht mehr erlebt hatte. Luise hatte ihn zuletzt gepflegt. Luise war alt geworden, auch Martha, auch Alice war grau geworden, auch er.

Als Susanne geendet hatte, sich vor dem Beifall verneigte, sah er auch sie grau, gebeugt, alt. Die Angst vor dem Leben ist die Angst vor dem Tod. Und er hatte den Mut nicht gehabt, aufzubegehren, hatte Susanne zugetraut, was er nicht versucht hatte. War sie die Stärkere? Die Stärkeren setzen sich durch.

Er blieb sitzen, als sich der große Saal der Philharmonie leerte, als Alice ins Künstlerzimmer gegangen war, bis ihn der Saalwärter hinauswies und Alice und Susanne schon auf der Straße warteten.

Steht hinterm Fenster und summt ein paar Takte wie damals, sieht auf den Schatten an der Hauswand, wie er sich duckt, vom Fensterkreuz abhebt, die Arme anwinkelt und herabsinken läßt.

3.

Sie hat den Stuhl neben das Bett gerückt. Es ist nichts zu tun. Der Kaffeegeruch steht im Zimmer, der Schweißgeruch und ein Hauch Kölnisch Wasser, mit dem sie Susannes Stirn betupft hat. Die Wannen, die Schüsseln sind gerichtet, das Gummituch ist glattgezogen. Susanne liegt, den Kopf zur Seite, atmet, den Mund halb geöffnet, aufgesprungene Lippen. Sie hat ihr die Decke über den Leib gezogen, über die gespannte Haut, unter der sich die Muskelstriemen abzeichnen und das Aderngeflecht, zartblau und rötlich. Der Nabel steht heraus, zwischen dem Bauch und den Leisten glänzen Schweißperlen.

Sie öffnet sich, hat die Hebamme gesagt, das Kind liegt gut, es ist alles in Ordnung; trinkt ihren Kaffee dabei, blättert in der Zeitung und zupft hin und wieder mit Daumen und Zeigefinger der linken Hand an einem Härchen am Kinn, Kneifzangenbewegung.

Ihre wievielte Geburt ist das?

Die dreizehnhundertelfte, ich mache das ja lange genug!

Sie hat versucht, sich die dreizehnhundertzehn Babys vorzustellen, nebeneinander wie Brote gereiht. Aber das älteste wird schon erwachsen sein. Dreizehnhundertzehn Babys. Wozu also unruhig sein, wenn das dreizehnhundertelfte erwartet wird? Was in der Zeitung steht, ist Anlaß genug, unruhig zu sein. Das Geld wird wertloser von Tag zu Tag. Der Kaffee ist kaum noch zu bezahlen. Aber die Hebamme sitzt da, trinkt den Kaffee, liest die Zeitung, eine kräftige Frau mit Lachfalten um die Augen, eine, der man vertrauen kann, eine die ihre Arbeit versteht, kaum aufsieht, als Susanne wieder die Fäuste krampft, den Kopf hin und herwirft, wimmert, mit den Zähnen knirscht, nicht stöhnen will. Die Decke gleitet vom Leib, das Hemd ist unter der Brust zusammengeknüllt, die angewinkelten Beine klaffen auseinander. Und nun doch wieder das Stöhnen und das jachernde, langsam abflachende Atmen. Der Kopf sinkt zur Seite, die Fäuste entspannen sich.

Zwei Stunden dauerts noch, sagt die Hebamme, dann wirds ernst. Zwei Stunden. Wieviele Wehen sind das? Sie steht auf und zieht die Decke wieder über Susannes Leib, überprüft – zum wievielten Mal schon – Mullbinden, Hemdchen, Jäckchen, Windeln, Wickeltuch, Nabelbinden, das Bettzeug im Korb, alles durchgekocht und sorgfältig gebügelt. Ist die Puderbüchse auch gut verschlossen gelblicher, aseptischer Puder für den abgebundenen Nabel. Vorbereitungen seit Wochen, Erwartung seit Wochen. Ein Kind soll geboren werden.

Susanne hatte zugesehen, als ginge sie Mutters Eifer nicht an, hatte sich ans Klavier gesetzt morgens, noch bis Weihnachten hatte sie täglich sechs Stunden geübt, bis ihr das Sitzen beschwerlich wurde und Bullrich-Salz nichts mehr gegen das Sodbrennen half. Aber noch heute, nein, gestern morgen hatte sich Susanne genötigt, zwei Stunden zu spielen, und abgewinkt, als sie ans Spazierengehen mahnte.

Wie müde sie mit einemmal ist. Sie muß sich setzen. Muß ihre Schläfen reiben, die Augen massieren. Für andere da sein. Für Gustav und Susanne und die alte Mutter. Und seit der Schwiegersohn zur Familie gehört, auch für den. Einkaufen, kochen, waschen, putzen, nähen, flicken, stricken, sorgen, sorgen. Ist das alles? UND WARUM EIGENTLICH NICHT? Gustav hatte nur ein Kind gewollt, kannte das Elend von zuhause, wenns zuviele sind, wenn keiner satt wird, keiner was rechtes lernen kann, die Mutter sich abplagt. Sie hatten gebangt, als Susanne Scharlach hatte, vier Wochen Fieber, die blätternde Haut. Sie hatten nur für Susanne gelebt, und als der Krieg ausbrach, aufgeatmet, daß sie ein Mädchen hatten und keinen Sohn. Sie hatten Susanne ins Konservatorium geschickt, gespart, gedarbt, waren in die Dreizimmerwohnung nach Moabit umgezogen, damit sie üben konnte. Und gestern morgen, als sie noch einmal gespielt hatte, die Polonaisen, Chopin, war etwas zu Ende gewesen.

Sie hatte nebenan die Betten geschüttelt, hatte innegehalten, gehorcht. Zu Ende. Sie hatte auf den Betthimmel gesehen, den hatten sie sich angeschafft, als sie in die Dreizimmerwohnung gezogen waren, altrosa Vorhänge und ein Gobelin, Wolken, Frauen in wehenden Gewändern, teuer, zu teuer, obwohl sie den Betthimmel auf einer Auktion ersteigert hatten. Sie erinnert sich an das Haus in der Knesebeckstraße, den Fahrstuhl, die Treppenspindel, die holzgeschnitzten Geländer, die Teppiche, die fremden Blumenranken, die das Treppenhaus zierten, die Säle statt der Zimmer, Möbel, Schränke, Mahagoni, Nuß, handgeschnitzt, geschmiedete Schlösser, riesige Bilder an den Wänden, Nixen, halbnackte Götter, Teeservices aus dünnem Porzellan, Silberkännchen, Wandteppiche, Spiegel, Standuhren, und daß ihre Hände vor Aufregung schwitzten, weil sie sich nicht vorstellen konnte, so zu leben. Und als der Auktionator die Versteigerung eröffnete – er hatte in der Diele, die groß wie ein Zimmer war, hinter einem Ausziehtisch Platz genommen, vor sich die Stühle, zierliche Stühle, schwere Stühle, auf denen die Interessenten saßen – hatte sie immer auf die getigerte Katze gesehen, die durch die Diele strich, die angelehnten Türen mit ein paar vorsichtig sicheren Bewegungen ihres runden Kopfes öffnete, lautlos verschwand und durch eine andere Tür wiederkam, sich setzte, hochgereckt, lauschend, und davonstob, wenn der Auktionar mit dem Hammer auf den Tisch schlug: zum ersten, zum zweiten, zum dritten. Vor der Katze hatte sie sich geschämt, daß sie hier waren, daß sie von dem Unglück der fremden Familie profitieren wollten. Der Sohn ist gefallen, hatte es geheißen, und die verwitwete Mutter erträgt die Wohnung nicht mehr.

Sie reibt sich die Schläfen, reibt den Schrecken nicht weg, den sie nicht benennen kann. Sie hatte die Plumeaus glattgestrichen wie immer, hatte gehört, wie Susanne anders als sonst das Klavier zuklappte, und hatte an das Kind gedacht. Und ob auch nichts vergessen worden war für die Geburt. Weil Susanne ja an so was nicht dachte, nicht denken sollte, weil sie ja – plötzlich hatten ihre Hände wieder angefangen zu schwitzen und sie war in die Küche gegangen und hatte kaltes Wasser über die Hände laufen lassen. Später hatte sie Susanne noch einmal ans Spazierengehen gemahnt. Und dann war alles wie sonst, wie in den letzten Wochen. Daß sie die Öfen zugeschraubt und sich zum Einkauf gerüstet hatte, in der Markthalle von Stand zu Stand gegangen war, Preise verglichen hatte, der Geldschwindel, die Angst, mit einer leeren Tasche nach Hause zu kommen, weil das Geld während des Einkaufs wertlos geworden war.

Die Hebamme hat die Zeitung weggelegt, die Brille abgesetzt. Tritt ans Bett. Jetzt wolln wir mal n paar Atemübungen machen, was! Damit unsre junge Frau nicht faul wird, und sie beugt sich über Susanne, hebt ihre Arme vom Körper und befiehlt: Tief atmen, durchatmen, bis ans Zwerchfell atmen, und sie führt die Arme in einem Halbkreis wieder auf den Körper zu und wiederholt die Bewegung zweimal, dreimal. Susanne lächelt flüchtig.

4.

Zum wievielten Mal hat er das Karree umkreist? Lübecker Straße, Perleberger Straße, Stromstraße, Turmstraße, Lübecker Straße, Perleberger Straße, Stromstraße, Turmstraße. In den kahlen Bäumen des Kleinen Tiergartens auf der anderen Seite der Turmstraße sirrt der Wind, der die Wolken jagt. Im Hof der Brauerei ist Licht, aber sie brauen nicht über Nacht. Wird der Nachtwächter sein, der die Reichtümer bewacht, süßliche Rüben, Hopfen in Säcken, Bier, flüssiges Gold.

Die Kneipen haben schon dicht gemacht. Er ist auch kein Kneipengänger. Er steht lieber am Reißbrett und zeichnet und rechnet, Kesselinhalte, Dampfdruck. Der Bleistift muß hart sein, oft bricht ihm die Spitze ab, weil er zu heftig ist, weil ihm die Hand nicht schnell genug folgt.

Wieder vorbei an der Haustür, er fühlt den Schlüssel in der Manteltasche, könnte aufschließen, nach oben gehen, die Tür aufstoßen, die Kälte noch in der Kleidung. Ist es endlich so weit? Aber die Hebamme hat gesagt, daß es bis zum Morgen dauern wird und daß er besser nicht dabei ist. Frauensache, wissen Sie! Ihr Männer seid bloß ungeduldig und dann verspannt sich so eine Erstgebärende! Hätte er sich zum Schwiegervater setzen sollen und den verrückten Betthimmel anstarren? Zu reden haben sie nicht viel miteinander, ein Buchhalter und ein Konstrukteur. Hätte er zu der alten Frau gehen sollen, die ein ganzes Zimmer für sich hat in der engen Wohnung? Oder in der Küche sitzen, nahe am Herd, weils vom Fenster her zieht und der Dampf an den Scheiben heruntertränt, weil sie die ganze Nacht über Wasser am Kochen halten?

Aber er holt nicht weiter aus, geht nicht zur Spree und bis zum Borsigsteg oder zur Putlitzstraße, wo er auf die Gleise und auf die Kanäle sehen kann, wo die Regenschneesträhnen ihn ins Gesicht treffen, wo er drüber nachdenken kann, warum die Straße Putlitzstraße, der Bahnhof Putlitzstraße heißen, und keine Antwort weiß. Immer ums Karree wie ein angeketteter Hund, Lübecker Straße, Perleberger, Stromstraße, Turmstraße. Wird in die Fabrik gehen morgens, wenn das Kind noch nicht da ist. Durchfroren, müde, weil sie ja leben müssen, er, Susanne, und dann auch das Kind. Und das Geld taugt nicht, was er verdient, taugt jeden Tag weniger, taugt mittags schon nicht, wenn die Frauen in der Huttenstraße am Fabriktor warten, weil dann ausgezahlt wird. Wie soll das weitergehen? Wand an Wand mit den Alten. Wenn das Kind schlafen will, auf Zehenspitzen gehen, flüstern. Und wenn das Kind spielen will, wird kein Platz mehr im Zimmer sein fürs Reißbrett, für seine Entwürfe, seine Pläne. Wenn das Kind da ist.

Er bleibt stehen, sieht an dem Haus hoch, sieht das erleuchtete Fenster. Der Vorhang ist aufgezogen, das Fenster angelehnt. Sie lüften. Wenn Susanne sich nur nicht erkältet! Im Zimmer daneben ist auch Licht. Die Uralte kann wohl nicht schlafen, will das auch erleben, das auch noch: Daß sein Kind geboren wird.

Er möchte rufen, die Hände als Trichter vorm Mund: Susanne! Quäl dich nicht so! Das habe ich nicht gewollt, du weißt – aber er geht wieder weiter, die Hände in den Manteltaschen, krumm vor Kälte, und versucht sich den Morgen vorzustellen, wenn die Bäkker ihre Läden öffnen, die Milchhändler mit den Kannen lärmen, die Frauen in Filzschuhen über die Straße schlurfen, um Semmeln und Milch zu holen, die Männer zur Arbeit gehen, einer hinterm andern in der Dunkelheit, Richtung Perleberger Straße, Richtung Turmstraße. Das schmuddlige Orangerot vor Sonnenaufgang. Der Morgen, an dem sein Kind geboren wird.

Sein Kind!

Er wird mit dem Kind an der Hand durch den Wald gehen, Grunewald oder Tegeler Forst, Wuhlheide oder Müggelberge, karger märkischer Kiefernwald, sie werden Sand in den Schuhen haben und Kiefernnadeln im Haar, oder es wird geregnet haben, und der gelbgrüne Blütenstaub der Kiefern wird die Pfützenränder säumen, oder es wird Schnee liegen, von Spaziergängern festgetreten, sie werden zu schliddern versuchen oder neben dem Weg die Muster der Krähenfüße betrachten, Herdenvögel, die unstet schweifen, wird er sagen. Hör zu – und er wird sich zu dem Kind hinabbeugen – kannst du dir vorstellen, daß all den Kiefern die Kronen abrasiert sind und sie kahl und brandig und kopfüber auf dem Boden liegen und die Stämme gesplittert sind? Kannst du dir vorstellen, wie du durch so einen Wald gehst nachts und Fäule riechst und Brand. Du gehst nicht allein, gehst in einer Kolonne, die sich aufgelöst hat, Mann hinter Mann, torkelnd, taumelnd, müde. Immer wieder spritzt Erde auf, stürzen Baumreste, immer wieder werft ihr euch auf den Boden, habt den Mund voll Dreck, das Geheul in den Ohren, die Detonationen. Kannst du dir vorstellen, daß dein Vater einundzwanzig Jahre alt wurde in so einer Nacht? Festlich, was? Und die Leuchtkugeln, das reinste Feuerwerk! Das Kind wird nicht zuhören. Oder doch? Krieg, wird er sagen, weißt du, was Krieg ist? Menschen, denen die Beine weggerissen werden. Da vorn sind die Gräben, da müßt ihr hin! da sind die Tommies eingebrochen!

Was sind die Tommies? wird das Kind fragen –

Menschen, denen die Köpfe weggerissen werden, unerfahren, verflucht unerfahren die Neulinge von Mutterns Rock weg, zu viele Ausfälle, bis sie vorne sind.

Was sind die Tommies? wird das Kind fragen, und er wird sagen: auch das ist Krieg, Menschen, Jungens, die in Uniformen aufeinandergehetzt werden, sich nicht kennen, nichts voneinander wissen, nur die Helme kennen, die Form der Helme, wenn so einer auftaucht aus den Gräben.

Aber vielleicht wird das Kind nicht fragen. Ihn erzählen lassen.

Vom Winseln, wenns einem den Bauch zerfetzt, von den zotigen Witzen und davon, wie sie zurückgekommen sind damals, verdreckt, und keiner mehr Blumen geworfen und keiner gesungen hat, wie ers noch gesehen und gehört hatte 14, als er Lehrling war und im Gedränge vor dem Anhalter Bahnhof mitgesungen hat und seine Mütze geschwenkt. Krieg!

Das Kind an der Hand wird den Druck spüren, weil er es festhalten will, weil ers bewahren will vor Unheil und Tod. Und er wird anderes erzählen, von dem kreidigen Boden in der Champagne, von französischen Dörfern auf den Rücken der Berge, leerstehenden Bauernhäusern und dem Alten, der gekommen war, nach den Bienen zu sehen und die Körbe nicht mehr vorfand, aber den Tabak annahm von den Boches, die in der Scheune hausten und ihm Äpfel aus seinem unkrautüberwucherten Garten als Wegzehrung mitgaben. Etappe. Auch das war Krieg. Weiter Horizont, die heißen Sommernächte auf den Strohlagern, wenn sie von den Weibern redeten, prahlten. Vielleicht wird er erzählen, wie er bei der Geburt eines Kalbes helfen mußte, weil der Bauer auf der anderen Seite der Front war, ein Poilu, ein Feind; und wie das Kalb schleimüberdeckt, staksig im Stroh stand und den Mutterkuchen beroch. Oder nein, wird erzählen, wie er nach Hause kam und seine Mutter betrunken fand, ihr Gerede, ihre glasigen Augen und alle Fotos, die es von ihm gab, auf dem Eßtisch ausgebreitet. Und wenn das Kind fragt? Besser nicht anfangen von seiner Mutter, die ihn jetzt täglich vor der Fabrik erwartet und Geld braucht. Besser von der Kindheit erzählen, von Eisenbahnfahrten vierter Klasse zusammen mit Vater. Bahnhöfe, Städte, Marktplätze, Türme, ein paar Postkartenerinnerungen, der alte Mann wollte ihm die Welt zeigen, sah nicht, daß der Junge müde war von den langen Fahrten zwischen Körben mit Hühnern und Kaninchen und schwitzenden Frauen und Pfeife rauchenden Männern, Mühe hatte, Schritt zu halten.

Aber geht das denn das Kind an, sein Kind, das in dieser Nacht geboren wird?

Irgendwann wird er mit ihm an der Hand durch den Wald gehen, Grunewald oder Tegeler Forst, Wuhlheide oder Müggelberge, karger, märkischer Kiefernwald, sie werden Sand in den Schuhen haben und Kiefernnadeln im Haar, oder es wird geregnet haben, und der gelbgrüne Blütenstaub der Kiefern wird die Pfützenränder säumen, oder es wird Schnee liegen, und sein Kind wird fragen: Ist das ein Märchen? Erzähl weiter, erzähle! Und er wird nicht mehr weiter wissen, wird stammeln, verstummen. Kein Märchen, nein, ich – ich – und wird wissen, daß er zuviel gesagt hat, viel zu viel für ein Kind und überhaupt für einen, der wenig spricht, der vorm Reißbrett steht, zeichnet, rechnet. Viel zu vieles gesagt hat, auf das er keine Antwort hat.

Als er wieder auf der Stromstraße ist, hört er einen Straßenbahnzug in der Kurve jaulen, es wird also Morgen, er sieht Lichter hinter den Fenstern und riecht den Brotgeruch von der Bäckerei. Er wird frische Semmeln kaufen, wenn es halb sieben ist und dann ins Haus gehen, frische Semmeln für die Hebamme, die Schwiegereltern, die alte Frau. Und Susanne, wie stehts mit Susanne? Wird er sie sehen dürfen? Oder nur seine Aktentasche nehmen, die Thermosflasche mit Kaffee füllen, Malzkaffee, wenn sie nicht vergessen haben, den zu brühen, und wird gehen, ohne Gruß, wie immer eilig, kein Zuspätkommer in der Fabrik.

Und wenn das Kind da ist, wenn er nach oben kommt? Wenn sich die Hebamme verrechnet hat mit der Zeitangabe und er die Aufregung schon im Treppenhaus hört, laute Stimmen, vielleicht auch das Quienen, wie mans oft genug hört in so einem Haus, ein neues Kind, sein Kind? Mit einemmal fängt er an zu laufen, zu rennen, die Stromstraße abwärts zur Turmstraße, links einbiegen in die Turmstraße, und wieder links einbiegen in die Lübecker Straße, das Hemd klebt an der Haut, der Mantel ist viel zu warm, er rennt, rennt.

5.

Jetzt müssen Sie pressen, sagt die Hebamme, bei jeder Wehe mit dem Luftvorrat auf das Zwerchfell pressen. Nicht jachern. Nicht japsen. Nicht soviel Kraft mit Stöhnen vergeuden. Und jetzt entspannen, Pause. Nur die Knie angewinkelt lassen. Pause! Der

Schmerz läßt nach, das Gefühl zu zerreißen läßt nach. Klaffender Riß in der Bauchdecke und das Kind liegt bloß, warum muß es nur zwischen den Beinen heraus? Sie hat gelesen, daß irgendwo im Urwald die Frauen im Hocken gebären, zwischen Kot und Urin der neue Mensch. Sie versucht an anderes zu denken, an nachher, wenn das Kind da ist, ein Junge, sie wünscht sich einen Jungen, das Geschlecht wie eine Blume, so sagen die Frauen, das Geschlecht, das sie streicheln und küssen kann, das ihr gehört, nur ihr. Das Naß treibt zwischen die Schenkel, Zärtlichkeit, sanfte Lust. Erobern, nicht erobert werden. Das Geschlecht wie eine Blume.

Schade, sagt die Hebamme, die Fruchtblase ist geplatzt. Wir hättens leichter, wenn die noch ein bißchen gehalten hätte, wenn das Kind mit dem Wasser zugleich gekommen wäre wie ein Fisch!

Sie rinnt aus zwischen den Schenkeln, warm, lauwarm, die Spannung läßt nach, vielleicht auch die Wehen, ein großer Mann steht nackt über ihr, sie will sich aufrichten – nicht doch, nein, nicht träumen, nicht einschlafen! – sie hat ja Arbeit zu leisten, Arbeit.

Die Hebamme nimmt das Fruchtwasser mit einem Frottéetuch auf. Die Gummiunterlage ist klebrig. Was anderes denken! An Arbeit denken, cis-Moll op 26, das zärtliche Spiel der rechten Hand, einschmeichelnd zärtlich, zärtlich, warum sie das Wort mit einemmal so liebt, und die linke Hand antwortet, bestimmter, noch immer aber sanft, nicht drohend, abwehrend und dann doch wieder hingebungsvoll. Aber wie anders die Polonaise in es-Moll, nervöser, gefährdeter, männlicher, behutsam dabei, noch immer, noch immer. Und dann schon die Angst, leise Angst und wie sie sich auflöst, Terz, kleine Terz –.

Die Hebamme reibt ihr das Gesicht mit einem alkoholgetränkten Wattebausch, reibt ihr den Leib. Keine Wehenschwäche jetzt! Der Körper muß kräftig durchblutet sein!

Leise, leise. Grollen, drehen, spielen, tanzen, und dann – der Mann und das Mädchen einander gegenüber.

Der Alkohol beizt die Haut. Komm, flüstert sie. Komm doch! Ich werde bei dir sein, auch wenn du die Fäuste hilflos zusammenballst! Sie schläft schon wieder, sagt die Hebamme und klopft ihr mit behutsamen Schlägen die Wangen. Aufwachen, junge Frau, aufwachen, das Kind will kommen! Was meinen Sie, wie schön das sein wird für Sie!

Die Harfen, hören Sie, as-Dur, im Saal ist es still, wer das so spielen kann, daß die Leute kaum zu atmen wagen, hat das Zeug zum Pianisten! Polonaise – Fantasie Nr. 7 as-Dur, op 61. Sie müssen zur Coda finden, ohne Pathos, aber steigern! steigern! Das große Erlebnis von Frage und Antwort, die sich ohne Rest zueinander fügen. Frage und Antwort. Thema. Das Thema umspielen, aufgreifen, verändern, das ist die Erfüllung, das Glück.

Die Fäuste verkrampfen sich. Der Leib will sich ausschütten. Pressen. Pressen. Den Schrei nicht halten können, den eigenen Schweiß riechen, hockend gebären zwischen Kot und Urin der neue Mensch.

Es ist blond, sagt die Hebamme, wuschelig. Wenn Sie so weitermachen, haben Sies inner Viertelstunde geschafft!

Ausschütten, sich ausschütten, eine einzige Wunde sein. Hände, die sich nur noch zusammenkrampfen können. Was wird denn sein, wenn der Körper leer ist, ausgeschüttet? Waren das nicht gute Wochen mit dem Kind allein, niemand, der ihrs nehmen konnte, niemand, der ihm wehtun konnte, es schwamm, pochte gegen Zwerchfell und Magen, drückte auf die Nieren, stampfte gegen die Bauchdecke, schlief nicht, wenn sie schlafen wollte. Aber wenn sie am Klavier saß und übte, ruhte es aus, träumte. Vielleicht sah es, was später zu sehen versagt ist, Farben, durchsichtige Meere, Vogelreigen, Fischreigen, niemand des anderen Feind, oder Kinder und Alte mit besonnten Gesichtern, Menschenreigen, wortlos singend.

Damals als die Arbeiter vom Beusselberg herunterkamen, hat sie an der Straße gestanden, hat die Mütter und Kinder, die Männer und Greise in zerschlissenen, geflickten Wintersachen und Schuhen, mit verwaschenen Kopftüchern und verdreckten Mützen gesehen, verhärmte, blasse, verquollene Gesichter, tiefliegende Augen, hätte mit ihnen gehen mögen, eines der Kinder anfassen oder einem alten Mann, der gestolpert war, auf die Beine helfen. Aber sie stand neben ihrer Mutter an der Bordkante, sie standen zwischen anderen besser Gekleideten, sie hörte schimpfen, Rote! Verräter! Sie schämte sich, daß sie stehen blieb.

Menschenreigen. Vogelreigen, Fischreigen, ja, in der Luft, im Wasser. Aber auf der Erde, unter den tiefhängenden Wolken, in den graubraunen Straßen, in der Kälte, in der Not?

Sie geben zu schnell auf! Die Stimme der Hebamme, die Hände der Hebamme, die ihre Arme bewegen, vom Leib weg über die Schultern zur Seite, und noch einmal vom Leib weg über die Schultern zur Seite, atmen, tief atmen, junge Frau!

Und wieder der Schrei, den sie nicht halten kann, der Schmerz, den sie nicht halten kann. Noch einmal. Noch einmal tief atmen, junge Frau, pressen, pressen!

Orgasmus. Hingabe. Hingabe bis in die Fingerspitzen, vibrieren, die Wadenmuskeln spannen, der Zangengriff, neinnein –

sie sackt zurück.

Geschafft! sagt die Hebamme.

Die Nabelschnur ringelt sich zwischen den Beinen, ein nacktes, verschmiertes Körperchen, großer Kopf, winzige Glieder. Sie blinzelt über den Bauch weg. Sie kann wieder über den Bauch weg sehen, eingefallene, schlaffe Muskulatur, sie sieht den Kopf, die Stirn, die Schläfen, die Brauenbögen, die Augenspalten. Die Hebamme nabelt das Kind ab, hebt es hoch, klopft ihm den Rücken, der Mund springt auf zum ersten Schrei. Ein Mädchen. Die Mutter legt ihr die Decke über den leeren Leib, streicht ihr das Haar aus dem Gesicht. Die Augen halb geschlossen sieht sie, wie die Hebamme das Kind nimmt und auf den Tisch legt, auf das das Flanelltuch gebreitet ist und Wäsche und Windeln und Puder und Nabelbinde nebeneinandergelegt sind. Sieht die Bewegungen der kräftigen Frau, die das Kind säubert, sieht ihre Mutter hin und her laufen, Wasser bringen, Tücher bringen, sieht, daß es hellgrau ist hinter dem Fenster. Sieht, sieht. Hört die kleinen Schreie des Kindes. Ein Mädchen also. Sie ist so müde, so erschöpft, daß sie nichts fühlt. Nur wahrnimmt. Die Tür, die sich öffnet, die alte Frau in der Tür. Geräusche von ins Wasser tunkenden Händen. Eine Stimme sagt:

Geburtsgewicht 3,4 Kilogramm, Länge 51 Zentimeter. Die Brustwarzen stechen. Und schon wieder der Schmerz. Sie hat keine Kraft mehr. Schon wieder das Ziehen und Drängen. Wie soll sie pressen? Sie drückt die Fäuste gegen den Bauch. Die Mutter kommt, nimmt die Decke ab, hat einen Eimer bereit für die Nachgeburt, drückt mit ihrer rauhen Hand gegen den Bauch. Erst muß alles raus, dann mach ich dich sauber!

Sie sieht den Rücken der Hebamme. Sie sieht die alte Frau Wasser aus einer Schüssel in den Eimer gießen und zur Tür gehen mit dem Eimer. Sie sieht, wie ihre Mutter an dem Gummituch zerrt, sie hat keinen Willen, das Gesäß zu heben, um der Mutter die Handgriffe zu erleichtern. Sie möchte schlafen.

Glückwunsch, junge Frau! Sie möchte heulen, aber auch dazu hat sie keine Kraft. Sie möchte in der Sonne liegen, Sand im Rücken oder Gras, hoch in den Halmen, Rispengras und Wegerich. Nicht mehr aufstehen müssen.

Und ihr fällt ein, daß sie es dem einen nicht mehr sagen kann, daß sie ein Kind hat, dem, auf dessen Knien sie gesessen hatte, als sie klein war, dessen Erzählungen sie gelauscht hatte, als sie Schülerin war, und der ihr das von dem Menschenreigen gesagt hatte, als er schon krank war; war in Petersburg dabeigewesen im Januar 1905, als hunderttausend Männer und Frauen und Kinder, die Choräle sangen, Ikonen und Kirchenfahnen trugen, hinter dem Popen Gapon auf das Winterpalais zudrängten, um ihre Petition mit den 135 000 Unterschriften zu übergeben, in der sie um Gerechtigkeit und Schutz ersuchten. Und die Soldaten des Zaren hatten in die Menge geschossen. Über tausend sind auf dem Platz geblieben, aber wie sie gesungen haben, das war wie ein großer Reigen, ein Menschenreigen! Sie hatte das damals nicht verstanden, hatte dem Onkel die Hand gegeben zum Abschied. Die Tuberkulose machte ihn zum Spinner, hieß es. Und jetzt weiß sie, daß sies ihm erzählen müßte, wie vertraut ihr das Bild vom Menschenreigen in der Schwangerschaft geworden ist. Und weiß, was das ist: tot. Daß man einem das wichtigste nicht mehr sagen kann: Ein Kind! Und das lebt! Das setzt den Menschenreigen fort!

Sie läßt es geschehen, daß die Mutter sie wäscht, warmes Wasser auf Bauch und Schenkeln, sie läßt sich ein anderes Hemd überstreifen und umbetten. Die Hebamme legt ihr ein Tuch zwischen die Schenkel. Das siefert nun noch sechs Wochen lang, da müssen Sie sich nichts draus machen, der Muttermund zieht sich wieder zusammen. Und jetzt bringe ich Ihnen das Kind. Und dann holen wir die Männer! Und sie legt den winzigen Menschen aufs Kissen, das schnappende Mündchen, die Finger, die nach dem Hemdenstoff greifen.

Du, sagt sie leise. Das bist du also!

Sie tastet mit den Lippen über das weiche Haar, über die Stirn, sie leckt das Näschen ab, sie leckt wie ein Tier, sieht gar nicht hin, als ihr Mann und ihr Vater ins Zimmer kommen, sieht gar nicht hin, als die alte Frau ihre Seidenschürze glättet, sieht nicht, daß die Mutter eine andere Bluse angezogen hat. Und sieht doch alles. Und als ihr Mann sich zu ihr beugt – ich hab da Blumen, flüstert er, nichts besonderes, du weißt ja, das Geld – stemmt sie sich rücklings auf die Ellenbogen und sieht von einem zum anderen und dann wieder auf das Kind.

Etwas hat sich verändert. Sie hat sich verändert.

Du statt ich. Du, das ist wichtig.

Die Hebamme packt geräuschvoll ihre Tasche, muß ja noch ausbezahlt werden, ehe das Geld nichts mehr taugt.

II.

Ich – was ist das?
1926

1.
Zum ersten Mal sagen: Heute.
Zum ersten Mal sagen: Ich.
Heute. Weil da zwischen Vorhang und Wand Licht einfällt, das
Tapetenmuster erkennbar wird, Striche, Kreise, die nicht abzu-
pflücken sind von der Wand, nicht auszureißen. Heute. Wenn es
hell wird, fängt ein Tag an, sagt die Mutter, zieht den Vorhang zur
Seite. Da ist das Haus gegenüber zu sehen, Fenster nebeneinander
und übereinander. Das Dach, sagt die Mutter. Und siehst du dort:
der Himmel. Dach. Himmel. Was ist schöner? Im Bett stehen, die
Finger im Gitter. Atmen hören, den Lichtstreif sehen. Wenn du
aufwachst, kannst du sagen: Heute ist Sonntag. Heute machen wir
einen Ausflug. Mutter hatte sich übers Bett gebeugt, die Decke
glattgestrichen, die Nachttischlampe ausgeknipst. Schlaf schön,
gute Nacht. Bilder. Wörter. Das Geräusch der Tür. Stimmen. Angestrengt horchen. Wärme. Nichts sonst.
Die Mutter richtet sich in ihrem Bett hoch. Das ist zu erkennen.
Winkt herüber. Schüttelt den Kopf, legt die Handflächen gegeneinander und neigt das Gesicht. Schlafen! Weiterschlafen! Nein, im
Bett hüpfen. Der Lärm, den das macht. Ich will nicht, will nicht,
Ich will nicht schlafen heute.
Bis die Mutter aufsteht und den Vorhang zur Seite schiebt.

Später notiert sie den Satz: Das Kind hat Ich und Heute gesagt.
Und sie schreibt: das Kind ist drei Jahre und drei Monate alt. Wir
sind mit der Straßenbahn bis zum Grunewald gefahren. Warmer

Aprilsonntag. Das Kind hat einen Kiefernzweig mit nach Hause gebracht.

Zapplige Ungeduld. Nach den Strichen und Kreisen auf der Tapete tatschen. Beinahe die Waschschüssel herunterreißen. Vater schreit, schleudert seinen Rasierspinsel nach dem Kind. Mutter bringt das Kind halbangezogen zu den Großeltern ins Zimmer. Großmutter knöpft das Kleid zu, die Halbschuhe, weiße Leinenschuhe. Bestreicht eine Scheibe Brot mit Marmelade, sitzt neben dem Kind und wartet, bis es aufgegessen und die Milch getrunken hat. Großmutter hat einen langen Zopf, der in den Spitzen noch ganz dunkelbraun ist. Das Kind kennt Großmutter nur mit der weißen aufgesteckten Frisur. Großvater liest Zeitung.
Oder in der Straßenbahn. Zwischen Vater und Mutter am Fenster stehen, Mutters Arm im Rücken. Die Nase am Glas, die Zunge – es schmeckt bitter. Draußen Schaufenster, Haustüren, Männer und Frauen an den Haltestellen, Bäume, ein Geländer. Wir fahren über die Spree, sagt der Vater. Über die Gotzkowskybrücke. Sag mal Gotzkowskybrücke! Ein Wort: Gotzkowskybrücke. Schweres Wort. Und wieder Straßen, Häuser, auch Gärten, Hellgrün. Zapplige Ungeduld. Hellgrün ist schön. Und dann: Das ist der Wald! Sich von der Hand der Mutter losreißen, rennen, nicht hinhören wie gerufen wird, sich auf den Boden werfen, sich rollen, rollen. Die Mutter jachernd: Aber Kind, dein Kleid! Das Harz und die Kiefernnadeln! und der Vater lachend – Vater kann lachen, nicht bloß schreien –: Wien junger Hund im Wald!
Etwas erfahren haben: Wald! sich drehen. Einen Kuß auf Mutters Haar, Mutter ist niedergekauert und zupft die Kiefernnadeln vom Kleid. Einen Klatscher gegen Vaters Hosenbein, weil der gelacht hat. Und wieder rennen, losrennen. Ich, ich, ich. Heute, heute, heute. Aber die Wörter nicht sagen, singen, juchzen, eine Handvoll Kiefernnadeln und Sand grapschen und wieder verstreuen und plötzlich vor einem Baum stehenbleiben, den Kopf im Nacken, die Hand an der rissigen, blättrigen Kiefernborke. Klebriges. Den Stamm schwingen sehen, die dunkle, grüne Krone. Nicht sagen

können, nur sehen: der rissige Stamm, rote, violette, gelbe Tönungen, auch Schwarz. Schwingen sehen. Sirren hören, das knisternde Abblättern von Borke. Hitze.

Und plötzlich Angst haben. Vor der Fahrt in der Straßenbahn. Vor dem Grau der Häuser. Vor dem vollgestellten Zimmer, vor Marmeladenbroten und dem Geschrei des Vaters, vor der Dunkelheit, wenn Mutter das Licht ausgemacht hat.

Und die Hand von der Borke nehmen, riechen. Klebriges. Wie gut das riecht! Und mit einemmal heulen müssen. Nicht weil Mutter ärgerlich ist wegen der Flecken auf dem Kleid.

Bis Vater den abgebrochenen Kiefernzweig findet. Da hast du deinen Baum! und die Nadeln das Gesicht kitzeln, lange, dunkelgrüne Nadeln, die in Büscheln stehen.

Nachher den Zweig tragen wie einen Schirm, aufgespannt über dem Kopf, schmierige, klebrige Hände, die Schuhe sind harzig und das Kleid voller Flecken. Ein wandernder Baum sein.

Ich bin ein Baum.

2.

Weil die Großmutter den Zweig in die Küche gebracht hat, so trocknes Zeug, was solls, das streut doch im Zimmer, weil Vater auf die Alten schimpft, das Kind in Schutz nimmt, – früh hat er den Rasierpinsel geworfen, aber er hat den Zweig gefunden –

weil alle schweigen beim Abendbrot, unlustig essen, Fleisch, gutes Fleisch,

weil Großvater langsam kaut,

weil Vater sich einen Berg Kartoffeln aufgeschüttet hat und Großmutter den Kopf schüttelt deswegen,

weil Mutter nur Sauce genommen hat, aber immer wieder mahnt: Iß nur du mußt essen, und das Fleisch auf dem bunten Kinderteller in kleine Würfel schneidet,

weil der Urgroßmutter am Kopfende des Tisches die Sauce übers Kinn läuft,

irgend etwas wie Schmerz. Nicht weinen können. Nicht schlucken können. Das Fleisch in die Backentaschen schieben, Zerkautes,

Fasriges, faulig Schmeckendes. Auf Großvater sehen, der kaut, kaut. Den Kartoffelberg vor Vater schwinden sehen. Mutter zusehen, wie sie die Sauce mit dem Teelöffel zusammenkratzt. Großmutter mit den Schüsseln hantieren sehen. Nachschlag für die Urgroßmutter, was die essen kann, so hutzelig und knochig wie sie aussieht. Auf den Tisch hauen wollen oder aufstehen und stampfen und schreien oder unter den Tisch kriechen wollen, auf dem Mittelsteg sitzen, nicht da sein für die anderen, an den Wald denken, an die hohen, tanzenden Bäume, an den Zweig auf der Kohlenkiste in der Küche denken. Aber Mutter schiebt schon wieder einen Löffel mit Fleisch und Sauce in den Mund, die Kartoffeln hat sie mit der Gabel zerquetscht, ein Riffelmuster wie das Muster der Bettdecke im Schlafzimmer der Großeltern. Sich nicht wehren können. Doch! Doch! Das Essen ausspucken, mitten auf den Tisch, das stinkende, zerkaute Fleisch, die fettige Sauce.
Alle sind hochgeschnellt, nur Vater nicht, nur Urgroßmutter nicht.
Das schöne Fleisch! Da gibts nun Sonntag Fleisch!
Von Großmutters Hals wachsen rote Blumen ins Gesicht.
Da füttern wir euch mit durch, stehen tagsüber in der Küche, aber ihr könnt nicht mal euer Kind erziehen! Und dann schon wieder eins machen!
Mutter zerrt das Kind vom Stuhl. Komm, du bist ungezogen. Komm! Großvater hat sich vom Tisch weggewendet und auf das Bett zu, als wollte er den Betthimmel ansehen, die Damen, die Wolken, die rosa Vorhänge.
Komm!
Das Kind umklammert die Stuhlbeine mit den Unterschenkeln. Vater tut sich nochmal Kartoffeln auf. Urgroßmutter malmt und malmt, und die Sauce rinnt auf ihre Sonntagsbluse, schwarze Seide mit grauen Streifen.
Mit einem Mal Mutters Hand nehmen. Neben ihr hergehen in die Küche, wo der Zweig ist, wo Wasser im Kessel heiß ist, sich ausziehen lassen, zusehen, wie Mutter das heiße Wasser aus dem Kessel und Leitungswasser in der Emailleschüssel mischt, wie sie den Waschlappen eintunkt. Die Augen zukneifen vor dem Lappen im

Gesicht, stillhalten, als die Wasserspur vom Hals über Brust und Bauch hinunterrinnt, warmkalt, eklig. Stillhalten, als Mutter die Hände schrubbt, sich steif machen, als sie mit dem Handtuch kommt, nicht huh schreien, sich nicht ankuscheln, sich das Nachthemd überstreifen lassen, hinter Mutter hergehen ins Schlafzimmer, ins Bett klettern, sich zur Wand drehen, kein Kuß, nein. Mutter steht und wartet. Sich nicht rühren. Auch nicht, als sie den Vorhang zuzieht und auf Zehenspitzen aus dem Zimmer geht. Draußen Geschirrgeklapper.

Ob Urgroßmutter endlich satt ist? Und Vater? Ob Großvater noch immer auf dem Fleisch herumkaut? Schönes Fleisch, sonntags Fleisch.

Der Wasserhahn schnattert. Es wird so sein wie immer, das Holzschaff voller Wasser, brühheiß, Großmutter mit hochgekrempelten Ärmeln und Schürze, Mutter mit dem karierten Geschirrtuch in der Hand, Urgroßmutter kratzt die Reste aus den Schüsseln. Und in der Stube die Männer. Großvater wird die Zigarrentasche aufklappen, weil Sonntag ist, Vater wird sich eine Zigarre herausnehmen, beide Männer werden die Zigarren in den Mund stecken, mit den Taschenmessern die Spitzen abschneiden, Vater wird die Streichholzschachtel aus der Hose nehmen, wird ein Hölzchen anreißen, Großvater wird die Wangen einsaugen, bis die Zigarre glüht, Vater wird die Wangen einsaugen, bis die Zigarre glüht. Und das Kind ist nicht da, um das Streichholz auszupusten. Messer Gabel Scher und Licht sind für kleine Kinder nicht! Feurio Feurio wo sind die armen Eltern, wo?

Und wenn sie den Zweig nun in den Herd stecken? Rotgelbe Flammenzungen im Herdloch, Hitze, Knistern? Feurio Feurio! Wie oft liest Mutter die Geschichte von Paulinchen vor – damit du das lernst, Kind! Nie ein Streichholz anreißen! Nie am Herd spielen! Nie zu nah an die offene Ofentür kommen: Feurio Feurio. Draußen jetzt Frauenstimmen. Ein Knäul aus grellen Frauenstimmen. Das Kind hält sich die Ohren zu, riecht die Haut, riecht die Sonne auf der Haut. Kann man die riechen, kann man den Wald und das Sonnenspiel riechen? Leckt den Arm ab, da wo der Hemdärmel hochgerutscht ist, will etwas schmecken, nicht vergessen. Der rissige Stamm, die Kiefernborke, das Schwingen, da oben die Kronen, wie die schwingen.

3.
Und erschrickt. Weil es die Eltern nicht hat kommen hören. Weil es hell ist im Zimmer von der Nachttischlampe, die große Schatten an die Wände wirft. Das Kind kneift die Augen zu, hört Atmen, hört Keuchen, wortlose Zwiesprache von Stimmen, kneift, bis die Augen schmerzen, bis die wortlose Zwiesprache in hellen und dunklen Seufzern auseinanderfällt. Als das Kind blinzelt, ist es dunkel im Zimmer. Jemand weint. Das Kind möchte aufstehen, aus dem Bett klettern, möchte rufen oder flüstern: Wein nicht! wein doch nicht! Aber es regt sich nicht, versucht lautlos zu atmen, nicht da zu sein, nichts zu hören, nichts zu fühlen, nichts zu wissen. Nicht zu wissen, daß das Vaters Stimme ist, die da zuschlägt, die auf das Weinen einschlägt mit Wörtern, mit Sätzen, die das Kind nicht deuten kann. Ham sie dir beigebracht, deine Alten. Daß du Künstlerin bist. Kannst du davon leben, daß du Künstlerin bist? Hängst von mir ab. Hängst von den Alten ab, die dir das beigebracht haben. Kannst auch bloß Kinder kriegen wie jede andere. Wie stellst du dirs vor? Ist doch eng genug hier. Und meine Alte hat Schulden, kommt mir schon mit der Wohlfahrt. Aber ihr tut fein, du und die Alten, verlangt Kostgeld für den Sonntagsbraten und feine Sitten bei Tisch. Und wenn das Kind mal n bißchen Wald mit herbringt, wirds gestraft. Bloß keine Störung! Bloß Ordnung. Ordnung. Die Uralte, die hat euch durchschaut, die frißt euch kahl. Und mir wird jede Kartoffel in den Hals gezählt. Weil ich zuviel bin. Kannst ja gehen, denkt ihr! Wißt ihr denn, was los ist draußen in den Fabriken, wo du ums Leben schuften mußt von morgens bis abends? Kannst ja gehen! Wenn sie dich nicht brauchen, kannst du gehen. So einfach ist das. Was denn? Flenn doch nicht. Ist doch wahr!
Vaters zuschlagende Stimme, Mutters leises Weinen. Das Kind macht jetzt die Augen auf, sieht den Umriß des Fensters hinter der

Gardine. Wenn sie doch aufhören würden! Endlich aufhören! Vater, Mutter, wer ist das? Kämpfende Stimmen, kämpfende Schattentiere? Der Umriß des Fensters bewegt sich nicht. Das Muster von der Übergardine bewegt sich nicht, dunkles Gerank und Gitterwerk. Dahinter die Straße, Häuser, Fenster. Das Kind weiß mit einemmal, was das ist: Fenster. Sieht sich am Fenster stehen, in die Gardine eingehüllt, den Hauch auf dem Glas mit dem Ärmel wegreiben und hinaussehen, auf Fenster, auf Menschen, auf den Himmel, der wie die Heringe schimmert, die Großmutter in der Küche schuppt. Jetzt am Fenster stehen können! Aber die zuschlagende Stimme und das Weinen ducken den Wunsch. Das Kind liegt da, liegt auf dem Bauch und späht aus dem Bett, riecht den Sonnengeruch der Haut. Und nichts stimmt zusammen.

Es ist eingeschlafen, als es eine Hand auf der Stirn fühlt und Wald atmet und Kiefernnadeln kitzeln und pieken und es den Baum umarmt oder den Kiefernzweig.

4.

Am Morgen steht die Mutter neben dem Bett und hat einen Krug mit Wasser bereitgestellt für den Zweig und nimmt ihn dem Kind aus den Händen und fragt: Ist nun alles gut, wenn du den Wald im Zimmer hast? Und das Kind kann nicht antworten, läßt sich von der Mutter aus dem Bett heben, die Kiefernnadeln vom Hemd und aus den Haaren lesen, das Hemd abstreifen und sich mit kaltem Wasser abreiben.

Fragt nicht. Sagt nichts.

III.

Friede auf Erden
1929

1.

Regen. Schräg vorm Wind hergetriebene Regensträhnen, gegen die die Menschen sich anstemmen oder vor denen sie sich wegducken. Im kleinen Tiergarten stehen die Pfützen, vor den Gullys staut sich das Wasser. Die Tannenbäume, die der Händler gegen das Seil gelehnt hatte, das zwischen Laterne und Laterne gespannt ist, sind umgestürzt, viel zu viele noch für den Nachmittag des 24. Dezember. Aber wer kauft schon einen Tannenbaum, wenns nichts zu feiern gibt! Der Händler in einem alten, blankgeriebenen Mantel mit Samtspiegeln aus besseren Tagen bückt sich, richtet einen Baum auf, schüttelt ihn, richtet den nächsten Baum auf, schüttelt ihn, richtet den dritten Baum auf, schüttelt ihn, richtet den vierten, fünften, sechsten Baum auf, den siebenten, den achten.
Er ist stehengeblieben und sieht dem Händler zu, sieht den nassen Mantel, sieht das graue Gesicht, denkt: Ich bin auch so einer, bald bin ich auch so einer im blankgeriebenen Mantel, die Samtspiegel fransig, graue Stoppeln im Gesicht, die Strickmütze über die Ohren gezogen. Und er geht weiter, weil der Händler schon auf ihn zukommt, einen Baum noch unterhalb der Spitze in der rechten Hand. Und er doch nicht kaufen will. Schwiegermutter hat einen Baum gekauft, gleich am 11. Dezember, wenn der Verkauf beginnt und die Bäume noch teuer sind und hat ihn an einer Drahtschleife aus dem Küchenfenster gehängt wie jedes Jahr, wird ihn jetzt schon in den Ständer gezwängt und festgeschraubt haben und ihn schmücken, mit Lametta und Kugeln, mit wächsernen Engeln und gefalteten Papiersternen, und Schwiegervater wird die Kerzen auf-

stecken, umsichtig, damit, wenn sie nachher angezündet werden, nur kein Wachsengel schmilzt, wird gleich den Eimer, mit Wasser gefüllt, neben den Baum stellen und das Scheuertuch darüber breiten, weil so was so leicht vergessen wird.

Er geht nun wieder gegen den Regen an, ohne Schirm, ohne Handschuhe, den Hut in die Stirn gepreßt. Die Hände sind klobig und schwer von der Kälte. Wenigstens das fühlt er. Wenigstens das! Vater von zwei Kindern, der sich freuen sollte an so einem Tag: strahlende Kinderaugen und die Älteste wird ein Gedicht aufsagen. So reden sie doch seit Wochen. Dafür ist das Fest da, sagen sie. Für die Kinder. Die Jüngste ist drei Monate alt. Friede auf Erden und den Menschen ein Wohlgefallen. Weiß ers denn, was das ist? Den Menschen ein Wohlgefallen. Die Älteste geht in die Schule seit Ostern, hat die Weihnachtsgeschichte gelernt. Er wollte nicht, daß sie Religionsunterricht hat. Aber was hat er schon zu sagen. Ist arbeitslos seit dem Sommer. Taugt nichts, denken die Alten. Und Susanne, was denkt die?

Friede auf Erden und den Menschen ein Wohlgefallen. Klingt schön. Die jetzt noch auf der Straße sind, denken sicher nicht dran, Frauen und Männer in abgenutzten Mänteln, Kinder, die einen Handwagen ziehen und, als sie an ihm vorbeikommen, rufen: Brauchen Sie Kuchen? Der letzte Napfkuchen mit Rosinen für heute Abend! Und noch einmal rufen, als sie schon an ihm vorbei sind: Kuchen! Brauchen Sie Kuchen? Sie tun ihm leid, sind sicher seit morgens unterwegs mit dem Handwagen der Bäckerei, wollen ein paar Pfennige verdienen, müssen ein paar Pfennige verdienen. Aber er hat nur n paar Groschen in den Taschen, hat noch Tabak gekauft für die Feiertage, um einen Grund zu haben, in den Regen hinauszugehen. Kann doch den Tabak nicht tauschen, das wär was! Aber die Kinder sind schon hinter dem Zeitungskiosk. Was solls! Dann könnte er ja gleich zur Spree gehen. Ein paar Pflastersteine in die Manteltaschen gesteckt und rein ins Wasser. Soll schnell gehen. Er lacht rauh, wie Husten. Soll schnell gehen! Verfluchter Gedanke.

Er bleibt stehen, nimmt den Hut vom Kopf, schüttelt das Wasser von der Krempe und stülpt ihn wieder auf. Soll schnell gehen. Und die werden warten zuhause. Mit dem Lichteranzünden. Mit dem Gedichtaufsagen. Das Baby wird unruhig werden, der Schwiegervater wird hin und her trippeln auf dem Flur, die Schwiegermutter wird immer wieder Wasser nachgießen in den Kessel, weil das Wasser für den Kaffee kocht und sprudelt und aus der Tülle drängt und auf der Herdplatte verzischt. Nur die Alte wird in ihrem Zimmer sitzen, in dem glänzenden Schwarzseidenen, und aufs Essen warten. Und Susanne? Nicht dran denken. Die Kälte spüren, die Dunkelheit, die hinter dem grauen Tag lauert.

Die Geschäfte haben schon geschlossen. Nur der mit den Bäumen, der steht da noch und richtet die Bäume auf. Wenn die Straßenbahn hält, vielleicht steigt da doch einer aus, der noch einen Baum braucht. Vielleicht.

Die Straßenbahn hält und niemand steigt aus und niemand steigt ein. Heute Fahrer sein und Schaffner, das ist auch was. Nachts kommen die Betrunkenen und rempeln den Schaffner an und den Fahrer. Und die können sich nicht wehren, müssen Dienst tun. Aber immerhin Dienst tun. Nicht überflüssig sein. Verdammt.

Das Wasser spritzt aus den Schienen, als die Bahn anfährt. Sonst ist nichts mehr los. Der mit den Bäumen räumt die Tannen zusammen, schöne, viel zu große Tannen, die sich hier keiner leisten kann außer dem Apotheker und dem Drogisten. Selbst der Tabakhändler hat bloß einen kleinen Zweig im Laden gehabt. Rauchen alle Machorka, hat er gesagt, wie soll das bloß weitergehen, kaum Weihnachtsgeschäft, obwohl da der Zweig steht und das Einpackpapier mit Zweigen bedruckt ist!

Der Tannenverkäufer schnürt die Bäume zusammen, knotet das Seil von den beiden Laternen los, wickelt es zwischen Hand und Ellenbogen auf, sieht ihn nicht an, wie er da steht und gafft, stopft das Seil in die Manteltasche, die viel zu kurz ist dafür, so daß die Seilschlaufen überhängen, und packt die Bäume, kann sie nicht mit einemmal wegschaffen, legt die Hälfte auf das Pflaster zurück, sieht mißtrauisch zu ihm herüber. Und da fragt er nun doch: Soll ich dir helfen, Mann? Und der macht ein Zeichen mit dem Kopf zum

Hauseingang hin und geht voraus, stößt die schwere Tür auf und geht durch die breite Durchfahrt voraus bis zur Hoftür. Ganz schön schwer, so Tannen! Und pieken und kratzen und kleben. Die Hoftür geht nach innen auf. Da muß sich der Mann anstrengen, ehe er sich durchzwängen kann, hält ihm aber die Tür auf und schmeißt die Tannen gleich neben die Kellertreppe. Er tut es ihm nach. Danke! sagt der Mann. Taugt nu bloß noch zum Heizen, und die Kachelöfen haben das frische Holz nicht mal gern! Und er zerrt sich die Mütze vom Kopf und wischt sich die Hände damit trocken und streckt ihm die Rechte hin. Die Hand ist nicht mehr kalt, bloß zerkratzt und klebrig vom Harz. Frohe Weihnachten! Der andere zieht den Mund breit. Dann die Tür, die Durchfahrt, die Tür zur Straße. Und wieder die Regensträhnen.

2.

Das hat ihr noch gefehlt heute. Besuch. An so einem Tag, an dem sie nicht weiß, wo ihr der Kopf steht. Seit sechs in der Frühe ist sie in der Küche, hat die Gans abgesengt und ausgenommen, eine schöne Gans mit großer Leber und kräftigem Magen und Nieren und soviel Fett! hat den Schweinespeck geschnitzelt für das Schmalz und mit Zwiebeln und Apfelschnitzen und Holunderbeeren langsam bruzeln lassen, die Gans gewaschen und mit Salz und Pfeffer und Rotwein und einer Messerspitze Muskat ausgerieben, mit Äpfeln und Backpflaumen, mit Lorbeer, Wachholder und Beifuß gefüllt und sie in den Ofen geschoben, bis sich das Fett abgesetzt hat. Dann hat sie das Feuer ausgehen lassen. So braucht sie morgen nur anzuheizen und nicht schon um sechs in der Küche zu sein. Das Holz hat sie schon gespleißt und die Briketts zerschlagen. Der Ofen wird schnell warm und die Gans kann durchbraten und wenn sie das Fett abschöpft und dem Schweineschmalz unterzieht, wird die ganze Wohnung duften, Weihnachtsgeruch. Die Bunzlauer Töpfe für das Schmalz hat sie ausgebrüht, die Tücher zum Zubinden durchgekocht. Bis Ostern werden sie Gänseschmalz haben. Sie freut sich auf morgen.

Ehe sie die Schürze abbindet, stürzt sie noch das gelierte Gänseklein. Die bibbernde Masse läßt keinen Rückstand in der Schüssel. In der Speisekammer ists kühl genug für die süßsaure Sülze. Sie dreht den Schlüssel um. Sie reckt sich, weil das Kreuz schmerzt. Wie gut, daß immer noch Verwandte von der Alten an der Oder wohnen. Nichten, Neffen und Angeheiratete. In der Woche vor Weihnachten kommen sie nach Berlin, vom Schlesischen Bahnhof gleich zur Lübecker Straße, in den Henkelkörben unter den karierten Tüchern ist die Gans, sind die Eier, die Speckseiten und die Äpfel aus dem Apfelgarten an der Oder, von dem die Alte manchmal erzählt, dazu Bündel getrockneter Beifuß, der da einfach so am Weg wächst, unvorstellbar, und manchmal haben sie auch Mehl dabei in weißstaubigen Beuteln und eine Kruke Selbstgebrannten mit Kräutern. Natürlich wollen sie Geld, halten sich gar nicht sehr lange auf in der Küche, ins Zimmer läßt sie sie nicht, will nicht, daß da Neid aufkommt. Sie brüht ihnen Kaffee, richtige Bohnen und viel Milch dazu mit Haut. Kuchen ist immer da vom letzten Sonntag, auch ein paar Proben Pfefferkuchen. Während sie tunken und den Kuchen loben, fragt sie nach den Kindern, nach Hochzeiten und Einsegnungen und Begräbnissen, und dann verabschieden sie sich auch schon, um mit dem Geld, das sie ihnen für die ländlichen Schätze gezahlt hat, ins Kaufhaus zu gehen, wo sie Arbeitshosen für die Männer und Kleiderstoff und Puppen oder Zinnsoldaten für die Kinder kaufen wollen. Und Neujahr kommt dann ein Gruß mit vielen Namen, die sie gar nicht auseinanderhält. Das ist so, seit sie denken kann.

Fast hätte sie den Grünkohl vergessen: schön durchgefrorenen hats dieses Jahr nicht gegeben, ein nasser Dezember, aber der Grünkohl gehört zur Gans und sie muß ihn noch von den Stengeln streifen, damit ihn die Alte morgen früh hacken kann, mit der Wiege auf dem Holzbrett, richtiges Mus hackt sie, das grüne Wasser läuft über den Tisch. Ja, das kann sie noch, auch Kartoffeln schälen kann sie, dünnschalig, lange Spiralen ringeln sich in den Korb, sie muß ihr nur die Knullen abzählen, sonst schält sie zu viele!

Und an so einem Tag nun Besuch. Bruno. Ausgerechnet der. So einer, der bei der Sparkasse war, Frührentner und Bruder von Gustav. Und – ja, Nazi ist der, sagt Gustav, will nichts mehr mit dem zu tun haben. Aber kann er so einen wegschicken Weihnachten? Sie sind doch aus dem Bauch einer Mutter! Wenn sie sich das so vorstellt! Sitzen da nun im Zimmer am Eßtisch neben den Betten. Will dem großen Bruder frohe Weihnachten wünschen, hat der Bruno gesagt. Will natürlich was anderes. Die Nazis werden ja Weihnachten auch nichts für so nen Witwer tun. Aber ihr wärs wohler, wenn der bald gehen würde. Sie kann doch nicht schon Kaffee brühen, damit er vielleicht zufrieden ist. Susanne hat noch mit den Kindern zu tun, und der Schwiegersohn ist auch noch nicht zu Hause. Auch so einer, Sozi oder Kommunist, sie weiß nicht, Männersache, die reden sich die Köpfe heiß, aber das Holz muß sie alleine spleißen. Dabei hat der Schwiegersohn jetzt bloß das bißchen Unterstützung und nichts zu tun. Sitzt rum und zeichnet und geht spazieren. Am besten nicht nachdenken an so nem Festtag. Schuften. Richtig heiß sein vor Arbeit. Gustav hat Wein gekauft, Tarragoner, da schwört er drauf, und der Kräuterschnaps von der Verwandtschaft steht auch im Schrank. Wenn bloß die Männer nicht schon davon trinken! Vielleicht sollte sie doch ein paar Riegel Streusel- und Butterkuchen ins Zimmer bringen! Schönmachen muß sie sich auch noch, glänzt sicher wie ne Speckschwarte. Gustav sagt ja immer: Lieschen, Weihnachten bist du am schönsten. Sie weiß aber nicht genau, ob er nur spottet. Früher war das anders, als sie bloß zu viert waren und die Alte noch rüstig. Da hat sie sich noch das Korsett eng geschnürt und die Haare gebrannt, hat richtig Spaß gemacht, die Brennschere über die Gasflamme zu halten, und Gustav hat den Spiegel gehalten und gelacht: da nochn Löckchen, und da! und da! Aber natürlich muß sie sich heute auch schön machen, trotzdem der Bruno da ist und der Schwiegersohn zur Familie gehört, mit dem isses nu mal nicht einfach. Denn Susannes Große will ja n Gedicht aufsagen. Zum ersten Mal. Hat auch schon was aufgeschrieben in der Schule. Ein ziemlich langes Gedicht. Nicht bloß: Lieber guter Weihnachtsmann, sieh mich nicht so böse an, stecke deine Rute ein, ich will immer artig sein. Artig ist die nicht. Hat Susanne ihre liebe Not mit der, ist eine Wilde und bockig dazu. Hätte ein

Junge werden sollen. Nutzt nicht mal die Rute was. Und einsperren – da stößt die mit den Füßen gegen die Klosettür. Und meist schließt dann auch die Alte auf. Ist eben zu eng. Sie hocken zu dicht aufeinander. Vier Generationen. Und nun auch noch das Baby. Und heute der Bruno. Ein Nazi. Viel zu gutmütig ist der Gustav. Läßt den einfach rein, weils der Bruder ist. Sie wird sich mal kümmern. Bloß den Wäschetopf mit den Windeln muß sie noch aufsetzen. Hätte nicht sein brauchen, noch was Kleines, wo jetzt alle arbeitslos sind. Aber müssens wissen, die Jungen! Sie hebt die Ringe von dem zweiten Herdloch. Viel zu gutmütig sind sie, der Gustav, und sie ja auch. Viel zu gutmütig! Sie setzt den Wäschetopf auf das Feuer und wischt mit dem Unterarm über das erhitzte Gesicht.

3.

Das Kind saugt nicht, Susanne muß ihm immer wieder einen Klaps geben, damit es nicht einschläft. Die Große steht dabei, hat die Spielecke aufgeräumt, fragt immer wieder: Wann isses denn dunkel? Wann isses denn endlich dunkel? Sie hüpft von einem Bein aufs andere, stellt sich plötzlich breitbeinig hin und knäult den Schottenrock, guck, Mama, ich bin ein Junge, und schiebt den Bauch vor und heult, als sie ihr auf die Hände schlägt. Warum bin ich kein Junge? Sie wirft sich auf den Boden und heult, heult.
Ein schwieriges Kind.
Gabi, sagt sie leise.
Ich will nicht Gabi heißen!
Susanne ist hilflos gegen Gabrieles Trotz, viel zu müde seit der zweiten Geburt. Blutarm, sagen die Eltern, aber es ist der Alltag, die Arbeitslosigkeit des Mannes, die Auseinandersetzungen am Eßtisch und in der Küche, der Kampf ums Vorrecht auf dem Klosett. Es sind die Gerüche. Es ist der Winter. Es sind die kurzen Tage. Es ist der graue Hof.
Sie läßt Gabriele heulen. Wird sich schon müde heulen. Und sie setzt das Baby ab, tupft die gelblich-weißen Tropfen von der Brustwarze und schiebt die Brust in die Bluse, ehe sie den schlafenden Säugling bettet. Sie vergißt auch nicht, die Brustwarze nachher

mit alkoholgetränkter Watte zu säubern. Sie weiß, daß Gabriele ihr zusieht. Noch heulend linst die unter dem angewinkelten Ellenbogen durch. Was versteht denn ein Kind? Sie möchte so gern mit ihr sprechen. Möchte ihr sagen, daß sie Angst hat, an der Angst würgt, nichts mehr leisten zu können. Wie lange war sie schon nicht mehr am Klavier! Sinnlos, hat ihr Mann gesagt. Nicht mal Schüler hast du, jetzt, wos nötig wäre. Als hätte jetzt jemand Geld für Klavierstunden!

Sinnlos.

Das Wort macht müde. Soll sie das dem Kind sagen? Sie nimmt den Handspiegel und pudert Nase und Stirn. Weil Weihnachten ist. Heiligabend. Sie müßte erzählen, was das für ein Fest ist. Aber sie weiß den Wortlaut der Geschichte nicht mehr so genau, und es ist doch eine Geschichte, die man im Wortlaut hersagen muß. Es begab sich aber zu der Zeit . . .

Sinnlos.

Sie sieht, wie Gabriele sich langsam zusammenkrümmt und auf den Knien aufrichtet.

Jaja, dein Papa wird gleich da sein, sagt sie, weil sie nicht sagen will nun hab dich nicht so, weil sie Gabrieles Widerstand nicht nochmal spüren will.

Aus dem Zimmer der Eltern hört sie sprechen. Kurze, harte Sätze. Vaters Bruder, der Bruno, ist gekommen. Die Männer trinken wohl schon, sind laut. Den Bruno mögen sie alle nicht. Aber Weihnachten gilt das nicht, das weiß sie. Das auch. Und daß es genau so sinnlos ist wie der tägliche Kampf ums Klosett, wie der Streit in der Küche, wie das Aufbegehren gegen die Wut ihres Mannes.

Ihr Gesicht im Handspiegel ist ihr ganz fremd geworden, runde Stirn, hochliegende Jochbeine und die Augen. Irgendwann hat ihr Mann gesagt, wie schön die sind. Sie hätte Lust, einzuschlafen mit diesem Satz: Deine Augen sind schön. Die Schwiegermutter nimmt dem Mann noch Geld ab von der Unterstützung, weiß sie, wartet vorm Arbeitsamt, jemand hat ihrs zugetragen.

Deine Augen sind schön.

Sie kauert neben dem Kind nieder, legt Puderquaste und Spiegel beiseite. Dein Papa wird gleich da sein, sagt sie. Dann werden die Lichter angezündet. Zwölf Lichter hat der Großvater auf die Tannenzweige gesteckt. Und du wirst das Gedicht aufsagen und wir singen. Sie summt einen Ton, Gabriele nickt. Nachher, wenn du ausgepackt hast, essen wir Kuchen und Pfefferkuchen. Großmutter hat soviel gebacken. Und du hast beim Ausstechen geholfen, weißt ja, Sterne und Herzen und Halbmonde.

Reden. Die Müdigkeit wegreden.

Gabriele starrt sie an. Sie erschrickt. Weil sie sich hat gehen lassen. Geredet hat und geredet, am Kind vorbei, das doch anderes erwartet, Liebe vielleicht oder Zärtlichkeit oder nein –

Friede auf Erden und den Menschen ein Wohlgefallen. UNGLAUBLICHE SÄTZE. Glanz um die Geburt in Armut. Grüngoldener Himmel hinter dem elenden Stall, als gäbe es das: Erwartung. Als werde Erwartung nicht immer wieder getäuscht, enttäuscht und eingetauscht in alltäglichen Haß.

Das Kind sieht sie an, wiegt sich ganz leicht hin und her, als spüre es das Wort, die Wärme. Und springt auf und wirbelt durchs Zimmer und stampft und juchzt.

4.

Bruno sitzt breitbeinig und vorgebeugt auf dem Sofa, das Parteiabzeichen am Rockaufschlag. Der kahle Schädel spiegelt die Lampe, die eingeschaltet ist, obwohl es noch nicht ganz dunkel ist. Warum der nur nicht geht, einer, mit dem er nichts zu tun haben will, einer, mit dem er nie zu tun gehabt hat, der Jüngste zu Hause. Um den hatten sich Luise und Martha gekümmert nach Mutters Tod. Später eine Hochzeitsanzeige, eine Geburtsanzeige, zwei Traueranzeigen: die Frau im blühenden Alter von siebenundzwanzig Jahren und später der Sohn als Kriegsfreiwilliger, gefallen in Frankreich. Bruno, Angestellter bei der Städtischen Sparkasse, 1923 in die NSDAP eingetreten, teilte ihm das mit, per Brief: er sei ein neuer Mensch seitdem, er wisse endlich, wie er dem toten Sohn gerecht werden könne. Und kam ein-, zweimal im Jahr vorbei, Weihnachten war er noch nie gekommen.

Sie reden übers Wetter, über den Regen, ein paar Weißtdunoch, kaum Gemeinsames bei dem Altersunterschied. Und sie reden über die Arbeitslosigkeit. Deswegen ist er doch gekommen, sagt Bruno, weiß doch, daß der Schwiegersohn von Gustav auch ohne Arbeit ist, will dem mal von der Partei erzählen, vom Programm zur Arbeitsbeschaffung. Wenn wir endlich dran sind, lange dauert das nicht mehr.

Da laß mal die Finger von, sagt Gustav. Weihnachten ist für die Kinder da und für die Familie.

Du hast gut reden, Gustav!

Und weil sich darauf nicht antworten läßt ohne Sentimentalität, steht er auf und stellt nun auch die Süßweingläser auf den Tisch neben die Schnapsgläser, holt die Flasche aus dem Schrank und den Korkenzieher und macht sich umständlich daran, den Korken aus der Flasche zu drehen. Bruno sieht ihm zu.

Ihr habt sicher ne Gans Weihnachten!

Da kümmere ich mich nicht drum.

Riecht man doch, es riecht nach Gänsebraten!

Gustav schenkt ein, zuerst den kleinen Probeschluck, dann Brunos Glas einen Fingerbreit unterm Rand, dann sein Glas.

Frohe Weihnachten! Er trinkt Bruno zu, Martha hat geschrieben.

Mir auch, sagt Bruno.

Und Luise kann jetzt schon gehen mit den Krücken.

Die sind jetzt auch drin, sagt Bruno. Da in dem Nest, wo die Schwestern leben, ist die Partei ganz groß. Betreuen die beiden alten Frauen.

Schön, sagt er, nippt wieder an dem Glas, wartet, daß Bruno sagt, ich geh jetzt. Aber Bruno macht keine Anstalten dazu, trinkt sein Glas leer, lehnt sich ins Sofa zurück.

Ziemlich laut, eure Wohnung!

Nebenan tobt Gabriele, tobt und singt. Gustav hat sie gern. Hat es gern, wenn sie alle um den Tisch sitzen abends und das Kind aufspringt und einem nach dem anderen die Augen zuhält. Nur Bruno gehört eben nicht dazu, fängt immer wieder von diesem Hitler an, von der SA und ihrer Kampfmoral und davon, daß Deutschland in

Versailles zuschanden gemacht worden ist. Lauter Verräter und Juden. Kaufen die Bauernerde auf fürn Appel undn Ei, um die Bodenpreise hochzutreiben und lassen die jungen Männer aus den Schützengräben auf der Straße herumlungern, als hätten die nicht ein Recht auf Arbeit.

Schon gut, Bruno, aber laß das doch heute!

Er kann das nicht mehr hören, viele reden schon so, und er weiß doch was los ist, seit er die Stelle gewechselt hat und im Bezirk arbeitet. Er sieht doch, daß es an allen Ecken und Enden fehlt und daß die Nazis das auch nicht werden ändern können.

Aber Bruno hat schon rote Flecken auf den Jochbeinen und ist in Fahrt. Ich sag dir, die Juden sind schuld. Immer mehr kommen hierher mit ihren Bauchläden und ihren abgewetzten Kaftanen. Und ein Jahr später haben sie einen Eckladen odern Lehrstuhl an der Universität.

Hör doch auf, Bruno. Du weißt, daß ich anders darüber denke. Außerdem stimmts nicht, was du sagst.

Ich werd dirs beweisen, Gustav. Und der Hitler wird dirs beweisen: Wenn die Juden raus sind –

Heute ist Weihnachten, Bruno. Und wir haben Kinder im Haus, wollen uns nicht streiten.

Wirst sehen, wer Recht behält!

Immer muß er das letzte Wort haben. Trotzdem schenkt er dem Bruder noch einmal ein, ungeduldig, daß Lieschen ins Zimmer kommt und Susanne und die Kinder und die Alte und er die Lichter anzünden kann und die Kinder wichtig sind, weil sie ja wohl damit vorlieb nehmen müssen, daß der Bruno bleibt und mit dem Schwiegersohn ins Gerede kommt nachher. Weil er den Bruder ja nicht in den Regen schicken kann. Immerhin bringt Lieschen einen Teller Kuchen, dicke Streusel und Butterseen auf dem Hefeboden, wenn du willst, pack ich dirs ein, Bruno, sie will sich ein bißchen zurechtmachen, da müssen die Männer schon mal auf den Korridor, dauert nicht lange.

Er läßt Bruno den Vortritt, hofft, daß der Lieschens Wink mit dem Zaunpfahl verstanden hat und sich entschließt zu gehen, klopft auch bei Susanne an, ruft, mein Bruder will euch mal kurz frohe Weihnachten wünschen.

So ist das ja nun nicht, sagt Bruno. Der Tag ist noch lang. Susanne öffnet die Tür einen Spalt breit, bittet, ins Zimmer zu kommen, aber Bruno lehnt ab, will nicht stören, guckt aber doch ins Zimmer und nickt anerkennend. Zwei Kinder, tüchtig, tüchtig, und nimmt seine Zigarrentasche heraus und klappt sie auf. Lang zu, Gustav; er lacht, so olle Raucher bleiben lieber aufm Korridor. Und reicht ihm seinen Zigarrenabschneider und hat auch Feuer.

Der wird also bleiben heute. Das steht fest.

5.

Er hatte das Taxi schon vorm Haus stehen sehen, als er in die Lübecker Straße eingebogen war, und daneben zwischen unförmig verpackten Gebilden eine Frau, die mit dem Schofför verhandelte. Bewegungen, die er kannte, ausladend und schroff zugleich. Er hätte umkehren können. Denn die dort, seine Mutter, war wieder betrunken, das sah er. Und hatte wieder nicht genug Geld, das wußte er. Hatte ein Taxi bestellt und konnte nicht zahlen, war bereit, eine Szene zu machen, das kannte er. Das beste wäre, sie auszulösen und wieder ins Taxi zu setzen. Wenn er nur ein paar Mark bei sich gehabt hätte.

Er hat wütend die großen Pakete treppauf geschleppt. Man macht keine Geschenke, wenn man kein Geld hat. Man fährt mit der Stadtbahn oder der Straßenbahn, wenn man kein Geld hat. Und woher hast du nur wieder den Schnaps?

Vorwürfe, auf die sie nicht geantwortet hat, sehr aufrecht ging wie alle Betrunkenen, stehen blieb, als er aufschloß. Stimmen im Korridor. Jähes Verstummen.

Ich habe Besuch mitgebracht.

Es hätte munter klingen sollen, aber er hat sich nicht beherrschen können, hat die Pakete mit voller Wucht abgesetzt. Die beiden alten Männer sind ausgewichen vor ihm oder vor der betrunkenen Frau. Er hätte sagen mögen, ich kann nicht dafür, daß sie da ist. Aber er hat seine Mutter vor dem Schwiegervater nicht demütigen mögen und hat ihr aus dem Mantel geholfen. An den Zimmertüren sind die Frauen erschienen. Nur Gabriele hat sich durchgezwängt und hat seiner Mutter die Hand hingestreckt.

Da hat sich der Schwiegervater steif gemacht und mit seiner Zigarre zur Tür gewiesen.

Bitte gehen Sie. Sie sind nicht eingeladen.

Sind Sie der Vater meiner Enkel, mein Herr? Sie hat dem Kind die Hand auf den Kopf gelegt, und die Schwiegermutter hat gesagt, laß doch, Gustav, heute ist Weihnachten und ich hab genug Kuchen gebacken.

Einen Augenblick lang haben alle zu reden aufgehört.

Er hat an den Händedruck des Tannenverkäufers gedacht und wie flüchtig so etwas ist. Hat sich dann entschuldigt, er müßte sich noch umziehen, hat seine Mutter einfach stehen lassen zwischen den anderen.

Nachher sitzen alle im Schlaf- und Wohnzimmer der Schwiegereltern. Susanne hat das Baby auf dem Schoß und der Schwiegervater zündet die Kerzen an, zwölf Kerzen auf einer kleinen Tanne. Die Alte, die Urgroßmutter, ist aus ihrem Zimmer gekommen, im glänzenden Schwarzseidenen, hat auf den Stock gestützt am Tisch gestanden, bis Bruno gemerkt hat, daß er auf ihrem Stuhl sitzt und den Platz getauscht hat. Sie hat sich umständlich gesetzt und den Rock glattgestrichen und den Stock neben sich an den Tisch gelehnt und die Hände über dem Bauch gefaltet. Erst dann hat sie in die Runde geblickt, streng, aber das mag an dem uralten Kneifer mit dem Silberdrahtbügel liegen, den sie sonntags und an Festtagen aufsetzt. Gesagt hat sie nichts, nur innegehalten, als sie Susannes Schwiegermutter gesehen hat, und den Kopf beinahe unmerklich geschüttelt. Ihn hat das gekränkt, weil seine Mutter auch betrunken eine ansehnliche Frau ist, anders als die Schwiegereltern, noch blond mit üppigem, hochgestecktem Haar. Gar nicht zu denken, daß sie einmal so einen Hühnerkopf haben wird wie die Uralte. Er hat sich bemüht, von den Frauen weg auf die Kerzen zu sehen, auf die züngelnden Flämmchen, wie sie langsam zur Ruhe kommen. Das Kerzenanzünden ist Sache des Schwiegervaters, alljährliche Zeremonie und ein Vorrecht. Als er im ersten Ehejahr hat helfen wollen, ist er zurückgewiesen worden.

Und mit einemmal fragt er sich, warum er sich das bieten läßt: die Gefangenschaft.

Der Schwiegervater ist fertig mit dem Kerzenanzünden, tritt einen halben Schritt zurück, sieht doch wieder hübsch aus, auch wenns nurn kleines Bäumchen ist dies Jahr!

Susanne flüstert Gabriele ins Ohr, daß sie nun an der Reihe ist. Die springt auf, stößt fast den Wassereimer um, aber dann knickst sie, und alle Zappligkeit ist vergessen, als sie aufsagt: Das Christkind ist durch den Wald gegangen, sein Schleier blieb an den Zweigen hangen – ein schönes Gedicht, findet er, weil doch draußen Regen ist, kein Reif, kein Schnee, nicht mal Wald. Als Gabi fertig ist, stimmt Susanne Vom Himmel hoch da komm ich her an und die Alte und die Schwiegereltern singen, auch der Bruno brummt mit, sie singen mehrere Strophen, das Kind singt viel zu schnell und sieht in den Pausen ungeduldig von einem zum anderen.

Er kennt den Text nicht, haßt Weihnachtslieder, schlägt seine Fingerkuppen gegeneinander unter dem Tisch, das Unbehagen sitzt wie ein Kloß im Hals. Soll das immer so weitergehen bis ans Lebensende: die Familienzeremonie und nachher der Kuchen und zwei, drei Gläschen Tarragoner. Und Friede auf Erden.

Susanne schlägt Ihr Kinderlein kommet vor, weil Gabriele das schon in der Schule gelernt hat. Da lacht seine Mutter laut auf.

Bitte stören Sie nicht! Schwiegervater ist ärgerlich.

Ich seh doch, wie ihr das Kind belügt!

Seine Mutter hat den Mut der Betrunkenen. Eigentlich ist er ihr dankbar. Schwiegervater will etwas sagen, klappt den Mund auf und zu und wird ganz krumm. Und weil Susanne den Ton angibt, sagt Bruno über den Tisch weg zu der Betrunkenen, ist schon was dran, wenn Sie sagen: Lüge, ist schon was dran! Der Schwiegervater steht auf und beginnt, eine Kerze nach der anderen auf dem Weihnachtsbäumchen zu löschen. Das Gesicht der Schwiegermutter überzieht sich vom Hals her mit roten Flecken. Laß doch, Gustav, es sieht doch so hübsch aus!

Aber der Schwiegervater hört nicht auf sie. Und als es ganz dunkel im Zimmer ist, ist das Atmen zu hören, das rasselnde Atmen der Uralten, das leichte Atmen der Kinder, das angestrengte Atmen seiner Mutter, die Beklommenheit. Bis die Schwiegermutter das Deckenlicht einschaltet und alle wie geblendet sind.

Seine Mutter lacht wieder auf.

Er weiß nicht, wie er seiner Beschämung Herr werden soll, kommt, sagt er, wir gehen nach nebenan.

Machst auch schon den Buckel krumm? Ihre Stimme kippt aus dem Lachen, sicher, ich hab ja vergessen, daß dun Sozi bist. Die machen immer den Buckel krumm, wenns nach Gefühl riecht!

Geben Sie Ruhe, Frau, denken Sie an das Kind, die versteht doch schon alles! Die Schwiegermutter hat die Hände unter den Kaffeewärmer geschoben, als wollte sie sich wärmen. Der Schwiegervater fährt sich mit dem Zeigefinger hinter den steifen Kragen.

Wenn die Nazis dran sind, wird Weihnachten nicht mehr gefeiert, sagt Bruno, dann werden Feuer angezündet, Sonnenwendfeuer!

Dann wird unser Volk endlich nicht mehr im Mitleid ersaufen, sagt seine Mutter, ist aufgestanden und beschreibt mit ausgestrecktem Arm einen Kreis. Denn was fallen will, soll man auch stoßen!

Der Schwiegervater packt sie am Ärmel. Das wollen wir doch gleich mal probieren.

Er hat den alten Mann noch nie so wütend gesehen.

Feiern Sie da, wo Sie mit Ihren aufgeschnappten Sätzen hingehören. Wo der Fusel billig ist. Und nehmen Sie auch gleich die Geschenke mit.

Seine Mutter wehrt sich gegen den Schwiegervater. Ein Teller fällt zu Boden.

Da packt er seine Mutter und zerrt sie zur Tür. Gabriele heult, das Baby schreit. Susanne hat die Lippen zusammengepreßt. Der Schwiegervater fährt wieder mit dem Zeigefinger hinter den steifen Kragen, die Schwiegermutter macht die Tür auf. Nur die Uralte hat noch immer die Hände über dem Bauch gefaltet.

Schöne Frau, hört er Bruno sagen, als die Tür schon geschlossen ist. Schade, warum trinkt so eine!

Er zerrt mit der linken Hand den Mantel seiner Mutter vom Haken, mit der rechten hält er sie am Handgelenk fest. Stülpt ihr auch den Hut auf. Sie muß ganz billigen Fusel getrunken haben. Ihr Atem stinkt. Der ganze Flur stinkt. Er zerrt sie zur Wohnungstür und ins Treppenhaus.

Halt dich am Geländer fest!

Schämst du dich nicht, so mit deiner Mutter umzugehen!

Er zerrt sie von Stufe zu Stufe, gegen ihren Widerstand an. Das Treppenlicht geht ein paarmal aus, und sie müssen im Dunkeln bis zum nächsten Stockwerk. Als sie endlich die Haustür erreicht haben und er aufschließt, befiehlt sie, bestell mir ein Taxi und zahl im Voraus!

Ich kanns nicht, Mutter, ich bin arbeitslos und hab Familie. Er hat noch ein paar Groschen Wechselgeld vom Tabakhändler. Die drückt er der Mutter in die Hand. Für die Straßenbahn, sagt er. Fahr nach Haus und leg dich schlafen.

Sie zählt die Groschen in der offenen Hand, den Mantel hat sie überm Arm, den Hut schief aufgestülpt. Er stukt ihn zurecht und läßt sie los.

Geh jetzt, und zieh den Mantel an!

Sie schüttelt den Kopf, macht ein paar Schritte, bleibt stehen, lacht und geht weiter. Er sieht ihr nach, sieht ihren steifen, schwankenden Gang und wie sie den Mantel durch die Pfützen schleifen läßt.

Als er in die Wohnung zurückkommt – auf jeder Stufe ist er stehengeblieben, taub vor Schmerz, oder nein, vor Entsetzen, oder nein, vor Hilflosigkeit – hantiert die Schwiegermutter in der Küche, windelt Susanne das Baby zur Nacht, sitzen Schwiegervater und Bruno und die Uralte schweigend am Tisch. Die Männer rauchen. Er sucht Gabi und findet sie hinter der Gardine, das Gesicht gegen die Scheibe gedrückt.

Niemand spricht ihn an.

6.

Die Scheibe ist kühl an der Stirn. Die Straße ist ein Abgrund. Und drüben hinter dem Abgrund helle Fenster, auch Fenster, hinter denen Weihnachtsbäume zu sehen sind und nichts zu hören ist, kein Gezänk und keine Lieder.

Und im Zimmer die ganz andere Stille jetzt, Stille, die ihr Angst macht. Vater hat hinter ihr gestanden, Tabakgeruch, Vatergeruch. Sie hat sich nicht umdrehen können, er hat sie nicht berühren können an den Schultern wie ers manchmal tut, wenn er was erklären will. Er war weit entfernt von ihr oder sie von ihm.

Das Christkind ist durch den Wald gegangen. Wann war das: Kiefernnadeln, geflecktes Licht? Die Scheibe ist kühl an der Stirn, aber wenn sie das Gesicht von dem Glas löst, sieht sie in der Außenscheibe geflecktes Licht. Die Kerzen. Weihnachten. Und wenn sie die Augen kneift, sieht sie die Gesichter vor dem Hintergrund der erleuchteten Fenster gegenüber, Gesichter ohne Körper, flackernd wie die gespiegelten Flämmchen, durchscheinend wie die gespiegelten Flämmchen, und kann sich das Gekreisch nicht mehr vorstellen, die Wut nicht. Sie versucht an den Fingern abzuzählen, wieviele sie vorhin waren, Mutti, Papa, Oma, Opa, Mutter – so wird die alte Frau gerufen – Großmutter, für den mit der Glatze hat sie keinen Namen, Baby und ich: Daumen, Zeigefinger, Mittelfinger, Ringfinger, kleiner Finger, Daumen, Zeigefinger, Mittelfinger und ich.

Sie weiß nicht, wie die Stille aufhören soll, wie alle wieder reden und sich bewegen sollen. Sie steht mit hängenden Armen, einen kleinen Schritt vom Fenster entfernt, aber wieviele Schritte von den anderen entfernt? Die Hände machen sich an den Strümpfen zu schaffen, die an die Gummibänder geknüpft sind, die zu beiden Seiten am Leibchen hängen, versuchen, die Strümpfe höher zu ziehen, weil die Haut zwischen Wollstrumpf und Schlüpfer kalt ist, Kälte, die wie die Stille ist: Lähmend. Irgend etwas ist vorbei, zerstört. Vielleicht Weihnachten. Oder daß sie dazu gehört hat, am Tisch gesessen, im Essen gestochert hat, ermahnt worden ist jeden Tag. Sie kneift sich in die Schenkel, weil sie was fühlen will. Weil sie nicht sagen kann, was sie sieht. Nur sieht. Sieht. Und zusammenzuckt, als sie sich gekniffen hat und tief Luft holt, erleichtert, aus der Unwirklichkeit freigekommen. Und sich langsam umwendet und alle um den Tisch sitzen sieht, beinahe friedlich, ausgehöhlt vom Gezänk und Gekreisch. Und mit einemmal bis in die Fingerspitzen hinein den Wunsch hat, sie zu umarmen, auch den mit der Glatze, auch die Alte mit ihrem spiegelnden Kneifer unter dem Silberdrahtbogen.

Sie schiebt einen Fuß vor, verlagert das Gewicht nach vorn, die Arme heben sich langsam, die Hände spreizen sich, sie krümmt sich vom Rücken her, von den Schultern her, aus der Starre erlöst möchte sich einschmiegen, kugelförmig werden. Dann stürzt mit einem Iiii-Laut zum Tisch, fühlt eine Hand auf ihrem Kopf, Streicheln, Wärme, weiche Geborgenheit – und hört endlich Stimmen, Wörter, Sätze, die sie nichts angehen, angehen, nichts angehen, angehen –

eine Schande uns das Fest zu verderben eine betrunkene alte Frau was soll das Kind denken! sie hat ja recht Sonnenwende müßten wir feiern laß doch die Politik draußen spießig euer Kleinkinderweihnachten ihr habt nichts begriffen wollen wir nicht singen zusammen singen Vom Him mel hoch da komm ich her doch jetzt nicht, jetzt nicht ihr werdet schon sehen, wer recht behält hör auf, Bruno! wollt ihr mich auch vor die Tür setzen? schöne Christen seid ihr –

Und dann wie ein kleines Kind, wie die kleine Schwester aus dem Zimmer getragen werden, das Gesicht in der Halsbeuge der Mutter-Mutti, die Arme um ihren Nacken geschlungen. Aber nicht schlafen, bitte nicht schlafen! Tannengeruch, Tabak, Kerzen, Alkohol, Kaffee, Kuchen, kalter Braten, Mottenkugeln, nasser Loden, verwirrende Gerüche. Sie klammert sich ganz fest an die Mutter-Mutti. Bloß nicht schlafen, nicht wegtauchen unter den Gerüchen und Bildern und Stimmen. Die ersticken sie, lassen sie nie mehr aufwachen. Bloß nicht schlafen.

Ich les dir ein Märchen vor, sagt die Mutter-Mutti. Aber sie will kein Märchen hören. Märchen kann sie auswendig.

Sie weiß nicht, wie sie in das Zimmer der alten Mutter, der Urgroßmutter gekommen ist. Sie weiß nur, daß sie plötzlich mit den Knien gegen die Mutter-Mutti gestoßen hat, sich auf den Boden hat fallen lassen und geschrien hat und die uralte Frau ins Zimmer gekommen ist in dem schwarzen, knisternden Festkleid und auf den Stock gestützt, und gesagt hat: Bring sie zu mir. Es war zuviel für das Kind. Und geh du ins Zimmer, Susanne, und paß auf, daß die Männer nicht zuviel trinken und reden.

Und weiß, daß sie sich auf dem Sofa wiedergefunden hat, auf dem weißen Schonbezug, mit einer Decke zugedeckt, und die alte Frau neben ihr gesessen hat auf einem steiflehnigen Stuhl und ein Teller mit Pfeffernüssen auf dem Tisch gestanden hat. Und mit einemmal hat sie gewußt: Ich habe einen Bock gehabt, sie hat sich aufgesetzt. Ganz frei. Ganz wach. Und hat keine Angst mehr gehabt. Ob meine Mutti noch böse auf mich ist?

Sie ist nicht böse auf dich, Gabi. Auf dich nicht.

Auf wen sonst?

Ich will dir was erzählen, Gabi, vielleicht verstehst dus. Vielleicht verstehst du dann auch, daß deine Mutti nicht böse auf dich sein kann.

Sie hat den alten Händen zugesehen. Über den Knochen spannt die Haut wie Papier, braungeflecktes Papier, das kaum die Adern verdeckt, die sich über dem Handrücken verzweigen. Die Hände haben ein dickes Buch von einem Stuhl auf den Tisch gehoben, das Buch ist schwer, die Hände haben gezittert, und sich wie zum Ausruhen über dem Buch gekreuzt. Dann ist die eine Hand in den Schoß zurückgefallen in die Mulde aus knisterndem schwarzen Stoff, und die andere hat das Buch aufgeschlagen. Die Spannung dieser ruhigen Bewegungen. Das Warten. Die Hand hat auf Bilder gewiesen, bräunlich blasse Bilder, die in dunkelgraue Pappseiten eingesteckt waren. Ein rundes Kindergesicht war zu erkennen, die Haare mit einer großen Schleife zurückgebunden, und ein anderes Kindergesicht, ebenso rund, nur mit kurz geschnittenen Haaren, wie sie die Jungens haben.

Siehst du die Ähnlichkeit? Das ist deine Mutti. Und das ist Paul. Dann hat die Hand die letzte Seite aufgeschlagen, ein blankes Foto. Und das bist du. Alle seid ihr gleich alt auf den Bildern, sechs Jahre alt, eben in die Schule gekommen. Und alle seid ihr euch ähnlich. Siehst du das?

Ja, ja – und?

Paß auf, Gabi, den Paul, den kennst du nicht. Der ist so gewesen, wie du bist. Bockig, aufgeregt, neugierig und manchmal ganz still. Auch die Susanne, deine Mutti, ist so gewesen wie du bist. Der Paul ist lange tot. Und die Susanne, deine Mutti, die hält das nicht aus, was er ausgehalten hat. Was du aushalten mußt.

Steil aufgerichtet auf dem Sofa sitzen. Die Decke ist längst auf den Boden geglitten. Was sagen wollen, nicht wissen, was. Dann sind es kaum mehr Wörter, die sie auseinanderhält. Dann werden ihr die Hände der alten Frau gleichgültig.

Wird ihr das dicke Buch gleichgültig. Wird der Geruch im Zimmer gleichgültig, Mottenkugeln und welkes Laub. Wird die Dunkelheit außerhalb des Lichtkreises der Lampe gleichgültig. Dann schieben sich Bilder vor die Augen, die ihr niemand zeigt, die sie nie gesehen hat: Ein breiter grauer Fluß, bunte schmale Häuser an den Kais, ein strenger Turm, die breite Front eines Palastes, ein anderer Fluß, von Kastanien gesäumt, sanftes geflecktes Grün auf dem Pflaster, Buchkarren und Bettler im grünen Schatten, im braunen Schatten unter den Brücken; Gestank und Zeitungspapierlager; und wieder ein anderer, schmaler Fluß, dunkelrotes Gemäuer, glitzernde Kuppeln, Holzhäuser an den Straßen, Gärten, in denen die Herbstblätter die Beete schwärzen, Toreinfahrten, in denen mehligweißgesichtige alte Männer sitzen und die Flasche in der Rocktasche haben; und eine andere Stadt unter steinblauem Himmel, wo die Eisscherben aus dem steinblauen Wasser des Hafens an die befestigten Ufer klimpern. London, Paris, Moskau, Petersburg. Und in London ein Mann, zwanzig Jahre war Paul alt, als er da gelebt hat, ein Student und einer, der kein Geld hatte, der den Söhnen der Handelsherren und den Damen der Gesellschaft Deutsch beibrachte und abends zu den Hafenarbeitern ging in die Quartiere hinter den Docks, und einmal in der Woche mit anderen zusammensaß, weil die Kinder der Hafenarbeiter in den Nebelwintern wie die Fliegen starben in den nassen Wohnungen, und weil sie das ändern wollten. Und in Paris ein Mann, der an der Sorbonne Übungen hielt, da war er schon so weit, daß er das durfte, er muß

da viel gelesen haben, er schrieb ja nur selten, aber er brachte drei
Kisten Bücher mit. Und in Moskau ein Mann, dem schon die Haare
grau wurden, obwohl er erst neunundzwanzig war. Sein Vater ist
damals in Berlin gestorben, aber er hat nicht kommen können, hat
nicht Geld genug gehabt zur Reise. Oder vielleicht war ihm das
auch nicht so wichtig, wer weiß. Und dann Petersburg! Du mußt
die Bücher von Dostojewskij lesen, dann kennst du die Stadt, hat er
gesagt, als er endlich aus Rußland zurückkam, schon krank, schon
mit dunklen Ringen unter den Augen. Und nur wenig erzählt hat.
Schlimmes. Von einem Januarsonntag und einem Zug von Tausenden und Tausenden, die ihre Bitten vorzutragen gekommen waren,
und die Soldaten des Zaren schossen in die Menge auf dem weiten
Platz. Paul war dabei. Neben ihm brach eine Frau zusammen. Er
hat nicht weiterreden können, als er davon erzählt hat, hat dagesse-
sen, geatmet, schwer geatmet. Wie sie die Menschen verachten
können, wenn sie oben sind – ich verstehs nicht! Ja, das war so ein
Satz, den er immer wieder gesagt hat. Hat viele Briefe geschrieben,
viele Wege gemacht, sich mit Leuten getroffen, deren Namen er
nicht einmal gekannt hat. Und als er ihr dann sein Diplom auf den
Tisch gelegt und sie einen Glühpunsch gemacht hat und Lieschen
und Gustav und Susannchen, deine Großeltern und deine Mutti,
die war da noch klein, übern Flur gekommen sind, um mit zu feiern, hat der Paul einen großen Tag gehabt, hat von den Städten und
den Menschen erzählt, von dem blauen und dem grauen Himmel,
von den glitzernden und den dumpfen Palästen, und von der Hoffnung, die in all den Städten so anders ist und doch so ähnlich, so anders, weil die Gerüche sich unterscheiden, so ähnlich, weil die Not
sich gleicht und der Hunger, weil überall zu viele Kinder sind und
zu wenig Arbeit. Aber er wüßte, was er zu tun hätte in seinem Leben, er sähe die Welt vor sich, einen großen Garten mit Ernten für
jedermann. Natürlich wäre das ein Bild, und vor dem Bild wären
die Bettler auf dem Zeitungspapier und die Toten vor der Eremitage
und die Trinker und schlampigen Frauen im rußgeschwärzten
Londoner Osten, wären die Soldaten in ihren allzu bunten Uniformen. Er wüßte auch, daß der große Garten für jedermann ein

Traum wäre, doch ein notwendiger Traum, und er hätte deshalb die Rechte in den verschiedenen Ländern studiert.

Steil aufgerichtet auf dem Sofa sitzen. Die Decke ist längst auf den Boden geglitten. Was sagen wollen, nicht wissen was. Das dunkle Zimmer nicht sehen, so hell ist der Traum. Die Stimme der alten Frau ist ganz dünn, ganz unwirklich. Sie hat noch nie soviel gesprochen, hat ihre Arbeit gemacht in der Küche. Knullen geschält und Äpfel, lange sich ringelnde Schalen, hat Mohrrüben geschrabt und Holz gespleißt, hat Teig geschlagen und Backformen gefettet und sich über das Schaff mit dem Abwasch in den Dampf gebeugt.

Ja, das war so ein Tag wie Weihnachten. Der Glühpunsch und Paul und Gustav und Lieschen und Susanne. Im Ofen war nachgelegt. Wir saßen vom Abend bis in die Nacht!

Steil aufgerichtet auf dem Sofa sitzen, den fleckigen alten Händen zusehen, wie sie sich ausruhen, als wäre etwas vorbei und beschlossen. Und wie sie langsam in den Schoß zurückgleiten, in die Mulde aus schwarzem, knisterndem Stoff.

Nebenan sind Stimmen zu hören, aufgeregt, nervös, spitz.

Er hat nicht viel Zeit für den Traum gehabt. Er nicht. Er war schon zu krank, der Paul. Aber du siehst ihm ähnlich, Kind.

Das Zimmer, der grüne Lampenschirm, Mottenkugeln und welkes Laub, die dunklen Möbel rings an den Wänden, die Schale mit den Pfeffernüssen.

Du siehst ihm ähnlich, Kind.

Und:

Das war so ein Tag wie Weihnachten, nein mehr, viel mehr!

Die Zähne schlagen aufeinander.

Nach der Decke greifen.

Nachher aufwachen. Im eigenen Bett. Ein Würgen oder Heulen. Eine Nachttischlampe brennt. Vater kniet vor dem Toiletteneimer. Mutter-Mutti steht neben ihm, vorgebeugt und hält ihm den Kopf. Die kleine Schwester weint.

Sie möchte ganz laut singen, gegen das Heulenwürgen an, von dem

Garten vielleicht, von den blauen und grauen Himmeln. Singen und die Arme ausbreiten. Aber sie dreht sich zur Wand und rollt sich zusammen und beißt in die Hand. Die Haut schmeckt salzig.

IV.

Aber wir müssen uns wehren
1933

Lies die Zeitung. Ich lese keine Zeitungen mehr. Du hast nie welche
gelesen war dir nicht fein genug: Zeitungen. Druckerschwärze und
das schlechte Papier. Was ist denn nun schon wieder daß du so aufgeregt bist Lies doch lies! Die Nazis der Reichstag

1.
Etwas hat sich verändert. Jetzt immer Vaters Gerede bei Tisch,
sonst hat er stumm und gierig gegessen. Und in der Schule die Lie-
der, viele Lieder. Sie ist im Chor. Sie singt gern. Nach O-o-stland
wollen wir rei-i-ten, nach O-o-stland wollen wir gehn. Das Lied
hat eine fremdartige Melodie. Ein ganz altes Lied, sagt der Lehrer.
Aber wenn sies zu Hause probt, um die großen, ihr ungewohnten
Intervalle zu schaffen, ruft Vater: Aufhören. Und sie zieht eine
Decke über den Kopf und summt leise weiter.
Die Eltern haben jetzt eine Wohnung, zwei Zimmer, die Kammer
neben der Küche gehört ihr. Sie wohnen weit draußen, wo viele
Fabriken sind, in Oberschöneweide. Ihr Schulweg führt durch
Laubengelände, das an die Höfe hinter den braunen und grauen
Häusern grenzt, die den Fabriken an der Spree gegenüberstehen.
Einige Querstraßen enden an dem breiten, ungenutzten Gelände-
streifen, der sich zwischen den Gärten hinzieht und an beiden Seiten von festgetretenen und von vielen Fahrradspuren glatt gewalz-
ten Wegen gesäumt wird, während die Mitte des Geländestreifens,
von Rauten und Nesseln, von Butterblumen und wildem Roggen
bewachsen, zum Schuttabladeplatz der Laubenbewohner geworden ist.

Im Sommer ist sie oft an den Gartenzäunen stehengeblieben, um die Blumen anzusehen, die es in Moabit nicht gegeben hat, auch nicht im Kleinen Tiergarten. Und einer hat ihr einen Blumenstrauß angeboten über den Zaun weg für zwanzig Pfennig, und sie ist weggelaufen, weil sie das nicht glauben konnte und natürlich auch keine zwanzig Pfennig besaß. An den Regen- und Nebeltagen hat sie dann zum ersten Mal das Wort Herbst verstanden, Blätterfall, gelb, braun, schwarzgefleckt, der Geruch der umgegrabenen Beete, die nasse Wäsche auf den Leinen zwischen Baum und Baum, das fremde Blau der Herbstastern in all der Farblosigkeit, der bittere Geruch der Kartoffelfeuer, die Männer mit den Schiebermützen oder mit den geknoteten Taschentüchern auf dem Kopf, krumm unter Kartoffelsäcken, die Frauen, wie sie mit Henkelkörben voller Äpfel von Tür zu Tür gingen. Im Winter hat sie sich an den Schneeballschlachten beteiligt und lernen müssen, sich nicht einseifen zu lassen und auf den Schlitterbahnen Mut zu zeigen, um nicht ausgelacht zu werden. Und sie ist stehengeblieben, als ein Hund eine Katze zerbiß und alle Kinder aus der Laubenkolonie Beifall schrien und klatschten und die Katze immer schwächer wurde und die Blutspuren im Schnee sich mit Erbrochenem und Kot mischten. Sie hat nichts tun können, nichts, hat sich geschämt und ist noch stehengeblieben, als der Hund von irgendwoher zurückgepfiffen wurde und die Katze liegen blieb und die Kinder sich zerstreut hatten. Aber näher an das Tier heranzugehen, Schnee über den zerfetzten Körper zu streuen, hat sie nicht gewagt. Hat sich nachher schelten lassen, weil sie zu lange ausgeblieben war, und sich ins Bett verkrochen. Und nicht weinen können.

Sie hatte wie die anderen sein wollen, dazugehören wollen.

Etwas hat sich verändert seitdem. Die neue Regierung, sagt der Lehrer. Jetzt wirds besser werden, sagt er und verteilt Liederbücher für den Chor.

Auf dem Schulhof stehen sie in Gruppen.

Mein Vater ist auch arbeitslos, sagt sie, und ein Junge weiß, daß das nun anders wird, hat ein Abzeichen an seiner geflickten Jacke und verteilt Anstecknadeln.

Sie weiß nicht, ob es das ist. Die Tage werden länger. Mittags ist es manchmal schon warm. Und Vater redet viel beim Essen, aufgeregt, wütend, als habe er vorher nur immer vergessen zu reden.

Lies die Zeitung das ist doch ein Pack – der Reichstag

Sie sitzt in ihrer Kammer. Zimmer sagt sie, mein Zimmer, und hat das Lesebuch aufgeschlagen vor sich. Aber sie liest nicht. Sie möchte wissen, was sich verändert hat. Warum sie Angst hat. Sie hat doch erreicht, daß sie mitzählt, keine feige Memme aus der Stadt ist, weil sie über die Zäune steigt, sich von Masche zu Masche hangelt wie die anderen, weil sie auf der Klopfstange turnt und mit den anderen in die Dachböden kriecht, wo sie heimlich rauchen. Aber sie mag sich kein Abzeichen anstecken. Sie mag nicht gegen die Bande aus der 4a kämpfen, die Helmut aus der Wilhelminenhofstraße anführt. Dem sein Alter hat immer die rote Fahne rausgehängt, sagen sie. Dem seine Bande ist gefährlich, die haben Gewehre im Keller, glaubts man. Sie mag nicht, daß Ruth Glasstein so allein ist in den Pausen, der Klassenclown, im Dezember waren sie noch alle bei ihr zum Geburtstag und hatten jeder eine Apfelsine geschenkt bekommen.
Sie hört noch immer Vaters Stimme, heiser und von Husten unterbrochen, hört Namen, die sie auch in der Schule hört, dieser Hindenburg, dieser Hitler, liest du das denn nicht, weißt du denn nicht, was sie mit uns machen? Und Mutters leise Antworten. Mutter will nicht, daß die kleine Schwester beim Mittagsschlaf gestört wird, weil die soviel krank ist und schlafen muß.
Was hat sich denn nur verändert, gerade jetzt, wo sie mitzählt, nach fast einem Jahr in dieser Schule, in dieser Klasse? Und warum hat sie Angst und wovor? Sie schiebt die Hand über das Buch, hat heute in der Schule ein Hakenkreuz zu zeichnen versucht mit Tinte, aber verkehrt herum, wollte das gar nicht, nur so. Und die Edith neben ihr hat gelacht, daß sies nicht kann.

2.

Leergeredet. Ausgeredet. Er schiebt die Zeitung von sich weg, steht vom Tisch auf, geht durchs Zimmer, und das Zimmer ist viel zu eng. Seine Frau hat einen Korb mit Äpfeln vor sich, welke Äpfel, weil ja schon bald März ist. Schält. Schält sorgfältig und ganz dicht unter der ledern welken Apfelhaut entlang, sticht Baumflecken mit der Messerspitze aus und achtet nicht auf das Schalenband, das in den Korb fällt. Frauen haben es gut. Frauen haben immer etwas zu tun. Frauen können meinen, ihr Leben habe einen Sinn. Er möchte mit der Faust gegen die runde Madonnenstirn stoßen, er haßt sie, haßt Susanne, einen Augenblick lang. Oder nein, seit wann schon? Wenn sie da am Klavier sitzt abends, kurzsichtig vorgebeugt, um die Noten zu erkennen, noch immer nicht aufgeben will, noch immer nicht, dann haßt er sie. Und er denkt das Wort Haß, es gurgelt in seiner Brust, es zischt auf seinen Lippen. Sie spielt jetzt Mendelssohn, ein törichter Trotz, wo die Juden nun mal nicht mehr zählen. Er haßt auch die hellgrünen Deckblätter der Notenhefte der Edition Peters. Haßt. Haßt. Und möchte doch vor Susanne knien, seinen Kopf in ihren Schoß legen. Sag mir, warum ich da bin! Sag mir den Sinn!

Wieder fallen ihm seine Zeichnungen ein: Turbinen. Er hat sich auch mit Lokomotivbau beschäftigt, um mehr anbieten zu können, mehr Chancen zu haben, mehr Hoffnungen. Sorgfältige Zeichnungen, ausgespannt auf dem Küchentisch, weil kein Platz für ein Reißbrett in der Wohnung ist. Sorgfältig herausgelöst die Reißnägel, sorgfältig gerollt Blatt für Blatt. Sag mir den Sinn!

Die zünden den Reichstag an, Moabiter SA, das weiß er doch, die kennt er doch von den Straßenschlachten, Bugenhagenstraße, Wiclefstraße. Das soll ihm einer vormachen, daß die keinen Befehl hatten. Aber in der Zeitung steht: Die Kommunisten! Und das werden die Leute glauben. Haben ja schon viele das weiße Feld auf die roten Fahnen gesetzt, aus alten Laken zurechtgeschnitten und aus schwarzen Lumpen das Hakenkreuz. Passen sich ja schon viele an. Wenn er in der Sonnenallee ansteht vorm Arbeitsamt, um die Unterstützung abzuholen, reden sie so: daß eine neue Zeit anfängt.

Daß die Juden schuld sind. Rechne doch nach, Kumpel, die Rathenau-Familie. Geh auf den Kirchhof in Schöneweide. Kriegst du je son prächtigen Grabstein, Kumpel? Und er steht in der Schlange und sagt nichts. Wartet, bis er dran ist. Sagt nicht, daß seine Frau jetzt Mendelssohn spielt, Mendelssohn-Bartholdy. Sagt aber auch nicht, daß er seine Mutter nicht mehr besucht, weil sie sich irgend so einen germanischen Glauben zurechtgelegt hat, von Mathilde Ludendorff redet, von der Zukunft der blonden Rasse und solchen Unsinn. Steht in der Schlange, rückt Schritt für Schritt vor, wartet, und läuft dann nach Hause, um das Fahrgeld zu sparen und weil er ja Zeit hat, viel zuviel Zeit. Er ist jetzt bald vierzig Jahre alt, wird fünfzig werden, sechzig, wird stehen und warten, und immer einen Schritt vorrücken, bis er dran ist. Und die anderen werden aus Laken und schwarzen Lumpen die Hakenkreuzzeichen auf ihre Jakken nähen, werden ihn auslachen, wenn ers nicht tut. Werden bald nicht mehr anstehen, bald nicht mehr auf die Unterstützung warten. Es wird ja schon eingetragen, ob einer PG ist oder SA. Er wird zurückbleiben in der Sonnenallee, wenn die Warteschlange bis auf wenige geschrumpft ist. Seine Frau wird Mendelssohn-Bartholdy spielen, abends, wenn die Kinder schlafen und sie die Wäsche von der Leine genommen hat, die sich quer durch die Küche spannt. Mit einemmal weiß er, daß er das nicht aushalten wird, nicht aushalten will. Er streift den Schnipsgummi von der zusammengerollten Zeichnung, die neben ihm auf dem Stuhl liegt und rollt das Blatt auf. Ein Tender und das Gestänge. Er denkt sich die Lokomotive auf einem freien Feld stehen, das von dem blankgeschliffenen Schienenpaar geteilt wird, er denkt sich den Lokführer und den Heizer, Männer, so alt wie er, die wissen, was sie zu tun haben. Er will nicht mehr so weiter leben. Er muß arbeiten, wieder arbeiten dürfen. Aber sie werden die mit den Hakenkreuzen auf den Ärmeln nehmen. Sie werden die PGs nehmen und die von der SA. Sie werden die nehmen, die Heil! rufen. Sie werden die nehmen, die viele Kinder haben. Sie werden die Jungen nehmen. Und er gehört nicht dazu, will den Arm nicht heben, keine Fahne aus dem Fenster hängen, kein Abzeichen tragen, keine Uniform. Die Fingerkuppen streichen über die Zeichnung über den Tender, tasten die angedeuteten Schienen ab, die irgendwohin führen müssen.

Susanne hat die Äpfel aus dem Korb alle geschält und in den Topf mit Wasser geschnitzelt. Sie wird die Äpfel aufsetzen, eine Stange Zimt dazugeben, Zucker. Sie wird die Kleine aus dem Mittagsschlaf wecken, wird die Schulaufgaben der Großen nachsehen, das Abendessen richten, Äpfel und Semmelklöße – für eine Frau hat der Tag immer einen Sinn.

Plötzlich sagt er: Du, ich trete da in diese Partei ein. Susanne stellt den Topf mit den Äpfeln ab, streicht mit dem Handrücken über die Stirn, die verdammt runde Madonnenstirn.

Nein, das ist doch nicht dein Ernst!

Ich will wieder Arbeit haben, verstehst du?

Sie läßt die Hand herabsinken, schwer, als gehöre die nicht zu ihr. Ich kann nicht länger hier sitzen, Zeichnungen machen, Bewerbungen schreiben, zur Sonnenallee gehen, warten. Verstehst du das nicht? Die Parteigenossen werden bevorzugt. Die SA-Leute werden bevorzugt. Und jetzt haben sie sogar den Reichstag angezündet, damit die Parteigenossen ihr Fest haben und die Sozis und die Zentrumsleute und die von der KPD die Wahl verlieren.

Ich will das nicht verstehen, sagt sie.

Er rollt die Zeichnung zusammen und streift den Schnipsgummi auf die Rolle, will nicht auf sie hören. Sie hat ja recht.

Er hat schon erfahren, wo er sich anmelden kann. Wann geboren? Wo? Arisch? Das sollen sie ihn mal fragen, er ist blond und hat blaue Augen, ist groß und schlank, ein Musterarier. Aber ihm ist nicht wohl, als er das denkt, er kommt sich schäbig vor, ein Händler, der um den Sinn des Lebens handelt, um Arbeit.

Er sieht die Frau an, die hängenden Arme, die Fältchen um die Augen. Und wie klein sie ist, dunkelhaarig, dunkeläugig, fremd. Und weiß doch, wie er sie auf seinen Armen vor sich her getragen hat und aufs Bett gelegt, weiß auch den sandigen Weg in den Havelbergen, wo er sie gefragt hat, ob sie ihn mag. Weiß und weiß nicht mehr. Nur noch: Die da ist schuld mit ihrem Mendelssohn-Bartholdy, mit ihrem Chopin, mit ihren Kindern, mit ihrer stillen, täg-

lichen Arbeit. Schuld, daß er den Sinn suchen muß, nicht frei ist
eingesperrt in ihr Leben. Aber er stürzt sich nicht auf sie, er würgt
sie nicht, er sagt: Ich frag dich nicht. Ich melde mich an. Wirs
schon sehen.

Sie nimmt den Topf mit den Apfelschnitzen und geht aus dem
Zimmer. Den Korb mit den Schalen und dem Messer läßt sie zurück. Schalen, die sich bräunen, das Messer, das anläuft. Er sieht es
weiter nichts. Weiß, daß er lügen wird, schon lügt, wenn er nur
denkt: blond, blauäugig, die bessere Menschensorte.

Er ist allein im Zimmer. Und niemand merkt es, wenn er lacht.

3.

Sie hat das Gas angezündet und hält die Hände über dem blaugel-
ben Flammenkranz. Sie spürt die Wärme in den Handtellern.
Tröstlich. Dann setzt sie die Äpfel auf, nimmt die Tüte mit den
Zimtstangen aus dem Gewürzfach, bricht eine durch und wirft sie
in den Topf, faltet die Tüte wieder zusammen und legt sie ins Fach
zurück. Sie atmet tief ein. Zimt, Nelken, Majoran, Vanille, Zitro-
nenöl, Mandeln, Pfeffer und Pfefferminz, Muskatnuß. Blumenfel-
der und gelber Himmel, schwarzgrüne Wildnis, Unvorstellbares,
rote Wüsten und silbrige Moose, Süden und Norden, behutsam
schließt sie das Gewürzfach wieder. Das Schnattern eines Wasser-
rohres, die Stimmen in der Küche eine Treppe höher, das Gurgeln
des Wassers, in dem die Äpfel garen, machen die Bilder zunichte.
Und doch nicht ganz. Sie lächelt. Vielleicht gibt es das: Ein Son-
nenblumenfeld, die großen Blumenköpfe, die sich dem Licht zu-
wenden. Vielleicht gibt es das: Moosüberzogenes, feuchtes Gestein
unter silbrig bleiernem Himmel. Vielleicht ist die Erde schön, und
sie weiß es nur nicht. Vielleicht gibt es das: Entkommen. Vielleicht
wiegt die Enge dann nicht, die Sorge, das tägliche Rechnen: Daß
Ulrike noch immer Untergewicht hat, viel schlafen muß, viel essen
soll, weinerlich ist und oft fiebrig.

Daß der Mann keine Arbeit hat. Er kann doch nicht in die Partei
eintreten; er ist doch nicht so einer wie Onkel Bruno; er weiß doch,
was sie über die Juden sagen.

Daß Gabriele sie manchmal erschreckt, wenn sie sich trotzig versperrt in ihrer Kammer.

Daß die Leute vor den Auslagen der Schaufenster in der Wilhelminenhofstraße mit den Daumen über die Schulter auf die Fabriken zeigen: Der wirds schon machen, der Hitler. Und wenn die Werkbahn halb beladen die Straße kreuzt: Der wirds schon machen, der Hitler. Der wirds schon machen.

Sie hat von Verhaftungen und Auswanderungen gehört, hinter der Hand geflüstert: Wissen Sie schon? Sie hat von ihrem Vater gehört, daß sich was zusammenbraut in Moabit. Die lassen sich das doch nicht bieten. Und ihr Vater weiß Bescheid, weil er Abend für Abend Kranke und Invalide betreut.

Der wirds nicht machen, der Hitler, denkt sie, weil sie das denken will, weil ihr Vater das denkt, und weil sie für einen Augenblick an die große schöne Erde gedacht hat, an das Entkommen, vielleicht ist das Glück.

Sie hört das Aufzischen des überkochenden Wassers, sie muß das Gas kleinstellen und eine Prise Salz und eine Schütte Zucker zutun, damit das Mus kräftig schmeckt.

Als ihr Mann plötzlich in der Küche steht und sagt: Ich geh jetzt. Ich mach das gleich, und sie noch das Mus rührt, Dampf im Gesicht, kann sie gar nicht so rasch antworten. Und was auch?

4.

Nachher steht Gabriele neben ihr.

Sie hat das Apfelmus vom Gas genommen. Sie hat den Semmelteig gewalkt. Sie ist ein bißchen müde. Der Mann ist noch nicht zurück. Was ist denn, Kind?

Soll sie ihr sagen, daß Vater es mit denen versucht, die Juda verrecke schreien? Soll sie ihr sagen, daß sie sich nicht gewehrt hat, wenn er wütend zuschlug? Oder soll sie ihr sagen, daß sie ihn nun nicht mehr versteht, auch nicht mehr verstehen will, nur noch entkommen, entkommen wohin? Gabriele hat alles noch vor sich, ist jetzt fürs Gymnasium vorgeschlagen, ein langer Weg bis nach Köpenick täglich. Sie werden Schulgeldfreiheit beantragen müssen.

Das hätte sie dem Kind gern erspart. Soll sie ihr sagen, wie mühsam jeder neue Tag ist? Soll sie ihr von Konzertsälen erzählen, die sie nicht kennt? Soll sie ihr sagen, daß es besser ist zu scheitern als sich aufzugeben?

Setz dich, sagt sie, ich muß mit dir reden.

Gabriele zieht sich den Schemel heran, sitzt vor ihr, aufgerichtet. Es ist jetzt so dunkel, daß sie nur die Augen erkennen kann, Augen, meine lieben Fensterlein – nein, keine Kinderaugen, in die man hineinlächeln kann, fordernde Augen. Jäh weiß sie, daß die Aquariumsstille des Spätnachmittags kein Schutz ist. Die Wörter, die ihr einfallen, die Sätze, die ihr einfallen, taugen nicht. Mut zur Wahrheit, Kraft zum Alleinsein, nie etwas tun, wovon du nicht überzeugt bist – was soll ein Kind mit solchen Wörtern, solchen Sätzen?

Du bist jetzt gern in der Schule? fragt sie.

Gabriele nickt.

Weil dich alle mögen?

Gabriele schweigt.

Na gut, aber könntest du dir vorstellen, daß dich keiner mag?

Ja, doch, weißt du – Gabriele ist ganz eifrig – die eine aus der Klasse, die Ruth, die steht jetzt immer ganz allein auf dem Schulhof.

Und gehst du zu ihr hin?

Gabriele schüttelt den Kopf.

Das solltest du aber.

Das ist doch ne Jüdsche, sagt Edith, und der Helmut, der aus der 4a, der mit seiner Bande –

Seit wann redest du so, Mädchen?

Gabriele senkt den Kopf, mit einemmal streckt sie ihre Arme aus. Da beugt sie sich vor, zieht Gabriele an den Armen zu sich heran. Die Wörter und Sätze, Mut zur Wahrheit, Kraft zum Alleinsein, nie etwas tun, wovon du nicht überzeugt bist, taugen nicht; die Angst läßt sie frei.

Jeder neue Tag ist mühsam, warum nicht, aber wir müssen uns wehren, nicht lügen, nicht mitschreien.

Aber sie sagt das gar nicht. Sie sagt nur: Du darfst nie wieder so reden, Mädchen.

Und sie weiß, daß das sehr schwer ist für ein Kind. Und nicht nur für ein Kind.

Als sie aufsteht, um Licht einzuschalten, bleibt Gabriele neben ihr, bleibt auch neben ihr, als sie zu Ulrike ins Schlafzimmer gehen.

5.

Abends ist noch einzukaufen. Ein Liter Milch und Weißkäse und ein Paket Kathreiners Malzkaffee. Gabriele geht gern allein, nimmt der Mutter die Wege ab, macht ein paar Umwege, bleibt vor den Schaufenstern stehen, vor dem Schuhgeschäft. Sie mag neue Schuhe, nicht die Stiefel mit dem Riester, die vom Vorjahr sind, aber noch passen. Sie bleibt auch vor dem Schreibwarengeschäft stehen, wo Tuschkästen und Farbstifte und Hefte ausgestellt sind und sie sich ausdenken kann, was alles sie in die Hefte hineinschreiben und malen könnte. Die Laternen abends, das gestreute Licht auf dem nassen Pflaster, das Gesicht der Mutter, wenn sie sich mit Ulrike beschäftigt, die Rauhreifbäume in den Laubengärten. Das Wort Rauhreif gefällt ihr, das Wort Licht und die Stimme der Mutter, wenn sie mit Ulrike sprechen übt, einzelne Wörter, kleine Sätze. Sie hat die emaillierte Milchkanne und den Steintopf für den Weißkäse in der Ledertasche stehen.

Paß auf, daß du nichts verschüttest und trödle nicht.

Sie hört gar nicht hin, springt schon die Treppen hinunter, immer zwei Stufen auf einmal, das Geschirr in der Tasche schlägt gegeneinander, sie zieht die schwere Haustür auf, gegenüber die Laterne, die zu malen ihr noch nicht gelungen ist. Hinter den Fenstern schon überall Licht, gelblichbraune Rechtecke, von dunklen Fensterkreuzen unterteilt. Beim Kohlenmann im Keller wird geredet. Sie hört scharfe Stimmen, geht aber weiter, schwenkt die Tasche, geht beim Schuster vorbei, von dem hinter den Bergen von Schuhen nur die Glatze zu sehen ist, die das weiße Licht der Schusterkugel spiegelt. Auch so ein Wort: Schusterkugel. Auf der Wilhelminenhofstraße sind noch viele Menschen unterwegs, Frauen, die kurz vor Ladenschluß einkaufen, Männer, die Zeit haben, Kinder, die einkaufen geschickt werden. Die Fabriken am Spreeufer sind dunkel,

aber vom Fluß her ist das Tuckern einer Zille zu hören. Das Wasser riecht, oder bildet sie sich das nur ein? Im Frühling jedenfalls riecht es. Frühling, das ist die Osterwanderung mit dem Vater, am Müggelsee entlang und über die Berge zur Dahme hinunter und am Ufer stehen und atmen und spüren, wie das Gras aus den filzigen, grauen Soden hervorstößt, und sehen, wie das Wasser danach leckt und die Erlentroddeln sich dehnen. Bald ist Frühling! Sie schwenkt die Einkaufstasche, daß die Kanne und der Topf aneinanderschlagen. Sie hat Lust, irgend etwas zu vergessen, anders zu machen, zum Beispiel die Küche mit gelber Farbe anzustreichen, um das dumpfgrüne Ölpaneel zuzudecken, die braunen Tapeten im Wohnzimmer abzureißen, zu lachen, gibt es das, lachende Tapeten? Sie geht, rennt am Milchladen vorbei Richtung Edisonstraße, nur um zu rennen, bis sie atemlos vor dem Menschenknäul an der Straßenbahnhaltestelle stoppt, reden hört, versteht, daß die Leute gar nicht auf die Straßenbahn warten, sondern auf die SA.
Werdens ja wohl nu schaffen bei den Wahlen, haben n schönes Feuerchen geschenkt bekommen!
Wenns man nicht die SA selber war!
Wie – n Kommunist hier? Aufpassen, Kumpel!
Und schon drängt sich einer an den heran, aber die anderen schieben ihn beiseite. Laß mal gut sein, Karle, wir stehn gleich stramm, wenn deine SA kommt. Wolln alle wieder anne Arbeit, weeßte! Stänker nich!
Und dann sind sie plötzlich still, sehen zur Brücke rüber. Die Zille ist nicht mehr zu hören. Aber das Wasser, riecht das Wasser noch nach Frühling?
Und dann schon die in Dreierreihen.
Die singen ja gar nich, sagt einer.
Wat solln sen singen, immerzu singen!
Aber dann sind doch Stimmen zu hören, als sie auf die Kreuzung zukommen und, ohne auf den Straßenbahnzug zu achten, der von der Edisonstraße herkommt, über die Kreuzung marschieren, als wäre es selbstverständlich, daß der Straßenbahnzug vor ihnen halt macht. Manche haben Nagelstiefel und Gamaschen, andere haben

Schaftstiefel, alle tragen die braunen Hemden und die steifen Mützen und die Armbinden mit dem Hakenkreuz. Gabriele merkt, daß sie rot wird, weil ihr einfällt, wie sie das Hakenkreuz zu zeichnen versucht und sich dabei geschämt hat. Sie wird nach vorn gestoßen. Kuck mal, Kleene, kuck se dir alle an, is wichtig!

Sie steht am Bordstein, als die Männer vorbeimarschieren und ihr in den Ohren dröhnt, was sie jetzt singen – sandte ihren letzten Sch -a-ain, zog ein Regiment von Hi-it-ler in ein kleines Städtchen a-a-ain, zog ein Regiment von Hi -it -ler. Sie möchte sich die Ohren zuhalten, aber sie hat ja die Tasche mit der Kanne und dem Topf in der Hand. Es ist spät, der Milchmann wird gleich seinen Laden schließen, und sie steht eingekeilt zwischen Männern und Frauen.

Marschiern könn se ja, sagt einer, und keiner antwortet, bis der Trupp vorüber ist und die Straßenbahn wieder anfährt. Dann kommt Bewegung in die Gruppe. Sie kann entweichen. Einer lacht: Na, n Heldenmädchen biste ja nich.

Sie rennt wieder, das Geschirr klirrt in der Tasche. Der Milchmann ist an der Tür, um zuzuschließen, aber er läßt sie noch rein. Bist spät dran, Gabi. Und er nimmt ihr den Krug aus der Tasche und muß sich tief über den Bottich beugen, um das Litermaß zu füllen. Den Weißkäsenapf hat er schon weggeschlossen, schließt aber den Wandschrank noch einmal auf und hebt den Napf heraus, stellt ihre Schüssel auf die eine Waagschale und das Gegengewicht auf die andere und klatscht den Weißkäse mit dem Holzlöffel in die Schüssel. Den Malzkaffee braucht er nur aus dem Fach zu nehmen. Er hat schon ausgerechnet, was alles kostet und schreibt es auf einen schmalen Block, reißt das Blatt ab und reicht es ihr über den Tresen. Sie zählt die Münzen aus.

Gib Muttern den Zettel, sagt er und hat noch einen Malzbonbon für sie.

Danke, sagt sie. Eigentlich möchte sie sagen: Ich habe Ihnen noch nie so genau zugesehen wie heute, den tanzenden Schatten Ihrer Arme und Hände und Ihres Kopfes an den Wänden und an der Decke. Und wie blaß Sie aussehen. Und wie dürftig Ihre blonde Strähne über der Stirn ist. Aber so was sagt man nicht. Fragt auch nicht, was halten Sie von Hitler und von der SA und von den neuen Liedern? Streicht die drei Pfennige ein, die er herausgegeben hat, schiebt den Malzbonbon in die Backentasche und sagt Guten Abend. Den Arm mit der Tasche läßt sie nun steif herunterhängen und geht am Schreibwaren- und am Schuhgeschäft vorbei bis zur Ecke, an der sie links einbiegen muß. Der Schuster arbeitet noch. Beim Kohlenmann ist es schon dunkel. Aber die Fensterkreuze vor den braunen Rechtecken sind noch immer alle aufgereiht wie vorhin und die Laterne hat ihren Lichtkranz nicht verändert.

Sie wird niemand fragen können, was der Milchmann denkt.

V.

Wenn alles aufhört BIN ICH GANZ ALLEIN
1936

1.

Überall Fahnen und Fähnchen und Girlanden. Und aus den offenen Fenstern Jubelorkane. Viele haben sich jetzt Lautsprecher angeschafft, zahlen monatlich ihre Rate ab, haben noch nicht mal eine Matratze zum Schlafen, aber ihre Augen glänzen, wenn das Ding da läuft, wenn dieser Hitler spricht, dieser Rattenfänger! Doch nein, er will sich nicht wieder in Rage bringen, fühlt sich schlapp genug, kann kaum durchatmen und hat doch noch den Besuch in der Perleberger Straße vor sich, zweiter Hof Parterre. Die Frau hat einen Sohn, der seit der Kinderlähmung im Stuhl sitzt, ein Schwachsinniger. Die Frau hat einen Zettel durchgesteckt, auf dem sie mitteilt, daß ihr Sohn abgeholt werden soll in eine Nervenheilanstalt. Und daß sie alles vorbereiten soll, aber doch ihren Sohn nicht hergeben kann. Da muß ich sofort hin, hat er zu Alice gesagt, hat sich aber doch nötigen lassen, etwas zu essen nach dem langen Tag im Büro, weil Alice ja glaubt, daß er sich kaputt macht mit dieser freiwilligen Arbeit und er ihr nicht immer widersprechen will, weil sies doch gut meint mit ihm. Das Essen hat ihn müde gemacht bei dem schwülen Wetter, und er hat sich auch nicht erst hingelegt, denn der Fall beunruhigt ihn. Er hört zu viel jetzt, viel zuviel. Von der Telefonzelle aus hat er Dr. Wolf angerufen, mit dem er sich immer beraten hat, wenn es um Fälle für die Krankenkasse ging. Auch wenn der nun nicht mehr für die Krankenkassenfälle arbeiten darf, hat er doch mehr Vertrauen zu dem als zu dem zuständigen jungen Arzt, Dr. Steinbeil, der PG ist. Er hat Dr. Wolf nicht erreicht und er weiß ja auch, daß der jetzt oft unterwegs ist, weil er die Auswanderung betreibt.

Die Augusthitze steht zwischen den Häusern, steht auch im Hof, hält den Schimmelgeruch, den Kellergeruch fest. Er streicht sich mit der linken Hand über die Rippen, um den Schmerz wegzustreichen, es macht Mühe, die Füße zu heben auf dem Kopfsteinpflaster. Er will nicht darauf achten, will zu einem Küchenfenster im vierten Stock sehen, das noch die Sonne spiegelt, zu den Blumentöpfen, die auf den Fensterbrettern stehen im zweiten und dritten Stock. Zum Hof raus hat nur einer geflaggt, die weiße Olympiafahne mit den Olympia-Ringen, die Hakenkreuzfahne, unerwartet, ein winziges schwarzweißrotes Fähnchen daneben. Früher haben hier Sozis und Kommunisten gewohnt und die Fahnen waren rot und schwarzrotgelb, schwarzrotmostrich heißt das jetzt im Nazijargon. Er stößt die schwere Tür zum Quergebäude auf, fröstelt in dem dumpfigen Hausflur, stolpert fast über einen Handwagen, der quer steht, wischt sich mit der Hand über die Augen. Ist er denn im Schlaf oder was? Und klinkt die Tür zum zweiten Hof auf. Er muß sich zusammenreißen, atmet wieder ganz tief, schwere, klebrige Luft und geht dann auf den Seiteneingang zu und die drei ausgetretenen Stufen bis zur Wohnungstür hoch, hört schon reden, aber nicht die vertraute Stimme von Dr. Wolf, hebt den Klingelgriff, massiert noch einmal die Rippen. Die Frau öffnet und hat verweinte Augen. Er soll doch weg, flüstert sie. Und er hats so gut hier!

Ein finsterer Korridor, eine Wohnküche. Dr. Steinbeil begrüßt ihn mit einem kräftigen Schlag auf die Schulter.

Wußte schon, daß Sie kommen! Müssen mal ne Auszeichnung kriegen für alles, was Sie nach Feierabend tun! Ja.

Immerhin hat der nicht Heil Hitler gesagt wie sonst.

Dann sieht er den Jungen, das gedunsene Gesicht, der Sabber auf dem Kinn, aber die Mutter hat ihm ein weißes Hemd angezogen und das aschblonde Haar sorgfältig gescheitelt. Die Hände sind geschwollen und umklammern die Lehnen des Rollstuhls.

Der hats so gut hier!

Die Mutter klinkt das Fenster auf. Im Sommer schieb ich ihn immer ans Fenster, wenns vormittags son bißchen hell ist im Hof. Und nachmittags schieb ich ihn in den Kleinen Tiergarten. Zu essen haben wir. Wir werden schon satt, wir beide. Sie können mir doch den Jungen nicht nehmen!

Und er sagt, daß er der Frau recht geben muß, sie hat ihren Jungen immer wie ein Engel gepflegt. Ja, er sagt Engel, als könnte er Steinbeil mit dem Wort überzeugen.

Dr. Steinbeil macht sich Notizen.

Er sagt auch, daß er kaum jemand kennt in der Gegend, der mit den Pfennigen von der Wohlfahrt besser wirtschaftet als die Frau; daß der Junge in der Anstalt nicht weiterkommen wird; und daß die Frau doch für einen Arbeitseinsatz nicht taugt. Heimarbeit ja, geben Sie ihr Wolle und Stricknadeln, damit sie was dazu verdient, aber nehmen Sie ihr nicht das Leben!

Wieder ein so großes Wort gegen die eigene Schwäche an.

Der Mund klebt ihm, die Zunge ist geschwollen, oder bildet er sich das nur ein? Er weiß doch, weiß doch –

Ich geb Ihnen maln Schluck Wasser, sagt die Frau, und er nickt ihr dankbar zu und trinkt das Wasser so gierig, daß er sich deswegen schämt. Steinbeil schlägt ihm wieder auf die Schulter. Werden schon sehen, was? Und hat es eilig zu gehen. Er muß anstandshalber zusammen mit Steinbeil gehen, ist ja bloß Buchhalter, der freiwillig und nach Dienstschluß was für die Kranken und die Wohlfahrtsempfänger tut. Die Frau drückt ihm im Flur nochmal die Hand. Sie kennen doch den Jungen von kleinauf, flüstert sie, der muß mir doch bleiben!

Er hält sich neben Steinbeil auf dem zweiten und dem ersten Hof. Steinbeil redet von der Olympiade und daß alle Welt hingerissen ist von Deutschland. Was sagen Sie zu unsern Siegen? Machen wir endlich 14/18 gut, und noch dazu im friedlichen Wettkampf!

Er antwortet nicht, hat Mühe zu atmen, versucht zu lächeln, aber es gelingt ihm nicht. Im Flur des Vorderhauses muß er pausieren. Steinbeil faßt ihn am Puls, der Schmiß in dem vollen Gesicht dicht vor seinen Augen.

Sie haben doch nichts mit dem Herzen, Mann? Sollten maln bißchen pausieren, mal Urlaub machen! Sind doch nicht mehr der

Jüngste! Er antwortet nicht, schluckt die Trockenheit im Mund. Der muß mir doch bleiben, der muß mir doch bleiben, das Flüstern, die Angst! Er geht wieder neben Steinbeil her, der ihm die Tür zur Straße aufhält, ihn nach Hause bringen will, hat ja einen Wagen. Und er sagt nicht mal Nein, nicht mal das, obwohl es doch nur ein paar hundert Meter zu gehen ist bis nach Hause, läßt sich auf den Ledersitz fallen, schämt sich, schämt sich.

Die geflaggten Fenster, Balkone und noch immer die Hitze, die Jubelorkane aus den Volksempfängern. Steinbeil zieht Lederhandschuhe an zum Fahren. Die Lübecker Straße ist nicht weit, er kann aussteigen, schafft es bis zur Haustür, bis Steinbeil abgefahren ist, und zieht sich dann von Stufe zu Stufe treppauf, versucht immer wieder, den Brustkorb zu dehnen. Muß nicht mal aufschließen, weil Lieschen an der Tür steht, ihn einläßt. Der Wolf war da. Sie fahren Montag. Nach Prag. Läßt dich grüßen, wird schreiben. Ihre Sätze überschlagen sich, er nickt, gutgut! Weiß nicht, warum er Dr. Wolf beneidet. Der geht weg. Nach Prag. Wie weit ist das? Und schwankt, weil ihn die Knie nicht mehr tragen.

Lieschen stützt ihn. Lieschen sagt mit der Zärtlichkeit ihrer Mädchenjahre Du, bringt ihn zum Bett, hilft ihm aus dem Jackett, aus der Hose. Du. Er spürt das Kissen, das glatte Leinen, sieht den Betthimmel über sich, verrückt, warum sind da keine Wolken, Sommerbläue? Er atmet tief durch, versucht mit der rechten Hand das Herz hinter den Rippen zu massieren. Das Fenster steht offen, und noch immer sind die Jubelorkane zu hören. Was war denn falsch? Was hat er denn falsch gemacht? Hat sich angestrengt, seit er nur denken kann, angestrengt gegen das Leben an. Und da war Susanne, die Tochter, auf die sie beide gehofft haben, ja, Lieschen hat doch auch gehofft, daß sich die Welt öffnet für Susanne. Welche Kraft sie beim Chopin hatte, auch beim Liszt. Und was ist aus ihr geworden? Eine Mutter von zwei Mädchen, Kinder von diesem ungebärdigen Menschen, der keine Arbeit hat, keine Arbeit findet. Mit einemmal glaubt er Susanne neben sich, ihre dunkelbraunen Augen, ihre gute Stimme.

Er ruft, möchte rufen. Bruno? Nein, den nicht, den hat er seit ein paar Jahren nicht mehr gesehen, ein Nazi, einer mit goldenem Parteiabzeichen, und ist doch sein Bruder, was ist denn da los in der Welt? Er möchte jemand fragen. Lieschen vielleicht. Nein, das Kind, diese Älteste. Gabriele heißt sie. Nein, Susanne. Nein, den Vater auf dem Schemel im Hof. Nein, Dr. Wolf, aber der geht ja nach Prag. Wen denn sonst? Wen? Gesichter vor Tapeten, Ölpaneelen, über Tische gebeugt, hölzerne Tische, auf denen Geld ausgezählt wird. Die uralte Frau zählt das Geld aus, zerlegt es in halbe, in Viertel-, in Achtelscheine, häufelt die Schnipsel, schiebt sie mit dem Bratenmesser nach rechts, nach links, wischt die Schneide an der Schürze blank, zerlegt das Fleisch, ein Braten, ein Mensch auf der Bratenschüssel –

Nein! Neinneinnein –

er atmet, ringt um Luft, die Zunge ist dick wie geklumptes Papier.

2.

Sie hat den Tee stark gemacht, indischen Tee, noch ist die Büchse auf dem Küchenbord ziemlich voll, Tee soll ja knapp werden, aber Gustav braucht heute schwarzen Tee, ihn regt das alles zu sehr auf, die Olympiade, mit der sich die Nazis einschmeicheln wollen bei der Welt, die Hetzerei gegen die Juden, die Sozis, die Kommunisten, die Marschiererei und Brüllerei und vor zwei Jahren die Sache mit Röhm und dem Ämterschmuggel nach Hindenburgs Tod.

Laß doch, Gustav, hat sie immer gesagt, wir haben unser Auskommen. Und was die Kinder angeht – du kannst keinem reinreden, was er zu denken hat oder vielleicht auch nicht denkt, nur für richtig hält!

Aber das will er nicht hören. Dann schließt er sich im Zimmer ein, in dem Susanne mit ihrem Mann gewohnt hat, in dem Gabriele und Ulrike geboren sind, und in dem er jetzt seinen Schreibtisch stehen hat. Und das Licht brennt bis in die Nacht. Sie weiß nicht, was er da macht.

Sie wünscht sich jetzt oft einen Garten, in dem Kräuter und Blumen wachsen und Büsche zu beschneiden sind, einen Garten um Gustavs Unmut nicht spüren zu müssen und nicht die Neugier der alten Mutter, die in der Küche sitzt und Kartoffeln schält und Rüben schrabt und immer fragt, was denn los ist. Tee – mitten in der Woche? Ach, dem Gustav ist nicht wohl? Najanaja! Der Vorwurf in der Stimme, der nie überwundene Vorwurf, daß Gustav nur Buchhalter ist. Tee – mitten in der Woche? Sie hat Tasse und Kanne und Zuckernapf aufs Tablett gestellt, öffnet behutsam die Schlafzimmertür, schließt sie mit dem Ellenbogen und setzt das Tablett ab. Gustav liegt auf dem Rücken, und die Kinnlade ist heruntergeklappt. Die Augen stehen offen.

Schreie.

Jubelschreie im Stadion, die, durchs Radio übertragen, aus allen Fenstern dringen. Sie reibt sein Gesicht, hebt seine Arme an. Wie schwer die sind! Versucht sie zu winkeln und wieder zu strecken, gibt auf, beugt sich über ihn. Der Gestank aus seinem Mund! Sie bläst tapfer hinein, einmal, zweimal, Mundzumundbeatmung, er hat ihr doch beigebracht, wie man Erste Hilfe leistet. Dann streift sie mit den Kuppen der beiden Mittelfinger die Augenlider herunter.

Der Tee fällt ihr ein, starker, heißer Tee mitten in der Woche.

Sie geht zum Schrank, holt ein Handtuch heraus, bindet ihm das Kinn fest und legt seine Hände übereinander, fremde Hände, die Nägel sind schmutzig, das hat er nicht gern. Das hatte er nicht gern. Sie riecht den sauren Schweiß, auch Urin. Er ist ja noch angezogen, fällt ihr ein, hat nur das Jackett über den Stuhl gelegt und die Hose. Oder nein, sie hat ihm ja dabei geholfen. Wie sie das nur vergessen konnte. Und Dr. Wolf war da, vor einer Stunde, geht nach Prag, kann sie den fragen? Ob er noch Telefon hat? Wie war noch die Nummer? Hat Gustav die nicht in seinem Kalender?

Sie nimmt das Jackett, wühlt in den Taschen, was sie nie gemacht hat, findet Taschentücher und Stückenzucker, eingewickelt, der Aufdruck ist verwischt, sie riecht den Stoff, das durchschwitzte Futter. Und begreift, daß er tot ist. Eine Nachricht, die noch nichts auslöst außer Bewegung, Unruhe.

Sie hängt das Jackett sorgfältig über die Stuhllehne, nimmt das Tablett mit der Teekanne auf, der Tee wird schwarz geworden sein, viel zu schwarz, ihre Hände fangen an zu zittern, das Geschirr klirrt leise, sie sieht sich im Zimmer um, das Doppelbett, halb aufgeschlagene Überdecke, die gelbe Stirn unter dem Tuch. Und stellt das Tablett ab und muß sich setzen. Sitzt breitbeinig, die Hände auf den Schenkeln. Wartet. Auf den Klagelaut. Auf den Schmerz.

3.

Wo Lieschen nur bleibt. Es wird schon dunkel und die ist da noch immer bei ihrem Gustav im Zimmer. Die sind doch keine Turteltauben mehr, alte Leute, haben am sechzigsten Geburtstag von Lieschen getanzt, aber der ist ja nun auch schon ein paar Jahre her. Gustav ist fünfundsechzig geworden, wird aufhören zum Oktober, bloß noch seine Wege machen. Zu mehr hat ers ja nicht gebracht, Buchhalter oder Oberbuchhalter, was ist da der Unterschied? Und ewig dieselbe Wohnung, viel zu klein. Der war zu redlich, der Gustav, nicht begabt genug, nicht so wie ihr Paul. Sie nimmt es ihm immer noch übel, daß er weitergelebt hat und ihr Junge hat sterben müssen. Der würde heute in einer Villa im Grunewald sitzen, wäre ein großer Herr oder hätte sich ein Gut in Ostpreußen gekauft oder ein Schloß in England oder wäre in der Welt draußen Botschafter oder Handelsherr. Oder wäre vielleicht Armenanwalt geworden oder nach Rußland gegangen oder im Weltkrieg verschollen. Sie kann sich nicht vorstellen, daß er jetzt auch schon alt wäre. Sie kann sich nicht vorstellen, was er vom Weltkrieg, von der Republik, von der neuen Regierung, was er von Susanne und ihrem Mann und ihren Kindern halten würde, und weiß mit einem Mal, was sie alles mit angesehen hat, am Fenster ihres Zimmers gestanden hat und draußen die wechselnden Moden, die wechselnden Menschen, die wechselnden Jahreszeiten, die Extrablätter 1914, die Schlangen vor den Bäckerläden 1917, die Hast, als das Geld nichts taugte, die Schlägereien nachts, und jetzt die Olympiade, die Leute, die die Fähnchen schwingen, der Lärm aus den Fenstern. Sie kommt ja nicht mehr raus, kommt nicht mehr nach Unter den Linden, aber in der Zeitung ist die Straße abgebildet, die jungen Linden, alles jung jetzt, alles neu! Die weißen Säu-

len und die Fahnen und die vielen, vielen Menschen. Aus aller
Welt, steht unter den Bildern, Fahnen und Menschen aus aller
Welt. Sie will das Alice mal vorlesen beim Abendessen. Auch Gustav solls hören, weil der doch so gegen die neue Regierung ist. Sie
muß mal sehen, was die beiden treiben. Sie schlurft in den Flur,
pocht mit dem Stock an die Schlafzimmertür, horcht gar nicht erst,
ob gerufen wird, klinkt auf, sieht das offene Fenster, sieht Alice
breitbeinig dasitzen und erschrickt nicht einmal.
Ist er tot? Endlich tot, denkt sie, aber sagt es nicht.
Dann muß ein Arzt her, der dirs bestätigt. Und du mußt zur Polizei. Und Susanne muß es erfahren. Und das Begräbnis muß bestellt
werden und der Pfarrer. Habt ihr denn überhaupt eine Grabstelle?
Und habt ihr denn gespart für den Tod? Und kriegst du denn Rente, Lieschen? Du kannst doch nicht einfach so dasitzen! Bei der
Hitze ist keine Zeit, du weißt doch!
So viele Sätze hat sie lange nicht mehr hintereinander gesprochen.
Lieschen steht schwerfällig auf und weist mit dem Arm zur Tür,
geh, Mutter, bitte!
Sie sieht die Tochter an, eine dicke, kleine, alte Frau, deren Leben
nun auch vorbei ist. Und da tut sie etwas, was sie lange vergessen
hat: Sie faltet die Hände. Steht auf den Stock gestützt und faltet die
Hände.
Lieschen krümmt sich zusammen, schüttelt sich.
Sie sieht das, wünscht sich, was sie lange nicht mehr gewünscht hat,
was sie fast vergessen hat: Die Tochter in die Arme zu nehmen und
ihr über das Haar zu streichen.

4.
Der Telegrammbote ist morgens gekommen. Ulrikchen war gerade
aus dem Haus. Während der Olympiade ist nur Notunterricht für
die Kleinen. Gabriele macht mit, Gymnastik auf dem Maifeld. Sie
muß immer schon um halb acht am Bahnhof Köpenick sein, weil
die Klassen gemeinsam zum Olympiagelände fahren.
Sie hatten ihr weißes Turnzeug anschaffen müssen, teuer genug,
der Mann hat ja erst seit Anfang August eine Aushilfsstelle in

Waidmannslust am entgegengesetzten Ende der Stadt, der fährt schon um fünf Uhr zweiunddreißig vom Bahnhof Niederschöneweide ab.

Susanne hat den Umschlag aufgerissen, hat gelesen: Gustav ist tot. Stop. Herzversagen. Stop. Ruf bitte an. Stop. Mutter.

Sätze, die sie laut wiederholt hat, um sie zu glauben, Sätze, die in keinen Zusammenhang mit dem morgendlichen Auseinanderlaufen der Familie zu bringen sind.

Telefonieren gehen! Wer hat Telefon? Der Kohlenhändler. Der macht schon um acht auf. Sie muß die Schürze abbinden, geht nie mit der Schürze auf die Straße wie die anderen Frauen hier. Sie muß sich die Haare zurechtmachen, vielleicht einen Mantel überziehen trotz der Hitze, ein Todesfall immerhin, eine besondere Situation, Hauptsache, daß sie sich nicht gehen läßt, nicht vernachlässigt, jetzt erst recht nicht, wo ihr Mann endlich aushilfsweise arbeitet. Vielleicht zahlt sichs doch aus, daß er in die Partei eingetreten ist vor drei Jahren und Beiträge kassiert hat seitdem, weil einer, der bloß ein Märzhase war, doch hat zeigen müssen, daß auf ihn Verlaß ist. Und weil er, seit er da in Waidmannslust arbeitet, auch manchmal wieder pfeift.

Aber da sind die Sätze. Gustav ist tot. Stop. Herzversagen. Stop. Ruf bitte an. Stop. Mutter. Sie legt den Kamm hin, sieht sich im Flurspiegel, die tiefliegenden Augen, das Gesicht einer nicht mehr ganz jungen Frau über der lose geknöpften Sommerbluse. So also sieht eine aus, deren Vater gestorben ist, die an ihren Mann, an ihre Kinder denkt und daran, daß sie Ulrikchen aus der Schule holen und mit der Straßenbahn nach Niederschöneweide fahren und dort die S-Bahn nehmen muß, weil die Mutter Unterstützung braucht, weil das Begräbnis vorbereitet werden muß, weil Gäste kommen werden, Verwandtschaft, wer ist denn da noch außer Bruno, weil Kollegen kommen werden. So sieht eine aus, die daran denkt, daß sie der Nachbarin Bescheid sagen muß, damit die Gabriele den Wohnungsschlüssel gibt, wenn sie nachmittags hungrig und durstig vom Maifeld kommt.

Und mit einem Mal vor der Frau im Spiegel erschrecken.

Gustav ist tot. Stop. Herzversagen. Stop. Sätze, die alles verändern, die nichts verändern. Ulrikchen aus der Schule holen, der Nachbarin Bescheid sagen, mit der Straßenbahn nach Niederschöneweide fahren, dort die S-Bahn nehmen, einmal dritter Klasse und ein Schüler, der Mann im Knipserhäuschen wird die Karten knipsen, buschiger Bart, Fältchenaugen, sie kennt ihn schon, der knipst immer die Karten, wenn sie in die Stadt fährt. Treppaufgehen und oben der zugige Bahnsteig. Der Stationsvorsteher zieht das Schild heraus, Richtung Spandau-West, sie kennt das, der Zug hat Einfahrt, sie muß Ulrike fest an der Hand halten beim Einsteigen. Achtung, Türen schließen, die Trillerpfeife, der Signalstab. Baumschulenweg, Treptower Park – die Stationennamen, Gabriele hat sie auswendig lernen müssen im dritten Schuljahr. Draußen Gleisfelder, abgestellte Züge, Güterzüge, Personenzüge, auch Lagerplätze, Schutthalden, verdorrtes Grün und die schwarzgeteerten Brandmauern der Häuser, die wäschegeflaggten Balkons. Und dann schon Friedrichstraße, Fernverkehr, die Reisenden, die vielen, die zur Olympiade kommen, Fahnen in der Bahnhofshalle, uniformierte Helfer.

Und wieder die Sätze: Gustav ist tot. Stop. Herzversagen. Stop. Sie wirft das Haar zurück und knöpft die Bluse zu, nimmt den Mantel vom Haken, geht zum Kohlenhändler telefonieren. Und der stellt ihr sogar die Verbindung her, hat Zeit bei der Hitze, bei der niemand an den Winter denkt, Zeit zum reden.

Die Mutter wollen Sie anrufen. So früh? Na bitte, da haben wir schon die Nummer!

Er reicht ihr den Hörer und nimmt den Groschen, den sie auf den Gummiuntersatz mit der Aufschrift Bitte zahlen! gelegt hat und dreht und wendet ihn, während die Mutter am anderen Ende der Leitung schon spricht, mahnt, nichts zu überstürzen, Vater wird um elf Uhr abgeholt, besser, ihn nicht mehr zu sehen, die Beerdigung soll Freitag sein, mittags, in der größten Hitze, aber der Friedhof in Plötzensee hat ja schöne, alte Bäume, die Schatten geben. Die Anzeigen sind morgen fertig. Das Beerdigungsinstitut arbeitet gut, sie kann nicht klagen. Nur schwarze Kleider müssen sie noch kaufen, und Hüte und Schleier und Trauerbinden für die Kinder. Die sollen doch mit. Die hat der Gustav doch so gern gehabt. Vergiß nicht zu essen, sagt die Mutter noch und hängt dann auf.

Der Kohlenhändler hat dem Gespräch zugehört und drückt ihr die Hand und murmelt: Beileid. Und sie nickt und geht eilig. Bloß nicht reden müssen! Bloß jetzt nicht reden müssen! Draußen der Sommer, die Dahlien in den Laubengärten, die Astern, und die Bäume schwer von Äpfeln und Birnen und Pflaumen, und die Laupenpieper schon mit Leitern beim Pflücken.

Auf dem Schulhof das Schwirren der vielen hundert Kinderstimmen, große Pause, sie wird warten müssen, vorm Lehrerzimmer stehen, die paar Sätze über den Tod des Vaters und die dadurch notwendige Beurlaubung Ulrikes vom Unterricht hersagen müssen, alles wie selbstverständlich.

Sätze, die nichts verändern, Sätze, die alles verändern.

Ulrike freut sich, vor der Zeit abgeholt zu werden, zur Oma zu fahren. Die Nachbarin will Gabriele sogar Mittagessen machen, als sie erfahren hat, worum es geht. Gabriele kann auch Radio bei ihr hören, sagt sie, es ist ja doch jetzt soviel los in Berlin! Und ausgerechnet da ein Todesfall! Susanne nickt wieder, antwortet nicht, zerrt Ulrike vom Kanarienvogelkäfig der Nachbarin weg. Noch aufs Klo gehen. Noch mal Händewaschen. Das Kind läßt sich Zeit, und sie will doch den Zug zehn Uhr zweiundvierzig erreichen, um elf wird Vater abgeholt, aber vielleicht verspäten sich die vom Beerdigungsinstitut auch um eine Stunde.

Dann sitzen sie in der Straßenbahn und steigen in Niederschöneweide zur S-Bahn um, alles wie immer, auch die Fahrt durch die Stadt, auch der Bahnhof Friedrichstraße. Noch zwei Stationen, noch eine Station. Und dann die Straßen der Kindheit, die Lessingbrücke, die Stromstraße, die Mühle an der Spree, die Brauerei an der Turmstraße. Sie biegen in die Lübecker Straße ein. Da wohnen Omaopa! ruft Ulrike und läuft voraus.

5.

Es war alles geregelt, sagt Mutter, Mamma, denkt Gabriele zärtlich, weil sie in dem schwarzen Kleid so traurig aussieht, und hinter
dem Schleier, der ihr Gesicht halb verhüllt, ganz fremd ist.

Sie sitzen zu dritt auf der Hinterbank eines Taxis, Vater hat seinen
Platz neben dem Schofför. Die Blumensträuße machen Kopf-
schmerzen, Chrysanthemen und Rosen, und Ulrikchen hat einen
Vergißmeinnichtstrauß auf dem Schoß. Rosentulpennelken, alle
Blumen welken, fällt ihr ein, so eine Strophe, die ihr ein Mädchen
in der Vorschule ins Poesiealbum geschrieben hat, Rosentulpennelken, alle Blumen welken, aber unsre Freundschaft nicht, und die
heißt Vergißmeinnicht. Dazu Oblaten säuberlich auf die gegen-
überliegende Seite geklebt. Engelköpfe mit hellblauen Flügeln, auf
Wolken gestützt. Engel. Abends, wenn ich schlafen geh, vierzehn
Englein um mich stehn. Schöner als die auf dem Betthimmel im
großelterlichen Schlafzimmer. Aber wo bleiben die Engel, wenn
einer stirbt. Gott, mach mich fromm, daß ich in den Himmel
komm.

Sie krampft die Hände ineinander, daß sich die Nägel ins Fleisch
graben.

Es war alles geregelt. Die Anzeigen waren pünktlich. Und es werden wohl viele Leute kommen.

Mamma zupft an Ulrikchens Trauerbinde, und lehnt sich wie nach
einer großen Anstrengung zurück. Vater starrt auf den Taxameter,
zuckt zusammen, wenn die Zahlen weiterspringen, hatte bis Beus-
selstraße oder Putlitzstraße mit der S-Bahn fahren wollen, um Ta-
xenkilometer zu sparen und rechnet nun, wie viele Stunden er arbeiten muß für diese lange Taxenfahrt, zu der er sich hat überreden
lassen.

Es war alles geregelt, eine große Beerdigung, den Pfarrer kennen
wir nicht, Opa hielt ja nichts von Kirche, die Grabstelle war schon
bezahlt, ein Doppelgrab. Ja, Opa, der war ordentlich. Der hat anderen nie was aufgebürdet! Nachher werden wir in die Lübecker
Straße fahren. Oma hat Pflaumenkuchen gebacken. Ihr müßt euch
zusammennehmen, Kinder, so eine Beerdigung ist furchtbar.

Wenn Mamma doch aufhören würde zu reden, Mamma, die sonst so still ist. Oder nein, wenn alles aufhören würde, die Fahrt im Taxi, das Ticken des Taxameters, wenn die Blumen nicht mehr riechen würden! Gabriele nimmt die Hände auseinander, sieht auf die Kerben, die die Fingernägel gegraben haben. Wenn alles aufhören würde!

Sie muß tief atmen und preßt das Gesicht gegen die Scheibe, um den andern im Auto nicht zu zeigen, was sie denkt: Wenn alles aufhören würde, wenn alles aufhört, Opa ist tot. Wenn alles aufhören würde, wenn alles aufhört: Vielleicht stimmt das gar nicht, was sie auf dem Maifeld erlebt hat, die Tausende Mädchen in weißen Trikots und Turnhosen, die sich in den Umkleideräumen gestoßen und gedrängt haben, aber in der hellen Sonne auf dem Rasen in immer gleichen Abständen voneinander die gleichen Übungen machten, Körperschwünge bei gegrätschten Beinen, vor und zurück und rechts und links, pendelnde Arme, gestreckte Arme, ein riesengroßer Körper. Vielleicht stimmt das gar nicht mit dem WIR.

Bei der Olympiade mitmachen ist eine Ehre. Ihr führt die große Veränderung vor, die sich in Deutschland vollzogen hat. Ihr seid Mädchen aus den verschiedenen Schulen Berlins, arme und reiche, die nur noch den einen Willen haben, WIR zu sein. WIR.

Sie war froh gewesen, daß sie ausgewählt wurde, mitzuturnen. Sie hatte ihren Platz in der achten Reihe, war Fünfte von links, das Maifeld war unübersehbar und die Anweisungen wurden durch Lautsprecher übertragen. Im weißen Trikot sah sie aus wie alle, nicht wie eine, die in der Schule gehänselt wurde, weil sie keiner Jugendorganisation angehörte, keine Uniform besaß, kein Abzeichen trug, keinen Dienst tun mußte, von dem die anderen immerzu redeten. Auf dem Maifeld gehörte sie dazu.

Aber wenn alles aufhört, zählt das nicht, das auch nicht. Wenn alles aufhört, BIN ICH GANZ ALLEIN!

Sie versucht den Satz zu vergessen, ihn auszutauschen gegen irgend einen anderen Satz, einen von Mammas vielen Sätzen, vielleicht: Oma hat Pflaumenkuchen gebacken, oder: Ihr müßt euch zusammennehmen, Kinder! Sie versucht zu denken, was morgen sein wird oder in einer Woche oder Weihnachten.

Das Taxi biegt jetzt in eine Nebenstraße ein. Bis zur Kapelle? fragt der Fahrer.

Nein, nur bis zum Haupteingang, antwortet Vater und bezahlt das Taxi. Und Mutter, Mamma, zupft an ihrem Schleier, und Ulrike hüpft von einem Bein aufs andere. Und viele Leute in schwarzen Kleidern und schwarzen Anzügen gehen langsam die Allee entlang, auf die Kapelle zu, unterhalten sich flüsternd, tragen Blumensträuße in Seidenpapier gewickelt. Andere kommen mit Kannen und Harken und in hellen Kleidern entgegen oder überholen den schwarzen, den Trauerzug, als hätten sie etwas zu versäumen.

Wenn alles aufhört –

Ein Taxi fährt an ihnen vorbei bis zur Kapelle. Sie sieht, daß Vater zusammenzuckt. Aber weil eben die Kapellentür geöffnet wird und Mamma zur Eile drängt und noch einmal erinnert, daß der Pfarrer die Großmutter und die Urgroßmutter führen wird, und sie denen folgen sollen, beachtet sie nicht, wer aus dem Taxi steigt. Die Hände schwitzen, die Blumen sind schon schlapp. Sie hat Bauchweh wie vor einer Klassenarbeit.

Bitte, benehmt euch, ihr gehört zu den Leidtragenden!

Auch Ulrike sieht blaß aus.

Der Pfarrer führt die Großmutter vom Haupteingang her auf die Kapelle zu, er stützt sie ganz behutsam am Ellenbogen; die Urgroßmutter folgt mit nur einem Schritt Abstand, ihr Rock schleift im Sand, sie schließen sich an, Vater, Mutter, Gabriele, Ulrike, in der Kapelle ist die Orgel zu hören, oder nein, es ist nur ein Harmonium; die Trauergemeinde drängt sich in die Stuhlreihen, sie müssen bis zur ersten Reihe gehen und da ist der Sarg, unter Blumen versteckt. Gabrieles Zähne schlagen aufeinander. Sie setzt sich, weil sich die anderen auch setzen. Die Musik hört auf. Großmutter ist gar nicht zu erkennen unter dem Schleier. Urgroßmutters Röcke riechen nach Mottenkugeln. Omaopamutter hat sie gerufen, als sie klein war. Sie kann dem Pfarrer nicht zuhören, versteht nur, daß er was von der Olympiade sagt, vom Erlebnis der großen Gemeinschaft. Und das sie sich wehren möchte, weil das doch nicht stimmt mit dem WIR. Sie beißt die Zähne zusammen, daß sie knirschen und erschrickt, weil alle das Knirschen gehört haben müssen. Doch keiner lacht. Keiner sagt: du gehörst nicht dazu, machst keinen Dienst, warum eigentlich nicht? bist doch arisch, warum machst du nicht mit? Sie versucht, sich auf den Pflaumenkuchen zu freuen. Es gelingt ihr nicht, sich den Geschmack vorzustellen, nur die Wespen, die immer zur Pflaumenkuchenzeit da sind und auf die man achten muß. Sie sieht Ulrikes kleine Hände mit dem Vergißmeinnichtstrauß spielen und Mutters, Mammas, Hände ein Taschentuch knautschen. Und als das Harmonium wieder spielt und alle aufstehen und schwarz uniformierte, breithüftige Männer den Sarg auf einen Wagen heben und der Pfarrer die Großmutter wieder am Ellenbogen faßt und die Urgroßmutter, auf ihren Stock gestützt, sich dicht neben ihnen hält und Vater die Mutter ebenso am Ellenbogen faßt wie der Pfarrer die Großmutter, faßt sie Ulrikchen auch so an. Draußen wieder die Wärme, der aufgewirbelte Sand von dem schleifenden Rock der Urgroßmutter, die Leute mit Gießkannen und Harken, und die tiefe Grube, an die sie nahe herantreten müssen, die Vogelrufe, das Schilpen der Amseln, die schwarzen, breithüftigen Männer mit dem Sarg an den Gurten und der Sand. Dieser helle, trockene Sand, in den sie den Sarg hinunterlassen! Drei Hände Sand müßt ihr in die Grube streuen, flüstert Mamma, du mußt ihm die Rosen hinterherwerfen, Gabriele, und Ulrikchen die Vergißmeinnicht. Hinterher, wieso hinterher, als ob Großvater auf eine Reise geht. Sie tut, was Mamma gesagt hat, nachdem Großmutter und Urgroßmutter und die Eltern Sand aus der Schale neben dem Grab genommen und auf den Sarg gestreut haben. Dann müssen sie stehenbleiben und warten und alle begrüßen, die gekommen sind, viele in zusammengestoppelter schwarzer Kleidung, manche auch in dunkelblau oder dunkelbraun. Aufgerauhte Hände, magere Gesichter, kaum einer mit Sommerbräune. Manche streichen Ulrike übers Haar. Eine Frau schiebt einen Jungen im Rollstuhl. Andere riechen nach Schnaps. Andere haben billiges Parfüm benutzt. Und:

Dr. Wolf, ach, Sie sind noch hier? Mamma hat plötzlich eine ganz helle Stimme. Der Angesprochene nickt, antwortet aber nicht. Er

beugt sich vor und küßt Mammas Hand und die Hand von Großmutter. Gabriele hat noch nie gesehen, daß einer dem anderen die
Hand küßt. Sie sieht dem fremden Mann nach, wie er in einen Sei-
tenweg einbiegt, versucht, ihn zwischen den Bäumen zu entdek-
ken. Aber da sind schon die nächsten, denen sie die Hand geben
muß, lauter Unbekannte. Alles Leute, denen Großvater geholfen
hat, sagt Mamma. Und dann schiebt sich Bruno vor, in Uniform
und mit seinem goldenen Parteiabzeichen. Und Großmutter zieht
die Hand zurück vor ihm, auch Mamma tut es. Den Vater begrüßt
er mit ausgestrecktem Arm, dreht sich um zur Grube und schlägt
die Hacken zusammen. Die noch immer warten, weichen vor ihm
aus, als er den Trauergästen auf dem Hauptweg folgt. Unter den
letzten ist wieder ein bekanntes Gesicht. Vaters Mutter.
Gabriele erinnert sich kaum noch, so lange war die nicht zu Besuch.
Mit ihr haben wir nichts zu tun, hatte es zuhause geheißen, die geht
auf die Weidendammer Brücke. Und: Das hat ihr die Mathilde Ludendorff eingebracht!
Nach solchen Sätzen waren die Eltern wieder verstummt und Vater
hatte blindwütig gezeichnet. Die Kinder hatten nicht gefragt, weil
nichts zu erfragen war.
Und jetzt geht sie an Großmutter und Urgroßmutter vorüber und
bleibt vor dem Vater stehen. Der schüttelt den Kopf, als wüßte er
ihre Frage schon. Aber du arbeitest doch jetzt, sagt sie, ohne vorher
ein Wort gesprochen zu haben. Wenn du mir nicht hilfst, mach ich
den Gashahn auf.
Bitte geh! Vater scharrt mit dem Absatz im Sand.
Fünfzig Mark, bettelt sie.
Bitte, geh!
Sie schwankt, taumelt, aber reißt sich hoch.
Mit Juden, mit denen haltet ihrs!
Bitte geh! Vaters Stimme ist heiser, als hätte er zu laut geschrien,
und er sieht an ihr vorbei, als sie sich umwendet, wieder taumelt,
schwankt, aber doch an den Kränzen vorbei zum Fußweg findet.
Gabriele hat die kleine Schwester fest an die Hand genommen. Die
letzten haben es eilig, ihr Beileid zu sagen. Dann stehen sie zu siebt

an der Grube und die Totengräber fangen schon an, den Sand auf
den Sarg zu schaufeln.

Kommen Sie, sagt der Pfarrer, sein Leben war reich. Sie dürfen
dankbar sein.

Gabriele hat Ulrike noch immer an der Hand, als sie den Eltern, der
Großmutter, der Urgroßmutter und dem Pfarrer folgen.

Sie möchte sie immer an der Hand behalten, immer so eine Hand
halten, schützend, und weil sich die Wärme austauscht zwischen
den Fingern.

Aus dem Arbeitstagebuch zum Roman

*Nachdenken über Gabriele. Ihre Kindheit endet ganz sicher an
dem Tag, an dem ihr Großvater begraben wird. Vielleicht schon
auf dem Friedhof, vielleicht am Kaffeetisch, wenn Großmutter den
Schleier abgelegt hat und den Pflaumenkuchen aufschneidet; draußen die sommerliche Hitze, muffig wie ein stehendes Gewässer,
draußen die Lübecker Straße.*
Nichts hat sich verändert. Alles hat sich verändert.
*Der Großvater ist nicht mehr am Tisch. Sie reden über ihn, über
sein Leben. Weißt du noch? Wißt ihr noch? Oder sie reden über die
Wespen, die durchs offene Fenster ins Zimmer geflogen sind, weil sie
den Pflaumenkuchen riechen. Wespen, die hängen ihre Nester in
den Dachstühlen auf, sagt die Großmutter oder die Urgroßmutter.
Und die Kinder werden ermahnt, keine Wespe zu verschlucken.
Der Hals wächst zu, wenn sie stechen, da ist keine Hilfe! Wissen,
daß es etwas bedeutet, nicht mehr da zu sein. Traurig sein und
Pflaumenkuchen essen.*
*Es kann auch abends sein, wenn sie mit der S-Bahn nach Hause fah-
ren, nach Schöneweide, die lange Strecke quer durch die Stadt, und
Vater von dem Rotwein, Großvaters Weihnachtsrotwein, den sie
getrunken haben, gesprächig nach den Ersparnissen fragt, die wohl
da sein werden und Mutter nicht antwortet, sondern aus dem Fenster sieht, auf die Signalanlagen, die winkenden Grashalme an der
Böschung, die rostigen Maschendrahtzäune, über die das Licht aus
dem S-Bahnzug hinweggleitet.*
Was heißt das: Die Kindheit endet?
*Im Tages- und Wochenrhythmus der Familie wird sich wenig ver-
ändern. Nachdem die Olympiade vorüber ist, werden die Schulwo-
chen ausgefüllt sein mit Arbeitenschreiben für die Oktoberzensu-
ren. Die Mutter wird häufiger in die Stadt fahren, um nach den alten Damen zu sehen, wird Ulrichen mitnehmen, weil die schon
zeitig aus der Schule kommt. Der Vater wird wieder zu Hause sein,
weil er bei Volta in Waidmannslust nur aushilfsweise gearbeitet hat.
Im Gymnasium wird sie die einzige sein, die nicht organisiert ist*

und wird immer wieder gefragt werden, warum sie keinen Dienst tut. Alle machen Dienst. Dienstags und donnerstags und mittwochs und freitags und montags und sonnabends; und sonntags gehen sie auf Fahrt oder sammeln Altmaterial oder stehen mit Büchsen an der Straßenecke und sammeln für die Winterhilfe oder für die NSV oder für den Eintopfsonntag. Die Alltagssprache ist mit neuen Wörtern und Abkürzungen durchsetzt, Gabriele wird später im Leben noch Mühe haben, sie auseinanderzuhalten.

Warum tut sie keinen Dienst? Sie hat Schwierigkeiten, das zu erklären, es ist auch Scham dabei und ein wenig Verärgerung über die Mutter, die so strikt verbietet, daß sie eine Uniform anzieht, sich dabei auf den Großvater beruft, der die Nazis gehaßt hat. Er würde sich im Grabe umdrehen, wenn er wüßte, daß du so etwas fragst! Aber es ist doch nichts dabei! Alle machen mit!

Nachdenken über Gabriele. Wie sies anwidert, daß der Geschichtslehrer in Uniform zur Schule kommt und die Hacken zusammenschlägt, wenn er die Klasse grüßt. Wie sies schreckt, daß der Vater das Parteiabzeichen ansteckt, wenn er zum Arbeitsamt gehen muß zweimal in der Woche, um die Unterstützung abzuholen. Und wie sie dennoch stehenbleibt, wenn eine Kolonne Jungen oder Mädchen durch die Straßen marschiert und sie welche aus ihrer Schule erkennt, aber die sehen an ihr vorbei. Wie sie nach Hause geht und die Kammertür zuzieht und sich aufs Bett setzt und den Spiegel von der Wand nimmt. Augen, Brauen, Wimpern, Stirn, Nasenflügel, Mund, Kinn, der leichte helle Flaum auf der Haut, und wie durchsichtig die Iris ist, wenn das Licht vom Fenster her auf den Spiegel fällt. Oder wenn sie nachts den Körper abtastet, die vom Wachstum schmerzenden, kleinen Brüste, den Bauch, den Nabel – durch den Nabel warst du mit Mutter verbunden! – die Scham, den Spalt, und der Finger die Öffnung sucht, und sie nicht begreifen kann, daß sie durch eine so winzige Öffnung ins Leben gefunden hat, sie und jeder Mensch, und sich wehrt, an das Kind, an die Kinder zu denken, die vielleicht einmal in ihrem Leib wachsen und durch die Öffnung hinausgestoßen werden müssen. Noch nicht denken kann, was sie schon fühlt: Ich bin nichts, ich bin alles. Ich. Ein Wort ohne Umriß.

*Der Geschmack nach Nuß und Fisch, wenn sie die Fingerkuppen
ableckt. Die schöne Trauer, vergänglich zu sein und doch lebendig,
jung! Mein Leben sagen, sich vorzustellen, was sein wird, sein
kann. Und sich nichts vorstellen können außer Stimmengewirr und
Nacktheit, die Nacktes gebiert, das Nacktes gebären wird, gebären
wird.*

*Sie wird empfindlich für Blicke in der S-Bahn, in der Straßenbahn
oder beim Fahrradfahren; hellhörig für die ungesagten Sätze zwischen den Eltern, für Mutters hilflose Unterwürfigkeit, für Vaters
hilflos herrische Wut, wenn er wieder und wieder vergeblich vom
Arbeitsamt zurückkommt, in den Personalbüros der Fabriken der
fünfzehnte oder der dritte war. Sie wird aufmerksam auf die eigenen Wünsche, auf den Wunsch, dazuzugehören wie auf dem Maifeld, aber auch auf den Wunsch, sich abzusondern, zu lesen, zu lernen, die Finger in den Ohren Wörter nachzusprechen: Urschlamm,
Urnebel, Kristallisationszentrum, Gott, Atomkern, Magma,
Polareis, Lichtjahr, SonneBetaigeuse, Garten, Gethsemane, Stadt-
gründung, Saftdruck, ich, du, er, sie, es, wir, ihr, sie, l'état c'est
moi, Gesetz und Macht, Interferenzen. Sinnlose Wörter ohne Zusammenhang und doch Wort für Wort prallvoll mit Sinn, mit ange-
lernter, mit nachempfundener oder vorgefühlter Erfahrung. Ich.
Du. Er. Sie. Es. Austauschbar. Verwechselbar.*
Wer bin ICH?

*Einzelheiten sind zu berichten: Der Spaziergang mit dem Vater an
einem Wintertag, Regenböen, hochgeschlagene Mantelkragen,
Schaumkämme auf der Oberspree, brechendes Geäst in der Wuhlheide und Vaters Stummheit. Die Hände in der Manteltasche, er
trägt niemals Handschuhe. Und wie er plötzlich stehenbleibt und
sagt: Es ist schlimm. Und sie nicht fragen kann, was denn schlimm
ist, ein paar Schritte weitergeht und dann auch stehenbleibt und sich
umwendet, sieht, wie er seine Hände aus den Manteltaschen genommen hat, sie herunterhängen läßt, Hände ohne Willen. Hört,
was er redet, heiser: Meine Mutter ist tot. Gas. Verstehst du das?
Sie schüttelt den Kopf, weiß nicht, was antworten.*

Sie hats selber gemacht, verstehst du?

Und dann kommt er mit seinen hängenden Armen auf sie zu und geht an ihr vorbei, und sie hat Mühe, ihm zu folgen, ihm zuzuhören, wie er vor sich hinredet. Daß er sich um sie hätte kümmern müssen, auch wenn sie diesen Spleen gehabt hatte, diesen Irrglauben an die blonde Rasse. Und die Männer, ja, vielleicht hatte sie bloß nicht weitergewußt, hatte Geld gebraucht oder ihn, den Sohn. Sie ist einen halben Schritt hinter ihm, muß jachern, weil er so große Schritte macht gegen die Böen an, gegen den Regen an. Versteht nur, daß seine Mutter tot ist. Selbstmord. Erinnerst du dich an sie, fragt er. Erinnerst du dich?

Sie nickt, aber sie fühlt nichts außer der Kälte, der Anstrengung, dem Vater zu folgen, und der Angst vor seinen Händen ohne Willen. Nachher die Wörter Leichenschauhaus und Selbstmörderfriedhof und Pariser, einen ganzen Karton voll. Und Asche, die von der Weidendammer Brücke in die Spree gestreut werden soll. Aber das ist verboten.

Wörter, Sätze, die sich erst später zum Bild der Großmutter fügen werden.

Dann der Sommertag, als sie der Mutter unerwartet in Köpenick begegnet, vormittags, die Schule hat vorzeitig geendet. Die Mutter ist eilig, muß noch eine Besorgung machen, sagt sie. Warum in Köpenick? Die Mutter schleppt eine schwere Tasche und geht quer durch den Verkehr über die Straße. Gegen Abend kommt sie zu ihr in die Kammer und zieht die Tür hinter sich zu. Ob sie sich noch an Ruth Glasstein erinnert? Die Mutter fragt sehr leise. Ja, doch, der Kindergeburtstag damals, wos für jeden eine Apfelsine gab. Die sind nicht weggekommen, sagt Mutter. Du weißt doch, was los ist, sind Juden. Ich bring ihnen Flickarbeiten hin und Wolle zum Stricken. Aber sprich nicht drüber! Mit niemand. Auch nicht mit Vater und Ulrikchen! Als sie geht, läßt sie die Tür nur angelehnt und poltert ungewöhnlich laut mit dem Geschirr in der Küche.

Gabriele bleibt auf dem Bett sitzen, obwohl sie Mutter doch umarmen möchte. Sie denkt daran, daß sie sich heimlich beim BDM angemeldet hat, und das Mädchen, das sie im Büro in der alten Volks-

schule aufgenommen hat, voller Verachtung darüber gewesen ist, daß sie sich erst mit vierzehn entschlossen hat, sich zu organisieren. Es gibt Nachmittage, an denen sie mit Ulrikchen tobt, ihr einen Drachen bastelt, den sie steigen lassen auf den Wiesen bei den Trinkhallen, einen Drachen aus rotem Packpapier mit Seidenpapierschlaufen, vor dem hellblauen Herbsthimmel ein Bild für GLÜCK.

Da sind im Winter die Pirschgänge über die dunklen Höfe. Du spielst noch Versteck? fragt Mutter erstaunt. Die Vorstellung von Abenteuer, von Höhlen statt Kellerluken, von unwegsamem Gelände statt der Zäune und Mauerdurchschlupfe, und der verrückte Neid auf die Jungen, die sich nicht hinhocken müssen beim Pissen, Neid auf ihre brüchigen Stimmen und die Muckis, mit denen sie prahlen. Fühl mal! Sie krempeln die Ärmel hoch, sie winkeln die Arme an, ganz hart!

Und sonntags beim Altmaterialsammeln – du bist Anwärterin beim BDM, du mußt dich bewähren – die Blicke in Wohnungen, Vorderhauswohnungen, Hinterhauswohnungen, Lauben, Schmutz und Ordnung und überall Mißtrauen.

Der Geschichtslehrer spricht vom Volk.

Nicht wissen, wo sie hingehört. Nicht wissen, was richtig ist. Die Uniform nicht anziehen zu den Versammlungen in der Schulaula, wenn Führerreden anzuhören sind, beobachten, wie die rechts und links Käsekästchen spielen oder Karl May lesen oder Zigaretten drehen, wie der Geschichtslehrer steil und steif dasitzt und dem Physiklehrer immer wieder das Kinn auf die Brust sackt. Nicht dazugehören und doch dazugehören wollen. Dazugehören und nicht dazugehören wollen.

Es läßt sich nicht festmachen, wann die Kindheit endet, wann die Jugend beginnt.

Manchmal zeichnet Gabriele Städte, die anders sind als die Stadt, in der sie lebt, ohne Abfallhalden und schäbige Wohnlauben, ohne die schwarz geteerten Hintern der Häuser entlang den S-Bahngleisen, ohne die zugigen Bahnhöfe und die schmutziggelben Ziegelmauern der Fabriken, ohne den stinkenden Wind von Niederschöneweide herüber. Manchmal denkt sie an ihren Weg durch die Welt, sucht die Städte auf im Atlas, in denen Onkel Paul gearbeitet hat, den sie nur aus den Erzählungen der Urgroßmutter kennt; sie kann ihre Neugier kaum mit den Karten und Stadtplänen und Reisebeschreibungen befriedigen, die sie aus der Volksbibliothek in Köpenick entleiht; denkt sich aus, wie ein Mädchen, das ihr zwillingsgleich ist, durch die fernen Städte und Länder schweift.

Sie möchte dieses Zwillingswesen sein, liegt dabei in ihrer Kammer und kann nicht schlafen, will nicht schlafen, die patinagrünen Dächer und graugrünen Flüsse, die Kastanien und die roten Kreml-Mauern, die schmalbrüstigen Häuser und das schwappende Licht, die Narzissen im Hyde-Park und den schweren Wolkenhimmel sehen, in den verräucherten Hinterzimmern der Kneipen sitzen, vor den Schüssen in die fahnenschwingende, ikonentragende Volksmenge hinein erschrecken. Dwortzowaja-Platz, fällt ihr ein, die Urgroßmutter hatte das Wort einmal buchstabiert, und: 1905, merk dir das!

Sie möchte dieses Zwillingswesen sein, liegt dabei in ihrer Kammer und kann nicht schlafen, will nicht schlafen.

Unterdessen nimmt sie Nachhilfeschüler an, lernt Familienverhältnisse kennen, die ihr fremd sind, verdient sich Taschengeld, bringt den Eltern zum Hochzeitstag einen Rosenstrauß mit, geht lustlos, aber pflichtgetreu zu den Treffen des BDM.

Bis sie eines Tages zu der Schaftführerin geht und sagt: Ich kann nicht mehr mitmachen. Sie wird zur Untergauführerin geschickt, weil die Schaftführerin nicht entscheiden kann, ob man die Mitgliedschaft ohne Verfahren aufkündigen kann. Aber das ist schon später. Gabriele ist fünfzehn. Da läßt sich schon nicht mehr von Kindheit sprechen. Ein Novembertag. In der Nacht haben die Synagogen gebrannt. Und der Geschichtslehrer, noch immer der mit der Uniform, hat vor Beginn des Unterrichts gesagt, daß sich die Juden das selber zuzuschreiben hätten.

Die Untergauführerin hat ein Büro im vierten Stock eines alten

Hauses. Im Flur stehen uniformierte Mädchen herum, im Vorzimmer sitzen uniformierte Mädchen an der Schreibmaschine. Die Untergauführerin hat einen Geranientopf auf dem Schreibtisch und ein Hitlerbild in silbernem Rahmen an der Wand. Sie macht keinen Versuch, Gabriele zur Aufrechterhaltung der Mitgliedschaft zu bewegen. Du hast dich sowieso nicht eingefügt, sagt sie, solche wie dich lassen wir gerne gehen. Sie hat einen Aktenordner vor sich und trägt das Datum des Austritts auf dem Mitgliedsbogen ein, steht dann auf und streckt den rechten Arm aus. Die im Vorzimmer grüßen nicht, als Gabriele an ihnen vorübergeht. Und die im Flur herumgenöhlt haben, lachen hinter ihr her. Gabriele nimmt immer zwei Stufen treppab.

Um diese Zeit hat sie die nächtlichen Wunschträume von den Zwillingswesen schon aufgegeben.

VI.

Sie weiß nicht, was das ist: Leben. Sie lebt.
1938

1.

Sie treffen sich in einer Wohnung in Neukölln. Die schüchterne
Lehrerin, die seit Herbst Englisch unterrichtet, hat Gabriele in der
Pause angesprochen, so leise, daß sie es kaum hat verstehen können
und zurückgefragt hat: Stuttgarter Straße 12? Ja, im Hof, und dann
vier Treppen hoch. Ich denke mir, du hast was davon, hat sie noch
gesagt und ist dann weitergehuscht, fremd, ängstlich, wie sie auch
in die Klasse kommt, den Arm zum befohlenen Gruß flüchtig hebt,
den Gruß kaum ausspricht, zu rasch ins Englische überwechselt,
graue Maus, graue Röcke, graue Blusen, eine Brosche am Blusen-
verschluß, ein blasses, schmales Gesicht, kaum Lippen. Sie ist nicht
neugierig, als sie mit dem Stadtplan in der Hand die Stuttgarter
Straße sucht, eher ein bißchen verärgert, daß ihr der Nachmittag
verlorengeht. Warum hat sie nicht abgelehnt? Sie ist doch keine, die
sich bei Lehrern einschmeichelt.
Und steht dann im engen, gepflasterten Hof und sieht an den Wänden hoch, wie sie sich neigen, sie bedrängen! Sie hat mit einem Mal
Angst. Die Tür, die die Toreinfahrt zum Hof hin verschließt, ist
hinter ihr zugefallen, aber niemand scheint sich an dem dumpfen
Krachen gestört zu haben. Kein Fenster wird aufgestoßen, keine
Gardine beiseitegeschoben, als sei das Haus menschenleer. Das
prägt sich ihr ein, dieser Augenblick winternachmittags. Fasriges
Gewölk über dem Hofviereck, Geruch nach Briketts und lagern-
den Kartoffeln, und wie sie sich strafft, um die Angst und den Ekel
vor den Gerüchen nicht aufkommen zu lassen, und wie sie auf die
schmale Tür zum Hinterhaus zugeht. Merkt sich auch das Erschrecken vor den fünfzehn oder zwanzig Menschen in der engen

Stube im vierten Stock, das verhängte Fenster, die Lautlosigkeit. Dabei reden sie, kennen sich untereinander, sitzen auf Couch und Teppich und Stühlen, lehnen am Schreibtisch. Wovon sie reden, versteht sie nicht, hört Vornamen und Straßennamen heraus, hat aber nicht den Mut, ihren Stadtplan aufzufalten und nicht den Mut, irgend etwas zu fragen. Und ist froh, daß die graue Lehrerin sie mit Vornamen vorstellt und einige auf dem Schreibtisch zusammenrücken, damit auch sie sitzen kann. Merkt sich, daß sich eine Hand in die ihre schiebt, eine Frauenhand, und sie den Ehering spürt, und wie ihr jäh heiß wird, als alle verstummen, weil die Lehrerin ein handliches Neues Testament aufschlägt und das Gleichnis vom barmherzigen Samariter vorliest und ein Gebet spricht. Hier gehört sie doch nicht her! Sie ist doch nicht fromm!

Sie weiß noch, wie der Pfarrer zur Beerdigung ihres Großvaters von der Olympiade und dem Erlebnis der großen Gemeinschaft geredet hat und hört noch das betäubende Glockenläuten beim Einmarsch der Deutschen in Österreich, das Pathos der Rundfunksprecher und den Spott ihres Vaters über den Herrgott mit dem Hakenkreuz. Es ist lange her, daß sie als kleines Kind geplappert hat: Ich bin klein, mein Herz ist rein, soll niemand drin wohnen als Jesus allein. Und es ist lange her, daß sie in der Religionsstunde im ersten Schuljahr geheult hat, als die Geschichte von der Kreuzigung Jesu vorgelesen wurde. Sie hat sich vorgestellt, Jesus zöge die Wilhelminenhofstraße entlang mit dem Kreuz auf dem Rücken und alle Leute schlössen die Fenster, und die Ladenbesitzer ließen die Jalousien herunter und die Fabriktore würden verriegelt, und die Frauen, die mittags mit Henkelmännern in der Hand über die Straße gingen, versteckten sie hinter ihren Rücken, und die Kohlenmänner würfen Säcke über die vollgepackten Tragen, die reihenweise auf den Bollerwagen standen. Und alle schämten sich, daß der mit dem Kreuz so anders war, sie so gar nichts anging, nicht bettelte, nicht stahl, nicht redete, nicht trank, nicht liebte. Und sie hatten das alles von ihm erwartet!

Damals, noch unter Tränen, hatte sie zum Lehrer gesagt: Warum hat Gott ihm nicht geholfen! Ich will nicht fromm sein.

Hier ist sie falsch, eingedrungen in eine falsche Gemeinschaft, die sich absondert, Gebete spricht, wo doch der Krieg vor der Tür steht, sagt Vater, und der Physiklehrer die Schülerinnen belehrt, wie Giftgas wirkt und wie notwendig Gasmasken sind.

Sie versucht ihre Hand aus der Hand der Frau zu ziehen. Sie will sich verabschieden nachher, will sich für die Einladung bedanken, will der grauen Lehrerin aus dem Weg gehen in der Schule, weil sie die ja doch enttäuscht hat, dem Vertrauen nicht standgehalten hat.

Während der wortkargen Sätze der Lehrerin sind ihr die Aufmärsche eingefallen, an denen sie als BDM-Mädchen teilgenommen hat, ihr Widerwille, auf der Fahrbahn und in Dreierreihen zu marschieren, ihr Schauder vor dem Gebrüll, wenn die Wagenkolonne des Führers sich näherte und sie sich zwischen den Tausenden zwang, den rechten Arm nicht hochzureißen.

Sie wird sich verabschieden, sich bedanken. Stellt sich vor, wie sie nach Hause fährt mit der S-Bahn, Winterdunkel, bald ist Weihnachten, ein verlorener Nachmittag, sie gehört nicht hierher, hier auch nicht, ist bald sechzehn. Die Mutter geht heimlich zu Glassteins, der Vater ist in der Partei, trägt aber das Abzeichen nur, wenn er zum Arbeitsamt geht, im Januar soll er fest angestellt werden. Und Ulrikchen will zu den Jungmädeln, wenn sie zehn ist. Nur sie gehört nirgendwo hin.

Sie hat die Hände im Schoß liegen, sieht auf die vielen Füße, die staubigen, schiefgetretenen, geflickten Schuhe, Schnürstiefel, Halbschuhe. Manche Füße sind ineinander verschränkt, andere stehen breit auseinander, eine Gemeinschaft von Füßen, die viele Wege machen, das sagen die Schuhe. Sie zählt die Füße, um ruhig zu sitzen, um nicht nachzudenken, weil das Nachdenken wehtut, hilflos macht: Ich bin bald sechzehn, ich beiße die Zähne zusammen, wenn die anderen das Glaubensbekenntnis sprechen, ich klemme den Arm an den Körper, wenn alle Heil! rufen, ich presse die Handflächen gegeneinander gegen den Rhythmus der Stimmen an.

Sie gehört nirgendwo hin.

Nach dem Amen, als die Füße aus der Ruhestellung aufwachen,

sagt die Frau neben ihr, daß es gut sei, wenn sie mitmachen würde, es gäbe soviel zu tun, Patenschaften für Inhaftierte, Betreuung von Gefährdeten, sie wisse doch, daß viele untergetaucht seien, dazu die Sorge um die Ausreisepapiere und die Vermittlung von Bürgen im Ausland für solche, die zur Emigration zu arm seien. Und Pfarrer Niemöller, den hätten sie geholt, der sei das Vorbild für sie alle. Gabriele sieht auf, sieht der Frau ins Gesicht und wie die den Blick aushält. Es sei sehr wichtig, daß junge Leute mittäten, sagt die Frau. Denn was jetzt in Deutschland geschehe, könne ja nie wieder gutgemacht werden.

Gabriele schweigt, aber sie nickt der Frau zu, überlegt, wie alt die wohl ist, ob sie Kinder hat, ob ihr Mann weiß, daß sie hier ist. Und sie sieht auch in die anderen Gesichter, versucht, die Beziehung zwischen Gesichtern und Schuhen herzustellen.

Die graue Lehrerin spricht bald mit dem einen, bald mit dem anderen, und als sie vor ihr stehenbleibt, fragt sie, ob sie ein Fahrrad hat, weil doch manchmal weite Wege zu machen sind. Sie legt ihr die Hände auf die Schultern. Gut, daß du gekommen bist! Du hast es doch nach Baumschulenweg nicht weit – sie wartet die Zustimmung gar nicht erst ab – da gebe ich dir zwei Adressen. Du wirst das ja können: Mit niemand davon sprechen? Wichtig ist Kleidung. Der Mann ist beim Gleisbau eingesetzt, Orchestermusiker, der hat natürlich kein Arbeitszeug. Und in der anderen Familie ist der Vater weg seit 34: Sachsenhausen. Da sind drei Kinder von sechs bis zehn, denen es immer an Kleidung fehlt.

Sie lächelt jetzt und sieht nicht mehr grau aus, nicht mehr geduckt. Ich sage dir dann auch, von wem du die Kleidung bekommst. In der Schule bitte kein Wort darüber!

Gabriele fühlt sich zusammenschrumpfen, streift die Hände der Lehrerin von ihren Schultern, weil sie jetzt nicht sagen kann: Ich gehöre doch nicht hierher! Ich habe Angst, weil ich nicht weiß, was ich will: nicht den Arm heben – und auch nicht beten. Mich selbst finden, verstehen Sie! Mich.

Ich muß mir überlegen, ob ich da mitmachen kann, sagt sie halblaut. Die Lehrerin nimmt die Hände zurück, ihr Lächeln verliert sich, sie wendet sich jemand anderem zu. Einige verabschieden sich. Gabriele fällt auf, daß sie immer zu zweit oder zu dritt sind. Sie möchte auch gehen, aber sie wagt nicht, sich ohne Abschied davonzustehlen und ist schließlich bei den letzten. Die Lehrerin fragt, ob sie wiederkommen wird. Sie weicht aus: Zu viele Nachhilfeschüler. Die Lehrerin hilft ihr in den Mantel. Ich will dich nicht drängen, sagt sie, aber du weißt ja nun, wo ich wohne! Und sie steht mit hängenden Armen, während Gabriele den Mantel zuknöpft. Erst auf dem Hof, im Licht aus den Küchenfenstern, begreift Gabriele den Doppelsinn dieses Satzes.

2.

Auf der Sonnenallee wird sie angesprochen. Sie beachtet es nicht, aber der Mann oder Junge bleibt neben ihr. Sie erkennt ihn wieder. Er war dabei in der Stuttgarter Straße.

Sie fahren auch mit der S-Bahn? fragt er.

Ja, bis Schöneweide.

Ich muß nach Grünau, sagt er.

Hat er denn kein Mißtrauen? Hat er nicht gemerkt, daß sie sich ganz blöde benommen hat, richtig kindisch? Sie versucht, einen kleinen Vorsprung zu gewinnen, um ihm zu zeigen, daß sie allein sein, nicht Rede und Antwort stehen will. Und er läßt ihr den Vorsprung. Das hat sie nicht erwartet. Die Läden haben noch offen. Sie könnte in einen Laden gehen, irgend etwas kaufen. Vielleicht gelingt es ihr, ihn abzuhängen. Aber da ist der Schritt, wenige Meter hinter ihr, gar nicht hastig, gar nicht angepaßt an ihren Schritt. Das gefällt ihr, sie weiß nicht warum. Das beruhigt sie. Sie geht durch Straßen, die ihr fremd sind, an Männern und Frauen vorbei, deren Gesichter in dem schwachen Laternenlicht kaum zu erkennen sind, die das leise Singen des Windes in den Baumkronen und den unterschiedlichen Schritt der zwei jungen Menschen nicht hören, die nicht einmal den Abstand bemerken, der zur Zusammengehörigkeit wird, je länger die beiden ihn einhalten.

Als Gabriele am Bahnhof eine Fahrkarte kauft, bleibt der junge Mann vor der Fahrplanwand neben dem Schalter stehen, wartet, bis sie den ersten Absatz der Treppe erreicht hat. Auch auf dem Bahnsteig bleibt er beim Zigarettenautomaten stehen, während sie im Windschatten des Stationsgebäudes wartet, dem Lachen hinter dem Fenster zuhört, dem alten Mann nachhorcht, der längs der Bahnsteigkante auf und abgeht. Sie merkt sich das, das auch. Das Lachen. Die Schritte, den Wunsch nach der Wärme eines Kachelofens, den Wunsch nach Geborgenheit. Sie zählt die Fenster in den Häusern auf der anderen Seite der Gleise und kommt nicht zu Ende damit, will nicht zu Ende kommen, will sich etwas offen halten: Die Vorstellung von Gesprächen rings um den Tisch, von Einvernehmen.

Ein Schwall warmer Luft kommt aus dem Stationsgebäude, als der Stationsvorsteher die Tür öffnet, weil der Zug einfährt, rotgelbe Dritterklasseabteile, rotblaue Zweiterklasseabteile, Raucher, Nichtraucher. Die Aus- und Einsteigenden müssen den Widerschein der Fenstervierecke auf dem Bahnsteig durchkreuzen, elf Aussteiger, drei Einsteiger. Der alte Mann hat zweiter Klasse Raucher gewählt. Der junge Mann steigt ins Dritterklasseabteil Nichtraucher, wie Gabriele, bleibt aber hinter der Trennwand stehen, bis der Zug anfährt. Gabriele hat sich neben eine Frau gesetzt, die ein Netz voller Pakete auf dem Schoß hat. Mehrere Sitzplätze sind frei. Warum setzt er sich nicht, sie möchte ihn fragen: Waren Sie schon oft in der Stuttgarter Straße? Machen Sie mit, weil Sie an Gott glauben?

Aber fragt man so was? Und antwortet man: Ich würde gern helfen, doch ich möchte nicht auf Gott eingeschworen werden? Ich trau mir zu, daß ich ohne ihn entscheiden kann, was gut und was schlecht ist.

Sie starrt auf die säuberlich gepackten Pakete im Einkaufsnetz ihrer Nachbarin, auf die Hände, die das Papier gefalzt und eingeschlagen haben. Und daß es schwer ist, Ich zu sagen und Du zu sagen, wenn man doch von einem zum anderen nichts abfragen kann, von einem zum anderen nichts weiß als was die Hände tun, oder nur den Zustand der Schuhe kennt oder den Rhythmus der Schritte.

Sie ist nicht erstaunt, als der junge Mann am Bahnhof Niederschöneweide aussteigt und nun neben ihr bleibt, auf der Bahnhofstreppe, in der Bahnhofsvorhalle, beim Überqueren des Bahnhofsvorplatzes, beim Kreuzen der Straßenbahnschienen und in der Brückenstraße auf dem Weg zur Spree.

Reden ist nicht nötig. Das ist eine ganz neue Erfahrung: Daß es genügt, nebeneinander zu gehen, den Wind auf der Haut zu spüren. Sie haben sich nicht an den Händen gefaßt. Sie haken sich nicht einmal ein. Aber ihre Schritte stimmen jetzt zusammen.

Die Auslagen in den Geschäften auf der Brückenstraße sind matt erleuchtet. Zigarren und Kattunschürzen, Muster auf dunkelblauem Grund, Miederwaren, Fahrräder, ein Spielzeugfenster mit einer hölzernen Eisenbahn, auf Karton gedruckte, Milch trinkende Kinder, fleckige Winteräpfel und eine Kiste mit Mohrrüben, Kartoffelsäcke, Kathreiners Malzkaffee-Pakete, plumpe Schuhe, Bundschuhe, Turnschuhe, ausgeblichene Olympiaringe auf einer Wandbespannung, Hakenkreuzfahnen beim Uniformschneider, aber auch Modelle für Maßanzüge in aufgeblätterten Zeitschriften, Weihnachtsmänner aus Schokolade, bezuckerte künstliche Tannenbäume, ein paar elektrische Kerzen und ein wächserner Engel, himmelblaues Hemd, messingfarbene Locken, er hängt an einem Silberdraht.

Sie bleiben nicht stehen vor den Schaufenstern. Sie sehen sich nicht an und wissen doch jeder von dem andern das Lächeln. Auf der Treskowbrücke ist der Wind schärfer. Die Möwen sitzen auf den Pfählen und schlafen. Die Fabriken sind dunkel bis auf die Wächterhäuschen und die Laternen auf den Höfen. Vater wird ab Januar arbeiten, gleich an der Spree in der neuen Halle. Gut, daß er sich auch auf Transformatoren spezialisiert hat, sagt er. Der Mensch muß vieles können, sagt er. Und er sagt: Licht für alle, das ist das Glück.

In der Wilhelminenhofstraße liegen beim Schlächter Blutwürste aus. Morgen sind die nicht mehr frisch, aber einen Sechser billiger. Mit einem Mal weiß sie, daß Zeit vergangen ist, gestern, heute. Daß heute ein wichtiger Tag ist. Vor der Haustür bleiben sie stehen. Danke, sagt sie, danke, daß Sie mich gebracht haben. Aber von hier kommen Sie schlecht nach Grünau.

Er lacht kurz auf.

Plötzlich die Angst, daß er sie küssen könnte, seine Zunge in ihrem Mund, sie hat so was gelesen.

Sie halten nichts von denen da in Neukölln?

Doch, sagt sie. Doch.

Sie kommen also wieder hin?

Sie weiß nicht, ob das eine Liebeserklärung ist.

Ja. Ja, ich komme wieder hin. Und ich geh auch nach Baumschulenweg. Ich übernehme das.

Sie hat nicht erwartet, daß er ihre beiden Hände nimmt.

3.

Sie hat die Mutter stehenlassen, die sie schon im Flur erwartet hat. Sie hat das Abendessen stehenlassen, das die Mutter für sie warmgehalten hat. Sie hat Ulrikchen nicht Gutenacht gesagt. Sie hat den Vater nicht begrüßt. Er zeichnet wie wild, hat Mutter gesagt, will alles nachholen, was er versäumt hat. Sie hat ihr nicht geantwortet, hat die Tür zu ihrer Kammer verriegelt, hat gehört, wie die Mutter an der Tür stehenblieb, lauschte, atmete, bettelte: Gabriele, Gabi, Kind, du mußt doch was essen!

Sie hat nicht geantwortet, hat auf ihrem Bett gesessen, schräg vorgebeugt, hat die Hände angesehen, ob da Spuren auf den Händen sind. Sie hat sich ihn auf dem Weg zum Bahnhof zurück, treppauf zu dem Bahnsteig vorgestellt und die Fahrt nach Grünau. Sie hat sich vorgestellt, daß sie mit seinen Augen sieht, mit seiner Haut fühlt, seine Gedanken denkt. Sie starrt auf die Tür, auf die Staubspuren zwischen Sperrholzeinsätzen und Rahmen. Zögernd zieht sie sich aus, erlebt das: Sich ausziehen, Rock, Bluse, Strümpfe, Unterwäsche, der Geruch des eigenen Körpers; und was das ist: Haut. Kriecht nackt unter die Decke, krümmt sich unter der Kühle des Leinens, schämt sich und schämt sich nicht, weiß nicht einmal mehr, was das ist: Scham. Beneidet ihre Fingerspitzen, die die Brüste entdecken, die Rippenbögen, die Hüften, ertappt sich, daß sie halblaut gesprochen hat, Ich. Du. Sie zieht die Decke über den Kopf. Du. Ich. Wachträume. Wege durch die Stadt. Straßen, die immer im rechten Winkel auf Straßen treffen, Katzen, Hunde, Laternen, eine Frau mit einer Schildkröte an der Strippe, Kinder auf Vorgartenzäunen beim Tausch von Zigarettenbildern, formlose Frauen mit ledernen Einkaufstaschen, Schuster in Kellerläden, runzelige Gesichter, runzelige Schuhe unter der Schusterkugel, Fischfrauen mit den Schuppen auf den geflickten Mänteln und dem Fischgeruch um sich herum, von Hunden gezogene Bäckerwagen, die Brötchen und Zuckerschnecken auf den Blechen hinter den Doppeltüren des Schrankes, der auf dem zweirädrigen Karren festgemacht ist, ein Sechser die Schnecke, nein, mein Kind, heute nicht, wir müssen sparen. Oder die vereiste Rodelbahn, der Schlitten schleudert, keine Angst haben, die Absätze fest aufs Eis drükken, um die Richtung zu halten. Oder schwimmen lernen, an der Leine hängen. Schwarzes Spreewasser, Oberspree. Die Hände zusammenlegen und vorstoßen, die Hände voneinander abwenden, das Wasser teilen, breit ausholen, ruhig. Und die Beine anziehen, stoßen, die Sohlen gegen das Wasser stemmen, ja, ja! Leben kann Glück sein, begreif das! Wissen, wie viel ich und du einander mitzuteilen haben.

Als sie auffährt, weil ihr kalt ist, fällt ihr die Mutter ein, die das Abendessen warmgehalten hat, fällt ihr Ulrikchen ein, der sie nicht Gutenacht gesagt hat, fällt ihr der Vater ein, wie er zeichnet und zeichnet, als wollte er die versäumten Jahre nachholen.

Sie nimmt den Bademantel vom Haken und geht ins Badezimmer, leise, um niemand zu stören. Sie sieht die alte Badewanne, die abgesprungene Emaille, den braunen Rand vom Wasser. Sie hat nie darauf geachtet bisher, hat gebadet, wenn der Badeofen geheizt worden war, hat an der Klosettspülung gezogen, ohne auf das Säuseln zu achten. In der Lübecker Straße hatten wir keine Badewanne, hat Mutter manchmal gesagt, ihr habt es jetzt gut, Kinder! Sie dreht an dem Wasserhahn. Das Wasser ist kalt, sie kauert sich zusammen, hält den linken, den rechten Arm unter den Wasserstrahl, legt sich in der Wanne lang. Sie singt leise vor sich hin.

4.

Also ist Gott eine Erfindung.

Der Satz reißt sie jäh aus dem Schlaf. Es ist nicht mehr ganz dunkel in der Kammer, weil vom Hof her Licht durch die Butzenscheibe dringt.

Sie hat sich gegen etwas wehren wollen gestern. Und hat etwas erfahren, das sie nicht benennen kann. Freiheit? Nein. Ausgeliefert sein? Nein. Die Freiheit, ausgeliefert zu sein? Nein, nicht ausgeliefert: Antastbar, verletzlich, schwingend.

Sie setzt sich im Bett auf, und weil es kalt ist, baut sie aus dem Kopfkissen einen Wall, der die Nieren deckt. Wenn Gott eine Erfindung ist, ist er veränderbar. Und wenn er veränderbar ist, gehört er jedem, kann sich ihn jeder modeln. Sie zieht die Knie an, stützt das Kinn auf die Knie, schlingt die Arme unter der Decke um die Schienbeine, wiegt sich leicht hin und her. Kann jeder sagen, ich bin Gott, du bist Gott, der Vater ist Gott, dieser Hitler ist Gott – NEIN.

Sie hält mit dem Wiegen inne. Sie preßt das Kinn so fest gegen ihre Knie, daß sie die Zähne fühlt, sie krampft die Finger um die Oberarme, bis sie die Muskeln fühlt. Mit einemmal ist da nur noch die Kälte, nur noch der Tag, der bei Dunkelheit beginnt, der bei Dunkelheit enden wird, und die Angst vorm Weiterdenken: Wer bist du, wenn Hitler Gott sein kann?

Im Badezimmer geht die Wasserspülung. Von irgendwoher ist ein Radio zu hören, Frühnachrichten. Eine Fabriksirene steigert sich zum Dauerton. Sieben Uhr. Arbeitsbeginn. Sie schält sich aus Bettdecke und Kissen, geht in die Küche, um sich an der Wasserleitung die Zähne zu putzen, sie macht kein Licht. Sie probiert das: Sich zurechtfinden. Und als die Mutter noch im Bademantel in die Küche kommt und das Deckenlicht angeknipst hat, huscht sie verschreckt in die Kammer zurück, hört das Klicken des Gasanzünders, hört das Stäkern im Herd, zieht sich an.

Dann steht sie neben der Mutter, die die Kaffeemühle zwischen die Knie geklemmt hat und Malzkaffee mahlt, ist ohne Entschuldigung für gestern abend. Steht und sieht der Mutter zu. Und müßte reden, reden.

Die Mutter schüttet das Kaffeemehl in den Steintopf, nimmt den Kessel, aus dem der Dampf stößt, vom Gas und gießt das kochende Wasser auf, bis der braune Schaum über den Topfrand drängt, deckt den Steintopf mit einem blauen narbigen Deckel zu und stellt die Milch auf, nimmt die Büchse mit Haferflocken aus dem Schrank, schneidet Brot und bestreicht es mit Leberwurst, reißt Einschlagpapier vom Block und schlägt die halbierten Doppelschnitten in je einen Bogen ein. Ulrike ist in die Küche gekommen und tippt mit angelecktem Zeigefinger in die Haferflockenbüchse und schiebt den Zeigefinger in den Mund. Mutter sieht auf die Uhr und auf die hochschäumende Milch. Jeden Morgen geht das so, keine Zeit zu verlieren, keinen Tropfen Milch überschäumen lassen. Ganz unwichtig zu fragen, wie das mit Gott ist. Ganz unwichtig zu sagen, da ist einer neben mir gegangen gestern abend und ich hätte immer so neben ihm weitergehen mögen. Die Haferflocken müssen eingequirlt werden. Dazu eine Prise Salz, eine Messerspitze Butter, ein Löffel Zucker. Die Suppe ist viel zu heiß. Der Malzkaffee ist viel zu heiß. Sie blasen auf den Löffel, sie blasen in die Tasse. Im Winter brennt das Deckenlicht dabei. Im Sommer steht das Fenster auf.
Sie sieht zum ersten Mal, wie erschlafft das Gesicht der Mutter ist.

5.
Die graue Lehrerin gibt ihr die Adressen, sogar in der Pause und vor dem Lehrerzimmer. Trägt ihr nichts nach. Fragt gar nicht. Sagt nur: Du erreichst sie abends, am besten nach sieben, wenn sie von der Arbeit zurück sind. Wenn es dunkel ist jetzt im Winter. An den Sommer denkt sie nicht, sagt ihr, wo sie die Arbeitskleidung abholen kann und wo sie Kinderkleider abholen kann. Adressen in Oberschöneweide und Köpenick. Deine Eltern werden doch nichts dagegen haben? Sie wartet die Antwort nicht ab. Gabriele weiß keine Antwort. Seit heute morgen fühlt sie sich schuldig vor der Mutter, weiß, daß die auf ihr Leben verzichtet hat, auch wenn sie Flickenwäsche zu Glassteins bringt, auch wenn sie immer noch mal am Klavier ist und sich eine Beethovensonate vornimmt oder

die Kinderszenen von Schumann, auch wenn sie den Haushalt in Ordnung hält. Seit heute morgen ist sie entschlossen, der Angst nicht nachzugeben, daß sie auch einmal so verloren gehen könnte. Sie muß sich den Tag merken, ein Freitag, 15. Dezember 1938. Und gestern? Sie merkt, daß sie rot wird.

Die Schüler toben und johlen auf den Fluren. Für die ist nichts weiter vorgefallen.

Nachmittags besucht sie die in der Zeppelinstraße, muß sich nicht ausweisen, der Gruß der Lehrerin genügt. Ein älteres Ehepaar, das sie ins Wohnzimmer läßt. Unterm Sofa stehen Kartons voller Kleidung, auf dem Buffet sind Römer und Kristallschalen aufgebaut, die das Lampenlicht in allen Farben brechen. Der Mann erzählt, daß er Lehrer war, pensioniert ist und die Sammlung von ausgewachsener Kinderkleidung zwischen Edisonstraße und Triniusstraße übernommen hat. Hier wohnen so viele Familien, denen ich mit Kirche nicht kommen kann, aber wenn ich denen sage, daß es für die Kinder ist, deren Väter eines Tages weggeholt worden sind, bringen oder geben sie mir, was sie übrig haben. Suchen Sie sich nur aus, alles gewaschen! Das macht meine Frau.

Sie nimmt Trikotwäsche und eine warme Jacke und sorgfältig gestopfte Strümpfe. Eine Hose mit angestrickten Beinlingen hat keinen Platz mehr in der Schultasche. Sie wird wiederkommen und die Maße mitbringen.

Nachher fährt sie noch nach Baumschulenweg und sucht sich auf dem Stadtplan im Bahnhof die Straße heraus, steht dann vor der fremden Wohnungstür.

Was tue ich, wenn einer in Uniform öffnet? Wenn die Adresse nicht stimmt?

Aber die Frau in der Kittelschürze läßt sie gleich in die Wohnung. Von den Neuköllnern? fragt sie, und als Gabriele nickt, holt sie einen tiefen Teller aus dem Schrank. Die Suppe ist noch warm, ihr jungen Leute habt doch immer Hunger, und sie schöpft schon ein und stellt den Teller auf die Wachstuchdecke und legt den Löffel daneben. In der Küchenecke sitzt ein etwa Zehnjähriger auf der Kohlenkiste, ein anderer kriecht hinter seinem Spielauto her unter dem Tisch durch und ahmt den Motorenlärm nach, der Jüngste hält sich dicht neben der Frau, auch als die sich an den Tisch setzt und von den Schwierigkeiten erzählt, die es in der Schule gibt, besonders für den Großen, von dem Hohn, dem sie ausgesetzt sind und daß ihnen schon zweimal die Fenster eingeworfen worden sind. Dabei waren früher viele hier SPD, auch KPD, aber heute will keiner mehr was davon wissen, haben alle das Hemd gewechselt. Und sie sagt auch, daß sie froh ist, daß welche von der Kirche zu ihnen halten. Das war früher nicht so. Aber von denen sitzen ja auch welche. Da haben sie dazugelernt.

Der kleinste Junge hat auf Zeitungspapier ein Bild gemalt, einen Mann ohne Hände und Arme. Das ist Pappa. Die Frau lächelt. Er kennt ihn gar nicht. War damals ein Jahr alt, als sie den Vater holten, von der Arbeit weg.

Der Junge schenkt Gabriele das Bild und sie rollt es vorsichtig zusammen und legt es oben auf die Bücher in der Schultasche.

Die Frau schlägt vor, sie mit den drei Jungen zum Bahnhof zu begleiten, weil Freitag ist und weil die meisten ja wieder verdienen. Da soll son junges Ding wie Sie nicht allein gehen.

Die Frau hat nur einen Sommermantel, aber der hält warm, sagt sie. Die Jacke des großen Jungen ist ausgewachsen, die des Kleinen hängt über den Hosenboden. Das Paket kommt gerade richtig, sie sehens ja!

Auf der Straße hakt sie Gabriele ein und nimmt den Kleinen an die Hand. Die zwei anderen gehen vor ihnen her.

Kommste wieder, Tante? fragt der Kleine beim Verabschieden.

6.

Sie weiß noch nicht, was das ist: Leben. Sie lebt.

7.

Mutter hat verweint ausgesehen. Vater hat geschimpft, daß sie sich rumtreibt. Dann hättest du schon besser in diesem BDM bleiben sollen! Da hat sie ihn angeschrien und die Küchentür zugeworfen und sich an den Tisch gesetzt und den Kopf in die Arme gelegt, bis sie das Rauschen gehört hat, den Herzschlag und die Wärme im Nest ihrer Arme gespürt hat.

Was sage ich, wenn einer in Uniform öffnet?

Ihr fällt das Kinderbild in der Mappe ein, sie breitet es auf dem Tisch aus. Weil sie nicht ins Zimmer gehen und um Verzeihung bitten kann. Weil sie nicht fragen kann. Und ihr, was macht ihr denn? Geht an den Schaukästen vorbei, in denen der Stürmer hängt. Weil sie sagen müßte: Du, Vater, du machst doch mit, redest wüst dagegen, aber machst mit. Weil sie von den erschöpften Gesichtern der Eltern erschrocken ist.

Mutter geht allein zu den Glassteins. Davon weiß Vater nichts. Was ist das: Mann und Frau? eine Ehe? Sie nimmt das Kinderbild mit in die Kammer. Sie hört die Eltern reden, überlaut.

VII.

Die Ungleichzeitigkeit des Gleichzeitigen
1940

1.

Sommer. Siege in Frankreich. Fahnen aus allen Fenstern, Marsch-
musik aus allen Fenstern, das Pathos der Sondermeldungen, dazwischen Theo Mackebens Auf der rue de Madeleine in Paris, langsamer Walzer, Luftaufnahmen von den Flüchtlingsstraßen von Paris
weg, Aufnahmen von den Straßen des Sieges in den Zeitungen und
Wochenschauen, strahlende Gefreite neben den Todesanzeigen für
Führer, Volk und Vaterland, unser Sohn und Bruder, unser Vater
und Bruder, mein Mann, mein Verlobter, mein Schwager. Ortsnamen, die aus dem Ersten Weltkrieg, aus dem Krieg 1870/71 geläufig sind, Dinant, Sedan, St. Quentin, Reims, Verdun, Als wir
nach Frankreich zogen..., Euphorie in den Straßen von Berlin, die
Stadt rüstet für die Rückkehr des Führers, die Straßen vom Anhalter Bahnhof bis zur Reichskanzlei sollen sich in einen Blumentep-
pich verwandeln. Die Zellenwarte haben zu tun. Nun noch England, dann ist Frieden! Ein Lehrer hat seinen Sohn verloren, aber er
hat noch einen zweiten, er trauert nicht. Die sich versteckt halten
müssen, schweigen zu den Nachrichten. Die die Versteckten betreuen, schweigen zu den Nachrichten.
Vor Wohnungstüren stehen und niemand mehr treffen. Verhaftet?
Entkommen?
In der Stuttgarter Straße in Neukölln liegen immer neue Adressen
vor.
In den Parks blühen Rosen, die Bäume stehen voll im Laub, auch in
den engen Höfen, auch in der Sonnenallee. Sie gehen nebeneinander. Seit er ein Semester Studienurlaub hat, kommt er wieder in die

Stuttgarter Straße. Aber das Semester ist bald zu Ende. Sie haben erfahren, daß Juden jetzt nur noch in der Zeit zwischen vier und fünf
Uhr nachmittags einkaufen dürfen.
In den letzten Tagen ist eine Ausreise nach Schweden geglückt. Davon haben sie in der Hinterhauswohnung gesprochen, davon auch.
Und was er in Polen gesehen hat.
Sie werden auch Frankreich und Holland und Belgien auskämmen,
sagt er. Sie fragt nicht, woher er das weiß. Sie zählt die Fahnen in
der Sonnenallee, unsinnig genug, so viele sind es. Die Radios sind
laut gestellt, die Schaufenster sind mit Papierfähnchen und Girlanden geschmückt. Die Reporterstimmen lösen sich ab. Der Sonder-
zug, der den Führer nach Berlin zurückbringt, nähert sich dem
Anhalter Bahnhof.
Die Stadtbahn fährt ja nach Fahrplan, sagt er. Kommst du mit nach
Grünau, schwimmen?
Heute?
Aus dem Radio der Rausch, Badenweiler Marsch und die Hymnen,
militärische Befehle, das Knallen von Stiefelabsätzen. Der Führer
schreitet die Ehrenkompanie ab. Der Reporter ist dabei. Alle, alle
sind gekommen, schreit er, die Straßen bis zur Reichskanzlei gleichen einem Blumenmeer. Und ALLE, ALLE sind gekommen!
Frauen knien, weinen, die kleinen Jungmädel in ihren schneewei-
ßen Blusen drängen sich, viele haben Fähnchen und Taschentücher. Jetzt steigt der Führer in den schwarzen Mercedes und die
Wagenkolonne setzt sich in Bewegung. Endlich ist das Unrecht
von Versailles aus der Welt geschafft! Großdeutschland bist du genannt, du Heimat leuchtendes Land! Der Stimmenorkan schlägt
über der Begeisterung des Reporters zusammen. Heil, heil
heeeiiiil!
Ja, gehen wir schwimmen.
Die Heilrufe aus dem Radio erreichen sie auch noch auf dem Bahnhof. Sie sind die einzigen, die in den Stadtbahnzug einsteigen. Die
Abteile sind leer. Durch die offenen Schiebefenster wieder die
Stimme des Reporters, aber durch die Entfernung verwischt. Heil
heil, heeiiil. Der Zugführer hält den Fahrplan ein. Die Fahrdienst-

leiter haben es eilig, wieder in ihre Diensträume und ans Radio zu kommen.

Sie stehen beide am offenen Fenster und lassen sich das Haar zausen. Was antworten, wenn einer fragt, was sie von den Siegen halten? Sie stehen am offenen Fenster und ihre Hände berühren sich am Haltegriff. Draußen Gärten, auch Tennisplätze, menschenleer. Wenn sie doch immer so weiter fahren könnten, den Geschmack von Grus und Eisenstaub auf der Zunge, an Feldern vorbei, die der Wind aufrauht, durch das flirrende Licht der Sommerwälder, vorbei an Koppeln, auf denen Pferde grasen, vorbei an sonnenweißen Dörfern und über träge, schwarzgrüne Ströme hinweg. Die Hände berühren sich.

Auch in Grünau sind die Radios eingeschaltet, auch in Grünau erreicht sie die Begeisterung des Reporters und der Stimmenorkan aus der Innenstadt. Die Wagenkolonne hat die Reichskanzlei erreicht und die Berliner werfen Blumen und Fähnchen, heil, heil heeeiil. Sie gehen über den Bahnhofsvorplatz und vorbei an Gartenlokalen, in denen Kellner beschäftigungslos am Tresen lehnen, die Serviette unter dem Arm geklemmt, um keine Minute der Radioübertragung zu versäumen, das schal gewordene Gratisbier neben sich. Hinter einem mannshohen, gußeisernen Zaun mäht ein Mann den Rasen. Der hört nicht gut, sagt er, deshalb ist es ihm gleichgültig, was die Leute reden, und er winkt dem Mann zu.

Sie spürt, daß sie dabei ist, in ein fremdes Leben hineinzugeraten. Sie war nie in Grünau mit ihm, sie haben sich in Neukölln getroffen. Sie sind die paar Stationen bis Niederschöneweide manchmal gemeinsam gefahren. Später hat er ihr aus dem Arbeitsdienst ein paar Karten geschrieben und dann auch eine Karte aus der Kaserne in Stahnsdorf. Grüße. Nichts, was er gedacht hat. Nichts, was er erlebt hat. Und sie hat ebensolche Karten geschrieben, nichts, was sie hat erzählen wollen. Sie staunt nicht und erschrickt doch leise, als er auf ein Haus im Landhausstil zeigt.

Die sitzen da drinnen auch ums Radio. Ich kann ungestört die Badeanzüge für uns holen.

Er geht über den Kiesweg und verschwindet im Haus. Sie zählt die

abgeblühten Rhododendronbüsche, diese alberne Lust zu zählen. Die Blütenblätter kleben noch braun und krumpelig auf dem Laub. Als er wiederkommt, schwenkt er einen roten Badeanzug. Meine Schwester war ungefähr so groß wie Sie. Wie Sie. Wie ich. Immer noch Sie. Was weiß sie von ihm? Ist seine Schwester gestorben? Wer sind seine Eltern, sitzen ums Radio, reiche Leute, denen er sie nicht zeigen will?
Sie sieht auf das Kleinsteinpflaster. Bloß keine Neugier zeigen. Geht neben ihm her. Die Grundstücke sind so groß, daß die Radio-Euphorie von Haus zu Haus unwirklicher wird.

2.
Die Badestelle an der Dahme liegt schon im Schatten. Sie haben sich voreinander verborgen umgezogen und sind um die Wette ins Wasser gerannt und um die Wette geschwommen. Körperjubel, prikkelnde Kühle und der Geruch nach Haut und Wasser, wenn die Arme zum Schwimmstoß ausholen, und beim Wassertreten mitten im Fluß das Lachen und Prusten und Einanderanspritzen, wortloses Einverständnis.
Beim Zurückschwimmen hat er ihr erzählt, daß sein Vater bei der UFA arbeitet und daß er Gründe hat, heute nicht in der Stadt zu sein. Auskunft genug, um nicht weiterzufragen. Sie haben dann nebeneinandergelegen auf dem geriffelten Sand, blaublauer Himmel und das Gelbgrün durchsonnter Blätter. Er hat gesagt, daß er für seinen Vater fürchtet und daß seine Schwester vielleicht das richtige Leben gehabt hat. Segelunfall, sie hätte auch beim Schifahren stürzen oder mit dem Auto von der Straße abkommen können. Sie hat nie gefragt, was neben ihr passierte.
Glauben Sie, was Sie sagen?
Leiht ihr den Badeanzug von seiner Schwester, spricht etwas aus, gegen das sie sich wehren muß und doch nicht wehren kann, Reichtum, Wohlstand, ein Leben zum Vergnügen, ein Tod zum Vergnügen. Schätzt er sie so ein?
Gut hatte es die Schwester gehabt, gut, gut, gut, hat sich dieses Alleinsein erspart, diesen Zweifel an allem, was sie getan hatten zwei Jahre lang, diese Angst, dem Stimmenorkan zu unterliegen.

Sie richtet sich auf, schnippt Sand mit den Zehen weg, unschlüssig, ob sie aufstehen und sich anziehen soll. Aber sie weiß, daß er sie ansieht. Ihr Körper antwortet, die Brüste spannen, die Haut spannt. Gabriele.

Er hat sie noch nie beim Vornamen genannt. Sie wirft sich auf die Seite, dreht ihm den Rücken zu, wehrt sich gegen ihren Körper, wehrt sich nicht, kann sich nicht wehren.

Wenn sie zurückfährt, werden die Gegenzüge voll sein von den Heilrufern, den Frauen, die an der Straße gekniet haben, den Männern, die den Sieg über Frankreich und das Elend von Frankreich mit Alkohol gefeiert haben. Das geht sie an, nicht die Idylle, nicht der Körper mit seinem Verlangen. Sie greift mit den Händen in den Sand und läßt ihn durch die Finger rieseln. Sie kneift die Augen zu. Seine Hand wandert an ihrem linken Arm aufwärts. Seine Stimme streichelt sie. Sie blinzelt über die Schulter, sieht, daß er neben ihr kniet. Sieht, daß er nackt ist. Sie hat noch nie einen Mann nackt gesehen. Sie stemmt sich hoch und ist mit ein paar federnden Sprüngen im Wasser. Und dann ist er schon hinter ihr, schwimmt, prustet, reißt ihr die Badeanzugträger von den Schultern, sie stößt ihn mit den Füßen weg. Und läßt sich plötzlich fangen, sich auf den Rücken werfen und von ihm ans Ufer ziehen. Sie schämt sich nicht, als er ihr den Badeanzug abstreift. Sie kniet und küßt ihn, streichelt sein Schamhaar, greift seine Hoden, ganz außer sich, namenlos, Frau und Mann, du du du.

Verzeih, sagt er, weil sie blutet. Für mich bist du auch die erste.

Tummeln und Taumeln, der Sand reibt im Rücken, sie merken, daß es kühl wird und lösen sich aus der Umklammerung und laufen noch einmal ins Wasser, schwimmen noch einmal bis zur Mitte des Flusses.

Sprich mit niemand von meinem Vater, auch da in Neukölln nicht! Ja, sagt sie, ja, weiß gar nicht, was sie sagt.

Sie schwimmen ans Ufer zurück. Nur die Schwimmstöße sind zu hören und das Spiel des Wassers mit dem Schilf.

Sie ziehen sich an, verbergen sich nicht mehr voreinander. Die Kleidung klebt auf der feuchten Haut. Er nimmt die beiden Badeanzüge und spült den Sand heraus.

Das Licht in den Häusern ist von den Verdunkelungsrollos abgeschirmt, nur schmale helle Säume längsseits der Fenster deuten daraufhin, daß die Häuser bewohnt sind.

Im Bahnhof kommen ihnen Uniformierte aus der Stadt entgegen. Hitlerjungen mit Wimpeln, die sie unvorschriftsmäßig über die Schulter gelegt haben, Männer in Hemdsärmeln, die nach Schnaps riechen, Mädchen, Frauen, schemenhaft alle in der Dämmerung, Schemen mit Stimmen und Körpergeruch.

Sie verabschieden sich ohne Zärtlichkeit, beinahe eilig, wie nach einer flüchtigen Begegnung oder vor Abschiedsformeln hilflos. Bleibt nur, in den Zug zu steigen, der hier an der Endstation Aufenthalt hat, in dem verdunkelten, dürftig beleuchteten Abteil einen Eckplatz zu suchen, die Augen zu schließen, auf die Abfahrt-Rufe, die Trillerpfeife, das automatische Schließen der Türen zu horchen.

Es bleibt, sich an den fremden Pulsschlag zu erinnern.

Ein Mann mit Sommerhut, zwei Frauen mit Spankörben voller Kirschen sind im Abteil. Die Aschenbecher quellen über.

Bleibt, als wäre das eine Offenbarung: Du zu denken, in Gedanken zu stammeln. Du, geh du nicht weg!

Und den andern – erschrocken – den Siegenstaumel zu neiden.

3.

Die Wohnungstür ist nur angelehnt gewesen. Im Flur haben Zeitungen, Bücher, Wollsocken, Unterwäsche gelegen, so als hätte jemand in einem Anfall von Wut Schränke und Kommoden durchwühlt. Ulrike hat in ihrer Jungmädel-Uniform, die ihr noch viel zu weit ist, in der Küche gestanden und an einem Brotkanten gekaut. Mutter hat gefragt, wo warst du denn? aber gleich hinzugefügt: Das sagst du ja doch nicht. Ulrike hat wenigstens was zu erzählen. Sie hat in der ersten Reihe gestanden. Ja, er hat mich angekuckt. Ich hab sogar eine Blume über die Absperrung geworfen. Ulrike fuchtelt mit dem Kanten.

Gabriele lacht.

Da ist nichts zu lachen, sagt Mutter. Ulrikchen hat ihre Freude gehabt.

Was ist eigentlich los hier? Gabriele weist auf die Unordnung im Flur hin. Mutter ist irritiert, fährt sich durchs Haar.

Ich kann das nicht wegräumen, sagt sie. Verstehst du, ich kann das nicht wegräumen. Sie haben doch Vater geholt. Ich kann das nicht wegräumen.

Gabriele muß sich am Türpfosten halten.

Wie? Weggeholt?

Er hat nicht geflaggt. Ein Muschkote, der in der Champagne eingegraben war, flaggt nicht, wenn Frankreich kapituliert hat. Ihr kennt ja sein Gerede. Ich habe ihn immer gewarnt. Warst lange genug ohne Arbeit, habe ich gesagt, riskierst die Stellung, wenn du nicht flaggst.

Gabriele hat Mutter noch nie so reden hören.

Wenn er wütend ist, kann ihn keiner halten. Und – Waschlappen hat er die Fahnen genannt – und – ihr wart beide nicht da, als sie die Schränke durchwühlt haben.

Wer ist denn gekommen?

Sehen doch alle, wenn eine Fahne fehlt. Die Nachbarinnen haben im Treppenhaus gestanden, in den Küchen lief das Radio. Haben sich ausgelassen über uns. Was wir für eine Familie sind, du nicht im BDM, und ich nicht in der Frauenschaft, und für die NSV zahlen wir auch so wenig, sollen froh sein, daß unser Vater wieder Arbeit hat.

Wer ist gekommen?

Na, die von der Partei.

Die können ihn doch nicht verhaften.

Ich weiß nicht, wer da noch bei war, einer in Zivil, die Ausweise haben sie gezeigt, und Vater hat losgebullert, statt zu schweigen. Ich möchte hier weg, ich möchte nach Hause, ich – sie weint, stammelt, weint, ich hab so auf euch gewartet, ich, wir können doch nicht dafür, alle haben sie eine Fahne, nur wir nicht.

Komm setz dich, sagt Gabriele. Mit einemmal ist sie die Erwachsene, die Rat wissen muß. Der Nachmittag, der Abend sind ganz unwichtig, eine Filmszene, ein Stück anderes Leben. Sie sitzen zusammen um den Tisch, und Vater ist abgeholt worden.

War der in Zivil von der Polizei? Eine überflüssige Frage, sie weiß, daß es nicht immer die Polizei ist, die jemanden holt, aber sie fragt weiter: Hat Vater einen Ausweis mit?

Jaja, den hat er immer im Jackett, und das hat er noch mitgenommen trotz der Hitze.

Mutter atmet wieder ruhiger, hat sich preisgegeben und will nun wieder gefaßt erscheinen. Sie reibt sich mit dem Taschentuch die Augen. Ihr Gesicht wird leer, wird müde wie nach einer zu langen Anstrengung.

Gabriele steht auf und schneidet Brot, stellt die Schüsseln mit Margarine und Streichwurst auf den Tisch, weil sie nicht sagen kann: Meine arme Mutter! Weil sie nicht sagen will: Du und Vater, ihr habt euch gegenseitig kaputtgemacht, denn ihr habt nicht aneinander geglaubt. Weil sie nicht sagen kann: ich weiß ja, daß du zu Glassteins gegangen bist und Vater das nicht hat wissen dürfen. Sie bestreicht eine Scheibe Brot und bricht sie mitten durch und gibt der Mutter die Hälfte.

Ulrike knautscht ihren Kanten.

Er hat mich wirklich angekuckt, sagt sie, er hat blaue Augen. Er hat mich wirklich angekuckt.

4.

Es wird schon wieder hell, als jemand die Treppe heraufkommt. Ulrike ist schlafen gegangen, Mutter und Gabriele sind aufgeblieben, haben die Wege geplant für den nächsten Tag: Zur Polizei, zur Fabrik, zum Rechtsanwalt.

Da wird die Tür aufgestoßen und weil die Kette vorgesperrt ist, gegen die Tür getreten.

Gabriele steht auf.

Geh nicht, flüstert Mutter, bitte, geh nicht.

Aber Gabriele steigt über die Zeitungen und Bücher und die Wäsche und die Strümpfe im Flur und lehnt sich gegen die Tür, um die sperrende Kette aus der Schiene zu ziehen. Sie hört schon am rauhen Atem, daß es Vater ist. Sie läßt ihn ein. Er beachtet sie nicht, stolpert über einen Bücherstapel, fängt sich aber. Das Hemd steht ihm offen, er trägt Trikothemden mit steifem Chemisett, an die man papierne Kragen anknöpfen muß. Er hat ein paar Kratzer im Gesicht.

Nicht der Rede wert, sagt er, nicht der Rede wert, der hatte so verdammt lange Fingernägel, son feiner Pinkel mit Zellenwartspiegeln! Er stolpert über die Schwelle in die Küche und zieht sich einen Stuhl an den Tisch.

Mutter hat noch nichts gesagt. Gabriele wagt nicht, sich dazuzusetzen, möchte nicht stören, kann nicht stören, wen denn stören? Die Eltern sitzen einander gegenüber, das Tageslicht, Sommersonne Ostnordost, hellt die Küche auf, die Möbel, die abgestoßenen Emaille-Töpfe auf dem Küchenbord. Vaters Gesicht ist stoppelig. Mutter sieht an ihm vorbei, zur Wand hin.

Gabriele fällt ein, daß sie Kaffee brühen wollte, Malzkaffee mit einem Teelöffel Bohnen von der Zuteilung. Sie nimmt die Kaffeemühle und die Kaffeetüten aus dem Schrank und schüttet die Körner und die Bohnen in den Mühlenhals und klappt den Blechdeckel zu. Sie muß sich auf den Schemel setzen und die Kaffeemühle zwischen die Knie klemmen, um den Hebelgriff, der das Mahlwerk treibt, kreisen zu lassen, das Sirren, das den Tag ankündigt im Sommer und Winter.

Vater ist zurückgekommen. Sie müssen frühstücken.

Endlich fragt Mutter: Was war denn los? Was ist mit dir?

Vater wischt mit der Hand über die Stoppeln. Dann hebt er das Revers des Jacketts mit Daumen und Zeigefinger an.

Das!

Wie?

Kein Parteigroschen mehr. Rausgeschmissen.

Da sieht ihm Mutter ins Gesicht: Weiter nichts?

Weiter nichts. Weiter nichts.

Vater stemmt sich hoch, als wäre er ein alter Mann geworden.

Weiter nichts. Weiter nichts. Bin reingegangen wegen euch. Hab endlich Arbeit für euch – er gräbt die Krawatte aus der Tasche, den geknüllten Kragen – Ingenieur, schöner Ingenieur, käuflicher Dreck! Und wirft Krawatte und Kragen auf den Tisch zwischen das

Frühstücksgeschirr und fängt an zu husten, Raucherhusten, Morgenhusten, vielleicht soll es auch Lachen sein.

Wenn du nur wieder da bist, sagt Mutter.

Er hustet und zieht den Schleim hoch.

Warum seid ihr eigentlich auf? fragt er und hustet wieder und zieht den Schleim hoch.

Gabriele gießt den Kaffee durch das Sieb in die Kanne. Sie schneidet Brot, wie schon in der Nacht. Sie sieht, wie Mutter Kaffee in Vaters Tasse gießt und Zucker zugibt. Sieht, wie Mutter Servietten aus dem Schubfach nimmt und neben die Teller legt.

Vater ist wiedergekommen, Vater den sie geholt haben, weil er nicht geflaggt hat zum Sieg über Frankreich. Der nimmt jetzt im Stehen seine Tasse und schlürft, weil der Kaffe heiß ist. Schlürft und schluckt. Und setzt die Tasse ab und zieht den Stuhl an den Tisch.

Setz dich doch, Mädchen, sagt er zu Gabriele, hast doch wohl keine Angst vor mir? Er senkt den Löffel in die Marmelade und klatscht sie aufs Brot. Er wird in die Fabrik gehen an sein Reißbrett im Konstruktionssaal, ein paar hundert Meter nur bis zum Fabriktor.

Aber Mutter sagt: wir müssen hier weg. Die zeigen mit Fingern auf uns.

Vater kaut den Bissen, den er im Mund hat, speichelt ihn ein und spült mit Kaffee nach. Dann schiebt er Teller und Tasse weg, auch die Krawatte und den geknitterten Kragen und haut auf den Tisch.

Laß die doch mit den Fingern zeigen!

Mutter tut es schon leid, daß sie das gesagt hat. Vater ist nicht mehr zu halten.

Solln sie mit Fingern zeigen, ich bin ja frei jetzt, vogelfrei, kein PG mehr, kein Nazi; als ob ich je einer war!? Kann machen, was ich will, und wenn sie mich kündigen, weil ich kein Nazi mehr bin. Mal wird auch der Hitler gekündigt, sage ich euch, entlassener Sieger, stellt euch das vor!

Nicht so laut, mahnt Mutter, wenn dich einer hört!

Soll er, sollen mich alle hören, hab mich verkauft für die, hab mich schuriegeln lassen von diesen Herren Zellenwarten, treppauf treppab, Beitrag kassieren, Broschüren verteilen, schnüffeln. Aber ich hab nicht geschnüffelt. Von mir haben sie nichts erfahren. Und ich habe nicht geflaggt für diesen Sieger. Ich werde in den Konstruktionssaal kommen, werde bekanntgeben, daß ich kein PG mehr bin, so einfach ist das! Nicht flaggen –

Du wirst das nicht tun, Vater!

Mädchen, Mädchen, sei vorsichtig! Denkst du, ich weiß nicht, was du tust!

Gabriele ist aufgestanden und hat den Stuhl umgestoßen. Du machst uns alle kaputt mit deinem Gerede!

Nanana, wer holt denn das Geld ran? Und du gehst noch immer in die Schule, siebzehn Jahre alt, könntst schon was bringen!

Du mußt dich rasieren, wenn du ins Büro willst, sagt Mutter.

Gabriele hätte Lust, das Geschirr vom Tisch zu fegen, Vaters Krawatte in den Mülleimer zu werfen, Mutter an den Schultern zu rütteln. Sie sollen doch nicht so tun, als sei alles wieder in Ordnung. Sie sollen doch nicht so tun!

Sie schiebt sich durch die angelehnte Küchentür, um aufzuräumen, die Zeitungen, die Wäsche, die Bücher, die Strümpfe wieder in die Fächer zu sortieren. Sie findet die Schübe im Schlafzimmer offen und die Regale von der Wand gerückt. Sie geht auf Strümpfen hin und her, weil Ulrike in ihrer Jungmädeluniform quer überm Bett liegt und schläft.

VIII.

Bild von den Pfauen
1942

1.

Schneeregen. Graupel. Gehen, bis zur Erschöpfung gehen. Aufs
Pflaster sehen, auf die Geometrie der gehauenen Steine. Plötzlich
das Bild von Pfauen vor Augen, Pfauen, die Rad schlagen, das zögernde Aufspreizen und Ausbalancieren der Schwanzfedern, das
kaum merkliche Vorstrecken des spitzen, gekrönten Köpfchens,
bis endlich das Rad, diese perlmuttern schimmernde Glorie ausgestellt ist und sie sich tänzelnd darbieten, geduldig ungeduldig, weil
die unscheinbaren Pfauenhennen sich pickend und zupfend im Ge-
büsch verlaufen, in der Streu verbergen.
Ein Bild, das langsam verwischt, unerreichbarer wird mit jedem
Schritt, zerstört von den Sätzen der Nachrichtensprecher, die seit
Wochen immer wieder von den Kämpfen um Stalingrad berichten,
zerstört von den Sätzen, die kein Nachrichtensprecher sagt, Sätzen
aus dem Erlaß des Reichsministers für Ernährung und Landwirt-
schaft, die Versorgung der Juden betreffend, die nicht mehr
Fleisch, Fleischwaren, Eier, Weizenerzeugnisse (Kuchen, Weiß-
brot, Weizenkleingebäck, Weizenmehl usw.), Vollmilch, ent-
rahmte Frischmilch, desgleichen nicht solche Lebensmittel, die
nicht auf rechtseinheitliche Lebensmittelkarten abgegeben werden,
erhalten dürfen, zerstört von den Sätzen des Mannes, der sich als
Reichsbahner ausgegeben hat, der Judentransporte begleitet haben
will. Das hält keiner aus! Er hat auf sein verkrüppeltes Bein gezeigt,
Selbstverstümmelung. Soll man so einem glauben? Er ist in der
Stuttgarter Straße aufgetaucht, hat seinen Reichsbahner-Ausweis
gezeigt und seine Invalidenkarte. Darf man so einem glauben oder

ist er als Zwischenträger geschickt worden, um die Gruppe auffliegen zu lassen?

Judentransporte nachts in ungeheizten Güterzügen, das Gedränge, das Geflenn, Kinder und Alte, sie schlagen ihnen die Pakete aus der Hand, die Koffer, sie sperren ihnen die Fluchtwege mit ihren Gewehrkolben, und die Lokomotive steht unter Dampf, manchmal beim Funkenflug sind die Gesichter zu erkennen, Münder, Hüte, die Alten nehmen die Hüte mit und die Kinder die Teddys! Sein verlegenes Grinsen, weil man ihm glauben muß, weil er bestätigt, was BBC schon bekannt gegeben hat: Sie haben Badekammern, in die Gas einströmt! Beste deutsche Industrieprodukte. Er hat gelacht. Und ihr wißt, wie gern die Menschen einmal baden, wie sie sich drängen, die Kleider ablegen, in die Kammern gehen. Er hat auch vom Krematorium erzählt, vom braunen süßlichen Rauch, von Zahngold und Frauenhaar. Ihr wißt ja, wie das knistert! Nur das ist noch zu brauchen von den Menschen! Er will das von anderen erfahren haben, da, wo die Züge ausgeladen werden.

Sätze, Lacher und sein verkrüppeltes Bein. Daß es so schlimm ist, haben sie trotz allem nicht glauben wollen, haben die Versteckten betreut, um sie vor den Lagern zu schützen, vor der Folter, vor dem Hohn und vor dem Hunger. Sie haben dem Mann zugehört, er hat allen seinen Ausweis gezeigt. Niemand hat etwas gesagt vor dem Fremden. Er ist dann auch nicht wiedergekommen, und sie haben ihren Treffpunkt gewechselt.

Wenn Gabriele in fremden Treppenhäusern Schritte hört und nicht weiß, wer ihr begegnet, wer hinter ihr herkommen wird und sie die NSV-Marken an den Türen betrachtet, ehe sie klingelt oder klopft, wie eine, die zur Kontrolle eingesetzt ist, sind ihr die Sätze des Eisenbahners gegenwärtig. In den Wohnungen erwähnt sie davon nichts, packt ihre Tasche aus, Küchengespräche über das Wetter, unverfänglich. Und wenn an Türen, an denen bisher noch der gelbe Stern geklebt hat, ein neues Namensschild gepinnt ist, geht sie eine oder zwei Treppen höher hinauf, klingelt an einer beliebigen Tür und fragt nach Müllers oder Krauses oder Schmidts, ach, die wohnen nicht hier? Da hat mir jemand eine falsche Adresse gegeben!

Unverfänglich lächeln, Guten Tag und Heil Hitler, man weiß ja nicht, und die Treppen wieder hinuntergehen, an der Tür mit dem neuen Namensschild vorbei und aus dem Haus, den Kragen hochgeschlagen, aufs Pflaster sehen, auf die Geometrie der gehauenen Steine. Gehen. Bis zur Erschöpfung gehen.

Sie fragt sich, warum ihr die Pfauen eingefallen sind, Pfauen im Zoo, Pfauen in den Maschendrahtkäfigen der Gartenrestaurants, Vogelbalz zur Belustigung der Gäste, nachher schleifen die Schwanzfedern struppig und borstig durch den Sand, aber es ist Sommer, und die Schatten spielen auf den weißgestrichenen Gartentischen. Erinnerung hinter den Sätzen, sinnlos geworden, ohne Trost.

Sie wird der Mutter das Lebensmittelpäckchen zurückgeben nachher, Abgespartes von der Familienration, Reis, Eier, Pökelfleisch. Der Vater darfs nicht wissen und die Urgroßmutter darfs nicht merken, weil sie Angst hat zu verhungern.

Sie wohnen wieder zusammen, seit sie die Oberschöneweider Wohnung aufgegeben haben, und Vater hat täglich zweimal die lange S-Bahnfahrt und schläft mit der Zeitung ein, wenn die Familie um den Tisch sitzt abends und Großmutter aus aufgedröselter Wolle Strümpfe strickt, gar nicht müde wird, Ulrike zuzuhören, die vom Heimabend erzählt, von der Mädelschaft, die sie jetzt führt. Mutter wird nicht fragen, wenn sie das Päckchen aufwickelt. Seit sie von Oberschöneweide weggezogen sind, wo sie sich nicht mehr wohl gefühlt hat nach der Fahnengeschichte, ist Mutter ruhiger geworden und Komplizin, die Bescheid weiß, ohne daß Gabriele erzählen muß. Sie wird eines von den Eiern aus dem Päckchen in die Pfanne schlagen für Vater. Sie werden das Radio einschalten während des Essens. Stalingrad, daran wird Hitler verrekken, wird Vater sagen, Ulrike wird patzig antworten.

Warum ihr nur die Pfauen eingefallen sind?

Sie fröstelt in dem durchnäßten Zeug. Aus den Haaren laufen ihr die Tropfen übers Gesicht. Von irgendwoher das Kreischen eines Straßenbahnwagens. Von irgendwoher das Schüttern einer Brücke, über die ein Eisenbahnzug fährt.

2.

Du holst dir den Tod!

Mutter hat den nassen Mantel über eine Stuhllehne gelegt und den
Stuhl dicht an den Ofen geschoben. Die nassen Schuhe hat sie in der
Küche unter den Herd gestellt und mit geknülltem Zeitungspapier
ausgestopft, ehe sie das Lebensmittelpäckchen wieder ausgepackt
und das Papier sorgfältig zusammengelegt hat. Papier ist knapp.
Die im Schreibwarengeschäft wundert sich, wenn man immer wieder feste Bogen braucht. Sie haben doch keinen Sohn im Feld, sagt
die. Sie müssen doch keine Päckchen packen.

Leichthin gesagt: Du holst dir den Tod. Und warum nicht?

Sie liegt wach und hört Ulrikes gleichmäßiges Atmen. Sie liegt viel
zu oft wach jetzt, hat abends die Feldpostbriefe durchgeblättert,
gelblichgraue Faltbriefe, die seit dem Sommer ausgeblieben sind.
Lebenszeichen. Ein paar Sätze vom Wetter, von Sonnenblumen-
feldern und von der großen Armut der Bauern, und wie sie auf den
Öfen schlafen, ein paar Bemerkungen über die Fahrzeuge, die im
Schlamm stecken geblieben sind, nichts von Heerlagern, von brennenden hölzernen Städten, von Toten an der Straße. Feldpostbriefe, die nichts besagen dürfen, keine Ortsangaben, keine Nennung
von Truppenteilen, Zahlen, Buchstaben als Adresse, ein paar Fragen, wie gehts, was liest du? Weil auch Fragen verräterisch sein
können. Zensierte Lebenszeichen, auf die sie gewartet hat wie alle
jungen Mädchen, wie irgendein junges Mädchen: Im Arbeitsdienst
nach dem Abitur die Achtzehn- bis Zwanzigjährigen, wie oft ging
eine mit dem aufgerissenen Brief in die Baracke und kam nicht zur
Abendschulung und weinte die Nacht über. Irgendein junges Mädchen, das in der Fabrik arbeitet, Meßinstrumente montiert und ju-
stiert, und dreimal in der Woche zur Universität fährt, um Vorlesungen zu hören, Übungen mitzumachen, wenn sie ihre Kontroll-
karte am Fabriktor gestempelt hat, und zweimal in der Woche die
Schützlinge aufsucht. Die graue Lehrerin vermittelt immer neue.
Irgendein junges Mädchen, das viel liest, in der Stadtbahn, in der
Straßenbahn, auch nachts unter der Bettdecke, sonnabends nach
Fabrikschluß und Sonntag für Sonntag, um zu verstehen, was nicht

zu verstehen ist: Die Stecknadeln auf der Landkarte, die den Vor-
marsch in Rußland markiert haben, aber die Rückzüge verschweigen, die KZ-Lager verschweigen, das Elend der Fremdarbeiter
verschweigen; die stehen oft abends unter der Bahnhofsbrücke
Friedrichstraße in zerlumpte Mäntel gehüllt, im Windschatten
zusammengedrängt, wortlos, hunderte Augen ohne Neugier,
Menschenware. Um zu verstehen, warum die Deutschen nicht
aufbegehren, vierter Kriegswinter, Rückzüge an allen Fronten,
Partisanenkämpfe. Aber noch immer zählt eine, die den Sohn im
Krieg hat, mehr als eine Töchtermutter. Noch immer finden sich
welche, die Verstecke anzeigen. Noch immer arbeiten die Fabriken
auf Hochtouren, funktionieren Transportwesen und Post. Noch
immer gehen die vielen NSV- und NS-Frauenschaftshelferinnen
mit ihren Sammellisten von Tür zu Tür. Noch immer glaubt niemand an die Nachrichten über Massenhinrichtungen und Massen-
gräber, und es gilt als Volksfeind, wer daran glaubt, wer BBC hört
und darüber spricht, wird abgeholt. Was für ein Anspruch, sich
noch aufzulehnen, Verfolgte zu betreuen, Hegel zu lesen. In der
Fabrik arbeiten sie Frauenhaar in die Instrumente ein, Frauenhaar,
ihr wißt ja, wie das knistert, hat der Reichsbahner gesagt – das beste, empfindlichste Material, sagt der Werkmeister, ihr könnt gar
nicht genug davon liefern. Ihr rettet unsere U-Boot-Fahrer mit
euern Geräten.
Warum nicht aufgeben? Sich den Tod holen? Winter, nasse Kleidung, der ständige Hunger, TB-Tod oder Lungenentzündung?
Sie hört Ulrikes gleichmäßigen Atem, die Stille draußen, weil der
Schnee wohl liegen geblieben ist über Nacht.
Und richtet sich im Bett auf und stellt den Wecker mit der gewohnten Handbewegung ab, weil Ulrike ja eine Stunde länger schlafen
kann, geht barfuß in die Küche, um sich zu waschen.

3.

Morgens ist der Schnee noch weiß und macht die nachtdunklen
Straßen freundlich, dämpft die Schritte, liegt wie eine Bordüre auf
dem Geländer der Lessingbrücke, treibt auf den Eisbrettern der

Spree flußab, hat die Straßenbäume eingewebt. Nur vor dem Bahnhof treffen die Trittspuren zusammen und haben das Weiß verschmutzt, im Schalterraum bleibt schwarzer Brei zurück. Die Züge, die im Fünfminutenabstand in beide Richtungen fahren, sind voll, Gesichter hinter Zeitungen, hinter Mützen und hochgeschlagene Kragen verkrochen. Niemand spricht. Stalingrad auf der ersten Seite der Zeitungen, es soll Weihnachtssonderzuteilungen geben. Beim Umsteigen in Friedrichstraße das übliche Gedränge auf den Treppen und Bahnsteigen; Uniformierte mit Tornistern und verschnürten Pappschachteln, Fronturlauber, Kranke; einige grölen, haben die Nacht in der Bahnhofskneipe verbracht oder in Nachtlokalen oder haben auf dem Tornister gehockt, ein paar Flaschen neben sich gegen die Kälte, wollen nach Hause, wenn der Anschlußzug fährt.

Vor der Stempelkontrolle am Fabriktor die Warteschlange, Rücken hinter Rücken. Auch hier spricht niemand. Der Pförtner hat den Schnee zur Seite gekehrt, von den verschmutzten Wällen suppen Rinnsale auf die Gullys zu. Vor den Spinden in den Arbeitssälen steht die schwarze Nässe auf dem Linoleum. Verdammtes Wetter! Die Frauen haben den Frühling lieber. Die Männer, ältere Männer, die jungen sind eingezogen, reden immer noch nicht, schlagen sich eine Zigarette aus der Schachtel, reißen das Streichholz an. Der Werkmeister steht schon in seinem grauen, geflickten Kittel mitten im Saal und klopft mit dem Zollstock auf seinen Schenkel. Die Blondierte in der Kabine hebt die Lederhaube von der Schreibmaschine, gähnt.

Es ist drei nach sieben, Deutschland will doch nicht den Krieg verlieren! Das sagt der Werkmeister jeden Morgen, und wenn er über eine versaute Montage wütend ist, schreit ers heraus. Sie arbeiten im Akkord hier, sollen die drei Minuten herausholen. Der Schnee, Menschenskind, den muß doch jeder erst aus den Plünnen schütteln! Was hastn von, Karle, wenn wir krank machen?

Gabriele hätte ihren Mantel lieber nicht in den Spind gehängt, sondern über die Heizung, damit er zum Nachmittag trocken ist. Aber das ist nicht erlaubt. Sie dürfen nichts mit an die Arbeitsplätze nehmen. Sabotagegefahr. Der Werkmeister traut keinem, sagt er. Sie knöpfen sich ihre Kittel zu, andächtig oder lustlos, Knopf für Knopf. Könnt meinen schon wieder waschen, sagt die Dicke, ist viel zu heiß hier. Man schwitzt sich zu Tode.

Schon wieder das Wort. Gabriele zuckt zusammen.

Siehst verkatert aus, sagt Irma, mußt mal zum Frisör, daß dir die Haare nicht so wie Schnittlauch hängen. Kommst dir gleich besser vor. War gestern zur Dauerwelle und n bißchen nachfärben, wenn mein Oller kommt, Weihnachten.

Meinste, der kommt?

Is ja im Westen, sagt Irma, da isses nich so schlimm. Kannste ooch rechnen, daß er was mitbringt. Hab schon jeschrieben, wat ick könnt brauchen, denn Jeschmack hat er ja nich!

Sie setzen sich auf ihre Schemel, die Materialien für den Tag liegen in gefächerten Blechkisten vor ihnen, dazu die Listen, mit denen sie die Bestände vergleichen müssen, ehe sie unterschreiben.

Hat die kleene Hure aus die Kabine uns ja wieder wat zujedacht! Irma ist guter Laune. Sonst redet sie morgens nicht, fängt erst um drei an, wenn sie die letzte Stunde vor Feierabend übersehen kann. Aber sie hat ja was vor. Mensch, wenn der die Säcke voll hat, dat wird n Fest!

Die Dicke lacht. Und wenn de schwanger wirst?

Na, um so besser. Denn is Schluß hier mit dem Laden. Im Sommer noch Urlaub und dann Mutterschutz. Vleicht machen wa n kleen Adolf zusammn! Sie kickst, während sie mit dem Finger die Liste abwandert und mit der linken Hand beinahe zärtlich mit den Schrauben und Muttern in der Blechkiste spielt. Nee nee, Kinder, n Adolf nu nich. Wenn der Krieg aus is, und mal wird er ja aus sein, denn ham wa son ewijes Andenken, sie lacht wieder, nich, Gabi?

Gabriele nickt, wehrt sich schon lange nicht mehr dagegen, Gabi gerufen zu werden. Unsere kleine Studentin, sagen die Arbeiterinnen, immer so blaß, arbeitest zuviel, Kind. Sind kaum älter als sie, zwischen zwanzig und fünfundzwanzig, nur die Dicke ist zweiundvierzig, wie das Kriegsjahr, sagt sie, aber sie rufen sie Gabi und Kind und stecken ihr auch mal eine Zigarette zu. Ihre Zuteilung braucht Vater.

Allmählich wird es still an den Tischen. Die Uhr über der Werkmeisterkabine zeigt zwanzig nach sieben. Noch eine Stunde, dann können sie die Verdunkelungsrollos hochziehen und die Schneehelle einlassen. Tageslicht grau oder blau? Jeden Morgen das gleiche Rätseln. Um neun die Zigarettenpause, Zeit zum Puschen, sagt die Dicke immer, und wenn sie ihre Tage hat, höchste Eisenbahn. Von zwölf bis halb eins Mittag. Bis dahin müssen mindestens zwölf Geräte fertig sein, der Tagessatz ist zwanzig. Wer darunter bleibt, kriegt abgezogen, wer darüber kommt, kriegt Aufschlag. Aber sie passen untereinander auf, daß keine drüber kommt, damit der Akkord nicht angehoben wird. Immer mit de Ruhe, und denn mitn Ruck! Der Spruch der Dicken hat sich bewährt. Sie setzen die Trommeln auf, die Spiralen, spulen das Haar auf, hängen die stählernen Zeiger ein, die Röhrchen mit den verschiedenen Flüssigkeiten, Fingerspitzenarbeit, verkniffene Augen, um schärfer zu sehen. Irma summt heute leise vor sich hin. Die Heizung knackt. Auf dem Hof läuft ein Dieselmotor. Da werden die Kisten aus der Packerei über Band auf den Laster transportiert. Männerstimmen, kurze Anweisungen, Witze, dazwischen: Haste jehört, dem Kurten sein Junge. Husten, Spucken und wieder die Rufe: n bißchen dichter, Mensch! Die müssen doch einrasten! Was denkste denn, soll der Stapel kippen?

Bald ist es acht Uhr dreißig. Die Blondierte aus der Kabine hat die Materialkontrollzettel eingesammelt.

Mensch, wenn der Krieg mal uffhört, seufzt die Dicke.

Und denn?

Keine der Frauen sieht von der Arbeit auf. Was denken sie? Was wünschen sie?

Gabi wird denn ne Heldin, was?

Sie zieht die Materialkiste heran, sucht nervös, nimmt eine Mutter zwischen Daumen und Zeigefinger, bläst den Schliff aus. Muß sie vorsichtig sein? Wissen sie was?

Ach Kindchen, sagt Irma, mußt nich so trieste sein, bist ja noch jung!

4.

Manchmal geht sie die Friedrichstraße hinunter bis zur Ecke Unter den Linden; manchmal bleibt sie auf der Südseite der Stadtbahn, geht am Tageskino vorbei, wo immer neue Filme angezeigt werden und immer Leute vor den grellbunten Plakaten stehen, auch an den Winternachmittagen, wo die Plakate kaum mehr zu erkennen sind; manchmal geht sie bis zur Weidendammer Brücke und längs der Spree bis zu dem Fußgängersteg, der nach Monbijou hinüberführt, und von dessen Mitte aus sie die Museumsinsel wie ein riesiges Schiff im Wasser liegen sieht; manchmal schlendert sie kreuz und quer durch die alten Straßen, um am Hegeldenkmal vorbei auf den Universitätshof zu gelangen oder schnell noch einen Abstecher in die Universitätsbibliothek zu machen, Bücher abzugeben und neue zu entleihen. Sie hat ein wenig Zeit zwischen Fabrikschluß und Vorlesungen, die um 18 Uhr 15 beginnen, Zeit, die zu kurz ist, um sich im Seminar in die Arbeit zu vertiefen, die aber zum Ausruhen notwendig ist. Sie hat sich für Philosophie und Geschichte eingetragen. Die Hörsäle sind voll von jungen Mädchen, dazwischen einige Studienurlauber, Verwundete, Kriegsblinde, alle in Uniform, Kranke, die nicht eingezogen worden sind, eine seltsam besessene Schar, die nicht vom Krieg spricht, nicht von den Nachrichten und Entbehrungen, sondern nach dem Sinn fragt, der dem Leben abzuverlangen ist. Kriegsblinde lernen den Faust auswendig, ein linksseitig Gelähmter schreibt eine Arbeit über die Funktion des Satzbaus in Fichtes Reden an die deutsche Nation, zwei junge Mädchen bereiten ein gemeinsames Referat über die Steinschen Reformen vor. Gabriele hat sich noch nicht für ein Thema entschieden, weil sie erst im zweiten Semester ist und nicht voll studiert, aber sie ist gern in der Universitätsumwelt, in der der Krieg nicht das alles beherrschende Thema ist.

Wissen Sie, hat ein Kriegsblinder zu ihr gesagt, ich bin auf der Trage aufgewacht und da war nur noch Schmerz und Dunkelheit. Davon muß ich loskommen, wenn ich Mensch bleiben will.

Mensch bleiben! Vater hat höhnisch gelacht, als sie sonntags beim Frühstück von dem Gespräch erzählt hat. Da bist du ja unter die

Narren geraten, zuerst lassen sie sich zum Krüppel schießen und dann wollen sie auch noch Mensch bleiben. Sollen lernen, wie man diese Hitlers verhindert!

Hast du ihn verhindert?

Hätt ich weiter Daumen drehen sollen? Euch hungern lassen?

Vater ist aufgesprungen, die Hände zu Fäusten geballt und hat den ganzen Sonntag vor sich hingeflucht, hat was von Licht in den russischen Dörfern geredet und daß es zweierlei ist: Transformatoren bauen und sich Sinnloses auszudenken. Mit Vater ist nicht zu sprechen. Und Mutter sagt, studiere du nur, lerne was. Zu irgendwas wird es gut sein.

Sie hat ihren Platz in der fünften Reihe neben dem Fenster. Die Vorhänge sind schon zugezogen. Die Studenten kommen einzeln oder in Gruppen, andere sitzen über Kolleghefte gebeugt. Auf der Tafel die Kreidespuren vom flüchtigen Drüberhinwischen. Sie hat ihren Mantel über die Heizung gelegt, damit er endlich trocknen kann. Der Kriegsblinde rechnet damit, daß sie den Kessel von Stalingrad aufbrechen werden. Alles andere wäre Wahnsinn. Ob sie mit ihm über ihre Wege an den zwei Nachmittagen in der Woche sprechen kann? Er lebt in der Kaserne, lernt Blindenschrift, wird abends abgeholt und morgens gebracht. Dem kann sie auch nicht sagen, daß Bonhoeffer Predigt- und Redeverbot hat. Ein Blinder ist aus der Zeit herausgeraten. Und sie beneidet ihn darum, sieht auf das Kreidegewölk auf der Tafel, hinter dem sich plötzlich die gerade breiten Straßen und grünspanglänzenden Kuppeln abzeichnen, die Spreebrücken, der Schlütersche Fries, die Altantreppen, die Schinkelsche Bauschule, die Friedrich-Werdersche Kirche, dieser geplante Traum einer Stadt, ihrer Stadt.

Alles andere wäre Wahnsinn.

Sie hört diesen Satz, seine Stimme. Sie muß für einen Augenblick eingenickt sein. Auf der Tafel ist nichts als das Kreidegewölk. Aber das Bild steht noch auf der Netzhaut, wie sie es einmal an einem Sommerabend begriffen hat: Die Spannung zwischen Traum und Vernunft, die sie bei Hegel wiedergefunden hat oder in den Steinschen Reformen oder in Kleists Prinzen von Homburg oder den

Bildern Philipp Otto Runges oder den Bauzeichnungen Schinkels, von denen sie sich billige Drucke gekauft hat. Und daß das eine Erfahrung ist, mit der sie leben muß, wenn sie Mensch bleiben will. In Stalingrad sind 300 000 Menschen eingekesselt. Hat Vater nicht recht mit seinem Hohn?

Das Getrommel der Fingerknöchel beim Eintritt des Professors bringt sie wieder zu sich. Sie wischt mit dem Handrücken über die Augen.

5.

Mutter hat den Brief neben ihren Teller gelegt. Aus Berlin. Poststempel Berlin-Grünau. Sie reißt ihn auf, die Finger gehorchen nicht, der Umschlag zerfetzt. Dann faltet sie den Briefbogen auf, handgeschöpftes Bütten, wie es seit langem nicht mehr zu kaufen ist, eine fremde Handschrift, schwer zu lesen. Aber es sind nur wenige Zeilen.

> Verehrtes Fräulein Gabriele,
> mein Sohn hat mich gebeten, Ihnen zu schreiben, wenn es eine Nachricht gibt, die nur die Familie erreicht. Wir haben vor wenigen Tagen die Mitteilung erhalten, daß unser Sohn von einem Spähtruppunternehmen, zu dem er in den letzten Augusttagen ausgeschickt worden ist – genaues Datum 21. 8. – mit vier anderen Kameraden nicht zurückgekehrt ist.
> Meine Frau und ich versuchen zu hoffen, daß er lebt.

Mutter hat die Kartoffeln abgegossen und bringt das Essen. Schönes Briefpapier, sagt sie. Und weil Gabriele nicht antwortet, Kind, was ist denn?

Gabriele schiebt den Brief über den Tisch, auch den Teller. Mutter nimmt den Brief, sie ist sehr kurzsichtig, sie muß ihn dicht vor die Augen halten. Dann legt sie ihn behutsam wieder hin.

Du hast nie etwas davon gesagt. Ist es der, der dir geschrieben hat?

Gabriele antwortet nicht. Und Mutter wartet auch nicht auf Antwort. Sie steht hilflos oder ratlos am Tisch, sagt auch nicht: Du mußt jetzt essen. Geht und dreht den Schlüssel in der Tür um, weil sie die Urgroßmutter über den Flur schlurfen hört, die oft noch einmal kommt, um die Urenkelin zu begrüßen und nach der Universität zu fragen, weil sie stolz ist, daß endlich wieder eine in der Familie studiert. Die rüttelt an der verschlossenen Tür, murmelt Unverständliches und schlurft dann wieder zurück. Gabriele nimmt es wahr wie eine Szene im Film. Auch wie Mutter das Essen vom Tisch abträgt und Teller und Schüssel zudeckt und auf die Herdplatte stellt und den Küchenstuhl aus dem Lichtkreis der Lampe rückt und sich setzt, da ist. Nichts weiter. Einfach da ist. Sie weiß nicht, wie lange sie so gesessen haben, als sie sagt: Ich habe an die Pfauen denken müssen und wie sie ihr Rad schlagen. Ein sinnloser Satz und Mutter versteht ihn auch nicht, sieht nur auf zu ihr. Gabriele hält den Blick nicht aus.

Sie ist vor ihrem eigenen Flüstern erschrocken, weil sie bekannt hat, was sie noch nicht zugeben will. Doch Mutter ist da, hat die Küche verschlossen, um sie vor den anderen, vor dem Gerede und der Neugier zu schützen, Mutter, von der sie geglaubt hat, daß sie zu müde wäre, um dem Leben noch einen Sinn abzuverlangen. Ich versteh nichts mehr, sagt sie.

Und Mutter nickt, als wüßte sie, daß das so ist.

IX.

Ohren haben, die hören, Augen haben, die sehen
1943

1.

Ohren haben, die hören, Augen haben, die sehen, verletzlich immer von neuem verletzt werden, Wahrnehmungen aufreihen, Erfahrungen speichern. Das vieltausendstimmige Ja aus dem Radio bei der Goebbelsrede im Sportpalast. Wollt ihr den totalen Krieg. Wollt ihr ihn, wenn nötig, totaler und radikaler, als wir ihn uns heute überhaupt noch vorstellen können? Zehn Fragen, zehn Lügen und zehnmal das vieltausendstimmige Ja. Am nächsten Morgen die dumpfen, erwartungslosen Gesichter der Arbeiterinnen, Irma hat keinen Besuch gehabt Weihnachten, und die Dicke zeigt dem Werkmeister, der die Goebbelsrede kommentiert, hinter seinem Rücken den Vogel. Die geflüsterten Nachrichten: Von den Verhaftungen an der Münchener Universität, Geschwister Scholl, auch Professoren sind dabei, sie haben Flugblätter geworfen; oder die vom Aufstand im Warschauer Ghetto, mit dem Finger auf den Lippen kommentarlos mitgeteilt: Über 50000 sind hingemordet worden; oder die offiziell bekannt gegebenen Nachrichten von Mussolinis Gefangennahme und Wiederbefreiung, von der Kriegserklärung Italiens an Deutschland, von Rückzügen und dem Luftkrieg über Deutschland, von der Evakuierung der Frauen und Kinder aus den Großstädten und der Schließung der Schulen nach dem Brand von Hamburg – die Ohren fassen kaum noch die Nachrichten, die Augen sehen den Schmerz und die Abschiede, immer von Tausenden, und sehen doch nicht mehr.
Sie haben Ulrike zum Stettiner Bahnhof gebracht, weil die Schule nach Pommern ausgelagert worden ist, haben zwischen den Müt-

tern gestanden, die sich nicht genierten zu weinen, die ihre Kinder nicht loslassen, nicht den uniformierten Helferinnen vom BDM und der NS-Frauenschaft überlassen wollten. Kommt gesund wieder!

Lebensmittelzuteilungen und Brikettzuteilungen werden gekürzt. Mutter steht Stunden und Stunden nach Kohlrüben und Kohl an, für den Arbeitseinsatz ist sie zu alt. Großmutter trennt Pullover auf und strickt Socken aus der Wolle. Vor der Uralten müssen sie die Lebensmittel verschließen. Ulrike schreibt jede Woche eine Karte: Hier ist es schön, wir bekommen zweimal in der Woche Kartoffelpuffer, und die Bauern lassen uns das Fallobst liegen.

Und immer wieder Verhaftungen, Todesurteile. Die graue Lehrerin hat viele Namen in ihr Gebet eingeschlossen beim letzten Treffen. Sie muß mit den Schülern nach Ostpreußen in die Evakuierung. Gabriele hat mit hängenden Armen dabei gestanden, noch immer in Abwehr gegen das Gebet, aber die Sätze haben sich ihr eingeprägt: Über die Tötung des Verbrechers und des Feindes im Kriege hinaus ist dem Staat das Schwert nicht zur Handhabung gegeben. Wenn er es dennoch tut, tut er es zu seinem eigenen Schaden in Willkür. Wird das Leben aus anderen als den genannten Gründen genommen, so wird das Vertrauen der Menschen zueinander untergraben und damit die Gemeinschaft des Volkes zerstört. Begriffe wie ›Ausmerzen‹, ›Liquidieren‹, und ›unwertes Leben‹ kennt die göttliche Ordnung nicht. Vernichtung von Menschen, lediglich, weil sie Angehörige eines Verbrechers, alt oder geisteskrank sind oder einer anderen Rasse angehören, ist keine Führung des Schwertes, das der Obrigkeit von Gott gegeben ist. – Sie hat die Hände zu Fäusten verkrampft, als sie gemeinsam gesprochen haben: Wir Christen sind mitschuldig an der Mißachtung und Verkehrung der heiligen Gebote. Mitschuldig am Versagen trotz der Verweigerung, trotz des Mutes von wenigen. Bin ich Christ?

Sie hatten von Bonhoeffers Reise nach Schweden gehört, von Friedensvorschlägen, von der Vergeblichkeit der Vernunft.

Gabriele studiert die Programme der Parteien in der Weimarer Republik, eine gewagte Arbeit, aber der Professor hat zugestimmt und ihr die Bescheinigung ausgestellt, Archive und verbotene Bücher zu benutzen. Nur, passen Sie ein bißchen auf sich auf!

Immer ist es spät, wenn sie nach Hause kommt. Immer die gleichen Fragen. Hat Ulrike geschrieben? Sind die Kohlen gekommen? Hast du wieder anstehen müssen?

Bei Fliegeralarm bleiben die Züge auf den Bahnhöfen stehen, die Reisenden müssen die oberirdischen Bahnsteige verlassen, dürfen sich nur auf den unterirdischen Bahnsteigen der Nordsüdstrecke aufhalten. Auch die Straßenbahnzüge bleiben stehen. Die Reisenden müssen sich in den nächstliegenden Luftschutzkeller begeben. Meist sind es Keller von Wohnhäusern, die mit Balken abgestützt werden mußten und durch Mauerdurchbrüche mit den Kellern der Nachbarhäuser verbunden sind.

Gabriele versucht jedesmal, sich bis Moabit durchzuschlagen. Heute von Friedrichstraße ab. Die Straßen sind leergefegt wie immer nach dem Aufjaulen der Sirenen, einmal hat ein Luftschutzwart hinter ihr her gerufen, sie hat es nicht beachtet. Nur keiner Streife in die Arme laufen. Der Aufenthalt auf der Straße ist bei Alarm verboten, aber zwei, die sie betreut, dürfen bei Alarm nicht in den Keller. Sie ist gerannt, hat sich in Mauernischen verborgen, um durchzuatmen. Sie hat schon das Industriegelände hinter dem Humboldt-Hafen erreicht, wo zwischen Schuppen und Werkstätten und gestapelten Kisten und Kohlen, zwischen Balken und Fässern und Wergballen keine Deckung mehr ist, wenn ihr die Streife begegnet, als das Dröhnen anwächst und die Schüsse der Flak aufbellen und Christbäume heruntergeschossen werden, die für Augenblicke weißes Licht verstreuen. Sie kauert sich zusammen, versucht flach zu atmen und reißt sich dann doch hoch, hastet weiter. Manchmal das Blitzen der Maschinen, eine trudelt ab. Und der Himmel färbt sich, rotes, gelbes Züngeln rings hinter den schwarzen Häusern.

Sie rennt, keucht. Es brennt. Es brennt überall. Menschen auf der Straße, die Sirenen der Feuerwehr. Was sollen die paar Löschzüge, wenn es überall brennt? Die hölzernen Skelette der Dachstühle knicken wie Streichhölzer, Funkenregen, splitterndes Holz, und schon flammt das obere Stockwerk auf. Jäh festlich erleuchtete Fenster, klirrende Scheiben, Hitzesturm, die Gardinen werden zu Feuerfahnen. Und immer noch werden Möbel auf die Straße getragen, Betten, Koffer. Und wieder die Flak, ein neuer Bomberpulk fliegt an. Jetzt brauchen wir keine Verdunkelung mehr, ruft jemand. Sie rennt, keucht, kann kaum noch atmen. Mit einemmall Kirchenglocken, der Turm brennt, der Hitzesturm bewegt die schweren Glocken. Und dann bricht der Glockenstuhl und das Bersten der Glocken beim Aufschlag überschreit den Lärm, daß die Ohren betäubt sind und die Augen von Rauch und Hitze wund. Zusammenstürzende Fassaden vor den lichterlohen Feuern – und doch seltsame Euphorie des Grauens.

Sie schämt sich, daß sie nichts anderes empfindet. Sie reibt sich die Schläfen, die Ohren. Und hört dann wieder das Feuer, die Stimmen, und wie die Flak bellt.

2.

Sie hat an die Eisentür des Luftschutzkellers geklopft. Der Luftschutzwart hat die Tür aufgestoßen, die vor dem Keller hat eingesetzt werden müssen, als noch niemand einen langen Krieg erwartet hat. Gut, daß Sie kommen!

Er hat die zweite Tür, die die Schleuse vom eigentlichen Luftschutzraum trennt, aufgestoßen, der elektrische Strom ist ausgefallen. In der Finsternis ein paar blakende Hindenburglichter, Gesichter wie Masken gekerbt. Im Haus wohnen 82 Menschen, weiß sie, sind es so viele Gesichter? Dann kann sie auch die Körper erkennen, in Mänteln und Decken, geduckt längs der gekälkten Backsteinwände. Und dann Vaters Stimme, heiser, wütend. Ich muß ihn verhaften lassen, flüstert der Luftschutzwart, die Hausbewohner verlangen es, er verhöhnt den Führer, nennt den Reichsmarschall Meier, und draußen brennt die Stadt. Wir hatten nur eine Brandbombe im Hof, haben gleich löschen können. Dabei hat er angefangen zu schimpfen und zu brüllen. Ich mach mich strafbar, wenn ich nicht hinhöre.

Sie versucht, über die Koffer und Taschen zum Vater zu gelangen, sieht nun auch die Mutter, Großmutter und Urgroßmutter, wie Mutter aufsteht und ihr die Arme entgegenstreckt. Jemand brabbelt: Verrückte Familie! Und von anderswoher: Sie haben wohl Freunde bei der Royal Air Force? Dazu Gelächter.

Sie hat einen Platz auf dem Koffer gefunden, riecht Erbrochenes und Alkohol. Der Kolonialwarenhändler hat eine Schnapsflasche kreisen lassen und Vater hat abgelehnt. Machen alle ihre Geschäfte mit dem Krieg, französischer Cognac, wo gibts denn so was, und dann den Helden spielen, na, du kennst ja sein Gerede!

Mutter hat ihre Hände genommen und hält sie so fest, als wollte sie sie nicht mehr loslassen.

Redet uns noch ins Unglück, der Vater!

Gabriele kann jetzt die Gesichter auseinanderhalten, verbrauchte und feiste Gesichter, der schwindsüchtige Luftschutzwart, ein paar Kinder, die an ihre Mütter gelehnt schlafen, die Hochschwangere, die den Zeitungskiosk hat, viele können sich ja die Evakuierung nicht leisten. Was redet denn Vater auf die alle ein? Die machen bestimmt keinen Aufstand, wollen nur durchkommen, überleben. Vater soll bloß den Mund halten, er hilft niemand damit.

Aber er achtet nicht auf ihre Bitten, er redet sich seine Wut von der Seele, Wut auf die Deutschtümelei und den Wagner-Rummel. Nun habt ihr euren Feuerzauber! Und Walhalla ist nicht weit! Er hustet, zieht Schleim hoch, lacht. Nichts gelernt von Verdun und der Champagne und dem großen Feuerzauber Nummer eins, nichts gelernt, weiter mitgemacht, weiter den Rücken krumm gemacht!

Endlich der gleichbleibende Ton der Sirenen. Entwarnung. Gedränge, Geschiebe, ein paar Hindenburglichter erlöschen, Koffer stoßen in die Kniekehlen. Der Luftschutzwart steht an der schweren Tür und zählt die Hausbewohner. Die meisten sehen erst jetzt das rot angestrahlte Gewölk über dem Hofviereck, riechen den Brand, hören den Hitzesturm heulen, drängen in die Treppenhäuser.

Gabriele ist hinter dem Luftschutzwart stehengeblieben, und als der in den Keller zurückgeht und mit seiner Taschenlampe die Sandtüte sucht, um das Erbrochene zuzuschütten, spricht sie ihn an, bittet, ihren Vater nicht anzuzeigen, hilft ihm auch den Sand wegkehren. Jaja, wenns nach mir ginge, ich bin kein Denunziant, sagt er, aber hier achtet doch jeder auf den anderen.

Sie weiß nicht, ob das eine Antwort ist, dankt ihm. Als sie in die Wohnung kommt, ist Mutter dabei, den alten Frauen die Betten zu richten. Die stehen beide am Fenster aufgestützt und krumm und sehen auf den flackernden Widerschein des Feuers über dem gegenüberliegenden Dach.

Gut, daß Gustav das nicht mehr erlebt!

Die Großmutter läßt sich willig ans Bett führen. Die Urgroßmutter weigert sich, schlafen zu gehen und zieht sich den Stuhl ans Fenster. Vaters Schimpfen nebenan ist leiser geworden.

3.

Am nächsten Tag, am 19. November, werden die nächsten zwei großen Angriffe auf das rauchende, brennende Berlin geflogen.

X.

Wie stellen Sie sich Ihre Zukunft vor?
1945

1.
Wie stellen Sie sich Ihre Zukunft vor?
3. 1. Beginn der alliierten Gegenoffensive in den Ardennen.
12. 1. Die Sowjets treten aus dem Baranow-Brückenkopf zum Angriff gegen das Reich an.
13. 1. Im Südosten findet der Rückmarsch der Heeresgruppe E seinen vorläufigen Abschluß in der Linie Mostar–Visegrad–Drina.
16. 1. Die amerikanischen und britischen Truppen vereinigen sich
bei Houffalize.
17. 1. Warschau wird geräumt.
23. 1. Die Sowjets erreichen die Oder in Niederschlesien.
8. 2. Beginn der britisch-kanadischen Offensive am Unterrhein.
13. 2. Abschluß der Kämpfe um Budapest.
13./14. 2. Terrorangriff gegen Dresden.
Wie stellen Sie sich Ihre Zukunft vor?

Nach dem 20. Juli 1944 soll die graue Lehrerin in Ostpreußen vom
Unterricht weg verhaftet worden sein. Es wird immer schwieriger,
Lebensmittel von der Ration abzuzweigen, immer schwieriger, die
Versteckten zu betreuen, immer schwieriger, in halb zerstörten
Häusern Besuche zu machen. Die Arbeiterin Irma ist verschüttet
und in Steglitz mit dreiundfünfzig anderen tot aus dem Keller des
Wohnhauses geborgen worden. Mutter will Ulrike zurückholen,
aber Vater sagt: Noch ist Pommernland nicht abgebrannt, laß sie
dort, da wird sie wenigstens satt. Er hat schon zweimal Blut gespuckt.

Der Kriegsblinde ist aus Berlin verlegt worden. Er hat den Seminar-
teilnehmern von seiner Sonderzuteilung Kuchen mitgebracht und
sich von allen verabschiedet. Er versteht jetzt die bittere Ironie
Goethes, der den alten, blinden Faust auf das Neuland hoffen läßt,
wo ihm doch das Grab gegraben wird, hatte er gesagt.

Die auswärtigen Studentinnen verlassen Berlin. Die D- und Eil-
und Personenzüge fahren immer noch pünktlich ab und sind überfüllt. Im Januar kommen die ersten Flüchtlinge aus Ostpreußen,
rotwangig, gut genährt. Sie sind mit regulären Zügen gefahren und
am Bahnhof Friedrichstraße ausgestiegen, wie sie es gewohnt sind
von früher, stehen kopfschüttelnd zwischen den Ruinen, riechen
den Brandgeruch und den Geruch nach Kalk und Staub und Moder
in den von Sprengbomben zerrissenen Häusern, weigern sich, die
sandige Kohlrübensuppe bei Aschinger zu essen, geben der Alten
mit dem Blumenhut, die von Tisch zu Tisch geht und die Rück-
stände der Suppe aus den Schüsseln schlürft, ein paar Lebensmittelmarken.

Wie stellen Sie sich Ihre Zukunft vor?

2.

Der Professor hat sie zu sich gebeten, um mit ihr über ihre Arbeit
zu sprechen. Er wohnt in Potsdam in der Nähe des Pfingstberges,
fast eine halbe Stunde vom Bahnhof entfernt. Die Stadt ist noch un-
zerstört, fast eine halbe Stunde Weg durch einen Traum: Das sand-
gelbe preußische Barock, die Plätze, Parks, Paläste; und Fenster,
die nicht mit Pappe vernagelt sind, Gärten, in denen Haselsträu-
cher blühen, Stille.

Ein Haus, wie sie es nicht kennt. Wändehoch Bücher, Bieder-
meiermöbel, ein Spinett, ein aufgeschlagenes Notenheft, als sei das
Spiel eben unterbrochen worden, geschliffene Gläser, chinesisches
Porzellan. Auf dem polierten Tisch spiegelt sich das Astwerk des
Gartens. Die taubengraue Februardämmerung löst die Umrisse der
Möbel im Zimmer auf, nur das Notenheft bleibt als weißes Recht-
eck deutlich. Die Haushälterin mit geflochtener Haarkrone bringt
den Tee, schenkt ein, starker, schwarzer Tee, ganz ungewohnt.

Sie setzt die Tasse ab, berührt mit den Fingerspitzen das dünne Porzellan. Ihr ist schwindlig.

Sie wissen, daß ich Ihre Arbeit nicht beurteilen darf?

Ja, denkt sie, ja, ich weiß, sieht ihn an, das blasse, in der Dämmerung weiche Gesicht, das schneeweiße Haar, die dunklen Augenhöhlen, die Schatten der Schläfenmulden.

Nein, sagt sie, abwehrend. Warum?

Sie hatte nachzuweisen versucht, daß die Nationalsozialisten die Programme der sozialistischen und der bürgerlichen Parteien der Weimarer Republik plagiiert haben. Sie hatte den Rausch und den fatalistischen Gehorsam erklären wollen, dem sich so wenige, viel zu wenige entzogen haben.

Was Sie geschrieben haben, ist Zersetzung der Kampfmoral, kann Sie vor den Volksgerichtshof bringen, das wissen Sie. Und mich dazu, wenn ich die Arbeit bewerte. Eine gute Arbeit!

Er streicht mit der Hand über den Mund, als habe er zuviel gesagt. Er beugt sich vor, trinkt seinen Tee aus, behält die leere Tasse in der Hand.

Haben Sie die Möglichkeit, wegzukommen? Nach Westen? Wir packen nämlich. Darum läßt sich meine Frau auch entschuldigen. Mit der Tasse in der Hand umreißt er einen Kreis. Das hier muß stehen bleiben!

Dann lehnt er sich zurück, stellt die Tasse behutsam ab. Der Februarnachmittag ist langsam erloschen, das Geäst ist kaum mehr zu erkennen draußen und in der Spiegelung auf der Tischplatte.

Heute Nacht ist Dresden zerstört worden, flüstert er, es muß furchtbar sein, die Stadt war voller Flüchtlinge aus Schlesien. Und da weisen Sie nach, daß das alles nicht hätte sein müssen, daß wir Deutschen hätten aufmerksamer, nüchterner, politischer sein müssen – auch ich.

Seine Finger krümmen und spreizen sich, das ist noch zu erkennen, die Gelenke knacken. Dann lacht er auf und harkt sich durchs Haar. Er ist nun wieder ganz wach, ganz gesammelt, stützt die Ellenbogen auf die Tischplatte.

Die ganze Stadt voller Flüchtlinge, fünfzig-achtzig-hundertfünfzig-zweihundertfünfzigtausend oder mehr, wer weiß. Alles Menschen. Und Dresden! Kennen Sie Dresden? Eine Stadt aus dem Übermut der Phantasie entworfen. Zerstört. Tot. Und wir sitzen hier und fragen nach der Zukunft.

Ich habe darüber noch nicht nachgedacht, sagt Gabriele leise.

Ein ruhiger, ein beunruhigender Satz, eine Lüge; natürlich hat sie nachgedacht, was werden soll, eine Studentin ohne Abschluß, eine Arbeiterin ohne Qualifikation, ein Mädchen ohne Nachricht, eine Tochter besitzloser Eltern. Natürlich hat sie nachgedacht, wie der Krieg enden wird, wann er enden wird und wo. Natürlich hat sie nachgedacht, wie sie mit denen wird leben können, die mitgemacht haben, die schuldig geworden sind – und sind nicht alle schuldig geworden? Hat nicht jeder Handgriff schuldig gemacht, jedes Verstummen? Natürlich hat sie nachgedacht, wie die Millionen Tode zu ertragen sind, zu begreifen, zu betrauern sind. Natürlich hat sie nachgedacht, ob die zerstörten Städte wieder aufgebaut oder die Deutschen verschleppt werden. Aber alles Nachdenken hat sich ins Nicht-mehr-Denkbare verloren.

Manchmal hoffe ich, in einer anderen Welt aufzuwachen, sagt sie. Aber das ist natürlich unsinnig, obwohl es sich vorstellen läßt: Leben ohne Vergangenheit, ohne Geschichte, Wildfrüchte essen, Wasser aus Quellen trinken; Macht und Verführung nicht kennen und keine Denunziation, keinen Mord und keine Waffen, nur die Geräte zur Ernte, zur Herstellung von Kleidung, zum Schreiben und Malen, die Instrumente zum Musizieren. Aber dazu müßten die Menschen wohl noch einmal von vorn anfangen. Ob sies da besser machen würden?

Sie hat von ihrem Traum gesprochen, gegen das dunkle Zimmer an, Traum, den sie immer wieder träumt, halbwach in den Nächten im Luftschutzkeller oder wenn sie in der S-Bahn einen Sitzplatz gefunden hat oder wenn sie mit dem Luftschutzgepäck – Schlafanzug, Wäsche, Zahnbürste, Zuteilungsseife, dazu die Mappe mit Bauzeichnungen von Schinkel, ein paar Nachdrucke von Philipp Otto Runge und eine zerfledderte Ausgabe von Kleist – durch die Trümmerstraßen geht, wenn sie Reste von Farbe an einer stehen gebliebenen Wand und Abfälle und Ratten in den eingesunkenen Keller¬ wahrnimmt, und nichts fühlt als Müdigkeit. Traum, der ihr guttut, sie erschreckt, weil er sie wie ein farbiger Schleier einhüllt und durchsichtig bleibt, durchlässig für die Gerüche, für die kranke Stille der Ruinenstraßen, für die Blässe der völlig erschöpften Menschen im S-Bahnabteil. Sie hat noch nie mit jemand darüber gesprochen. Hat sie sich preisgegeben? Sich von der Zeremonie der Teestunde, heute, nach der Zerstörung von Dresden, verführen lassen? Sie tastet sich zu ihrer Tasse vor, trinkt den Schluck kalten Tee aus. Ich werde jetzt gehen, sagt sie.

Sie haben also keine Möglichkeit, wegzukommen? Im Westen wird es leichter werden nachher, wenn alles vorbei ist. Sie hören die BBC? Sie wissen doch, daß die Sowjets bis zur Elbe vorstoßen und Deutschland besetzt halten werden? Sie sind Skeptikerin noch in Ihren Träumen. Was wollen Sie tun? Wie wollen Sie leben? Arbeiten? Im Westen wird es leichter sein, mit Träumen umzugehen.

Ich habe darüber noch nicht nachgedacht.

Sie machen sich doch was vor! Er ist aufgesprungen, geht heftig hin und her, doziert, flüstert nicht mehr.

Es ist schade um Sie! Sie reden sich über etwas hinweg! Warum gehen Sie nicht nach Westen? Sie hören doch BBC. Die Stadt, dieses Berlin wird nie mehr hochkommen. Das können Sie sich doch ausrechnen, oder?

Meine Eltern sind hier, die Familie.

Eine Frauenantwort! Er nimmt jetzt den Stuhl und stukt ihn auf, da müssen Sie drüber hinwegkommen, rücksichtsloser werden, sich durchsetzen wollen.

Ich bin nicht sicher, ob wir noch das Recht haben, an uns zu denken.

Er atmet tief ein und aus, sagt nichts, macht ein paar Schritte auf die Bücherwand zu, kaum noch zu erkennen, wie er die Buchrücken abtastet, ein Buch herausgreift, blättert und es wieder einstellt, an den Tisch zurückkommt.

Ja, dann kann ich Ihnen nichts sagen. Ich gebe Ihnen die Arbeit zurück. Und passen Sie auf sich auf!

Das hat er schon einmal zu ihr gesagt, damals, als das Ende des Krieges noch absehbar schien, nicht schon ein Ende war, über das sie nicht, nicht mehr hinaussehen kann.

Er gibt ihr den Aktenordner mit dem Manuskript und begleitet sie zur Tür. Die mit der Haarkrone kommt aus der Küche und hilft ihr in den Mantel.

Vielleicht sind wir bald wieder zurück, sagt er, wir haben noch keine feste Adresse. Aber wer hat schon eine feste Adresse?

Er wartet vorm Haus, bis sie die Gartentür wieder verklinkt hat. Noch immer Stille. Februarnacht. Die Bomberpulks konzentrieren sich wieder auf Dresden, sagt nachher einer am Bahnhof in Potsdam. Mit einemmal weiß sie, daß sie die beneidet, die weggehen, die an ihr Überleben denken, als wäre das jetzt noch selbstverständlich.

3.

Am 23. Februar beginnt die amerikanische Großoffensive zum Rhein. Am 26. Februar brechen die Sowjets in Hinterpommern zur Ostsee durch. Mutter will los, will Ulrike zurückholen. Sie ist noch nicht fünfzehn. Du weißt doch, was sie von den Russen erzählen! Du kannst da nicht mehr hin, sagt Vater, da ist Front. Die werden den Rücktransport schon organisieren, ist ja die ganze Schule dort, lauter Mädchen! Doch er glaubt nicht, was er sagt, nimmt öfter das Familienfoto aus der Ausweistasche, das sie vor Ulrikes Evakuierung aufgenommen haben, ein Sommerbild an der Havel, im Hintergrund lichtgeflecktes Wasser und jenseits die weichgeschwungenen Höhen von Kladow, Ulrike hat einen Schilfhalm gebrochen und trägt ihn wie einen Wimpel. Ob die Kleine noch immer so verrückt nach der Uniform ist? fragt er. Niemand antwortet, und Mutter hat Tränen in den Augen.

Am 7. März bilden die Amerikaner einen Brückenkopf bei Remagen. Noch immer Luftangriffe, Brandbomben, Minen. Wenn das Rauschen zum Geheul anwächst, Erleichterung im Keller: Diese Mine schlägt anderswo ein. Später, nach der Entwarnung, halten die Lastautos vor den eingestürzten Häusern, und die Bergungsmannschaften arbeiten stumm und verbissen. Aber Morgen für Morgen liegt die Spätwintersonne wie ein flacher Scheinwerfer auf den übernächtigten Gesichtern. Und Tag und Nacht sind die Züge nach Westen überfüllt. Rette sich wer kann! Und Tag und Nacht rollen die Güterzüge über die S-Bahn-Schienen und die Ringbahn nach Osten, Kinder und Greise. Der Volkssturm hebt Gräben aus um die Stadt. Und noch immer freitags der Goebbels-Artikel: Mädchenschändungen in Schlesien, in Pommern, ein Vierzehnjähriger vernichtet drei Panzer, Interview: Wie war das, Dieter, so heißt du doch, eine heisere Jungenstimme: Wir waren im Chausseegraben in Deckung, fünf Panzerfäuste hatte jeder von uns. In die Ketten werfen, ducken, das war eins! Du bist ein Held, Junge! Und Sie? fragt der Reporter, wie war das, Fräulein Helene? Na, sie kamen eben ins Dorf, und wir hatten Angst, und Mutter stand in der Küche und wollte sie nicht reinlassen, ja, und ich dachte, lieber sterben, aber dann ging die Tür auf, zwei so große, breitschultrige, Uri, Uri sagten sie. Njet, nix, sagt Mutter, gar nix, aber da wirft sie der eine schon aufs Bett und der andere – ich schreie, beiße, meingott – – Schluchzen auf Band. Und dann der Reporter: Fräulein Helene bittet für alle deutschen Frauen und Mädchen: Schützt unser Land!

Auf dem Fabrikhof stapeln sich die Kisten, Meßgeräte für den U-Boot-Krieg. Die Auftragsbücher sind noch voll, sagt der Werkmeister, als die Dicke um Urlaub für einen Tag bittet, weil sie ihre Mutter aus Magdeburg holen will. Sie können mir das doch nicht verwehren, eine alte Frau allein, wenn da die Russen und die Amerikaner an der Elbe zusammentreffen.

Woher wissen Sie das? schnauzt der Werkmeister, das ist Feindpropaganda!

Eines Morgens steht Ulrike vor der Tür, verdreckt, übermüdet, die Schultasche voller Kartoffeln. Mutter umarmt sie wortlos. Sie sind bis Stettin getreckt und dann mit einem Personenzug mitgekommen. Die Kartoffeln haben die Bauern verschenkt aus den Mieten. Mach ihr Wasser heiß, sagt Vater, sie wird verlaust sein. Und Mutter geht in die Küche und setzt den Wasserkessel auf, und Ulrike kauert sich auf die Kohlenkiste, noch immer im Mantel, noch immer die Schultasche neben sich. Großmutter und Urgroßmutter kommen aus dem Zimmer. Alle umstehen sie das Kind, bis Vater und Gabriele gehen müssen und Vater sich zu Ulrike herunterbeugt und um eine Kartoffel bittet und die in der Manteltasche verschwinden läßt.

Die Britischen Truppen setzen über den Rhein.
Danzig wird besetzt.

Und noch immer Luftangriffe. Stadtviertel um Stadtviertel wird ausradiert, drohen die Flugblätter, fordern Kapitulation. Kapitulieren? Deserteure werden erhängt, Pappschild um den Hals. Kapitulieren? Sonderzuteilungen, Tabak, Schnaps, Orden, Kriegsverdienstkreuze für die an der Heimatfront. Kaum noch die steifen Mützen der Parteileute in den Straßen, Nachrichten von Flüchtlingstrecks, Gerüchte und immer neue Gerüchte, Planwagen verstopfen die Straßen, wandernde Dörfer, Güterzüge voller Menschen, Flüchtlingsschiffe auf der Ostsee, Versenkung des ehemaligen KDF-Schiffes Wilhelm Gustloff vor Warnemünde mit Tausenden von Flüchtlingen an Bord. Und immer Flüchtlinge auf den Berliner Bahnhöfen, die Koffer mit Schnüren umwickelt, die Köpfe in Tüchern, plärrende, stinkende Kinder auf dem Arm und an der Hand, nach Westen! Nach Westen! Die Filmtheater sind überfüllt, Storm, farbig, Idyllen in Grün und blonde, herbsüße Liebe, dazwischen Alarm, Menschenherden drängen aus dem Kino, die Vorstellung wird nach dem Angriff fortgesetzt, bitte, behalten Sie die Eintrittskarten!
Und abends vor den Fischgeschäften stehen sie Schlange nach Salaten aus Rüben und Dreck und Essig, markenfrei. Auch Fremdarbeiter, barfüßig oder in ausgetretenen Schuhen, hager und ungewaschen, stehen in der Schlange, russischer, polnischer, ukrainischer Singsang – Hoffnung? Die Köpfe sind in löchrige Schals gewickelt, die Leiber in Lumpen – oder Angst? Sie zahlen, sie reden, die Deutschen reden nicht, stehen, warten, eine Stunde, zwei Stunden. Und noch immer nicht das Ende und noch immer freitags der Goeb-

bels-Artikel und zeitiger Frühling, schwere Schwüle, die Forsythien blühen schon im März.

Königsberg kapituliert. Potsdam wird bombardiert. Über den Reichsrundfunk die Sondermeldung vom Tod Franklin Delano Roosevelts, der Hohn des Kommentators – wie er die Vokale dehnt! Wer hört noch darauf? Wien wird besetzt, der Ruhrkessel gespalten, die sowjetische Großoffensive an Oder und Neiße beginnt, Tag und Nacht das Grollen der Artillerie, näher als im Januar, Tag und Nacht näher. Man sieht kaum noch Parteiabzeichen auf den Jackenaufschlägen.

Sie haben Ulrike in einer Schule am Stadtrand Berlins anmelden müssen. Wer die Schulpflicht versäumt, macht sich strafbar. Sie muß täglich mit der S-Bahn bis Bernau fahren. In der Transformatorenfabrik Oberschöneweide haben sie kein Kupfer mehr, aber die Auftragsdaten stehen, und wer nicht zur Arbeit kommt, wird mit der Polizei geholt. Parolen schwirren: Das Wunder! Die Front grollt rings um die Stadt. In den Straßen werden Panzersperren errichtet, Mauersteine aus den Hausruinen, quergestellte Straßenbahnwagen, Sandsäcke, umgestürzte Bäume. Und noch immer sind die Reporter unterwegs: Berlin ist gefaßt! An Berlin zerbricht der Feind! Und noch immer Interviews, Jungenstimmen: Wir werden, aber klar.

Eiserne Rationen werden ausgegeben, die Leute reißen die Büchsen auf, fressen, erbrechen das ungewohnt fette Schweinefleisch. Und doch: Einmal satt gewesen sein. Der Volkssturm geht in die Stellungen an den Vorortstrecken, an der Ringbahn und hinter den Panzersperren, Werwölfe verscharren sich in den Parks. Hitlerbilder und die braunen Uniformen werden heimlich in Ruinengrundstücke geworfen, Orden und Ehrenzeichen vergraben. Zum ersten Mal russische Luftangriffe, dann die Stalinorgeln in den Außenbezirken. Die Kastanien im Kleinen Tiergarten blühen so früh wie noch nie. Vater kann nicht mehr nach Oberschöneweide, Ulrike kann nicht mehr nach Bernau, Gabriele kann nicht mehr nach Steglitz. Die Spreebrücken sind gesprengt. Nahkampf von Straßenecke zu Straßenecke. Die Bäcker verbacken die Mehlvorräte, freie Roggenbrötchen, anstehen im Nahkampfgebiet, Mensch an Mensch in Flur und Backstube gedrängt, vielleicht ist die Front schon vorüber, wenn man die Brötchen hat. Einem Jungen, der im Hauseingang lehnt, ein Brötchen geben. Seine Kinderaugen, und wie er das Brötchen in den Brotbeutel stopft und geduckt und mit dem Gewehr in der Hand weiterrennt bis zum nächsten Hauseingang.

Im Keller brennen Hindenburglichter. Hunger, stöhnt einer, leckt sich dabei die Lippen. Durst, stöhnt ein anderer. Die Wasserhähne stehen offen, aber das Wasser wird nicht mehr in die Türme gepumpt, steigt nicht mehr in die Leitungen. Mutter hat drei Kleider übereinander an und doppelte Unterwäsche – damit man wenigstens was rettet. Den Schmuck, ein paar Ketten, Ohrringe, Broschen, trägt sie im Leinenbeutel um den Leib. Vater redet überlaut von der letzten Mutzuteilung Schnaps gegen das Gemurmel im Keller an: Was kann uns schon passieren! Mal muß ja jeder dran glauben, nur nicht sentimental werden jetzt, Würde bewahren! Er lacht dröhnend – Würde! Die Brüder aus der Steppe werden Augen machen, wenn sie uns sehen! Unsere ganze Volksgemeinschaft im Fegefeuer! Hat keiner die Fahnen rausgehängt? Die Fahnen raus, Leute! Farbe bekennen!

Mutter zupft ihn am Ärmel: Sei doch still, bitte, sei still jetzt! Großmutter und Urgroßmutter sitzen steif an die Kalkwand gelehnt zwischen dem Zellenwart und der von der NSV. Ulrike hat die Finger in die Ohren gestopft. Gabriele steht auf, tastet sich zum Ausgang durch. Der Luftschutzwart sagt nichts, als sie die schwere Eisentür aufstößt. Die Mülltonnen sind nicht mehr abgeholt worden, träge schwarzblaue und grüne Fliegen kriechen über die gärigen Schalen und die leeren Konservendosen, die rings um die Tonnen verstreut sind. Oben in der Regenrinne vor dem pastellfarbenen Viereck Himmel sitzt eine Amsel und singt. Das Gebell der MGs entfernt sich, die Stalinorgel ist nicht mehr zu hören.

Gabriele stößt den Ziegelschutt mit dem Fuß beiseite. Seltsame Nüchternheit am Ende. Fliegen, Vögel, die Kastanien sind unbeteiligt. Die Angst haben, hocken im Keller. Wovor eigentlich Angst? Bleiben Hunger, Durst, Gier und Haß, eher Jähzorn: So nichtig zu sein, so ungezählt. Fünfzig bis achtzig Menschen in jedem Haus, in jedem Keller, tausend bis fünfzehnhundert in einer kurzen Straße. In einer anderen Welt aufwachen, gibt es das? Noch einmal von vorn zu leben beginnen, nur noch einmal!

Die Amseln werden bis in den hohen Sommer hinein singen, die Fliegen werden sich von den Abfällen vermehren. Und wir? Wir? Vater kommt aus der Kellertür, spuckt aus, räkelt sich.

Da können wir wohl nach oben gehen! Der Krieg ist aus für uns! Er kommt auf sie zu und klopft ihr derb auf die Schulter. Endlich, was!

4.

Die Hitler kommen und gehen, aber das deutsche Volk bleibt bestehen – Josef Stalin. Die Schilder sind nachts an den Straßenecken aufgestellt worden. Die zerrissenen, von schweren Bohlenverstrebungen gestützten Fundamente der Eisenbahnbrücken schüttern ununterbrochen von Güterzügen, auf denen die Maschinenparks der Fabriken, aber auch Möbel, Klaviere und Badewannen, Radioapparate, elektrische Kocher und Polstergarnituren aus beschlagnahmten Wohnungen ostwärts transportiert werden. Die Gefangenenkolonnen, Alte und Kinder in Uniformfetzen, zwischen ihnen Zivilisten, andere noch in Braunhemden und in Uniformen der Waffen-SS werden auf den großen Straßen aus der Stadt getrieben. Die fünfzig bis achtzig Menschen in jedem Haus, die tausend bis fünfzehnhundert in jeder kurzen Straße drängen sich zusammen. Die Stimmen schwirren, um die Angst nicht aufkommen zu lassen – wovor denn noch Angst? Das deutsche Volk bleibt bestehen.

Ein Mädchen im Nebenhaus hat sich aufgehängt, auf dem Dachboden zwischen Löschsandtüten und Fässern mit brakigem Wasser. Nach der Vergewaltigung, heißt es.

Mutter hat Gabriele und Ulrike ins Zimmer der alten Frauen eingeschlossen und die Tür mit einem Schrank verstellt. Ihr müßt euch verstecken! Sie durchsuchen ja Wohnung für Wohnung!

Nach Waffen, sagt Vater.

Mutter ist ruhig gewesen trotz der Aufregung. Du weißt doch. Das sind doch nicht bloß Gerüchte! Aber wenn sie euch finden, wehrt euch nicht!

Vater, Mutter und die alten Frauen haben dann im Flur gewartet – so jedenfalls erzählen sie nachher – weil die Soldaten ja schon im Haus waren, haben zugesehen, wie ihre Schränke und Betten und das Buffet durchwühlt wurden. Der eine Soldat hat das Klavier aufgeklappt und mit der gespreizten Hand auf die Tasten geschlagen. Ah, Bethovven, grroßer Mann! Werr spielen? Du? Er hat auf den Vater gezeigt und als der verneint hat, auf die Mutter: Du spielen! Und sie hat sich ans Klavier setzen müssen. Bethovven, bitte! Ihr ist die Waldsteinsonate eingefallen, als hätte sie die eben zum letzten Mal gespielt, und sie hat zu spielen begonnen und der Soldat hat dabeigestanden. Sie hat fast den ganzen ersten Satz gespielt, bis der Soldat abgewinkt hat. Der andere Soldat hat Vaters abgewetzte Lederjacke mitgenommen. Das vergeß ich nie, sagt Mutter, nachdem die Durchsuchung des Hauses abgeschlossen war und sie die Mädchen wieder aus dem Zimmer herausgelassen hat. Ausgerechnet die Waldsteinsonate!

Berlin kapituliert am 2. Mai.

Morgens zwischen vier und fünf raunen und flüstern sie in den Höfen: Der Hitler ist tot, hat noch die Eva Braun geheiratet im Bunker. Geheiratet? Manche Frauen wollen es nicht glauben. Und Goebbels ist tot, mit allen Kindern. Meingottchen, so hübsche Kinder! Und Selbstmord, das ist doch kaum zu fassen! Andere entrüsten sich: Der Führer ist entkommen, wo denkt ihr hin! Der ist nach Südamerika entkommen, dauert nicht lange, dann kehrt er zurück!

Wenn jemand pfeift, verschwinden alle in Kellern und Fluren und reden und raunen da weiter. Es ist erst ab sechs erlaubt, das Haus zu verlassen. Wer vorher auf der Straße angetroffen wird, wird von der Streife erschossen. Aber der Bäcker backt Brot. Sie haben dabeigestanden, als die Mehlsäcke von russischen Lastwagen vor den Ladeneingang geworfen wurden, Säcke mit eingewebten Namen pommerscher und ostpreußischer Mühlen. Die Mädchen und Frauen haben sich Asche in die Gesichter geschmiert, laufen in Tücher und Lumpen gehüllt, stehen an den Pumpen an, jede mit zwei Eimern, eine Stunde, zwei Stunden, drei Stunden, gefühllos vor Hunger und Hitze und Ruhr, das Grundwasser ist fast erschöpft, die Ungeduldigen beugen sich über die schmutzigen Löschteiche und lassen das Wasser in die Eimer schwallen, Schmutzwasser, Spülwasser, Typhus- und Ruhr-Wasser. Die Häuser stinken nach betriebsunfähigen Wasserklosetts, das Fliegengeschmeiß vermehrt sich, nachts kann man die Ratten hören. Und dann heißt es, die Kunsthonigfabrik wird geplündert, und die Ölmühle und die Lager von Bolle. Tausende drängen und stoßen, zerren Ölkanister auf die Straße, rollen Honig- und Siruptonnen an den Bordstein, schlagen die Spunde ein, stemmen die Deckel auf, sprengen die Ringe von den Butterfässern, stehen knöcheltief in Sirup und Öl, schöpfen mit Töpfen und Gläsern und bloßen Händen, einige erbrechen sich, andere knien vor den hitzegedunsenen Pferdekadavern, die nach der Schlacht liegengeblieben sind, reißen mit Vorlegemessern, Scheren und Taschenmessern Fleischfetzen heraus, werfen sie in die Körbe, wickeln sie in Lappen oder alte Zeitungen. Frauen suchen ihre Männer und Söhne, finden sie in anderen Stadtteilen wieder oder auch nur zwei, drei Straßen weiter. Alte Männer ohne Waffen, Jungen mit Messern und Jagdgewehren. Die Schuhe sind gestohlen, die Gamaschenwickel und Ledergurte sind gestohlen, die Toten liegen bäuchlings oder eingekrümmt, andere sind schon von Fremden vergraben worden, Kreuze aus Zweigen, Pappschilder mit Namen und Nummer der Erkennungsmarke stecken in der losen Erde. Die gesucht haben, kommen mit Karren oder Handwagen wieder und mit Laken oder Zeitungspapier und schlagen ihre Toten ein, um sie auf einem Friedhof zu beerdigen.

In den beschlagnahmten Wohnungen werden Gelage gefeiert. Die Russkis benutzen die Badewannen als Latrinen, solche Schweine, wissens nicht besser! Gespött und Gehechel, jeder weiß irgend etwas. Andere sammeln die weggeworfenen Brotkanten und Papyrossis in Säcke. Süßliches braunes Brot, wer weiß, was da drin ist, aber es macht satt. Andere kratzen die Reste aus den Konservenbüchsen auf den Abfallhaufen. Und auch das: breite Gestalten, die vor Kindern knien: Dieti! Die Arme verlangend geöffnet, aber die Kinder pressen sich gegen die Beine der Mütter, bis die nach lauter Mißverstehen und Gebärden das Kind ermutigen, die Hand zu geben. Die bärtigen Gesichter unter den erdfarbenen Mützen verziehen sich zum Lächeln, und die schweren Soldatenhände graben in Uniformtaschen und kramen braunen, klebrigen Zucker oder auch ein buntes Fetzchen Papier hervor.

5.

Am 8. Mai werden die Kampfhandlungen in Europa nach der Unterzeichnung der bedingungslosen Kapitulation eingestellt. Die russische Artillerie schießt Salut. Einer im Haus hat einen Detektor, verbreitet die Nachricht. Nun sind Sie an der Reihe, sagt er zu Vater, waren ja wohl gegen die Nazis! Und er läßt ihn einen Papyrossistummel aus der Blechbüchse klauben. Das Beste, was wir seit langem zu rauchen hatten! Wird alles nicht so schlimm werden, wie? Vater will nichts zu tun haben mit dem, aber den Papyrossistummel steckt er doch in die Pfeife.
Mittags kippt Urgroßmutter bei Tisch vornüber. Sie rufen und schütteln sie.
Wahrscheinlich hat sie zu viele Kartoffelschalen gegessen, sagt Vater. Vormittags hat sie noch Kartoffeln geschält.
Großmutter streichelt die alten verkrampften Hände, aber sie entspannen sich nicht mehr. Gabriele steht auf und holt ein Handtuch. Mutter bindet das Kinn hoch. Ulrike hält sich die Augen zu, als sie die Greisin aufs Bett tragen und mit einem Laken zudecken. Ob sies noch mitbekommen hat, daß der Krieg zu Ende ist? Wir werden sie wegbringen, werden sie auf die Stelle von Vater legen. Und du bleibst zu Hause, der Weg bis zum Kirchhof ist zu weit für dich, Lieschen!
Lange nicht mehr gehörte zärtliche Anrede für die Großmutter, aber Mutter ist gefaßt.
Wir müssen uns nur um einen Handkarren kümmern. Vielleicht borgt uns Frau Ladewig ihren, sie war ja doch bei der Frauenschaft, will sich sicher gut mit uns stellen!

Mutter ist sogar listig! Mutter ist ganz verändert, als habe sie jäh einzustehen für die Familie. Großmutter nickt, kann es noch nicht ganz begreifen.

Sie muß doch einen Totenschein haben, fällt ihr ein.

Ach was, wir leben im Zwischenreich! Und die da ist alt genug geworden, hundertein Jahr, du lieber Himmel!

Vater steckt die Pfeife zwischen die Zähne, wühlt in den Hosentaschen nach Streichhölzern, schlägt die Flamme an, saugt hohlwangig, bis der Papyrossistummel glüht. Er zieht den fremden, süßlichen Rauch ein. Ulrike steht auf und räumt den Tisch ab.

Den Totenschein, sie muß doch einen Totenschein haben!

Jaja, schon gut, Lieschen, hol die Papiere aus der Handtasche, Geburtsurkunde, Trauschein. Ich will sehen, daß wir Zeugen finden. Vielleicht machen das auch die Ladewig und der Luftschutzwart. Der muß mir den Spaten aus dem Keller leihen.

Zwei Stunden später ist die Trauergemeinde im Schlafzimmer der alten Frauen vor dem Bett unter dem buntfarbenen Himmel versammelt. Frau Ladewig und der Luftschutzwart bezeugen auf einer ausgerissenen Heftseite den Tod der alten Frau. Großmutter sitzt auf dem Lehnstuhl, den zerknüllten Schleier, so wie sie ihn aus dem Schrank gezerrt hat, überm Haar. Ulrike weint. Vater hat die Hände in den Hosentaschen. Mutter hat rote Flecken auf den Jochbeinen. Die Hände der Urgroßmutter liegen zusammengekrümmt auf dem Laken, das sie bis halb übers Kinn verdeckt. Großmutter hat ihr das dünne Haar aufgesteckt, aber der Zopf ist doch wieder zur Seite gerutscht und liegt als schmuddlig grauer Knoten neben dem kümmerlich kleinen grauen Gesicht.

Zusehen, wie die Hände ein altes, dickes Buch vom Stuhl auf den Tisch heben. Auf dem Sofa sitzen, auf den Schonbezügen, zuhören. Tausende und Abertausende haben ihre Bitten vortragen wollen, aber die Soldaten des Zaren schossen in die Menge, Paul war dabei, neben ihm brach eine Frau zusammen. Für einen Augenblick ist Gabriele dieser andere Augenblick gegenwärtig, der grüne Lampenschirm, die Schale mit Pfeffernüssen auf dem Tisch und wie die Uralte von ihrem Sohn erzählt hat, wie er die Welt gesehen, wie er die Welt gedacht hat.

Behutsam legt sie den Zopf auf dem Kissen über dem Scheitel zurecht.

Ein schönes Alter, sagt der Luftschutzwart.

Und die Ladewig sagt: Wir können jan Buschen Flieder aus dem Kleinen Tiergarten holen und auf die Karre legen.

Die Männer heben die alte Frau auf. Als sie aus dem Zimmer getragen wird, stemmt sich Großmutter hoch. Im Treppenhaus öffnen sich die Wohnungstüren. Unten steht die Karre. Sie müssen die Tote festschnüren.

Papierstrippe, hoffentlich hält die!

Der Luftschutzwart schließt den Spaten aus dem Luftschutzkeller. Die Ladewig läßt es sich nicht nehmen, mit nach Plötzensee rauszugehen. Den Flieder hat sie schon wieder vergessen.

6.

In den nächsten Tagen sollen Lebensmittelkarten verteilt werden, sollen die Schulen wieder eröffnet werden, soll es wieder Wasser geben, sollen die Stromkabel geflickt werden, sollen die Bewohner sich zusammentun und die Dächer wetterfest machen, die zerbrochenen Ziegel aussortieren, die angebrochenen Ziegel verwenden, Dachpappe und Sperrholz und Bodenbretter zum Flicken benutzen. Es soll auch Glas geben, irgendwann noch vor dem Winter jedenfalls, damit möglichst ein Raum in jeder Wohnung Tageslicht hat. Elektrische Geräte und Radios sollen abgeliefert werden, obwohl bald wieder ein Rundfunkprogramm ausgestrahlt werden soll. Mund-zu-Mund-Nachrichten, hier und da auch Bekanntmachungen der Stadtkommandantur.

Bis zur Elbe sind die Viehbestände geschlachtet, die Wintersaat ist in den Panzerschlachten niedergewalzt worden. Gerüchte, Ängste. Die Konten sind gesperrt. Die Tresore ausgeraubt. Wovon leben? Noch tauscht keiner das Klavier gegen Brot, weil Klaviere beliebtes Beutegut sind.

Wie stellen Sie sich Ihre Zukunft vor?

Zu Fuß nach Steglitz, über Notstege, die die Brücken ersetzen, vorbei an den rauchgeschwärzten Ruinen, in denen Holzsammler herumklettern, um die angekohlten Balken herauszubrechen. Die endlos öde Kaiserallee entlang, zu beiden Seiten Schuttberge, die von den großen, vornehmen Wohnhäusern geblieben sind. Schon wuchern Gräser, Vogelmiere, Brennesseln auf dem Schutt. Einzelne Menschen mit Eimern. An den wenigen Pumpen sammeln sich die einzelnen zu hunderten. Windoffene Kirchen überragen die Trümmer.

Zweimal hat Gabriele russischen Soldaten ausweichen können, die Uri! Uri! gebettelt haben, hat sich anderen Stadtwanderern für ein paar hundert Meter Weg zugesellt.

Das Fabriktor, das hohe gußeiserne Tor, ist zugeschlossen. Zwei Posten gehen davor auf und ab.

Stoi! ruft der eine, als sie ungefähr zwanzig Schritte vorm Tor ist. Die Fabrikgebäude stehen noch. Nur die Fenster sind herausgesplittert. Sie sieht, daß der Fabrikhof leer ist, die Lastwagen sind umgestürzt.

Nix rabotta! ruft der zweite Posten lachend.

Sie hat es gewußt, aber sie hat den Weg machen, hat sich vergewissern müssen. Der verdammte Wunsch, sich zu vergewissern, wie es weitergeht.

Gehen Sie schon, ruft es hinter ihr aus einem Fenster. Schlimm ist das hier. Die feiern jede Nacht. Was hat denn hier ne Frau zu suchen?

Der Posten winkt: Nix rabotta! Nix Frau komm! Lacht, fuchtelt mit dem Gewehr.

Warum Angst haben vor der Zukunft? Die sind die Sieger, aber wir leben noch, haben überlebt.

Als sie nach Hause kommt gegen Abend, kaum noch sprechen kann vor Durst, sitzt Mutter vorm Herd. Mit einer halben, in Papier gewickelten Braunkohle von der letzten Zuteilung hält sie die Herdplatte warm.

Weil ihr doch hungrig sein werdet! Auch Vater ist noch nicht zurück.

Der hat sich morgens nach Oberschöneweide auf den Weg gemacht, um nach den Transformatoren zu sehen. Die brauchen sie doch! So was brauchen sie doch, Licht, Strom, das hat der Lenin schon gewußt! – Mutter hat nicht wie früher gesagt: Laß den doch raus!

Mutter hat Kohl gekocht.

Kohl, den habe ich damals im November aufgehoben zwischen geknüllten Zeitungen, damit er trocken liegt. So haben wir wenigstens Gemüse! Sind auch Kartoffeln drin. Am Beusselbahnhof haben sie einen Güterwagen ausgeladen. Die Ladewig hats mir gesagt und wir sind hin. Haben von elf bis halb fünf angestanden fürn Netz voll, ein ganzes Netz voll! Sind Schweinekartoffeln, aber immerhin. Und Ulrikchen hat Wasser geholt. Vier Stunden hat sie stehen müssen!

Mutter hat im Feuer gestäkert und ein paar Späne auf das glühende Brikett geschichtet, um das Essen noch einmal ganz heiß zu machen.

Wir werden uns eine Kochkiste zurechtmachen müssen, wenn ihr soviel unterwegs seid!

Mutter fragt nicht nach Zukunft. Mutter handelt für das Überleben, schöpft ihr Kohlsuppe auf den Teller und sieht ihr beim Essen zu.

Ulrike kommt in die Küche, weil sie noch Hunger hat. Aber Mutter ist streng. Der Rest bleibt für Vater. Der hat auch Hunger, wenn er kommt.

Sie warten bis in die Nacht. Großmutter kommt und mahnt zum Schlafengehen. Das Töpfeklappern und Hämmern und Schimpfen in den Wohnungen hat aufgehört, und Mutter schickt alle zu Bett, will selber wachbleiben, bis Vater kommt, das müßt ihr verstehen! Vater wird irgendwo untergekrochen sein. Nachts darf doch keiner auf die Straße!

Sie sitzt noch am Herd, als Gabriele nach kurzem, schweren Schlaf in die Küche zurückkommt. Mit ihr wartet. Schweigt. Und nicht fragen kann: woher nimmst du die Kraft? Ihr habt euch doch immer gequält, Vater und du. Habt immer Not gehabt und du hast immer verzichtet. Sie kann nicht sagen: Ich hab dich neulich spielen hören, als wir da eingesperrt waren.

Kurz vor sechs stellt sie der Mutter einen Becher Wasser hin und nimmt die Eimer, um mit den ersten an der Pumpe zu sein.

7.

Vater kommt gegen Abend wieder, verdreckt, verschwitzt, mit Blutspuren auf der Jacke. Er taumelt, kann sich kaum auf den Füßen halten.

Mutter hat den ganzen Tag über Wasser warm gehalten, wäscht ihm das Gesicht, die Hände, treckt ihm die Schuhe aus, stellt ihm die Waschschüssel hin für die Füße.

Sie hat Pfefferminzblätter gebrüht gegen den Durst, hat Kartoffeln geschnipselt, um sie auf der Pfanne zu rösten. Gabriele und Ulrike gehen ihr zu Hand, gießen das Schmutzwasser in den Toiletteneimer, um es für das Klosett zu reservieren, fachen das Feuer an, decken für Vater den Tisch. Durch das offene Fenster dringt aus allen Küchen Gekreisch und Gekeif.

Plötzlich lacht Vater auf.

Sie haben mich nicht dabehalten, versteht ihr, nicht brauchen können für Rußland.

Er schlingt die Kartoffeln, muß husten.

Iß langsam, sagt Mutter, sonst bekommts dir nicht, hast doch sicher zwei Tage lang nichts gehabt!

Hab im Keller gesessen, da in der Siedlung an der Wuhlheide. Eingesperrt. Wegen unbefugten Betretens des Fabrikgeländes!

Er lacht, lacht, hustet.

Laß gut sein, sagt Mutter, erzähl später! Bist müde jetzt!

Aber er muß erzählen. Kann gar nicht aufhören, weil er anders nicht mehr weiter kann. Muß erzählen, wie er da nach Stunden an die Spreebrücke gekommen ist. Bin ja doch über Neukölln und Baumschulenweg, wollte nicht durch die Innenstadt, wo alles kaputt ist, Ruinendschungel! Wollte nicht da vorbei, wo der Hitler zuletzt sein Nest gehabt hat, wollte die Kontrollen meiden, Kontrollen taugen nichts. Und die Brücke natürlich im Wasser, die schöne, neue Brücke, hast sie richtig so drin liegen sehen, viel Dreck im Wasser. Und die Möwen ganz fett von all dem Unrat!

Und dann son schmaler Steg. Der wippt und schwankt. Wenn dir da einer entgegenkommt, die Angst runterzufallen mitten in die gestaute Dreckbrühe!

Er lacht wieder. Mutter schiebt ihm noch einen Teller mit trocken gerösteten Kartoffelschnipseln hin, und auch den Pfefferminztee. Er trinkt und ißt, aber seine Gedanken und sein Gerede sind in Oberschöneweide, wo er zuletzt Arbeit gehabt hat ein paar Jahre lang. Vorm Reißbrett gestanden und gezeichnet und gerechnet hat, in der Halle gewesen ist und auf dem Gerüst, um die Isolatoren zu prüfen, die Spulen, die Qualität des Materials. Wo sein Leben wichtig gewesen ist, wo sie ihn gegrüßt haben, wo sie ihn gefragt haben, wenn das Kupfer nicht taugte, wenn das Walzblech Risse hatte. Die Halle hat er leer vorgefunden. Die Isolatoren waren zerbrochen, die Spulen herausgerissen. Was taugt da son Trafo noch? Die Fenster waren zerschlagen, die Dachverstrebung eingeknickt. Und auf dem Hof kein Mensch. Die Schienen verbogen und überall auf dem Pflaster verkohlte Papiere.

Da hat ihn plötzlich einer gerufen. Kommen Sie weg hier, hat er gerufen, ist doch besetztes Gelände! Die haben die Schießknüppel lose in der Hand. Und die brauchen jeden. Sind schon n paar aus den Wohnungen weg zum Wiederaufbau!

Er hat den Mann an der Stimme erkannt, den Werkmeister. Aber von wo der gerufen hat, hat er nicht ausmachen können. Vor der Fabrik haben ihn dann zwei gefaßt, Ausweiskontrolle. Er hat auch den Fabrikausweis bei sich gehabt. Sabotage, hat der eine gesagt, nix deine Fabrick! Und sie haben ihn auf einen Lastwagen gestoßen zwischen Männer und Frauen, Fremdarbeiter, die Köpfe umwickelt, jeder son Bündel neben sich. Die sind nicht mal zusammengerückt. Ihn haben sie aber an der Wuhlheide schon wieder herausgezerrt und in den Keller gebracht. Fontanestraße, ihr kennt das Haus! Gleich an der Ecke! Und da hat er denn auf dem Boden gesessen, nicht maln Kübel war drin, aber die Stämme von der Abstützung, die standen noch. Später dann hat er geschlafen. War kein Mensch sonst da, kam keiner runter. Aber die Papiere hatten sie ihm weggenommen. Und Isolatoren haben sie zerschlagen! Irgendwann hat ihn einer geholt. Es war schon hell. Und er hat in einem Zimmer auf dem Sessel sitzen müssen und einer mit breiten Schulterstücken hat ihm gesagt – richtig auf deutsch – daß er nicht taugt, weil er krank ist. Er hatte ja die TB-Bescheinigung bei den Papieren, weil er die immer für die Lebensmittelzuteilung gebraucht hat bei den Nazis. Ein Stück Brot hat ihm der Offizier gegeben und dann hat er gehen dürfen. Hat kaum noch gehen können. Hat immer nur an die Isolatoren gedacht, und daß er nicht taugt. Hat ein paarmal schlappgemacht unterwegs. Hat ein paarmal die Papiere zeigen müssen. Uri, Uri, da hat er nur die Taschen umgestülpt. Ja, und da bin ich nun.

Er schiebt den Teller weg.

Wieder taugt er nicht, ist einundfünfzig Jahre alt und taugt wieder nicht.

Laß gut sein, sagt Mutter, geht doch allen so. Wirst erst mal schlafen, richtig ausschlafen.

Er schüttelt den Kopf, lachtweinthustet hinter den gespreizten Händen.

Wird alles wieder in Ordnung kommen, sagt Mutter.

Bestimmt, Pappa, die Schule fängt nächste Woche an, das steht an den Anschlagbrettern! Ulrike ist ungeduldig, auch müde. Sie ist sehr gewachsen in den letzten Wochen.

Und was wollen die euch da beibringen? Deutsche Grammatik? Wieder das Lachenweinenhusten, aber schon weniger heftig, bis er sich mit den Mittelfingern die Augen reibt und sich aufrichtet, ein paar Striemen im Gesicht, ohne Tränen.

Sie werden euch deutsche Grammatik beibringen, Geometrie und Algebra, vielleicht noch n bißchen Physik, Wärmelehre, Fallgeschwindigkeit, bloß nichts ernsthaftes, nichts, wo ihr weiterdenken lernt, denn wir taugen ja nun nicht mehr, sollen nie wieder was taugen, verstehst du? Und die euch unterrichten, die haben ihre Parteigroschen in die Gullys geworfen. Das ist alles, was übrig bleibt. Das sind die, die übrigbleiben.

Hör auf, Vater! Gabriele wehrt ab. Ulrike ist fast noch ein Kind, und wie soll die das verstehen!

Verstehen. Verstehst dus? Hast da deine Heimlichkeiten gehabt, hastn anständiger Mensch bleiben wollen, und was jetzt? Hast an nen Anfang geglaubt, wenn die Gespenster verjagt sind. Und was jetzt? Sind doch geblieben, die Gespenster, stehen wieder auf, wern euch schon beibringen, was Anfang ist!

Hör doch auf!

Sie hat den Vater ins Gesicht geschlagen, hat das Gerede nicht mehr ertragen, die Prahlerei mit der Hoffnungslosigkeit, schämt sich und schämt sich doch nicht, steht vom Tisch auf, räumt ab.

Ulrike folgt ihr eifrig, gießt ein wenig Wasser aus dem Kessel ins Schaff, dazu einen Schwapp Kaltwasser aus dem Eimer. Sie spülen das Geschirr und trocknen es ab, müssen etwas tun, irgend was.

Die Eltern sitzen am Tisch, zwei Fremde.

Aus dem Arbeitstagebuch zum Roman

Zukunft. Zwischenreich. Anfang. Wörter, die nichts besagen, wenn
alle unter der Zeit weg von einem Tag auf den anderen leben, von
einem Tag auf den anderen zu überleben versuchen. Gegen den
Hunger, gegen die Ruhr, gegen den Typhus an, gegen die Sehnsucht
an, die keinen Umriß hat, Sehnsucht nach Sonne auf der Haut, kla-
rem Quellwasser, Jasmintaumel, draußen in den Gärten irgendwo
unerreichbar! Sehnsucht nach einem Zimmer mit verglastem Fenster, mit bauschigen Gardinen, aber auch nach Zärtlichkeit, Hüfte
an Hüfte, Schulter an Schulter, aber auch nach Wildheit, Mund an
Mund, Leib an Leib, ichduich, Zangengriff der Schenkel, der Geruch des Geschlechts, der Tropfen Blut auf der Lippe, das zerwühlte
Gras.
Gejagt werden von Bildern. Nicht schreien können. Nicht denken
können.
Wahrnehmen:
Wie die am Straßenrand wegsehen, als Gruppen und einzelne aus
den KZs, den Zuchthäusern zurückkommen, noch in dem gestreif-
ten Zeug und kahlgeschoren, wie sie über die Schulter weg zeigen
auf die, von denen sie nichts gewußt haben wollen. Wie Kolonnen
von Frauen, alle in blaubunt geflickten Kittelschürzen, zusammen-
gestellt werden, um die Straßen von den Barrikaden, den Pferdekadavern, den gestürzten Bäumen und dem Schutt der Schlacht –
ausgebrannten Straßenbahnwagen und Panzern und Lastkraftwa-
gen – freizuräumen für Pfenniglohn. Denn sie müssen Geld verdienen, um die Lebensmittel auf Karten kaufen zu können, die Miete
zahlen zu können, für den Schwarzmarkt reicht der Lohn nicht aus.
Wie sie erschöpft aus der Kolonne scheren, angebrüllt werden und
zwischen Ziegeltrümmern und Brennesselstauden breitbeinig hinhocken, pissen, und sich schnell, möglichst schnell wieder einreihen.
Wie im Schatten von Hauseingängen gehandelt wird, Schmuck,
Reichsmark, das Geld ist teuer, weil die Konten noch immer gesperrt sind, in den Westzonen, heißt es, geben sie Reichsmark mit
vollen Händen aus. Wie Butter angeboten wird, Tabak, Zucker,
Leinöl, Rübensirup und Melasse, auch Molke, auch Magermilch.

*Wie sie sich auf den Vorortbahnsteigen drängen, weil Züge einge-
setzt werden sollen bis zu den Endstationen in der Mark und sie
Kartoffeln und Rüben holen wollen aus den Mieten. Wie sie auf die
Wagendächer klettern, wie Trauben an den Haltegriffen hängen,
auf den Puffern sitzen.*

*Die Wintersaat ist ins Kraut geschossen und von Panzern niederge-
fahren. Auf den Weiden grasen die kleinen russischen Pferde, für
die der Krieg nun auch zu Ende ist, wiehern, wenn sie die Stute riechen, wälzen sich auf dem Rücken, die Sonne ist warm, die Lerchen
hängen hoch und die krüppeligen Holunderbüsche haben sich in
weiße Dolden eingehüllt. Über den zerschossenen Panzern stehen
Fliegenschwärme. Die Pfützen, die sich in den Bombentrichtern gesammelt haben, blühen hellgrün.*

*An so einem Tag mit Vater unterwegs sein. Da sind doch Bekannte
oder Verwandte von denen aus dem Oderbruch, ihr wißt schon!
Menschen besuchen, die man nie gekannt hat. Ein Wollkleid dabei,
Vaters weiße Hemden. Denen ist gerade ein Kind gestorben, aber es
gibt Kartoffeln, eine Waschschüssel voll, und nicht die glasig frosti-
gen, die in der Stadt verteilt werden. Die Bäuche blähen sich nach
dem Essen, die Blasen können kaum das Wasser halten. Sie schleppen zwei Säcke auf die Stadt zu. Kartoffeln. Auch ein Riegel Speck
ist dabei. Sommer. Hitze. Zum ersten Mal wissen, was das ist,
Sommer. Zeit der Düfte. Zeit der Farben.*

*An der Stadtgrenze ist die Straße gesperrt. Komm, sagt Vater, die
nehmen uns alles ab! Und sie ducken sich in den Chausseegraben,
kriechen zurück bis an das Wäldchen, Jungkiefern, die Schonung
reicht bis über die Stadtgrenze weg, gibt Deckung. Da peitschen
Schüsse. Dicht neben ihnen brechen Äste.*

*Hinwerfen! sagt Vater, das weiß ich noch aus der Champagne!
Die Schüsse schlagen rings um sie ein.*

Laß sie die Magazine leerschießen, sagt Vater.

*Dann robben sie an den Rand der Schonung, ziehen ein Taschen-
tuch. Und die Posten, die die Stadtgrenze bewachen, winken mit
kreisenden Armbewegungen.*

Keine Angst zeigen, sagt Vater, dann lassen sie uns durch. Sind doch auch Menschen! Und der Krieg ist aus!

Aber sie müssen den Speck abgeben und einen Sack Kartoffeln. Sie können sich nun abwechseln beim Tragen, bis sie die U-Bahnstation Friedrichsfelde erreichen und ein paar Stationen weit fahren können.

Beobachten:

Wie die Glaser und die, die einen Glasschneider besitzen, Bretter aufbocken an den Straßenecken, Glas anbieten, Glasbruch, und Leute aus der Umgebung mit ihren Fensterrahmen anstehen und warten, um ein paar Flickenstücke Glas und Fensterkitt zu erhalten und die Glasermeister oder die selbsternannten Glaser mit Reichsmarkbündeln bezahlen oder mit Lebensmitteln.

Oder wie immer welche in den stinkenden Mülltonnen wühlen. Oder wie andere mit handgemalten Postkarten an den Ecken stehen, Blumen, Vasen, Falter. Kaufen Sie doch, schenken Sie Freude! Postkarten, die man doch nicht abschicken kann. Oder wie andere Fähren über die Spree einrichten, fünf Pfennig die Überfahrt, und immer sind da Wartende, Stadtwanderer auf der Suche nach Freunden, Verwandten, nach Arbeit und Lebensmitteln, und leisten sich die Überfahrt.

Notieren:

Daß die Friseure ihre Läden aufmachen, Haarwäsche anbieten, Dauerwelle. Es heißt, die Amis kommen bald, haben Thüringen gegen das westliche Berlin eingetauscht. Auch die Tommies sollen kommen. Da müssen die Frauen die Kopftücher ablegen, adrett aussehen, versteht sich. Und immer noch fahren die Züge mit Beutegut über die Stadtbahn und den Nord- und Südring, über die notdürftig abgestützten Brücken nach Osten. Der zweite Schienenstrang wird auf allen Strecken abmontiert.

Festhalten:

Daß immer wieder Kinder abstürzen, die in den Ruinen herumklettern, um Gebälk herauszubrechen, Feuerholz, Winterholz. Daß Ulrike in der Schule russisch lernt – die russischen Emigranten der zwanziger Jahre sind mit einemmal wichtig geworden, wer kann

sonst schon russisch? Die aus den Nationalbewegungen in Bjeloruß-
land oder in der Ukraine von den Nazis an die Universitäten geholt
worden waren, haben sich nach Westen abgesetzt oder müssen sich
noch verbergen. Ulrike lernt auch deutsche Grammatik, wie Vater
vorausgesagt hat, aber der Geschichtsunterricht ist gestrichen.

Aufrechnen:
Die Stunden, die Mutter und Großmutter täglich nach Lebensmitteln anstehen, am Güterbahnhof, vor Kellergeschäften, Lagerräu-
men, oft genug von Gerüchten getäuscht. Die Stunden aufrechnen,
die Vater an einem Handwagen baut. Er hat ein Kinderwagenge-
stell aus einer Ruine mitgebracht, legt es mit Brettern aus, streicht
Gestell und Bretter mit Aluminiumfarbe an, die er noch vorrätig
hat. Mit dem Rest der Farbe streicht er die Klosettbrille silbergrau.
Wegen der Fäule, sagt er. Natürlich blättert die Farbe ab und der
Handwagen taugt nicht mal für ein Netz voll Kartoffeln.

Erinnern:
Wie sie sich in der Dorotheenschule vorstellt, hat doch studiert,
kann doch unterrichten, wie vielen hat sie schon als Schülerin Ma-
thematik und Französisch beigebracht! Sie steht im gebohnerten
Direktorzimmer, die Zeugnisse unterm Arm. Wenn sie sich doch
setzen dürfte! Ihr wird schwarz vor Augen. Der Speichel klebt beim
Sprechen, Kälte kriecht über den Rücken. Aber sie haben kein Diplom. Und Sie haben für niemand zu sorgen wie unsere Studienräte
und Studienrätinnen! Ein freundlicher lascher Händedruck. Ach,
Ihre Schwester ist Schülerin bei uns? Und Ihre Mutter war auch
schon Schülerin? Dann werden Sies schon schaffen! Sinnlose
Freundlichkeit. Sie taugt also nicht.

Erinnern:
Wie sie neben den Frauen in der Arbeitskolonne in der Reihe steht,
die abgeklopften Mauersteine aus den zusammengestürzten Häusern weiterreicht zum Aufschichten. Stein auf Stein, Stein auf Stein,
das Häuschen wird bald fertig sein. Die Frauen summen nicht mit,
Kinderlieder, was solls, sie reden von Monatsbeschwerden, vom
Hunger, vom Jieper auf eine Zigarette und daß sie auf die Männer
warten. Keine fragt, wer die billig nutzbar gemachten Mauersteine

*verwenden wird. Ich komm mir so vor wie Sysiphos, sagt eine,
die sie mit Frau Doktor anreden. Ne Obernazisse, heißts in der
Kolonne.*

Erinnern:
*Wie die Frauen die Steine fallen lassen, wenn einer in feldgrauer
Uniform die Straße entlangkommt mit schmutzigen Fußlappen und
ohne Knöpfe und Schulterstücke, und wie sie ihn umdrängen und
nach ihren Männern fragen. War zuletzt an der Neiße, kennen Sie
den? war in Pommern, war bei Teupitz, war bei Neubrandenburg,
in Litzmannstadt – nee, heißt ja anders jetzt, war in Riga, so Janu-
arFebruar die letzte Post. Und der in der abgetakelten Uniform
kennt keinen von denen. Aber er lebt. Er wird zum Bild der Hoffnung für die Frauen. Wenn meiner erst so ankommt! Und meiner!
Und sie schenken ihm Trockenbrot und Zigaretten.*

Erinnern:
*Wie die aus Baumschulenweg zu Besuch gekommen sind, die Frau
und der Mann. Er war zuletzt im Zuchthaus Brandenburg, wiegt
nur noch fünfzig Kilo, aber er lebt, ist frei. Das Haar steht ihm noch
in Borsten vom Schädel, wächst nicht so schnell nach. Die Kinder
haben vielleicht Augen gemacht, sagt er, will, daß sie Freunde werden, weil sie seiner Frau und den Kindern geholfen hat – wer war
denn das, fragt Mutter nachher, der sieht ja aus wie ein Verbrecher!*

Aber auch erinnern:
*Wie sie das Haus noch gefunden hat in der Stuttgarter Straße. Die
Wohnung. Und die graue Lehrerin hat sie wiedererkannt. Sie waren beide so elend, daß sie geweint haben, als sie sich um den Hals
gefallen sind. Wir sollten uns jetzt beim Vornamen nennen. Sie wissen ja sicher noch aus dem Lehrerverzeichnis, daß ich Elisabeth heiße. Vom Lager hat sie nichts erzählt. Nur, daß sie sich nicht nach
Westen hat schleppen lassen. Es war ja doch Winter und die Straßen
verstopft. Es war Glück dabei, sagt sie. Sie arbeitet wieder in der
Schule, ein anstrengender Weg täglich bis Köpenick, bei den Verkehrsverbindungen! Aber die Schüler sind aufgeschlossen. Sind
Jungen darunter, denen ein Bein oder Arm amputiert ist, ein Mädchen, das verschüttet war, Waisen, Halbwaisen, aber auch solche,
denen sie die Väter weggeholt haben, weil sie Nazis waren.*

Wenn Gabriele den Mörtel von den Steinen klopft, die Steine weiterreicht oder schichtet, wenn die Frauen von Zigaretten oder von
den dicken Nudelsuppen reden, die sie ihren Kindern gern kochen
würden, von Schwarzmarktpreisen für Mehl und Stärke, wenn sie
merkt, daß Vater vom Zucker in der Dose genascht oder Ulrike sich
heimlich ans Brot gemacht hat, das Mutter doch sorgfältig abwiegt
für jeden, denkt sie an diese Jungen und Mädchen und an Elisabeth.
Und erinnern:
Wie die Kolonnen der Amis und Tommies im Juli die westlichen Be-
zirke der Stadt besetzt haben. An den Straßen stehen viele und
winken. Und die in den aufgeklappten Panzertürmen und in den
Jeeps und auf den Lastern winken zurück, weiße Hände, schwarze
Hände, No fraternization!. Und wie Vater sagt: Du mußt zu den
Amis oder Tommies gehen, du kannst doch englisch. Wir verhungern ja sonst. Und wie sie mit Hunderten oder Tausenden ansteht,
den Fragebogen studiert und erstaunt über die vielen NS-Organisa-
tionen eine Kolonne No untereinander schreibt, nur einmal unterbricht: eingetreten in den BDM, ausgetreten aus dem BDM, und
den Fragebogen abgibt. Und die hinter dem Schiebefenster sagt: Ihr
Jahrgang fällt doch sowieso unter die Jugendamnestie. Aber Sie
müssen sich wiegen und röntgen lassen. Und ihr eine Anweisung für
den Arzt gibt statt einer Arbeitsanweisung. Das Vorzimmer des
Arztes erinnern, die gekerbten Gesichter, die Gerüche der kranken
Körper, die verkrochenen Augen, die flinken Hände von Frauen,
die Aufgeribbeltes stricken, das Blättern der Männer in Illustrier-
ten, die noch aus der Nazizeit stammen. Und die Enttäuschung, als
sie den Röntgenbefund bekommt und den Zettel für das Gesund-
heitsamt Tiergarten. Es ist den Besatzern nicht zuzumuten, daß
TB-Kranke in ihrer Umgebung arbeiten, aber der Herd ist klein,
den verkapseln sie, sagt der Arzt.
Notieren:
Die Nachricht vom Treffen der Großen Vier in Potsdam, wo die
Zukunft Deutschlands festgeschrieben wird.
Die Nachricht vom Abwurf der Atombomben auf Hiroshima und
Nagasaki. Und daß die Katastrophe so unvorstellbar ist, daß sich
das Grauen lange nicht einstellt.

Notieren, daß die ersten Zeitungen erscheinen.

Und den Herbst wahrnehmen, wie sonnig er ist. Das Korallenrot der Vogelbeeren. Die taugen zur Marmelade, weiß Großmutter, bitter, aber gesund. Die Dolden von den Bäumen im Park schlagen, die Beeren klatschen auf den Boden, die sammeln sie in Blecheimer. Sonntags machen sie sich auf in die Mark. Mit der S-Bahn bis Spandau-West und dann zu Fuß. Sie ziehen Pferderüben, die niemand geerntet hat, drehen altgewordenen Rhabarber aus den Stauden, fragen nach Leinöl, nach Brot, zahlen mit dem Schmuck, den Mutter gerettet hat, wandern unter die Rucksäcke geduckt über die Landstraße, werden von zwei jungen Russen mit Pistolengefuchtel und freundlichem Grinsen ins Quartier getrieben und entkommen dank der List der Bäuerin, die die jungen Soldaten wegschickt, Kameraden zum Feiern zu holen, und den Mädchen unterdessen den Fluchtweg zeigt.

An einem der frühen Abende im Oktober sagt Mutter, daß sie Gabriele bei der Wahrsagerin angemeldet hat. Du hattest doch da diesen Jungen, vielleicht erfährst du was! Wie plötzlich das uralte dörfliche Denken durchschlägt. Sie hat nicht Kraft, nein zu sagen, geht mit in die Wiclefstraße. Im Hinterhaus, dritter Stock, der Kakaogeruch und eine blondierte Frau, die sie ins Zimmer weist, wo auf dem Tisch die Karten liegen. Sie versteht nichts, zählt die Klöppeldeckchen auf dem Sofa und den Sesseln. Mutter sitzt vorgebeugt, hat die Hände ineinander verklammert. Hoffnung, sagt die Wahrsagerin, aber schwere Zeiten, sehen Sie sich die Karten an. Mutter stößt sie mit dem Fuß unterm Tisch an, sie sieht auf die Karten. Buben, Damen, Kreuze, Herzen, lächerliches Gleichnis der Wirklichkeit. Sie müssen natürlich an die Hoffnung glauben, sagt die Blondierte, kommen jetzt so viele, und nicht bei jedem liegen die Karten so! Und Mutter zahlt. Wenn Sie schon keine Ware haben, sagt die Blondierte. Für den Betrag muß Gabriele vier Tage in der Kolonne arbeiten.

Manchmal blättert Gabriele in der Seminararbeit. Versucht, sich vorzustellen, wo der Professor geblieben ist oder die, die über die Steinschen Reformen gearbeitet hat, oder was aus dem Kriegsblinden geworden ist, der den Faust auswendig konnte, ob er noch

immer in Uniform ist, noch immer einen Begleiter hat, der ihn betreut. Manchmal wünscht sie, nichts mehr wahrzunehmen, zu beobachten, festzuhalten, aufzurechnen, zu erinnern, zu notieren.
Wie stellen Sie sich Ihre Zukunft vor?
Manchmal möchte sie schlafen, wie es im Märchen heißt: Hundert Jahre! Und beim Aufwachen vergessen haben.
Endlich kommt Post. Der Professor schreibt, daß seine Frau gestorben ist und er nicht mehr in das zerstörte Potsdam zurück will. Die Mutter des Kriegsblinden schreibt, daß ihr Sohn nach kurzer Überprüfung seiner Papiere wieder bei ihr ist und vorläufig auf sie angewiesen. Und aus Grünau kommt die Anfrage, ob sie noch lebt und die Bitte, sich doch einmal zu melden, wenn sie in der Nähe ist. Vaters TB ist geheilt, und er wird auf dem Kohlenplatz der Briten beschäftigt. Er geht morgens und kommt abends wieder, verdreckt, aber er hat ein Kantinenessen zusätzlich. Bei der Arbeit in den Ruinen ziehen sie jetzt Jacken und Trainingshosen und Mäntel an unter den Schürzen. Versauen uns die ganze Garderobe für bessere Zeiten, schimpfen die Frauen.
Überlebenstage. Überlebenszeit. Fidelio im Opernhaus in der Kantstraße. November. In Mäntel und Decken eingehüllt auf den Plüschsesseln im Parkett und in den Rängen, die Hände zwischen den Knien gefaltet beim Chor der Gefangenen. Freiheit. Was ist das, Freiheit? Gabriele hat einen Platz im dritten Rang. In ihrem blauen, abgetragenen Mantel mit dem karierten Wollschal um den Hals und der blauen Baskenmütze auf dem Kopf unterscheidet sie sich nicht von den anderen, die neben ihr, vor ihr und hinter ihr sitzen.

Wer sie ist?
Sie hätte keine Antwort darauf, wenn sie gefragt würde. Oder die Antwort wäre ihr nicht wichtig.
Wer sie ist.
Sie beobachtet die auf der Bühne, und sie beobachtet in der Pause die im Foyer. Wer die sind? Ihre Geschichten und was sie erwarten. Die Kälte in dem großen Haus wird spürbarer, der Hunger dringli-

cher. Sie bewegt die Füße in den Schuhen, die Hände in den Manteltaschen, als sie wieder auf ihrem Platz sitzt, gerät dabei ins Wiegen, in den Rhythmus der Musik, in den Rhythmus der Fremdarbeiter unter der Bahnhofsbrücke Friedrichstraße, die vor dem
Nordwestwind Schutz gesucht haben, von einem Fuß auf den anderen traten, wiegender Rhythmus der Gefangenenkolonnen, der
Arbeitskolonnen, der Warteschlangen vor den Kartoffelkellern.
Nachher im kalten Novemberregen auf der Kantstraße zwischen
den Opernbesuchern weiß sie jäh, daß etwas vorbei ist, daß etwas
anfängt. Sie könnte nicht sagen, was, wenn sie gefragt würde.
Könnte es nicht beschreiben, nicht erklären. Sieht sich, im dunkelblauen Mantel mit dem karierten Schal um den Hals und der blauen
Mütze auf dem Kopf. So hat sie schon im Luftschutzkeller gesessen,
so ist sie in die Fabrik gegangen und zur Universität, so hastet sie
morgens zur Arbeit in der Kolonne, mit großen, wiegenden Schrit-
ten, die Schultern leicht vorgeneigt.
Sie sieht sich gehen. EINE.

XI.

Lebensfest
1946/1947

·

1.

Mit einemmal wissen, was jung sein ist – viel zu spät – sie sind alle schon über zwanzig. Mit einemmal wissen, daß vor ihnen Zeit ist, Lebenszeit, nicht mehr die befohlenen Stunden, die Tod-versehrten Tage und Nächte des Krieges.

Ein Siebtel aller Trümmermassen Deutschlands liegen in Berlin. Die Volkszählung vom 12. August 1945 hat ergeben, daß die Einwohnerzahl der Stadt von 4,3 Millionen auf 2,8 Millionen gesunken ist.
Die im Sommer 1945 wieder zugelassenen Parteien SPD und KPD haben sich am 21./22. April 1946 zur SED zusammengeschlossen. Dem Berliner Bezirksverband der SPD gelingt es, sich von der Vereinigung auszuschließen. Noch arbeiten die gleichfalls im Sommer 1945 zugelassenen Parteien CDU und LPD in allen vier Sektoren der Stadt und der sowjetisch besetzten Zone. Noch ist der Kulturbund zur demokratischen Erneuerung in allen vier Sektoren zugelassen und aktiv. Noch ist die Gewerkschaftsopposition UGO im FDGB schwach. Noch scheint der antifaschistische Block der vier antifaschistischen Parteien Berlins festgefügt. Noch gelten die Weisungen der Potsdamer Erklärung vom 2. August 1945, die die endgültige Umgestaltung des deutschen politischen Lebens auf demokratischer Grundlage und eine eventuelle friedliche Mitarbeit Deutschlands am internationalen Leben vorsehen, wenn die eigenen Anstrengungen des deutschen Volkes unablässig auf die Erreichung dieses Zieles gerichtet sein werden.

Noch. Probezeit, Zeit der Anfänge, der Erwartung.

Die Theater spielen. Wenn die Häuser zerstört sind, in Notunterkünften. Junge Theatergruppen entstehen, spielen in Kellern, Schuppen, Baracken, Zimmern. Die Buchläden bieten lange verbotene Bücher und Schätze aus dem Antiquariat an. Konzerte werden zu Festen in Vorstadtgärten, Parks, kleinen erhalten gebliebenen Sälen, Wohnungen. Die Kindersterblichkeit ist hoch, die Versorgung nicht ausreichend, wenn auch organisiert, die Straßen sind von Trümmern geräumt, die Brücken durch Notbrücken ersetzt oder ausgebessert. Impfungen verhindern in diesem Sommer Typhus und Ruhr. Aber Syphilis und weicher Schanker breiten sich aus, Besatzungskrankheiten, Soldatenkrankheiten. Die ersten Care-Pakete treffen ein. Der Schwarzhandel wird zur Einnahmequelle. Der Grunewald, der Tiergarten werden abgeholzt, die Motorsägen heulen, die hohen schlanken Kiefern stürzen, die Buchen, Eichen, Rüstern stürzen, die Birken, die Erlen, weißes Holz, rotes Holz. Die Sammler sind Tag für Tag unterwegs, Astwerk, Pilze, Himbeeren, Eicheln, Kienäpfel und die fast schwarzen Kirschentrauben der kanadischen Kirschen, die im Maijuni so süßlich blühen, werden nachhause getragen. Wer kräftig ist und Ausdauer hat, holt sich den Erlaubnisschein, die Stubben der gefällten Bäume zu roden, Schwerstarbeit für hartes, kerniges Holz. Denn das Bangen vor dem Winter wächst mit den Abenden, und einem heißen trockenen Sommer ist noch immer ein langer Winter gefolgt. In den Höfen, den Vorgärten, im Tiergarten wird Gemüse angebaut, Grünkohl, Stangenkohl, Weißkohl, Mohrrüben, Kopfsalat, Gurken, Kürbisse, Tomaten, Sonnenblumen, Kartoffeln und Tabak. Die alten Männer erinnern sich, was sie vom Tabakanbau wissen. In Fenstern und auf Balkonen hängen die lanzenförmigen Tabakblätter auf Fäden gereiht zum Trocknen. Auf den Abfallhalden der Besatzer wimmelt es täglich von Hunderten, die in Säcken und auf Karren und in Kinderwagen abtransportieren, was die Besatzer aus den beschlagnahmten Wohnungen räumen: Matratzen, Teppiche, Porzellane, Möbel, Blumentöpfe, Elektroplatten, Kochtöpfe, Stehlampen, Badewannen, Handwaschbecken. Alles ist wertvoll für die Ausgebombten, die Flüchtlinge, für die, die haben räumen müssen und für die Schwarzhändler, die die Preise machen.

Aber vor ihnen dehnt sich Zeit, Lebenszeit:
Wir haben die Chance, Besitzlosigkeit zu erproben.
Wir werden nie mehr Waffen produzieren, noch der Waffenproduktion zustimmen. Wir werden nie mehr Soldaten ausbilden, Befehlen gehorchen, Kriegsspielzeug herstellen.
Wir werden die zerschlagene Großindustrie nationalisieren.
Wir werden Schulen für alle aufbauen.
Wir werden in großen Familien zusammenleben.
Wir werden die deutsche Schuld abtragen, in Polen, in Frankreich, in den Niederlanden, in Belgien, in Luxemburg, in England, in Norwegen, in Dänemark, in Italien, in Griechenland, in Jugoslawien, Ungarn, der Tschechoslowakei, in der UdSSR.
Wir werden nie vergessen, was wir Deutschen den Juden angetan haben.
Wir werden nie vergessen, daß wir unsere Intelligenz aus dem Land getrieben haben.
Wir haben. Wir werden. Wir werden.

Junge Stimmen, junge Gesichter, zu blaß, zu schmal, Nachkriegsgesichter. Die Augen liegen tief in den Höhlen, von Schatten umspielt. Die Haare der Mädchen und jungen Frauen sind einfach geschnitten, die Haare der jungen Männer sind ein paar Zentimeter länger, als sie sie beim Militär haben tragen dürfen. Gesichter, Köpfe, die man sich einprägen müßte, Augen, die man nicht vergessen sollte, weil sie durch das Hier und Heute hindurchsehen, das Zimmer mit den gerissenen Wänden nicht sehen, die Kisten nicht, auf denen sie sitzen, die Armut der Kleidung nicht, geflickte Uniformjacken, ausgeblichene Sommerblusen, Röcke aus Decken und alten Gardinen. Die Schuhe, die sie tragen, sind schief gelaufen und mit Riestern geflickt, aber sie taugen zum Tanzen. Und sie tanzen gern, wenn nur einer ein altes Grammophon hat oder ein Radio.

Gesichter, Köpfe, Augen, Stimmen:
Die ich nicht vergessen sollte, die du nicht vergessen solltest.
Ich will, daß es auf mich ankommt. Daß ich niemand verletze, niemand verachte, niemand hasse.
Und du willst, daß die Verbrechen ans Licht kommen, die Verbrecher genannt werden, angeklagt und zu Recht bestraft, ausgeschieden aus der Gemeinschaft.
Ich wünsche mir eine neue Moral, die geduldig macht, fähig, die Scheiternden zu verstehen.
Und du willst, daß die Wirklichkeit für die Wahrheit durchlässig wird.
Kennst du die Wahrheit?
Kenne ich die Wirklichkeit?
Wird nicht die unangetastete Zeit vor uns von anderen als unseren Wünschen verbraucht werden?
Sie spielen. Spielen die Welt neu entwerfen, auch wenn sie wissen, daß es dazu zu spät ist; daß sie hart werden arbeiten müssen, um die Städte wieder aufzubauen, um die Verstörungen auszuheilen, die die Nazis hinterlassen haben. Daß es auf jeden von ihnen ankommt. Auf jeden einzelnen. Ohne Egoismus.
Kenne ich die Wahrheit?
Kennst du die Wirklichkeit?
Vater trägt Kohlen aus für die Tommies. Der Kohlenstaub unter den Fingernägeln und in den Nagelbetten läßt sich nicht mehr wegbürsten.
Mutter zählt die Kartoffeln beim Essen zu. Manchmal hassen sie sich vor Hunger, geifern sich an, wer die Kartoffelschalen essen darf.
Ich möchte, daß es auf mich ankommt. Daß ich niemand verletze, niemand verachte, niemand hasse.
Sätze, die Utopie beschreiben.

2.
Gabriele hat die Knie angezogen und die Arme um die Schienbeine geschlungen, sieht von einem zum anderen. Einer ist schon aus der

Gefangenschaft zurück. Einer ist beinamputiert. Eine war in Dresden dabei. Eine stammt aus Schneidemühl. Einer war als Chemiker u. k. gestellt. Einer war bei der Flak. Einer ist Fahrer bei den Amis. Eine hat eine Stelle in der Stadtbücherei. Eine aus Lichtenberg wird als Lehrerin ausgebildet.

Mehr hat keiner gesagt bei der Vorstellung. Ich heiße. Ich bin. So wichtig ist die Zukunft für sie. Sie sind auf eine Anzeige in den Tageszeitungen hin dem Aufruf zur Gründung einer Zeitschrift gefolgt. Einer hat es auch wohl vom andern gehört. Gabriele hat die Anzeige in der Straßenbahn gelesen auf dem Rückweg vom Bauplatz, wo sie seit ein paar Monaten die Buchführung macht, Lohnstreifen ausfüllt, Aufträge einschreibt. Die Hausbesitzer sind gehalten, den Wohnraum instand zu setzen und versuchen es auch. Für den Maurermeister hat sich die Arbeit der Räumungskolonne gelohnt. Er ist zu einem Vorrat an baufertigen Mauersteinen gekommen und hat Aufträge über Aufträge. Gabrieles Gehalt reicht aus, um einmal im Monat 500 Gramm Butter auf dem Schwarzmarkt zu kaufen. Zuhause freuen sie sich darüber.

Sie hat sich gezwungen, keine Neugier, keine Erwartung aufkommen zu lassen, als sie der angegebenen Adresse mit dem Stadtplan in der Hand nachgegangen ist, der noch stimmt, wenn auch die Häuser oft nicht mehr stehen; Mutter hat gesagt, sei doch zufrieden, was willst du denn, zu bauen wird lange noch sein.

Sei doch zufrieden. Davor füchtet sie sich, zufrieden zu werden, die Erinnerungen wie in einem Album aufzureihen, sentimental und prahlerisch aufzuzählen, was alltäglich war und doch besonders, die Einkünfte auszurechnen, von Monat zu Monat, von Jahr zu Jahr, ein geordnetes, ein ordentliches Leben zu haben, weil ein ordentliches, ein geordnetes Leben zu haben, das einzige ist. Sei doch zufrieden, was meinst du, was Vater drum geben würde, wenn er endlich wieder vor seinem Reißbrett stehen und zeichnen könnte. Was meinst du, was ich drum geben würde, wenn ich Klavierschüler hätte. Aber wer will schon Klavier spielen heute? Sie bieten zwei Fünf-Pfundbrote für ein ungestimmtes Klavier! Mutter hat ihr die Angst zu vertreiben versucht: Jeder glaubt, die

Welt ausstemmen zu können, wenn er jung ist. Und jeder muß es anders lernen.

Nein!

Nein. Sie ist oft unleidlich, schreit um sich, aber sie hilft der Mutter, die Schmutzwäsche von Vater auszuwaschen, der dauernd Durchfall hat, leert den Eimer von Großmutter, die von Wassersucht angeschwollen immer wieder Zäpfchen bekommt. Sie will nicht zufrieden werden. Sie will – was eigentlich? Die Welt ausstemmen? Oder wie Großmutter sagt: Mit dem Kopf durch die Wand? Was für ein Bild! Denkend aus der Enge der Wirklichkeit finden. Oder handelnd. Sie kann sich das alles nicht erklären. Die Angst nicht, die sie müde macht, Morgen für Morgen, und fragen läßt: Wozu nur? Wozu? Die Erwartung nicht, mit der sie sich gar nicht hat einlassen wollen auf dem Weg hierher.

Sie sieht von einem zum anderen, denkt den Lebensläufen nach, die verschwiegen werden, hört Stimmen, nüchternen Lagerjargon, und das banale Gerede beim Wegräumen der Toten aus den Gaskammern, hört die hilflos knappen Anweisungen, wenn Tote im Schnee begraben werden, wenn Tote aus Schützenlöchern und Hausruinen gezerrt werden, hört das Keifen der Überlebenden um die Schwarzmarktpreise. Hört, was hier niemand sagt, was aber aus den knappen Sätzen über Redaktionstermine, Druckkosten, Heft-zu-Heft-Themen herauszuhören ist. Die Gesichter werden deutlicher. Die Wörter: Schuld und neue Moral, Wahrheit und Wirklichkeit gewinnen Tiefenschärfe. Das Berliner Zimmer mit dem Fenster zum Hof, dem zerkratzten Parkett, den Kisten, den verkleisterten Narben der Wände füllt sich mit Freude, ein Vorgang, den sie kaum beschreiben kann, der sich an der lebhafter werdenden Wechselrede, der freier werdenden Gestik, dem Sich-Röten der Haut, dem Glänzen der Augen messen läßt, an der Vertrautheit, die sich einstellt beim gemeinsamen Planen: Wir gehen von Tür zu Tür mit der Zeitschrift. Wir schlagen Stände auf vor den Rathäusern, vor den S- und U-Bahnhöfen. Wer spielt denn Ziehharmonika? Wer Gitarre? Und wer kann singen? Hat jemand schon mal was von Kurt Weill gehört? Der Ami-Fahrer singt Bolle reiste jüngst zu Pfingsten, sie schütten sich aus vor lachen, als wären sie fünfzehn, sechzehn Jahre alt wie damals, als der Krieg begonnen hat, als wüßten sie nichts von Trecks, die vor den Panzern in den Chausseegraben weichen mußten, nichts von Wachtürmen und Hochspannungszäunen, von eiligen Operationen in Feldlazaretten, von abtrudelnden Bombern und den grellgrünen Stichflammen und den Feuerwinden über der Stadt, nichts von den Arbeitsbarakken, in denen die Männer und Frauen mit dem Tod um die Wette arbeiteten, nichts von der Perfektion der Völkervernichtung. Gestaute Freude, oder nein: Für uns lohnt sichs, sagt der Amputierte. Das habe ich in dem Augenblick gewußt, als ich aus der Narkose erwacht bin: Daß wir den Krieg, den Völkerhaß ausrotten müssen, daß ich darum überleben muß, ich auch!

Und niemand widerspricht ihm. Sie haben alle Ähnliches gefühlt, gedacht, müssen nur lernen, wie sie anfangen wollen. Der Amputierte hat eine Buchhändlerausbildung und zwei Semester Zeitungswissenschaft studiert. Er hat die Notiz in die Tageszeitungen gebracht.

Das Lachen hat die Stimmung gelöst. Sie bringen ihre Arbeitsvorschläge ein. Gabriele skizziert ihre Seminararbeit, der Ami-Fahrer hat Kurzgeschichten gesammelt, die aus Dresden will über die Möglichkeiten eines neuen Theaters schreiben, der Chemiker will Daten über die Agrarwirtschaft in den Industriezonen zusammentragen, weil er Zeit hat, arbeitslos ist. Sie trauen sich alle viel zu, sind sicher, daß Freunde, Kollegen, Kriegskameraden mittun werden, weil alle darauf warten, neu anzufangen.

Warten wirklich alle?

Die in der Stadtbücherei arbeitet, erzählt, wie schwierig das Aussortieren der Nazititel sei, wie immer Bücher von den Stapeln aussortierter Bücher verschwinden. Die Lehrerin in Ausbildung erzählt vom Hausobmann, der sie gefragt hat, wie sie als Fabrikbesitzertochter mit den Lichtenberger Arbeiterkindern fertig werden will. Ihr Vater hat doch eine Werkzeugmaschinenfabrik gehabt, fünfundzwanzig Arbeiter.

Sie kalkulieren das erste Heft durch, der Amputierte hat irgendwo

Geld aufgetrieben. Irgendwann, so hoffen sie, brauchen sie keine Aushilfsarbeiten mehr zu machen, werden zusammenarbeiten, andere Menschen erreichen. Gabriele erzählt von dem Neuköllner Kreis, sie will den Mann aus Baumschulenweg ermutigen, über seine Lagererfahrungen zu berichten, hat auch vor, nach Grünau zu fahren, weil sie da jemand kennt, der bei der UFA gearbeitet hat, kein Nazi, der über seine Erwartungen in den neuen Film schreiben kann. Und dann spielt die aus Schneidemühl auf der Ziehharmonika Die Gedanken sind frei und alle singen, kennen so wenige gemeinsame Lieder, haben nur die Nazi-Lieder in der Schule, im Arbeitsdienst, beim Militär gelernt. Beim nächsten Mal wollen sie alte Platten hören. Der Ami-Fahrer hat ein Grammophon. Er kennt einen schwarzen Hauptmann. Wenn der mir seine Jazz-Platten borgt, sagt er.

Nachher auf der Straße haken sich alle ein und gehen die Eberstraße entlang bis zum Bahnhof Schöneberg. Der Amputierte winkt ihnen vom Balkon aus nach. Ein paar ältere Leute schütteln die Köpfe. Aber kaum einer weiß, daß die Industrie der westlichen Sektoren durch die Demontage während der beiden Nachkriegsmonate 85 Prozent der Kapazität eingebüßt hat, im sowjetischen Sektor dagegen nur 33 Prozent, in den West-Zonen sogar nur 8. Kaum einer weiß von den Auseinandersetzungen im Kontrollrat, vom Machtkampf zwischen den Siegermächten, manche sagen, die Stadt, dieses Berlin wird nie mehr hochkommen. Warum fällt ihr dieser Satz ein, gegen den sie sich seit dem Februartag beim Professor immer wieder wehrt.

Die Leute, die die Köpfe schütteln, trauen uns nicht. Vielleicht, weil sie Angst haben, anzufangen.

Haben wir keine Angst? Und wo fangen wir an? Wird nicht schon über uns verfügt? Um uns gehandelt?

Wovon lebst du denn? Und du? Und du?

Man sollte das Geld abschaffen.

Das sind doch Kindereien.

Man sollte die Ehe abschaffen, die Familie abschaffen, für zehn, zwanzig Jahre keine Kinder in die Welt setzen, bis niemand mehr weiß, wie man Panzer baut, die Atomspaltung auslöst.

Die Leute, die die Köpfe schütteln, haben recht, sagt Gabriele, wir haben keine Zeit, so weltfremd zu reden.

Sie wundert sich über die Entschiedenheit, mit der sie gesprochen hat. Wenn sie nun ablehnen, mit ihr zusammenzuarbeiten. Angst, allein zu sein, unverstanden. Angst und doch auch Ungeduld.

Sie stehen eng nebeneinander im S-Bahn-Abteil. Die auf den Sitzbänken haben Körbe und Taschen und Säcke bei sich. Es riecht nach Kartoffeln, nach frühen Äpfeln, nach trockenem Holz, nach verschwitzter Kleidung und schlechtem Atem, nach Hunger und Sorge.

Du hast ja recht, sagt der Chemiker.

Die aus Schneidemühl verabschiedet sich am Bahnhof Halensee. Wenns bloß mit der Lizenz klappt, sagt sie. In Westkreuz steigen die anderen um. Nur Gabriele fährt weiter bis Putlitzstraße. Die Strecke ist wieder hergestellt. Die Züge rollen im Schritt-Tempo über die Notbrücken. Sind das nicht auch Anfänge?

Sie sieht über den Güterbahnhof hinweg auf die Häuserfront von Moabit, die graue Wand von Hinterhäusern mit den paar blinkenden Fenstern, mit den abblätternden Reklameflächen, den Notdächern, den Bombenlücken. Auf dem Gleisfeld ausgebrannte Güterwagen, Schuppen mit eingesunkenen Dächern, abgeblühte Johannisblumen, Kies und Schotter, wo die Gleise weggeräumt und die Bohlen zum Verheizen weggestohlen worden sind.

Die Gedanken sind frei. Und wir? Und ich?

Beim Aussteigen der Wind wie immer, im Sommer und Winter, vom Westhafen her. Staub auf den Lippen, auf der Zunge, Staub, der nach Ruß schmeckt, nach angebranntem Mörtel. Gewohnheit, sich gegen den Wind anzulehnen, die Augen schmal zu machen. Und sie fängt an zu laufen, zu rennen, hat es eilig, nach Hause zu kommen, zu rufen, hört doch, Ich – aber der Atem geht ihr aus, sie fällt in den Schritt zurück und bleibt stehen vor einer Goldraute, die aus einem Schutthaufen gewachsen ist, schmutziges Gelb, stinkendes Blühen, zufällig ausgesät auf dem zusammengekehrten, verrußten Ziegelschutt. Sie hebt ein paar Ziegelbrocken auf, rauher, aus Erde gebrannter Stein in der Handmuschel, geformt und zerstört. Das Wurzelgeflecht der Goldraute liegt bloß da.

In der Frühe hat sie zugesehen, wie ein Baum gefällt worden ist, eine Platane, der geschälte Stamm, das Gelbgrün des Holzes, die Krone mit den Früchtetroddeln vollgehängt, ein großer, schöner, alter Baum.

Sie sind auf einer Feuerwehrleiter in die Krone eingestiegen, haben die Äste abgesägt, voll im Laub, bis auch der letzte, der unterste Ast vom Stamm abgetrennt war. In den Fenstern der Häuser ringsum die Bewohner auf die Ellenbogen gestützt oder auf den Unterarmen liegend, Kinder, die kaum mit den Nasen bis zum Fensterbrett reichten, andere dahinter, stehend. Jedesmal, wenn ein Ast aufschaudernd abgestürzt ist, hat einer der Holzfäller Vorsicht! gerufen. Sie haben das Tau geholt und es in der Höhe der untersten, kreisrunden Schnittfläche um den Stamm geschlungen. Noch während die Feuerwehrleiter mit der Handkurbel eingezogen worden ist, hat sich ein breitschultriger Mann mit dem Beil am Stamm zu schaffen gemacht, hat mit zwei, drei Hieben eine tiefe Kerbe ins Holz geschlagen. Ein anderer hat dann die Motorsäge angesetzt, die sich heulend in den Stamm und auf die Kerbe zufraß, bis sie alle, wie verabredet, he! gerufen und die, die die Straße mit Seilen sperrten, heftig gestikuliert haben, weil der Stamm ja fallen mußte. Die in den Fenstern sahen nun die abgeplatzte Fassade des Hauses gegenüber vor sich, die ihnen der Baum zugedeckt hatte. Die Männer wickelten die Seile auf, und die, die stehengeblieben waren, überrannten sich fast, um die Äste wegzuzerren. Der Stamm mußte zersägt werden. Das Holz war beschlagnahmtes Holz. Die Motorsäge mit dem Kennzeichen der Besatzungstruppen ist langsam straßab gefahren.

Sie hat zugesehen und sich auf die Lippen gebissen, bis sie Blut schmeckte, hat nachher über den Lohnzetteln und Rechnungen gesessen, erschöpft, wie nach einer großen Anstrengung. Und hat abends den Rausch geschmeckt, für den es das Lied gab: Die Gedanken sind frei.

Sie legt den Ziegelbrocken behutsam wieder zurück.

Goldraute, stinkende sattgelbe Goldraute wächst, breitet die Wurzeln im Schutt aus.

Noch immer der Wind, der Staub. Sie biegt links in die Birkenstraße ein, dann rechts in die Lübecker.

3.

In diesem Winter erfrieren Säuglinge. In diesem Winter erfrieren Alte und Kranke in ihren Betten. In diesem Winter glitzern die Zimmerwände, die Hausfassaden von Eis. Von Mitte Dezember, bis Mitte März Frosttemperaturen. Die Schneeberge verharschen und verschmutzen an den Straßenrändern. Das Wasser gefriert in den Steigleitungen, die Wohnungen sind wieder ohne Wasser, die Klosetts ohne Wasserspülung. Stromsperren machen die Nächte lang. Viele haben eiternde Erfrierungen an den Füßen, den Händen, den Ohren. Beim Schichtunterricht in den Schulen sitzen die Kinder in Mäntel geduckt. In den Wohnungen, den Behörden sitzen die Menschen in Mäntel geduckt. Ein Winter wie eine Gottesstrafe, wenn einer noch daran glaubt. Die Dienststellen und Wohnungen der Amis sind überheizt, auch Tommies und Franzosen halten ihre Büros warm. Die Kohlen- und Koksplätze der Besatzungsmächte werden militärisch bewacht. Der Grunewald wird Jagen um Jagen ausgehauen, die Motorsägen kreischen Tag für Tag, die Holzdiebe sind Nacht für Nacht unterwegs. Holz und Buntmetall sind das begehrteste Diebesgut, Regenrinnen, Kupferrohre. Die Diebesbanden sind bewaffnet, die Straßen menschenleer. Aus allen Fenstern wachsen die Ofenrohre der Notöfen. Selbstgebaut oder auf dem schwarzen Markt erworben, sind sie mit Dreck und Reisig zu heizen. Zimmertemperaturen von plus zehn Grad sind Luxus. Bauarbeiten und Renovierungsarbeiten haben eingestellt werden müssen.

Vater ist Schipper auf dem Koksplatz für die Briten. Täglich Taschen- und Leibesvisitation. Ich bin nun dreiundfünfzig Jahre alt. Habe ich dazu gelebt?

Großmutter ist aufgedunsen. Vor ihr reden sie nicht mehr vom Frühjahr und wie der Schnee schmelzen wird und wie die Wände abtauen werden, weil das zu weit weg ist für sie.

Die erste Nummer der Zeitschrift ist satzfertig. Nur die Lizenz fehlt noch. Erscheinungsort Schöneberg, amerikanischer Sektor. Die Mitarbeiterlisten werden sorgfältig geprüft.

Ein Winter wie eine Gottesstrafe, der hundertjährige Kalender, der Aberglaube, die vielen Vogelbeeren im September, man hat es vorausgewußt, Gespräche beim Essen. Gefrorene, glasige Zuteilungs-Kartoffeln, die nicht weichkochen.

Sie hocken in der Küche um den Herd, als die Großmutter stirbt. Ihren Platz am Tisch hat sie schon seit ein paar Wochen nicht mehr eingenommen. Sie wickeln sie aus der Decke, zerren ihr die urinnasse Wäsche vom Leib, schleppen sie ins eiskalte Zimmer. Ulrike heult jaulend. Oma, Omachen! Mutter bleibt lange in dem kalten Zimmer.

In diesem Winter wird ein Hörspiel gesendet, Draußen vor der Tür. Ein junger Autor aus Hamburg hat es geschrieben, ist Soldat gewesen und in Haft, ein schwerkranker Mann.

Pennen. Da oben halte ich das nicht mehr aus. Das mache ich nicht mehr mit. Pennen will ich. Tot sein. Mein ganzes Leben lang tot sein.

Die Müdigkeit des Verzweifelten, das Nein eines Selbstmörders, das prägt sich ein. Das höhlt die Hoffnung aus, das Drüberhinleben. Das krallt sich als Frage fest, wenn Gabriele zwischen Gleichaltrigen im Hörsaal der Technischen Hochschule sitzt, weil sie Zeit hat ohne Arbeit, wenn sie wahllos Kant und Marx und Dante und das Alte Testament und Dostojewskij und Shakespeare liest. Oder doch nicht wahllos. Sie will einordnen, begreifen: die Taubheit und Verletzlichkeit des Fühlens, den Tod und die Erwartung, den Widerstand gegen die Zerfaserung des einzelnen, des ICH.

Und kann doch nicht einen Satz von Borcherts Selbstmörder vergessen.

Sie plant für die nächste Nummer der Zeitschrift. Das ist greifbar. Das ist eine Aufgabe, die sich beschreiben läßt. Sie fährt nach Grünau, um den Aufsatz über den neuen Film abzusprechen. Draußen unversehrter Schnee, die blendend weiße Fläche der Dahme. Tief atmen. Dem Atemhauch nachsehen. Auf einem Weg von ein paar hundert Metern wieder glücklich sein, wegen der Schneehelle, wegen des großen Himmels über den vereisten Flußseen.

Auch in der Villa hocken sie in der Küche um den Herd und in Mänteln. Ein älteres Ehepaar, eine sechsköpfige Familie aus Schlesien. Die schlesischen Kinder haben im Garten Schneemänner gebaut. Vom Sohn des Hauses gibt es keine Nachricht. Aber ich schreib Ihnen den Aufsatz über den neuen Film, sagt der alte Mann. Und seine Frau nimmt sie zur Seite und flüstert: Es fällt ihm so schwer, sich zu konzentrieren, die Kinder der Untermieter sind immer so laut.

Sie trinken Brombeerblättertee. Das Foto von dem vermißten Sohn steht auf dem Tisch, an dem die schlesischen Kinder ihre Schularbeiten machen. Quer durch die Küche ist eine Wäscheleine gespannt. Da hängen Strümpfe und Kinderleibchen und geflickte Hosen und Handtücher und Geschirrtücher.

Und während die Frau die Wäsche abfühlt, ob sie trocken ist, erzählt sie, daß ein paar Leute abgeholt worden sind aus Grünau. Aber wer konnte – und sie zeigt mit dem Daumen schräg nach oben über die Schulter – hat sich davongemacht. Wir hatten nichts zu verbergen und haben nichts zu verbergen. Wär nur gut, wenn wirs schriftlich hätten, daß unser Sohn Widerstandsarbeit gemacht hat. Das gäbe ein paar Pluspunkte. Mein Mann will doch wieder in die Filmbranche. Der geht ja drauf, wenn er noch länger hier in der Küche sitzt. Fragt die fremden Kinder russische Vokabeln ab, stellen Sie sich das vor! Und hat doch nur die Dekorationen mit entworfen, für den Bismarck-Film und den Alten und den Jungen König und den Mozartfilm, wie hieß der doch? War kein Nazi, mein Mann. Aber wenn Sie uns so ein Papier besorgen könnten! Die Frau begleitet sie durch den Garten bis zum Tor.

Die Schatten sind schon lang Ende Februar.

Wenn Sie mal amerikanische Zigaretten mitbringen könnten, wir bezahlen die auch! Sie flüstert, obgleich hier draußen in der Kälte bestimmt niemand mithört. Der Schlesier ist Straßenobmann geworden, unser Untermieter. Sie verstehn. Und sie gibt ihr die Hand, hält sie viel zu lange fest.

Oder in Baumschulenweg. Die kleine Wohnung ist hübsch herge-
richtet. Aber sie wollen umziehen, haben eine Fünfzimmerwoh-
nung in Henningsdorf zugewiesen bekommen, weil der Mann in
die Direktion der Walzwerke berufen wurde. Eine Ehre für einen
Arbeiter, sagt er, aber ich muß schwer ran, kann Ihnen da nichts
mehr aufschreiben über die KZ-Zeit, muß lernen, Kurse besuchen,
wir fangen doch bei Null an mit dem Sozialismus. Und ich weiß
auch nicht – die Zeitschrift soll ja im amerikanischen Sektor erscheinen – Sie nehmen mirs nicht übel, wenn ich offen zu Ihnen
bin: Ich könnte Schwierigkeiten bekommen. Er sieht angestrengt
aus, aufgeschwemmt und hohläugig dabei. Er nimmt die neue Arbeit so ernst, daß er keine Nacht richtig schläft, sagt seine Frau,
aber es ist gut, daß das Leben gerecht mit ihm umgegangen ist, daß
ihm die Lagerjahre gelohnt werden. Woran soll einer denn sonst
glauben?
Gabriele muß die Urkunde ansehen, die er für die Lagerzeit bekommen hat und den Grundriß der Wohnung in Henningsdorf.
Da müssen Sie uns mal besuchen!
In diesem Winter lernt Gabriele ein anderes Mal Ich sagen, Ich
denken. Ich will nicht lebenslang in der Baubude bleiben. Ich will
nicht so werden wie Vater und Mutter, von täglichen Auseinandersetzungen und Sorgen verbraucht, von Dreck und Wäschegeruch
und halber Schuld, der eine vor dem anderen.

4.
Die Lizenz wird im März erteilt. Die Papierlieferung ist für den
Mai zugesagt. Anlaß zum Feiern.
Die Wohnung in der Eberstraße mit den Bücherborden bis an die
Zimmerdecke, den knarrenden Dielen, den abgetretenen Teppi-
chen, wird geschmückt. Jemand hat noch Papiergirlanden von
einem vergangenen Fest. Dazu zwei Grammophone, alte Platten,
die aus Schneidemühl bringt ihre Ziehharmonika mit. Sie kann
Walzer und Tango und Foxtrott, sagt sie. Sie haben ein paar Jazz-
Platten, vom schwarzen Ami geborgt. Zwei Petroleumlampen ste-
hen bereit, wegen der Stromsperre nachher. Wenn auch schon

Ende März ist, sind die Zimmer um sieben schon dunkel. Jeder hat an der Lebensmittelration gespart, um für das Fest beizusteuern. Es gibt Marmorkuchen mit Eichelmehl, Kartoffelplinsen mit saurer Mehlsauce, Schokoladenplätzchen aus einem Care-Paket, Gerstenkaffee mit einem halben Lot Kaffeebohnen gemischt.

Die Schneeberge sind bis auf schmutzige Reste zusammengetaut. Die Spatzen und Amseln haben den Frühling begriffen.

Wir wollen das Lebensfest feiern. Der Amputierte steht auf einem Schemel, um über die Köpfe hinwegzusehen, rudert mit den Armen. Es ist so voll in der Wohnung, daß man sich kaum rühren kann. Die abgesparten Vorräte werden nicht reichen. Aber es ist warm in der Enge. Wir sind eine gedemütigte Generation, predigt der Amputierte. Wir sind benutzt worden. Wir haben versagt, weil wir durchgehalten haben. Aber wir sind dabei, zu begreifen, was wir begreifen müssen. Unsere Freude ist unvernünftig, unerklärlich – oder nicht? Wer ist denn besser dran: Die Schuldigen oder die, die Schuld abtragen können?

Er steigt herunter, schon eingeübt in die Versehrung.

Und sie stehen dicht gedrängt. Erst als nebenan ein Grammophon spielt, löst sich die Spannung. Stimmen, Rhythmus, kaum festzustellen, wer und wieviele im Zimmer sind. Viel Presse, Herren in zu weiten Anzügen. Jemand sagt, daß die Lichtenberger Lehreranwärterin abgeholt worden ist.

Stimmengewirr. Der bei der Flak war, hat einen Platz an der Humboldt-Universität. Und Sie arbeiten wieder im Baubüro? Bei Schering soll auch wieder angefangen werden.

Abgeholt? Warum?

Achselzucken. Sie hatte ja Schwierigkeiten! Stimmen. Rhythmus. Nebenan tanzen Mädchen in Kleidern aus Gardinenstoff und alten Decken, tanzen, stampfen, klatschen. Das ist ne Ami-Platte. Spirituals. Sie drängen sich in der Tür, hören die saugende, sehnsüchtige Melodie, den rhythmischen Chorus, die heiseren Schreie des Reverends. Da müßte man einmal dabei sein. Das müßte man wissen, wie die Schwarzen leben. Und der Ami-Fahrer sagt: mein schwarzer Hauptmann ist ein Nobelmann, in Italien verwundet, dann befördert, schickt alles, was er verdient, nach Hause. Seine Mutter kann nicht lesen und schreiben.

Einer von der Presse interviewt den Amputierten. Eine Monatsschrift? Und die wollen Sie in ganz Berlin verbreiten? Geht das denn? Sind doch Kommunisten, die da alles an sich reißen, das muß doch zum Krach kommen!

Tanzen. Unter den Wörtern, unter den Fragen wegtanzen. Haben Sie schon gesehen, wie die aus Dresden lachen kann! Was sagen die Leute, die hier wohnen, zu dem Andrang? Und wer bezahlt das Fest? Was wird eigentlich gefeiert? Die Lizenz? Oder das Frühjahr? Schreiben Sie, wir feiern das Frühjahr. Sind Sie betrunken, Herr? Dabei gibts nichts zu trinken! Oder haben Sie irgendwo ne Flasche entdeckt? Vielleicht in der Küche. Das Frühjahr feiern, sowas Verrücktes!

Tango. Tango-notturno. Und das im zerstörten Berlin. Neues Leben blüht aus den Ruinen, deklamiert einer, Gelächter, Beifall. Da tanzt eine auf dem Tisch. Und wie die tanzt!

Das Wiegen von den Knien bis zur Hüfte, die Arme hängen, der Kopf ist leicht geneigt. Gabriele tanzt. Gegen das Stimmenchaos an. Weiß nicht, warum sie tanzt. Hat nichts getrunken, tanzt. Die Füße stampfen auf der Tischplatte, die Gelenke federn. Die Haut fühlen, den Geruch der Haut, Achselschweiß und ein wenig Parfüm, Kölnisch Wasser, in einer alten Handtasche hatte sie noch einen Zerstäuber gefunden von vor dem Krieg. Die Bauchmuskeln spannen und lockern. Sie tanzt. Für niemand. Für alle.

Abgeholt! Wohin denn?

Sie tanzt. Will loskommen vom Zweifel, von der Wut. Das kann doch nicht sein! Sie können einen doch nicht abholen, bloß weil der Vater eine kleine Fabrik gehabt hat. Sie tanzt. Will vergessen. Vergessen. Die dumpfkalten Zimmer, Vaters hilfloses Gebrüll, Mutters ausgemergeltes Gesicht. Will die Wörter vergessen, Rationierung, Entnazifizierung, Kollektivschuld, Viersektorenstadt.

Ihr Vater hatte eine Fabrik, das hat den Hausobmann wohl geärgert. In Lichtenberg haben sie ja wieder Hausobleute, Straßenobleute.

Will loskommen, Menschen sehen, wie sie sein können: Vater am Reißbrett, Mutter, wie sie die Waldsteinsonate spielt, neben ihr der russische Soldat, die Menge auf dem Dwortzowaja-Platz, das Bild, das sie nicht kennt, den Platz nicht, die Paläste nicht, sie singen Choräle, sie tragen Ikonen und Kirchenfahnen, sie wollen dem Zaren eine Petition überbringen. Will Großvater sehen auf seinen langen Wegen mit der schäbigen Ledertasche unterm Arm, und wie er sich über Kranke beugt, in Kellerwohnungen, in Mansardenwohnungen, immer nach Büroschluß.

Sie tanzt. Die Füße stampfen auf der Tischplatte, die Gelenke federn. Sie wiegt sich, wiegt die Knie und die Hüften, die Arme hängen, der Kopf ist leicht geneigt.

Gedränge an der Tür, ne Platte von den Amis. Ist Gabriele verrückt?

Aus der Wohnung abgeholt. Wer weiß wohin? Sie hat sich doch nichts zu Schulden kommen lassen. Aber die Schwierigkeiten, davon hat sie erzählt. Die haben wir nie so ernst genommen. Wer weiß, wo sie die Frauen hinbringen. Aber vielleicht kommt sie bald zurück.

Als die Nadel in der Leerrille kratzt, verschränkt Gabriele die Arme vorm Gesicht, krümmt sich leicht vor. Die Füße sind schwer, die Muskeln hart. Niemand wagt, sie anzurühren, als sie behutsam und beinahe schwerfällig vom Tisch steigt. In der Küche findet sie einen Schemel. Sie zieht ihn in eine Ecke, um auszuruhen.

5.

Die Presse-Leute und viele von den Gästen sind gegangen. Über Nacht gibt es elektrischen Strom. Die Fenster sind geöffnet. Der Geruch von verschwitzter Kleidung und stinkendem Tabakblättergemisch steht im Zimmer. Die aufgerollten Teppiche liegen an der Wand, Scherben sind unter die Möbel gekehrt, die Dielen zerkratzt.

Redaktionssitzung? Lagebesprechung? Oder was?

Ich muß um sieben in der Baubude sein, sagt Gabriele, der Frost ist vorbei. Entschuldigt, daß ich durchgedreht habe.

Ich möchte dir eine Liebeserklärung machen, Gabi!

Ich auch.

Meingott, versteht ihr nicht: Abgeholt! Ruth ist abgeholt worden! Und wir tanzen nach der Musik der Schwarzen, die einen Dreck wert sind in Amerika!

Du willst zu viel, Gabi!

Was zu viel?

Sie wehrt sich nicht gegen das verhaßte: Gabi.

Ich versteh schon. Und darum möchte ich dir eine Liebeserklärung machen.

Sie antwortet nicht, und nun schweigen auch die anderen.

Bis einer sagt: Gehn wir!

Weil es schon hell wird.

6.

Sie haben die Mutter der jungen Lehreranwärterin in ihrer Lichtenberger Wohnung am Freyaplatz aufgesucht. Die hat die Finger an die Lippen gelegt, als sie die vier jungen Leute vor der Wohnungstür hat stehen sehen. Sie hat die Kette zurückgezogen und sie hereingelassen, hat die Kette dann wieder vorgelegt. Ich habe nichts anzubieten, hat sie gesagt. Sie haben sich auf die steiflehnigen Stühle rings um den Eßtisch setzen müssen.

Sie stellt aber doch eine Kristallschale mit Gebäck auf den Tisch. Nichts Besonderes, Roggenmehl, n bißchen mit Zimt und Vanillepulver und Süßstoff abgeschmeckt, aber langen Sie zu! Sie werden Hunger haben. Ruth hat oft von Ihnen erzählt.

Sie lehnt sich zurück, atmet tief, sagt dann, leiser: Ja, Montag haben sie Ruth aus dem Kursus weggeholt. Warum weiß ich nicht. Traut sich keiner von denen her. Ist ja auch verständlich. Wer Lehrer werden will, muß sich vorsehen.

Sie stellt Kristallschälchen vor jeden und redet los, als habe sie nur darauf gewartet zu reden. Daß sie schon bei der Polizei war und bei den Seminarleitern. Die haben alle gesagt, daß Ruth nichts passieren wird. Sie war ja eine von den besten, auch wenn sie manchmal Fragen gestellt hat, die sie besser nicht gestellt hätte. Aber das tun alle. Wer sie angezeigt hat? Der Seminarleiter hat die Schultern hochgezogen.

Sie hat die Hände vor sich auf den Tisch gelegt und hat sich angehört, was die Vier vorgeschlagen haben: Mit dem zuständigen Stadtverordneten sprechen, eine Beschwerde an die Alliierte Kommandantur einreichen.

Nachher erzählt sie von dem Schwager, der nach dem Tod ihres Mannes die Fabrik übernommen hat. Wir sind nur Miterben, Ruth und ich. Und der Schwager ist über die grüne Grenze weg nach Westen. Ist ja nicht mehr viel drin in der Fabrik. Die Drehbänke sind beschlagnahmt worden. Deswegen hat Ruth die Ausbildung angefangen, weil wir ja doch von irgendwas leben müssen. Der Schwager hat bestimmt nichts mitgenommen, so ist der nicht. Und wenn sie einen kommissarischen Leiter einsetzen, wird der das ja sehen und bestätigen können. Nein, wir sind nicht gegen den Kommunismus. Das habe ich auch dem Lehrer gesagt und dem von der Polizei.

Sie hat die Kristallschale von einem zum anderen geschoben. Essen Sie nur! Essen Sie! Sie sind jung, haben Hunger!

Sie haben jeder ein Keks genommen und daran geknabbert, verlegen und weil es so unvorstellbar war, daß Ruth einfach weggeholt worden ist. Dann hat Jörg einen Text entworfen und auf Ruths Schreibmaschine abgetippt, und Ruths Mutter hat unterschrieben. Der Brief soll von West-Berlin aus an die Alliierte Kommandantur abgeschickt werden, weil da die Post nicht kontrolliert wird.

Wieder auf der Straße sehen sie an dem Haus hoch. Die Loggia bleibt leer. Doch ist da nicht ein Gesicht hinter der Gardine? Die hat Angst.

Verstehst du das?

Die müssen gut verdient haben, sagt Johannes. Das Silbergeschirr auf der Kredenz war n paar Hunderter wert! Daß so was ganz unwichtig geworden ist, gefällt mir.

Aber daß sie Ruth deswegen verhaftet haben! Oder wegen uns? Sie verstummen plötzlich, als hätte Gabriele zuviel gesagt, hören auf das Echo ihrer Schritte.

XII.

Auf der Wetterkarte ein schöner Sommer
1948

1.

Du sollst es schön haben, sagt Mutter. Es ist ja dann auch der Abschied für uns. Neinnein – sie winkt ab – es ist ein Abschied für uns, auch wenn du in der Stadt bleibst. Und du weißt ja, daß ich dir Glück wünsche.

Sie knien vor dem geöffneten Kleiderschrank im Zimmer der Großmutter, das noch nicht ausgeräumt ist. Nur der Betthimmel ist zusammengerollt und dahinter ist die alte Tapete kräftig in den Farben geblieben. Auf Großmutters Bett liegen zerknitterte, vergilbte Tüten, in denen Kleider, Stoffe und Hüte von der Familie aufbewahrt sind.

Da muß auch mein Hochzeitskleid sein. Das lassen wir ändern.

Mutter räumt die Fächer leer. Der Geruch der alten Stoffe, Tüten und Hüte erregt sie. Sie probiert einen breitrandigen Hut mit einem künstlichen Blumenbukett auf, lacht, als wäre sie achtzehn und nicht einundfünfzig. Zu spät, sagt sie, alles viel zu spät! Und legt den Hut behutsam beiseite. Sie kramt, sortiert, die Finger sind klebrig staubig. Und findet auch das Kleid. Es ist vergilbt und riecht ein wenig ranzig. Das Seidenpapier bricht, als sie es zwischen den Stofflagen beseitigt.

So waren meine Eltern, sagt Mutter. Damals war auch Notzeit, als wir geheiratet haben, aber ich sollte es schön haben.

Sie steht auf, hält sich das Kleid an, es könnte ihr wieder passen, seit sie so dünn geworden ist. Und mit einemmal sieht sie sich im Spiegel. Und errötet.

Du mußt nicht denken, daß dein Vater immer so war, so – du weißt schon!

195

Sie läßt die Hände mit dem Kleid heruntersinken.

Vielleicht haben wir falsch gelebt. Vielleicht haben wir falsche Erwartungen gehabt.

Sie legt das Kleid behutsam aufs Bett zwischen die Tüten.

Aber das Kleid ist schön, nicht wahr? Das wasch ich dir. Und die Frau Schulz in der Wiclefstraße machts dir ein bißchen modern. Die Schulz hat auch immer die Anzüge von Opa gewendet. Das hat sich Oma nicht zugetraut.

Gabriele sagt nichts. Sie wird das Kleid tragen, auch wenn es ihr nicht besonders gefällt. Sie tastet den Stoff ab. Nein, Mutter soll nicht sehen, daß ihr Tränen kommen, sie ist doch nicht sentimental, nur erschrocken vor der jähen Angst.

Es ist alles so schnell gegangen, Jörgs Anstellung bei Schering, im Altbau, sehr beengt, aber Chemie – da wird was draus! Und seine Frage. Und ihre zögernde Antwort: Warum eigentlich nicht? Warum eigentlich nicht.

Sie mögen sich. Sie erzählt ihm von dem Sommertag in Grünau. Ganz nüchtern, ganz offen wollen sie beginnen.

Seine Mutter ist gestorben, ein Männerhaushalt, der Vater und der Sohn brauchen eine Frau.

Angst, Angst vor dieser Idylle: Mann und Frau, vielleicht auch ein Kind oder zwei. Angst vor der Immer-Wiederkehr: Mann und Frau und Mann und Frau. Angst vor dem Leben, das Mutter gelebt hat und Großmutter und Urgroßmutter: Draußen die Welt und hinter den vier Wänden – nein, keine Geborgenheit.

Bisher hat sie doch immer gehofft, mit jedem Jahr deutlicher zu werden, endlich wieder so unbefangen Ich zu sagen, wie als Kind. ICH: das stärker ist als Erinnerungen bei der Betrachtung von Fotoalben, als das Verlangen nach Hautwärme, nach den Berührungen von Fingerkuppen, nach dem Biß in die Brüste, nach dem fiebrigen Begehren. ICH: das Hände und Augen und Scham zueinander in Beziehung bringen muß. ICH: das Denken und Tun und Fühlen zueinander in Beziehung bringen muß.

Im Seminar waren ihr die Gesichter im Schein der Arbeitslampen aufgefallen, die vergessenen Körper, die mögliche oder notwendige Reduktion des Menschen auf seinen Kopf.

An den Fahrkartenschaltern waren ihr immer wieder die Hände aufgefallen: Hände, wie sie Wechselgeld und Fahrkarte auf den Messingteller unter der Trennwand schieben, die alltägliche Reduktion des Menschen auf seine Hände.

Auf der Straße waren ihr die herausfordernden Hüften der Mädchen aufgefallen, die übliche Reduktion des Menschen auf das Geschlecht.

Nein, Mutter soll nicht sehen, daß ihr Tränen kommen. Sie wird das Kleid tragen, ein schönes Hochzeitskleid, werden die Leute sagen, eine schöne Braut.

Sie hilft der Mutter beim Einräumen der Stoffe und Kleider und Hüte, bis Großmutters durchgelegene Matratze wieder leer ist.

Das Zimmer machen wir frei, sagt Mutter, wird Zeit, daß wir mehr Platz haben in der Wohnung. Muß immer erst ein Anlaß sein, ehe man sich dazu aufrafft. Und das Klavier laß ich stimmen für die Hochzeit.

2.

Ihre Vermählung geben bekannt . . .

Die Anzeige zartgrau auf weißem Karton. Mutter hat das so gewollt, auch wenn Vater noch immer Kohlen austrägt. Wenn er wieder anfängt in Oberschöneweide, wird es uns besser gehen! Sie hat Adressen geschrieben.

Wenn der Bruno noch lebt, der bekommt keine Nachricht, mit dem wollen wir nichts mehr zu tun haben. Aber da waren doch welche im Oderbruch, und dann natürlich die hinter Marzahn, wo ihr die Kartoffeln geholt habt. Und die im Haus, die dich von kleinauf kennen. Ob wir die Freunde von Großvater anschreiben, die damals wegmußten nach Prag? Aber da sind die ja sicher auch nicht geblieben.

Mutter hat Daumen und Zeigefinger auf die Augenlider gepreßt, und dann leiser, ohne die Schwäche zuzugeben, an die Freunde erinnert, an die Gabriele schreiben soll, Ruths Mutter in Lichtenberg und die in Grünau. Gabriele stellt sich die Gesichter vor, als sie die Adressen aus ihrem Notizbuch herausschreibt. Was wäre, wenn sie das Notizbuch verloren hätte? Wer würde die Nachricht von ihrer Hochzeit vermissen? Irma vielleicht, die hat was von der Ehe gehalten, die hat gern gefeiert.

Ihre Vermählung geben bekannt . . .

Gabriele versucht sich vorzustellen, sie hätte bisher wie ein Embryo in der warmen Dunkelheit gelebt, namenlos und ohne Erinnerung. Gabriele versucht sich vorzustellen, was Jörg von ihr erwartet. Immer hat er kleine Aufmerksamkeiten, mal eine Vogelfeder, mal eine Blume, die er im Park abgebrochen hat. Aber es gefällt ihr nicht, wie er über die Familie redet: Die da in der Lübecker Straße. Es gefällt ihr nicht, daß er meine Braut sagt. Sie werden in Westend wohnen. Sie hat die Wohnung gesehen, mit Badezimmer und geräumiger Diele, und von der Küche aus ist die hohe, schlanke Pappel im Hof zu sehen. In der Dachschräge gegenüber sind große Drahtglasfenster eingelassen, eine Atelierwohnung, da möchte ich wohnen, hat sie für einen Augenblick gedacht, so mitten im Licht! Der alte Herr, wie Jörg seinen Vater nennt, hat ihr dann Familienfotos gezeigt, lauter Fremde, von denen er fremde Geschichten erzählt hat. Nachher hat er den Wäscheschrank aufgeschlossen, in dem Bettwäsche gestapelt war, bestes Leinen von Gebauer. Worauf laß ich mich da ein?

Sie hat die Waschküche ansehen müssen, Kessel, Wannen, Waschbretter. Sie hat die leeren Weckgläser in der Speisekammer zählen müssen und das Geschirr, Teller mit schmalem Goldrand und Stempel, Terrinen, Schüsseln, Kaffeegeschirr, Teegeschirr, die samtbezognen Pappkästen mit den Bestecken und Teelöffeln und Kaffeelöffeln, alles in die kunstseidenüberzogenen Rillen und Dellen aus Pappmaschee eingepaßt.

Warum kann ich nicht in dem Atelier wohnen, wo die Tage hell sind, wo ich die Sonne spüre und den Regenhimmel und die Nacht, wo ich arbeiten kann, was ich will, schreiben, alles aufschreiben. Worauf läßt sie sich da ein?

Wenn du die Anzeigen heute abend einsteckst, werden sie morgen oder Freitag ausgetragen. Da kann sich jeder noch überlegen, ob er zum Standesamt kommt oder nachher in den Gemeindesaal, ob er ein Telegramm schickt oder Blumen, sagt Mutter. Eingeladen sind Jörgs Vater und seine Schwester, eine Witwe aus Magdeburg, und Ulrikes Freund, lauter Paare am Tisch.

Sie haben seit vier Wochen kein Fleisch gegessen und der Schlächter will ein schönes Stück Rostbeaf besorgen für die Monatsration der Familie. Das lohnt sich schon mal, ein richtiges Stück Fleisch, ne Hochzeit ist ja nicht alle Tage!

3.

Auf den Fotos, die vorm Standesamt und nach der Trauung im Gemeindesaal gemacht worden sind, wird eine strahlende Braut zu sehen sein. Sie hat Blumen im Arm, hat Mutter und Vater geküßt und dem Schwiegervater die Wange hingehalten. Ulrike hat gekichert. Mutter hat Tränen in den Augen gehabt. Vater hat sich beim Rasieren geschnitten und in seinem dunkelblauen, viel zu weit gewordenen Anzug ein bißchen armselig ausgesehen, aber er hat sich steif gehalten wie immer auf den Familienfotos. Der Pfarrer hat von der Hochzeit zu Kana gesprochen, vom Wunder der Zuwendung, das größer ist als die Not und das Elend der Gegenwart. Er hat zur Bekennenden Kirche gehört, hat seine Kinder im Krieg verloren, hat Haftzeiten hinter sich.

Die Gratulanten haben vom Glück gesprochen. Die graue Lehrerin hat ihr übers Haar gestrichen, die Dicke hat sie umarmt, unser Kücken, Menschenskind, der Professor hat ein Telegramm geschickt, der Chef einen Karton Pralinen, die kosten ein paar hundert Mark, sagt Ulrikes Freund. Die aus dem Haus haben ihr die Hand gedrückt, haben sich erinnert: Wie du geboren bist damals – ich darf doch noch du sagen? Ach – viel Glück, viel Glück! Gerötete Lider, altgewordene Gesichter, schwielige Hände.

Und dann in der Wohnung, im leergeräumten Zimmer der Großeltern die gedeckte Tafel, weißes Leinen, geliehene Leuchter, Blumenschmuck, Mutter hat den Einzug der Gäste gespielt, Vater hat bei Tisch über Wagner genörgelt. Der Schwiegervater hat der Mutter zugetrunken, hat den Sekt spendiert, Kriegssekt, gesparte Zuteilung, die es nach einem schweren Bombenangriff gegeben hatte.

Schön, daß Sie ein Klavier haben, daß Musik im Haus ist, trinken wir auf die musikalischen Enkel!

Und weil der Sekt so ungewohnt war wie das Fleischgericht, hat sich die Stimmung schnell gelöst, haben sie Bruderschaft getrunken, der Vater mit dem Schwiegervater, die Mutter mit dem Schwiegervater, Jörg mit den Schwiegereltern, Ulrike mit Jörg und dem Schwiegervater. Wie nennt man den Schwiegervater der Schwester? Wie nennt man den Schwiegervater der Tochter? Wie nennt man die Schwester der Schwiegertochter? Lachen. Und schließlich haben sie getanzt. Jörgs Tante hat ihr Lorgnon aus der Tasche gezogen und die Tanzenden beobachtet. Vater hat das Koffergrammophon bedient, weil er nicht tanzen kann. Der Schwiegervater hat mit Gabriele getanzt. Kaiserwalzer, ein bißchen quakig auf dem Grammophon, aber der Rhythmus stimmte, er tanzt gut, viel besser als Jörg, der das nie gelernt hat. Nachher haben sie die Pralinen gegessen, und die Tante hat an den Heimweg gedacht, weil doch die Jungen noch unter sich sein wollen. Und sie hat ihrem Bruder, dem Schwiegervater, noch zwei Tänze bewilligt.

Wenn ihr bleiben wollt, nachher fährt keine Straßenbahn mehr! Mutter hat sie nicht gehen lassen wollen. Weil morgen doch Sonntag ist und alle ausschlafen können.

Am frühen Morgen zu Fuß bis Westend. Es ist fast hell im Zimmer, als sie sich ausziehen, als Jörg ihr das Brautkleid aufhakt. Sein Vater hat das Schlafzimmer geräumt und schläft auf der Couch im Eßzimmer. Die Tante hat sich eine Matratze in der Küche ausgerollt. Gabriele hält die Hände gespreizt vor die Brüste. Friert. Weil nun alles so endgültig ist. Weil sie nicht wahrhaben will, daß ihre Brüste spannen, ihre Hüften sich vorschieben. Kniet hin, das Gesicht ins Kissen gepreßt. Und wartet. Und erschrickt, erschrickt nicht, läßt sich aufs Bett legen, läßt sich streicheln. Krümmt sich zusammen, streckt sich wieder aus, hört die kleinen, fast lautlosen Schreie, spürt. Und kann nur noch stammeln, Atemfetzen, Wortfetzen, fühlt den Zangengriff der Schenkel und dann die Trauer, als die Körper auseinanderfallen.

Nebenan geht die Wasserspülung. Die haben uns zugehört!

Das Schamhaar klebt, die Lippen schmecken nach Blut. Jörg steht auf, steht vor dem offenen Fenster, schweißnaß. Sie sieht den Haaransatz, den Rücken, die Wirbel, die Muskulatur der Schenkel und in den Kniekehlen das Adergeflecht. Und zieht die Decke über den Kopf, wehrt sich, als Jörg zurückkommt, unter die Decke nach ihr faßt. Sie rollt sich zusammen und wünschte doch, daß er sie auseinanderklappen möchte, zerreißen.

Ich bin ein Tier, dein Tier, streichle mich, du hast mich schon vernichtet.

Sie weiß nicht, ob sie geschlafen haben, als nebenan ein Fenster aufgestoßen wird. Sie liegen nebeneinander. Ihre Zunge wandert seinen Hals hinab, die pulsende Ader.

Nachher hat sie das Hochzeitskleid sorgfältig auf den Bügel gehängt, ist in die Küche gegangen, um ein Kartoffelgericht vorzubereiten. Die Tante hat auf dem Balkon in der Sonne gesessen. Gabriele hat den Kartoffelkorb genommen und mit dem Küchenmesser heftig in eine welke Knolle hineingestochen. Hat angefangen zu schälen, die Triebe, die Augen herauszustechen.

4.

Der tägliche Weg zum Baubüro ist ein anderer als der von Moabit aus. Die Straßen, durch die sie abends mit Jörg schlendert, sind andere. Die Läden, vor denen sie anstehen muß, um die Lebensmittelmarken einzulösen, sind andere. Die Möglichkeit, die Wäsche auf dem Balkon zu trocknen, ist neu. Neu ist auch das Grün in den Gärten in unmittelbarer Nähe der Wohnung. Neu ist das Mißtrauen der Männer, die ihre Ration selber einteilen wollen, nachdem die Tante abgereist ist. Neu sind die Männergespräche am Tisch über die täglichen Zeitungsmeldungen. Neu ist es, sich aufeinander zu freuen, auf den Abend, auf das Wörterspiel mit den Wenns. Wenn wir ein Kind haben. Wenn wir eine eigene Wohnung haben. Wenn wir Fahrräder kaufen können. Wenn wir reisen können. Wenn. Wenn. Neu sind die Körperspiele, die sie ausprobieren, während der alte Herr nebenan seine Patiencen legt.

Nicht neu ist die Aufgabeneinteilung, die sie während der U-Bahn-Fahrt zum Büro und auf dem Rückweg planen muß: Dienstag Waschtag, Mittwoch die nächsten Brotabschnitte einlösen, Donnerstag Küche wischen und Fenster putzen, Freitag beim Schlächter anstehen, damit sie das Fleisch Sonnabend nachmittag, nach dem zeitigeren Büroschluß, anschmoren kann. Sonntag ausschlafen und ein längerer Spaziergang, vielleicht bis zur Havel, wenn das Wetter so bleibt. Nicht neu ist das Unbehagen am Gedränge auf den U-Bahn-Treppen morgens und abends, der Wunsch, sich zu verkriechen, wenn schon kein Entkommen ist. Nicht neu, aber nun beinahe beständig ist die Angst, sich abhanden zu kommen.

5.

Die zweite Nummer der Zeitschrift soll Ende Juni erscheinen. Sie haben sich Anfang des Monats getroffen, um die dritte Nummer satzfertig zu machen, wenn die noch erscheint.

Seit Wochen wird von der Reform der Währung, von der Abwertung der Reichsmark gesprochen.

Das heißt, daß wir dann kein Kapital mehr zur Verfügung haben und die Käufer ausbleiben werden.

Es kann doch nicht sein, daß wir einer Euphorie aufgesessen sind, hat Johannes gesagt, und keiner hat widersprochen. Sie haben gerechnet, kalkuliert, Auflagenhöhen und Vertriebsmöglichkeiten besprochen für den Fall, daß das Geld nicht mehr taugt. Doch als Jörg gefragt hat, wer die Zeitschrift vermissen würde, wenn sie nicht mehr erscheint, haben sie einer den anderen angesehen, und Johannes hat den Kabarett-Direktor aus Wolfgang Borcherts Stück zitiert: Revolutionäre Jugend. Wir brauchen einen Geist wie Schiller, der mit zwanzig seine Räuber machte. Wir brauchen einen Grabbe, einen Heinrich Heine! So einen genialen angreifenden Geist haben wir nötig! Eine unromantische, wirklichkeitsnahe und handfeste Jugend, die den dunklen Seiten des Lebens gefaßt ins Auge sieht, unsentimental, objektiv, überlegen. Junge Menschen brauchen wir, eine Generation, die die Welt sieht und liebt, wie sie ist.

Stimmt doch, sagt Jörg.

Unsinn! Johannes weiß auch die nächsten Sätze des Kabarett-Direktors, und wie der sich in die Brust wirft, weil er das Geschäft mit dem Spott verstanden hat.

Jörg widerspricht. Müssen nicht auch Geschäfte gemacht werden? Ist das so schlimm? Johannes springt auf: Merkst du nicht, daß Borchert die Spießer verhöhnt hat, die ihr Nazigerede nur durch die Nennung von Heine vertuschen?

Und du glaubst, daß die Nazis ausgestorben sind?

Gabriele sieht Jörg an, wie er dasitzt, die Fäuste auf die Knie gestemmt, krumm, und sie erschrickt, weil sie denkt: ich hasse ihn. Weil das nicht wahr sein darf. Weil sie doch ein Paar sind, eine Ehe. Wir halten die Woche in Ordnung, weil das sein muß, weil wir sonst verdrecken, nichts zu essen haben, weil, weil.

Johannes geht im Zimmer hin und her wie eingesperrt in der Runde, hin und her. Bis Gisela sagt: Hör doch auf, dich so anzustellen! Uns geht doch auch was kaputt. Wir haben doch auch mehr gewollt als essen und trinken. Darum haben wir die Zeitschrift gemacht. Haben was verantworten wollen. Und wenn Jörg sagt, daß niemand die Zeitschrift vermissen wird, dann geht uns das an. Dann müssen wir uns fragen, ob er Recht hat oder wir mit unserer Euphorie.

In den Westzonen wird am 18. Juni die Währungsreform durchgeführt. In Berlin ordnet am 23. Juni der sowjetische Oberbefehlshaber die Währungsreform für das sowjetische Besatzungsgebiet an. Er erklärt die Viersektorenstadt zur sowjetischen Besatzungszone und verpflichtet den Magistrat, auch für Groß-Berlin eine Währungsreform durchzuführen. Am 24. Juni werden die drei Westsektoren von den Verkehrsverbindungen mit den Westzonen abgeschnitten. Am 25. Juni führen die Westmächte die westdeutsche Währung in den Berliner Westsektoren ein, lassen aber die Ostwährung als Zahlungsmittel in den Westsektoren gelten. Löhne und Gehälter sollen zu 75 Prozent in Westwährung ausgezahlt werden. Im Ostsektor wird die Annahme von Westwährung verboten. Am 25. Juni werden die ersten Lufttransporte der Westmächte zur Versorgung ihrer Truppen geflogen. Der Versorgungsvorrat für die Bevölkerung Westberlins reicht für vier bis sechs Wochen. Der Hilferuf der Stadtverordnetenversammlung und des Magistrats an die Vereinten Nationen bleibt ohne Erfolg. In wenigen Tagen wird die Luftbrücke aufgebaut. Eine Stadt probiert die Gefangenschaft aus.

Auf der Wetterkarte ein schöner Sommer.

Der Nachkrieg hat begonnen.

Gabrieles Vater stellt sich in der Fabrik vor, in der er bis 1945 gearbeitet hat. Er hat seine Entnazifizierung betrieben, obwohl er damals aus der Partei ausgeschlossen worden ist. Für alle Fälle.

Mutter hat Rheuma in den Händen. Das muß von dem schlimmen Winter sein, mit einemmal Rheuma und mitten im Sommer.

Ulrike ist im letzten Schuljahr, arbeitet aufs Abitur zu. Stell dir vor, in der Dorotheenschule sollen Prinzenerzieher unterrichtet haben irgendwann. Ich glaub das nicht!

Gabriele merkt im Juli, daß sie schwanger ist. Sie ekelt sich vor dem Trockengemüse und den Trockenkartoffeln und der Trockenmilch. Sie soll Obst essen, aber für Ostgeld verkaufen die Gartenbesitzer kein Obst und das Westgeld wird dringend für Schuhe und Kleidung gebraucht, die seit Jahren nicht ersetzt worden sind.

Das Baubüro wird geschlossen. Bei Schering ist noch keine Kurzarbeit. Aber wie es weitergehen soll, weiß niemand. In Westdeutschland geht es aufwärts.

Der alte Herr sitzt abends am Fenster, klopft auf das Fensterbrett, sieht dem Schwingen der Pappel zu.

Die zweite Nummer der Zeitschrift ist ausgeliefert worden, hat aber kaum Käufer gefunden.

Gisela soll über die grüne Grenze weggegangen sein.

Johannes arbeitet als Transportarbeiter in Tempelhof, wo die Waren rasch ausgeladen werden müssen.

Die aus Schneidemühl hat einen Studienplatz an der Humboldt-Universität Unter den Linden.

Der Amputierte liest die Artikel vor. Erwartungssprache. Hoffnungssprache. Sie bleiben stumm, kauen an Sätzen, an Fragen. Jörg sitzt wieder so da, die Fäuste auf die Knie gestemmt, krumm, und Gabriele erschrickt, weil sie denkt: Ich hasse ihn. Weil das nicht wahr sein darf. Weil er ja Recht behalten hat. Weil er der Euphorie nicht getraut hat.

Gabriele fährt nach Lichtenberg zum Freyaplatz. Ruths Mutter hat keine Nachricht, überhaupt keine Nachricht. Aber es kursieren Gerüchte, daß alle, die sie geholt haben, fünfundzwanzig Jahre bekommen sollen. Sie umarmt Gabriele, weil sie sich nicht gescheut hat, zu ihr zu kommen. Die anderen, die Leute im Haus und in der Siedlung, die meiden mich, sagt sie, grüßen freundlich, aber von weitem.

Von der Schwangerschaft erzählt Gabriele ihr nichts.

XIII.

Soviel Lächeln auf blassem Fotopapier
1949/1951

1.

An der Stirnseite des Kreißsaales ist eine Uhr, auf die die Wöchnerinnen sehen können in den Pausen zwischen den Wehen. Fünf Betten stehen nebeneinander. Vier Betten sind zugedeckt.

Gibt noch zuwenig Kinder, sagt die Hebamme. Selten, daß wir zwei Geburten gleichzeitig haben. Früher, während des Krieges, mußten die Frauen oft auf den Betten im Flur liegen bis zur letzten Phase. Heute tun sie alle so, als wissen sies besser, wollen das Leben genießen.

Gabriele antwortet nicht. Die Metallbügel in den Kniekehlen sind kühl, der Kreißsaal ist kühl, das durch die Milchglasscheiben gedämpfte Licht ist kühl, das Gummituch unter dem Rücken ist kühl. Das Nachthemd ist hochgerollt: praller, gelblichweißer Bauch, vorstehender Nabel. Sie sucht nach dem Wort, nach vielen Wörtern, gegen das Gerede der Hebamme an, ziehen, zerren, reißen, ausreißen, stoßen, wüten, aufbrechen, Wörter, die sie nicht aussprechen kann, nur schreien.

Langsam, langsam, Sie müssen sich geduldig auftun, nicht so verkrampfen! Was wünschen Sie sich denn, Junge oder Mädchen? Schreien. Nicht schreien wollen. Denken wollen: Mein Leben hat Sinn. Denken wollen, wie sie die energischen Stöße gespürt hat in den Nächten, gegen die Niere, gegen den Magen, und gewußt hat: Mein Körper schafft etwas, das ich, wenn ichs hätte denken wollen, nicht zustande gebracht hätte. Gewußt hat: Mein Körper ist mächtiger als meine Angst, weil ich von Jörg fast nichts weiß, nur sein Streicheln, sein Zupacken, der Gang, an dem ich ihn wiedererkenne, weil der alte Herr sich hinter dem Buffet verbarrikadiert hat, uns nicht stören will, aber doch immer zuhört,

weil Vater noch immer Kohlen für die Tommies schippt und abends sinnlose Erfindungen macht und beim Patentamt einreicht, weil Mutter das Klavier verkauft hat gegen Lebensmittel.

Sie krampft die Hände zu Fäusten, stöhnt, beißt die Zähne hart aufeinander, 11 Uhr 10, noch immer die Fünfminutenwehen.

Das Kind drängt, was wollen Sie mehr?

Die Atemstöße, der Druck der metallenen Bügel in den Kniekehlen, bis die Wehe abklingt.

Gisela hat eine Karte geschrieben, fällt ihr ein, Heidelandschaft. Da lebt sie jetzt, Birken, ein Strohdach und Ackerfurchen. Nichts, was an Dresden erinnert, kein Brandgeruch. Stille. Ihr müßt mich besuchen, ich habe eine kleine Werkstatt in meinem Zimmer, stelle Handpuppen aus Leim und Zeitungspapier her und gebe den Dorfkindern und denen aus dem Flüchtlingslager Vorstellungen Sonntag für Sonntag.

11 Uhr 14, 11 Uhr 15, 11 Uhr 16. Das Ziehen und Zerren und Reißen setzt wieder ein. Sie schließt die Augen, um das Bild nicht zu vergessen, Birken, ein Strohdach. Aber das Milchglasweiß löscht das Bild. Oder der Schmerz. Oder das Stimmengewirr. Eberstraße und wie sie getanzt hat, weil Ruth abgeholt worden ist: Verzweifelt, oder nein: Hilflos, verstört.

Ist ja gut, junge Frau. Die Hebamme wischt ihr mit einem feuchten Tuch über die Stirn.

Weil doch nicht sein kann, daß auch Johannes verhaftet worden ist. Soll gestohlen haben beim Ausladen der Transportmaschinen in Tempelhof. Sie glaubt das nicht. Schreit. Schreit, stemmt die Sohlen auf, biegt den Rücken durch, sackt auf die Gummiunterlage zurück, kann die Uhr nicht mehr erkennen, den wandernden Zeiger.

Ein gewaltiger Penis durchbohrt den Leib.

Jetzt haben wirs bald, sagt die Hebamme und deckt das Laken über den gelben Bauch. Jetzt nur noch ans Atmen denken. Alles andere ist jetzt unwichtig!

Der Gaumen ist trocken, die Zunge rauh, die Hände sind klumpige Fäuste.

Sich wehren. Gegen Jörg, gegen seinen Körper, vor ihr, über ihr. Du, mach mich nicht blind! Halt mir nicht die Augen zu!

Aber das ist schon kein Gedanke mehr. Das ist der Druck auf den Augen, der kreisende Bilder hervorbringt, Farbringe, Augenpaare, Hände, schiefgetretene Schuhe, lautlos redende Münder, sich blähende und zusammenschrumpfende Ziehharmonikas, Tapetenmuster, die auf sie zu wachsen, ihr den Atem nehmen, den Körper umschlingen bis zum Hals.

Atmen! Tief atmen! die Stimme der Hebamme.

Nur noch Scheide sein, Höhlung, die aufbricht. SEIN.

Und zurücksacken, entspannen, sich einkuscheln wollen, frösteln. Einen kleinen Schrei hören, zwischen den Beinen die bläulichglasige Nabelschnur.

Die Hebamme hält ein verklebtes, fahles Körperchen mit Spinnenbeinen in die Höhe und übergibt es der Säuglingsschwester, die lautlos in den Kreißsaal gekommen ist. Gabriele hört eine beruhigende Stimme und kleine Schreie, kann die Zeiger der Wanduhr erkennen.

Ein Zweig schlägt gegen das Fenster, von irgendwoher riecht es nach Essen.

Dann der Wundschmerz zwischen den Beinen.

Die Tochter wiegt 2,8 Kilogramm und ist 51 cm lang. Und die Locken, das ist ne Pracht!

Sie hört die Stimme, die klingt wie aus dem Radio, wie eine Stimme, die man immer wieder hört, die man immer wieder erkennt.

Die Nachgeburt schlappt heraus, vorgewußt und wiederempfunden, immerwährende Frauenerfahrung. Der heiße Waschlappen auf der Stirn tut gut, das Frottéetuch, das ihr untergelegt wird. Und sie kann antworten, als sie gefragt wird, Personalien, Name des Kindes.

Das Kind wird Renate heißen. Sie haben darüber diskutiert. Der Name als Zeichen. So wichtig war ihnen der neue Mensch.

Als sie auf der Bahre durch den Flur geschoben wird, lächeln ihr fremde Gesichter zu.

2.
Die Rolle, ich lerne eine Rolle. Ich lerne, daß ich nicht BIN, um zu sein, sondern um zu sorgen. Ich lerne, daß ich einen Rücken habe, um das Kind abzuschirmen, daß ich Brüste habe, die Milch geben, ich spüre das Drängen der Milch, die Lust des gierig saugenden Mundes. Ich gebe mich preis.

Jetzt sind wir glücklich, sagt Jörg, saugt die Milch ab nach dem letzten Stillen und schläft in ihrer Ellenbeuge ein. Bis das Kind sie weckt und sie sich beide aufrichten und nach dem Kind sehen.

Sie hat nicht gewußt, daß das möglich ist, in einer Rolle zuhause sein, Pflichten erfüllen von morgens bis abends, baden und windeln und füttern und windeln und füttern. Sie hat nicht gewußt, daß ihre Stimme so schmeicheln kann, glucksende, zärtliche Töne hat. Sie hat nicht gewußt, daß die Fingerspitzen, die die winzigen Hände, die winzigen Ohren abtasten, daß die Hand, die den kleinen Körper in der Wanne stützt und die Hand, die ihn seift, genügen, um zu leben mit dem Rücken zur Zeit.

Vater wird vom Abteilungsleiter der Transformatorenfabrik in Oberschöneweide noch immer vertröstet, schaufelt noch immer Kohlen; Schwiegervater redet von nichts anderem als von den Laufereien wegen der Rente; Mutter hat mit ihrem Rheuma zu tun; Johannes ist tatsächlich im Gefängnis, wegen ein paar Kisten Trockenmilch, heißt es; Ruths Mutter soll einen Selbstmordversuch gemacht haben, hat Gisela aus ihrem Heidenest geschrieben; die Blockade wird aufgehoben, bekränzte Lastwagen kommen über die Autobahn nach Berlin, bringen frische Milch und frisches Gemüse für die Lebensmittelmarken, und für den freien Handel Ladungen mit Dorschleber aus Army-Beständen.

Das Kind nimmt zu, das ist wichtig, hebt bald schon den Kopf, erkennt Gesichter, lächelt, mauzt, lallt. Und sie beugt sich über den Kinderwagen und spricht mit der Kleinen. Sie holen Jörg von der Straßenbahnhaltestelle ab nachmittags, gehen durch die Gartenstraßen spazieren. Sie lachen, wenn immer wieder ein Rad wegtrudelt von dem abgenutzten alten Kinderwagen.

Die Ruinen verstecken sich hinter dem wuchernden Grün.

Sie wollen Ruths Mutter im Krankenhaus besuchen, aber dann hat das Kind Fieber, und sie müssen die Fahrt nach Lichtenberg verschieben.

Sie hat nicht gewußt, daß das möglich ist, in einer Rolle zuhause zu sein, hat mit Waschen und Kochen und Einkaufen zu tun und mit Flickenwäsche und der Unordnung in einer zu kleinen Wohnung. Die Bundesrepublik wird gegründet, die Verfassung für den Stadtstaat West-Berlin übernommen. Sie liest Zeitung, während das Kind schläft, auch Bücher. Immer wieder sackt ihr Kopf auf den Tisch, und sie muß das Kinn abstützen. Sie liest Hesses Glasperlenspiel und Gedichte und Lao Tse, entdeckt Gide. Das Kind kann schon sitzen, fängt an zu kriechen, zerrt an der Tischdecke, räumt Regale leer, reißt Zeitungen in Fetzen, stopft sich Papier in den Mund.

Jetzt sind wir glücklich. Bin ich jetzt glücklich? Ich lerne eine Rolle. Ich lerne, lerne.

Manchmal träumt sie davon, wieder in der Universität zu sein, oder in Neukölln, oder in fremden Straßen, Wohnungen, labyrinthisch verknäult: auf Wegen, über die sie damals mit niemandem hat sprechen können. Manchmal träumt sie von Abschieden, den Fluchten aus der Stadt, vom Bleibenmüssen, wacht dann verschwitzt auf.

Sie fährt mit dem Kind und Jörg zu Ruths Mutter, die aus dem Krankenhaus entlassen worden ist. Und Ruths Mutter holt Wollpudel und Jäckchen von Ruth aus dem Schrank und schenkt sie her. Die Rolle ist stärker als der Mensch, notiert Gabriele nach dem Besuch.

November, Dezember, Weihnachten der Tannenbaum in der Lübecker Straße. Familienfotos mit Selbstauslöser: Vater, Mutter, Ulrike, Jörg, Gabriele, Renate, der Schwiegervater. Ein Gruppenbild, Lächeln auf blassem Fotopapier. Später Uneinigkeit über die Zukunft Berlins und die Zukunft der Welt bei einer Flasche Zuteilungsrotwein: Stammtischperspektiven. RenateReniRennerlein will in der ungewohnten Umgebung nicht schlafen. Gabriele muß sich übergeben. Du wirst doch nicht etwa? fragt Mutter. Im Januar weiß sie es: Die zweite Schwangerschaft.

Das Kind muß laufen üben. Sie hält es an den Händen, geht in der Stube hin und her. Das Zimmer ist zu eng, vollgestellt, vollgehängt mit Wäsche. Irgendwann soll die Heizung in Betrieb genommen werden. Irgendwann.

Die Zukunft besteht aus Ungenauigkeiten.

Noch immer lesen, wenn Rennerlein schläft, Vercors, Camus und Sartre, Auden und Benn. Benns zynische Sentimentalität stößt ihr auf, trotz ihrer allabendlichen Erschöpfung.

Du solltest lieber schlafen, sagt der Schwiegervater, meint es gut, aber sie erschrickt darüber, steht am Fenster und sieht in den Hof hinunter auf den Regenschnee, die Trittspuren, die auf die Müll-eimer zu und von den Mülleimern weg führen. Der Schwiegervater in seiner Wohnhöhle hinter dem Buffet stäkert im Notofen und hustet und schleimt, hat längst vergessen, was er gesagt hat. Und mit einemmal spürt sie, daß sie die Rolle nicht durchhalten wird, nicht durchhalten kann: Sorgen statt ICH sagen, Ordnung halten, den Müll wegbringen, von der Erschöpfung geduckt, emsig.

Sie schämt sich. Jörg hat wenig Verständnis für sie. Denk dran, wie es anderen geht! Er hat ja recht.

Du willst zu viel!

Und warum darf ich das nicht?

Er zuckt die Achseln, nimmt das Kind vom Boden und spielt Hop-pereiter. Das Kind lacht und patscht mit den Händen in sein Ge-sicht.

Sie schämt sich, weil sie mit offenen Augen zusieht, wie sie immer kleiner wird von Tag zu Tag, von Jahr zu Jahr. Der Weg zum Milchmann, der Weg zum Mülleimer, die Uhrzeit im Kopf von morgens bis abends, die Hoffnung auf Sonntag, Zeit zum Aus-schlafen, die Hoffnung auf später, auf wann und auf was?

Jörg wirft das Kind hoch und fängt es auf.

Was meinst du, wie ich mich immer auf den Abend freue, sagt er.

Setzt das Kind auf den Boden. Rennerlein dreht sich geschickt auf die Knie und krabbelt zu ihr hin und schmiegt sich an.

3.

Wer bist du? Wer bin ich?

Aufgereihte Augenblicke.

Wie sie am Tisch sitzen, zwischen ihnen das Kind, das die Milch aus dem Becher schlürft oder den Mund wie einen Schnabel öffnet und sich füttern läßt.

Wie sie auf dem Boden knien, ein Bilderbuch vor sich: Das ist ein Baum. Das ist ein Haus. Das ist ein Wauwau. Und das eine Miau. Und das ist ein Ball. Und das ist ein Baby. Und das ist eine Lampe. Und das Kind spricht nach. Wauwau. Miau. Balla. Sieht von einem zum anderen. Erwartet Zustimmung. Wauwau. Miau. Balla.

Wie sie dem Schwiegervater zuhören, als er dem Kind Hänschen-klein vorsingt und auch Der Kuckuck und der Esel.

Wie sie wachliegen und das Kind röchelt und greint, weil Husten-saft und Brustwickel den Husten nicht lockern. Wie sie über die Wanne gebeugt Schiffchen schwimmen lassen und das Kind aufs Wasser klatscht, damit das Schiffchen schaukelt. Wer bist du, wer bin ich?

Sie liegen wach. Nebenan geht der Schwiegervater in seiner Wohn-höhle hinter dem Buffet auf und ab. Gabriele spricht leise, seltsam sicher, als müsse sie eine Rede halten: Ich träume jetzt oft, viel zu oft. Und ich träume immer wieder dasselbe. Eine Stahlkonstruktion ohne erkennbare Bestimmung, von ungewissem Ausmaß, nirgends verwurzelt, nirgends einbetoniert. Ich steige, ich hangele mich von Verstrebung zu Verstrebung, taste mich mit den Füßen vor, balanciere, ohne Angst und Antrieb. Draußen ist alles licht-blau, lichtblauer Himmel. Ich steige, vorgekrümmt, um nicht mit dem Kopf anzustoßen, winde mich durch die stählernen Maschen, durch das stählerne Gebälk, dringe nie bis zur Peripherie vor, traue dem Licht nicht und bin erleichtert, wenn ich den Glasballon entdecke, oder nein, eine gläserne Kugel. Ich kann die Kugelhälften voneinander lösen, hineinschlüpfen und die beiden Kugelhälften an Laschen zusammenziehen. Während ich noch heftig atme, saugen sich die Hälften aneinander fest.

Jörg legt sich auf die Seite.

Du nimmst dich zu wichtig!

Sie sieht zur Zimmerdecke, entziffert den Lichtreflex der Straßenlaterne, Einfallswinkel, Helligkeitsgrade.

Als ich noch nicht in die Schule ging, habe ich geglaubt, Mannfraukind sind untrennbar, sagt Jörg. Und lacht, lacht viel zu laut. Aber das Kind schläft weiter.

Ich erkenn dich, wie du die Aktentasche schwenkst. Ich erkenn dich am Geruch deiner Kleidung, aber kennen tue ich dich nicht. Ich erkenn dich auch an deiner Wut, wenn du zuschlagen willst und nicht zuschlägst.

Wann will ich denn zuschlagen?

Jetzt, in diesem Augenblick.

Er antwortet nicht. Sie hört ihn schlucken.

Weil du nicht willst, daß ich mich wichtig nehme. Weil du willst, daß ich in dein Schema Mannfraukind passe. Wenn nur du lebst. Der Genuß zu reden, mit Sätzen zuzuschlagen. Meingott ich lieb dich doch, warum erniedrigst du mich?

Er lacht wieder, lauter, höhnischer als vorher. Das Kind wacht auf und weint.

Wer hat recht, Mann oder Frau? Wer hat ein Recht, recht zu haben? Sie hat sich auflehnen wollen gegen die Sprachlosigkeit, gegen den alltäglichen Rhythmus, gegen die Rolle, die sie erschöpft. Sie hat fragen wollen: Warum haben wir aufgehört, an der Wirklichkeit, die uns umgibt, mitzuformen? Warum kuscheln wir uns in unser Nest? Sie hat ihn das fragen wollen, und trägt nun das schlafwarme, eingepullerte Bündel Mensch im Zimmer auf und ab, bis es ruhig atmet, legt es zum Windeln auf den Wickeltisch. Ihre Hände finden im Dunkeln Tücher und Puderdose, greifen den sauberen Strampelanzug und knüllen die Schmutzwäsche in den Eimer.

Jörg liegt reglos. Sie deckt das Kind zu, bleibt auf der Bettkante sitzen. Die Augen sind trocken vor Müdigkeit. Die Lippen sind aufgesprungen. Die Hände liegen schwer auf den Knien. Sie weiß nicht, wie lange sie so da gesessen hat, als Jörg ihr die Decke über die Schultern legt.

Vater ist schlafen gegangen, sagt er.

Gabriele winkelt die Knie an und schlingt die Arme um die Knie, müde, und dabei so wach, daß sie auf ihn wartet, auf sein Streicheln und Drängen.

4.

Johannes schickt eine Einladung. Er hat ein Zimmertheater aufgemacht. Gisela hat die Kostüme entworfen. Wir spielen ein Stück von Brecht. Ich hoffe, ihr seid noch meine Freunde!
Gabriele ist kurz vor der zweiten Entbindung, Jörg will mit dem windigen Johannes nichts mehr zu tun haben. Warum lernt der nichts, wenn er schon so einen Ausrutscher hinter sich hat?
Gabriele antwortet Johannes in einem ausführlichen Brief, in den sie ein Foto von sich und dem Kind einlegt.
Zwei Tage später wird Cornelia geboren.
Johannes kommt sie im Krankenhaus besuchen. Sein Hauswirt hat die Aufführung durch die Polizei abbrechen lassen: Zu viele Menschen in der Wohnung! Aber die Leute im Haus wissen, daß es wegen Brecht ist und ganz richtig so, weil er doch nach Ost-Berlin gegangen ist nach der Emigration.
Sie fragt Johannes nach Gisela und was er von den anderen weiß. Warum er gestohlen hat, fragt sie nicht. Sie liest die ganze Nacht hindurch, Johannes hat ihr Brechts Mutter Courage mitgebracht. Sie hat die Nachttischlampe unters Bettuch genommen wegen der anderen, die mit ihr im Zimmer liegen.

5.

Auf dem Balkon sitzen, Mohrrüben schaben. Cornelia im Kinderwagen neben sich. Renate sitzt im Zimmer auf dem Boden und zerreißt Zeitungspapier. Die Bausteine liegen verstreut umher.

Auf dem Bahnhof an der Treppe stehen. Unten fährt der Zug ein. Niemand hilft ihr, den Kinderwagen hinunterzutragen. Renate macht sich von ihrer Hand los. Den Kinderwagen stehen lassen, Renate einfangen.

215

Beim Bettenbeziehen plötzlich aufschreien. Renate hat den Stuhl ans offene Fenster geschoben und ist hinaufgestiegen.

Zwei drei Jahre weiter, dann ists leichter für dich, sagt Jörg. Er weiß nicht, wie das ist: Cornelia stillen und Renate kniet vor ihr und bettet den Kopf in ihren Schoß. Er begreift nicht, daß sie da nicht zwei, drei Jahre weiter denkt.

Mutter kommt zu Besuch und erzählt von Ulrike, die mit anderen Studenten zusammen – alle aus dem Osten und jetzt an der Freien Universität – einen Schiurlaub plant. Sie hat recht, sie genießt ihre Jugend, sagt Mutter.

Gisela schickt selbstgemachte Puppen für die Kinder. Du hast es gut, du bist nicht so allein, schreibt sie.

Vater arbeitet wieder in der Transformatorenfabrik in Oberschöneweide. Er wird mit Ostgeld bezahlt und bekommt als Grenzgänger ein Viertel des Gehalts in Westgeld umgetauscht. Aber endlich wieder Arbeit, sagt er. Und das bei 300000 Arbeitslosen in der Stadt. Endlich weißt du wieder, wofür du da bist. Obwohl viel gepfuscht wird. Was da für ein Schund aus dem Walzwerk Henningsdorf kommt, bloß weil sie die Politischen in die Werksleitung gesetzt haben!
Sie denkt an ihre Freunde aus Baumschulenweg, hat lange nichts mehr von ihnen gehört.
In eine Auseinandersetzung mit dem Vater läßt sie sich nicht ein.

Aber auch das: Die Befriedigung, wenn sie den Terrazzofußboden in der Küche gewischt hat. Wenn sie die Fenster geputzt hat. Etwas in Ordnung halten gegen den täglichen Dreck. Und hilflose Befriedigung, auch Wut, wenn sie die Herdumfassung mit Sandpapier blankscheuert, wenn sie die Wäsche bügelt, wütende Sorgfalt beim Zusammenlegen und Stapeln der Bettücher.

Im November fängt Renate an zu husten. Keuchhusten. Niemand weiß, wo sie sich angesteckt hat. Zwei Tage später hustet Cornelia, hustet die Nahrung aus, erstickt fast bei jedem Hustenanfall. Die Angst, das Baby zu verlieren.
Renate krümmt sich vor bei jedem Hustenanfall, lacht gleich danach wieder.
Nächte fast ohne Schlaf.

Sie trägt die alten Sachen, die Kriegskleidung, dunkelblau und grau. Kauf dir doch mal was, sagt Jörg. Und weil sies nicht tut, bringt er ihr ein Kleid mit. Sie trägt es einmal, zu seinem Geburtstag. Die alten abgetragenen Sachen sind ihr lieber.

Johannes schreibt ihr aus Leipzig. Er hat einen Studienplatz.
Dieser Hallodri, sagt Jörg.
Du hast ihm nicht zugetraut, daß er was macht aus seinem Leben. Du traust es niemandem zu.
Jörg schält einen Apfel, steckt Renate einen Apfelschnitz in den Mund, antwortet nicht.

Sie tapezieren das Schlafzimmer. Die Möbel sind zusammengerückt und mit alten Tüchern abgedeckt. Der Schwiegervater paßt nebenan auf die Kinder auf. Plötzlich zerreißt ihr eine Tapetenbahn unter den Händen. Jörg wirft ihr den Kleisterpinsel an den Kopf. Sie knüllt die zerrissene Tapetenbahn zu einer Kugel, zielt auf die Wand, die schon geklebt ist. Geht ins Badezimmer, schließt sich ein, sitzt auf dem Wannenrand, wartet. Der Kleister trocknet im Haar fest, ätzt die Haut.

Im Mai kommt eine Todesanzeige aus Neukölln. Sie denkt nach über die graue Lehrerin, weiß, was sie ihr verdankt: Gelernt zu haben, der Anpassung zu widerstehen.
In der Anzeige steht: Meine Schwester. Sie weiß nicht, wie sie kondulieren soll, hat nie von der Schwester gehört. Ob die ihre Schwester verachtet hat damals?

Sommersonntag. Sie fahren mit dem Kinderwagen zum Grunewald. Jörg trägt Renate auf den Schultern. Sie bauen sich aus Kiefernnadeln und Blättern ein Nest. In der Hitze schält sich die Kiefernborke. Das Lichtgeflirr auf dem Waldboden blendet.
Renate sammelt Kienäpfel. Sie lassen Cornelia zwischen sich laufen, jeder hält eine kleine Hand, tap tap tap, sie kauern sich nieder,
lassen jeder die kleine Hand los und mit einemmal laufen die Füße,
taumelt das Kind seine ersten eigenen Schritte. Sie locken. Cornelia, Nelchen! Sie rufen: Rennerlein, sieh mal, unser Nelchen läuft!
Lachen vor Über-Mut.

Sie sparen auf neue Möbel. Die Betten nehmen zuviel Platz weg
und die Kinder brauchen Raum zum Spielen.
Wenn wir das Eßzimmer hätten.
Du kannst den alten Herrn nicht verdrängen, sagt Jörg. Er wird
neunundsechzig, rechnet Gabriele, schämt sich, daß sie rechnet.

Gabriele fängt an, Schlaftabletten zu kaufen und die Päckchen im
Schrank hinter der Wäsche verborgen zu sammeln.

Jörg kommt jetzt oft spät nach Hause. Wir haben mit dem Aufbau
der Firma zu tun. Wir. Damit ist sie nicht gemeint.

6.
Kannst du dich an eine Stimme erinnern, an die Wärme oder Ver-
haltenheit, an das Ausschwingen oder Zurückweichen der Vokale,
an die Lust oder Müdigkeit beim Ausformen der Konsonanten, an
die Heber und Senker, die Atempausen, die Tonhöhe? Klingt die
Stimme auf, wenn du die Augen schließt? Oder weißt du dann nur
noch, daß die Stimme Wärme vermittelt hat, Geduld, auch Verzicht?
Kannst du dich an Augen erinnern, nicht nur an die Farbe der Iris,
die Lidfalten, die Farbe und Länge der Wimpern, die Höhlung zwischen Stirnbein und Jochbein, die Rundung des Augapfels sondern
auch an das Zusammenspiel von Augen und Lidern und Stirn- und

Wangenmuskulatur und die Reaktion der Iris, ohne die das Auge blicklos wäre?

Kannst du dich an Hände erinnern, nicht nur an die Finger, die Nägel und Nagelmonde, an die Handwurzeln und die Runen in den Handtellern, nicht nur an die Kraft des Händedrucks und die Grazie oder Derbheit der Fingerbewegungen, nicht nur an die trockenen oder feuchten Handinnenflächen, sondern an das Überspringen von Sympathie, von Zärtlichkeit oder Leidenschaft, von Todesangst oder Lebensgier, wenn dich eine Hand, wenn dich Hände berühren?

Erinnere dich doch!

Aber da ist nur der lange, gebohnerte Krankenhausflur, die fahle Nachtbeleuchtung und neben den Zimmertüren die Blumen, der herbe Geruch leicht welkender, viel zu früher Tulpen. Da ist nur die stockschwarze Nacht im Fenster, der Schweißgeruch und der Körper unter dem Laken und das Tuch, das ums Kinn gebunden ist und Vater, der das Metallgestänge des Bettes umklammert und redet, redet. Und Ulrike, flüchtig gekämmt. Und Jörg hinter dir und irgendwo auch der Arzt, der Nachtdienst hat. Da ist das zweite und dritte Bett im Zimmer, beide leer. Was redet Vater?

Ein Bild wie aus einem Film, das die Erinnerung im Halbschlaf blockiert, wenn Gabriele in ihren Träumen die Mutter sucht, Mutters Kopf mit der Totenbinde auf einem gespitzten Pfahl, die Mutter, einfach gestorben, Lungenentzündung, und doch das Bild, das Opfer meint und Fetisch, was haben sie aus dir gemacht, Mutter?

Vater heult jeden Abend vorm Einschlafen, aber er zeichnet mit Kopierstift Genitalien auf die Ränder der Zeitung, die er dann zusammenknüllt und in den Kohlenkasten wirft zum Ofenanheizen. Und Ulrike sagt, daß sie ihn auf der Turmstraße getroffen hat mit einer Frau, blondgefärbt wie ne Verkäuferin. Und daß sie weg will aus Berlin, soll er doch sehen, wie er fertig wird, sie versteht nicht, wie Mutter das ausgehalten hat mit ihm.

Und immer wieder das Bild wie aus einem Film, die stockschwarze Nacht im Fenster. Kein Schmerz, der wehtut. Schlimmer. Mutter ist tot.

Und Gabriele sitzt mit den Kindern am Tisch, füttert Cornelia, Renate hält den Löffel schon selbst. In der Küche kocht Wäsche, Trikotzeug, das der Schwiegervater trägt, und das sie stopfen muß, wenn es trocken ist. Die Windeln auf dem Balkon sind steifgefroren.

Kein Schmerz, der wehtut. Schlimmer. Der sie leersaugt, der den Erinnerungen den Atem nimmt und die Hautwärme. Der die Bilder festhält, austauschbar macht: Das junge Mädchen, an eine Säule gelehnt, das dunkle Haar locker mit einer Nackenschleife gebunden, den Kopf herausfordernd schräg, Werweißwas-Erwartung. Das junge Paar, sie einen Kopf kleiner als er, leicht an ihn gelehnt, das hochgesteckte Haar, das Sammetdunkel des Kleides, er steif mit Lippenbart, den rechten Arm angewinkelt für die linke Hand der jungen Frau. Verliebt, verlobt, ein schönes Paar, Verlobung in den Havelbergen, wo die Birkenallee an das Kiefernstück stößt und man das Wasser sehen kann tief unten. Das muß 1919 gewesen sein. Irgendwann war Rosa Luxemburgs Leichnam angetrieben an der Schleuse im Landwehrkanal. Ob sie davon gesprochen haben und von dem großen Trauerzug, der die Revolution zu Grabe trug? Sicher nicht. Wovon sprechen Verliebt-Verlobte?

Und dann schon das Paar und der Babykorb und das Kind Gabriele, sie, ich, wer? Zwei Fäustchen, das kleine affenartige Gesicht, wie Babys eben aussehen. So hat sie Mutter nicht gekannt, so strahlend, zärtlich wie im strengen Oval des vergilbten Kartons.

Sie wünschte ein Bild von der Mutter in der Küche; oder wie Mutter es eilig hat, eine schwere Tasche schleppt quer durch den Verkehr, nicht aufgehalten werden will; oder beim Anstehen nach Kartoffeln am Güterbahnhof; oder wie sie Eimer mit Kohlen treppauf schleppt; oder am Tisch sitzt, verloren in der Familie; oder die alte Frau stützt, die sich nicht mehr auf den wasserprallen Beinen halten kann.

Mutters Leben wird nicht lebendig auf den Fotos. Ein Allerweltsleben, und hat doch mit Erwartung begonnen. Zwei Kriege, Hunger, Arbeitslosigkeit, keine Liebe mehr, Lungenentzündung und aus. Und Vater zeichnet jetzt Genitalien auf Zeitungsränder, Brü-

ste, den Schamberg, den Spalt, als wär es das: Liebe. Als wäre das das Leben. NUR DAS.
So hat sie Mutter nicht gekannt, Leib, der sich öffnet, um zu empfangen, um zu gebären.

Cornelia ist satt und muß ihr Bäuerchen machen. Renate hat sich auf den Boden gelegt und spielt: Ich liege im Gras.
Nein, kein Schmerz, der wehtut. Schlimmer.
Nicht mehr Ich sagen können. Nicht einmal mehr träumen können:
Ich kapsele mich ein in der Kugel.
Sie hat Cornelia auf dem Arm. In der Küche kocht die Lauge über, die Gasflammen züngeln gelbgrün an dem emaillierten Topf hoch.

7.

Ich geh, sagte Ulrike, und hat auch schon eine Adresse in Göttingen, hofft, daß sie zugelassen wird. Und wenn ich erst jobbe, sagt sie. Bloß weg hier aus Berlin. Nicht mal raus kannst du mehr mit der S-Bahn, nicht mal ne Sommerallee entlanggehen von der Endstation der S-Bahn aus und über Felder und an Pferdekoppeln vorbei mit Löwenzahn und Wegerich. Scheißkommunisten, sperren uns hier ein in der Stadt!
Ob es nur an denen liegt?
Du mit deinem Freund in Leipzig. Der spinnt dir doch was vor! Ich habe keinen Freund in Leipzig. Na, red wie du denkst, mach was du denkst! Und fang nicht auch noch von Vater an, der drüben arbeitet. Drüben. Wenn ich das schon höre! Ich will leben, verstehst du. Was vom Leben haben. Wo Mutter schon immer verzichtet hat!
Heul doch nicht, Ulrike! Riekchen!
Gabriele streicht der Schwester übers Haar und die lehnt sich an sie, weint hemmungslos. Eine Antwort, Trost hat sie nicht. Und die Wahrheit kann sie ihr nicht sagen.
Daß sie weg will, wohin ihr niemand folgt, ein Nest aus Laub machen, die Rauhreifspuren auf den Blattadern behutsam nachzeich-

nen, schlafen, einschlafen. Oder zwischen Menschen sein, im Kaufhaus oder in diesen ärmlichen Kneipen in der Potsdamer Straße, Karten auf den Tisch knallen, die Brüste herausstellen, sich vor der eigenen Betrunkenheit ekeln, nehmt mich, ich bin nichts wert. Oder wegreisen, eingeklemmt im Personenzugabteil, Schweißgeruch, nasse Mäntel, Zwiebel- und Knoblauchgeruch aus den Mündern. Dazugehören, niemand sein. Oder irgendwo ankommen, zerbombte Straßen, verschmutzte Tapetenfetzen an den Mauern, der altgewordene Brandgeruch, der säuerlich-faule Geruch der Mauerreste, in denen längst die Katzen hausen und sich vermehren und kreischen in den Februarnächten; irgendwo ankommen und mit den Katzen kreischen. Oder ein Baum sein mit dem Druck der steigenden Säfte von Dezember an, mit der hirnlosen Lust zu blühen, zu samen, im Wind zu tänzeln, im Sturm zu schaudern und nackt zu werden vor dem ersten Frost. Oder an einen Fluß kommen, über eine Brücke gehen, stehenbleiben, den Abend abwarten, wenn in den bewohnbaren Häusern die Fenster gelb werden. Der Fluß teilt sich vor dem Brückenpfeiler, vor den Pfählen, die ihn schützen, erdichtet Gischtsäume, Spitzenmuster, und niemand wird sie unter den Gischtsäumen, den Spitzenmustern suchen in der fremden Stadt, im fremden Fluß. Todessehnsucht.

Aber davon spricht sie nicht.

Ulrike wischt sich mit dem Ärmel über die Augen, dreht sich von ihr weg.

Ich hab schon den Interzonenpaß, sagt sie. Soll Vater zusehen, wer nun heizt und kocht und wäscht.

Sie gehen zum Bäcker an der Ecke und suchen Napoleonschnitten und Rumtörtchen aus für den Abschied.

Nachher steht Gabriele mit den Kindern auf dem Balkon. Nelchen winkt und Rennerlein schwingt eine Papierfahne.

8.

Das kann doch nicht sein!

Ulrike ist mit dem Auto verunglückt, gleich hinter der Elbe, das Auto hat sich überschlagen, ein Leihauto. Sie liegt in Magdeburg im Krankenhaus. Vater hat bei der Nachbarin angerufen. Und gesagt, daß er sich sofort um eine Einreiseerlaubnis in die Zone bemüht. Zone sagt er, obwohl er da arbeitet, in der DDR. Soll Hoffnung sein, daß Ulrike überlebt.

Das kann doch nicht sein. Ein Unfall wie in einem schlechten Roman, wo das Unglück erfunden wird für Lösungen. Ulrike hat nichts vom Leihauto gesagt.

Die Kinder spielen auf dem Boden, zergeln sich um eine Stoffpuppe. Sie muß sich bücken, um die beiden auseinanderzubringen. Setzt sich dann wieder. Sitzt aufrecht, steil.

Das war doch erst gestern, daß Ulrike gesagt hat, ich will leben, was vom Leben haben. Und daß sie sie beneidet hat, ohne es zu sagen, natürlich. Und ihre eigenen Todesphantasien verdrängt hat, Kuchen gekauft hat, weil Worte so dürftig sind, wenn jemand mit seinem Leben nicht mehr fertig wird.

Sie sieht den Kindern zu, wie sie der Puppe die Arme ausreißen. Vater hat bei der Nachbarin angerufen, läßt ausrichten, daß er einreisen kann, mal hinsehen nach seiner Tochter. Ob er weiß, daß sie vor ihm geflohen ist?

9.

Die beiden Väter sitzen am Tisch im Eßzimmer, hinter der Buffetbarriere. Sitzen und reden und rechnen. Ulrike wird lange im Krankenhaus liegen müssen. Aber sie soll hierher transportiert werden. Was das kostet, ein Transport zwischen der DDR und Berlin, zwischen zwei Welten! Und dann den Papierkrieg. Und das Auto ist hin, nicht versichert natürlich, von irgend so einem Gauner ausgeliehen, wer soll das bloß bezahlen!

Sie hört die Stimmen, das Reden, das Rechnen.

Ich kann dir nicht aushelfen! Würde ich sonst so hausen? Schwiegervater spricht ganz leise.

Aber wir müssen das doch bezahlen!

Ihr wart so feine Leute. Habt uns so ne feine Hochzeit vorgemacht. Für Reichsmark! Vater lacht, muß husten, nein, versteckt sich hinter dem Husten, weil er nicht brüllen, nicht heulen, nicht betteln kann.

Du wirst doch noch Schmuck haben von den Frauen.

Dienstmädchenbroschen! Sind doch dazwischen geraten, zwischen oben und unten, die Leute von meiner Frau. Haben was vom Leben haben wollen. –

Vater ist aufgestanden, schlägt mit der Hand auf den Tisch, einmal, zweimal, dreimal, viermal, – und haben nichts gehabt. Nichts. Und du?

Vater antwortet nicht, geht hin und her in dem halbierten Zimmer. Gabriele hat das Küchenmesser aus der Hand gelegt, schiebt den Kartoffelkorb mit dem linken Fuß beiseite, sitzt vorgebeugt. Die Kinder schlafen. Wenn sie jetzt nur nicht aufwachen. Sie könnte ihre schlafwarmen Körper nicht an sich drücken, nichts ins Ohr flüstern. Sie sieht auf das Ölpaneel, auf den Herd, auf den Küchentisch mit den Schüsseln und Schalen, auf ihre Hände, auf die eingerissenen Nagelbetten und die stumpfen Nägel vom täglichen Waschen. Nebenan verhandeln sie um Ulrike.

Du mußt mir helfen, sagt Vater leise, ungewohnt leise. Ich hab doch kaum Westgeld, bloß für die Miete und mal n paar Schuhe. Aber Transport und Auto, das muß ich alles in Westgeld bezahlen. Warum arbeitest du auch da im Osten? Wenn du was könntest, hätten sie dich hier genommen.

Hier? Wer baut denn hier Großtransformatoren?

Du hättest in den Westen gehen können.

Ich bin zu alt, um noch mal von vorn anzufangen!

Zuhören, wie sie rechnen, sich ums Altsein streiten.

Wir haben zuviel erlebt. Du doch auch!

Schwiegervater war an der italienischen Front, Erster Weltkrieg, sie kennt die Geschichten, bei Tisch fängt er manchmal davon an, von den Alpen und daß er da noch mal hin möchte, obwohl es ein mieser Krieg war. Die kannten die Berge doch besser, die anderen, kannten die Schurren, die Unterschlupfe. Aber Mut hatten sie nicht. Mut nicht!

Mut? Vater lacht auf. Ist das denn Mut, wenn du den Kopf aus dem Schützengraben hältst? Ist das Mut, wenn sie euch mit Schnaps im Bauch in den Angriff schicken? Die Kanoniere schießen euch den

Weg frei, aber von hinten. Die kriechen da nicht wie nackte Würmer aus den Gräben, wenn der Himmel vollhängt mit Leuchtkugeln. Geh mir ab mit Mut. Den haben die Generäle. Die haben auch viel erlebt. Aber die sind nicht gealtert dabei, die nicht, die kommen wieder!

Ist ja auch richtig so!

Richtig so! Richtig so! n Volk von Muschkoten, vom Koppelriemen zusammengehalten. Vater lacht böse. In der Champagne hättste sein müssen statt am Isonzo. Da hättste keine Sehnsucht nach Landschaft. Da willste überhaupt nicht wieder hin. Da klebt dir der kreidige Kleister an den Sohlen und macht die Schritte schwer. Haben sie dich in die Inflation geschickt und dann in den schwarzen Freitag. Und immer haste nicht lospreschen können. Immer hats dich am Boden gehalten.

Du redest wie son Kommunist!

Haste was dagegen?

Sie hört Vater schnaufend atmen und Schwiegervater mit den Fingernägeln auf die Tischplatte klopfen. Sie verhandeln ihr Leben, und Ulrike liegt schwerverletzt in Magdeburg, und sie sitzt am Küchentisch und überschlägt ihre Habe. Aber die reicht nicht, um die Rechnung zu begleichen.

Vater schiebt den Stuhl zurück, geht zur Tür, schwere Stiefelschritte. Sie kann sich nicht erinnern, daß er je leichte Schuhe besessen hat. Er hustet, als er die Wohnungstür hinter sich zuwirft. Sie rennt durch den Durchschlupf und am Schwiegervater vorbei, nicht den Schlüssel vergessen, immer zwei, drei Stufen auf einmal nehmen, nicht rufen, kein Aufsehen machen, erreicht Vater im Hausflur, gibt ihm die Hand.

Ach Mädchen, sagt er, ganz fremde Zärtlichkeit. Laß man, werds schon irgendwie schaffen, wenn sie man bloß wieder aufkommt, die Kleine!

Sie gehen bis zur Ecke. Dann schickt er sie zurück. Und weil die Straßenbahn kommt, hat er es plötzlich eilig. Sie sieht noch, wie er sich in den Mittelgang drängt. Die Niederlage nicht zugibt. Oder Niederlagen gewohnt ist.

Aus dem Arbeitstagebuch zum Roman

Langsam gehen wie auf Glatteis, jeder Schritt nur noch als Schritt wichtig, das behutsame Aufsetzen der Sohlen, der Körper leicht vorgeneigt, die Arme in der Balance, leicht gewinkelt in den Ellenbeugen, die Hände in den Handwurzeln eingeknickt, bereit, den Sturz abzufangen oder sie schützend vor das Gesicht zu spreizen. Langsam gehen. Langsam leben. Gegen den Todeswunsch, gegen die zunehmende Unschärfe des ICH, gegen die verlorene Erwartung an.

Tage, Wochen, Monate. Gabriele erinnert sich an Eintragungen im Kalender. An die Angst, in Wahrnehmungen auseinanderzufallen. An die Briefe, die sie geschrieben, an die Fragen die sie hat stellen wollen und nicht gestellt hat. An die Sätze, die sie hat sagen wollen und nicht gesagt hat.

Ulrike ist nach Berlin transportiert worden. Sie hat sie im Krankenhaus besucht, ein blasses Gesicht über dem Gipskorsett. Die Begegnung der Hände, der Augen. Gabriele erzählt von den Kindern, zur Ablenkung, sagt: Es wird schon wieder werden. Du bist ja noch jung. Da heilen die Knochen schnell.

Jörg schweigt, wie er immer schweigt, aber er gibt ihr zwanzig Mark, damit sie Ulrike eine Freude machen kann. Und Rennerlein und Nelchen dürfen zwei Wochen später auch ins Krankenhaus zur Besuchszeit. Da weint Ulrike zum erstenmal. Erinnerung an den Religionsunterricht: Und weinte bitterlich.

Vater kommt nicht mehr zu Besuch. Sie fährt nach Moabit, sie klingelt, sie schämt sich, weil die Fußmatte verdreckt ist, Klingel und Namensschild ungeputzt sind. Schämt sich, daß sie sich vor der Wohnung ekelt, Uringestank und die Fenster klierig, und die Küche vollgestellt mit dreckigem Geschirr, und die Tischdecke fleckig und der Ausguß voller Kaffeesatz, und das Bettzeug verschwitzt.

Das ist doch alles nicht wichtig, sagt Vater, erzählt, wie sie einen weggeholt haben aus dem Konstruktionssaal, weil der nicht den Mund gehalten hat über das, was alle wissen: Daß in Polen auf die Isolatoren geschossen wird, das Empfindlichste bei den Großtrans-

formatoren! Die werden auf besonderen Wagen transportiert, und die Zugbegleiter sind bewaffnet. Reparationen für Rußland. Und in Polen schießen sie drauf. Aber am besten, du hälst den Mund. Der, den sie geholt haben, der kommt wohl sobald nicht wieder! Sie macht den Abwasch, will anderntags die Fenster putzen, auch mal staubsaugen. Ach was, sagt Vater, holt die Schnapsflasche aus der Standuhr, die noch von den Großeltern dasteht. Trink man, Kind, dann siehst du nicht mehr so hin! Aber sie kann nicht trinken, und sie kann auch nicht fragen, was denn mit den Schulden aus Ulrikes Unfall werden soll, weil ihm das jetzt nicht so wichtig ist. Schwiegervater verreist in die Alpen. Dafür hat er doch gespart, sagt er.

Ulrike braucht eine Krücke, als sie im Spätsommer aus dem Krankenhaus entlassen wird. Sie wohnt wieder beim Vater und schläft auf der Couch. Lernt langsam wieder laufen.

Und dann schon Winter und Weihnachten, das übliche Foto, nur Mutter fehlt. Ulrike hat Nelchen und einen Teddy auf dem Schoß. Rennerlein steht abseits, sieht krank aus, hat am nächsten Tag Masern. Zwei Tage darauf ist auch Nelchen krank. Neben den Kinderbetten kauern nachts, trösten, zu trinken geben.

Einzelheiten: Februarlicht, blasse Kindergesichter, der Korb voller Flickenwäsche. Mal ins Kino gehen abends. Rennerlein im Kindergarten anmelden. Sie muß lernen, sich unter anderen Kindern zu behaupten. Das denkt man so. Das plant man. Entwirft einen Menschen, entwirft eine Zukunft, vergißt, die täglichen Zerstörungen einzuplanen.

Sie schreibt dem Professor. Er antwortet lange nicht. Und dann auf dem Briefpapier einer kirchlichen Hochschule. Dort habe er sich eingelebt, nein, nach Berlin und nach Potsdam ziehe ihn nichts mehr.

Sie sucht die Stadt im Atlas. Buchenwälder, bunt im Herbst, eine Stadt im Bergland, Täler, kleine Flüsse auf der Landkarte, stell dir vor, du steigst aus dem Tal und hast Felder vor dir, die Windwogen im Roggen, die blühenden Kartoffeln, die Erdwälle der Spargelfel-

227

der. *Dieser Hunger nach Landschaft in einer Stadt, die von ihrer Umgebung abgeschnitten ist.*

Ob sie ihr Thema auch nicht vergessen habe, fragt der Professor: Sicher, er halte nicht mehr viel davon, das Überleben sei jetzt wichtiger, aber verloren sei das Thema nicht, wie überhaupt Gedachtes nicht verloren gehe.

Sie hat eine andere Antwort erwartet.

Irgendwann dann Benn: Er spricht über Else Lasker-Schüler, über das Blaue Klavier, liest eigene Gedichte. Eine leise, zu helle Stimme, das fahle Gesicht unter dem kahlen Schädel, die Unsicherheit. Mit dem könnte sie sprechen. Aber was ihm sagen? Daß sie manchmal wie eingeschnürt ist im Haß auf sich selbst.

Johannes schickt eine Postkarte aus Leipzig, ein vergilbtes Bild der Thomaskirche von innen. Sie pinnt die Karte an die Küchentür.

Jörg sagt, es geht wirklich aufwärts. Und diesmal solls allen zugute kommen. Er arbeitet im Betriebsrat mit, lebt auf, das sieht sie. Manchmal erzählt er von Sorgen, die der eine oder andere in der Fabrik hat. Die Durchsetzung des freien Sonnabends beschäftigt ihn, die Verbesserung des Kantinenessens, die Verschickung der Kinder der Betriebsangehörigen. Da können unsere auch mal mit später. Wir schaffen das schon. Daß es unsere Kinder besser haben. Wir. Betriebsfeste. Arme voller Geschenke zu den Geburtstagen, Vasen, Aschenbecher, das sammelt sich so an.

Todes- und Lebensverlangen steht im Kalender, an einem Dienstag eingetragen. Und daß sie bemerkt, daß ihr die Kohlenträger nachrufen auf der Straße und sie aufrechter geht. Daß sie den Sonnengeruch auf der Haut wahrnimmt. Und das Spiel mit den Kindern: Verwechsel, verwechsel das Bäumelein, oder in der Sandkiste kauern und Topfkuchen backen oder einen Berg mit Straßen und Tunnels bauen.

Und wenn Rennerlein Fragen stellt und Nelchen Wörter nachspricht, weiß sie, daß sich etwas geändert hat. Daß sie sich geändert hat oder ihre Erwartung auf sich selbst. Nicht, daß sie die tägliche Spannung vergißt, den Neid auf Jörgs Geborgenheit im Wir auf das Wir machen Tarifverhandlungen, Wir haben einen Urlaubstag pro

Jahr mehr herausgeholt, Wir werden nun bald den freien Sonnabend durchsetzen, zuerst alle zwei Wochen, Wir haben mal wieder
einen Geburtstag in der Abteilung. Oder die Sorge vergißt um Vater, wie er die Schulden langsam abbezahlt und doch immer rechnen muß mit seinem bißchen Westgeld. Oder die Sorge um Ulrike,
die noch immer eine Krücke braucht.

Es gibt Tage, da rennt sie mittags, wenn die Kinder schlafen, durch
die Straßen in Westend, in denen sie sich noch immer nicht zuhause
fühlt, fährt mit der U-Bahn bis Wittenbergplatz oder mit der Straßenbahn nach Moabit, hastet an den kleinen Läden vorbei, an den
Spankörben mit Mohrrüben und Salatköpfen, an den Kartoffelsäk-
ken, die die Händler auf die Straße gestellt haben, sieht die Keller-
treppen zu den Schuhmacherwerkstätten hinunter, bringt auch mal
was zum Flicken, nur um es bald wieder abholen zu können, Kinderschuhe, Jörgs Schuhe, ihre Schuhe. Sie bleibt vor Kohlenkellern
stehen, atmet die faulige Süße der Braunkohlenstapel ein oder geht
in den Milchladen und kauft Quark oder Molke, um die nun schon
lange keiner mehr ansteht.

An einem Sommermorgen die Nachricht: Aufstand in Ost-Berlin.
Na endlich, sagt Schwiegervater, als sie das Bett aufschüttelt und
das Zimmer in Ordnung bringt. Nachher geht sie mit den Kindern
im Sonnenschatten der Bäume spazieren, möchte am liebsten in der
Stadt sein, auf dem Potsdamer Platz, auf dem Ödland inmitten
Berlins. Aus allen Fenstern die Reportagen. Panzer Unter den Linden! Der Krieg ist seit acht Jahren vorbei. Sie denkt an Ruth irgendwo im Gefängnis, an Ruths Mutter in Lichtenberg. Sie denkt
an Johannes in Leipzig, an die alten Leute in Grünau und an die in
Henningsdorf, die immer noch Neujahrskarten schicken. Aufstand
in Berlin. Sowjetpanzer Unter den Linden. Die Regierung in den
alten Göringbauten in den Klosetts eingeschlossen. Gerüchte.
Nachrichten. Nachrichtensprecherpathos.

Abends kommt Vater zu Besuch. Er hat sich lange nicht mehr sehen
lassen. Sein Gesicht ist verdreckt. Er hat in die Fabrik gewollt, nach
Oberschöneweide. Aber das war nicht möglich. Ist zum Potsdamer
Platz hin, wo die Stresemannstraße auf den Platz stößt, früher hieß

sie Saarlandstraße und vorher Königgrätzer Straße, wo jetzt die vielen Kioske sind, Würstchen und Apfelsinen und Wollsachen und Zeitungen und Kaffee und Tabak und Schokolade werden da verkauft, für Westgeld, eins zu vier, billigste Ware für die aus dem Osten, ja, da bin ich gewesen! Bin doch n halber Ost-Berliner. Hab die täglichen Betriebsnachrichten gehört, die großen Worte und das Geflüster, Fisch und Fleischmarken, nasses Brot, kein Gemüse, keine Kohlen, Briefe geöffnet, Päckchen nicht angekommen. Und die in den Kiosken dicht an der Sektorengrenze haben an ihren Tischen gelehnt und auf Apfelsinenkisten gesessen, haben nicht ausgepackt, Geschäft ist Geschäft! Und erst als es hinter den Polizisten, die die Grenze abgesperrt haben, ein großes Gedränge gab, ist den Kioskfritzen eingefallen, die Bananen aus dem Stroh zu wickeln und die Apfelsinenkisten aufzureißen. Ruhe bewahren, haben die Lautsprecherwagen gemahnt. Immerzu: Ruhe bewahren! Die Polizisten haben geschwitzt unter ihren Helmen. Und dann waren Schüsse zu hören hinter Flüchtenden her, die hinter die Polizeikette wollten, über die Grenze weg. Ich sag euch, sagt Vater, das war schnell organisiert, Erste Hilfe und provisorische Wegweiser. Und er hat einem Händler zehn Apfelsinen abgekauft und verschenkt. Warum haben das die Großen nicht gemacht, die haben doch gewußt, daß es da im Osten nicht klappt mit der Versorgung? Ihr hättet sehen sollen, wie die die Apfelsinenschalen aufgerissen haben mit den Zähnen.

Vater ist dageblieben, bis es ruhiger wurde nachmittags, und bleigrau und schwül.

Er lacht, auch wenn ihm nicht zum Lachen zumute ist. Was da kaputt ist, wie soll man das verstehen?

Aufstand in Ost-Berlin und in der Zone, heißt es im Radio.

Anlaß, die Kalendereintragung zu vergessen: Todes- und Lebensverlangen.

Anlaß, die dunkle verschlissene Kriegskleidung wieder aus dem Schrank zu nehmen, den Geruch von Sonne auf der Haut und von Linden im Juni zu vergessen.

Nachrichten von Verhaftungen, von Erschießungen. Schweigen.

Und schweigende Flüchtlinge. Sie kommen mit der U-Bahn, mit der S-Bahn, sie kommen in Nachtzügen von den Dörfern, aus den kleinen Städten. Viele fahren ein paarmal über die unsichtbare Grenze mitten in der Stadt, bringen Bettzeug und Kochtöpfe mit und Winterkleidung und Eingewecktes, haben eine Adresse, Freunde, wollen mit nichts anfangen, wenn sie durch die Notaufnahmelager geschleust worden sind und in den Westen geflogen werden. Aber vorher das Warten auf den Höfen der Lager, in den Fluren und provisorischen Schlafräumen, vor den Wasserklosetts, den Essensausgaben, den Meldebüros und ärztlichen Betreuungsstellen. Abends Chorsingen, Laienspiel, Filme oder bunter Abend, zwei Stunden bis zum Schlafengehen.

Einige sind gefaßt, aus der S-Bahn, aus der U-Bahn geholt worden, alle im Abteil haben weggesehen, haben auf ihre Zeitung gesehen oder aus dem Fenster.

Die Reporter in der Stadt haben zu tun. Viele Familien sind zum zweiten Mal auf der Flucht, haben doch damals schon weiter gewollt, Mecklenburg, das ging ja von einer Hand in die andere 45! Sie erzählen von den Straßenobleuten. Die wissen alles bis aufs Hemd! Da hilfts nichts, wenn du die Fahne raushängst, die wissen sogar, wann du mal Westgeld getauscht hast! Und wenn die Reporter nach der Zukunft fragen, ungenaue Auskünfte: Wir haben da'ne Tante, da kann die Frau erst mal im Laden helfen, oder: Soll ja Industrie da sein, was im Aufbau, findet sich schon was für uns, und: Wenn sie den Roggen grün vom Halm holen, wie solln da Mehl ausgemahlen werden?

Schwiegervater läßt den ganzen Tag über das Radio laufen.

Die haben von den Nazis gelernt, sagt einer dem Reporter, genau die Masche, wolln wissen, was de denkst und wenns ihnen nicht paßt, dann ade du mein lieb Heimatland.

Gabriele fährt mit den Kindern nach Lichtenberg. Ruths Mutter kommt von der Arbeit. Die haben mich ins Kabelwerk gesteckt, an der Oberspree, zum Kabelisolieren. Die Luft ist schlecht, aber ich hab mich dran gewöhnt, sagt sie, wenn bloß der Weg nicht so umständlich wär, paarmal Umsteigen, und ich bin doch nicht mehr die Jüngste.

Über den Juni will sie nicht reden. Und einmal hat Ruth geschrieben, auf einem Blatt mit vorgedruckten Linien.

Die Kinder spielen unter dem Tisch, verkrümeln die Kekse, die ihnen Ruths Mutter angeboten hat. Die hat mit einemmal Tränen in den Augen, muß die Brille abnehmen und sich die Augen mit dem Handrücken wischen. Fünfundzwanzig Jahre, stellen Sie sich das vor! sie haben Ruth fünfundzwanzig Jahre gegeben.

Auf die Wanduhr sehen mit den ruckenden Zeigern, ein kostbares Stück vom Niederrhein. Hat der Mann auf einer Auktion erworben, damals, 36, 37, 38, als es so viele Auktionen gab in Berlin.

Verstrickungen begreifen. Das Niemandsland zwischen Schuld und Schuld. Daß wir die Nazis nicht gestürzt haben? Daß wir die Lager nicht gesehen, nicht genau gesehen haben oder nicht haben sehen wollen?

Über den Juni möchte ich nicht sprechen, Sie verstehen!

Die Kinder hocken auf dem Steg unterm Tisch, raspeln mit ihren Zähnchen die Kekse.

Wenn Ruth frei kommt, ist sie alt. Dann kann sie keine Kinder mehr haben.

Gabriele holt die Kinder unter dem Tisch vor, treckt ihnen die Jäckchen an. Ruths Mutter bringt sie bis zur Haustür, winkt. Ich werde auf Ruth warten, hat sie beim Verabschieden gesagt, wenn ich gesund bleibe, darauf kommts an.

In der S-Bahn wieder Leute mit zu vielen Taschen. Am Bahnhof Warschauer Straße steigen zwei Volkspolizisten ein, beäugen das Gepäck, steigen am Ostbahnhof in den nächsten Wagen. Alle beugen sich tiefer über die Zeitungen. Und als Nelchen laut sagt: Mamma, ich muß mal! ist das Lachen zu spüren, die stumme Erleichterung.

Eines Tages stehen Verwandte vor der Tür, die, bei denen Gabriele und Vater 1945 die Kartoffeln geholt haben.

Neinnein, wir wollen nicht bleiben, haben schon den Bestimmungsort und Arbeit in einer Gärtnerei. Wollen nur Guten Tag sagen. Waren auch schon in der Lübecker Straße. – War schlimm zuletzt, keine Saatkartoffeln mehr, was soll man davon halten! Und den

Bruder, sagt die Frau, den haben sie geholt, hat sein Soll nicht er-
füllt, aber mach das mal einer! Reden wir nicht von.
Märkische Bauern seit bald 275 Jahren. Die Gesichter gerötet von
der Arbeit im Freien, die breiten Hände voller Sommersprossen.
Niederländischer Name.
Damals haben sie uns gebraucht, sagt der Mann, Luche entwässern,
Gartenbau, sowas konnten die in Holland, sowas war hier steuer-
begünstigt. Und wir haben ja auch was draus gemacht.
Gabriele und Jörg begleiten die Familie ins Lager Mariendorf. Sie
sehen den Schlafsaal und das Gepäck. Jörg sagt: Daß du mit denen
verwandt bist! Die gefallen mir.

Ulrike will im Herbst nach Göttingen. Ich halte das hier nicht mehr
aus, sagt sie. Vater erzählt nur noch von den Transformatoren, und
daß er mal ausstellen wird in Leipzig auf der Messe, wenn seine
Verbesserungsvorschläge durchgekommen sind. Nichts vom Juni,
nichts. Immer bloß von den Transformatoren. Und jede zweite
Nacht kommt eine zum Schlafen. In Mutters Bett!
Sie schreibt sich die Göttinger Adresse auf, bringt Ulrike zum
Bahnhof Zoo. Nachher geht sie durch den Tiergarten, über die Rui-
nengrundstücke bis zur Spree, zum Holsteinischen Ufer. Steht ne-
ben Anglern, das Gesicht jäh tiefunten, unscharf, schwankend,
schwappend wie das Wasser, das sich an den Kaimauern stößt. Der
in der Spiegelung verkürzte Körper, dunkel hell hell dunkel hell. Sie
spielt mit dem unscharfen Spiegelbild, beugt sich vornüber, winkt,
und das Winken spiegelt schwankend und schwappend zurück. Sie
setzt sich auf den Kantstein, streckt ein Bein vor, dann das andere.
Albernheit.
Und doch: Wie faß ich mich? Wie be-greif ich mich?
Jörg trägt ihren Körper in beiden Armen und Rennerlein und Nel-
chen reiben ihre Gesichter an ihrem Gesicht.
Wer bin ICH?
Jähe Festigkeit bis in die Fingerkuppen, als ob der Körper aus seiner
schwankenden, schwappenden Unförmigkeit zurückschrumpft. Sie
steht auf, streckt die Glieder und geht beinahe eilig die Uferstraße
hinunter.

Noch abends – Jörg hat Betriebsversammlung – wirft sie die Schlaftabletten, die sie, hinter der Bettwäsche verborgen, gesammelt hat, nacheinander ins Klosett. Die Schachteln verbrennt sie im Herd.

XIV.

Auf dem Schüttelrost
Kapitel in Briefen
1954/57

14. November 54

Du wirst mich nicht verstehen, Jörg. Ich jedenfalls verstehe mich nicht. Oder doch – doch. Ich muß mich wiederfinden oder finden. Du hast mir über den Todeswunsch hinweggeholfen. Vielleicht weißt du das gar nicht: Der Augenblick im Flüchtlingslager – kein Gerede, keine Rührung. Daß du mit denen verwandt bist! Die Erwartung in diesem Satz: Nicht aufgeben!
Ich sitze hier in einem kleinen Zimmer mit einem Fenster zum Garten. Die Stauden sind alle zurückgeschnitten, die Bäume sind kahl. Hinter der Hecke ist ein Walmdach zu sehen, sonst nichts. Rennerlein ist bei Gisela in der Werkstatt und darf ihr helfen, Puppenköpfe zu leimen. Nelchen hat sich neben mir eine Spielecke eingerichtet. Die Bauklötzchen und die Buntstifte habe ich mitgenommen. Daran habe ich gedacht beim Aufbruch, auch an den Einkauf für euch. Ihr findet Brot in der Büchse, das Fleisch ist angeschmort, Kaßler, ihr müßt es nur in Scheiben schneiden, könnt es kalt essen oder warm. Sauerkraut und Rotkohl reichen für vier, fünf Tage. Im Zugabteil ist mir eingefallen, daß ich keine Kartoffeln geschält habe. Aber da ist mir auch eingefallen, wie du nach Hause gekommen bist, dein Pfeifen, wenn du die Tür aufgeschlossen hast. Und mir ist eingefallen, daß wir nie miteinander gesprochen haben. Weil du mir nicht zuhören wolltest oder weil ich zuviel gefragt habe, was du tust, was du denkst, was du planst. Du hattest nur immer die Sätze mit wir bereit, nichts von dir. Und dein Vater hatte immer was zu waschen oder zu flicken für mich, manchmal habe ich geglaubt, er trägt absichtlich die zerschlissensten Sachen, nur damit

ich sie in Ordnung bringe. Ich habe ihm gesagt, daß ich mit den Kindern zu einer Freundin fahre. Und das stimmt ja auch. Gisela hat mir ihr Zimmer abgetreten. Ich werde ihr helfen, ein paar Wochen lang. Jetzt vor Weihnachten kommt sie gar nicht zurecht, sagt sie, und daß wir zu guter Zeit gekommen sind. Sobald das Fahrgeld zusammen ist, das ich vom Haushaltsgeld genommen habe, schicke ichs zurück.

Gisela hat Fotos von Dresden an den Wänden. Das kann sie jetzt aushalten, sagt sie. Ihre Eltern sind für tot erklärt worden. Möglicherweise erwachsen ihr daraus Entschädigungsansprüche. Sie ist dabei, die Papiere zusammenzuholen. Nachmittags kommen Flüchtlingskinder. Die Eltern haben jetzt schon alle eine Bleibe und arbeiten in der neuen Konservenfabrik. DDR-Flüchtlinge sind hier nicht besonders gern gesehen. Sie sind jetzt in Baracken untergebracht, die vorher die Pommern bewohnt haben.

Was ich auf dem Dorf will? Ich habe keine Bleibe und kein Geld, das weißt du. Aber ich will mich auf die Prüfung vorbereiten, will – spät genug – das Studium noch abschließen.

Jörg. Ich hätte so gern einmal Du gesagt, gewußt, gefühlt. Du. Manchmal singst du Nazi-Lieder, die du als Junge gelernt hast, griemst, wenn ich sage, daß du aufhören sollst. Manchmal blätterst du in den Büchern, die ich mir leihe, schüttelst den Kopf. Nein, ich werf dir nichts vor. Ich werf mir vor, daß ich mich nicht gewehrt habe. Daß ich vor dir gekniet habe, auf dir gelegen, daß ich verrückt war nach dem Mann, nach dem Körper. Ich werfe mir vor, daß ich mir einzureden versucht habe, das sei alles.

Aber seit ich hier bin – die Ankunft auf der Kleinbahnstation, gestampfter Lehm und Pfützen – und mit den Kindern an der Hand die Chaussee entlanggegangen bin und wir dem Wind in den Telefondrähten zugehört haben, und niemand neben mir war, der das alles unwichtig fand, die Flucht und die Fahrt durch die Nacht und das Singen der Drähte – seitdem weiß ich, daß ich mir fast abhanden gekommen war.

Giselas Häuschen ist warm geheizt. Die Leute, die die Puppen kaufen, bringen Holz mit, Stubbenholz, hart und lange brennend. Im

Wirtshaus sind die Zimmer und die Betten klamm, wir sollen bleiben, sagt Gisela.

Du weißt nun, wo wir sind.

Grüße von Rennerlein und Nelchen, von Gisela und Gabriele.

29. Dezember 54

Das Paket ist pünktlich angekommen. Die Kinder haben es ausgepackt. Das Bäumchen haben Gisela und ich selbst gefällt, mit Genehmigung vom Förster. Die Kinder können die Wollsachen brauchen. Sie spielen viel draußen und bei jedem Wetter. Und der Schulranzen für Rennerlein kommt gerade recht. Du hättest sehen sollen, wie stolz sie damit durchs Zimmer gehüpft ist. Nelchen will die Schiefertafel mit in den Kindergarten nehmen gleich nach Neujahr. Sie ist da angenommen worden trotz der Überfüllung, weil Gisela dem Kindergarten Puppen geschenkt hat. Beide Kinder haben dir Bilder gemalt.

Ich habe dir eine kitschige Grußkarte geschickt zu Weihnachten. So was gibt es hier im Dorfladen zwischen Seifenpulver und Bohnerwachs und Heckenscheren und Eimern und Scheuertüchern. Ich konnte dir nicht mehr schreiben. Ich hätte es nicht geschafft. Ohne Gisela hätte ich mich wahrscheinlich in mein Zimmer eingeschlossen am 24sten. Sie ist sehr geduldig mit mir. Wir haben an den Puppen soviel verdient, daß wir zusammen eingekauft haben fürs Backen und Braten und für einen Punsch. An der Gans essen wir noch. Die ist richtig pommersch gemästet. Für fünf Puppen und eine Lage Kattun! Erstaunlich, daß der Tausch hier auf dem Dorf noch so wichtig ist wie in den Hamsterjahren! Heiligabend-Nachmittag sind alle Kinder aus dem Kindergarten gekommen, auch Schulkinder aus dem Dorf. Gisela hat eine Vorstellung gegeben. Sie hat das Marionettentheater selbst gebaut. Silvester werden wir wieder feiern.

Ich habe alle Unterlagen für den Studienabschluß eingereicht. Und habe viel gearbeitet. Es ist ein bißchen umständlich, an die Bücher zu kommen. Ich bin einmal in Göttingen gewesen und habe mich um die Fernausleihe gekümmert. In Berlin wäre alles leichter gewesen. Doch da hatte ich niemanden, der mich ermutigte; weil ja solche Arbeit nichts einbringt – –

ich habe im Paket nach einem Gruß gesucht. Eigentlich wollte ich dir das nicht schreiben, aber – –

Kannst du verstehen, daß ich manchmal morgens zwischen acht und neun, wenn es noch fast dunkel ist, über die Felder laufe und manchmal stehenbleibe und die schwarz gewordenen Blätter unter einem Apfelbaum aufhebe oder erfrorene Pilzreste mit dem Fuß wegstoße oder einen Buschen von dem frostgeknickten, fahlen Gras ausreiße, das ich niemandem mitbringen kann? Kannst du verstehen, daß ich Gisela von deinen Sorgen erzählt habe? Von dem Jungen, der verunglückt ist letzten Sommer. Von der Kinderheimfahrt und wie blaß du warst, als du mit der Nachricht kamst: Ungehorsam. Er ist hinter die Absperrung gegangen trotz der Rufe des Erziehers und abgestürzt, dreißig Meter tief in den Steinbruch! Und abends dein Besuch bei den Eltern. Und wie du betrunken zurückkamst. Kannst du verstehen, daß ich an deinen Körper denke, wenn ich mich verrückt mache mit dem Zeigefinger? Aber kannst du auch verstehen, daß ich froh bin, weil ich nicht immer fragen muß, ob das Essen schmeckt, ob euch meine Blumen im Blumenkasten auf dem Balkon gefallen, ob ich Gardinenstoff kaufen darf oder ein Buch? Kannst du verstehen, daß ich froh bin, mit Gisela über meine Arbeit zu sprechen? Dich hat das nie interessiert, Weimarer Republik, das ist doch vorbei, hast du manchmal gesagt.

Du hast mir noch keinen Brief geschrieben, seit wir weg sind. Nur Karten an die Kinder. Und einmal die Überweisung.

Aber ich brauch dein Geld nicht mehr. Die Puppen, die wir verkaufen, bringen genug. Und wenn ich die Prüfung bestehe, vielleicht im späten Sommer, vielleicht im Herbst, werde ich eine Anstellung bekommen.

Grüße von Rennerlein und Nelchen.

Deine Gabriele.

PS. Ich habe einen Brief von Ruth bekommen, schrieb ihrer Mutter die neue Adresse. Ruth ist freigelassen worden. Amnestie zu Weihnachten. Stalin ist ja nun tot.

Die Fotos von unserm Weihnachtsfest sind von Gisela. Gefallen sie dir?

G.

2. Februar 55

Fünfzig Seiten meiner Examensarbeit von 1944/45 korrigiert und erweitert.

Die Kinder rotwangig, weil sie soviel draußen sind.

Gisela hat Aufträge für eine Spielzeugfabrik.

Weißt du eigentlich, was das bedeutet: mit den Händen einen Kopf formen aus Papier und Kleister? Und was in den Fingerspitzen vorgeht? Der Entwurf, die Entwürfe von Gesichtern, Charakteren. Der könnte in der Hölle gewesen sein, Dresden, sagt Gisela. Der könnte das Gas angestellt haben in Auschwitz und anderswo. Und die könnte noch mit der Pritschennachbarin gelacht haben, als sie schon zum Duschen antreten mußten, nicht wahrhaben wollte, daß niemand zurückkam von dort. Uns beschäftigt das. Du hast immer abgewinkt, wenn ich davon sprechen wollte.

Jörg, warum hast du abgewinkt, wenn ich davon anfing? Auch von den Wolfs, mit denen mein Großvater befreundet war? Von denen aus meiner Schule? Von denen in den Verstecken?

Du schickst Postkarten: Funkturm, Schöneberger Rathaus, Havelufer, Dorfkirche in Buckow. Beste Grüße. Du tust mir weh damit. Ich kann nicht ohne das Gestern leben.

Gabriele

PS. Meine Schwester hat sich verlobt. Er ist Jurist, schon Referendar, will in die Industrie.

G.

28. April 55

Nein, nein, ich will dir nicht mehr schreiben.

Daß ich warte, will ich nicht schreiben.

Hier kommen Besucher, sogar aus Berlin. Warten stundenlang an der Grenze, aber sie kommen, wollen Giselas Puppen sehen und kaufen. Und hier ist Frühling. Schulbeginn. Ich hab nie gewußt, was das für eine Jahreszeit ist, so herb und scheu, noch kalt, oft Nachtfrost, aber die Büsche schon hellgrün, die Birken, und die Felder treiben aus. Auch in den Grassoden frisches Grün. Dazu die Vögel. Früher hätte ich die Achseln gezuckt, wenn jemand von einem Vogelchoral gesprochen hätte. Und weißt du eigentlich, was pastellblau bedeutet? Kalter Himmel, ein paar weiße Wolkenstriche.

Du hättest Renate sehen sollen auf dem ersten Schulweg. Ganz steif im Rücken. Und wie Nelchen stolz war auf ihre Schwester!

Ich stelle mir oft vor, wie du nach Hause kommst abends. Dein Vater hat tagsüber Patiencen gelegt. Du bist müde. Wie lebt ihr? Sollen wir uns scheiden lassen?

Um mich mußt du dich nicht sorgen. Die Arbeit ist fast fertig, 220 Seiten stark. Mein alter Professor hat mir einen Doktorvater vermittelt. Ich werde in Göttingen promovieren, wo Ulrike studiert. Ich war ein paarmal dort. Ihr Verlobter wird ein Haus erben. Ulrike will keinen Abschluß machen: »Es genügt doch, mit dem Mann sprechen zu können.«

Sprechen. Vielleicht hat sie recht!

Hier müßte ich schreiben: Ich habe Sehnsucht nach deinen Händen und nach unseren Nächten.

Nein, Jörg, es muß mehr sein! Es muß doch noch mehr sein!

Gabriele

PS. Die Kinder haben dich nicht vergessen, aber sie reden nicht oft von dir.

Gisela sagt: Grüß den armen Kerl. Schreib ihm, er soll mal endlich Schluß machen mit der Vaterbindung! Aber das sind so Redensarten!

7. Juli 55

Du bist sparsam mit deinen Nachrichten. Keine Auskunft, ob du an Scheidung denkst, nur Postkarten. Gut, daß du mir nichts mehr überweist. Wir kommen zurecht. Gisela hat mir einen Mitarbeitervertrag ausgestellt. Im Oktober werde ich hoffentlich die Prüfungen hinter mir haben. Rennerlein macht sich gut in der Schule. Sie liest mir schon vor. Ich bin richtig stolz auf sie.

Manchmal, nein oft, reck ich mich, wippe auf den Zehen, spiele mit den Fingern in der Luft. Dann fällt mir ein, daß ICH BIN! Daß ich eingreifen kann in die Wirklichkeit!

Und dann fallen mir auch all die kleinen, die normalen Demütigungen ein. Du hast sie überhaupt nicht bemerkt. Zehn Mark pro Woche, sieh zu, daß du zurechtkommst, führe auch Buch! Oder: Lies nicht, das ist Zeitverschwendung. Wir haben noch nichts anschaffen können! Oder: Andere Frauen haben Eltern, die ein bißchen helfen! Oder: Was hast du gegen Vaters Patiencen? er kriegt ja nun seine Rente! Und dann fällt mir meine Mutter ein, ihr zerschundenes Leben, und meine Großmutter und meine Urgroßmutter, ihre List, ihre dumpfe Treue. Und dann – das will ich eigentlich nicht schreiben, Jörg, dann hass ich dich, und könnte doch vor dir knien, über dir sein, um das Spiel zu verlängern, du ich ich du. Unsere Körper damals. Was haben wir voneinander gewußt? Was weiß ich von dir?

Vater ist hier gewesen. Anschließend ist er zu Ulrikes Hochzeit gefahren. Ich habe ihm seinen Anzug ausgebürstet und gebügelt. Den hat er seit unsrer Hochzeit nicht getragen. Mutter hatte ihn damals gleich eingemottet.

Ulrike hatte mich eingeladen. Aber ich habe abgesagt, nicht nur, weil mir das Kleid fehlt.

Meine Adresse ist übrigens jetzt An der Mühle 7.

Gisela brauchte das Zimmer.

Renate hat Flötenunterricht. Cornelia hat schon den ersten Zahn verloren.

Grüße von uns Dreien.

Gabriele.

PS. 1
Ich habe mich von Gisela trennen müssen, Frauensachen.

Traum: Ich ging mit Gisela durch eine Abendstadt. Wir fanden uns in einem Lokal zwischen nackten Frauen, die miteinander tanzten. Jeder ringelte eine Nabelschnur aus der Scheide. Ich fragte nach den Kindern. Sie lachten mich aus. Sie jagten mich auf die Straße. Ich fror, als ich aufwachte.

PS. 2

In der Gärtnerei sind jetzt Johannisbeeren zu ernten. Da arbeite ich täglich sechs Stunden. Wir kommen zurecht.

PS. 3

Was erfährt man eigentlich aus Posen? Weiß man in Berlin mehr über den Aufstand?

(Manchmal glaube ich, daß ich eine große Erwartung brauche. Damals, als ich zu denen in der Stuttgarter Straße in Neukölln gehörte, habe ich so gelebt).

PS. 4

Kürzlich bekam ich einen Brief von Johannes. Er ist Regieassistent an der Volksbühne in Ost-Berlin geworden. Ihr im Westen vergeßt, daß der Sozialismus Geschichte hat, schreibt er. Ich hatte ihm noch nach Leipzig geschrieben. Nichts von uns natürlich. Aber warum ist das eigentlich so natürlich?

12. September 55

(Postkarte)
Ich danke dir für die hundert Mark. Wollte sie zurückschicken. Aber die Kinder brauchen feste Schuhe und Anoraks.
Wir pflücken Äpfel und Birnen für die Konservenfabrik.
Gabriele

30. Oktober 55

(Postkarte)
Unsere neue Adresse: Hannover, Sonnenweg 7, bei Winter.
Gabriele, Renate, Cornelia.

30. Oktober 55

(Brief Giselas)
Lieber Jörg,
in Erinnerung an unser Zeitschriftenprojekt im Nachkriegsberlin nenne ich Sie mit Vornamen.
Ich muß Ihnen mitteilen, daß Ihre Frau nach Hannover übergesiedelt ist. Sie hat den Prüfungstermin verschoben, weil sie zuwenig

hat arbeiten können, seit sie die Stellung in der Gärtnerei übernommen hatte, Renate ist umgeschult worden. Cornelia wird im Frühjahr eingeschult.

In Hannover hat Ihre Frau eine Stellung bei einer Speditionsfirma übernommen. Die wird hoffentlich besser bezahlt werden als die Aushilfsarbeit in der Gärtnerei. Aus dem Mitarbeitervertrag in meiner Werkstatt ist sie im Sommer ausgeschieden.

Gisela

13. November 55

Seit wir dich zum Bahnhof gebracht haben, denke ich über unser Gespräch nach.

Dir hat das Zimmer nicht gefallen, ein Zimmer in Untermiete, geschmacklos eingerichtet.

Du hast gefragt, ob ich hier denn arbeiten kann.

Du hast dich gewundert, wie hoch aufgeschossen Renate ist und daß sie eine Brille trägt.

Du hast gesagt, daß wir jederzeit zurückkommen dürfen. (Dürfen, hast du gesagt). Daß es nun auch schon Wohnungen gibt, aber daß dein Vater nicht so unversorgt zurückbleiben sollte wie mein Vater.

Du hast nicht gesagt, daß die Kinder gesund aussehen.

Du hast über meine Selbständigkeit nichts gesagt. Auch nichts über meinen künftigen Beruf. Verlagslektorat, Redaktion oder Universitätslaufbahn. Ich hätte das gern mit dir besprochen!

Du hast nichts über meinen neuen Haarschnitt gesagt.

Du hast nichts über mich und nichts über dich gesagt.

Du hast abgewinkt, als ich gefragt habe, was du von der Scheidung hältst.

Du hast einen Spaziergang nach Herrenhausen vorgeschlagen.

Du hast den Kindern erzählt, daß du auf ein Auto sparst.

Du hast den Kindern eine Reise in den Harz vorgeschlagen zu Weihnachten. Du hast ihnen Schokolade gekauft. Du hast dich gefreut, als sie sich bei dir eingehängt haben rechts und links. Du, der Vater.

Du hast nicht gemerkt, daß ich fast am Heulen war, als ich neben euch herging. Sicher, du hast mir die Kinder nicht wegnehmen wollen, aber du hast plötzlich so jung ausgesehen, und ich war mit einemmal viel älter als du, weil ich wußte, daß die Kinder schon eingeplant sind (in der Schule zuerst und dann in der Statistik) und du das auch nicht ändern kannst mit deiner Sonntagslaune. Und du nicht verstehst, daß ich mich für sie wehre, weil ich nicht will, daß wir so weiterleben, in Dienst genommen und ohne zu fragen, was unsere Arbeit anrichtet, nur am Verdienst interessiert und dafür auch tätig, besserer Verdienst, mehr Aufträge, von wem? für wen? Das geht uns doch an! Aber darüber werden wir nicht befragt. Dazu haben wir nichts zu sagen. Dagegen wehre ich mich. Dagegen sollen sich auch die Kinder wehren lernen, sich in der Verweigerung einüben, nicht in der Anpassung.

Ich bin neben euch hergegangen, Parkwege, Kieswege. Ihr habt Kieselsteine in die Pfützen geworfen, den wachsenden Ringen zugesehen, wie sie an den Pfützenrand drängten. Daran werden die Kinder denken. An den Augenblick, der ›Vater‹ bedeutet für sie. Aber nicht daran, wer du bist. Nicht daran, daß du meinen Haarschnitt nicht bemerkt hast.

Ich denke über uns nach, über dich und mich, über Mann und Frau. Warum hast du nicht gesagt, daß dirs schwer geworden ist ohne uns, (oder hast du die Empfindlichkeit abgetötet in dir?) Warum hast du dich überlegen gezeigt für knapp vierundzwanzig Stunden? Warum hast du nicht bei uns geschlafen? Ich hatte doch die Matratze von der Zimmerwirtin geborgt.

Ich muß abbrechen. Ich kann keinen Liebesbrief schreiben. Es ist schon Morgen. Ich will versuchen, noch zwei Stunden zu schlafen. Gabriele.

PS.
Ich werde Weihnachten meinen Vater besuchen. Eine Reise mit dir und den Kindern ertrage ich nicht. Denn es ist nicht mehr wie früher. Ich denke oft darüber nach, was das ist: Schuld.
Vielleicht habe ich Angst, mich wieder zu unterwerfen.

Die Kinder haben erzählt, daß ihr Schnee hattet. Und gerodelt seid.
Und Schneeballschlachten gemacht habt. Sie haben auch von der
Wildfütterung erzählt. Und wie das war Weihnachten mit dem
Tannenbaum vor der Dorfkirche.
Die Pullover sind wunderschön warm. Und Renate steht Rot so
gut. Und Cornelia sieht in dem Dottergelb gar nicht mehr blaß aus.
Ein Dankesbrief also.
Ach Jörg!
Vorgestern beim Gutenachtkuß hat Cornelia gefragt: Darf ein Papa
weinen?
(Ich will dir meine Weihnachtsnotizen beilegen statt einer Ant-
wort). Zu Cornelia habe ich gesagt: Ja, er darf.
Am 24. Dezember bin ich auf dem Friedhof gewesen, hab eines von
diesen Kissen aus isländischem Moos mit Tannenzapfen auf die
Grabstelle gelegt, auf das winzige Urnenfleckchen. Vorher das
Laub abgeharkt und die paar Schneekrümel weggeschnippt, die auf
dem Efeu hängengeblieben waren. Empfunden habe ich gar nichts.
Nachher bei Vater. Er versucht, die Frau vor mir zu verheimlichen.
Sie hat ihm gekocht. Karpfen. Das gab es in unserer Familie nicht.
Und sie kann auch nicht besonders kochen. Der Fisch löste sich
schwer von der Gräte. Vater hatte schon viel getrunken und er-
zählte immer wieder von dem Großtransformator, der auf der
Messe war. Er hatte auch ein Foto, mußte lange danach suchen. Ein
Dinosaurier, sag ich dir, und ich ganz klein davor! Die Wohnung
ist nicht wiederzuerkennen, Papierstapel, Staub, schmutzige Gläser, Teller, Aschenbecher überall. Die Gardinen eingerissen, das
Zimmer kalt. Er heizt nicht, stellt nur die Heizsonne an. Die Öfen
taugen nichts, sagt er, schimpft auf den Hauswirt, weil der nichts
machen läßt, will aber auch nichts machen lassen, fremde Leute in
der Wohnung und ich ein alter Mann, wie stellst du dir das vor? (Er
wird sechzig, ist das alt?)
Wir tranken diesen billigen süßen Wein, von dem man Kopf-
schmerzen bekommt. Nachts habe ich Kaffee machen wollen, aber
er hatte keinen da. Er spart noch immer, weil er zuwenig Westgeld

hat, ist aber stolz, daß er zu den wenigen Westberlinern gehört, die in Ost-Berlin arbeiten und im Westen wohnen dürfen. Sonst nur Schauspieler und Ärzte, sagt er.

Am 25sten vormittags habe ich Johannes getroffen. Wir sind über den Gendarmenmarkt gegangen. Ein Platz für Feste, geplant ohne Menschen, ohne bewohnbare Häuser. Die Sandsteinquader schwarz geworden; Staubfahnen, Sandböen statt der Fahnen und Girlanden und Abendroben; die Dachsparren vom Französischen Dom wie Wal-Gerippe, auf der breiten Treppe zur Ruine des Schauspielhauses flatternde, braune Unkrautfähnchen und auf dem Sims des Deutschen Domes junge Birken. Wir haben uns eingehakt, Johannes und ich, weil uns so kalt war, so todtraurig zumute in dieser Großstadtwüste. (Wir, du und ich, sind nie dort gewesen). Johannes hat mir dann noch die Werdersche Rosenstraße gezeigt hinter der Ruine von Schinkels Friedrich Werderscher Kirche. Da steht sogar noch ein Bäumchen, rund geschnitten, und in den alten Häusern wohnen Menschen hinter Mullgardinen und Myrtentöpfen.

Nachher haben wir im Ratskeller gegessen, haben Schlange stehen müssen, weil so viele aus Westberlin da waren, für die der Sauerbraten mit Rotkohl sehr billig war durch den Umrechnungskurs. Die machen uns kaputt mit ihrem Geld, hat Johannes gesagt, kaufen die Ausstudierten von der Universität weg in die Industrie, holen die Facharbeiter, weil ihr Geld was wert ist und unseres nicht, haben den Juni-Aufstand angeheizt und kommen nun zum Sonntagsbraten herüber. Ich habe nicht gewußt, was ich antworten soll. Bei uns hört und liest mans ja anders. Wir haben dann auch vom Theater gesprochen und was ich von Brecht halte.

Der ungarische Wein war besser als der spanische Süßwein bei Vater. Johannes hat wissen wollen, welche Thesen ich in meiner Arbeit vertrete. Er sieht das jetzt anders, sagt er, sei dabei, an Gewalt glauben zu lernen. Er hat mich dann noch bis zum Bahnhof Jannowitz-Brücke gebracht. Ruth hat er nicht grüßen lassen, aber es gefällt ihm, daß sie nicht rüber gegangen ist zu uns in den Westen, daß sie auf die Starthilfe verzichtet hat, die den Haftentlassenen angeboten wird. Preußische Treue hatte er von Ruth nicht erwartet. Dabei hat er mir eine Wimper mit dem kleinen Finger weggetupft, die auf dem Nasenflügel hängengeblieben war. Ich schreib dir das, weil die kleine Zärtlichkeit wichtig war nach diesem Gespräch. Er sei für offene Gewalt, hat er gesagt. Du redest aus der Perspektive des Theaters, wo auch der Tod nur gespielt wird, habe ich geantwortet. Er hat nicht widersprochen.

Bei Ruth zuhause war noch alles unverändert, nur daß sie wieder da ist. Sie trägt eine unkleidsame Dauerwelle. Aber sie sieht nicht einmal schlecht aus, ein wenig aufgedunsen, was sie aber fraulicher macht. Sie hatte zusammen mit ihrer Mutter Kuchen gebacken, ohne Gewürze und mit zuwenig Fett. Der Kaffee war dünn, weil die Zuteilung so knapp ist, und im Westen können sie nicht kaufen (Ich habe nicht gesagt, daß mir das Geld gefehlt hat, ihnen Kaffee mitzubringen. Sie halten uns im Westen alle für reiche Leute.) Sie haben fast eine Stunde über das Anstehen beim Einkaufen gesprochen. Dann erst hat Ruth von der Haft angefangen, nicht viel, nur zusammengesuchte Sätze. Es muß schlimm gewesen sein, vor allem in den ersten Jahren. Sie haben kein Fetzchen Papier und keinen Bleistiftstummel haben dürfen, und viele sind verhungert. Später waren sie in größeren Schlafräumen zusammen. Da gab es eine Archäologin, die in Mittelamerika gegraben hat, die hat immer wieder erzählen müssen. Vom Paradies des Regengottes Tlalocan, von der Erdgöttin Tlazoltéotl. Und als die Archäologin ins Krankenrevier verlegt werden mußte und nicht wiederkam, konnte eine andere weiter erzählen. Ruth blieb sehr ruhig beim Reden. Kam dann auch auf Johannes zu sprechen, nannte ihn gefährlich und warnte mich vor ihm. Da wurde auch die Mutter, die inzwischen eingenickt war, wieder lebhaft, holte ein paar Programmhefte mit Texten von ihm. Wie kann einer so schreiben! Der ist doch gekauft! Wie kann einer schreiben, daß Brecht ein großer Mann ist! Sie wüßten doch, da wäre doch was gewesen, und der hätte klein beigegeben! Irgendwas mit einer Oper. Sie hättens im RIAS gehört. Und dann kam wieder das Klagen über alles, was fehlt, von der Steckdose bis zum Kleiderstoff, vom Kalk, um die Decken zu weißen, bis zum Füllfederhalter.

Aber Ruth hat ein Fernstudium angefangen. Sie will ihren Ingenieur machen, nicht Arbeiterin bleiben. Sie arbeitet in der Fernmeldetechnik. Der Onkel, dem sie genau genommen die Haft verdankt, weil er nach Westen gegangen ist und Schulden hinterlassen hat gleich nach dem Krieg, hat eine kleine Fabrik in Westfalen. Der ist wieder auf die Füße gefallen, hat Ruths Mutter gesagt, aber Ruth hat abgewinkt. Er schickt nicht einmal ein Paket, hat Ruths Mutter noch gesagt.

Ich bin bis zehn geblieben und sie haben mich zum Bahnhof Lichtenberg gebracht. Ich habe dann wieder bei Vater in der Wohnung übernachtet. Es roch nach süßlichem Parfüm. Ich hätte ihn am liebsten zur Rede gestellt, weil es doch lächerlich ist, die Frau zu verschweigen. Er hatte sie wohl um Bohnenkaffee gebeten, denn am zweiten Feiertag hatte er welchen da zum Frühstück. Auch ein sauberes, gebügeltes Tischtuch lag auf dem Tisch. Vormittags sind wir zusammen ins Aquarium gegangen. Vater war wie ein Kind, als er vor den erleuchteten Becken stehenblieb und die bunten, schillernden, durchsichtigen Fische beobachtete. Wie sie in Rudeln stehen und plötzlich auseinanderstieben, an der Glaswand fast zurückprallen, und doch nicht! den Beckenraum ausmessen und doch nicht! noch in der Erregung wie im Tanz schwingen. Ich habe neben Vater gestanden. Sein Gesicht in der indirekten Beleuchtung war schön.

Und ich hab diesen Sog gespürt, der uns niederzerrt, immer wieder. Hingerissen von der Phantasie, die in der Welt wirklich ist, vom Paradies des Regengottes Tlalocan mit all den spielenden, singenden, ruhenden, Tücher und Zweige schwingenden Menschen, hingerissen von der den Schmutz und die Sünden essenden Erdgöttin Tlazoltéotl. Trostvisionen noch in der Haft. (Ich habe in Großvaters alten Lexikonbänden nach den beiden Götternamen gesucht. Die Bände von P bis Z hat Vater noch nicht verkauft!), hingerissen von Blumen, Bäumen, Insekten, Fischen, von Abend- und Morgenfarben, Sternbildern oder der einfachen Schönheit von Schneetreiben, Sandtreiben. Und niedergezerrt von den engen, muffigen Wohnungen, dem Zwang zur Ordnung gegen die alltäglichen Verwüstungen an, dem Zwang zur Arbeit, die unsere phantasiebegabten Hände nicht mehr fordert. Niedergezerrt von den widersprüchlichen Nachrichten, mit denen wir leben, von Gehechel und Verdacht und Denunziation, von trostlosen Schaufenstern, in denen Pappen und leere Flaschen arrangiert sind oder von Schaufenstern, die uns zu Wünschen verführen.

Vater stand da wie ein Kind – wenn sein Gesicht nicht von den Zerstörungen der Lebensjahre gezeichnet gewesen wäre.

Nachher sind wir nach Schöneberg in die Eberstraße gefahren. Unser Freund hat jetzt ein Antiquariat. Die Berliner Bürgerhaushalte sind Fundgruben für ihn. Die Stadt sei wohl doch mehr als nur eine neureiche Hauptstadt gewesen, sagt er. Und daß er besser zurechtkommt als damals mit der Zeitschrift.

Ich wäre gern dageblieben, um zu stöbern. Aber Vater hatte keine Geduld. Bücher interessieren ihn nicht. Und er mußte am 27sten auch wieder früh aufstehen für den langen Weg in die Fabrik, wollte nach Hause.

Warum ich dir das schicke? Als Antwort auf Nelchens Frage?

Ich bin am 27sten morgens zu der Großbaustelle Hansaviertel gegangen. Ich weiß noch nicht, ob das Viertel, einmal fertiggestellt, das Modell einer künftigen Stadt sein wird.

Mittags bin ich nach Grünau gefahren. Da waren die Jalousien heruntergelassen. Verreist? Geflohen? Man fragt ja nicht in der Nachbarschaft.

Dann noch der alte Schulweg durch die Laubenkolonie in Oberschöneweide. Abends habe ich Vater abgeholt am Fabriktor. Ich bin nicht nach Westend gefahren, nicht in deine, in eure, in unsere Wohnung. Ich hätte nicht gewußt, was ich deinem Vater hätte sagen sollen.

Das Alltagsgehechel in dieser Stadt (die da drüben! die dort drüben! Wechselkurs und zweierlei Wahrheit) ist fast unerträglich. Ich muß erst meiner selbst sicher werden, um mich dagegen stemmen zu können. Ob du das verstehst?

– –

Darf ein Papa weinen?
Den Satz vergess' ich nicht, und nicht die Schneeballschlachten, die
du mit den Kindern gemacht hast.
Noch immer Deine
Gabriele

                                                        25. Januar 56
Ich danke dir für die Karte, auf der du von meiner Freiheit
schreibst. Was das ist, Jörg?
Nelchen brachte Ziegenpeter aus dem Kindergarten mit. Natürlich
steckte sich Renate an. Die Kinder sind noch zuhause und über Tag
bei der Zimmerwirtin, denn ich habe nicht so lange fehlen können.
Zum April siedeln wir nach Göttingen über. Ich muß noch ein paar
Seminarscheine machen. Mein Doktorvater hat mir Arbeit in der
Bibliothek besorgt bis zum Examen. Der Schulwechsel tut mir für
Renate leid. Aber ich erzähle ihr von Göttingen, und sie malt schon
Fachwerkhäuser. Nelia wird gleich dort eingeschult.
Gabriele, Renate, Cornelia.

                                              Göttingen, Anfang April 56
Wir wohnen Nonnenstieg 16. Die Kinder haben geholfen, das
Zimmer umzuräumen. Wir habens ganz schön. Gut, daß dein Gehalt erhöht worden ist und »wir nicht mehr so sparen müßten wie in
den ersten Jahren«. Wir, schreibst du. Laß mir, laß uns noch ein
wenig Zeit! Ich kann nicht mit halber Kraft leben!
G.

                                    Göttingen, April, Sonntag, es ist kalt!
Lieber Papa,
die Schultüte für Cornelia ist schön. Mama hat sich über die Blumen gefreut. Danke für die Kiste voll Marzipan! Tante Ulrike war
bei der Einschulung dabei. Die Opas haben beide bunte Karten geschickt. Cornelia hat jetzt Zöpfe. Rattenstummel, sagt Mama.
Es grüßt dich Renate und Mama und Cornelia

Telegramm
Prüfung bestanden
Gabriele.

12. Juli 56

Benn ist tot. Ich weiß nicht, warum mich das trifft. Ich habe ihn nur
einmal gesehen. Vielleicht, weil es mitten in meine Freude trifft.
Ich leg' dir das Foto bei von den Kindern. Sie haben neue Kleid-
chen, sehen wie Engel aus. Und an dem Tag, vielleicht sogar zu der
Stunde, in der ich fotografiert habe! Im Sommer sterben, wenn die
Erde leicht ist, so ähnlich hat er geschrieben.
Im Sommer sterben, wenn die Erde leicht ist.
Du, Jörg, ich will ehrlich zu dir sein. Als ich die Nachricht las, habe
ich gedacht, warum sterben unsere Väter nicht, die sich so schwer
tun mit dem Leben. Ja, so böse bin ich. Dieser Benn, den ich nur
einmal gesehen habe, hat ausgesprochen, wie wir uns mit dem Täglichen quälen, wie verseucht das ist, was wir ›schön‹ nennen. Unsere Väter – nein, ich will nicht weiter spinnen, nicht fragen, warum
sie noch immer so tun, als gäbe es das, was wir suchen. Oder täu-
sche ich mich? Verzeih mir!
(Ich habe cum laude bestanden. Aber ich werde nicht an der Universität bleiben, das ist ein zu langer Weg. Ich schreibe Bewerbungen.)
Deine Gabriele

19. Juli 56

Rosen. Ich versteh dich. Schlager und Operetten. Dabei habe ich
Rosen gern, will später, wenn ich die Welt (vielleicht?) kennen ler-
ne, alle Rosengärten durchwandern. Die Rosen in der Vase sind
dunkelrosa. Ich möchte sie dir beschreiben. Zur Mitte hin sind die
Blütenblätter ganz zart und geben die Seele der Rose frei, wenn ich
sie anhauche.
Verzeih meine Sprache. Ich bin noch betrunken, oder nein –
Du bist nicht gekommen.

Ich habe so gewartet.

Du gibst Gründe an: Urlaubsvertretung und Negativergebnisse bei den Experimenten.

Doch der Reihe nach. Wir haben gefeiert. Die Promotion und die drei Stellenangebote. Ein Gartenfest. Die Kinder waren dabei, sie haben ja Ferien. Um zehn Uhr hat sie mein Hauswirtspaar abgeholt, nette Leute, die keine Enkel haben (Söhne gefallen), und die Rennerlein und Nelchen sehr verwöhnen.

Lampions im Garten, ein paar Schauspieler improvisierten eine Zusammenkunft der Dichter des Hain-Bundes (mit Kostümen), Musikschüler spielten zeitgenössische Musik dazu. Ein Sommerabend wie erfunden. Ich muß dir nicht sagen, wie so ein Fest sein kann. Ich hatte es noch nie so erlebt: Den Witz, das Wissen, den Charme. Immer habe ich mit Menschen gelebt, denen die Sprache fehlt, die nicht wissen, daß man mit der Sprache spielen kann, ohne sie zu versehren. Ich weiß, Chemiker haben Formeln, aber wir, du und ich haben nur Stammeln – und unsere Körper.

In der Nacht haben wir getanzt. Du kannst nicht tanzen, ich weiß. Mit dreiunddreißig waren früher die meisten schon tot, die Frauen vor allem nach zehn, zwölf Geburten. Das fiel mir ein beim Tanzen. Und daß wir etwas vergessen haben, du und ich: Das Ritual der Freude, die nicht nur dich und mich meint. Verzeih mir, Jörg, sie wurden wild nach mir. Und ich habe mit ihnen gespielt, mit den Augen, mit der Stimme, mit den Gesten –

das schreibt man nicht, das ist Kintopp, ich weiß.

Sommernacht gegen Morgen. Schon wieder Vögel. Die Kerzen in den Lampions heruntergebrannt, der säuerliche Geruch der abgefallenen Lindenblüten.

Ich geh jetzt, habe ich gesagt, meine Kinder wachen früh auf.

Göttingen ist still morgens. Sie sind hinter mir hergekommen, die einen durch den Park, die anderen auf der Straße. Einer, mit dem ich nicht getanzt habe, hat mich ins Haus gezerrt. Ich habe ihn mit Fäusten bearbeitet. Draußen die anderen. Er hatte zugeschlossen. Ich hab ihn gebissen, getreten, habe geschrieen, gewütet, gespuckt. Mir fiel ein, wie meine Mutter uns Schwestern vor der Vergewaltigung bewahrt hat 1945. Du bist schön, hat er gesagt, du bist süß. Solche dummen, billigen Sätze. Ich habe gegen seine Schläfen getrommelt. Ich will raus! Raus! Und immer noch draußen die anderen. Er hat mir das Kleid zerrissen, den Schlüpfer zerrissen, ich habe mich gewehrt, er hat mir das Kinn weggedrückt, den Kopf irgendwo gegengeschlagen, ich schmeckte Blut, er hat mich mit seinen Händen aufgerissen –

Ich habe unterbrechen müssen. Ich kann noch nicht denken, was mir passiert ist. Du bist schuld, hat der Mann gesagt, gekeucht, du machst einen verrückt. Und die gewartet haben – seid ihr Männer so?
Ich habe noch immer Angst, über die Straße zu gehen.
Sie sind hinter mir her gekommen, haben gesehen, wie ich mich schleppte. Ich habe die Haustür verriegelt. Die Zimmertür verriegelt. Die Kinder schliefen noch.
Ich schäme mich. Ich habe ein Spiel gespielt.
(Du kannst nicht tanzen, ich weiß. Warum warst du nicht da?)
Die Kinder sind so lieb. Renate hat Salbe für meine Schläfenwunde gekauft.
Ich muß mich für eines der Stellenangebote entscheiden.
Gabriele.

                                                        3. August 56
Eine Ansichtspostkarte von der Nordsee. Gruß Jörg.
Warum wate ich nicht neben dir durchs Watt? Die kleinen Krebse, der Sand zwischen den Zehen, das spiegelnde Licht.
Ich habe den Vertrag mit dem Hessischen Rundfunk unterschrieben. Wieder ein Umzug. Aber Frankfurt ist vielleicht ein Ort, wo es auch für dich eine Stelle gibt!
G.

                    19. September 56, Frankfurt, Unterlindau 7
Meine erste Sendung: Brechts Tod. Pressespiegel und Kommentar. Es gab Hörerzuschriften.

Die Kinder haben beide freundliche Lehrerinnen. Aber Frankfurt ist scheußlich für Kinder. Renate schläft schlecht, und ich muß sie oft zu mir auf die Matratze nehmen, bis sie einschläft. Cornelia hat schon eine Freundin. Die Wohnung ist hübsch, wenn auch noch ziemlich leer, Platz zum Toben für die Kinder, denn in der Kindertagesstätte müssen wir auf Plätze warten. Das bringt natürlich Unruhe, auch Ärger mit den Hausbewohnern.

Ich habe eine Senderreihe über die politische Literatur der Weimarer Republik zu entwickeln.

Ich verdiene mit einemmal ziemlich viel Geld.

G.

7. November 56

Nachrichten. Nachrichten. In Ungarn ist der Aufstand niedergeschlagen worden. Ich holte die Kinder vom Schwimmunterricht ab. Herbstlicht, Bäume voller Himmel. Überall Nachrichten. Die Kinder haben vom Schwimmen erzählt. Nachher haben wir zusammen vorm Radio gesessen. Ich weiß nicht, wie ich ihnen die Welt erklären soll.

Rennerlein hat schon den Freischwimmer gemacht und trainiert auf den Fahrtenschwimmer. Nelchen geht einmal in der Woche zum Flötenunterricht. Immer die Angst, wenn ich die Kinder am Bordstein stehen sehe. Manchmal halte ich mir die Augen zu. Und über Tag zucke ich bei jedem Anruf im Funkhaus zusammen.

Warum geht uns nur an, was draußen passiert? Haben wir nicht genug mit uns zu tun?

Aber du hast ja auch die letzten Notrufe gehört . . .

Gabriele, Renate, Cornelia.

12. Dezember 56

Du willst Weihnachten kommen. Du kennst den Taunus noch nicht, schreibst du. (Nichts über Ungarn, aber das ist ja nun schon über einen Monat her, und du hast nichts anderes erfahren als wir alle. Keiner spricht mehr über Ungarn. Aus. Vorbei. Ist das so? Leben wir so?)

Ich habe mir die Fahrpläne angesehen. Wir können bis Kronberg mit der Bahn fahren. Von dort aus gehen Omnibusse. Aber wir können auch laufen, am Taunushang entlang oder über Falkenstein aufwärts. Auch wir hier kennen den Taunus noch nicht. An den Wochenenden richten wir unsere Wohnung ein. Renate ist sehr umsichtig und hat schon einen entwickelten Geschmack. Und es macht Spaß einzukaufen, ohne rechnen zu müssen, eine ganz neue Erfahrung für mich. Jedesmal wenn ein Schrank oder Tisch und Stühle oder eine Lampe oder ein Teppich geliefert werden, ist das ein kleines Fest. Wir haben auch schon Bilder ausgesucht. Durch die Arbeit im Funkhaus stellen sich schnell Kontakte zu Künstlern her. Reni und Conny – so werden sie hier in der Schule genannt – haben eine Matte zum Turnen und ein Reck, sie dürfen die Wände bemalen und jetzt vor Weihnachten üben sie was ein, verkleiden sich, flöten, singen, lachen. Ich darf natürlich nichts wissen. In der Redaktion sagen alle, die Kinder haben, daß es ihnen wie ein Wunder vorkommt, wenn die Kinder so spielen, als gäbe es keine Nachrichten für sie.

Ulrike teilt mir mit, daß ihr Mann ein Haus gekauft hat oberhalb Göttingens, und daß Vater sie besuchen will und sie schon überlegt, ob sie ihn nach Goslar schicken können Weihnachten, weil sie doch Gäste erwarten. Ich hätte schreiben müssen, schick ihn zu uns, er ist doch auch mein Vater und der Großvater der Kinder. Aber du hast dich angekündigt. Und da habe ich den Vorschlag, ihn nach Goslar zu schicken, unterstützt, mies, ich weiß.

Ich schick dir hier das Protokoll über eine Redaktionssitzung mit. Du sollst wissen, was mich täglich beschäftigt.

Damals, im Sommer, habe ich gewartet, daß du mir Vorwürfe machst. Es hätte mir geholfen, zu wissen, daß ich dir nicht ganz gleichgültig bin. Oder anders: Es hätte mirs leichter gemacht, hier anzufangen. Dein Großmut, wenn es Großmut ist, ist eine Fessel. Oder mein Gewissen? Oder kannst du nur nicht zugeben, daß du verloren hast?

Aber das stimmt ja nicht, ich – nein, verloren habe ich nicht.

Es ist gut, daß du kommen willst.

Deine G. und R. und C.

Anlage.

Protokoll – Redaktionssitzung, Jahresbilanz und Vorschau.
9. 12. 56
Anwesend: Dr. M. Z., Leiter der Kulturabt.
Markus Sch.
Ludwig F.
Karla W.
Gabriele M.
Karin R. (Protokoll)

Kurze Begrüßung durch Dr. Z., Dank an die Mitarbeiterinnen und
Mitarbeiter, insbesondere Frau Gabriele M., die sich gut eingear-
beitet hat.

Nach der Auswertung der Sendereihen (s. monatl. Protokolle) und
dem Kursieren der Pressemappe, nach der Skizzierung des Sender-
austauschs und seiner Wirkungen auf die Abteilungsplanung (ver-
antw. Ludwig F.) berichtet Karla W. über die Außenkontakte im
universitären Bereich und die Erfahrungen mit halb offenen Veran-
staltungen in Fabriken und Schulen. Markus Sch. hält die Vorbereitungen dazu für unzulänglich, erinnert an seine wiederholte Kritik
an der Themenauswahl und Aufbereitung. Karla W. widerspricht,
verweist auf ihre Ausbildung als Pädagogin und ihre langjährige
Berufserfahrung im Berufsschulbereich. Dr. Z. versucht zu
schlichten. Ludwig F. berichtet von der positiven Aufnahme gerade dieser Sendeversuche in anderen Anstalten der ARD, vor-
nehmlich beim WDR. Die Diskussion schließt mit dem Auftrag an
Markus Sch., für März zwei Folgen der Reihe in Absprache mit
Karla W. vorzubereiten und bei der nächsten Redaktionssitzung
vorzulegen.

Markus Sch. greift nun den Programmentwurf von Gabriele M. für
das erste und zweite Quartal 57 an, wirft ihr vor, sie habe sich durch
den Erfolg der Brecht-Sendung blenden lassen. Ihre Reihe ,Litera-
tur der zwanziger Jahre, Schriftsteller im politischen Meinungs-
kampf', sei einseitig, werde dem breiten Angebot konservativer Literatur in diesem Jahrzehnt nicht gerecht. Die Sendereihe könne
ebensogut vom Deutschlandsender (DDR) ausgestrahlt werden.

Dr. Z. weist den Vorwurf als polemisch zurück, ersucht Gabriele M., ihr Konzept zu kommentieren. Als sie die politische Konkretisierung des Expressionismus nach 1918 skizziert, unterbricht Markus Sch. Eine solche Interpretationsweise von Literatur mache zweifellos die Literatur kaputt, zerstöre ihren subj. Wesensgehalt. Ludwig F. springt auf, ruft, das sei doch Schwachsinn, was sein Vorredner ausbreite. Das hätte er genau so in der Akademiesitzung 1933, während der Heinrich Mann und andere ausgeschlossen worden wären, sagen können. Markus Sch. bleibt hartnäckig. Sie wüßten schließlich, daß er seine Erfahrungen habe, nämlich unter Tage, und draußen minus 50 Grad Celsius. Sibirien. Gabriele M. versucht ihm klarzumachen, daß der Stalinismus und seine Folgen nicht dem unterschiedlichen sozialkritischen bis sozialistischen Engagement der deutschen Schriftsteller in den zwanziger Jahren zur Last gelegt werden könnten. Sie würden doch Jesus auch nicht vorwerfen, was später die Kirchen angerichtet hätten. Oder anders: die Bosheit des Hahnes könnte doch der Henne, die das Ei bebrütet hat, nicht nachhinein angekreidet werden. Markus Sch. findet beide Vergleiche nicht passend.

Dr. Z. stellt sich prinzipiell hinter Gabriele M., will aber in einem gesonderten Gespräch mit ihr und Markus Sch. zu vermitteln suchen. Er halte Übereinstimmung für möglich, sagt er.

Karla W. wünscht, zu dem Gespräch hinzugezogen zu werden, weil Gabriele M.'s Programmkonzeption für ihre Außenarbeit wichtig sei. Ein Sender, der auch in der DDR gehört werden könne, habe die Verpflichtung, das Gespräch über die Grenze offenzuhalten.

Punkt 2. Die Literatursendungen. Heutige Autoren.

Markus Sch. stellt fest, daß es kein polit. Engagement unter den jungen Autoren gibt. Nicht einmal die deutsche Teilung werde häufig behandelt. Nachdem die Kriegserlebnisse aufgearbeitet seien, mache sich Irritation bemerkbar, die Aufgaben der Literatur betreffend, aber eine ungewöhnliche artistische Qualität sei schon bei den Anfängern festzustellen. Er halte das für heilsam. Dem wird zugestimmt. Gabriele M. sagt: Vielleicht liegt es an unseren

Fliegenaugen, daß wir kein Gesamtbild gewinnen und darum das Engagement im allg. fehle – trotz der Betroffenheit, die Einzelereignisse (wie etwa der Fall Ungarns) auslösten. Ludwig F. findet das Bild von den Fliegenaugen ungenau. Aber Karla W. bestätigt, daß gerade in den Schulen Fragen gestellt werden, die sie alle erschrecken müßten. Sie würde die Fragen unter dem Oberbegriff ›Angst‹ zusammenfassen.

Dr. Z. legt die Liste der Vertragsmitarbeiter für das erste Halbjahr 1957 vor. Der Honorarraster wird überprüft.

Ende der Sitzung 17.30 Uhr.

f.d.R. Karin R.   Dr.M.Z.

PS. Du siehst an dem beiliegenden Protokoll, daß wir nicht ganz konfliktfrei arbeiten. Aber ich halte es für gut, daß von den Konflikten gesprochen wird.

G.

                                                    Anfang Januar 57

Die Taunuswanderung – Hinter Falkenstein beim ersten Wegzeichen zum Fuchstanz fast unmittelbar Stille. Tannen. Fichten. Die Lärchen abgenadelt im Winter, gleich neben den befestigten Wegen knöcheltiefes Laub, der Schnee wie mit offener Hand ausgestreut, nur in den Mulden zur weißen Fläche verdichtet. Hier und da Eichen mit rostbraunem Winterlaub, die Grafik der Buchenkronen vor dem hellen Wintergewölk. Vor uns die Kinder, übermütig jachernd, die Taschen voller Tannenzapfen und Rindenstückchen. Du knöpfst die Jacke auf, weil du das Steigen nicht gewohnt bist und weil du zu schwer geworden bist für dein Alter. Ich jage mit den Kindern um die Wette, wir backen Schneebälle zusammen, wir werfen nach dir, wir lachen, weil du so pustest. Die Kinder wollen wissen, ob hier auch Wildfütterung ist wie im Harz. Renate ist stolz, daß sie das noch weiß. Cornelia macht uns Vorwürfe, daß wir keine Mohrrüben mitgenommen haben. Oder Eicheln für die Wildschweine.

Unser Weihnachten, war das so?

Ein schöner Tag, haben die Kinder abends gesagt. Renate führt ja Tagebuch. Sie sammelt schöne Tage.

Auf dem Feldberg haben wir Karten geschrieben, an die Väter, an Ulrike und den Schwager, an Gisela, an Ruth und Mutter, an Johannes, an deine Betriebsratskollegen, an meine Wirtsleute in Göttingen, auch an meinen Doktorvater und schließlich auch an die Redaktion. Aus Jux und nur so: Wir Weihnachtsmänner grüßen euch! Deutsche Wanderer erobern den Feldberg! Tief unter uns und fast vergessen die Kaiserstraße mit ihren Damen und Herren! Bewegt und mit tränenden Augen (vom Wind) sehen wir auf die Mainebene hinunter! Lauter solche Sätze, die witzig sein sollen, wenn einem nichts anderes einfällt. Wenn man nicht wagt, über das zu sprechen, was zu besprechen ist. Oder wenn mans noch nicht kann. Haben wirs schließlich besprochen?

Ich habe in der Woche dreimal ins Funkhaus gemußt, wenn auch jedesmal nur für ein paar Stunden. Du bist mit den Kindern im Senkkenberg-Museum gewesen. Wir haben in der Elbestraße ziemlich billig und gut gegessen. Wir sind im Goethehaus gewesen, das schon wieder aufgebaut ist, wahrscheinlich wegen der amerikanischen Touristen. Aber wie zerstört ist doch Frankfurt noch! Oder fällt uns das nur in einer Stadt auf, die wir wenig kennen. Daß die Ruinen noch immer nach Brand und Fäule riechen?

Läßt sich sagen, was wir uns hätten sagen müssen?

Einmal bei Tisch hast du erzählt, daß die Wäschereibesitzerin gestorben und der Betrieb eingestellt worden ist und du nun mit deiner und deines Vaters Wäsche bis zum Kaiserdamm mußt. Ein versteckter Vorwurf. Ich habe nicht geantwortet. Ein anderes Mal hast du von der Diät erzählt, die dein Vater braucht, und daß er die im Lokal nicht bekommt, hast auch von den Vögeln erzählt, die er auf dem Balkon füttert und ins Zimmer läßt. Sonst nur allgemeines, Mitteilungen, wenn man sich lange nicht gesehen hat: Über die Auftragslage und wie du sie einschätzt, über Gewerkschaftsarbeit. Ein paar Fragen nach meinen Kollegen. Nichts über das Fest in Göttingen. Nichts über meinen Vater.

Ich weiß noch immer nicht, wer du bist, Jörg!

Beim Würfelspiel mit den Kindern hast du den roten und den gelben Stein, die auf ein und dasselbe Feld kamen, dicht aneinandergeschoben. Die müssen nun miteinander weiter! (Müssen, ganz unbetont) Der eine denkt, das geht gut, der andere denkt: Mal sehen. Und dann hast du die Steine immer gemeinsam weitergeschoben, bis der gelbe Vorsprung bekam. Der versucht nun, freizukommen, fragt nicht, warum der andere so langsam ist. Schon müde vielleicht. Warum müde? hat Renate gefragt und du hast nicht geantwortet. Erst später, als du den Kindern beim Gutenachtsagen einen Kuß gegeben hast, der Satz: Ich weiß gar nicht, ob ihr das noch wollt! Und als Cornelia sich noch mal aufgerichtet und auf dem Bett gehüpft und sich dir an den Hals geworfen hat, hast du zu mir herübergesehen, als sollte ich deine Antwort geben.

Ja, Jörg, das habe ich verstanden.

Du willst nicht nach Frankfurt übersiedeln, das habe ich verstanden, das auch.

Nachher haben wir lange nebeneinander gelegen. Was hast du dabei gedacht? Das Selbstverständliche war nicht mehr selbstverständlich. Du hast dann vom Betrieb angefangen. Und daß ich sehen müßte, wie sich alle zufriedengeben. Arbeit, Familie, eine Wohnung, ob das nicht genügt. Im Haus wird was frei im April, hast du gesagt. Ich habe nicht geantwortet.

Und du lebst jetzt mit voller Kraft, hast du schließlich gefragt.

Ja, Jörg, ja.

Und die Kinder?

Wir haben beide zur Decke gestarrt. So eine Nacht. Und ein Zimmer für uns allein. Und das Atmen. Und die Schattenspiele der Äste an der Zimmerdecke, von den Straßenlaternen entworfen.

Du hast Angst um die Kinder.

Ich auch, Jörg. Doch die dürfen die Kinder nicht spüren. Die macht sie hilflos. Und sie sind jetzt beide so sicher.

Und wenn sie über die Straße gehen?

Das Schattenspiel. Die Gabelungen der Äste und Zweige, die größere Elastizität, je weiter sie vom Stamm entfernt sind.

Du hast deine Hand langsam zu mir herüber geschoben. Ich habe deine Hand genommen.

Da habe ich jäh gewußt, wie allein du bist.

Und dann hast du von deinen Eltern erzählt, von der Strenge. Und wie dürftig die Strenge war: Die festen Tischzeiten, die Tischregeln, die Strafen bei Unpünktlichkeit, die Enttäuschung deines Vaters, daß du nicht Offizier wurdest, sondern abgestellt zur kriegswichtigen Industrie. Das Unkontrollierte und Unkontrollierbare der Arbeit. Sich Endprodukte vorstellen können, Wirkungen. Nicht zweifeln dürfen. Darum die Verbissenheit in die Pflicht. Und du glaubst noch an Freiheit, hast du gefragt.

Meine Antwort kennst du.

Oder nein, ist Hingabe, Raserei der Hingabe, eine Antwort?

Am anderen Vormittag wieder der Taunus. Aufgeklart. Da haben wir uns an den Händen gefaßt und ich bin neben dir geblieben, obwohl du langsamer steigst als ich. Wir haben keine Karten geschrieben. Wir sind bis zum Dunkelwerden gewandert und haben in Niederreifenberg an der Bushaltestelle gewartet. Da hatten sie in den Zimmern schon die Lichter an den Tannenbäumen angezündet, obwohl Weihnachten vorbei ist. Die Kinder haben angefangen zu singen, um die Zeit zu vertreiben bis zur Abfahrt des Busses und auch nachher im Bus noch. Und die vermummten Leute, die da mitfuhren, haben den Kindern zugenickt. Hinter den beschlagenen Scheiben Königstein. Ein paar Betrunkene stiegen zu, hatten schon zeitig damit begonnen, Silvester zu feiern. Ich habe die Minuten bis zur Abfahrt deines Zuges ausgerechnet, die Sekunden, um die Zeit länger erscheinen zu lassen. (Deines Zuges, sagt man, der Wunsch, Besitzverhältnisse auszudrücken.)

Auf dem Bahnhof (1. Januar 57) kaum noch Sätze.

Hätten wir uns noch etwas sagen müssen?

Aber wer redet schon auf dem Bahnhof? Die Kinder, die immer noch was neu entdecken, Signallampen, Fahrpläne, Reklameschilder, Ortsnamen, über die sie lachen müssen! Und als der Zug anfuhr und du den Kindern zuliebe das Taschentuch entfaltet hattest, deine Frage: Spielst du noch immer?

Ich hoffe, du hast mein Kopfschütteln gesehen, auch wenn du auf die Kinder geachtet hast, die neben dem Zug hergerannt sind.

14. Januar 57

Warum ich den Brief abschicke?
Für mich war er eine Fortsetzung unseres kargen Gesprächs. Du
kannst ihn wegwerfen.
Ab Februar haben die Kinder einen Platz in einer privaten Kinder-
tagesstätte, die mir eine Kollegin empfohlen hat. (Mir fällt auf, daß
ich immer wieder ›die Kinder‹ geschrieben habe. Bedeutet das was?
Ich muß darüber nachdenken).
Herzlich deine drei Frankfurter.

(Postkarte)   2. Februar 57
Lichtmeß. Die Nachmittage schon durchsichtig. In der Kinder-
tagesstätte wird ein Faschingsball vorbereitet. Renate will ein Ge-
dicht machen. Cornelia will lieber das Straßensängerduo von
Weihnachten vorführen, worüber wir so gelacht haben.
Abends kleben wir Masken.
Deine drei Frankfurter

(Kalenderblatt)   20. Februar 57
Beim Frauenarzt gewesen. Er rät mir ab, gibt mir auch keine Adressen. Ich sei ja gesund, auch verheiratet. Er greife nur in Notfällen
ein. Ich wisse doch wohl, daß ihn eine Fehlhandlung seine Praxis
kosten könne. Natürlich weiß ichs. Aber die Zeit wird schon
knapp, sagt er dann doch. Sechs Wochen wäre richtig gewesen.
Widerlich, wie doppelzüngig er redet!

21. Februar 57

Daß die Wohnung im Haus vergeben worden ist, ohne vorher ausgeschrieben zu sein – und das trotz aller Bestimmungen und Verordnungen – muß dich nicht ärgern. Ich will ja meine Arbeit nicht
aufgeben.
Wir sind eben im Aufbruch zum Kinderfasching. Nelchen hat sich
durchgesetzt: Sie führen das Straßensängerduo vor. Renate hat ein
Gedicht vom Straßenbahnschaffner geschrieben. Aber sie will es
nicht vortragen, obwohl wir eine alte Tasche von mir herausge-
sucht und einen Bart aus Watte geklebt haben.
Deine G., R. und C.

(Kalenderblatt)   25. Februar 57

Warum will ich das Kind nicht? Ich habe es doch drauf ankommen
lassen Weihnachten. Um meine Schuld zu tilgen und – ja – weil ich
Jörg nicht verlieren wollte. Kann sich ein Mann vorstellen, daß der
Wunsch, ihn zu besitzen, unachtsam macht? Daß es die Frau de-
mütigt, wenn er unterbricht? Kann sich ein Mann vorstellen – oder
erfährt er es ähnlich? – daß der Orgasmus nicht ihn, nur das andere
Geschlecht meint? Außer sich sein, heißt es. Auf dem Höhepunkt
des Spiels nicht mehr ich, nicht mehr du sein. Macht uns das so
fremd voreinander? Und so angewiesen auf die geduldigen Ordnungen?
Ich horche herum. Im Haus, beim Einkauf. Nur nicht im Sender.
Dort wird so leicht alles zum Klatsch. Markus Sch. wartet drauf,
daß mir etwas schiefgeht. Meine Sendereihe soll höheren Ortes gelobt worden sein. Das hat er natürlich erfahren.
Warum will ich das Kind nicht und bin doch froh, wenn ich ungenaue Auskunft bekomme, auf die ich mich nicht einlassen kann?
Der Rockbund fängt schon an, einzuschneiden. Noch könnte ichs,
wenn auch nicht ganz ohne Risiko, abtreiben lassen. Warum zö-
gere ich? Und nehme dann doch immer wieder drei Stufen auf einmal und trinke Rotwein mit Pfeffer und bade so heiß, daß die Haut
blasig wird?

                                                    1. März 57

Du schreibst, eine Ehe sei durch die ständige Aufmerksamkeit für-
einander erst wirklich. Ich weiß nicht, ob dann nicht sehr wenige
Ehen wirklich sind.
Mir fällt ein, daß ihr im Januar euer Betriebsfest gefeiert habt. Davon hast du nichts geschrieben. Warst du dabei? In den ersten Jahren unserer Ehe hat es mich gekränkt, daß ich nicht dabei sein durfte. Du kamst immer erst gegen Morgen und angeheitert. Einmal
hattest du ein Fernglas bei der Tombola gewonnen. Wozu ein
Fernglas? Um den Spatzen in der Regenrinne gegenüber zuzuse-
hen? Da hast du ein bißchen erzählt, wie die aus den verschiedenen
Abteilungen unter sich bleiben und nur die Direktoren auch mal

eine Stenotypistin oder eine Packerin auffordern und Abstand halten beim Tanzen.

Das Fest bei Ludwig war anders. Künstlerfasching. Seine Mutter, die im Kunsthandel eine Rolle spielt, hatte eingeladen. Ich hatte ein Kleid an aus dieser blanken Faschingsseide, dottergelb, dazu einen großen Hut, der auch mit gelber Seide bezogen war, um die Taille und um den Hut eine braune Kordel. Mehr nicht. Alles mit heißer Nadel genäht. Ich kam spät, als das Fest schon im Gange war. Ich hatte gewartet, bis die Kinder eingeschlafen waren, obwohl sie wußten, daß ich weggehen würde. Ludwig und seine Mutter wohnen in Homburg in einer alten Villa mit riesigen Zimmern, mit Stuckaturen an der Decke. Auf dem Parkett kein Teppich. Aber was für ein Parkett! Zur Mitte der Fläche aus dunkleren Hölzern rankende Rosengirlanden, die sich zu einem Bukett vereinigen. Und an den Wänden Seidentapeten, Schränke mit Porzellan und wenige zierliche Stühlchen. Die Gäste waren schon ziemlich betrunken; als ich kam, saßen sie auf den Stühlchen oder standen neben den Schränken. Ich mußte quer übers Parkett, um Ludwigs Mutter zu begrüßen. Ludwig begleitete mich, und Markus löste sich von der Wand und kam quer durch den Saal auf uns zu, ich weiß nicht, warum. (Wir nennen uns beim Vornamen in der Redaktion, siezen uns aber. Habe ich dir das Weihnachten erzählt?) Unser Doktor hatte seine aparte Frau mitgebracht. Schriftsteller, Maler, Architekten, Verleger, Galeristen, Professoren, Schauspieler waren anwesend, auch Kollegen aus anderen Redaktionen. Da eine Gästeliste auslag, in die sich jeder einschreiben mußte, hatte ich ein paar Namen entdeckt, die dann von Ludwig ergänzt wurden. Daß Markus nicht von unserer Seite wich, war mir unangenehm. Er wollte nicht unsicher erscheinen, kein Gerede aufkommen lassen über Konkurrenzneid oder so was. In einem Funkhaus entstehen Gerüchte wie Seifenblasen. Aber vielleicht wollte er nur einfach nicht so allein dastehen in seinem ein bißchen zu phantasielosen Kostüm: Die Hose, die er auch im Dienst trägt, dazu ein weißes Oberhemd und ein breiter Leibgurt.

Die üblichen Begrüßungen, Kopfnicken, leichtes Winken. Ne-

benan schon Paare eng umschlungen, über Ausschnitte geneigte
Grauköpfe, auf dem Boden sitzende jugendliche Paare, die ich
nicht kannte, auch Gruppen im Gespräch. Ludwig stellte mich den
Professoren vor, bat sie, mir zu sagen, was sie dem Doktor schon
gesagt hätten, eine emanzipierte Frau würde das nicht nur für
Schmeichelei halten. Er sorgte dafür, daß mir Sekt gereicht wurde.
Wir tranken einander zu, die Professoren und Ludwig und ich.
Auch Markus stieß mit an. Ich hörte die Sätze, die Schmeicheleien,
sie gingen mich nichts an. Begabt, wirklich sehr begabt. Wer denn
mein Vater sei, meine Familie. Ich habe da ein bißchen hochgesta-
pelt, von einem Ingenieur und einer Pianistin gesprochen, mich im
gleichen Augenblick geschämt vor meinen Eltern, die das doch hätten sein wollen: ein richtiger Ingenieur, eine richtige Pianistin.
Aber das Gespräch war schon weiter, ich konnte nichts zurück-
nehmen, es hätte sich nach Koketterie angehört. Diskutierten dann
über Ernst Toller, sehr kontrovers, obgleich sein elender Emigran-
tentod ihn doch hätte unantastbar machen müssen. Von anderswo
Gesprächsbrocken über den Algerienkrieg. Waren Sie mal in Mar-
seille auf dem Bahnhof, wenn die Gefangenen in die Züge gestoßen
werden? (Die Lust am Hochmut!) Da kann man nur erster Klasse
fahren, das ist lebensgefährlich in so einem Zug! Ein anderer wußte
über die Fremdenlegion Bescheid, fragte, und fixierte dabei die Zigarre zwischen Mittelfinger und rechter Hand, ob den Franzosen
der Sieg über Hitler nicht zu Kopf gestiegen sei. Aber ich bitte Sie
(betrunken gelallt), die machen den Macquis doch viel wichtiger als
er war! Anderswo Sätze über den Indochinakrieg. Auch einer, der
in Korea war. Und ein Maler, kaum noch verständlich und auf zwei
andere gestützt, hatte sich Hiroshima angesehen. Die Tränen liefen
ihm übers Gesicht, aber vom Suff. Er soll einen Zyklus mit Radie-
rungen über den Atomtod gemacht haben. Großartig, sagten
einige.
Markus blieb neben mir, als Ludwig sich anderen Gästen zuwen-
den mußte, wollte dann auch mit mir tanzen, als endlich wieder
eine Platte aufgelegt wurde. Da fiel mir erst richtig auf, wie die
Leute angezogen waren. Ein buntes Durcheinander von Schlan-

genkönigen und Flitterprinzessinnen, auch einer in einer alten Wehrmachtsuniform und mit Kopfverband, für den habe ich mich geschämt! Der Hiroshima-Künstler ging als buddhistischer Mönch, andere trugen schlampige Matrosenanzüge, und bei dem mit dem Kopfputz aus gefärbten Hühnerfedern hatte natürlich jeder seinen Karl May parat. Ein paar Schauspielschülerinnen in dunklen Trikots spielten eine Szene aus Schwarzafrika. Auf dem Plattenspieler Spirituals. Die Frau unseres Doktors wiegte sich in den Hüften und stampfte und warf den Kopf in den Nacken. Die war schon mal in Harlem! Ach was, sie hat ihren gelehrten Alten satt! Partygeschwätz. Und Markus immer neben mir. Stellen Sie mich vor! Stellen Sie mich bitte vor! Dabei kannte ich die Leute so wenig wie er, sah nur amüsiert zu, wie die Augen immer glasiger wurden, die Bewegungen tapsiger, hörte, wie sich die Sätze verknäulten. Stellen Sie mich doch vor! Was solls denn, Markus! Die hier vergessen alle noch ihm Zuhören, wer Sie sind!

Ich habe viel getanzt – das mußte er zulassen, ich hatte ihn ja nicht als meinen Herren für das Fest gewählt. Und ich habe immer wieder das Bedauern für mein hochgeschlossenes Kleid anhören müssen. Ich war dabei, ich tat mit, und war doch immer wie eine Zuschauerin, ganz anders als in Göttingen, ganz anders als damals in der Eberstraße in Schöneberg. Mir dröhnte der Kopf von dem belanglosen Geschwätz, ich tanzte mit halbgeschlossenen Augen, den Hut im Nacken, die Gummischnur drückte auf die Schilddrüse. Ich konnte die Bilder hinter den Sprechblasengesichtern sehen, Hiroshima und standrechtliche Erschießungen in Algier, die Straßen von Harlem, Zeitungsfotos, schwarzweiß hinter dem bunten Faschingsflitterkram. Und dann sah ich den mit dem Kopfverband und dachte, der muß verrückt sein, die vertragen doch hier alle nur noch die Zeitungsbilder, schwarzweiß, etwas unscharf.

Und ich? Wenn Markus von Workuta erzählt, will ichs nicht mehr hören, vielleicht weil ers zu oft erzählt. (Und da fiel mir etwas ein, das nicht nur für diese Nacht gilt: Wieviel die Männer reden, mit denen ich beruflich zu tun habe! Wie oft sie mich niederreden! Und daß du anders bist. Daß wir zusammen schweigen können.)

Markus wollte mich nach Hause bringen, bestellte das Taxi, redete die ganze Fahrt über, was für ein Glück es für mich als Frau sein muß, mit einem Entreebillet in der Tasche anzufangen. Ich sitze da und sauge mir die Sätze aus den Fingern, sagte er, und Sie werden gleich vom Dekan der Philosophischen Fakultät der Universität bemerkt, kaum, daß Sie ein paar Sendungen gemacht haben! Ich habe ihm nicht geantwortet. Er bezahlte das Taxi und ging zu Fuß weiter. Dabei wohnt er in der Nähe vom Zoo, hatte also mindestens noch zwanzig Minuten zu gehen.

Als ich nach dem Duschen ins Kinderzimmer ging und mich über die Schlafenden beugte – der leise Atem am Ohrläppchen, schlafwarm, vogelleicht – blieb der Spuk des Faschings in dieser herrschaftlichen Villa zurück, weit weg. Mir fiel ein, was du von den Betriebsfesten erzählt hast, von den Pflichttänzen der Direktoren mit Stenotypistinnen und Packerinnen, die Falschheit unserer Feste.

Ich möchte einmal mitten in einem Faschings- oder Karnevaltrubel durch die Straßen treiben, zwischen namenloser Besoffenheit und namenloser Lust, um zu wissen, was das eigentlich ist: Maskerade, Kostümierung. Vielleicht Todesangst, mit der wir nur noch kokettieren, sobald wir wissen, daß uns jemand zusieht, der einen Namen für uns hat?

Ich bin noch müde. Leb wohl für heute!

Deine G.

(Kalenderblatt)   4. März 57

Manchmal mitten im Gespräch mit den Cutterinnen jähe Freude. Auf das neue Kind. Leben, arbeiten, das Kind auf dem Arm, Renate und Cornelia am Tisch, das Manuskript vor mir oder das Mikrophon. Mit voller Kraft leben.

Warum schreibe ich Jörg nichts von der Schwangerschaft? Ich stelle mir vor, daß es jetzt fingerlang ist. Ich stelle mir vor, was es fühlt. Wie es fühlt.

18. März 57

Heute auf dem Heimweg von der Kindertagesstätte – wir haben
noch einen Umweg gemacht, um Kniestrümpfe zu kaufen, es gibt
jetzt so hübsche, farbige Sachen – habe ich die Kinder gefragt, ob
sie sich auf ein Baby freuen könnten. Renate hat mich groß angesehen: Warum fragst du das? Cornelia hat fünf, sechs, sieben Schritte
lang nichts gesagt und dann: Du, da darf ich doch den Wagen schieben? Und dann haben wir über die Neuigkeit gesprochen und wie
so ein Baby auf die Welt kommt. Beim Abendbrot hat Cornelia gefragt, ob sie auch in dem Haus in meinem Bauch gewohnt hat. Und
Renate: Na, ist doch klar, wenn das so ist!
Ja, Jörg, das ist die Nachricht: Ein Septemberkind.
Was wirst du antworten?
Gabriele, Renate, Cornelia und x.

21. März 57

Du freust dich! Dank dir! Warum schickt Papa Blumen, haben die
Kinder gefragt. Das Baby ist doch noch blind? Oder?
Und: Meine Sendereihe wird zweimal übernommen, vom WDR
und vom SFB. Der Doktor hat mir gratuliert. Ich habe jetzt zwei
neue Stundensendungen fertig und die Reihe fürs zweite Halbjahr
entworfen. Ich versteh nicht, warum sie sagen, daß eine Frau durch
die Schwangerschaft leidet. Ich lebe mit voller Kraft.
Wenn du zu Ostern kommst, bring doch bitte Fotos von Renate
und Cornelia mit, als sie klein waren. Sie wollen das jetzt ganz genau wissen. Ich erzähle ihnen, wie so ein Mensch heranwächst. Renate schreibt noch jeden Tag in ihr Schulheft: Heute war ein schöner Tag. Und Cornelia malt mit bunter Kreide Babys, blonde Babys, schwarze Babys, gelbe Babys. Ich versuche ihnen ein wenig
von dem zu vermitteln, was heute in der Welt passiert.
Wir sind manchmal sehr glücklich.
Deine G. und R. und C. und x.

28. April 57

Ich denke über unsere Ostergespräche nach. Du hast gesagt, daß du nicht aus Berlin weg kannst. Besondere Aufgaben in der Firma, Betriebsrente, dazu deine gewerkschaftlichen Verpflichtungen. Auch der alte Vater. So einen kann man nicht verpflanzen, hast du gesagt. Aber ich könnte doch auch in West-Berlin arbeiten. Du hast auch gesagt, daß du zuerst erschrocken gewesen wärst, weil ein drittes Kind wieder Verzicht bedeutet. Nun freut es dich aber doch, auch wenn du dir nicht recht vorstellen kannst, wie ich mit dem Baby und den zwei Großen zurechtkommen werde. Wir wollen doch kein Krabbelstubenkind mit Frühschäden, hast du gesagt, und die Mutterschutzfrist ist viel zu kurz.

Ja, Jörg, ich weiß. Und es tut mir gut, daß du dich sorgst.

Nur daß du meine Unbefangenheit so gar nicht verstehst, mein manchmal blindlings leben wollen, das trennt uns.

Dennoch deine G. plus plus plus.

(Telegramm)   18. Mai 57

Schulunfall Cornelias. Sie ist tot.

Gabriele.

(Kalenderblatt)   18., 19. Mai 57

Du bist noch nicht da. Du kommst mit dem Flugzeug. Morgen, am 19. Mai. Oder heute.

Fakten:

Vormittags 18. Anruf in der Redaktion. Am Apparat die Schulleiterin. Cornelia ist beim verbotenen Geländerrutschen ins Erdgeschoß gestürzt. Sofort mit Unfallwagen und Blaulicht ins Krankenhaus. Sie gibt mir die Telefonnummer der Aufnahme.

Anruf. Cornelia eingeliefert. Tod schon eingetreten. Mutmaßlich Genick gebrochen. Untersuchung.

Taxi.

Fahrt mit Alarmsignal. Wozu eigentlich noch?

Im Krankenhaus muß ich mich ausweisen. Aber ich bin doch – amtliches Abwinken. Eine Schwester holt mich. Die Oberschwester wartet vor dem Zimmer, in dem sie das Kind aufgebahrt haben. Ihr einziges Kind? fragt sie, als wäre das Trost, als wäre ein Kind nicht ein Mensch und mein Kind.

Sie muß mitten im Übermut gestorben sein, sagt die Oberschwester. Ist von der zweiten Etage aus in den Schacht gestürzt, so jedenfalls wollen es die Schüler gesehen haben. Die Aufsicht hat wohl noch gerufen, aber Sie wissen ja, wie schnell so etwas geht. Gemerkt hat sie nichts? Und der Sturz?

Das weiß man nicht.

Cornelia liegt so steif auf dem Rücken wie nie. Sonst hat sie sich immer eingekuschelt, gekrümmt! Ihre Hände auf dem Laken. Die kleinen Fingernägel mit den schwarzen Rändern. In den Ohrgängen Blut. Verkrustet. Aber sonst ist sie sauber gewaschen. Nur im Haar eine Blutspur. Mein Kind. Nelchen!

Bin ich schuld, ich? Weil ich zuviel wollte? Bin ich schuld, weil ich geschrieben habe: wir sind manchmal sehr glücklich? Darf man das nicht schreiben? Bin ich schuld, weil ich mein eigenes Leben haben wollte?

(Aber Schulunfälle passieren doch auch Kindern von anderen Frauen!)

Renate liegt nebenan wach. Sie hat noch keinen Satz gesagt, seit ich sie aus der Schule abgeholt habe. Ich bin über mich selbst verwundert, daß ich das geschafft habe, dorthin zu gehen, in die Schule, die Lehrerin hatte Renate ins Krankenzimmer geholt, mit ihr gewartet; ich bin verwundert, daß ich an das Telegramm gedacht hatte; verwundert, daß ich Nelchens – daß ich die Daten wußte, Geburtstag und -ort, auch die Krankenkasse; bin verwundert, daß ich sprechen konnte. Sie haben mich mit dem Beerdigungsinstitut verbunden. Ein Kindersarg. Welche Größe? Mit Seidenkissen? Friedhof? Evangelisch! Katholisch? Ach, Sie haben hier keine Gemeindekontakte. Wir erledigen das für Sie. Adresse bitte! Daß ich nicht aufgebrüllt habe. Nur die Finger, die Hände – das Zittern –

ich geh zu Renate. Ich kriech zu ihr ins Bett, angezogen wie ich bin.

Berlin, 16. Juni 57, große Hitze

Das Vertragsjahr noch nicht zu Ende. Noch keinen Urlaub gehabt. Noch nicht die Mutterschutzfrist genutzt. Pfingsten. Noch Ferien. Renate muß hier zur Schule. Der Leib schon rund. Schon Bewegungen. Nelchen ist in Frankfurt geblieben, Hauptfriedhof, vom Neuen Portal aus links, achtzehnte Reihe, neununddreißigster Platz. Die Zimmer hier sind verkleckst von den Vögeln, die Schwiegervater füttert. Ich schließe die Fenster. Die Vögel prallen dagegen, flattern verwirrt, kreischen. Die Fensterscheiben sind verkliert. Vielleicht bin ich verrückt geworden.

Jörg hat Renate in der Schule angemeldet. Da muß ich sie hinbringen nächste Woche. Ich fürchte mich davor. Ich will nicht mehr auf die Straße gehen.

Alle aus der Redaktion waren da auf dem Hauptfriedhof. Auch die Frau des Doktors. Sie hat mich umarmt. Hat geweint. Ich konnte das nicht, weinen. Renates Hand klebte in meiner. Auch die aus der Kindertagesstätte waren da. Haben gesungen. Und die aus der Schule, aus ihrer Klasse, lauter kleine Mädchen und Jungen in hellen Sommersachen. Ludwig war mit seiner Mutter da, beide in Schwarz.

Jörg hatte Flugkarten für uns. Renate kostet noch den halben Preis. Er hat sich auch um die Auflösung der Wohnung gekümmert. Und um die Möbel. Die sollen auf einen Speicher, sagt er.

Daß er das kann: Jetzt das Notwendige tun!

Die Vögel, Waldvögel vom Futter, das sie hier immer bekommen haben, angelockt und eingemeindet. Prallen gegen die Scheiben, flattern, kreischen. Warum fallen sie nicht herunter mit gebrochenem Genick?

Jörg kümmert sich auch um die Lösung aus dem Vertrag mit dem Hessischen Rundfunk.

Renate leimt eine Puppe aus Zeitungspapier.

Sehr heiß. Viel zu heiß.

XV.

Defizite
1957–61

1.

Als sie mit dem Septemberkind nach Hause kommt und Renate sich über das Körbchen beugt und dann fragt, ob das Baby Nelchen ähnlich sehen wird später, umarmt sie Renate und streicht ihr das Haar aus der Stirn. Sie stillt das Baby. Renate steht dabei, lehnt sich an sie an. Später dann richtet sie frisches Bettzeug für das Baby her. Gabriele muß oft daran denken, was Urgroßmutter damals erzählt hat. Von einem Januartag und einem Zug von Hunderttausenden, die gekommen waren, um ihre Bitten vorzutragen. Soldaten schossen in die Menge auf dem weiten Platz. Petersburg, Dwortzowaja-Platz 1905. Mehr als Tausend blieben liegen.
Sie will Renate davon erzählen. Sie weiß nicht warum.
Renate ist acht Jahre alt. Bei den langen Spaziergängen im Oktober geht sie neben dem Kinderwagen her oder schiebt ihn, fängt an, von Nelchen zu sprechen.
Sie finden eine Wohnung, das Schild: Zu vermieten! neben einer Haustür. Drei große Zimmer, die hell tapeziert werden müssen, das Bad ist dunkelgrün gekachelt, das gefällt ihnen nicht, aber das läßt sich ja ändern. Sie rechnen, sie planen, suchen Tapeten aus und tapezieren an den Wochenenden. Renate hilft mit, darf Schwellen streichen, Scheuerleisten, auch mit dem Baby spielen, wenn es unruhig wird.
Dann sind wir nun wohl am Ziel: Eine eigene Wohnung und Bad und Küche und Wärme im Winter, sagt Jörg.
Sie stehen über das aufgestockte Zeichenbrett gebeugt und schneiden die Tapetenbahnen zurecht. Die Decken sind frisch geweißt, die Heizkörper gestrichen, die Ölpaneele in der Küche glänzen.

Nein, sagt Gabriele. Nein, das genügt nicht!

Später erzählt sie, euphorisiert von dem Farbgeruch, die Geschichte der Hunderttausend, malt sie aus: Das Fahnenschwenken, das Choralsingen, die Unterschriftenlisten, und daß der Zar nicht im Winterpalais war, erklärt Renate, wer das gewesen ist, der Zar, und daß er einen Krieg gegen Japan verloren hat, und die Arbeiter so schlecht bezahlt wurden, daß die Familien Hunger litten, erzählt, daß die Bürger sich empörten, weil die Wahrheit zu sagen nicht erlaubt war, weil alle, die anders dachten als der Zar, in sibirische Arbeitslager geschickt wurden. Und sie beschreibt auch die Stadt, die sie nie gesehen hat.

Jörg leimt Zeitungen auf die Wand, bestreicht die Rückseite einer Tapetenbahn mit Kleister, steigt auf die Leiter. Sie reicht ihm die Tapetenbahn hinauf, sagt nicht: Wir Menschen wollen mehr, sagt nicht, wir wollen Freiheit, weil das ein Wort ist, das nicht in einem Satz zu erklären ist. Sie sagt nichts, weil sie denkt: Er muß mich doch verstehen! Aber auch: Hab ich noch ein Recht, so zu reden? Jörg streicht die Tapete glatt und setzt die nächste Bahn sorgfältig an.

Anfang Dezember werden sie einziehen. Der Schwiegervater will in der anderen Wohnung bleiben wegen der Vögel. Und weil er ja sonst nichts braucht, wird auch die Rente reichen, wenn er die Miete jetzt allein aufbringen muß. Man wird bescheidener mit jedem Lebensjahr, sagt er. Und zitiert die Bibel: Ist es schön gewesen, so ist es Mühe und Arbeit gewesen.

Nein, nein, das ist ein falscher Satz. Wir Menschen wollen mehr! Wir? Oder nur ich?

Renate schiebt den Kinderwagen durchs Zimmer, sagt nichts.

2.

Zur Weihnachtsfeier ist Gabriele zum erstenmal wieder in einem Schulgebäude. Renate wird mit ein paar Mädchen aus der neuen Klasse einige Flötenstücke spielen. Bohnerwachsgeruch, die stumpfe Kreidestaubtrockenheit, Eltern und Großeltern, die ins Schulhaus drängen. Sie sieht am Treppengeländer hoch, sieht, daß hier kein Innenhof ausgespart ist. Irgendwo im Gedränge wird ein Mädchen Cornelia! gerufen. Nelchen, komm doch! Sie zuckt zusammen, muß die Augen zusammenkneifen, wird weitergeschoben, weitergedrängt bis zur Eingangstür der Aula, wo ein paar Mädchen bemüht sind, jede Eintrittskarte einzureißen. In der Aula die freudige Unruhe vor Weihnachten, Mütter mit frisch hochaufgetürmten Frisuren. Väter im dunklen Anzug, Großeltern, abgenutzt strahlend. So ein Fest! Unsere Kinder! Das Leben geht weiter, das ist die Hauptsache.

Jörg hat nicht mitkommen können, Betriebsratsweihnachten, Schnaps und Kuchen, jemand wird fünfzig. Du verstehst, das Menschliche ist wichtig! Das Baby schläft ja, man kann es allein lassen.

Schwiegervater hat einen Platz in der ersten Reihe zwischen Lehrern und Elternvertretern. Vater ist auch da, drei Reihen vor ihr, mit schief gerutschtem Pappkragen, den Anzug über den Schultern ausgebeult.

Rede des Rektors, Ungeduld in den Reihen, der Mann kann nicht reden, hält den Kopf schief, zerrt an der Krawatte, auch die Kinder auf der Bühne werden ungeduldig. Die Flötengruppe steht links, Renate hält sich im Hintergrund, Kind mit Brille. Viel zu ernst, hat auf dem Zeugnis gestanden. Und dann tritt die Lehrerin vor den Chor, den Taktstock in der rechten Hand. Breithüftig und mit federnden Knien gibt sie den Einsatz, die Kinder singen, ein paar Nachzügler, bis alle den Rhythmus gefunden haben. Fröhliche Weihnacht überall tönet durch die Lüfte froher Schall.

Renate ist nicht zu sehen in der Flötengruppe, hat sich geduckt, hat Lampenfieber. Andere Kinder zeigen sich, stellen sich auf die Zehenspitzen, um gesehen zu werden, und die Eltern und die Großeltern halten Ausschau nach ihnen: Mein Kind, unser Kind, das eine zwischen den sechzig oder siebzig festlich bunt gekleideten anderen!

Mühsam gebändigtes Stillestehen der Chorsänger, als die Flötengruppe an der Reihe ist. Renates Brillengläser spiegeln das Licht. Sie kann sich jetzt nicht mehr verstecken.

Viel zu ernst. Was weiß sie von Renate? Was von dem Anspruch auf Zuwendung und der Angst davor?

In der Pause drängeln sich die Sänger und Sängerinnen, die Flötenspieler und -spielerinnen zwischen den Erwachsenen hindurch, wollen Anerkennung, Händeschütteln, das habt ihr schön gemacht, Streicheln übers Haar.

Sie findet Renate an die Heizung gelehnt, den Schwiegervater neben ihr. Auf den Stock gestützt hält er die Flötentasche, weil Renate an der Flöte fummelt. Ich finde, die quietscht, sagt sie kurz. Nicht miteinander reden können, bis es klingelt, bis Renate das Fummeln aufgibt. Sich für nachher am Eingang verabreden bei der Hausmeisterloge, auch mit Vater, dem anderen Opa, der sich zu ihnen gefunden hat. Und zwischen den alten Männern in die Aula zurück.

3.

Daß es das gibt: Mit dem Septemberkind lachen, schmusen, sie beim Namen nennen: Claudia! Mit dem Wattebausch After und Scheide reinigen, mit Daumen, Zeige- und Mittelfinger Babyöl verreiben und Zärtlichkeit empfinden, sich von den winzigen Händen in die Haare greifen lassen, von der spitzen rosa Zunge die Lippen abschlecken lassen, mit den Lippen über den Haarflaum streicheln. Und Cornelias Gesicht vor sich haben, die Augen geschlossen oder voller Lachen, und ihre Stimme nicht mehr genau erinnern.

Daß es das gibt. Sich an Jörgs Hals schmiegen, seine pulsende Schlagader spüren, mit den Fingerspitzen in seinem Brusthaar spielen, mit den Zehen sein Schienbein abtasten, sich zusammenkrümmen, Begierde sein, nichts mehr vom Ich, der Urwunsch, nicht getrennt zu sein, MannFrau, wie siamesische Zwillinge aneinandergewachsen.

Und Cornelias Gesicht vor sich haben, die Augen geschlossen oder auch voller Lachen, und ihre Stimme, wie klang ihre Stimme, wenn sie erzählte, wenn sie rief?

Daß es das gibt: Sich über Renates Schulheft beugen, Renate hat ein Gedicht geschrieben, schiebt das Löschblatt verschämt darüber, ein Gedicht über ihren Trotz, ihr Aufbocken, ihr Aufstampfen, ihr Ichwillnicht und die Trauer, die sie darüber empfindet. Das langsame Gespräch, die zögernde Freude in Renates Gesicht bei dem Satz: Das ist richtig, Kind, niemand soll blindlings gehorchen.

Und von Cornelia sprechen, von ihrem Lachen, von ihrer Stimme, an die sie sich beide so schwer erinnern können. Ich träume oft, sie ruft mich, sagt Renate, und dann seh ich sie nicht.

Daß es das gibt: Nachts aufschrecken, Brandgeruch schmecken und den Geruch zerrissener Häuser, die süße Fäule des Todes und die Nachrichten auf den Lippen, Nachrichten aus Hiroshima, Nachrichten über die atomare Bewaffnung der Bundeswehr, dazwischen böses Lachen, als gäbe es Teufel, die Spaß am Aufbegehren der Menschen haben.

Und Cornelias Gesicht vor sich haben, die Augen voller Lachen – und immer sieben Jahre alt.

Daß es das gibt: Beim Fensterputzen an Mutter denken, an ihren Platz vor dem alten Klavier oder auch, wie sie angestanden hat um Kohl, um Kartoffeln oder wie sie vorm Herd gesessen und mit einer halben, in Papier gewickelten Braunkohle die Platte warm gehalten hat. Oder den breitrandigen Hut mit den künstlichen Blumen probiert hat.

Und Cornelias Gesicht vor sich haben, ohne es greifen, festhalten zu können.

Daß es das gibt: Sich in Bildern zersplittern und sammeln. Daß es das gibt: Vom Schmerz verwundet leben können.

4.

Der Doktor hat ihr geschrieben und gefragt, ob sie nicht auch einmal die Berliner Geschichte aufarbeiten will. Weil diese Stadt immer wieder Schlagzeilen macht. Sie werde doch auch als freie Mitarbeiterin zurechtkommen, er möchte ungern auf ihre Beiträge verzichten. Ludwig hat ihr geschrieben, daß Markus den Vertrag für ein Buch über seine Jahre in Workuta unterzeichnet hat. Johannes hat ihr geschrieben, daß er zum erstenmal Regie führen wird in Rostock. Ulrike hat ihr geschrieben, daß sie jetzt einen großen

Volvo gekauft haben. Gisela hat ihr geschrieben, daß sie nach Köln übersiedelt als Maskenbildnerin am Theater. Auch aus Henningsdorf ist eine Karte gekommen. Da ist noch einmal ein Kind gekommen, und der Älteste ist schon auf der Universität.

Jörg hat nichts dagegen, wenn sie auf den Vorschlag des Hessischen Rundfunks eingeht. Es fehlt ja noch viel in der Wohnung. Wir haben einfach zu früh geheiratet, und dann gleich die Kinder. Deine Schwester und dein Schwager, die machens schlauer, ja, und an ein Auto sollten wir nun auch mal denken.

Sie erspart ihm, was ihr einfällt: Du hättest dich ja auch höher rappeln, dein Studium abschließen, Spezialkurse machen können.

Du weißt überhaupt nicht, was du willst, sagt Jörg, rennst da weg mit den Kindern, hast Männergeschichten. Ich bin dir langweilig, weil ich von morgens bis abends arbeite.

Sie sagt: Du lädst dir andrer Leute Sorgen auf, Vierzig-Stunden-Woche, Dreizehntes Monatsgehalt, Kinderverschickung. Hast deine Männergesellschaft, Betriebsrat, Bier und Schnaps und als Firniß Sachfragen.

Er sagt: Von 1905 reden und die Vierzig-Stunden-Woche unterschätzen!

Sie sagt: Und was fällt euch für die Freizeit ein? Vögelfüttern! Und was noch? Mich langweilt euer Leben.

Er sagt: Hättest ja nicht zurückzukommen brauchen!

Sie reden gegeneinander an. Verstummen. Beschämt. Daß das in uns drinsteckt!

Nachher sitzen sie mit Renate am Tisch und spielen Halma, sagen nichts.

Abends trinken sie eine halbe Flasche Korn zusammen. Versöhnung ist das nicht.

5.

Und jeden Morgen der Wecker. Aus dem Schlaf fahren, ein paar Wortfetzen im Ohr, wünschte mir, im März zu sterben, kein Mitleid fordern, nicht einmal erwarten, leben wie ein Baum, dessen Stamm zur Hälfte tot ist, blaue Waldtaube, rote Rose, Angst.

Vor den Wortfetzen wegtaumeln ins Badezimmer, wie bewußtlos nach der Zahnbürste greifen, die Zahnpastatube ausdrücken, die Zähne einschäumen, Pfefferminzgeschmack und ein Hauch Salmiak, sich im Spiegel sehen und nicht wahrnehmen, und dann die Dusche, das kalte Wasser im Gesicht, auf dem Rücken, immer das Zusammenzucken, wenn das Wasser zwischen die Schulterblätter trifft, immer der Genuß, wenn es die Brüste wie mit Nadeln sticht, gar nicht aufhören können, wach zu werden, den Körper abfrottieren, den Fuß auf den Wannenrand gestemmt den Körper wahrnehmen, die Füße abtrocknen, mit den Händen an den Unterschenkeln hochstreichen, Schienbein und Wadenmuskeln fühlen, und dann schnell machen, keine Zeit mehr verlieren, Jörg muß ins Badezimmer, Renate muß geweckt, das Kaffeewasser aufgesetzt werden, Claudia muß eingepullert und schlafwarm ihr Fläschchen haben. Wenn die anderen gegangen sind, wird sie gebadet und frisch angezogen, Verständigung in Juchzern und Lachern. In Gedanken bei den anderen sein: bei Renate auf dem Schulweg, bei Jörg in der S-Bahn, manchmal auch bei Vater, der immer schon um sieben im Konstruktionssaal sein muß, auch in seinem letzten Jahr vor der Rente, manchmal an Ulrike denken, sich ihren Morgen nicht vorstellen können. Mit Claudia turnen, während die Wäsche kocht, sie auf den Bauch legen, die Wäsche spülen und wringen und über das Trockengestell hängen. Und Claudia Jäckchen und Mützchen anziehen.

Der Kinderwagen steht im Hausflur, angeschlossen, weil soviel gestohlen wird. Der tägliche Weg, die Milchkanne in der Einkaufstasche, Regen und Schneematsch und manchmal der gläserne Vorfrühlingshimmel schon im Januar, die üblichen Gespräche über Preise und Wetter beim Milchmann, bei der Gemüsefrau, die Freundlichkeiten für das Kind. Und nach Hause kommen, Claudia ausziehen und schlafen legen, Gemüse putzen, Kartoffeln schälen, dünne Spiralen, wie Großmutter und Urgroßmutter sie geschält haben, Gemüse aufsetzen, Kartoffeln aufsetzen; wenn Renate um halb eins kommt, hat sie Hunger. Kann sich ein Mann so einen Tag vorstellen?

Was war in der Schule los? Arbeiten geschrieben? Ein Geburtstag mit Kerzen und kleinen Geschenken? Und ein Diktat? Und was hast du auf? Rechnen und ein Gedicht?

Claudia ißt nun schon Gemüsebrei, muß dann gewindelt werden. Über Mittag darf sie im Ställchen sein zwischen Gummitieren. Das Geschirr in die Küche bringen, das Wasser einlassen und spülen. Schnell eine Tasse Kaffee machen und dann an den Schreibtisch. Manchmal sinkt der Kopf aufs Papier, dann reibt sie sich mit den Fingern die Schläfen, müßte duschen, um wieder munter zu werden, aber dann geht kostbare Zeit verloren.

Preußische Siedlungspolitik, interessant genug für drei Sendestunden. Das Manuskript wächst langsam, die Leihfristen der Bücher müssen immer wieder verlängert werden. Sie nimmt Claudia mit in die Bibliothek. Die Bibliothekarinnen sind hilfreich, auch die im Archiv. Mütter mit kleinen Kindern sind zur Klausur verdammt, sagt die eine, weil viel zuwenig für die Kinderkrippen getan wird. Und bewundert den Mut, nicht aufzugeben.

Sich nicht eingestehen, daß die Anmerkung guttut, sich Notizen machen, immer hoffen, daß Claudia nicht weint.

Drei Sendestunden, neunzig Seiten Manuskript. Sie wird erst im Sommer fertig, knapp vor den Aufnahmeterminen, und liest schon Leibniz und Voltaire und Lessing für die nächsten drei Sendungen. Jörg findet die Honorare zu niedrig für den Arbeitsaufwand, doch sie können sich jetzt eine Waschmaschine kaufen und einen großen Teppich. Und verreisen, Jörg hat Urlaub, in die Röhn. Umständlich genug mit Claudia und dem Kinderwagen. Renate wandert mit Jörg, und sie sammeln Blaubeeren, und Jörg fotografiert viel. Sie hat den Lessing mitgenommen und macht sich Notizen. Die weite, sommergefleckte Landschaft, die sich unter der Röhn auftut, und die Spaziergänge mit dem Kinderwagen entspannen sie.

Und als sie mitten in einer Wiese im hohen Gras liegt, Rispen und Blätterkeile fast über sich, mit einem Mal der Gedanke: Cornelia ist zur Ruhe gekommen, gehört uns nicht mehr! Und ihre Stimme, ihr Singen: Dein Atem ist verflogen. Ein Satz wie die Sätze aus den Nächten. Jörg weiß nicht, warum sie jetzt und zum ersten Mal sehr lebhaft von Cornelia spricht.

6.

Im Umgang eingeschränkt auf die Familie. Manchmal abends ins Kino. Die täglichen Gespräche mit dem Milchmann, der Gemüsefrau, der Fleischermamsell. Seltene Briefe von Ulrike, die von Anschaffungen schreibt und nichts von sich. Freundlichkeiten der Bibliothekarinnen und der Archivarin und Telefonate aus Frankfurt, die Sendungen betreffend.

Johannes schickt Kritiken. Ruth hat den Elektroingenieur gemacht: Besuch mich doch mal, du hast doch Zeit! Und Jörg so wortkarg oder so wortarm. Nur immer die Nächte, zwei-, dreimal in der Woche, auch wenn sie blutet.

Leben.

Und daß sie sich nicht dagegen wehrt.

7.

Sie trifft Johannes bei Ruth. Das hat sie nicht erwartet.

Claudia sitzt nun schon im Sportwagen. Renate hat Herbstferien. Jörg ist in die Müggelberge gefahren, wird sie abholen nachher. Ruths Mutter hat Streuselkuchen gebacken. Auf dem Balkon blühen die Geranien: Die werden im Keller überwintern. Renate wird abgefragt, steht im Mittelpunkt. Johannes sagt: Du, die wird mal wer, die reagiert nicht wie son Uhrwerk, wenn Erwachsene fragen. Und Ruth sagt: Wie gut dus hast! Sie arbeitet in Treptow, soll eine Abteilung übernehmen. Johannes hat DEFA-Aufträge und erzählt vom Theater, von Affären und vom Sommer in Warnemünde. Du hast mir da gefehlt, sagt er, du hast mir mal vom Meer erzählt, ich weiß nicht mehr wo und wann. Gabriele will ihn oberflächlich finden, aber es tut ihr gut, daß er das gesagt hat: Du hast mir da gefehlt. Es ruft Bilder herauf: Am Meer entlang gehen vor den Wellen her, sich den Abdruck der Füße vorstellen und wie er ausgelöscht wird von den auslaufenden Wellen. An die Zirkelschläge des Strandhafers denken und an Quallen und wie die in der Dünung schwingen. Es tut gut, sich vorzustellen, wie sie einer hinter dem anderen hergehen, in den Stolterahöhlen Zigaretten rauchen oder auf der Mole sitzen und angeln, und das Wasser gischtet an den runden Steinen auf.

Warnemünde. Sie lacht. Du weißt ja, daß wir da nicht hindürfen.
Nachmittags machen sie einen Spaziergang durch die Lichtenberger Straßen und durch die Laubenkolonien. West-Berlin ist verloren, sagt Johannes, haltet euch doch nicht an dem fest, was die
Freiheit nennen, ihr seid Ami-Vorposten, weiter nichts. Ruth
schweigt. Sie kaufen eine Tüte Pflaumen von einem Gartenbesitzer, schnippen die Pflaumen-Kerne nach rechts und links. Was
würdest du tun, wenn West-Berlin abgeschnürt wird? Ruth hält die
Tüte mit den Pflaumen. Renate ist vorausgerannt und vor einem
Dahlienbeet stehengeblieben. Der Kinderwagen mahlt im Kies.
Einmal da leben, wo keine Geschichte stattfindet. Wo nicht täglich
welche alles stehen und liegen lassen und andere nicht über die
Stadtgrenze dürfen, um ihren Kindern die Wiesen und Dörfer zu
zeigen.
In Frankfurt vergißt man leicht, was mit unserm Land los ist, sagt
Gabriele, als wäre das die Antwort auf Johannes' Frage.
Renate hat von dem Mann im Garten zwei Dahlien geschenkt be-
kommen. Ruth verteilt wieder Pflaumen. Claudia will nicht mehr
stillsitzen und sie fassen sie an den Händen, damit sie laufen übt.
Ich hasse die Stadt, sagt Ruth, aber wenn sie sie kaputtmachen!
Interessiert doch keinen! Meinst du, in Bargteheide oder in Ober-
viechtach oder sonstwo würde irgendeiner auch nur eine Nacht un-
ruhig schlafen deswegen?
Trauer, die sie nicht zeigen wollen. Ruth, Elektroingenieur, Jo-
hannes, Regisseur, Gabriele, freie Mitarbeiterin beim Hessischen
Rundfunk, Renate, Schülerin, Claudia, Kleinkind, herbstbraune
Laubengärten, überm Klingenbergwerk die übliche Rauchwolke.
Abends kommt Jörg, erzählt von den Segelbooten auf der Dahme.
Johannes begleitet sie in den Westen, hat noch eine Verabredung
am Kurfürstendamm.
Aha, sagt Jörg nachher, der baut vor!

8.
Sagt auch: Dein Honorar, und zählt es ihr auf den Tisch.
Sie will ein eigenes Konto haben, es gefällt ihr nicht, wenn er ihr
nachrechnet.

Er sagt: Für das bißchen ein eigenes Konto!

Sie sagt: Andere leben davon, lecken sich die Finger nach zwölf Stundensendungen im Jahr.

Er sagt: Das reicht nicht für eine Familie.

Sie sagt: Und wie viele Stunden brauche ich jeden Tag für die Familie?

Er sagt: Hättest ja das kleine Kind nicht haben müssen.

Sie dreht sich weg, haßt ihn, wie er so dasteht mit seiner Du-bist-schuld-Geste.

Sie hat niemand, mit dem sie darüber sprechen kann.

Manchmal holt der Schwiegervater Renate zu sich, damit sie die Vögel kennenlernt. Ulrike schreibt von einem Außenkamin, um den sie es bis zum Herbst warm gehabt hätten. Vater plant im Dezember ein Essen für seine Kollegen, zum Abschied aus der Firma. Winterabends durch die Westender Straßen gehen, Claudia in einem Kapuzenanzug, Renate mit Trainingshosen. Schlagzeile: Chruschtschows Berlin-Ultimatum. Wann hört das auf, daß sie mit uns spielen? Wie finden wir aus diesem Niemandsland heraus? Wir wollen doch nicht kaputtgehen an dem kaputten Deutschland, wir, ich, die Kinder!

Hinter manchen Fenstern Kerzen. Auf den Straßen schon die Tannenverkäufer. Das Gleichmaß des Gewohnten, Trost oder Lüge? Renate zerrt Claudia zu den aufgestellten Tannen hin.

9.

Jörg kümmert sich um das Gebrauchtwagenangebot, plant im Urlaub eine große Reise. Wenn wir da noch raus können!

Sie läßt sich zusätzliche Sendungen geben, fährt mit Bandgerät und Mikrophon durch die Stadt, nimmt Claudia mit. Renate bekommt einen Wohnungsschlüssel und muß sich das Essen aus der Kochkiste nehmen, wenn sie mittags nicht pünktlich zurück sind von den Interviews in Dahlem und im Wedding, in Tempelhof und auf der Tauentzienstraße.

Andrang in den Wechselstuben, Ostgeld gegen Westgeld, vier zu eins. Sie will wissen, was die Menschen denken, die nach Westberlin kommen, um hier einzukaufen, erfährt, daß Strümpfe, Schuhe, Wäsche fehlen, Tapeten, Ölfarbe, Schlämmkreide. Sie erfährt aber auch von den Abwerbungen an der Humboldt-Universität. Das wird ihr nachher aus der Sendung herausgeschnitten. Das von Johannes vermittelte Interview mit einem studierenden Braunkohlenarbeiter wird stark gekürzt, wegen der Sendequalität: Der Mann hatte gesagt, daß er nicht daran denke, in den Westen zu gehen. Wenn er das hier so sehe!

Sie können das Auto bar bezahlen, wollen nach Schweden verreisen, nach Saßnitz im Transitverkehr und dann mit der Fähre. Jörg studiert Karten und Verordnungen, kauft ein schwedisches Wörterbuch für Anfänger und einen Stadtplan von Stockholm. Sie kauft Selma Lagerlöfs Wunderbare Reise des kleinen Nils Holgerson für Renate, erzählt ihr von Greifswald, durch das sie durchfahren werden, von Stralsund, an dessen Peripherie sie entlangfahren werden, nicht anhalten, das ist verboten, aber vielleicht doch auf dem Rügendamm ein Foto machen. Sie werden die mecklenburgischen Seen sehen und buckelnde Felder und geduckte Dörfer und Ziegeleien, Scheunenstraßen, Apfelbäume windschräg an den Chausseen, schwerfällige Dorfkirchen, Telefondrähte neben den Straßen, und dann die Ostsee, die Kreidefelsen, stell dir vor, Renate, Kreidewände wie ein Kirchturm hoch, und das Schiff zieht einen Gischtschleier hinter sich her, die Möwen bleiben über dem Schiff, wenn nirgendwo mehr Land zu sehen ist. Und dann auf dem Horizont ein schmaler Streifen, der wächst und eine Stadt wird, die ihre Hafenmolen ausstreckt. Und schließlich das Land, in dem es keine zerstörten Häuser gibt und keine Grenzkontrollen beim Verlassen der Stadt und keine Flüchtlinge. Und sie erzählt, Claudia auf dem Schoß, von Heringsschwärmen und alten Schiffen. Renate sitzt aufgestützt und hört ihr zu, Claudia hat ein Bilderbuch vor sich. Haus, Baum, Fisch, Vogel, die ewigen Zeichen.

Und immer wieder der Zweifel am Recht zur Freude, wenn sie die schwerfälligen Frauen interviewt, die jeden Morgen das Gemüse einkaufen und in Kisten vor ihren kleinen Neuköllner Läden ausstellen; wenn sie die alten Männer befragt, die vorm Neuköllner

Rathaus auf den Sonnenbänken ausruhen; wenn sie mit den Arbeiterinnen spricht, die in der AEG am Band arbeiten und nicht gern reden wollen, schon gar nicht über die Fabrik; oder wenn sie vor den Schaufenstern in der Müllerstraße stehenbleibt und den Wünschen nachrechnet, die die neben ihr sich nicht erfüllen können; oder wenn sie auf einem der zugigen Stadtbahnhöfe Interviews macht morgens oder nach Feierabend. Oder einfach nur an Vater denkt, der jetzt als Rentner täglich nach Ostberlin fährt, um dort Mittag zu essen, weil der Westgeldanteil seiner Rente mit der Miete fast draufgeht.

Renate berichtet, was sie bei Selma Lagerlöf gelesen hat: Der Storch hat den Nils Holgerson weit weggeflogen und der war plötzlich in einer Stadt, in der die Leute alle Zeit hatten. Und sie zeigt mit ihrem kleinen, abgekauten Zeigefingernagel auf den Satz: Aber ihre Einwohner dürfen nicht sterben. Du, sagt sie, wenn Nelia dort ist? Fragen und Antworten, die keine sind.

10.

Sich mit Defiziten einrichten. Ihre Sendereihe über Paradiese der Moderne wird abgelehnt. Ludwig ruft abends von zuhause aus an: Markus hat dagegen gesprochen! Den Begriff Paradies hält er für untauglich, weil von links besetzt. Aus dem Exposé geht für ihn deutlich hervor, daß du die Paradiesvorstellungen der Bundesbürger – Auto, Eigenheim, Tourismusangebote – zu kritisch bewertest. Der Doktor ist wohl auch der Meinung, daß du objektivieren solltest, darum sieht er dich lieber im historischen Bereich weiterarbeiten. Er wird dir das nie ins Gesicht sagen, dazu ist er zu höflich und zu schüchtern, doch es schockiert ihn anscheinend, daß du in den Interviews immer wieder auf die allgemeine Ratlosigkeit hinter dem wachsenden Wohlstand im Westen zu sprechen kommst. Aber der wird ja nun zum Fernsehen überwechseln. Und dann übernimmt Markus die Abteilung! Ich sag dir das nur wegen der nächsten Exposés.

Renate hat Schulschwierigkeiten, sie beteiligt sich neuerdings nicht am Unterricht, schreibt die Lehrerin unter ein mißratenes Diktat und bittet um Unterschrift. Ob das Kind noch im Traum von Vineta befangen ist, weil die Grammatik nicht einlöst, was an Phantasie in uns steckt? Was ist denn das: Phantasie? Den Salzwind schmecken können wie im Sommer, als sie an der Reeling standen auf der Fahrt nach Schweden? Den Holzgeruch der Dörfer, den Calmusgeruch der Seeufer einatmen? Und was das heißt: Nicht sterben dürfen? Der Schwiegervater hat ihr Geld für Meisenringe und Sonnenblumenkerne gegeben, ehe er ins Krankenhaus gegangen ist, um sich einer Gallenoperation zu unterziehen. Wenn ich nicht zurückkomme, hat er gesagt, du weißt ja, die Vögel sind meine besten Freunde! Was ist das: Phantasie?

Sie übt Diktate schreiben mit Renate, ermuntert sie auch zu einer Geschichte über Vineta.

Und dann der erste Gang in die Oberschule. Das Schulorchester spielt Händels Wassermusik. Vierzehn- bis Sechzehnjährige mit jungen, fast noch kindlich strengen Gesichtern streichen über die Saiten der Celli, Bratschen und Geigen, als gäbe es nichts anderes als diesen Augenblick, wo auf sie Verlaß sein muß, damit aus den Noten Klang wird. Auf dem Heimweg sagt Renate, daß sie auch ins Orchester will, sagt es auch dem Großvater, den sie nach der Schule besuchen, weil er seit der Operation nicht mehr aus der Wohnung geht. Großvater gibt ihr den Buntspecht zu halten statt einer Ermutigung. Aber weil sie den ängstlich flatternden Vogel tapfer festhält, ohne mit der Wimper zu zucken, schenkt er ihr eine Silbermünze und streicht ihr dabei über den Kopf. Tu, was du tun mußt. Ein ungewöhnlicher Satz von dem sonst wortkargen Mann. Renate nickt heftig.

Abends kommt Gabrieles Vater, um Renate zu gratulieren. Er hat getrunken, sein Pappkragen ist verschwitzt. Er erzählt, daß er wieder in Ostberlin war und daß er überhaupt nicht mehr weiß, wie das weitergehen soll. Alle laufen weg. Die Stadtbahnzüge sind voll. Dabei gehts doch keinem ganz schlecht drüben. Sie rennen alle der Freiheit hinterher. Aber die ist n Propagandatrick, weil die hier im Westen noch immer Arbeitskräfte brauchen. Oder?

Jörg hört dieses Gerede nicht gern.

Sie trinken den billigen, gesüßten Rotwein, den Vater mitgebracht hat, und stoßen auf Renate an.

11.

Sie ist in diesem Sommer immer wieder im Ostteil Berlins. Nein, Urlaub kann ich jetzt nicht machen, ich will wissen, was los ist. Und es ist ja mein Beruf!

Immer wieder dieses Sich-Rechtfertigen, den Beruf verteidigen. In den großen Ferien nimmt sie Renate und Claudia mit. Die Straßen in Prenzlauer Berg, Weißensee und Treptow sind ruhig, die Fenster verklinkt, aber in den S-Bahn-Zügen und in der U-Bahn drängen sie sich mit Taschen und Koffern, und von den Vopos werden immer wieder welche aus den Abteilen geholt, ehe die Züge die unsichtbare Grenze mitten in der Stadt passieren.

Ruths Mutter sagt: Wir sollten noch los, ehe es zu spät ist. Aber Ruth will ja nicht. Dabei hat sie soviel durchgemacht. Und Ruth sagt, ich sprech dir gern auf Band, was ich denke, wenn du keinen Namen nennst. Und hält das Mikrophon dicht vorm Mund und sagt sehr leise, daß sie bleiben wird: nicht, weil ich nicht auch gern in den Westen ginge, wo man alles kaufen kann, wenn man nur Geld hat, wo man reisen kann, wenn man nur Geld hat, nicht, weil ich nicht weiß, was Freiheit ist nach acht Jahren im Zuchthaus, aber diese Massenflucht ist eine zweite moralische Niederlage der Deutschen.

Zu pathetisch, was? Ruth hat das Mikrophon auf den Tisch gelegt, ich denke, wir müssen da für die Freiheit einstehen, wo sie gefährdet ist.

Ja, sagt Gabriele, obwohl sie das Wort kaum mehr aussprechen mag, seitdem es täglich in der Zeitung steht: Flucht in die Freiheit. Wieder über tausend, wieder über zweitausend, wieder über viertausend haben die Flucht in die Freiheit geschafft. Aber Ruth meint eine andere Freiheit: die Freiheit, die verteidigt werden muß.

Versuch das Band über die Grenze zu schmuggeln, sagt Ruth. Auch wenn sie mich wieder abholen sollten – an den paar Sätzen ist mir gelegen.

Bandgerät und Mikrophon sind von Johannes. Das Band ist im Brustbeutel unter dem Hemd, und Leibesvisitationen sind noch nicht üblich bei den Kontrollen.

Mit Johannes gehen sie Unter den Linden spazieren. Er zeigt Renate und Claudia die Universität und die Oper. Dort haben sie 1933 die Bücher verbrannt, sagt er, zeigt ihnen den Platz, der einmal der Pariser Platz war, das braune Hintergebäude vom Hotel Adlon, das noch steht, die windoffenen Ebenen zwischen Ost und West, die Posten am Brandenburger Tor. In der Friedrichstraße essen sie ein Eis. Johannes kauft den Kindern an einem Souvenirstand Berlin-Fotos. Damit ihr das nicht vergeßt! Sie schieben sich die Bahnhofstreppe hinauf zwischen Taschen und Koffern.

In der Nacht von Sonnabend auf Sonntag wird die Grenze quer durch die Stadt mit Stacheldraht und spanischen Reitern geschlossen. Am Sonntag drängen sich am Potsdamer Platz und in der Bernauer Straße und in Neukölln die Menschenmassen, winken hinüber zu denen an den Fenstern und auf den Balkons hinter der Grenze.

Sendungen machen, Sendungen verkaufen. Gegen die Sentimentalität, gegen die zur Phrase heruntergekommene Freiheit anreden. Überfüllte Flüchtlingslager, Lufttransporte in den Westen. Eine Ansichtskarte von Ruth ohne Absenderangabe: Wir sind jetzt sehr ruhig. Und immer noch Fluchtversuche durch die Kanäle, die Hafenbecken, den Stacheldraht, über die schnell errichtete Mauer. Die Kanalisation unter der Stadt wird zugemauert, die Telefonverbindungen gekappt.

Wie da noch an die eigenen Defizite denken?

Jörg ist vom Urlaub an der Nordsee zurückgekommen, hat die Nachricht im Transistorradio gehört, am Strand zwischen Nackten und Halbnackten: Große Aufregung und ein Alkoholverbrauch an dem Sonntag! Und keiner hat die Angst zugeben wollen!

XVI.

Weil Mann und Frau fremd sind
1961–67

1.

Einmal hat sie auf einer Schaukel gesessen sommermorgens und im Rhythmus der Schwünge gesungen, ein Gesang an die Sonne, ein Gesang ohne Wörter, ein Gesang aus Vokalen ist ihr in Erinnerung und der schattengefleckte Platz. Und auch, daß niemand da war. Vielleicht ein Sommerferienmorgen auf dem Spielplatz in der Wuhlheide oder im Tiergarten.

Sie hatte das lange Zeit vergessen. Den sandigen Platz, die Trittspuren, die schmetterlingsleichten Schattenspiele und das Einssein mit dem Morgen, mit sich selbst. Ein Bild, eine Erinnerung, jäh gegenwärtig, als sie die sechs Kerzen in den hölzernen, buntbemalten Ring auf Claudias Geburtstagstafel steckt mitten zwischen das Kinderservice für die Mädchen und Jungen aus dem Kindergarten, zwischen die Schalen mit Gummibärchen und Schokoladenplätzchen und Eisbonbons, die selbstgemalten Tischkarten, die Kinderpapierservietten und den Apfel- und Plaumen- und Rosinenkuchen, für den Renate und Claudia den Teig gerührt haben.

Sie tritt prüfend zwei Schritte zurück und harkt sich mit den Fingern durchs Haar. Schon als Kind hat sie den Arm so energisch gewinkelt, das Haar so schroff gestriemt, wenn sie etwas nicht hat zugeben wollen. Warum ihr das einfällt, das auch?

Sie läßt den Arm heruntersacken. Das Haar fällt ihr ins Gesicht zurück. Sie hat sich eingerichtet. Mit einemmal weiß sie das, weiß auch, daß sie das aushält, daß sie sich angewöhnt hat, das auszuhalten.

In einer Viertelstunde werden die Kinder kommen, wie immer ein bißchen zu früh. Sie darf keine Zeit verlieren, will später darüber nachdenken, wo das war: Die Schaukel, der schattengefleckte Platz, diese Minuten (oder Augenblicke oder Stunden) der vollkommenen Harmonie.

Nebenan hat Renate aufgehört, Geige zu üben, und im Korridor spielt Claudia mit dem neuen Ball.

Sie nimmt das Sommerkleid mit dem breiten Gurt aus dem Schrank, schlüpft in die Sandalen mit den Korksohlen, in denen sie so leicht und federnd geht. Beim Kindergeburtstag ist eine Mutter bis zum Abend auf den Beinen, muß Kuchen zuteilen, Kakao einschenken, aufpassen, daß sich niemand den Magen verdirbt, muß den Tisch abräumen für die Spiele. Den Teppich hat sie schon aufgerollt und denen, die eine Treppe tiefer wohnen, Bescheid gesagt. Im Flurspiegel flüchtig die schlanke Frau im Sommerkleid. Sie weicht ihrem Blick aus, zündet in der Küche das Gas an, setzt die Milch auf, verquirlt Kakaopulver und Zucker in kalter Sahne, wartet auf das Aufschäumen der Milch, nimmt den Topf vom Gas, rührt den Kakaobrei hinein, der Dampf schlägt ihr ins Gesicht, der Kakaogeruch, noch einmal kurz aufkochen und dann in die Kanne füllen, den Kochtopf ins Waschbecken stellen, Wasser einlassen, natürlich hat die Milch angesetzt. Sie hat sich noch nicht einmal die Hände abgetrocknet, als es klingelt und Renate und Claudia zur Tür stürzen und die Stimmen sich überschlagen. Lachen und Kichern, Begrüßungen, aber auch ein Mädchen, das wortlos danebensteht, dem sie den Platz am Kopfende der Tafel neben Claudia zuweist. Beim Essen lobt ein Junge sehr altklug den Kuchen, den Kakao, die Bilder an der Wand. Die anderen essen, manche gierig, andere lustlos, bis sie über den Kindergarten zu reden anfangen, über Lutz und Clas und Antje und Gundel, altklug wie Erwachsene. Zwei kabbeln sich um die Bonbonschüssel. Renate versucht hilflos Frieden zu stiften, aber sie ist die große Schwester, und auf die hören sie nicht. Also eingreifen in den Streit, Spiele vorschlagen gegen das aaach und phhh der Kinder an. Mit Wettsingen, Flaschendrehen, Pfändersuchen, Rätselraten, Figurenwerfen und einem Malwettbewerb vergehen die Stunden bis zum Abendbrot schnell. Um halb acht sollen die Kinder abgeholt werden zu einem gemeinsamen Umzug ums Karree. Die Papierlaternen sind schon an den Stöcken befestigt. Jörg kommt nach Hause, als die Kinder das Badezimmer stürmen, sieht ihr zu, wie sie die Brote streicht, ißt ein paar Kuchenreste und befestigt die Kerzen in den Lampions. Beim Laternenumzug dann das Durcheinander der kleinen Stimmen, La-ter-ne, La-ter-ne, Sonne Mond und Ster-ne, brenn aus mein Licht, brenn aus mein Licht, aber meine liebe Laterne nicht; der Eifer, das flackernde Licht auf den Gesichtern, die Leute, die stehenbleiben, die kleine Aufregung, weil ein Lampion Feuer fängt.

Ein schöner Tag, sagt Renate beim Gutenachtgruß. Claudia will unbedingt noch den Schulranzen probieren und legt ihn zum Schlafen neben ihr Bett.

Nachher der Abwasch, die Müdigkeit, das Resteessen. Und als sie das Kleid über den Kopf streift im Schlafzimmer und den Gürtel zur Schnecke rollt, wieder, flüchtiger als heute Nachmittag, das Bild: Die Schwünge der Schaukel, der schattenflügelige Sommertag.

Sie krümmt sich zusammen und wühlt sich ins Kopfkissen, will etwas ergründen, nicht gestört sein, bitte, Jörg! Aufbegehren gegen das Selbstverständliche der Ehe. Krümmt sich zusammen und sieht den Garten, den Kaffeegarten am Müggelsee und die Schaukel, zwei und zwei Stämme, schräg gegeneinander gestemmt, verkantet und verstrebt und durch einen Balken verbunden, in den die Schaukelösen eingeschraubt sind, daneben sorgfältig geschichtetes Holz vor einer Veranda mit bunten Fensterscheiben und ein Maschendrahtkäfig mit Fasanen. Irgendwo in der Nähe das Johlen der Mädchen beim Völkerballspiel, ein Schulausflug, und sie hat einen Knieverband, kann nicht mitspielen. Das leichte Schmerzen der Brüste unterm Kleid, vielleicht war sie zwölf, kaum älter, denn wie lange spielen Mädchenklassen Völkerball?

Ein Augenblick oder Minuten ohne Zusammenhang mit der Zeit. Sie liegt zusammengekrümmt, horcht, hört Jörgs gleichmäßigen Atem, hört, wie Renate sich im Schlaf herumwirft nebenan, hört die Dielen knarren, richtet sich vorsichtig auf und geht barfuß bis an die Tür des Kinderzimmers, klinkt auf und sieht im Halblicht, das von den Laternen durch die Vorhänge dringt, wie Claudia die Schulmappe aufs Kopfkissen legt. Sie nickt ihr zu und schließt leise die Tür, will nicht zerstören, was an Erwartung vom Tag übrig ist. In der Stille ist der Eisschrank zu hören und die Wasserspülung irgendwo im Haus. Schritte kommen schleifend treppauf und an der Wohnungstür vorbei, im fünften Stock wohnen welche, deren Gezänk oft zu hören ist. Draußen entfernt das Martinshorn.

Vater ist nicht zu Claudias Geburtstag gekommen, hat auch nicht geschrieben, nicht telefoniert, Schwiegervater hat ein Buch mit Abbildungen von allen Waldvögeln in Norddeutschland geschickt, ein älteres Buch mit sorgfältigen Abbildungen. Und im Brief stand: Komm bald, ich hab jetzt einen Zeisig für dich, und für Renate überwintert hier ein Buchfink, lest nach, wie ihr sie füttern müßt. Noch immer das Martinshorn, jetzt näher und schon wieder vorbei. Nachts verunglücken die Betrunkenen. Nachts gibt es Schlägereien in den Kneipen, nachts stehlen sich die Selbstmörder aus der Welt.

Sie hat sich auf den Bettrand gesetzt, vorgebeugt, die Hände auf den Knien. Sie denkt an die Kinder, an ihren Streit und ihr Gealbere, ihre Wichtigtuerei und ihre Schüchternheit bei den Gesellschaftsspielen, an die Prahler beim Flaschendrehen, und an das Baumgerippe, das das wortkarge Mädchen beim Malwettbewerb auf Packpapier gezeichnet hat. Und daß sie sich wiedererkennt, in dem fremden Kind und in Claudia mit der Mappe auf dem Kopfkissen und in Renate, wenn sie beim Geige-üben jäh ausbricht und wie irrsinnig mit dem Bogen auf den Saiten herumhüpft, jubelnd, krächzend, dazwischen ein langer schriller oder dumpfer Strich. Und daß sie sich wiedererkannt hat in Cornelias Übermut: Rittlings auf dem Treppengeländer abwärts gleiten den Verboten zum Trotz.

Die Erinnerung an den Sommertag und den Gesang der Vokale löst sich in Einzelheiten auf, die geteerten, hölzernen Stämme, die bunten Verandafenster, das sorgfältig geschichtete Brennholz, die ge-

strafften Schaukelseile, die schwingende Welt, oder nein, nein –
nichts davon.

2.

Da sein. Der täglichen Arbeit nachgehen. Sonntags ausschlafen.
Die Kinder füttern beim Großvater ihre Vögel, Zeisig und Fink. In
der Lübecker Straße flüstern die Hausbewohner: Wenn das Ihre
Mutter wüßte. Jeden Freitag kommt er mit dieser Frau, sie schaffens kaum die Treppe rauf, total blau. Wen hat er sich denn da nur
aufgegabelt!
Ruth schickt Postkarten, Fotos von thüringischen und märkischen
Städten. Johannes schickt Telegramme zum Geburtstag, zu Neujahr. Auch Gisela hat endlich geschrieben und Fotos von ihren
Bühnenbildern und Kostümentwürfen geschickt. Die üblichen
Fragen: Wie gehts dir? Wie geht es Ihnen? Gut natürlich, was sagt
man, was schreibt man sonst? Gut. Keine Kinderkrankheiten. Renate spielt jetzt zweite Geige im Schulorchester, mein Mann arbeitet an einem Forschungsprojekt mit, ich arbeite die Geschichte der
Berliner Stadtteile auf, sitze über alten Stadtplänen und Chroniken,
über Kirchenbüchern und den Blättern der Katasterämter. Sagen
Sie nicht, daß das nicht interessant ist, die Sendungen werden viel
gehört. Sie wundern sich, daß ich mich mit Stadtteilgeschichte be-
fasse? Glauben Sie denn, daß wir ohne Vergangenheit leben können?
Vorm Spiegel sitzen und die Äderung der Augäpfel erkennen, die
Fältchen zwischen den Lachfalten, die schärfer gewordenen Mund-
falten, die kariösen Zähne, die porige Wangenhaut, die bräunlichen
Schatten neben der Nasenwurzel. Sich vorm Älterwerden fürchten, davor, sich versäumt zu haben und das nicht mehr einholen zu
können. Auf der Straße zusammenzucken, wenn eines der großen
schwarzen Autos von einem der Beerdigungsinstitute der Stadt
vorüberfährt; abergläubisch werden; wichtig nehmen, ob die Katze
von links oder von rechts den Weg kreuzt, ob ein Schornsteinfeger
auf dem Fahrrad vorbeifährt. Und Bleigießen zu Silvester, an den
Formen herumrätseln, Zeichen suchen. Bemerken, daß die eheli-

che Sexualität zur Gewohnheit wird, daß die sexuelle Phantasie sich an ausprobierten Erregungen steigert, Bilder heraufbeschwört, augustblonde Laubengärten oder den bräutlich blühenden Kirschbaum auf dem Ruinenfeld mitten in Berlin oder die Winterwanderung im Taunus; Nächte, in denen die Kinder gezeugt wurden, so jedenfalls waren sie damals bemüht zu glauben. Bemerken, daß Jörgs Vorspiele kürzer werden, er rabiater zustößt und schneller erschlafft und sie beide ohne Umarmung nebeneinander einschlafen. Und die Trauer und die Wut darüber nicht eingestehen, Wut gegeneinander, wo es die Wut gegen das Älterwerden sein sollte, oder die Wut gegen das Geschlecht, gegen die Spannung zwischen Mann und Frau.

Beobachten, wie Renate die Haare zurückwirft, wie sie manchmal bei Tisch herübersieht, prüfend: Vater, Mutter, wer seid ihr? Beobachten, daß Renate ihr ausweicht, wenn sie Blutungen hat. Beobachten, wie Renate Claudia kommandiert, eingreifen, und doch sehen, wie unverletzlich Claudia ist, wie sie ihre Schulerfolge genießt und kühn ist: im Stadtbad einen Kopfsprung vom Dreimeterbrett, und dabei hat sie noch nicht einmal den Freischwimmer.

Beobachten. Bemerken. In den Spiegel sehen. Als gäbe es das: Den Kreis ausziehen um das Ich. Und manchmal an der Schreibmaschine beim Bericht über den Bau des Landwehrkanals oder bei der Beschreibung der Sportveranstaltungen von Turnvater Jahn – grauer Sportdreß, verschwitzte Jungen – zusammenschrecken, weil sie wie unter einem Glassturz lebt, ohnmächtig den Nachrichten ausgesetzt: Ende des Algerienkrieges, Kuba-Krise, Spiegelaffäre, Atomversuche, Satelliten, Kennedy und Chruschtschow, Black-Panter und Eskalation des Vietnamkrieges.

Hilflos schlaflos zusammengekrümmt sitzen, besorgt, niemandes Nachtruhe zu stören; sich die Erdkarte zwischen Himalaya und Tundra von Toten bevölkert vorstellen, Wachtürme im grauen Horizont, menschenleere Städte, die prahlenden Fassaden, die blinden Fenster, die toten Metroschächte, die stumpfsilbrigen Türme der Radio- und Fernsehstationen; an Arm- und Beinlose denken im aufgepflügten Niemandsland zwischen Tellerminen und Stachel-

drahtknäueln; an die auf Lederkissen, die Ansichtskarten anprei-
sen: Blaublauer Himmel, schööööne schööööne Welt! Wandernde
Herden im toten Wüstensand sehen und das Aufblitzen der MGs
und die Atompilze·über dem Versuchsgelände und immer wieder
die fackelnde Stadt, das leckende Rot und die Lastwagen vollge-
packt mit Toten. Und Angst haben, weil die Kinder in diese Welt
hineinwachsen, und sie die Arme nicht weit genug ausspannen
kann, um sie zu schützen. Und vierzig Jahre gelebt und keinen
Baum gepflanzt und keinen Sohn zur Welt gebracht haben, aber
Töchter, kein Haus gebaut und keinen Vers geschrieben haben,
eine Journalistin schreibt keine Verse. Und ist nicht verbraucht wie
die Frauen früherer Jahrhunderte, als eine mit dreißig ausgelaugt
war vom Kinderaustragen und Gebären, vom Stillen und Windeln
und die ersten Schritte Lehren.
Sie haßt sich im Spiegel. Penis und Scheide, Mann und Frau, Gerede von Schönheit, lächerlich, wenn im neunten Monat das Gesicht anschwillt und die Haut käsig wird, wenn nach dem Abstillen
die Furunkel aufbrechen. Sie haßt solche Gedanken und was sie
bemerkt. Sie haßt die Frau, die sie ist, abhängig von dem Vierwo-
chenrhythmus des Begehrens und des Widerwillens. Aber sie beugt
sich gern über die Schulhefte, wenn Claudia die Lesebuchsätze in
eigene verwandelt. Sie hört Renate gern beim Geige-üben zu.
Sie kann sich vorstellen, daß das genügt, genug ist für ein Leben.
Wenn es ihr gelänge, die Wachträume zu vergessen. Aber sie weiß,
weiß mit quälender Sicherheit, daß es ihr nicht gelingen wird.

3.

Vielleicht deshalb das Zögern, als Ludwig sie um eine Begegnung
bittet. Im Café oder bei Ihnen zu Hause. Sie schlägt das Café vor,
vormittags, zwei Stunden, wenn die Mädchen in der Schule sind.
Sie hat immer mit der Uhr im Kopf leben müssen.
Sie sitzen im Café Möhring, Kurfürstendamm, Ecke Uhlandstraße,
im Hinterzimmer, das vormittags leer ist. Runde Tische, die Café-
hausstühle mit zierlichen Lehnen, ein neutraler Ort, sie weiß nicht,
warum ihr das wichtig ist. Ludwig wird grau. Wie alt ist er eigent-

lich? Seine Brauen wuchern üppig. Er trägt eine schwarze Krawatte. Seine Mutter ist gestorben, und er hat das Haus in Homburg geerbt, wird es verkaufen, wird endlich zu leben anfangen, sagt er, hat im Sender gekündigt, wird eine Weltreise machen, filmen, fotografieren, vielleicht auch darüber schreiben.

Sie nimmt Zucker in den Kaffee, keine Sahne, rührt den Zucker um.

Sie sollten hier auch einmal heraus. Sie verstecken sich doch nur in der Familie!

Wie kommen Sie darauf?

Ich habe Sie in Ihrer Frankfurter Zeit beobachtet, habe selten eine Frau so aus der Fülle leben sehen!

Sie trinkt ein paar Schlucke von ihrem Kaffee, um ihn nicht ansehen zu müssen, weil ihr das Wort Frankfurt noch immer Tränen in die Augen treibt, stellt ihre Tasse auf die Untertasse zurück und beobachtet die Spiegelung des Fensters auf dem schwappenden Kaffee.

Sie müssen heraus aus dieser Stadt, die Weltstadt spielt und Frontstadt ist, Sie müssen aus der Dreizimmerwohnung heraus, müssen Tennis spielen irgendwo an der Côte d'Azur! Sie müssen New York kennenlernen, die Fifth Avenue, die großen Museen, müssen sich in den Millionärsquartieren an der Chikagoer Goldcoast, in São Paulo auskennen, in den Tempelstädten Asiens die Zeitlosigkeit begreifen und in den Appartements der großen Hotels die Annehmlichkeiten des Luxus erfahren! Sie müssen endlich einmal wissen, was das heißt: Ich lebe.

Sie reden wie der Vertreter eines teuren Reisebüros, Ludwig! Mich interessieren die Bowery, Harlem, Chinatown, oder die Bronx, die Wohnstraßen der Polen und die Viertel der kleinen jüdischen Händler aus Osteuropa. Und in Asien sind mir die Flüchtlingslager wichtiger als die Tempelstädte.

Natürlich, Gabriele, aber das heißt doch nicht auf ein paar Annehmlichkeiten verzichten!

Sie waren schon immer ein Snob mit sozialem Touch, Ludwig. Schon in den Redaktionssitzungen. Sie werden sicher ein sehr schönes Buch und Filme für die dritten Programme mitbringen. Ihr

Erbteil wird hohe Zinsen bringen. Intellektuellen Mehrwert, wie finden Sie das?

Sie bricht ab, weil ihr Spott zu nichts führt, weil sie ihn beneidet, weil er mit dem Kaffeekännchen auf dem Tablett spielt, es dreht und tänzeln läßt, den Deckel hebt und wieder aufsetzt. Sie sieht seinen Händen zu, den schmalen, mädchenhaften Fingern, den sorgfältig manikürten Nägeln. Was denkt er, wenn er die Hände pflegt? Denkt er an seine Mutter, die ihn vielleicht einmal dazu angehalten hat, die Nägel sorgfältig zu feilen? Jörg schneidet die Nägel mit einer groben Schere und kehrt die Splitter mit der linken Hand auf Zeitungspapier.

Sie haben ein paar Andeutungen über Ihr Leben gemacht. Und Sie haben wohl nie ganz gewagt, Sie selbst zu sein.

Warum stellt er nur das Kännchen nicht hin? Er hat ja recht, sie kann nicht anders, sie muß sich zusehen, sie muß beobachten, muß sichern und abtasten und wegdrängen, Gefahr fürchten und Gelingen planen, sich um jemand ängstigen und für jemand sorgen: Hat Claudia das Schulbrot mit? Ist Renate nicht überfordert, wenn sie so lange über den Schularbeiten sitzt? Hat Jörg nicht wieder zuviel geraucht? Wird Vater nicht mal was passieren, wenn er über die Straße geht und getrunken hat? Und was wird die Wohnungsreparatur kosten, wenn Schwiegervater mal nicht mehr ist, wo er doch überall Nistlöcher in die Zimmerwände geschlagen hat?

Aber sie sagt: Ich weiß nicht, wie Sie darauf kommen. Und was das jetzt und hier soll. Und warum Sie mir das sagen. Sie sind doch nicht verantwortlich für mich.

Er winkt der Kellnerin, bestellt zwei Wodka, polnische, trinken Sie doch?

Sie nickt, bemerkt seine jähe Schroffheit, und wie er die Hände von dem Kaffeekännchen nimmt.

So ein Satz: Sie haben wohl nie ganz gewagt, Sie selbst zu sein. Weil das zu Hause nicht üblich war und in der Ehe nicht üblich ist. Weil es immer nur selbstverständlich gewesen ist, sich nicht wichtig zu nehmen.

Sie sagt: Vielleicht kann sich ein Mann nicht vorstellen, daß die Frau immer mit sorgend ausgebreiteten Armen lebt.

Die Kellnerin bringt die Gläser mit Wodka, räumt das Kaffeegeschirr ab.

Vielleicht kann sich ein Mann nicht vorstellen, was es bedeutet, daß die Schuhe winterfest sein, die Masernkinder im verdunkelten Zimmer liegen müssen und das Haushaltsgeld reichen muß.

Ludwig trinkt ihr zu: Auf diese Worte, Gabriele!

Nein, Ludwig.

Sie kann, will jetzt nicht von dem wütenden Hunger reden, DEM MANN, jedem, das Glied und die Hoden abzubeißen, von der Gier, IHN, jeden, ganz zu besitzen, seinen Samenvorrat aufzunehmen und IHN zu zerstören. Weil es keiner schafft, Sie, jede, DIE FRAU in ihrem Körper zu entdecken, weil jeder nur die Brüste streichelt und beißt, die Scheide aufstößt, aufreißt. Und weil es keine Frau schafft, IHN, jeden, DEN MANN in seinem Körper zu entdecken. Weil MANN und FRAU fremd sind.

Sie sagt: Nein, Ludwig, die Sätze sind ohne Inhalt für euch. Für uns Frauen machen sie das Leben aus.

Sie trinkt ihm nicht zu, sieht, wie seine Fingerknöchel weiß werden, sich verspannen, weil er nicht weiß, wie er die Hände zusammenbringen soll.

Gibt es eigentlich Liebesgedichte von Frauen, die nicht zärtlich sind? Die aussprechen, daß auch wir Frauen diesen verdammten Wunsch nach Ganzheit, nach der unversehrten Schöpfung kennen? Und warum gibt es solche Gedichte nicht? Weil wir immer lügen müssen, euretwegen? Weil ihr jemand braucht, der euch ernst nimmt?

Reden Sie doch endlich wieder von sich, Gabriele!

Das tu ich doch, aber vielleicht verstehen Sie das nicht. Jede Frau ist ICH und WIR zugleich. Keine Frau kann sagen: ICH DENKE, DAHER BIN ICH, weil jede Frau auch immer die mit den ausgebreiteten Armen ist und SORGEND ERFÄHRT, DASS SIE IST.

Ludwig trinkt, lehnt sich zurück. Sie spielt mit dem Pappuntersatz, rollt ihn über die marmorne Tischplatte, fängt ihn kurz vor dem Herunterfallen noch auf. Hat sie schon zuviel gesagt, zuviel gedacht?

Sie sollten mit mir reisen, Gabriele!

New York, Chicago, São Paulo, die Tennisplätze an der Côte d'Azur, die Tempelstädte Asiens, die eleganten Badezimmer in den großen Hotels, die Foyers und Bars. Nicht über die Schulnöte der Kinder grübeln müssen, die Minuten unter der Dusche und beim Frühstück nicht kalkulieren müssen, die quälende Müdigkeit abschütteln, die Fähigkeit aller Frauen zur Sparsamkeit ablegen!

Wie sind Sie eigentlich darauf gekommen?

Ludwig zwirbelt den dünnen Stengel des Wodkaglases zwischen Daumen und Zeigefinger, sagt, daß er noch nie bedacht habe, daß Frauen gegen die Geschichte des Denkens an denken können.

Sie wehrt ab: Nicht gegen die Geschichte des Denkens an, nur an der Geschichte des Denkens entlang, weil wir am Leben entlang zu denken gewohnt sind. Aber bitte, sagen Sie mir, wie Sie darauf gekommen sind, daß ich mit Ihnen reisen soll? Das ist ja doch absurd! Sie kippt den Rest ihres Wodka in einem Zug hinter. Sie könnte lachenweinen, weil sie so aneinander vorbeireden.

Meine Mutter war auch so wie Sie, so kontrolliert. Verstehen Sie jetzt, warum ich Sie gefragt habe?

Sie sieht zu ihm auf, erschrocken. Er winkt mit der Schroffheit, die ihr schon einmal aufgefallen ist, nach der Kellnerin, zahlt. Keine Rechnung, nein, legt reichlich Trinkgeld dazu, ganz Herr, ganz Maske. Sie gehen durch das Café, das jetzt voll besetzt ist, zum Ausgang, kreuzen den Kurfürstendamm und die Uhlandstraße. Er begleitet sie bis zum Savignyplatz und durch die Knesebeckstraße zum U-Bahnhof Reuterplatz und bis auf den Bahnsteig. Er wartet mit ihr zusammen. Und als der Windstoß aus dem Tunnel den Zug ankündigt, sagt er: Vergessen Sie mein Angebot nicht, es ist ehrlich gemeint, und nimmt ihre beiden Hände und küßt die Fingerspitzen.

Verdammte Überlegenheit der Unterlegenen, fällt ihr ein, und das ist eine ganz neue Erfahrung. Sie bleibt an der Tür stehen, bis der Zug anfährt. Und als sie sich auf den letzten noch freien Sitzplatz setzt, lächelt sie, merkt das und wundert sich. In zehn Minuten kommt Claudia aus der Schule. Sie wird vom Theodor-Heuß-Platz aus ein Taxi nehmen müssen, um rechtzeitig zu Hause zu sein, weil Claudia noch keinen Wohnungsschlüssel hat.

4.

Kann man das: Unberührt bleiben von Wünschen, Wunschvorstellungen? Kann man das, eine angebotene Möglichkeit einfach übergehen?

Sie nimmt jetzt manchmal den Atlas zur Hand, die Karten von Afrika und Asien. Sie schneidet sich Annoncen aus der Zeitung, schreibt Internate an, erbittet Auskünfte, holt sich auch im Reisebüro Prospekte, bringt aus der Bibliothek Kunstbücher mit über die Mayas, über die Tempel in Indien, über die beinahe vergessene Kultur von Benin. Sie hört sich in der Musikbücherei Schallplatten an, afrikanische Trommelsignale, Spirituals aus den Südstaaten Nordamerikas, Tänze aus Java. Sie zeigt Renate die Abbildungen in den Büchern. Jörg wundert sich über ihre neuen Interessen, aber er geht sonntags mit ins Völkerkundemuseum. Renate weigert sich, mitzukommen. Claudia zeichnet, was sie gesehen hat.

Gabriele besucht auch ihren Vater mit einer Tasche voller Bücher, läßt ihn blättern, aber er will nicht lesen, nicht einmal die Bilder ansehen: Was habe ich damit zu tun?

Er sieht schlecht aus, nimmt die Zahnprothese gar nicht mehr aus dem Wasserglas.

Die Mayas, nicht mal Räder sollen die gekannt haben, aber Götter! Alle haben sie immer nur Götter gekannt und Priester, was gehen die mich an? Ich, verstehst du – er lacht – ich kann jetzt nur noch Brei vertragen wie ein Baby. Dafür habe ich gelebt.

Er klappt das Buch zu. Nein, zum Arzt will er nicht. Haferschleim und Pfefferminztee, er weiß schon, wie man so was kuriert. Wie bei Kindern. Werden wir am Ende alle wieder. Alle. Er geht spazieren, ums Karree, du kennst das ja, der alte Weg, die Lübecker runter zur Turmstraße, die rechts rauf bis zur Stromstraße, die rechts rauf an der Brauerei vorbei bis zur Perleberger.

Aber der Schnaps, den solltest du lassen, wenn dein Magen so kaputt ist.

Er lacht. Ich bin doch alt genug, Kind. Schon über siebzig. Wie heißt der Spruch? Du kennst dich doch da aus, hast immer gelesen, gelesen, was du in die Finger gekriegt hast. Das Leben währet siebzig Jahre. Und wenn es schön gewesen ist – oder so ähnlich. Schön? Mühe und Arbeit. Du weißt ja, an Arbeit hats oft gefehlt in meinem Leben. Er lacht wieder, hustet, spuckt einen Klumpen Brei aus. Sie nimmt ihm das Buch weg, wischt die Spritzer vom Umschlag, macht eine Wärmflasche für ihn fertig und Tee.

Tust ja, als wenn ich schon jetzt n Baby wär. Laß mal, Kind, laß man. Mir gehts ganz gut. Morgen geh ich auch wieder ums Karree. Ganz langsam, wies fürn alten Mann recht ist.

Es fällt ihr schwer, ihn allein zu lassen. Leise zieht sie die Flurtür zu, will mit einem Arzt wiederkommen. Er muß ins Krankenhaus, wenn er Magengeschwüre hat.

Im Treppenhaus trifft sie eine alte Frau, die noch du zu ihr sagt. Ich kenn dich doch, wie du so klein warst, sie hält die flache Hand einen halben Meter über dem Boden, ja, dein Vater, wenn Not ist, kommen solche Weiber nicht mehr ins Haus! Solange sie noch tanzen gehen können mit so nem Kerl, solange der noch die Spendierhosen anhat, naja, du weißt ja Bescheid. Ist bloß schlimm, son alter Mann, und was die aus ihm gemacht hat, ne richtige Schlampe, weißte! Als ich jung war, ham wir gesagt: Wasserstoffsuperoxyd! Hab Vater ja mal Brötchen mitgebracht, morgens, so richtig knusprige vom Bäcker, weil der sich doch so was überhaupt nicht angetan hat. Hab den Beutel anen Türknauf gehängt, aber meinste, der hat mal Danke gesagt? N richtiger Mann, dein Vater, wie sie alle sind! Immer bloß Ich, Ich!

Sie trägt die Bücher wieder nach Hause, Goldmasken und Terrakotten, sorgfältig in Museen fotografiert. Sie telefoniert mit einem Arzt in der Turmstraße, hat den Wohnungsschlüssel mitgenommen und geht abends zusammen mit dem Arzt in die Wohnung. Der wundert sich, daß es Vater so lange ausgehalten hat, ist noch spazierengegangen, erstaunlich! und schreibt die Einweisung ins Krankenhaus. Sie begleitet Vater im Krankenwagen nur ein paar hundert Meter bis zum Moabiter Krankenhaus, die Träger haben ihn auf der Bahre festbinden müssen. Aufnahmeformalitäten, warten. Nachher darf sie ihm gute Nacht sagen. Im Zimmer noch ein alter Mann mit vielen Pillenschälchen auf dem Nachttisch. Er wird bald entlassen, freut sich schon, wieder im eigenen Bett aufzuwachen. Und der Kaffee zum Frühstück! Die Plärre hier, sagt er, kann ich nicht mehr sehen.

Vater will nicht reden. Sie haben ihn an den Tropf gehängt.

Die täglichen Wege ins Krankenhaus. Vaters Körper ist vom Krebs zerfressen. Für eine Operation ist es zu spät. Er bekommt noch ein paar Tage lang seinen Brei. Dann hängt er wieder am Tropf, die Hand ans Bettgitter geschnallt, durch dünne Schläuche intravenös ernährt. Der Kreislauf wird besser. Er redet, fragt, fragt nach Cornelia, fragt nach seiner Frau und wie es ihr geht, hat so lange nichts von ihr gehört. Will gehen, die Miete bezahlen und dann zur Huttenstraße, das Geld ist doch schon wieder nichts wert. Und seine Mutter steht da am Fabrikeingang, der muß er doch auch was geben, die kann er doch nicht verhungern lassen! Und wie war das denn, waren da nicht die Brücken gesprengt, hat sie gar nicht mehr bis zur Huttenstraße kommen können? Richtig, die Brücken, schräg runter in die Spree, er redet, die Lippen sind aufgesprungen, die Schläfen tief eingefallen. Die Arme sind so mager, daß die Handgelenke heraustreten. Er hat gespart, von der Rente ab, ein alter Mann braucht nicht viel, aber ihr, ihr seid ja jung! Und er kichert. Jung, ach Mädchen, wie spät ist es eigentlich? Meingott, wie alt bist du denn? Da war doch noch ein Mädchen! Lauter Mädchen! Aber nun geh man, geh. Was sollst du denn hier bei som alten Mann!

Ulrike erkennt er nicht wieder, als sie von Göttingen kommt.

Was sagen? Wie gehts dir Vater, hast doch ein helles, freundliches Zimmer.

Es ist alles in dem kleinen Pappkoffer, sagt er ein andermal, du weißt doch, wo das Rasierzeug drin war und der Schlafanzug, das Nötigste, wenn die Bomben das Haus kaputt gemacht hätten! Das Foto für die Leipziger Messe, da habe ich die Prämie für den Trafo bekommen und er wurde ausgestellt! Geburtsurkunde, Trauschein, EK 2, kannst du wegschmeißen, Blech. Aber die Rentenbescheinigung, auf die paß mal auf! Und der Kontoauszug ausm Osten. Bin jan wohlhabender Mann da, Intelligenzrente, hätt immer gut essen können all die letzten Jahre, wenn sie mich da noch rübergelassen hätten. Wenn ihr mal rüber könnt, Erben, Erben im sozialistischen Staat, ich weiß nicht, wie sich der Marx das vorgestellt hat. Er lacht, sackt zurück, ist müde geworden, flüstert, von geköpften Kiefern und Leuchtkugeln, das reinste Feuerwerk!

Sein Herz ist so gesund, daß es noch zwei, drei Wochen dauern kann, sagt der Stationsarzt. Ulrike fährt nach Göttingen, kann ihren Mann nicht so lange allein lassen. Du telefonierst, wenns soweit ist.

Die Bücher zurückgeben und die farbigen Fotografien von den Goldmasken und Terrakotten. Ludwig hat ihr geschrieben, wie er seine Reiseroute plant und auch, wie er sich das Buch vorstellt, das sie zusammen schreiben könnten, keine Reisebeschreibung, Notizen, die ein Mann und eine Frau auf so einer Reise machen, die Verdoppelung der Erfahrung: Es könnte eine Antwort auf unser Gespräch werden. Sie schreibt ihm auf einer Postkarte die Absage: Mein Vater stirbt, der Haushalt muß aufgelöst werden.

Es dauert fast vier Wochen. Einmal hat sie Renate gebeten, mitzukommen. Da hat er Susanne zu ihr gesagt, geflüstert. Und sie hat Renate nachher erklären müssen, daß das der Vorname ihrer Mutter war und daß Renate ihr ähnlich sieht.

Als der alte Mann aus dem Nebenbett in ein anderes Zimmer verlegt wird, ruft sie Ulrike in Göttingen an. Sie sitzen dann beide abwechselnd neben dem Bett, müssen zusehen, wie er tagelang um Atem ringt, jachernd wie ein Hund, müssen zusehen, wie er abgeschnallt wird, weil er nun keine Kraft mehr zum Aufbäumen hat. Einmal winkt er mit der Hand, die nicht mit dem Tropf verbunden ist: Geht doch, geht, ich sterbe, aber warum wartet ihr? Er kann nicht mehr sprechen, nur noch mit den Augen, groß aufgerissen manchmal, blau, fast ohne Pupillen. Ulrike weint still vor sich hin, aber sie kann Ulrike nicht trösten. Sie schließt sich zu Hause im Badezimmer ein, um ungestört zu heulen. Weil Sterben doch ganz gewöhnlich ist. Warum fällt es ihm so schwer?

In einer Märznacht, gegen Morgen, hat er es geschafft. Der Telefonanruf der Nachtschwester. Jörg bringt sie mit dem Auto hin. Im Krankenhausgarten schon Amseln. Das Gras neben den Wegen bereift. Ulrike hat den schwarzen Mantel an, den sie mitgebracht hat. Der Tropf ist entfernt worden, das Bettgitter heruntergelassen. Das Fenster steht offen. Unter dem Laken der ausgemergelte Körper. Der Arzt, der Nachtschicht hat, wünscht ihnen Beileid. Die Formalitäten sind erst ab acht Uhr zu erledigen. Ein Krankenhaus muß seine Ordnung haben.

Vaters Hände sind zusammengelegt worden. Er hat nie gebetet.

5.

Die Routineerledigungen vom Beerdigungsinstitut abgenommen, Abmeldung beim Standesamt, Grabstelle, Krematoriumstermin, erster Klasse, zweiter Klasse? Mit Musiker oder mit Tonband? Blumenschmuck, Qualität des Sarges, Seidenhemd oder einfaches weißes Hemd? Seidenkissen oder ein einfaches weißes Kissen?

Wer verbrannt wird, liegt nur ein paar Stunden im Sarg. Und Vater hat nie Seidenhemden getragen.

Druck der Traueranzeigen, vorformuliertes Pathos. Nein? Dann wird es teurer. Drucksachen sind am Abend abzuholen. Wieviel? Nur fünfundzwanzig Stück, das lohnt doch nicht.

Wem sollen sie Vaters Tod anzeigen? Die fremde Frau bleibt namenlos und ohne Adresse, die Mieter aus dem Haus werden eingeladen, auch an Ludwig schickt sie eine Anzeige und an Vaters Kollegen in Oberschöneweide, übers Personalbüro, gleichzeitig die Meldung, die Rente zu stoppen, die er seit Jahren nicht mehr abholen können.

Ulrikes Mann ist aus Göttingen gekommen, die Mieter haben für einen Kranz zusammengelegt. Der Berufsleichenredner ist unerträglich. Der Göttinger Schwager ist über die Musik verärgert. Bach auf Band, ich versteh euch nicht! Ulrike sagt, daß Gabriele das so gewollt hat, weil Vater ein armer Mensch gewesen sei und sich auch nicht geschämt habe deswegen. Sie trinken Wein in einem kleinen Lokal unweit vom Krematorium. Der Schwager muß abends nach Göttingen zurück. Ulrike will noch sehen, was sie in der Wohnung interessiert, Persönliches, ein paar Erinnerungen.

6.

Weil Osterferien sind, kommt Renate mit in die Wohnung in der Lübecker Straße. Claudia geht zu einer Freundin. Mein Opa ist gestorben, und da darf sie sogar dort zu Mittag essen, weil die Mutter der Schulfreundin versteht, daß da verschiedene Wege zu machen sind, so jedenfalls sagt sie am Telefon.

Renate hat sich eine schwarze Schleife ins Haar gebunden. Ulrike hat den guten schwarzen Mantel in die Reisetasche gepackt und gegen eine Windjacke eingetauscht. Bei dem Dreck in Vaters Wohnung. Ist ja doch nur Aufräumarbeit!

Sie knien zu Dritt auf dem Teppich, haben die Schubladen herausgezogen. Die Briketts aus der Küche hat der Hauswart abgeholt. Ulrike sucht die Kristallteller. Mama hatte so schönes Kristall, beim Frühjahrsputz hat sies immer mit Salmiak gespült. Und waren da nicht auch Silberlöffel von den Großeltern? Und ein paar alte Gläser? Mein Mann hat Sinn für so etwas. Kostbar wirds nicht sein, wenns nicht gerade wieder modern werden sollte.

Sie knien, räumen. Gebündelte Briefe, Noten, Urkunden, Todesanzeigen von den Großeltern, der Urgroßmutter, mit der Hand geschrieben, damals, im Mai 45. Hochzeitsanzeigen, Geburtsanzeigen, Fotos und der Briefwechsel wegen der Schulden, die Vaters Mutter gemacht hat, die Abrechnungen der Wohlfahrt, die Vater hat begleichen müssen, als er endlich wieder Arbeit hatte, die Anstellungsverträge des Großvaters und mehrere Kündigungsschreiben für Vater. Die Auftragslage nötigt uns, auf Ihre Arbeitskraft zu verzichten. Wir bedauern, Ihnen mitteilen zu müssen. Wir haben uns lange überlegt, ob wir Sie noch beschäftigen können. Wir, pluralis majestatis der Firmenleitung. Sie finden einen ganz vergilbten und in der Falz gebrochenen Brief aus Petersburg, schwer leserliche Handschrift, Dezember 1904, an meine liebe Mutter, an Lieschen und Gustav, von Onkel Paul. Gabriele liest den Brief vor. Ulrike weiß nichts von Onkel Paul. Er schreibt, daß das Elend unvorstellbar sei, der Zar hat mit dem japanischen Krieg das Letzte aus der Armut herausgepreßt, es wird Unruhen geben, schreibt, daß Gustav und Lieschen sich doch seiner lieben Mutter annehmen mögen, da sie nach dem Tod des Vaters mittellos sei. In zwei, drei Jahren verdiene ich genug, um ihr eine eigene Wohnung bezahlen zu können, wenn mir hier in den nächsten Wochen nichts zustößt. Aber bitte, erzählt der Mutter davon nichts!

Renate nimmt den Brief in die Hand, bittet, ihn behalten zu dürfen.

Ulrike findet zwei Kristallteller. Waren es nicht zwölf? Hat sicher die andere mitgenommen.

Oder sie sind beim Abwasch zerbrochen.

Staub und zerfallene Tischtücher und Bettwäsche. Sie finden die Rechnungen, die nach Ulrikes Unfall bezahlt werden mußten, die Kostenaufstellung für Gabrieles Hochzeit und ein Sträußchen versilberten Lorbeer, wer weiß von wessen Silberhochzeit.

Wenn ich daran denke, daß wir hier aufgewachsen sind in dieser finsteren Wohnung und ohne Bad! sagt Ulrike. Renate sortiert Paketschnur und Hölzchen zum Pakete-Tragen und die Einkaufstüten. Was alles so aufgehoben wird. Eine Einlaufspritze, ein Toiletteneimer, auch ein Paket Seife, der Karton riecht verschimmelt. Eine Wohnung ohne verborgene Schätze. Den Ramsch abholen lassen kostet fast zweitausend Mark. Aber die Wohnung muß geräumt und renoviert werden.

In dem kleinen Pappkoffer liegt Vaters Sparbuch, mit einem eingelegten Zettel, was für die Wohnung zu verwenden ist. Vater hat an alles gedacht. Nach seiner Rechnung bleiben noch fünfhundert Mark für den Stein auf der Urnenstelle, das muß wohl sein, schreibt er, sie wollen ja den Namen wissen.

Solche Umsicht haben sie nicht von ihm erwartet.

Nachdem sie Ulrike zum Flugplatz gebracht haben, kehren sie in die Wohnung zurück, um weiter aufzuräumen. Leere Schnapsflaschen in der Standuhr, ein ganzer Sack voll alte Schuhe, Stiefel, Halbschuhe, schief getretene Absätze, geflickte Kappen, Kinderschuhe, Damenschuhe, ein Wäschekorb voll mit alten Zeitungen, die beim Herausnehmen zerkrümeln, ein paar Überschriften im

Puzzle: Mobilmachung 1914. Wer sind die Mörder Walther Rathenaus? Brüning erläßt Notverordnungen. Sie tragen alles in den Korridor, zerschlagen die Flaschen in der Kohlenkiste, werfen den Sack mit den Schuhen in den Wäschekorb zu den Zeitungen. Renate hat die schwarze Schleife aus dem Haar genommen und durch einen Schnipsgummi ersetzt. Sie arbeiten, bis es dunkel wird und waschen sich in der Küche. Ein Stück klierige Kernseife klebt noch in der Seifenschale. Durch das offene Fenster kommt die Kälte herein und das Geklapper aus den anderen Küchen ringsum den Hof. Die grauschmutzige Lauge staut sich im verstopften Ausguß. Beim Händeabtrocknen stampft Renate plötzlich auf, wirft das Handtuch auf den Boden und rennt ins Zimmer. Gabriele geht ihr nach, findet sie auf der Matratze zusammengekauert. Sie geht auf Zehenspitzen auf sie zu, will ihr übers Haar streichen, mit ihr reden. Aber Renate preßt die Hände gegen die Ohrmuscheln.

Nachher im Omnibus sitzen sie nebeneinander. Renate hat den Petersburger Brief eingesteckt und ein Knäul Paketschnur und ein Pakethölzchen. Wertheim am Potsdamer Platz, steht darauf.

Aus dem Arbeitstagebuch zum Roman

*Auf Renates Fragen warten. Nach eigenen Antworten suchen. Die
vergeblichen Anläufe überprüfen. Was hält vor dem Tod stand?
Ulrike hat die Kristallteller mitgenommen. Ist es das, was bleibt:
Erinnerungen zum Anfassen?
Aber Renate fragt nicht. Und Claudia besucht jetzt öfter den Vogel-Opa. Einen Opa hab ich noch, triumphiert sie. Er schenkt ihr
einen Grünfinken. Und als der ihr eingeht, begräbt sie ihn im Hof
zwischen den Beeten des Hausmeisters. Sie hat ein paar Kinder aus
der Klasse dazugebeten, sie weiß jetzt, wie so eine Feier vor sich
geht. Sie hat den anderen Kindern eine Erfahrung voraus.
Irgendwann im April legt ihr Renate eine Zeitung vom Februar hin.
Sie hat einen Satz rot angestrichen: Am Sonnabend hielten es 1500
politische Wirrköpfe – meist Studenten – für angebracht, in Berlin
gegen die amerikanische Südvietnampolitik zu demonstrieren. Da
war ich bei, sagt Renate, und ich hab mich gefreut, wie sie die Farb-
eier aufs Amerikahaus geworfen haben, verstehst du das?
Warum hast du mir das nicht erzählt?
Opa war im Krankenhaus, und, ja, ich dachte, daß dich das vielleicht nicht interessiert, was heute so los ist.
Sie schiebt die Zeitung über den Tisch zu Renate hin.
Gut, daß du dabei warst!
Renate kämmt sich das Haar mit den Fingern in den Nacken, steht
auf, glaubt ihr nicht. Sitzt wortlos bei Tisch, als Claudia von der
Schule, vom Völkerballspielen erzählt, als Jörg drängt, sich wegen
des Ferienquartiers zu entschließen. Genaugenommen sei es schon
viel zu spät, bei vier Personen müßten sie schließlich anders rechnen
als ein so reicher Weltenbummler. Anspielung auf Ludwig, der eine
Karte aus New Orleans geschrieben hat.
Renate stößt den Stuhl zurück, steht auf, will zur Tür. Jörg stellt
sich ihr in den Weg, will wissen, wohin sie geht. Und als sie nicht
antwortet, schlägt er ihr ins Gesicht. Rechts und links und rechts
und links. Sie solle lieber ihr Abitur machen, schreit er, anstatt sich
auf der Straße mit Politik zu beschäftigen. Dafür hätte er nicht gearbeitet und ihre Mutter auch nicht, das müsse sie wissen.*

Du Spießer, schreit Renate, trommelt mit den Fäusten gegen seine Brust. *Was in Vietnam los ist, weißt du wohl nicht!*

Brauchst uns nicht über Krieg zu belehren! höhnt er, schlägt wieder zu.

Gabriele versucht, die beiden auseinander zu bringen. Aber Jörg packt ihre Handgelenke, umkrallt sie, sein Gesicht ist eine Fratze, die Stirnadern blaurot angelaufen, der Mund halboffen. Sie wehrt sich, stößt mit den Knien, den Füßen.

Was ist mit uns los, daß wir uns so hassen?

Claudia weint. *Hör auf, Papa, bitte hör auf, die Mama zu schlagen!* Er reißt noch einmal ihre Arme hoch, Gesicht gegen Gesicht stehen sie voreinander, doch dann läßt er von ihr ab, stiert auf seine Hände, hilflos. Renate bringt ein nasses Handtuch aus der Küche, kühlt ihr die Handgelenke und schiebt sie dann behutsam aus dem Zimmer.

Gabriele wird das nicht vergessen. Auch nicht, wie sie Jörg nachher am Tisch hat sitzen sehen, stumm, ohne Licht, die Nackenlinie, die vorgekrümmten Schultern schwarz und massig. Sie hätte hingehen, ihn an die Schulter tippen sollen, hätte ihm sagen mögen: *Du, versteh doch, wir – du – ich, wir haben uns festgerannt, treten auf der Stelle. Und da fängt eine neue Generation an zu denken. Und das erschreckt uns.*

Aber sie ist an der Zimmertür vorbeigegangen. Sie hat ihr Bettzeug ins Zimmer der Töchter gebracht. Von der Szene haben sie nicht mehr gesprochen.

Nur einmal, später, hat sie zu Renate gesagt: *Vergiß nicht, daß man am Leben müde werden kann!* Renate hat für die Bevölkerung von Vietnam gesammelt. Sie hat sich in die Spendenliste eingetragen. *Wir müssen die Machtverhältnisse in der Welt verändern*, hat Renate geantwortet, *damit keiner mehr am Leben müde wird.* Gabriele hat nicht widersprochen. Aber sie hat auch nicht weiter gefragt. *Junge Menschen brauchen ein unerreichbares Ziel vor Augen*, hat sie in einer Sendung geschrieben, in der sie sich mit dem Elend der Trebegänger auseinandergesetzt hat.

*Sie erlebt die Demonstration gegen den Schah-Besuch am 2. Juni
1967, ist mit Bandgerät und Mikrophon dabei, als die Polizisten die
demonstrierenden Studenten vom Opernhaus abdrängen. Brutali-
tät, Haß, Menschenjagd. Die Schüsse hört sie nicht im Gebrüll. Erst
nachher die Gerüchte, die Ratlosigkeit. Mord. Als sie das Material
in den Sender bringt, ist die Meldung schon bestätigt. Ein Student
ist von einem Polizisten erschossen worden.*

Da fängt eine neue Generation an zu denken.

*Im Schneideraum Erregung, Unsicherheit. Sie hören die Bänder
durch, fügen neue Meldungen ein, Meldungen, die von Notwehr
des Polizisten sprechen, fügen Zeugenaussagen ein, junge, heisere
Stimmen: Das ist doch gelogen! Der hat doch drauflosgeballert und
als der Student dalag, der war doch nur einfach dabeigewesen, hat
sich nur informieren wollen!*

*Der Senat will Schnellgerichte schaffen. Die Rektoren der Universi-
täten wollen vom Haus- und Disziplinarrecht Gebrauch machen.
Sie ruft zu Hause an, weil sie im Sender bleiben muß. Laß die Finger davon, sagt Jörg, das ist nicht unsere Sache.*

*Am anderen Tag bringt Renate ein AStA-Flugblatt und eine Unter-
schriftenliste, um die Trauerdemonstration der Studenten für ihren
Kommilitonen durchzusetzen. Ich habe dich gesehen, wie du dein
Bandgerät umarmt hast, damit es dir nicht weggerissen wird, sagt
sie, als Gabriele unterschreibt.*

*Das Verbot der Trauerfestlichkeiten für den erschossenen Studenten
Benno Ohnesorg wird aufgehoben. Im Henry-Ford-Bau der Freien
Universität Gedränge, junge, betroffene Gesichter, Unterschriftenlisten, Plakate, Transparente, beschriebene Wände. Im Trauerzug von Dahlem bis zum Autobahnkleeblatt Wannsee Tausende,
acht- bis zehntausend, heißt es nachher in den Nachrichten, junge
Männer und Frauen, dunkel gekleidet, auch mit schwarzen Binden
um den Arm. Zehn Kilometer Weg hinter dem Sargwagen her, an-
geführt von den Professoren, die sich auf die Seite der Studenten gestellt haben. Ohnesorg soll in seiner Heimatstadt Hannover beer-
digt werden, der Sargwagen ohne Grenzkontrollen passieren dürfen. Am Straßenrand die Bürger von Zehlendorf, erstaunt, kopf-*

schüttelnd, Bauarbeiter auf einem Neubau schimpfen laut über die Faulenzer.

Gabriele versucht die Gespräche der jungen Leute, aber auch die bösen Zurufe mit dem Bandgerät festzuhalten, beschreibt in knappen Sätzen die Szenerie. Auf der Brücke über der Autobahn staut sich der Zug. Mikrophone und Verstärker sind aufgestellt worden. Der Wind streicht über das hohe Sommergras an den Hängen der Autobahnzufahrten, trägt Helmut Gollwitzers Abschiedsrede von den Mikrophonen fort: Die Vision eines Deutschland ohne Grenzen, Grenzkontrollen, ohne Feindseligkeit. Viele tausend meist jüngere Menschen hören aufmerksam zu, drängen dann über die Leitplanken auf die Hänge der Autobahnzufahrten, um dem Wagen mit dem Sarg nachzusehen, wie er auf die Grenze zufährt. Gabriele bleibt auf der Böschung sitzen, als die Teilnehmer des Trauermarsches in Gruppen oder paarweise zur Bushaltestelle oder zur S-Bahn gehen, immer wieder stehenbleiben, sich umwenden, als fühlten sie, daß etwas vorbei ist, das eigentlich dauern sollte. Sie hört ab, was sie aufgenommen hat. Ihr fällt Jörg ein. Sie müßte jetzt mit ihm reden können: Eine neue Generation. Sie sprechen eine andere Sprache, sie haben eine andere Hoffnung. Wirklich anders? Sie zieht ein paar Grashalme aus, hilflose Geste, und steckt sie an den Trageriemen ihres Bandgerätes, ehe sie hinter ein paar jungen Leuten stadteinwärts geht.

Tage später die große Rede des Regierenden Bürgermeisters Heinrich Albertz vor den Studenten, die Konfession eines Mannes, der die Not im Protest der studentischen Jugend begriffen hat und sich für den massiven Polizeieinsatz anläßlich des Schah-Besuches entschuldigt. Einer, der die moralische Verantwortung des Politikers ernst zu nehmen entschlossen ist. Monate später muß er wegen der massiven Pressehetze gehen. Wer regiert in der Stadt?

In diesem Sommer macht Claudia ihren Freischwimmer.
Am Beckenrand stehen, zusehen, wie sie vom Dreimeterbrett springt. Mit Renate über Berufe sprechen. Sie mit einem jungen Mann in der S-Bahn treffen, in ein anderes Abteil umsteigen. Jörg

beobachten, wenn er Zeitung liest. Seine Vorliebe für Lokalnachrichten: Sprung aus dem vierten Stock, Kreuzberg, Solmsstraße;
Überfall auf Ladenbesitzer in Steglitz; Frau im Schillerpark niedergeschlagen; 67jähriger auf dem Zebrastreifen in Halensee überfah-
ren; zwölfjähriger Radfahrer gerät unter LKW; Polizeioberinspek-
tor erschießt seine Frau.

Vor der Schreibmaschine sitzen, die aufgeschlagenen Bücher um
sich, die Zitate, die sie verwenden will, mit Bleistift angestrichen;
an Renate denken und daran, was das heißt, achtzehn Jahre alt zu
sein, was das heißt, auf die eigenen Kräfte zu vertrauen, die Welt
verändern zu wollen.
Die Nachrichten aus Prag verfolgen. Zigarettenpausen nach Interviews. Gabriele hat sich das Rauchen angewöhnt. Die Traueran-
zeige aus Grünau. Der Frau telegrafieren, weil sie nicht hinfahren
kann über die Grenze. Ruths Mutter zum 70. Geburtstag gratulieren, ein Paket schicken, Kaffee, Schokolade, Kuchenzutaten. Die
alte Dame bedankt sich mit einem Foto, auf dem sie zwischen den
ehemaligen Kollegen, Gesichter hinter hellgrauen Bindern, vor einem blumenüberladenen Tisch steht. Einen Luftpostbrief von Gisela aus New York, Erfolgsmeldungen. Ulrike schreibt aus Kairo,
schickt eine Ansichtskarte vom Nil. Ihr Mann hat in Kairo verhan-
delt. Uns fasziniert die Sonne, vielleicht können wir ein paar Jahre
nach Ägypten gehen.
Einmal liest ihr Jörg aus den Lokalnachrichten vor, daß der Buch-
händler – du weißt doch, der Amputierte aus der Eberstraße – wegen Scheckbetrug verhaftet worden ist. Verstehst du das, der?

Sie sieht Jörg hinterher, wenn er aus dem Haus geht und die Autotür
aufschließt, hört ihn starten, sieht ihn den Wagen in die Fahrspur
einfädeln. Sie winkt Claudia nach, die sich Vogelbilder auf den
Ranzen geklebt hat. Sie sieht Renate nach, die ihre Schulbücher unterm Arm trägt, sich nicht umwendet.
Was hält vor dem Tod stand?
Über den Bildern von verbrannten Wäldern sitzen. Napalmver-
brannte Gesichter auf Zeitungsfotos nicht vergessen können.

XVII.

Wir haben geglaubt, es käme auf uns an
1968

1.

Gelblichweißer Schaum auf dem Sand. Muschelsplitter. Korken. Eine Flasche wird von den Wellen herangetragen und wieder zurückgenommen, herangetragen und wieder zurückgenommen, eine grüne Flasche, kurze, graue Wellen. Neben der Badestelle das winterfahle Schilf, das Erlendickicht, dahinter der ausgetretene Weg. Renate hat den Anorak offen, aber die Hände in die Taschensäcke gesteckt, der Wind beutelt die Jacke. Sie stapfen nebeneinander durch den Sand. Zwei Spaziergängerinnen an einem Februarvormittag an der Havel, ein friedliches Bild.

Das Bild täuscht. Vorgestern hatte Renate das Abitur nicht bestanden und war nach Hause gebracht worden, hatte sich kaum auf den Füßen halten können, das Prüfungskleid über und über besudelt. Sie war wie ein Sack aufs Bett gefallen und hatte nicht widerstanden, als sie ihr das Kleid und die Wäsche vom Körper zerrte, sie mit dem Schwamm abrieb und behutsam zudeckte. Sie muß was eingenommen haben, hatten die Mitschülerinnen gesagt. Sie hatte ja solche Angst!

Sie hatte über Nacht bei Renate gesessen und auf ihren Atem gelauscht und über ihre Angst gegrübelt. Claudia war mit dem Bettzeug ins Wohnzimmer umgezogen. Morgens hatte Jörg an die Zimmertür geklopft, um sich zu verabschieden, hatte einen Scheck ausgeschrieben, sie soll sich was Schönes kaufen, Schuhe oder ein Kleid oder Schmuck, was sie mag! hatte die Tür leise zugezogen. Renate war mittags aufgewacht, verwirrt, weil sie nicht wußte, wie sie hergekommen war. Sie hatte gebadet und Tee getrunken und

Zwieback gegessen. Nachmittags waren sie mit Claudia in die Wilmersdorfer Straße gefahren und von Schaufenster zu Schaufenster geschlendert. Sie hatte Renate beobachtet, wie sie von einer zufälligen Spiegelung im Schaufenster wegsah, wie sie Claudias Trostsätzen auswich, soll ich dir ein Eis kaufen oder Schokolade? Oder Bonbons, Sahnebonbons mit Nußsplittern? Kindliche Trostsätze gegen die Angst. Sie hatte Renate beobachtet, wie sie Hüte und Mützen vor dem Spiegel probierte, Fratzen schnitt. Und wie sie sich schließlich eine gestickte Bluse aussuchte.

Eine gestickte Bluse gegen die Angst.

Wie von der Angst sprechen?

Der Wind jagt Wolkenfetzen und Schaum, reißt an den Haaren und beutelt den Anorak, spielt mit dem Schilf und den Erlentroddeln, macht das Reden überflüssig. Sie versucht mit Renate Schritt zu halten, reicht ihr die Pfefferminzbonbons, die sie in einem der Schildhornrestaurants aus dem Automaten gezogen haben. Renate nimmt einen Bonbon und schiebt die Hand wieder in die Tasche. Nach Sätzen suchen: Das Abitur kann man wiederholen. Und keiner macht dir einen Vorwurf, das weißt du doch. Du machst ein paar Wochen Ferien, dann hast du auch wieder Freude am Lernen. Bis Renate die Sätze wegwischt: Laß das doch, und langsamer geht und stehenbleibt und den Kopf in den Nacken zurückwirft.

Weißt du, wozu das alles! In der Schulzeit war immer ein Ziel da, die nächste Klasse, die nächsten Ferien. Die eigene Kraft einbringen, die eigene Intelligenz: keine Antwort für eine Neunzehnjährige.

Für andere da sein. Und für wen sind Sie da? Um die Welt zu verändern? Wie verändern? Für wen verändern? Antworten und immer neue Fragen, statt der einen Antwort.

Ich weiß das auch nicht, sagt sie.

Renate sieht sie von der Seite an. Legt jäh ihren Arm um sie. Aber wie hältst du das aus? ihre Stimme ist heiser, sag jetzt nicht, weil so ein Tag schön ist mit Wind und Wasser und ein bißchen Frühling, sag jetzt nicht, weil du deine Arbeit hast. Sag nicht, weil du für uns da sein mußt. Sag jetzt nicht –

sie bricht ab, nimmt den Arm von Gabrieles Schulter und tritt einen Schritt zurück.

Sag nicht: Zärtlichkeit.

Sie macht die Augen schmal.

Ich habe Angst – vor dir.

Wie? das versteh ich nicht.

Du hast es geschafft. Du hältst es aus zu leben – neben dir her. Du kannst dir die Ohren zuhalten, Mama, nur – ich muß mit dir reden, einmal mit dir reden. Ich hab ein paar Sendungen von dir gehört. Du sagst ja nie, wann sie laufen, man muß sie sich aus dem Programm heraussuchen oder zufällig einschalten. Du bist nicht denen begegnet, denen du hättest begegnen müssen, bist in der Dreizimmerwohnung hängengeblieben. Du hättest eine Starjournalistin werden können, du siehst Zusammenhänge, weißt viel und hast Mut; du hast verzichtet. Unsertwegen? Vaters wegen? Verzeih mir, Mama, ich versteh das nicht! Daß du lebst, als wärst du dir nicht so wichtig, das verstehe ich nicht. Davor habe ich Angst.

Renates Heftigkeit erschreckt sie, aber sie lächelt.

Sie kann ihr nicht sagen, daß das ihre eigenen Fragen sind, immer wieder hin- und hergewendete Fragen, als Behauptungen aufgestellt, in Nebensätze abgedrängt, und immer noch unbeantwortet. Sie kann Renate nicht sagen, daß ihr das ICH als Ziel abhanden gekommen ist, weil sich das ICH nicht behaupten kann ohne Hochmut. Daß sich das ICH nicht nur am Erfolg messen läßt, am Platz in der Gesellschaft, sondern auch im Zuhören, im Bereitsein für andere erfahren werden kann. Renate würde sie auslachen. Und sie hätte recht. Weil sie jung ist, weil sie sich zutrauen muß, alles anders zu machen, anders zu denken, weil sie SICH wagen, SICH erproben muß, um die Fragen auszuhalten, den Behauptungen zu trotzen, den Nebensätzen die Bitterkeit zu nehmen. Weil sie noch nicht weiß, wie schwer die vielen, nicht eingelösten Leben wiegen. Komm, sagt sie, gehen wir weiter, wir erkälten uns sonst. Sie stapfen durch den Sand, meiden es, sich anzusehen, streifen mit den Fingern die wintergrauen Gräser neben dem Weg, laufen sich müde und hungrig und warten nachher auf dem zugigen Bahnsteig in Ni-

kolassee. Vater hat immer die Kilometer nachgemessen, die er gelaufen ist, fällt ihr ein. Verrückt!
Während der S-Bahnfahrt durch den Grunewald sitzen sie nebeneinander. Renate bietet ihr eine Zigarette an.

2.

Und als Renate am Gründonnerstag nicht nach Hause kommt –
durchs Radio ist bekanntgegeben worden, daß auf den Studenten-
führer Rudi Dutschke geschossen worden ist und Demonstrationen zu erwarten sind – weiß sie, daß Renate dabei sein wird, nicht
aufgibt. Sie stellt sich den breiten Zug durch die Straßen vor. Wenn
geschossen wird? Die Bevölkerung wird seit Monaten gegen die
Studenten aufgewiegelt. Weil die nicht locker lassen, immer wieder
auf den Napalmbombenkrieg in Vietnam hinweisen.
Wenn geschossen wird. Renate vielleicht mitten in der Demonstration, neben ihrem Freund!
Sie steht am Fenster, die Stirn gegen die Scheibe gepreßt. Claudia
drängt, in die Stadt zu fahren. Jörg sagt wieder: Haltet euch da
raus! In der Straße unten Hundebesitzer bei der abendlichen Runde, das Schattenspiel der Äste und Zweige auf den Autodächern. In
den Fassaden die hellblauen Fernsehfenster. Gründonnerstag, vier
freie Tage voraus. Im Restaurant an der Ecke wird laut gesungen,
gegrölt. Warum gehen wir nicht, fragt Claudia. Ich kann doch
morgen ausschlafen.
Vor wenigen Tagen ist Martin Luther King in den USA ermordet
worden, Bilder in den Zeitungen, im Fernsehen, Erregung, die
nachschwingt. Ein Mann, der den unblutigen Aufstand gepredigt
hat.
Ja, gehen wir, aber zieh eine Jacke über.

Gründonnerstag Nacht. Judaskuß und Gethsemane und Petrus!
Denunziation, Gedränge in den Gassen von Jerusalem, Hohn und
Spott gegen den einen gerichtet, Hohn und Spott: Seht euch doch
die Typen mal an, die Rattengesichter, die schmierigen Haare, sollen nach drüben gehen, in die Hölle, gleich Rübe runter bei denen!

Der eine damals, die vielen heute, und immer die Selbstzufrieden-
heit vom Straßenrand her.

Sie läßt Claudia nicht von der Hand, als sie sich durch die Men-
schenmenge schieben. Wenn nur nichts passiert. Und die Polizei
nicht schlägt oder schießt. Bilder, Erinnerungen. Einzelne Sätze.
Was ist Wahrheit? fragt der Skeptiker Pilatus. Jemand reißt ihr das
Kind von der Hand, aber Claudia läßt sich nicht wegdrängen.
Niemand weiß genau, was geschehen ist. Gerüchte. Dutschke, na,
der ist schon tot. Quer über die Straße geschossen, ausm Haus raus,
als er aufs Fahrrad steigen wollte. Die Schuhe, ich hab die Schuhe
gesehen, die standen da noch am Ku-damm nachher. Warum geben
die nicht Ruhe, sind doch selber schuld, schmeißen mit Steinen auf
Springer sein Glashaus!
Gelächter, Geschimpfe. Nichts Genaues erfahren. Claudia nicht
loslassen. Ist dir nicht kalt, Kind? Dumme Frage. Gestoßen, geschoben werden. Schnapsatem, Rülpser. Am besten gleich abknal-
len. Kreuzige! Kreuzige! Aber die Nachricht GERECHTIGKEIT
bleibt.

Als sie heimkommen, wird es schon hell. Sie sind durch Schöneberg und Tiergarten und Charlottenburg gelaufen, weil noch keine
S-Bahn gefahren ist, kein Taxi zu haben war. In den Häusern
ringsum sind alle Fenster dunkel. Nur bei ihnen oben ist Licht.
Jörg ist nicht schlafen gegangen, sitzt am Radio. Nichts Neues. Sie
operieren den Dutschke. Jörg hat einen Stapel alter Zeitungen neben sich, zwei leere Flaschen stehen vor ihm auf dem Tisch, er sitzt
schwer und breitbeinig da, schüttelt den Kopf. Ich verstehs nicht,
ich versteh nicht, was da los ist. Was wollen die bloß? Habens doch
gut gehabt, oder? Können uns doch nichts vorwerfen, habens so
gut gehabt wie wir nicht, wie du nicht, wie ich nicht, immer satt, zu
essen, und reden von Vietnam. Was können wir dafür? Du? Ich?
Claudia lehnt sich erschöpft an die Heizung. Sie schiebt sie sacht
aus dem Zimmer, bringt sie zu Bett. Du kannst ja ausschlafen, sagt
sie, geht dann auf Zehenspitzen zu Jörg zurück, setzt sich zu ihm,
legt ihre Hände neben seine. Sie warten zusammen auf Renate.

3.
Ludwigs Reiseberichte laufen als Serie an.

4.
Renate wiederholt das letzte Schuljahr. Sie hat nichts von der Demonstration erzählt, ist nach Hause gekommen, hat gute Nacht gesagt, obwohl schon Morgen war und ist am Karfreitag um 10 Uhr
wieder losgegangen.

Die Osterunruhen haben auf andere Universitäten übergegriffen.
Es hat Zusammenstöße gegeben, Massendemonstrationen. Was
wollen die Studenten? In Paris haben sie den Aufstand geprobt. Ist
der Vietnamkrieg, den sie anklagen, nur Vorwand? Widerstand gegen die biedermännische Verlogenheit, die den Völkermord als
Kreuzzug gegen den Kommunismus kaschiert, sagen die Studenten.

Habens so gut gehabt wie wir nicht, du nicht, ich nicht. Auf wessen
Kosten?

Gabriele wird vom Sender zur Protestkundgebung nach Frankfurt
am Main geschickt, sammelt Interviews, Reden, sitzt nachher im
Wirtshausgarten an der Bockenheimer Landstraße neben Adorno,
nimmt ein Gespräch auf, behält sein Gesicht, das den Sätzen nicht
folgt: Trauer, Hilflosigkeit, die sie nicht benennen kann. Slogans
gelingen ihm nicht. Vielleicht ist es das.

Verabschiedung der Notstandsgesetze.

Ihre Sendung wird gelobt. Ludwig schickt ein Glückwunschtele-
gramm. Sie ist unzufrieden. Die Sätze auf dem Band verschweigen
die Menschen, die sie gesprochen haben.

Aber sie hat erfahren: daß für andere da sein nicht nur geduldig sein
heißt.

Auch Johannes hat ihre Sendung gehört. Wir müßten uns endlich
einmal wieder sprechen können, schreibt er aus Leipzig. Wir werden unsere Zukunft noch erleben, oder wir scheitern alle. Die
Menschheit wird mit Lichtgeschwindigkeit in den Abgrund stürzen, wenn sie nicht von der Kraft einer neuen Idee wie von einem
fremden Sonnensystem eingefangen wird!

Sie freut sich, daß er geschrieben hat.

5.

Der Vogel-Opa stirbt im August. Natürlich haben sie damit gerechnet, bei dem Alter: neunundachtzig Jahre. Als Claudia aufgeregt von der Nachbarwohnung aus anruft und sagt, daß der Opa sie nicht in die Wohnung läßt und doch versprochen hat, mit ihr nach Lübars zu fahren, weil sie da zusehen wollten, wie sich die Schwalben auf den Telefondrähten sammeln und auf die große Reise vorbereiten – das Palaver, er wollte doch, daß ich das Palaver höre! – da ist Gabriele schnell durch die paar Straßen bis zu seiner Wohnung, öffnet mit dem Nachschlüssel, Claudia neben ihr, ängstlich, ob es gelingen wird, weil der Vogel-Opa doch immer die Kette vorlegt, wenn er allein ist.

Sie finden den alten Mann auf dem Boden, das Zimmer voller Vögel, die die Körner vom Boden picken, Kleiber, Spatzen, Amseln, Meisen, sogar Tauben, denen die anderen Vögel ausweichen. Er ist grünlich weiß und ganz kalt. Sie müssen den Arzt rufen, telefonieren wieder von der Nachbarwohnung aus. N bißchen verdreht war er ja mit seinen Vögeln, sagt die Nachbarin. Aber er hat so lange hier gewohnt, auch die Frau noch, da drückt man schon maln Auge zu. Man, sagt sie, nicht: Ich.

Ein Herztod, normal, ist schnell gegangen. Aber Claudia weint. Die üblichen Erledigungen. Keine Trauerfeier, wer soll denn da kommen, sagt Jörg, Kündigung der Wohnung. Die Vögel werden nicht mehr gefüttert, prallen wieder gegen die geschlossenen Fenster.

Renate hat ein schwarzes Kleid angezogen, als die Urne beigesetzt wird. Jörg hat einen halben Tag frei wegen der Familienangelegenheit. Der Friedhofsdiener stinkt nach Schnaps, als er das Vaterunser leiert. Ein paar ältere Frauen sind mit Gießen und Harken beschäftigt und sehen, auf ihre Harken gestützt, der Zeremonie aus der Entfernung zu.

Gabriele hat Pflaumenkuchen gebacken. So war das früher, sagt sie zu Claudia und Renate, nach einer Bestattung das Essen. Wir haben das nur verlernt. Claudia will wissen, was ein Palaver ist. Renate rührt den Kuchen nicht an. Pflaumenkuchen, die Wespen, zwischen Erwachsenen an einem Tisch sitzen und nichts mehr verstehen, wann war das? Gabriele fröstelt.

Jörg erklärt Claudia, was Palaver bedeutet, holt dann den Schnaps aus dem Eisschrank. Sie reden von der Wohnungsauflösung, von Renovierungsarbeiten und Kosten. Renate steht vom Tisch auf und geht aus dem Zimmer. Nachher schlägt sie die Wohnungstür zu.

Du, sagt Jörg, aber da hat er schon drei, vier Schnäpse getrunken, wir sprechen so selten. Ich muß mal mit dir sprechen.

Sie weist auf Claudia. Die sitzt in der Zimmerecke und malt Vögel.

Er zieht die Schultern hoch. Ist doch nichts besonderes, kann sie ruhig hören.

Bitte, Jörg, warte doch! Ich mach uns Abendbrot, ein bißchen Käse und Pumpernickel.

Ich möchte den Pflaumenkuchen aufessen, meldet sich Claudia, der schmeckt so gut.

In die Küche gehen. Bloß keine Konfessionen jetzt und nicht vor dem Kind. Nachher will sie alles anhören, wenn er doch endlich einmal redet. Sie bringt Pumpernickel und Käse und Butter und Tee, deckt für Renate nicht mit. Renate wird zu Freunden gegangen sein, sagt sie.

Freunde, ach was, an so einem Tag gehört sie hierher!

Jörg langt nach dem Käse, ißt, rührt den Tee viel zu heftig um. Claudia vertilgt weitere drei Stücke Pflaumenkuchen. Abends muß sie nicht mehr auf die Wespen aufpassen.

Wer sie so sieht, wer uns so sieht – läßt sich das beschreiben: Mitleid und Haß und Liebe und Ekel? Jörg sieht blaß aus. Sein Vater ist gestorben. Er hat die schwarze Krawatte gelockert, den oberen Hemdknopf aufgemacht.

Als Renate zurückkommt, sitzen Gabriele und Jörg am Tisch, sitzen sich gegenüber wie Gipsfiguren, beide betrunken. Sie erträgt es nicht anders. Sie schämt sich. Hört, wie Renate in der Küche Brot abschneidet, den kalt gewordenen Tee trinkt. Das Geräusch verwundet sie.

Vielleicht erträgt es auch Jörg nicht anders: Daß ein alter Mann gestorben ist. Und daß etwas in Frage steht.

Du –

Zum ersten Mal sieht sie Jörg als kleinen Jungen in zu langen, von der Mutter geschneiderten Hosen, draußen Schießereien, es muß 1919 sein, die Mutter macht ihm einen Helm aus Papier.

Zum ersten Mal sieht sie ihn als Schulanfänger, der Vater mit dem großkrempigen Filzhut und einem schwarzen Mantel mit Samtkragen, die Mutter mit einem Fuchspelz um die Schultern.

Zum ersten Mal sieht sie ihn beim Geländespiel, beim Sprung durchs Feuer und mit Wanderstiefeln und Kniestrümpfen und Rucksack irgendwo in Thüringen: Sie wollten einen Mann aus mir machen, das wollte mein Vater, wollte selber ein Herr sein, wählte deutschnational.

Zum ersten Mal sieht sie ihn mit der Sextanermütze. Grüner Ripssamt, vielleicht auch rot, kann sein, ich verwechsele die Farben von Klasse zu Klasse.

Zum ersten Mal sieht sie ihn mit einer Fahne. Für meinen Vater war das selbstverständlich. Meine Mutter hat mir das Abzeichen aufs Hemd genäht.

Zum ersten Mal sieht sie ihn als Abiturient, den kurzen Haarschnitt, das vorgeschobene Kinn:

Du weißt ja, warum ich nicht Offizier geworden bin. Den Gefallen habe ich den Eltern nicht getan. Aber unangenehm war mir das schon auch, denn ich habe meinen Vater bewundert. Er war nicht in der Partei, hatte nur Volksschulabschluß und ist doch Direktor geworden. Für ihn wäre es die Krönung seiner Laufbahn gewesen damals.

Und für meine Mutter wars doch wohl auch das Ziel ihrer Wünsche. Sie holte sich Kinder ins Haus, als ich eingezogen wurde. Sie hatte nichts anderes gelernt als für jemand da zu sein. Vielleicht habe ich sie wirklich enttäuscht.

Zum ersten Mal sieht sie Jörg, wie sie ihn noch nicht gesehen hat. Kronprinz, hatte ihn der Vater genannt, Jungchen die Mutter. Polenfeldzug, Frankreichfeldzug, Mädchengeschichten, die er unbeholfen durchstand. Abstellung zum Studium, Freistellung für kriegswichtige Forschungsarbeit.

Bist du eigentlich jung gewesen? Hast du einmal gefragt, ob du das bist, was sie aus dir gemacht haben?

Als seine Mutter todkrank war, ist er ins Tageskino gegangen. Nachher hat sein Vater nie mehr den breitkrempigen Hut getragen. Geschichte vom Aufstieg einer Familie, Gabriele hat gelacht, ohne Spott, nur so.

Laß das doch, hat er gesagt, was weißt denn du?

Der Vater ist dann vorzeitig in Rente gegangen, als wäre eine Feder zersprungen in ihm.

Und wir haben uns doch wohl was vorgelogen damals nach 45, haben geglaubt, es käme auf uns an. Dabei hat niemand nach uns gefragt. Wir waren die Jungen. Und hatten uns an das zu gewöhnen, was die Älteren Demokratie nannten. Und die Atombomben waren schon gefallen. Aber wir wußten immerhin, daß wir nur noch einmal so tun konnten, als wäre das Schuttabräumen und Wiederaufbauen der Städte ein Anfang.

Sie hat noch nie so genau gesehen, wie tief die Kerben um seinen Mund eingegraben sind. Sie will nicht, daß er recht hat und weiß doch –

nein, nein,

sie hat beide Hände vors Gesicht gelegt und die Daumenkuppen gegen die Ohren gepreßt. Das Dröhnen des eigenen Blutes klingt wie das Wabern des Feuers, bringt Schreie herauf und Ängste, Geruch nach verbranntem Fleisch und dem erkalteten Ruß der Ruinen. Schwarzweißes Grauen spult in rasendem Tempo ab: Glänzende Gleise von Lagerbahnhöfen, numerierte Bahnsteige, Posten und Menschenrotten im Scheinwerferlicht, unterirdische Städte in Salzkristall gehauen, saubere Stollen, durch die grellweiße Kanister zu betonierten Höhlen transportiert werden, aufgepflügte Erde, sandig, torfig, helle Erde, schwarze Erde, von Tellerminen zerrissenes Wild, und die Posten mit Hunden. Wortlose Szenerien. Nur Wind und Sturm und das gleichmäßige Rauschen von Belüftungsanlagen, das Schlurfen vieler Schritte, das Knirschen von Stiefeln auf Sand, das Quietschen von jäh gebremsten Rädern auf den Schienen, das Tropfen von Sinterwasser.

Er hat ja recht. Jörg hat recht. Wir haben uns was vorgelogen. Wir haben Ich zu sagen versucht. Ich und Du. Wir haben unsern Kindern Namen gegeben, obwohl sie schon als Namenlose geboren worden sind. Wir haben erwartet – was denn? Ja was eigentlich? Vielleicht waren wir schon damals so mißtrauisch, daß wir nur noch an die vier Wände gedacht haben, die wir um uns haben bauen wollen.

Sie hat noch einmal die Gläser randvoll gegossen. Sie trinken, ohne einander zuzutrinken.

Wir werden die Wohnung deines Vaters ganz renovieren lassen müssen.

Und die Vögel? Wie gewöhnen wirs denen ab, gegen die Scheiben zu fliegen?

6.

Am 21. August rollen Panzerkolonnen der Warschauer-Pakt-Staaten über die Erzgebirgspässe, über die Beskiden und die Sudetenpässe auf Prag zu.

Gabriele notiert: Permanenter Weltkrieg seit 1945. Unsere Not: Ganz ohne Erwartung sein. Und das nicht zugeben dürfen.

XVIII.

Ausmessen was bleibt.
1969

1.

Vernissage. Sekt und Lächeln und Konversation. Die Selbstverständlichkeit, mit der Gisela die Bilder erläutert, von sich spricht: Ja, ich war ganz am Ende, habe kaum zwischen den Toten hindurchgefunden, das Taschentuch vors Gesicht gepreßt! Oder: Zehntausend Meter unter uns das gehämmerte Silber des Ozeans und da sagt der Pilot an: Wir überfliegen jetzt das Mekong-Delta. Da habe ich mit einemmal begriffen, was das heißt: Freiheit. Meine Freiheit. Schmerzliches Erkennen, das verstehen Sie doch!

Gisela hebt das Sektglas vor dem Bild, trinkt den Damen und Herren zu, mit denen sie gesprochen hat, macht ein paar kleine Schritte zur nächsten Gruppe, der weiche Stoff umfließt ihre Hüften, indische Seide, Geschenk eines Prinzen, er hat mir Gedichte geschrieben, starb im Sanatorium, vielleicht habe ich ihn geliebt.

Warum beneidet sie Gisela? Wegen der Bilder oder weil sie sich so selbstsicher, so selbstverständlich elegant bewegt, ganz unverletzlich geworden ist?

Gabriele hatte sie vom Flughafen abgeholt, hatte sie kaum wiedererkannt unter dem schwingenden Hut, dezent geschminkt im schlichten Reisemantel, die Koffer und Taschen, die über das Transportband glitten, aus feinstem Leder. Das war nicht die Gisela, die mit Renate und Cornelia zusammen Puppen geleimt hatte. Das war die Bühnenbildnerin aus New York, engagiert für zwei Operninszenierungen in Berlin, eingeladen, ihre Bilder auszustellen, unabhängig, welterfahren.

Sie hatte sich im Hotelzimmer neben Gisela auf den Boden gekniet, die Bilder ausgebreitet. Gisela im Rollkragenpullover und Jeans war ihr wieder vertraut, war die, mit der sie in der Heide durch die Kiefernschonungen gestreift war, war die mit dem Rock aus einer alten Militärdecke. Sie hatte Gisela gefragt, warum sie Tänzerinnen und Boxer vor einem zerfallenen Haus gemalt habe und Hochzeiter vor dem brennenden Dresden und Bucklige und Melonenverkäufer vor einem Trauerzug über Scherben und Papierfetzen hinweg, als wäre das Elend eigens inszeniert, um heitere Bilder davorzusetzen.

Ich verstehe deine Frage nicht, hatte Gisela gesagt.

Du hast keine Kinder, die dich fragen. Darum kannst du mit den Erfahrungen spielen.

Kunst ist Spiel!

Gisela hatte sich hochgestemmt, war mit federnden Knien zwischen den Bildern umhergegangen, hatte sich eine Zigarette angezündet, ein silbernes Kreuz an der Kette unter dem Rollkragen hervorgezogen und es zwischen den Fingern gedreht.

Sie hatte Gisela beneidet. Und verachtet. Und hatte das nicht zugeben wollen.

Hier in Berlin fragen die Jungen. Und in New York doch auch. Fragen nach dem Atomwaffenpotential und Vietnam und Angela Davis und Auschwitz und Jan Pallach. Bewundern Che Guevara, lesen Mao. Haben auch gefragt, wer Lumumbas Tod gewollt hat.

Gisela hatte sich auf die Sessellehne gesetzt, ein Bein übergeschlagen, hatte die Zigarette ausgedrückt und die Kette mit dem silbernen Kreuz in den Rollkragen geschoben.

Daß du die Jungen so ernst nimmst. Das ist doch provinziell!

Sie haben uns ihre Hoffnung, ihre Erwartung, ihre Lebenszeit voraus. Sie spüren, daß wir ihnen und uns was vorgemacht haben.

Und da soll ich Bilder malen, wie ich sie gesehen habe in Dresden oder Harlem oder sonstwo? Wozu gibts denn Television. (Gisela spricht das Wort englisch aus.)

Versteh doch, du verniedlichst. Du verklärst. Und schüttelst die Fragen ab.

Wir leben so. Alle.

Gisela hatte gelacht und war aufgestanden, um den Sekt aus dem Eisschrank zu nehmen. Trinkst du mit? Hotelkomfort. Und sie hatte die Gläser vom Bord genommen und auf den Rauchtisch gestellt, den Sekt entkorkt, eingeschenkt. Beschreib das: Die aufsteigenden Bläschen, den sprühenden Schaum, auch das ist Kunst!
Du bist sehr sicher geworden, Gisela. Und gefährlich begabt. Du verführst zum genußvollen Zusehen.
Für einen Augenblick nur die geweiteten Pupillen.
Und dann fast tonlos: Du mußt wissen, ich habe niemand. Auch drüben nicht.
Warum beneidet sie Gisela? Weil sie zeitlos lebt? Ihr Alter leugnet? Über ihre Zeit, ihre Arbeit frei verfügen kann? Nicht fragen muß: Wird Renate das Abitur bestehen, warum hat Claudia mit Englisch Schwierigkeiten, weshalb kommt Jörg nicht mehr weiter in seinem Beruf, was kostet die Renovierung der Wohnung von Vogel-Opa, warum schreibt Ulrike nur Postkarten aus Kairo? Weil Gisela glauben kann, daß ihre Bilder überdauern werden, vielleicht in Museen, vielleicht in den Landhäusern ihrer Käufer, im Gefahrenfall auch in den Bunkern, die die Millionäre für sich und ihre Schätze gebaut haben? Oder beneidet sie Gisela deswegen, weil die spielen gelernt hat: Ich lächele, ich tänzele, ich hülle mich in indische Seide, ich male die Euphorie vor dem Untergang, ich weiß, daß ich nicht wissen will, daher bin ich?

Gabriele steht seitab in der Galerie. Sie dreht ihr Glas zwischen den Fingern, sieht den Galeristen mit Interessenten verhandeln, sieht Gisela, die sich unbeobachtet glaubt, den Kopf in die Hand stützen. Aber sie geht nicht zu ihr hin, um den Arm um ihre Schultern zu legen. Sie dreht ihr Glas, beobachtet, denkt sich die Leben hinter den Gesichtern.
Gisela betupft ihr Gesicht mit der Puderquaste, richtet sich wieder auf, geht ein wenig schwankend quer durch den Raum, um an dem Bild zu rücken, das den Melonenverkäufer vor dem Trauerzug in der Bowery zeigt.

2.

Renate besteht das Abitur. Telefoniert noch aus der Schule.

Sie hat eine Überraschung für Renate, eine gemeinsame Reise nach Prag.

Prag als Zufluchtsort der Berliner in den Befreiungskriegen: die Sendereihe macht einen Arbeitsaufenthalt in Prag notwendig. Sie will aber nicht nur in Bibliotheken sitzen, sondern auch einen Bericht über das Leben in der Stadt nach dem Scheitern des »Prager Frühlings« geben.

Sie spricht von der Reise, als sie am Abend zusammensitzen und Renates Abitur feiern, will die Osterferien abwarten, damit Claudia mitreisen kann. Auch Jörg will Urlaub nehmen.

Schreibt an Ruth, ob sie nicht für ein paar Tage nach Prag kommen kann: wir sollten uns doch endlich einmal wieder treffen und miteinander reden, wenn das in unserer Stadt schon nicht möglich ist. Auch Gisela hat Lust, vor der Rückreise nach New York mit nach Prag zu fahren.

Fehlt nur noch Johannes, sagt Gisela.

Dann führt der wieder das große Wort und Ruth geht stumm neben uns her. Aber sie fragt trotzdem in Leipzig an. Und bereitet die Reise vor.

3.

Nach fast zwei Stunden Wartezeit haben sie die Grenzkontrolle in Drewitz hinter sich. Bis zur Autobahngabelung vor Michendorf fahren sie in der Reihe der Autos in Richtung Bundesrepublik. Auf dem Südring um Berlin Richtung Frankfurt/Oder und Dresden ist der Verkehr geringer. Noch einmal eine Kontrolle der Durchreisepapiere, kurze Wartezeit. Reisestimmung: Sie nennen Namen, die ihnen geläufig sind, Dörfer und Vororte nahe den Endstationen der Stadtbahn, seit 1952 nicht mehr erreichbar: Stahnsdorf, Ludwigsfelde, Löwenbruch, Jühnsdorf, Rangsdorf, Königswusterhausen. Das Hellgrün der Wintersaat, die flachen Nebel über den Wiesen, Buchenstücke, das falbe Schilf in den Gräben, da gibt es gelbe Iris im Juni. Die umgebrochenen Äcker, die geduckten Dörfer, das weiße Geäder der Birkenstämme vor dem dunklen Nadelwald. Später die Lausitz, Industrielandschaft, Wälder aus Hochspannungsmasten, das glänzende Gespinst der Hochspannungsleitungen.

Wollen wir in Dresden haltmachen? fragt Gisela. Und als sie nach dem Verlassen der Autobahn die Stadt im Tal vor sich liegen sehen, das Wiedererkennen. Straßenbahnendhaltestelle. Spazierwege. Die Wäscherei. Daß die noch steht! Dort ist mir die Fahrradkette abgesprungen. Hier hat eine Schulfreundin gewohnt. Gisela ist aufgeregt. Sie überqueren die Elbe auf der Augustusbrücke. So hieß die früher! Auf die zerstörte, aufgeräumte Innenstadt zu, parken in der Nähe des Zwingers, lassen sich von Gisela führen, Zwinger und Brühlsche Terrassen, Oper, Prager Straße. Erkennen und Nichtwiedererkennen. Die neuen Wohnblocks, die Eiscafés, die HO-Geschäfte, und nur wenige hundert Meter weiter zwischen Fassaden und leeren Grundstücken Straßen, die jetzt im Frühjahr von braunem Gestrüpp überwachsen sind. Und irgendwo auch die Stelle, wo das Haus gestanden hat, in dem Gisela gewohnt hat: Ich war nicht zu Hause, und als ich zurückkam, waren die vier Stockwerke zu einem Schutthaufen zusammengesunken. Ich will da gar nicht mehr dran denken. Sie bückt sich nach einem Grasbuschen, der unter dem Zaun des abgeräumten Grundstücks hervorwächst, reißt einen Halm ab. Kommt, sagt sie, ich will euch die Hofkirche zeigen.

Sie fotografieren, machen eine Gruppenaufnahme, müssen sich dann mit der Weiterfahrt sputen, um die Zeit für die Durchreise durch die DDR nicht zu überziehen. Bis zur Grenze sitzt Gisela stumm im Fond und hält Claudias Hand fest. Die Erzgebirgsstraßen sind voller Schlaglöcher, Schneesäume im Schatten der hohen Tannen, Schmelzwasser in den Gräben, Schneetücher auf den breiten Bergrücken und das Getropfe von den Dächern der Häuser in den Dörfern. Grellbunte Anoraks, Pudelmützen, viele winken dem Westberliner Auto zu, wenn einer zu winken angefangen hat und keiner in Uniform in der Nähe ist. Und dann wieder die Grenze. Wieder warten. Wieder Ausweis- und Gepäckkontrolle.

Abends auf dem Hradschin wird Gisela gesprächig. Von Dresden wars doch nur ein Katzensprung hierher. Ich kenn mich hier aus. Und mein Vater, na, ihr wißt ja, als es Protektorat war, hatte er hier oft zu tun! Habe ich das nicht schon mal erzählt?

Abendfarben: Violett und Apfelgrün, schon Laternen in den Gassen, die Wärme steigt aus den Gärten auf.

Sie haben keine Antwort für Gisela, als sie zur Stadt hinuntergehen. Auf den Autos, die in den Straßen und Gassen parken, lesen sie immer wieder mit Fingern in den Staub geschrieben: Dubcek. Der Name für eine Hoffnung. In den leeren Schaufenstern ist sein Bild aufgestellt, noch sechs Monate nach dem Einmarsch der Warschauer-Pakt-Staaten.

Sie sind mit Ruth und Johannes am Wenzelsplatz verabredet, wo Ruth ein Hotelzimmer zugewiesen bekommen hat. Sie schlendern über die Karlsbrücke. Die Stadt ist voll von Touristen. Trachtenpuppen werden angeboten, Händler preisen ausgeblasene, sorgfältig mit alten Mustern bemalte Ostereier an, obwohl die Eier erst Karfreitag verkauft werden sollen, so jedenfalls erinnert sich Gisela. Bundesdeutsche Autos und die langen Limousinen der Amerikaner schieben sich durch den dichten Verkehr, aus den Cafés und Weinhäusern ist Musik zu hören. Die haben hier noch richtige Geiger, staunt Claudia. Weil sie arm sind, sagt Jörg, und weil Renate den Ort der Selbstverbrennung Jan Palachs suchen will: Laß das doch heute!

Heute haben wir Urlaub, wir und Zigtausend aus der Bundesrepublik, und Amerikaner, die in Europa stationiert sind. Bringen harte Währung ins Land. Das Land ist ja arm! Aber das sagt er später, als sie am Tisch zusammensitzen.

Die Wärme saugt den modrigen Geruch aus den Kellern, den Katzengeruch, den Uringeruch, zaubert aus den Lichtern und Lichtreklamen und den bunten Plakaten auf den Bauzäunen am Wenzelsplatz Stimmung. Für wen?

Renate findet den Ort am oberen Ende des langgestreckten Platzes, nicht weit vom Denkmal des heiligen Wenzel. Straßenkehrer fegen abends die Zweige und Kätzchen und verwelkten Veilchen zusammen. Renate bückt sich und legt eine Münze auf die Stelle. Zustimmung einiger Umstehender, andere wenden sich ab, wollen damit nichts zu tun haben. Renate bleibt stehen, bis ein Polizist sie auf deutsch anspricht: Besser weitergehn, gnädiges Fräulein, besser weitergehn! Keinen Ärger machen, bitte. Und er schiebt sie behutsam am Ellenbogen zwischen den Autos hindurch auf die andere Seite der Fahrbahn. Jörg hat gewartet und drückt dem Polizisten eine Schachtel Zigaretten in die Hand. Der bedankt sich überschwänglich und abwehrend: Ist doch nur meine Pflicht, die Fremden zu schützen, Sie verstehn!

Warum tust du das? fragt Renate. Sie haben Gabriele und Gisela und Claudia fast wieder eingeholt. Gabriele wendet sich um, möchte mit ihnen reden, fragen, aber sie gehen dann doch nur hintereinander her, lauschen dem Sprachwirrwarr ringsum, bayrisch, böhmisch, tschechisch, amerikanisch, und erreichen das kleine Hotel. In dem engen Foyer auf einem abgenutzten Plüschsessel sitzt eine fremde Frau, das muß Ruth sein, dauergewellt und kaum wiederzuerkennen, das Haar viel zu kurz, unkleidsam. Ein schlanker Herr mittleren Alters redet lebhaft auf sie ein: Johannes. Gisela geht den beiden mit ausgebreiteten Armen entgegen. Auch Gabriele reißt die Arme hoch. Claudia knickst. Renate bleibt an der Tür stehen, sieht auf die Gruppe und wie sie sich in dem gefleckten Spiegel gegenüber verdoppelt. Jörg macht eine knappe Verbeugung in den Raum hinein. Wir sind Fremde hier, wollen uns nicht einmischen, haben uns eingemischt. Nicht wir, die Volksarmee der DDR ist einmarschiert. Aber vorher haben wir den Prager Frühling gefeiert. Und kommen jetzt als Touristen und tun so, als sehen wir nichts. Jan Pallach hat das gewußt, das auch. Renate bleibt an der Tür stehen, sehr steif.

4.

Ich lade euch zu Knödeln mit Gänsebraten ein.
Aber vorerst eine Runde Sliwowitz! Auf meine Rechnung.
Und Pilsener vom Faß!
Der Oberkellner notiert, nimmt die Speise- und Getränke-Karten vom Tisch, rückt die Kristallvase mit knotigen, gelben Narzissen in

die Mitte. Am Nebentisch wird amerikanisch gesprochen, nach Chips gefragt und nach Steaks. Der Oberkellner bedauert, empfiehlt Truthahn.

Alte österreichische Schule, gallig-höflich!

Ach was, ein echter Tscheche!

Aber seine GnäFrau-Galanterie?

Keine Ahnung habt ihr. Ich kenn doch die Amerikaner. Die wollen als Kings auftreten. Und ein Tscheche läßt das nicht zu. Aber er sagt nicht einfach nein, sondern kommt höflich entgegen: Truthahn, amerikanisches Nationalgericht.

Schweijk, was?

Hat sich herumgesprochen, ja!

Johannes bietet Gisela eine Zigarette an. Sie lehnt ab: Den Tabak von Schwedt! Und nimmt ihr Zigarettenetui aus der Handtasche.

Du täuschst dich, sagt Johannes, Schwedt ist nicht mehr Hauptanbaugebiet. Das Öl hat Vorrang. Mußt mal bißchen nachlernen. Im Krieg hast du sicher auch gern bulgarische Zigaretten geraucht!

Warum redet ihr denn alle von damals?

Goldene Stadt, so ähnlich hieß das im Kintopp!

Ich will, daß ihr endlich aufhört, schreit Gisela, hat rote Flecken im Gesicht und drückt die Fäuste gegen die Augen.

Renate beobachtend: Was ist denn mit der los?

Der Ober hat Sliwowitz gebracht. Sie heben die Gläser.

Der ist vollmundiger als der aus dem Dicount.

Die haben hier noch Bauern, die selber brennen.

Woher weißt du das? Bist doch lange genug weg. In New York versteht keiner was vom Trinken!

Aber vom Sozialismus und wie er nicht funktioniert.

Bitte Gisela, wir wollen uns doch nicht den Abend verderben!

Ruth schweigt, spielt mit ihrem Glas.

Claudia trinkt Apfelsaft.

Renate hat ihr Glas hart aufgesetzt, nimmt eine von den knotigen, noch nicht aufgeblühten Narzissen aus der Kristallvase, dreht sie zwischen den Fingern. Schwesterliche Nähe zu Ruth in ihrem unkleidsamen, dunklen Kostüm mit der hochgeschlossenen Hemdbluse und der mißglückten Dauerwelle. Das Pilsener kommt, bitteres, starkes Bier. In den Schaumberg blasen.

Auf dem Land holen sies sonntags in Krügen vom Wirt, sagt Gisela. In den tschechischen Dörfern holen meist die Kinder das Bier, nippen verstohlen am Krug. Das ist ein Feiertagsgefühl, wie ichs so nirgendwo kenne. Ich würde hier schon gern leben, wenn sie den Sozialismus abschaffen.

Aber vorerst ist dir New York lieber?

Ruth und Renate trinken sich zu. Claudia ist müde und lehnt sich an die Schulter ihrer Mutter.

Reden. Sätze, Gesichter. Auch hier sind die Spiegel fleckig. Auch hier ist der Plüsch abgenutzt. Aber die Tischtücher sind weiß, die Holzstühle geschnitzt, die Kristallvasen echt.

In Josephinenhütte und überall konntest du direkt bei den Schleifern kaufen, Teller, Vasen, Schalen, spottbillig und wunderschön. Waren arme Leute, die Schleifer, aber wenn sie den Schliff gegen das Licht hielten, waren sie glücklich!

Bundesdeutsche oder Westberliner Sentimentalität. Johannes schnippt die Asche von seiner Zigarette.

Hört doch endlich mit der Politik auf!

Ist das denn Politik oder –

Ich wundere mich, was hier so geredet wird, sagt Renate, lehnt sich dann wieder zurück und schweigt. Ruth schiebt ihr den halb ausgetrunkenen Sliwowitz über den Tisch, Renate trinkt ihn aus. Danke!

Aus der Küche der Duft von gebratenem Geflügel. Gründonnerstag in Prag. In der Theynkirche ist morgen ein Gottesdienst für Soldaten. Geht ihr da hin?

Woher weißt denn du das? Ausgerechnet die Amerikanerin mit dem westdeutschen Ausweis gibt Auskunft.

Kinder, ich kann schließlich tschechisch! Gottesdienst mit Orgelkonzert.

Wozu die Nazi-Väter doch gut waren. Johannes zieht die Brauen hoch, drückt die Zigarette aus, zieht die Schultern hoch und hält den Kopf schief.

Renate denkt an Jan Palach. Sie möchte sagen: Und wer denkt an Jan Palach. Aber sie sagt nichts.

Jörg bestellt sich ein zweites Pilsener.

Ruth erzählt leise von ihrer Mutter.

Claudia legt mit den Zahnstochern ein Muster.

Als der Servierkellner den Tisch heranschiebt und aufzulegen beginnt, sind alle still. Nur Claudia sagt: Da sind ja Äpfel in der Gans! Und die Klöße sind keine Grigenifte, keine Armeleute-Klöße! Gisela lacht, wirft Claudia eine Kußhand zu.

Die Gans ist knusprig gebraten, das Kraut gut abgeschmeckt. Sie bestellen alle noch ein Pils. Jörg hat schon das dritte.

Die Gespräche flauen ab.

Die Amerikaner vom Nebentisch bekommen ihren Truthahn.

Zum Nachtisch empfiehlt Gisela Mohnpielen und Kaffee.

Ich habe heute gesehen, wie die Frauen beim Bäcker angestanden haben, sagt Renate. Und für uns ist alles da. Ich versteh das nicht.

Wir zahlen in harter Wärung, Kind! Jörg wischt sich den Schaum vom Mund.

Das hast du schon mal gesagt. Renate steht auf.

Bitte, Renate, verdirb uns nicht den Abend.

Johannes steht auf, nimmt Renate in den Arm. Sie wehrt sich.

So waren wir auch mal, sagt er, so streng.

Und warum sind Sies nicht mehr?

Die am Tisch hören nicht zu. Johannes sagt: Ich bewundere Sie, weil Sie jung sind. Weil Sie noch glauben können, daß jeder einzelne von uns für die Welt einsteht. Ich weiß, Sie mögen Jan Palach. Und sicher mögen Sie auch Ché. Aber die Märtyrer bringen uns nicht weiter.

Wer sonst? Jesus? Der war doch Sozialist, kein Duckmäuser.

Das kann man nicht vergleichen.

Ein Mann in einem besetzten Land, wenn Sie sich erinnern.

Und der Statthalter ein milder Skeptiker. Was ist die Wahrheit?

Kind, Renate, fragen Sie doch nicht immer die alten Fragen!

Laß doch das Mädchen, sagt Gisela.

Ihr habt zuviel Pilsener getrunken, sagt Gabriele.

Besser wir gehen, sagt Jörg, ich zahle.

Ich komm mit euch, sagt Ruth, ich bin müde. Nicht bloß von heute

abend. Und ich will morgen in die Theynkirche und später in die Ostermesse im Veitsdom gehen. Und zum Grab des Rabbi Loew. Ich muß mich aufladen, auftanken, wie ihr sagt. Ich –
sie bricht ab, schiebt die gespreizten Finger in das zu kraus gedauerwellte Haar und atmet zwei-, dreimal tief durch.
Ihr müßt nicht denken, daß ich, daß ich für die Juden bin, aber –
Warum sagst du so was! Gisela hat mit der flachen Hand auf den Tisch gehauen. Betretenes Schweigen.
Beim Verabschieden verabreden sie sich für den Karfreitag bei der Alt-Neusynagoge auf dem jüdischen Friedhof.

Minuten, Stunden, Tage.
Sie muß auf Renate achten, die immer wieder zum Wenzelsplatz geht. Dicht unterm Reiterdenkmal des Heiligen Wenzel der Ort. Immer wieder Blumen. Bald schon Wiesenblumen. Der Frühling ist wie ein Überfall. Sie muß auf Claudia achten, die lieber mit Renate geht als mit ihr, weil es in den Bibliotheken kalt ist und zu still für ein Kind.
Jörg ist nach Berlin zurückgefahren.
Gisela und Johannes wohnen im selben Hotel. Aber mit ihnen wagt sie nicht über ihre Besuche zu sprechen, über die Leute, die sie aufsucht in den verwinkelten Wohnungen um den Hradčanské náměsti für ein Interview ohne Namensnennung.
Ruth hat am Ostersonntag zurückfahren müssen, hat keinen Urlaub nehmen können.
Gespräche am Bahnhof: Wir sind uns doch alle ganz fremd geworden.
Grüß deine Mutter!
Und sag Renate, daß sie ein prächtiger Kerl ist!
Die Unzulänglichkeit der Sprache. Die spielerische Flüchtigkeit der Dialoge. Versuche, Positionen abzustecken: Johannes' Spott über den sozialistischen Alltag. Giselas Amerika-Verachtung. Beide verdienen überdurchschnittlich gut. Ist Kritik Luxus?
Eines Abends stolpert sie fast über einen Liliputaner, der vor dem Haustor eines der alten Häuser am Hradčanské námešti kauert. Er

zuckt zusammen, hält die Hand auf: Deutsche Frau gutt, deutsche Frau helfen!

Sie weiß, daß die, mit denen sie gesprochen hat, beobachtet werden. Steigt über den Liliputaner hinweg, geht quer durch den Park und auf Umwegen zum Hotel.

5.

Es bleiben die Fotos, die Interviews, die Berichte von Wohnungsdurchsuchungen, Verhaftungen, Verhören, Veröffentlichungs- und Lehr-Verboten, von Übergriffen fremder Soldaten, vom Schauder vor den deutschen Uniformen. Die Aufzeichnungen über die Romantiker und über Prag als Zufluchtsort der Berliner Bürger während der Befreiungskriege gegen Napoleon hat sie als Einschreiben aufgegeben. Es bleiben Ansichtskarten mit den historischen Bauwerken, Weiden an der Moldau, verwinkelten Höfen, es bleiben die Straßenbahnfahrkarten und Bieruntersetzer, der Stadtplan, ein Karton voll bemalter, ausgeblasener Eier, gestickte Blusen für Renate und Claudia, eine Flasche Sliwowitz und eine mährische Puppe, die sich Claudia ausgesucht hat.

Gut, daß wir uns alle mal wieder getroffen haben, sagt Jörg.

Gabriele steckt die Fotos in die Briefe nach Leipzig und Berlin-Lichtenberg. Gisela verabschiedet sich Ende April. Sie hat einen Vertrag für Amsterdam unterschrieben, will aber vorerst nach New York in ihr Atelier zurück und dort in Ruhe arbeiten. Sie hat gut verkauft in der Galerie. Die Fotos von Prag will sie vergrößern und in ihrem Appartement aufhängen: Eine schöne Erinnerung.

Johannes: Im grauen Anzug, Seidenkrawatte, gewagtes Muster. Der sozialistische Staat erfordert von uns Disziplin, auch geistig, künstlerisch, bis hin zum Verzicht auf das, was wir für unsere individuelle Wahrheit halten!

Gisela: Der elegante Frühjahrsmantel steht offen, der dunkelblaue Schal ist über die Schulter geworfen, sie trägt den großen Hut in der Hand. Kinder, ich kann doch Tschechisch, Amerikanerin mit westdeutschem Ausweis aus Dresden. Ich wollte da nie mehr dran denken!

Ruth: Das dunkelblaue Kostüm aus DDR-Stoff sitzt schlecht, die Hemdbluse mit dünnen Streifen ist hochgeschlossen, die Dauerwelle mißlungen. Aber kein Wort über die Haft, immerhin acht Jahre. Fabrik des Vaters enteignet, wahrscheinlich, sicher hat der Geschäfte mit den Nazis gemacht. Fernstudium, Fachingenieur. Die Mutter ist über siebzig, sucht die Freundlichkeiten der siebzig Jahre zusammen. Ich bin müde, nicht bloß von der Reise.

Begegnung in Prag, sieben Monate nach dem Einmarsch der Warschauer-Pakt-Staaten, dreißig Jahre nach dem Einmarsch der deutschen Wehrmacht.

Terezyn, richtig, Theresienstadt, da sind wir durchgefahren! Und wie war das doch in Lidice?

Davon haben sie nicht gesprochen, auch nicht von der Vertreibung 1945, vom Haß auf die SS, von der Ermordung Heydrichs und vom Widerstand gegen die deutschen Besatzer. Die slawischen Namen auf der Gedenksäule auf dem Hradschin sind schwer zu lesen und gar nicht zu merken.

Sie haben zusammen gegessen und getrunken, haben sich bei der Führung durch den Hradschin von Karl V. und Rudolph II. erzählen lassen, vom Prager Fenstersturz, von Johannes Hus, dem Rebellen. Sie haben die Bertramka entdeckt, Mörikes Mozart auf der Reise nach Prag. Johannes hat die Champagnerarie aus Don Giovanni gepfiffen, hat Renate dabei angesehen. Gisela hat gespottet: Großartiges Schloß, deine Leipziger Zweizimmerwohnung. Möchte ich Renate nicht empfehlen. Noch dazu für den Verzicht auf ihre eigene Wahrheit! Und sie hat den Arm um Renate gelegt und ausgerechnet, wann Ruth und Johannes als Rentner in den Westen reisen können. Aber das ist so unvorstellbar gewesen, daß sie alle darüber gelacht haben. Nur Renate hat von einem zum anderen gesehen und sich aus Giselas Umarmung gewunden. Auf dem Foto sieht es so aus, als würde sie ausgelacht. Auf dem Foto steht Gisela mit halb angewinkelten Armen, lachend, ohne zu lachen. Auf dem Foto wird erkennbar, was sie sich alle nicht haben zugeben wollen.

XIX.

Sich rechtfertigen – vor wem?
Sich anklagen – vor wem?
1969–71

1.

Im September wird Claudia zwölf Jahre alt. Sie hat kleine spitze Brüste und wünscht sich enge Pullover. Die Papierlaternen sollen verpackt bleiben. Sie will mit ihren Freundinnen ins Kino gehen und abends Schallplatten anhören und tanzen. Mit zwölf. Keinen KakaoundKuchen-Nachmittag mehr. Ach, Mama, heute ist das so, verstehst du das nicht? Die werbende Zärtlichkeit ihrer Stimme. Und – kann sein, kommen auch Jungens!

Als Gabriele zugestimmt hat, dreht sich Claudia voller Übermut um sich selbst, bis sie ganz außer Atem ist.

Warum gelingt es ihr nicht, sich von Claudias Freude überwältigen zu lassen? Sie lehnt am Türpfosten, sieht Claudias weggespreizte Arme, ihre eckigen Schultern, ihr gerötetes Gesicht, die halbgeöffneten Lippen, das Gesicht, das sie kennt, das sie immer wieder erkennen würde und doch nicht genug kennt. Sieht das Mitleid in Claudias Augen, als die sich reckt und das Haar in den Nacken wirft und aus dem Zimmer geht, hört sie ihre Zimmertür zuschließen nebenan: Ich will allein sein.

Gabriele zieht den verschobenen Teppich gerade, streicht die Fransen glatt, räumt die umherliegenden Zeitungen zusammen, macht Ordnung, als wäre da etwas in Ordnung zu halten.

Später sitzt sie an der Schreibmaschine und tippt Buchstabenreihen, Buchstabenspiele, um nicht einfach nur so dazusitzen und den Träumen nachzusinnen, aus denen sie jede Nacht auffährt, horcht, ob Renate zurückgekommen ist. Manchmal steht sie auf, sieht im Korridor nach, ob die Jacke schon dort hängt, legt sich leise wieder hin, wartet. Wartet, bis irgendwann aufgeschlossen wird. Und sie einschlafen kann und wieder träumt:

Von Menschen, die über sie hinwegsteigen, zwanzig, fünfzig, hundert oder mehr. Ohne Gesichter. Ohne Augen. Ohne Münder und Nasen. Aber die fleischigen Flächen haben Grübchen, in denen sich der Schweiß sammelt. Und sie liegt auf dem Boden, will sich aufrichten, reckt die Hand mit dem Bleistift hoch, um Spuren in die Gesichter zu zeichnen, Augen, Nasen, Münder, aber der Stift erreicht die fleischigen Flächen nicht.

Von Fischen, die über sie hinwegschwimmen, gleißend im gebrochenen Licht, mit bunt gefiederten Schwanzflossen, perlmutternen Kiemen und den hochmütig leeren Augen der Stummen.

Von Blättern, die sie umwirbeln, als wäre sie der Baum, dem sie entrissen werden, hilflos eingewurzelt, der verwundete Stamm mit Teer ausgestrichen.

Sie zieht das Blatt mit den Buchstabenspielen aus der Maschine, knüllt es, spannt ein neues Blatt ein. Sie muß an der Sendung weiterarbeiten. Es ist die fünfte von den sechs Sendungen über die Romantiker in Prag und Böhmen. Sie blättert das Manuskript auf, überliest die letzten Seiten, um in den Text hineinzufinden.

Und sie kauft Tischkarten und neue Schallplatten für den zwölften Geburtstag von Claudia. Sie bestellt eine Eistorte. Sie sucht Gewinne für Pfänderspiele aus, Anstecknadeln, Gürtelschnallen, Taschenmesser, Kugelschreiber. Dabei gerät ihr ein Kaleidoskop in die Hände. Sie sieht hindurch, legt es behutsam wieder weg. Für Zwölfjährige taugt der Spiegeltrick nicht mehr, der die bunten Splitter in Sterne verwandelt.

Enge Pullover, Gürtel, Schnallen. Kann sein kommen auch Jungens! Der Übermut und das Mitleid. Weil du alt bist, Mama. Aber das sagt sie nicht.

2.

Schwer zu sagen, warum sie diesen Weg nicht vergessen wird. Schon Abend, die Straßenlaternen sind aufgeflammt, das kurze Zucken des Neon, ehe das weiße Licht zur Ruhe kommt, das Schattenspiel der Platanenblätter auf dem Pflaster, die vom Sog- und Stoßwind der Autos bewegt werden. In den Geschäften noch Licht, aber die Türen sind schon verschlossen.

In dem Hauseingang dort hat sie mit Claudia während eines Gewittergusses gestanden, das Wasser war aus Regenrohren über den Bürgersteig geschäumt, die Pappeln gegenüber hatten sich in den Böen gewunden. Claudia hatte ihre nackten Arme ausgestreckt, um das Prickeln des Regens auf der Haut zu spüren und hatte vor sich hingesummt, immer wieder Freude! gesagt, leise, als wäre es ihr Geheimnis. An der Ecke hat sie Claudia zum ersten Mal allein über die Straße gehen lassen, weil sie das ja lernen mußte. Und da links hat Renate gestanden und geschluchzt, weil ihr ein Kreisel in den Gully gefallen war. Vor dem Vorgarten ist Nelia mit einer Ackerwinde auf sie zugekommen, die sie vom Zaun abgepflückt hat.

Da, dort, hier. Registrieren, aus wie vielen winzigen Erfahrungen sich Wirklichkeit zusammensetzt, ohne Zeitplan, abrufbar, gegenwärtig. Registrieren, daß Nelia in der Erinnerung gegenwärtig ist, drei, vier Jahre alt, als gehöre sie noch immer dazu. Als gäbe es keinen Schmerz, über den nicht Erinnerungen hinwegreichen. Da, dort, hier. Schwer zu sagen, warum sie diesen Weg nicht vergessen wird. Geht mit den Tüten voller Geburtstagsüberraschungen durch das Wohnviertel, in dem die Kinder aufgewachsen sind, vier, fünf Stockwerke hohe Häuser, Läden im Erdgeschoß, manche mit Vorgärten. Plant Claudias Geburtstag. Sie wird noch einmal Kerzen in den hölzernen Ring mit den zwölf Löchern stecken, den sie zu Renates zweitem Geburtstag gekauft und überallhin mitgenommen hat, in die Heide und nach Hannover und nach Göttingen und Frankfurt und nach Berlin zurück. Sie wird einen Blumenstrauß auf den Frühstückstisch stellen, auf Claudias Platz. Und schon zum Frühstück eine Platte auflegen.

Als sie die Haustür aufschließt und das Treppenlicht einschaltet, schlägt ihr der Geruch des Hauses entgegen, Geruch nach Bohneröl, Kokosläufern und Küchendünsten, wie immer, wie jeden Abend, wenn sie vom Sender, vom Einkauf oder von der Post zurückkommt. Nichts Besonderes.

In der Erinnerung Schutz suchen müssen, weil die Erwartung nicht mehr trägt, weil etwas zu Ende ist. Ach, Mama, heute ist das so, verstehst du das nicht? Die immer gleichen Sätze aller ZwölfDreizehnjährigen.

Sie hat sich auf den Abschied vorbereitet.

3.

Im November steht eines Morgens Renate in der Küche, hat den Mantel an, zwei vollgestopfte Taschen und einen Koffer in der Hand und sagt: Ich geh jetzt. Sie legt den Wohnungsschlüssel auf den Küchentisch. Sucht mich nicht! Sie dreht sich um, kein Kuß, kein Händedruck, stellt im Dunkel des Korridors den Koffer ab, um die Wohnungstür zu öffnen, hebt den Koffer an, stellt ihn auf dem Treppenabsatz wieder ab, zieht die Tür zu. Ihre Schritte auf der Treppe.

Gabriele hält das Marmeladenglas, starrt auf das Schild, auf das Aprikosen und grüne Blätter aufgedruckt sind. Sie weiß nicht, warum sie das Glas nicht fallen läßt, warum sie es behutsam in den Eisschrank stellt, warum sie die Eisschranktür zuklappt, warum sie nicht schreit, warum sie nicht zur Treppe geht und hinter Renate herruft, herläuft, warum sie die Hände unter den Wasserhahn hält, abtrocknet, langsam ans Fenster geht, aufklinkt, sich vornüberbeugt. Die Bäume sind kahl, sie kann bis zur Ecke sehen, sieht Renate drüben an der Omnibushaltestelle stehen, sieht den Omnibus kommen und am Bordstein halten, sieht ihn abfahren, lehnt aus dem Fenster, bis der Omnibus nicht mehr zu sehen ist, bis der nächste Omnibus auf die Haltestelle zu fährt. Aber da sind zehn Minuten vergangen.

Nachher, irgendwann nachher ruft sie bei Jörg an. Er ist nicht sofort zu erreichen, wird zurückrufen, wenn er aus dem Labor kommt. Sie stellt sich ihn vor in seinem Schutzanzug, die Atemmaske vor dem Gesicht, hat sich ihn noch nie so vorgestellt in seinem anderen, seinem täglichen Leben. Sie fragt nicht: Wann kommt er aus dem Labor? Hinterläßt, daß er zu Hause anrufen soll, legt den Telefonhörer auf, steht da. Warum versteint sie nicht?

Irgendwann kommt Claudia aus der Schule, klingelt Sturm, wie immer, wenn sie eine gute Arbeit geschrieben hat. Die Füße gehorchen, die Hände gehorchen, sie öffnet die Wohnungstür. Claudia prallt zurück: Was ist denn, Mama? Sie wirft die Schulsachen auf den Boden, will ihre Mutter umarmen, läßt die Arme heruntersakken, sammelt die Schulsachen vom Boden auf und trägt sie ins Zimmer, kommt zurück.

Renate hat ihr Bettzeug eingepackt!

Sie nickt, als wäre der Kopf ein Uhrwerk. Nickt. Unfähig zu sprechen.

Ist sie also doch weg?

Sie glaubt Claudias Frage nicht zu verstehen.

Hast dus gewußt? Die eigene Stimme ganz fremd, rauh; und doch klingt Hoffnung durch auf ein Indiz, auf einen Anhaltspunkt, eine Ortsbestimmung.

Renate hat das immer mal gesagt. Ja. Daß sie weg will. Einfach so. Aber du weißt doch, daß ich ihr angeboten habe, daß sie in ein Studentenheim oder in eine Studentenbude ziehen kann.

Ach, Mama! Claudia preßt die Fäuste gegen die Augen.

Sie will doch kämpfen, verstehst du das nicht? Will sich nichts schenken lassen von euch. Will, ja, sie will frei sein, hat sie gesagt!

Sie stehen einander gegenüber, gleichgroß, Claudia mit den Fäusten gegen die Augen gepreßt, sie mit ihrer kaputten Stimme.

Frei. So ein Wort ohne Ausmaße. Irgendwann ruft Jörg an. Sie hat nur den Satz: Renate ist gegangen ohne Adresse.

4.

Tage, Wochen wie ausgefroren, wie aus sich selbst weggestorben. Morgens steht sie am Fenster, wartet, bis Jörg den Wagen in die Kolonne gefädelt hat, er muß mit Licht fahren, die Tage sind kurz, wartet, ob sie Claudia zwischen den Laternen erkennt, wartet.

Keine Nachricht von Renate. Sie haben sie nicht abgemeldet. Sie haben sie nicht polizeilich suchen lassen. Das bitte nicht, hat Claudia gesagt, sie lebt schon! Sie hat das leere Bett zusammengeschlagen, hat Renates Regal aufgeräumt, Zettel, Kolleghefte, Zahnbür-

ste und Zahnpasta, ein Familienfoto, Kugelschreiber, Schulbücher.
Sie sitzt vor der Schreibmaschine, Bücher und Auszüge neben sich:
Die Schneiderrevolution in Berlin 1830.
Sie tippt Sätze, die nicht dazugehören: Wo bist du denn, mein
Kind? Welche Freiheit suchst du? Auf wen hast du denn gehört?
Sie läuft jetzt zwei-, dreimal zum Briefkasten im Erdgeschoß, ehe
der Briefträger kommt. Drucksachen, die Telefonrechnung, Ho-
norarabrechnungen, einmal auch einen Brief von Ulrike aus Göttingen, in dem sie schreibt, daß sie ihre Scheidung betreibt, einmal
ein Buch von Markus über Workuta, ein großer Erfolg, er hat ihr
eine Widmung hineingeschrieben. Und dann die Weihnachtspost,
ein Paket von Ruth, ein Bildband von Johannes. Ludwig will Silvester in Berlin sein, ob sie sich nicht sehen können? Und aus Kairo
schickt der Schwager ein farbiges Großfoto, die Pyramiden, kein
Wort von der Scheidung.
Sie steht oft am Fenster, glaubt manchmal Renate zu erkennen in
einer losen Gruppe von jungen Leuten. Ihr wird heiß, das Herz
flattert.
Claudia hat eine schlechte Phase in der Schule, sagt sie. Die Jungen
und Mädchen vom Geburtstag, von denen immer mal jemand vor-
beigekommen ist, bleiben aus. In den Straßen werden Weihnachtsbäume verkauft.
Auch Claudia bekommt keinen Gruß von Renate.

5.
Nachts liegt sie wach, liegt Jörg wach. Sie können nicht sprechen.
Manchmal eine Hand, die die andere Hand sucht.
Fragen nach der Freiheit, die Renate sucht. Wo ist sie? Mit wem
lebt sie? Wovon lebt sie? Was will sie?
Fragen: Wann haben wir versagt? Wo haben wir versagt? Was hat
sie von uns erwartet? Was haben wir von uns erwartet? Was haben
wir getan? Gearbeitet, damit die Kinder eine schöne Kindheit
haben.
Was können wir tun; was noch?
Sich rechtfertigen vor wem?

Sich anklagen vor wem?
Wir sind keine Übermenschen. Wir haben Verachtung und Haß und Gleichgültigkeit und Wut gekannt. Auch die Flucht probiert. Auch Übereinstimmung erfahren. Wir haben euch Kinder in Unabhängigkeit eingeübt, euch ermutigt, teilzunehmen an dem, was außerhalb der Familie geschieht. Wir haben nichts beschönigt vor euch.
Sätze, die nichts taugen.

Renate ist noch immatrikuliert. Ihren Studienplan herauszubekommen, ist nicht möglich. Gabriele telefoniert mit den Professoren, von denen Renate im ersten Semester erzählt hat. Die geben an die Assistenten weiter. Renate wird noch in den Seminar-Listen geführt, hat sich auch zu Referaten angemeldet. Aber die Assistenten und Tutoren und die im Büro kennen sie nicht.
Sie wartet vor den Instituten, vor dem Henry-Ford-Bau, sieht die Plakate, die Inschriften, die Büchertische. Einmal glaubt sie Renate zu sehen, läuft hinter der mit dem Pfeffer- und- Salz-Mantel her, aber als die sich umdreht, ist es eine Fremde, und sie muß sich entschuldigen.
Du mußt sie laufen lassen, sagt Jörg, sie wird einundzwanzig nächstes Jahr, sie wird mündig! Er reißt die Zigarettenschachtel auf, knüllt das Zellophan der Umhüllung, sieht an ihr vorbei, als er ihr die Zigaretten anbietet.
Du rauchst jetzt viel zuviel, sagt er.
Sie reißt das Streichholz an.
Du hast ihr das beigebracht mit der Freiheit, sagt er.
Januarsonntag 1905, hunderttausend Männer und Frauen und Kinder singen Choräle, tragen Ikonen und Kirchenfahnen, wollen bei ihrem Gossudar Gerechtigkeit und Schutz erbitten; die Arbeiter in den Putilowwerken streiken; der Krieg gegen Japan ist verloren; Hunger und Verbannung sind nicht länger zu ertragen. Sie haben 135000 Unterschriften gesammelt. Aber der Zar ist nicht im Winterpalais, die Soldaten eröffnen das Feuer. Mehr als tausend Tote bleiben auf dem Platz.

Du hast ihr das mit der Freiheit beigebracht.
Und du hast ihr vorgelebt, wie man zurechtkommen lernt. Bloß
nicht auffallen! Bloß keine Überschätzung des eigenen Lebens. Ei-
ner, eine sein, nicht ICH.
Red doch nicht!
Und was wird, wenn sie kaputtgeht? Krankheit, Hunger, Drogen?
Ich glaube, da ist sie zu stolz dazu!
Sie zieht den Rauch tief ein, streift die Asche ab, ist dankbar, daß
Jörg das gesagt hat, fragt aber doch weiter: Und wenn da ein ande-
rer ist oder anderere – die ihren Stolz brechen?
Sie kommen zu keinem Ende. Sie rauchen. Noch eine und noch
eine Zigarette, liegen viele Stunden wach jede Nacht.

6.

Zwischen Weihnachten und Neujahr steht in der Zeitung, daß
Ludwig sich erschossen hat. Sie hatten ihn zu Silvester erwartet. Es
war wichtig für sie, ihn zu erwarten, mit ihm zu sprechen, vielleicht
von seinen Reiseerlebnissen abgelenkt zu werden.
Das Erschreckende: Nicht trauern zu können. Ausgefüllt sein von
der eigenen Sorge. Ludwigs Post durchblättern, seine Reiseberichte noch einmal lesen. Nichts entdecken, was auf den Selbstmord hinweist. Meine Mutter war auch so wie Sie, so genau, so
kontrolliert! Aufgeschrieben hat er den Satz nicht, aber sie hört
ihn. Sieht Ludwig vor sich, um Vertrauen werbend.
Als sie wachsitzen zu Silvester, um das Jahr 1970 zu erwarten, Radio hören, Wein trinken, mit Claudia Monopoli spielen, weint sie
zum erstenmal, seit Renate gegangen ist vor sechs Wochen. Kann
sich kaum halten, geht aus dem Zimmer, wirft sich aufs Bett, weint
hemmungslos. Nachher kühlt sie sich die Augen im Badezimmer,
pudert sich, zieht die Lippen nach, kämmt sich so lange, bis das
Haar fiedert und knistert. Sie kommt gerade zurecht, um mit Claudia und Jörg zu Neujahr anzustoßen. Claudia fällt ihr um den Hals.
Draußen zischen die Raketen auf, explodieren die Feuerwerkskör-
per. Sie stellten das Radio laut.
Bis morgens vier Uhr tanzt sie mit Claudia, Jörg tanzt nicht gern.

Sie gehen in die Knie, sie treten auf der Stelle, sie klatschen sich auf die Schenkel, sie schreien eyyyh, eyyyh, sie tanzen die ekstatischen Tänze der Neger in Harlem, Ludwig hat sie beschrieben und fotografiert, sie tanzen die Tänze griechischer Bauern, tanzen gegen das Erschrecken an, nicht trauern zu können.

7.

Denn Trauern schließt Abschied mit ein, das Ende der Hoffnung. Trauern heißt Unwiederbringliches aufsammeln, nachtragen, festhalten, gegen das Vergessenwerden an. Soweit ist sie noch nicht. Soweit sind sie noch nicht.

Immer wieder wartet Gabriele vor der Universität. Immer noch wartet sie auf Post, auf einen Anruf, auf einen Geburtstagsgruß. Oder daß Renate einmal Geld braucht.

Und immer auch der Wunsch, ihr etwas mitzuteilen: Stell dir vor, Tante Ulrike lebt in Scheidung! Stell dir vor: Claudia ist Klassensprecherin geworden! Oder Renate zu fragen: Was hältst du von den Pariser Friedensverhandlungen? Hast du die Berichte über die Foltermethoden in Griechenland gelesen?

Stell dir vor. Was hältst du davon. Und nicht fragen können. Sie arbeitet viel, schickt die Sendemanuskripte weg. Der Doktor ist in Pension gegangen, um nun endlich als Übersetzer zu arbeiten. Markus ist längst aus der Frankfurter Redaktion ausgeschieden. Und Ludwig ist tot. Wegen eines Jungen, Muttersöhnchen sind da empfindlich, hat der Nachfolger gespottet. Sie hat nicht geantwortet. Sie weiß, daß die Neuen in der Redaktion alle viel jünger sind. Sie will sich keine Blöße geben.

Winter und Schnee. Grus in den Schnee gestreut und Dreck auf den Schneehaufen neben den Fußwegen. Das Kältegeflimmer der Nächte. Das Lichtgefunkel auf der Havel, sonntags. Der breite, zugefrorene Fluß, drüben mattblau die Hänge von Kladow. Claudia hat die Schlittschuhstiefel mit und versucht ihre Spur durch den Schnee zu ziehen. In der Lieper Bucht haben Angler Löcher ins Eis geschlagen und in Marmeladeneimern Feuer gemacht, um sich zu wärmen. Wahrnehmungen, so nah und zugleich so fern wie ein paar Meter Film, aus dem Zusammenhang gerissen, ohne Sinn. Das gleiche Erschrecken wie in der Neujahrsnacht, als die Trance des Tanzes abgeklungen war: Nicht trauern können. Gelebt werden. Nicht froh sein können. Dumme Sätze sagen: Seht mal, wie schön! Oder: Ein herrlicher Tag!

Zu Renates einundzwanzigstem Geburtstag im Frühjahr fragt Claudia: Kann sie jetzt machen, was sie will?
Ihre Angst heraushören und ihr zustimmen.
Dann könnt ihr sie jetzt nicht einmal mehr durch die Polizei zurückholen lassen? Und nach einer Pause: Eigentlich toll, daß ihrs nicht getan habt!
Nachdenken, warum das tröstlich ist.

8.
Am ersten Mai veranstalten die Gewerkschaften, die SEW und die linken Splittergruppen jeweils eigene Demonstrationen. Gabriele hat ihr Bandgerät umgehängt, auch die Kamera. Es ist ihr fast schon zur Gewohnheit geworden, Reportagen zu übernehmen, wenn es um politisch schwierige Bewertungen geht. Und nicht alle Demonstrationen verlaufen friedlich, oft werden Wasserwerfer eingesetzt, oder es gibt Auseinandersetzungen mit der Bevölkerung.
Auf einer dieser Demonstrationen sieht sie Renate in einer Reihe, dicht hinter den Transparentträgern. Sie ruft, aber Renate hört nicht. Hört doch.
Sie bleibt neben den Demonstranten, fotografiert. Steht zwischen den vielen, die auf der Abschlußkundgebung die Internationale singen, versucht, Renate auszumachen.
Drüben im anderen Berlin Kopfschütteln, weil hier rote Fahnen wehen, hier geballte Fäuste hochschnellen.

Du, Kind! Keine Gefühle wagen, als Renate sie entdeckt und auf sie zukommt.
Sie geht neben ihr her, behängt mit Bandgerät und Kamera. Sie

merkt, daß es Renate nicht angenehm ist, aber auch, daß sie das nicht zugeben will. In der Potsdamer Straße/Ecke Pohlstraße in Schöneberg kurzer Abschied. Ich wohne da Nummer 7. Kannst ja mal kommen. Über den Hof und dann links. Nur heute nicht, da sind die Typen alle zum Feiern beisammen. Kurzer Abschied, ohne sich die Hand zu geben.

9.
Wie sieht sie aus?
Hast du ihr erzählt, daß ich Klassensprecherin bin, und daß wir getanzt haben Silvester, und ich hab doch noch nicht mal tanzen gelernt, und hast du ihr erzählt, wie wir gewartet haben und – Claudias Stimme überschlägt sich. Sie dreht sich um sich selbst und klatscht in die Hände. Wir haben Renate wieder!
Wir wissen, daß sie lebt. Mehr nicht. Ihre Schuhe sind schief getreten und die Blue Jeans ziemlich ausgefranst und geflickt.
Und wie trägt sie die Haare?
Wie immer. Oder nein, ein bißchen länger, fast bis zur Schulter.
Wann können wir sie besuchen?
Noch nicht, Claudia, jetzt nicht!
Jörg hat die Balkonmöbel gestrichen und wischt sich die Hände mit einem terpentingetränkten Lappen sauber. Erster Mai, ein zusätzlicher Feiertag, an dem immer wieder aufgeschobene Arbeiten am und im Haus erledigt werden können.
Wenn die so viele Variationen des ersten Mai hinter sich hätten wie wir, würden sie sicher nicht mehr feiern. Erster Mai vor der Reichstagsruine, als wir noch das eine Berlin wollten. Mit Paraden in der DDR, mit Paraden bei den Nazis. Arbeiter der Stirn und der Faust, hieß es bei denen. Er lacht.
Du warst in der Hitlerjugend?
Was hast du dagegen, Claudia?
Achso!
Kein Achso, Mädchen. Frag Mama, wie das war damals. Die weiß da genauer Bescheid.
Lüg mal nicht!

Ich lüge nicht! Jörg ist wütend geworden, wirft den Terpentinlappen dicht an Claudia vorbei gegen den Schrank. Gabriele bückt sich, hebt den Lappen auf und trägt ihn in die Küche. Claudia kommt hinter ihr her, bleibt in der Küchentür stehen.

Wie erklärt man das, die Massen im Olympiastadion, Kinder, Jugendliche im Morgengrauen aufgestanden, in einer großen Inszenierung plaziert nach den weißen Blusen der Mädchen und den braunen Hemden der Jungen und mit Liedern von Baldur von Schirach? Wie kann sie erklären, warum Jörg hingegangen ist, sie aber nicht. Daß sie sich alles hat erzählen lassen, weil sie neugierig war und ein wenig neidisch auf den Rausch, von dem die anderen redeten wie von etwas Selbstverständlichem. Wie läßt sich Verführbarkeit beschreiben? Und muß sie Jörg in Schutz nehmen vor Claudias schnippischem: Achso!

Sie erzählt von den aufgenähten Hakenkreuzen auf den roten Fahnen schon am ersten Mai 1933, vom Hunger nach Hoffnung und von den Verhaftungen, von Kartoffelschalen, um den Bauch voll zu schlagen, vom Hunger und immer wieder vom Hunger, den die Jungen nicht kennen, von den Frauen im siebenten, achten, neunten Monat mit gelben Gesichtern und tiefliegenden Augen.

Du darfst deinen Vater nicht einen Dreck schimpfen. Du hast ihm nichts vorzuwerfen.

Und woher weißt du das? fragt Claudia.

Er hat mir das gesagt, und ich vertraue ihm.

Achso!

Und wieder das Schweigen, die Wut, die aufsteigt: Wir haben das nicht gewollt, den Krieg, die Teilung Deutschlands, den Haß zwischen Ost und West. Aber soll sie das einer Zwölfjährigen sagen? Die hatte schon einen eigenen Kinderwagen, ladenneu. Die bekam schon Babynahrung statt Trockengemüse.

Wie kommt man der Wahrheit näher?

Sie zeigt Claudia die Bücher, die Fotos in den Büchern, Lagerstraßen, das Krematorium, die Gaskammern, die Buchführung der Mörder, sieht sie dasitzen und lesen und blättern, die Zunge irrt zwischen den Lippen hin und her.

10.

Weil Renate elend ausgesehen hat, ist es einfach, die Mitgebringe zusammenzupacken: Schokolade, Hartwurst, Hartkäse, Eier, Milchpulver, Kaffeepulver, Zitronen und frühe Kirschen, ein Paket Kuchen, Suppenfleisch. An einem Stand in der Potsdamer Straße hat sie Veilchen entdeckt und sich zwei Buschen in nasses Zeitungspapier einschlagen lassen. Früher mochte Renate Veilchen gern.

Sie geht die Pohlstraße entlang, zögernder mit jedem Schritt, um die Erwartung zu verlängern, um den ersten Satz einzuüben. Die Hände schwitzen, ganz ungewohnt, sie wechselt den Plastikbeutel in die linke Hand, hat Druckerschwärze an den Fingern vom nassen Zeitungspapier. Jäher Ekel, sich selber zu riechen, den Blutstoß, zwei Tage zu früh. Sich erniedrigt fühlen, Frau, mal wieder nur Frau, die ihren Gefühlen folgt, Mutterliebe, oder wie soll sie das nennen? Sie stellt den Plastikbeutel zwischen die Füße, legt den verpackten Veilchenstrauß aufs Pflaster, reibt sich die Hände mit dem Taschentuch ab. Eine Frau in Pantoffeln und bunter Schürze führt einen Hund aus, läßt ihn dicht neben ihr niederhocken, gekrümmter Körper, verkümmertes Hundegesicht. Sie rafft schnell Plastikbeutel und Strauß, hat mit Übelkeit zu kämpfen, versucht, sich auf die Häuser, auf die klaren Fassaden zu konzentrieren, auf die großen Fenster der vornehmen Bürgerhäuser aus der Gründerzeit, bei denen der Putz bröckelt und die Gardinen hinter den Fenstern schmuddelig sind.

Sie übt noch einmal den ersten Satz ein: Ich weiß ja, ihr habt alles, doch wenn man zu Besuch kommt, wenn ich zu Besuch komme, ist es eine alte Gewohnheit, etwas mitzubringen, nicht wahr? Ein gequälter Satz. Sie merkt, wie unsicher sie ist.

Und dann geht sie über den Hof und die ausgetretene Treppe hinauf, die vom Schimmel zerfressenen Ölpaneele gleichen phantastischen Landkarten, die Türen sind abgeschrabt von Schlägen und Stößen und Schlüsselkratzern. Sie liest die Namensschilder neben jeder Tür, Pappschilder, Zettel, alte Messingschilder, die längst blind geworden sind. Renates Name steht unter mehreren anderen auf einer ausgerissenen Heftseite. Da die Klingel nicht anschlägt, klopft sie. Es dauert eine Weile, bis sie Schritte hört und aufgeschlossen wird. Ein fremdes Mädchen öffnet. Sie fragt nach Renate. Die wird bald kommen. Ob sie warten darf? Wer sind Sie denn? Der Hinweis auf eine Kiste, die mit Stoff überzogen ist. Wenn Sie sich setzen wollen!

Das Mädchen läßt sie allein. Sie hört Stimmen, sitzt auf der Kiste. Ihr ist elend. Sie würde sich gern waschen. Sie würde gern das Fenster aufklinken, dahinter ein Baum, hellgrüne Blätter. Lächerlicher Wunsch, aufzuräumen: die leeren Konservendosen, die als Aschenbecher dienen, die Zeitungsstapel, die geknäulten Decken auf den Feldbetten und Liegen, die herumstehenden Schuhe, Wäschebündel. Jemand kommt ins Zimmer, grüßt nicht, greift ein paar Zeitungen, geht. Geflickte Blue Jeans, schief getretene Absätze, lange, lockige Haare, der Pullover hängt ausgeleiert über dem Hosenbund. Die hier wohnen, haben sicher alle ein Zuhause mit Bett oder Couch, mit Badezimmer, mit Teppichen, Stühlen, Tischen, haben Mütter, die für ihre Wäsche gesorgt haben, ihre Schuhe zum Besohlen gebracht haben. Dasitzen, warten, Fragen stellen, ohne Antworten zu wissen.

Als Renate vor ihr steht, zuckt sie zusammen, hat sie, barfuß, nicht kommen hören. Sie will ihr die Hand geben, aber Renate hat keine Hand bereit. Sie bückt sich, um die Veilchen aus dem Zeitungspapier zu wickeln. Ich hab da was, Veilchen, die magst du doch. Laß die mal drin, sagt Renate.

Und hier ein bißchen was – für euch alle.

Wir brauchen keine Geschenke, sagt Renate.

Dasitzen. Die Plastiktüte wieder abstellen, die Veilchen nicht wieder einwickeln. Die eingeübten Sätze nicht sagen können. Hinter dem Fenster draußen der Baum. Hellgrüne Blätter.

Warum hast du mich eigentlich gesucht? fragt Renate.

Nicht gesucht, Kind! lügt sie. Sie strafft sich, will lächeln, werben. Verstehst du denn nicht, wir hatten Angst um dich. Statt zu antworten zieht Renate eine andere, stoffüberzogene Kiste heran und setzt sich. Von irgendwoher ist jetzt Musik zu hören, Radio oder eine Kassette. Geklapper von Töpfen.

Hier gibts gleich Mittag, sagt Renate. Du kannst ja mit uns essen. Nicht wissen, wie reagieren. Kann sie annehmen, ohne Kameraderie einzugestehen?

Wovon lebst du denn? fragt sie.

Ich trage Zeitungen aus, ein guter Job, weil da der Tag frei ist. Jutta geht abends mit Blumen in die Lokale am Ku-Damm. Petra ist Platzanweiserin im Schillertheater. Joe druckt Plakate. Phil fotografiert die Touristen auf dem Ku-Damm und im Zoo. Wirst sie gleich alle kennenlernen, wenn du zum Essen bleibst. Nur Joe kommt erst nach Feierabend.

Sie fragt nicht: Und was soll das alles? Ihr habt doch Eltern, die gespart haben, damit ihrs leichter habt, könnt studieren, kriegt Stipendien. Sie sagt nichts über die Freiheit, die sie sich genommen haben und die sie mit der Freiheit verwechseln, die sie suchen.

Sie nimmt die Veilchen aus dem Zeitungspapier, steht auf und greift einen Plastikbecher, der neben einem Bett auf dem Boden steht. Und Renate versteht das und zeigt ihr den Weg zum Klosett, wo ein winziges Handwaschbecken ist. Dort schließt sie sich ein, wäscht sich, wässert die Veilchen, hört Lachen in der Küche, Renates Stimme dazwischen, ruhig, begütigend. Sie kühlt ihr Gesicht, ehe sie mit den Veilchen im Plastikbecher zurück ins Zimmer geht, und weil sie allein ist, die Schokoladentafeln auf die Betten legt, unter den Decken versteckt. Und als der oder die mit dem ausgeleierten Pullover zum Essen in die Küche winkt, nimmt sie Hartwurst und Käse und Milchpulver und Kaffee und Zitronen und Kirschen und Kuchen und Suppenfleisch aus dem Plastikbeutel und breitet alles auf dem Küchentisch aus. Eine schmale Hand greift nach der Hartwurst, um Scheiben abzuschneiden. Das ist Jutta, stellt Renate vor. Und der die Nudeln austeilt, heißt Phil. Petra ist noch einmal aufgestanden und ins Zimmer gegangen und kommt mit den Veilchen zurück. Sie essen. Das Radio ist eingeschaltet. Nachrichten. Die Kirschen werden herumgereicht. Danke, sagt Petra, Kirschen, die sind teuer!

Nach dem Essen bringt jeder seinen Teller zum Abwaschbecken.

Renate und Jutta müssen in die Uni. Kommst du mit? Bis zum Wittenbergplatz ist es die gleiche Strecke.
Kommst du mit?

Als sie über den Besuch nachdenkt, ist es die Frage, die sie tröstet. Auch das gemeinsame Essen, Nudeln mit Ketchup.
Als sie über den Besuch nachdenkt, fällt ihr ein, daß sie mit Renate kaum gesprochen hat. Keine Auskunft über das Studium, keine Erklärung über die Flucht im November.
Als sie über den Besuch nachdenkt, weiß sie, daß sie weniger als vorher über Renate sagen kann.
Die Gespräche zwischen Bülowstraße und Wittenbergplatz: Nichtiges übers Wetter, Spöttelei über Mitreisende, grüß Claudia. Und wie gehts Vater? Und ich kann mich auch ummelden, wenn ihr wollt. Als sie über den Besuch berichtet und Jörg und Claudia fragen, wie es Renate geht, sagt sie: Gut. Ganz gut. Ihre Angst behält sie für sich.
Jörg blättert in der Zeitung, bis er die Seite mit den Kreuzworträtseln gefunden hat. Fluß mit vier Buchstaben, griechische Göttin, andere Bezeichnung für Bündnis.
Seit Renate gegangen ist, hat er eine große Fertigkeit darin entwickelt.

11.
Sich rechtfertigen – vor wem?
Sich anklagen – vor wem?

12.
Die aufs Notwendigste reduzierten Mitteilungen. Terminarbeiten. Seltener Reportagen. Claudias Schulsorgen, mißratene Englischarbeiten, nicht ganz gelungene Aufsätze, aber Schulkonzerte, Bach, Händel.
Renate hat auf einer Postkarte mitgeteilt, daß sie sich in Westend abgemeldet hat und aus der Pohlstraße weggezogen ist. Die neue Adresse hat sie nicht angegeben.

Und in den Illustrierten, zwischen Whisky-Werbung, neuen Automodellen und Zigarettenreklame noch immer die Bilder von den zerstörten Dörfern und Wäldern und Feldern in Vietnam, von mageren, krumm gewordenen Frauen mit Kindern auf dem Rücken. Und abends am Bahnhof Zoo das Gedränge der Gastarbeiter, die reden und warten, daß die fremde Zeit vergeht. Und an den Urlaubswochenenden immer siebzig, achtzig Tote auf den Straßen. Uns fehlts noch an allen Ecken und Enden, aber wir spenden regelmäßig für Vietnam, schreibt Ruth.

Johannes schickt einen Band vietnamesischer Gedichte, die er übersetzt hat.

Gisela meldet für Oktober ihren Besuch an. Sie schickt Zeitungsausschnitte über Anti-Vietnam-Demonstrationen in den USA. Die Trade-Unions sind für den Krieg, schreibt sie, wegen der ständig wachsenden Arbeitslosenzahlen.

Der Zerfall der Erfahrungen. Oder nein, Einzelheiten, die sich festkrallen bis zur Fühllosigkeit.

Einmal, in der Tagesschau, glauben sie Renate zu erkennen, bei einer Hausbesetzung in Kreuzberg aus Protest gegen den Abriß. Ein Kinderzentrum für Gastarbeiterkinder! steht auf dem Transparent, das über den Helmen der Polizisten zu sehen ist. Ein andermal schiebt ihr jemand in der Redaktion ein Flugblatt zu: Schluß mit dem Vernichtungskrieg in Vietnam! Renate zeichnet presserechtlich verantwortlich.

Sie sieht das Achselzucken der Kollegen. Sie hört die Nachrichten über die Hausbesetzer. Und wie stumm die Leute im Discountladen sind.

13.
Nebenan übt Claudia ihren Cello-Part. Der Metronom tickt, nötigt sie in den Rhythmus. Sie wiederholt den Part immer wieder, bis sie den Metronom abstellen kann. Sie hat einen rauhen, aber zärtlichen Strich.

Wie läßt sich das beschreiben: Das Schwingen der Saiten, die Resonanz des Holzes, der Trost des rhythmischen Spiels? Wie läßt sich erfragen, was Claudia beim Üben empfindet, was es für sie bedeutet, den Metronom abzustellen, den Part zu beherrschen?

Sie muß sich Konzentrieren. Sie will doch über die Versammlung schreiben, auf der sie Renate hat reden hören. Sie war zu den Festsälen in der Hasenheide gefahren, weil Renates Name auf den Plakaten gestanden hatte. Sie hatte sich an den dichtgedrängten Büchertischen im Vorraum vorbeigeschoben, war vor den Plakaten stehengeblieben, die ringsum aufgehängt waren: Türkenkinder und Kreuzberger Straßen, elende Wohnungen und lichtlose Höfe, daneben karstige Äcker. Und alte Frauen am Dorfausgang, die hinter dem offenen LKW hersehen, auf dem junge Männer gedrängt nebeneinanderstehen und zurückwinken.

Der Saal war überfüllt, Männer und Frauen in karierten Hemden und Rollkragenpullovern, Jeans, ausgebeutelten Hosen. Viele verbrauchte Gesichter. Ihr waren die Augen aufgefallen. Sie kannte die Augen, die Gesichter wieder. Die Frau in Baumschulenweg hatte so ein unerschrockenes, verbrauchtes Gesicht, und der Mann, noch elend vom KZ.

Sie will über die Versammlung schreiben, will Renates Rede kommentieren, die nüchtern und mit genauen Zahlenangaben über die Situation der Gastarbeiter informiert, von den neuen Erscheinungsformen des Hasses gegen Minderheiten gesprochen hatte. Renates sicheres Auftreten hatte ihr gefallen, auch die Sorgfalt, mit der sie ihre Rede vorbereitet, sich bemüht hatte, nicht die Sprache der Studenten zu sprechen, die Slogans der Plakate und Transparente zu vermeiden. Sie hatte lebhaft mitgeklatscht und als der Beifall gar nicht aufhören wollte, einmal Bravo! gerufen, obwohl sich das doch nicht ziemte in so einer Versammlung. Sie hätte gern jemand gesagt, daß sie gar nicht weit von hier, nur die Sonnenallee rauf und dann links bis zur Stuttgarter Straße, die wichtigste Erfahrung ihrer Jugend gemacht hat. Aber wen ging das an? Die rings um die Tische vor ihrem Bier saßen und die Portemonnaies ausschütteten, als der Sammelteller herumging, weil die Saalmiete aufgebracht werden mußte, hatten andere Sorgen, auch andere Hoffnungen. Sie bemerkte das Befremden, als sie zwanzig Mark auf den Teller legte. Sie hatte doch nicht prahlen wollen, sondern mithelfen, daß kein Fehlbetrag blieb! Sie hatte dann mit beiden Händen ihr Bierglas umschlossen, als ob sie das vor dem Nicht-dazu-Gehören hätte schützen können.

Nach Renate sprach ein junger Mann. Das mußte Joe sein, auch wenn er mit dem Vornamen Joachim angekündigt war. Er sprach hitziger als Renate, verdammte die Bougeoisie, die nicht von selber abtreten würde, die nichts anderes versucht hätte nach 1945 als wieder ins Geschäft zu kommen und der es dabei wieder einmal gelungen sei, die Arbeiterklasse zu täuschen. Ein letztes Mal! rief er.

Nach ihm sprachen noch drei andere von der immer neuen Niederhaltung des Proletariats in Deutschland, von Revisionismus und politischer Dumpfheit. Renate saß während der Reden an dem langen Tisch auf dem Podium. Joachim, der sich neben sie gesetzt hatte, legte seine Hand auf ihren Unterarm. Nachher standen alle und sangen mit erhobener Faust die Internationale. Sie war auch aufgestanden, fühlte die Verführung, dazuzugehören durch eine Geste, fühlte zugleich auch den Widerstand, sich preiszugeben durch eine Geste. Stand vorgebeugt, um niemanden anzusehen und war doch stolz auf Renate, auf ihren Mut, das öffentliche Verschweigen des Gastarbeiterelends anzuprangern. Sie hatte sich an die Szene auf dem Wenzelsplatz erinnert, an die Straßenkehrer, die immer wieder Blumen zusammenkehrten, und wie oft Renate dort hingegangen war während der Tage in Prag.

Sie hatte gewartet, bis der Saal leer war und einige junge Leute anfingen, die Transparente zusammenzurollen. Renate hatte ihr zugenickt und die Stoffbahn über dem Podium abgenommen. Rennerlein, hatte sie gedacht, und ob die Wärme dieser Koseform dauert. Draußen die Mannschaftswagen der Polizei. Es war windig, und die Laternen des ehemaligen Biergartens hatten leicht geschaukelt. Hinter der Mauer, die das Gelände umgab, waren die Fenster der Hinterhäuser gelb und vom Zucken der Bildschirme unruhig.

Soll sie von ihrer Sorge um Renate schreiben oder davon, daß sie ihr vertraut? Beides deckt sich nicht und gehört doch zusammen.

Nebenan übt Claudia ihren Cello-Part.

Sie will über die Versammlung schreiben und über die Rede von Renate. Aber sie weiß nicht, was wichtiger ist: die Zustimmung, die Renate im Saal fand, oder das Polizeiaufgebot und die stummen, vom Zucken der Bildschirme unruhigen Fenster in den Hinterhäusern von Neukölln.

Sie will über die Versammlung schreiben, weil sie über Renate schreiben will und sieht plötzlich Cornelia, wie sie das Treppengeländer herunterrutscht, übermütig. Cornelia wäre jetzt: einundzwanzig.

Sie erschrickt. Sie fröstelt. Sie ist an eine Grenze geraten, über die sie nicht hinausdenken kann, hinter der das Nichtmitteilbare beginnt, eine Grenze, über die die schützend gebreiteten Arme nicht hinwegreichen.

Jähes Chaos auf dem Cello nebenan. Sie horcht. Sie verkrampft die Hände. Claudia hämmert, kratzt, zirpt, bringt die Saiten zum Johlen, schreit Vokale, eeieeieei, uah, uah, stampft mit den Füßen, pfeift, donnert mit dem Bogen auf den Saiten. ·

Sie weiß, daß sie nachher nichts sagen kann zu Claudia, obwohl sie den Übermut der Pubertät in diesen Sekunden oder Minuten herausgehört hat. Sie nimmt den Bogen aus der Maschine. Was sie beschreiben müßte, taugt nicht für eine Reportage.

Aus dem Arbeitstagebuch zum Roman

Nicht mehr an Sätze glauben. Und doch nur in Sätzen die Festigkeit finden. Sätze mit dem Mikrophon eingefangen, Sätze in die Maschine gestammelt oder mit dem Bleistift auf einen Fetzen Papier, einen Zeitungsrand, einen Notizblock geschrieben, um die Bildschübe auf der Netzhaut, den Wirrwarr der Wörter, die am Ohr vorbeilärmen, zu ordnen.

Gabrieles Unsicherheit, ihr Zweifel an der gewöhnlichen Kommunikation, sind einzukreisen. Und wie sie dabei ärmer wird – und sicherer. So erscheint es den anderen. Ulrikes Besuch, nach ihrer Scheidung, könnte das verdeutlichen.

Ulrike sitzt im Sessel, der Projektor summt, die Leinwand ist aufgespannt. Sie hat Dias aus Ägypten mitgebracht. Ihr provozierendes Gerede. Auf was habt ihr gebaut? Auf was vertraut? Renate wäre euch gewiß nicht davongelaufen, wenn ihr gewußt hättet, wofür ihr sie heranzieht!

Auf der Leinwand die Pyramiden, die Kamele und die Touristenbusse.

Hättest dus vielleicht gewußt? Weißt dus? Du hast es dir doch bequem gemacht ohne Kinder, ohne Beruf, und nun auch ohne Mann. Jörg ist gereizt, trinkt hastig. Ulrike schlägt ein Bein übers andere, klopft mit den Fingernägeln auf die Sessellehne. Das nächste Bild zeigt sie mit Sonnenbrille, weißgekleidet, im Hintergrund der kurze Pyramidenschatten. Sie lacht auf, antwortet aber nicht.

Die Gläser vollschenken. Halb hinsehen, wie kleine, schwarzlockige Kinder ihre offenen Hände aufdrängen, lächeln, betteln.

Warum nur der Streit? Sie hatte sich auf Ulrikes Besuch gefreut, auf das Weißtdunoch über die Entfremdung der Lebensjahre hinweg. Aber Ulrike verschweigt sich hinter den Vorwürfen, hinter den Meinungen, die sie sich angelesen hat.

Ihr Mann habe ihr das Göttinger Haus übereignet, kein Wort mehr über die Ehe.

Auf der Leinwand jetzt nilaufwärts. Die schäumende Gischt, regenbogenfarben, eine gelungene Aufnahme.

Ich hätte meine Kinder vor dem Kommunismus gewarnt. Der hat schon Elend genug in die Welt gebracht.

Wenn du das so genau weißt, ists ja gut!

Jörg steht auf und geht aus dem Zimmer.

Der ist so ein richtiger, ruppiger Gewerkschaftler geworden, sagt Ulrike hinter ihm her.

Auf der Leinwand das Landemanöver des Nildampfers. Der Bootsjunge schlingt das Seil um den Pfahl. Am Ufer ärmlich gekleidete Kinder und Halbwüchsige.

Merkst du denn nicht, daß du uns wehe tust? fragt sie die Schwester.

Ulrike preßt Daumen und Zeigefinger auf die Augen, flüstert vom Alleinsein, ist kaum zu verstehen.

Da wäre leicht zu antworten, doch die Sätze tragen nicht, die Wörter taugen nicht. Gabriele beugt sich über Ulrike, legt ihr die Hand auf die Stirn, die Wölbung in der Handmuschel und die Schläfenbögen.

Der Projektor summt, transportiert die Bilder weiter. Ulrike nimmt die Finger von den Augen. Auf der Leinwand Ulrike und ihr Mann Arm in Arm.

Gabriele schaltet den Projektor aus.

Ulrike hat zwei Tage bei ihnen gewohnt, hat eine Sightseeing-Tour gemacht, Museumsbesuche, ist in der Philharmonie gewesen und auf dem Friedhof in Plötzensee. Erzählt auch, daß sie Rosen hingelegt hat. Sie haben sie zum Flugplatz gebracht. Nein, durch die DDR fährt sie nicht mehr. Kommt doch mal, besucht mich, ich hab ja so viel Platz in meinem Haus!

Man kann nicht mit ihr reden. Man kann ihr nicht antworten, sagt Jörg. Aber die Dias, Ägypten, da sollten wir schon mal hin. Vielleicht später, wenn Claudia mit der Schule fertig ist und wir nicht im Hochsommer in der größten Hitze reisen müssen.

Vorher fahren wir aber erst nach Göttingen in das große, viel zu große Haus!

Wenn du meinst.

Es läßt sich aber auch der Sonntag in Ost-Berlin beschreiben, der Andrang am Bahnhof Friedrichstraße vor den rasch aufgestellten Schalterhäuschen, nachdem die West-Berliner wieder einreisen können, ohne dort Verwandte zu haben. Viele alte Leute stehen in den Warteschlangen, mit schweren Taschen, die sie nach jedem Schritt vorwärts immer wieder neben sich abstellen. Neben jeder Schlange ein Volkspolizist; junge Gesichter, einige mürrisch, den Unterkiefer vorgeschoben, andere freundlich berlinernd, wenn Gerangel entsteht: Nu mal halblang, Muttchen, sind noch nich anne Reihe! Wattenn, Opa, wern doch jetzt nich die Jeduld verliern! Gelächter ohne Lachen. Sind ja och bloß herbefohln, sagt eine blondierte Dicke. Alle zehn Minuten bringt die S-Bahn einen neuen Besucherschub. Die Beamten in den Schalterhäuschen prüfen die Ausweise, stempeln die Visa, wechseln das Geld, das zur Einreise eingetauscht werden muß. Bei der Zollkontrolle verhaltenes Staunen: In den Taschen sind Kaffee und Zigaretten, Schokolade und Südfrüchte, auch Lackfarben und Tapetenrollen. Müssen uns das abknapsen, sagt ein Alter, aber bei euch fehlts ja nu! Noch eine Kontrolle und dann Umarmungen, Tränen, Blumensträuße. Familien mit festlich herausgeputzten Kindern, und auch hier viele Alte. Durch den S-Bahn-Haupteingang Friedrichstraße auf die durch eine Sichtblende abgetrennte Ostseite des Bahnsteiges, auf dem sie angekommen sind. Einsteigen nach Westkreuz! Einsteigen nach Ostkreuz! Die Rufe überspringen die Sichtblende.

Die Züge sind überfüllt. Ruth hat das Kostüm an, das sie auch in Prag getragen hat. Sie stehen eng aneinandergedrängt, halten sich an den Griffen fest. Wie groß Claudia geworden ist, sagt Ruth. Keiner sagt: Wie alt wir geworden sind.

Der Tisch festlich gedeckt, wie so oft schon. Unverändert. Ruths Mutter hat Kuchen gebacken, auch Sahne geschlagen; die gibt es ja jetzt, sagt sie. In der Zimmerecke der Fernseher. Davor ein Sessel mit vielen Kissen. Irgendwann auch die Frage nach Renate. Wie so eine zur Kommunistin werden kann! Die alte Dame versteht das nicht.

Ruth und Claudia und Gabriele und Jörg machen einen Spaziergang, weil Ruths Mutter lieber allein in der Küche hantiert. Wenn schon keine Hilfe zu haben ist! Und wenn Ruth kocht, stehe der Haushalt kopf! So ein richtiger Fach-Ingenieur! Sie lacht, merkt gar nicht, daß sie Ruth mit ihrer Freundlichkeit trifft.

Ruth sagt, daß es im Alter wohl besonders schwer zu verkraften sei, einmal wohlhabend gewesen zu sein. Nur für unsere Generation ist soziale Gerechtigkeit beinahe selbstverständlich!

Und wie steht es damit? fragt Jörg.

Ruth schiebt die Hände in die Kostümtaschen. Sie gehen ein paar hundert Meter schweigend. Die Fenster in den Häusern sind zugeklinkt, aber dahinter sind Stimmen zu hören.

Alle feiern, sagt Ruth, weil ihr nun wieder kommen könnt.

Bei Tisch – sie sind noch vom Kuchenfrühstück gesättigt, aber Ruths Mutter hat schon die Rinderbrust in dünne Scheiben geschnitten, dazu eingelegte Gurken und Kartoffelpüree serviert – sagt Claudia, was alle denken: Ich hatte mich so auf euch gefreut!

Wieso hatte? Aber das fragt keiner. Sie erzählen von Theaterbesuchen, Schaubühne am Halleschen Ufer und Deutsches Theater, Theater zweier Welten. Ruth hat Zeitungsausschnitte, in denen Johannes genannt wird. Sie legt eine Schallplatte auf, Dvořák, gespielt von den Tschechischen Philharmonikern. Nachher zeigt sie ihnen einen Bildband von Potsdam, den sie ihnen schenken will. Bücher dürft ihr ja mitnehmen, schade, daß ihr keine mitbringen dürft! Wir Normalbürger unseres Staates geraten so ganz von euch weg.

Später, sie haben jeder zwei Likörgläser voll Wodka getrunken – Wodkagläser darf ich nicht anschaffen, sagt Ruth, das duldet Mutter nicht – erzählt sie Einzelheiten aus ihren Haftjahren. Olle Kamellen, spottet sie, ich werde sie bloß nicht los! Und ich muß mich vorsehen im Betrieb. Weil niemand davon spricht, aber alle wissen es.

Gemeinsam zum Bahnhof gehen, Ruth und Gabriele eingehakt, Jörg und Claudia eingehakt. Ruth winkt, als sie die Treppe zum Bahnsteig hinaufsteigen. Sie drehen sich ein paarmal um, winken zurück. Ist ja gut, sagt Jörg, wir kommen ja wieder.

*Gabriele bleibt oben an der Treppe stehen, als der Zug schon ein-
fährt. Komm doch, komm, ruft Jörg, wir schaffens sonst nicht bis
Mitternacht über die Grenze.
Ruth hat sich weggewandt, geht unten in der Bahnhofshalle an dem
Zeitungskiosk vorbei und ist schon nicht mehr zu sehen. Der Bahn-
steig ist voll von Westbesuchern. Einige taumeln und gröhlen.*

Sicher sollte auch Markus' Lesung in der Akademie genannt werden. Literaturveranstaltungen verlaufen wieder störungsfrei, keine
aufgeregten Fragen mehr, keine Diskussionen über den Sinn oder
Unsinn von Literatur, farbenfrohe Tücher, lange, selbstgestrickte
Schals, Koketterie. Sie sitzt in der zehnten Reihe, der Saal füllt sich,
auf der Bühne der kahle Tisch, der Stuhl, Flasche und Wasserglas im
Scheinwerferlicht. Renate wird sicher nicht hierher kommen. Und
dann Markus' Auftritt, Lederjacke, Kordsamthosen, Proletlook
von eben-gestern, die Mütze noch auf dem Kopf, als er am Tisch
Platz nimmt, sich Wasser einschenkt, blättert, die Mütze abnimmt.
Er ist kahl geworden, seine Haut ist gelblich, die Krankenkassen-
brille engt sein Gesicht ein, warum ahmt er Brecht nach, seine
Stimme ist monoton, er liest, als langweile ihn sein Text, zwischen-
durch trinkt er immer wieder einen Schluck Wasser. Sie wartet im
Foyer auf ihn, wird ihm nicht sagen, daß sie den Ehrgeiz herausge-
spürt hat, der ihn zum Schreiben treibt, daß er sich in Manierismen
gefällt, zynisch statt zornig ist. Sein Buch hat Erfolg. Sie wird ihm
die Hand geben. Da bin ich. Wie gehts Ihnen? Mir geht es gut. Vielleicht wird sie mit in die Kneipe unter der S-Bahn gehen, zum Um-
trunk, Spießermilieu, aufgelockert durch die bunten Vögel, die
Künstler, die schönen Mädchen.
Markus hat ihr nie nahegestanden, hat sie das immer auch fühlen
lassen. Was erwartet sie? Sucht sie die Demütigung? Will sie sich selber überprüfen? Sich weh tun lassen? Sie hat keine Antwort darauf,
steht mitten im Gedränge an einen Pfeiler gelehnt und wartet auf
Markus. Der meint denn auch, sich erinnern zu können. Ach richtig, du, nein, Sie, wann war das? Frankfurt? Ja, wie gehts denn?
Schreiben Sie noch? Was? Sendungen? Machen Sie doch mal ein

Buch. Naja, ich versteh schon, das Verdienenmüssen, der Zwang! Aber waren Sie denn nicht verheiratet? Seine Blicke irren umher. Er will mit wichtigen Leuten sprechen, Presse, der Name in der Zeitung, bitte, Menschen, beachtet mich, ich bin ein Dichter! Sie sagt Auf Wiedersehen. Aber was denn? Kommst du, kommen Sie nicht noch ein bißchen feiern? Nach so langer Zeit!

Sie läßt sich überreden, sitzt nachher mit an den zusammengeschobenen Tischen, bestellt ein Bier, hört den Gesprächen zu, den Schmeicheleien, beobachtet, wie Markus zwischen den Mädchen wählt, eine mit Jungenhaarschnitt bevorzugt, aber ihr, der Kollegin von damals, zutrinkt, hört ihn fragen: Wissen Sie eigentlich von dem jungen Mexikaner, den Ludwig damals mitgebracht hat? Ja, sagt sie, obwohl sie nichts weiß. Der hätte härter sein sollen, der Ludwig! Dumme Eifersucht! Typische Intelligenzlerkrankheit! Markus hat die Mütze über der Stirn hochgeschoben, kratzt sich betont gewöhnlich den Schädel.

Sie zwingt sich, ihm nicht zu antworten, steht auf, läßt das Bier stehen, muß noch arbeiten, sagt sie. Er lächelt herablassend mitleidig, beinahe unverschämt und wendet sich der Kurzhaarigen zu. Die Biertrinker aus der Nachbarschaft starren gelangweilt neugierig auf die lange Tafel hin, reden kaum. Weil der Stadtbahnzug in den Bahnhof einfährt, klirren die Gläser auf den Borden. Das befriedigt und irritiert sie wie ein gelungener Schlußsatz, zu dem ihr die Geschichte abhanden gekommen ist. Sie zahlt an der Theke.

Brückengeruch, Pisse und Taubendreck und Rost·und Eisen. Die aus dem Bahnhof kommen, schlagen die Kragen hoch. Keiner, der Ludwig ähnlich sieht. Sie denkt seinen Namen. Seine Stimme, sein Gang sind ihr abhanden gekommen. Eine farblose Fläche Erinnerung. Sie fröstelt.

Ob das Wiedersehen mit Johannes am Stechlinsee taugt, um Gabrieles Unsicherheit, ihren Zweifel an der gewöhnlichen Kommunikation, vielleicht sogar ihre Verzweiflung zu zeigen, müßte probiert werden.

Er hat da zu filmen und sie haben sich für einen Ausflug verabredet.

Johannes lädt sie zu Wildgulasch mit Pilzen ein. Westberliner und Ostberliner sitzen einträchtig in der niedrigen Gaststube und essen und trinken; an den Kiosken gibt es Fontaneplaketten und bunte Postkarten. Der Stechlin. Der würde schön spotten, der alte Herr! Johannes lacht, als er sie zum See herunter führt. Aber vielleicht hätte er auch seinen Spaß dran, von der Wissenschaft und den Touristen aus beiden deutschen Staaten ernst genommen zu werden! Und daß sie das Kraftwerk so versteckt haben, daß es die Idylle nicht stört, hätt er wohl auch so verstanden.

Claudia rennt voraus, wirft sich ins Ufergras, rollt sich. Die ist aber hübsch geworden, sagt Johannes. Er fragt auch nach Renate. Sie haben eine Postkarte bekommen im Februar mit Renates Mitteilung, daß sie das Staatsexamen bestanden hat, aber nicht eingestellt werden wird. Sie sollen sich nicht sorgen, sie habe einen Job in der Schokoladenfabrik in Aussicht.

Eine tolle Person, dieses Mädchen!

Das sagt sich so hin, wenn man keine Kinder hat. Claudia hat ein Veilchen gefunden, hat ihr Taschentuch in den See getunkt und das Veilchen darin eingeschlagen, will ihnen die Stelle zeigen, ein ganzes Veilchenfeld.

Das hätte er früher auch nie getan, sagt Johannes, nie ja gesagt zu dem, was ist. Vielleicht könne er Renate deshalb ganz gut verstehen. Sie wolle nicht nur eine Welt voller Veilchenfelder, eine Welt, die den Menschen nicht weh tut, die sie aufnimmt in ihren Rhythmus, statt sich von ihnen vergewaltigen zu lassen; sie wolle eine Welt ohne Abel und Kain, ohne das Diktat der einen über die anderen. Für ihn seien Abel, der Hirte, und Kain, der Jäger, die Vertreter einer Zeitwende und Abel der künftige Funktionär und scheinheilig.

Johannes lacht.

Dann wäre Kain der Revolutionär oder der Reaktionär?

Genau das ist der Widerspruch, mit dem wir leben, sagt Johannes. Neben dem Weg dehnt sich der See, kaum Schilf, das Wasser blinkert ans Ufer, das Silbergrau der Wolken spiegelt sich bis zu den dunklen Waldsäumen in der Ferne. Zu sagen ist kaum noch etwas.

Mal ein: Hört ihr den Specht? und dann der Hinweis auf einen vom Blitz zerspaltenen Baum. Sie sind etwa fünfzig Meter hinter Claudia, die eine Birkenrute schwenkt. In der Stille nur ihre Schritte, ihr Atmen. Erst abends, als sie wieder in der Nähe des Parkplatzes sind und an einem Gehege stehenbleiben und den Fohlen zusehen, sagt Johannes: Kann sein, daß das nicht hält, das Ja zu dem, was ist. Daß du wie ein Pfaffe redest, hätt ich von dir nicht erwartet. Jörg schlägt Johannes freundschaftlich auf die Schulter. Willst uns wohl auf deinen Umzug vorbereiten, wie?

Johannes zuckt zusammen, spreizt abwehrend die Hände: Das habe ich nicht gesagt, bitte! So dürft ihr das nicht verstehen. Ich bin ein Theatermensch, und der soll nicht immer sagen, was er denkt. Weil nun auch andere Besucher am Gehege stehenbleiben und ihn auch einige erkennen, erzählt er von der Geburt der Fohlen. Da haben wir gedreht, sagt er, eine Liebesszene im Stall, Mädchen und Kriegsgefangener. Und als die Stute das Fohlen geleckt hat, sind dem Kameramann die Tränen übers Gesicht gelaufen!

Johannes lacht, lacht zu laut, lacht für die am Gehegezaun.

Auf dem Weg zum Parkplatz reden sie vom Wetter. Als der Motor schon läuft, beugt sich Johannes in den Fond. Dank euch fürs Zuhören. Und versteht mich nicht falsch! Jörg startet durch, Johannes tritt zur Seite und schiebt die Hände in die Hosentaschen.

Wie aber ist es mit den Nachrichten, den Informationen? Sollten sie registriert werden, um Gabriele später besser begreifen zu können, ihre Melancholie und geduldig ungeduldige Ausdauer?

Da ist der Sturz Allendes in Chile und das Wüten der Soldateska, der elende, einsame Tod Pablo Nerudas, der Jom-Kippur-Krieg in Israel, der Watergate-Skandal, der Sturz Willy Brandts, die Hoffnung nach der Revolution in Portugal, der Sturz der griechischen Junta, die Ankunft sowjetischer Dissidenten, die Zunahme von Banküberfällen, die Ausbreitung der Drogenabhängigkeit, der wachsende Haß auf die studierende Jugend, die öffentliche Ratlosigkeit, und Überschwemmungen und Erdbeben und Putsche und Grenzkriege in Afrika und Asien und Lateinamerika.

Nachrichten, die wehrlos machen, weil kaum noch zu überprüfen, geschweige zu überdenken ist, was sie dem einzelnen aufbürden. Gabriele erinnert sich an das Lachen vietnamesischer Soldaten vor Saigon, Lachen, weil ein dreißigjähriger Krieg zu Ende geht.

Sie erinnert sich an die weitaufgerissenen Münder von Flüchtlingen, die ihre Dörfer brennen sehen, an Verwundetentransporte und aufgedunsene Ertrunkene, an die Gefesselten im Sand der Arena von Santiago und an ein Liebespaar hinter der Polizistenkette, als die Kamera über Pompidous Sarg hinschwenkt.

Aber sie kann auch das Gekeif im Discountladen sonnabends nicht vergessen, weil eine alte Frau im Gedränge plötzlich vergessen hat, was sie hat kaufen wollen. Warum die Alte ausgerechnet Sonnabend einkauft, hat doch jeden Tag Zeit, sollten vergast werden, diese Greise, leben viel zu lange! Und wie fast alle in der Warteschlange zugestimmt hatten.

Gabriele notiert das langsame Auslöschen des Ich-Bewußtseins. Die Versuchung zum Selbstmord bleibt zurück, je deutlicher das Mitleid wird, schreibt sie.
In der Maschine hat sie ein Sendemanuskript über Kinderarbeit im Vormärz in Preußen und Berlin.

Sicher müssen auch die langen Spaziergänge die Kurpromenade auf und ab beschrieben werden. Fuchsien und Studentenblumen und Geranien und jede Bank grün gestrichen und mit einem Messingschild mit dem Namen des Spenders mitten auf der Rückenlehne. Jörg hat einen Zusammenbruch gehabt, mittags in der Kantine und kurz vor dem Jahresurlaub, hat mit Blaulicht ins Krankenhaus gefahren werden müssen. Sie ist aus dem Personalbüro angerufen worden, hat noch an die Krankenkassenpapiere gedacht, obwohl das gar nicht so eilig war. Noch mal von der Schippe gesprungen, sagt Jörg, als sie langsam über den Kies gehen.
Er hat sechs Wochen gelegen, hat am Tropf gehangen, hat geatmet. Atmen war Arbeit. Er war festgeschnallt und die eine freie Hand lag auf der Decke ausgespreizt, die Nägel mit der groben Schere ge-

*schnitten, die Nagelmonde von den Nagelhäuten überwachsen. Sie
hat dagestanden, hätte nicht sagen können, was das ist: Liebe. Der
Körper so fremd in dem weißen Krankenhaushemd.*

*Schritt für Schritt über den Kies. Und dabei doch noch gar nicht alt.
Er macht sie auf die Blumen aufmerksam, auf die sorgfältig geharkten Beete, den sauberen Rasen. In der offenen Orchestermuschel
spielt die Kurkapelle Schlager aus den dreißiger Jahren. Dann wieder das Schurren über den Kies, weil sein rechter Fuß noch schleppt.
Und am Caféhaustischchen Postkarten schreiben, an Claudia, an
Jörgs Kollegen, witzige, launische Sätze, so tun als ob. Eine Postkarte an Ulrike, eine an Ruth. Die anderen geht das nicht an, Altsein, sowas!*

*Sie bringt Jörg in die Badehalle und zur Massage. Sie sitzt in Warteräumen, blättert in Illustrierten, liest Rezepte, notiert Diätempfehlungen. Einmal hört sie im Transistorgerät eines Mitwartenden
Richard Tauber Dein ist mein ganzes Herz singen: Süßliches von
Léhar, Lieblingsschlager ihrer Mutter, die nicht zugeben wollte,
daß sie in ihrer Ehe die sanfte Zärtlichkeit vermissen mußte.*

*Gabriele sitzt da, starrt die großmustrigen Kacheln des Warteraums
an und schreckt zusammen, als Jörg zurückkommt, noch immer zu
massig, noch immer zu käsig, fremd.*

Nachher wieder das Auf und Ab im Kurpark.

*Sie kann es niemand sagen, schämt sich über den Gedanken: Daß
sie ihn loslassen und weglaufen könnte. Aber sie bleibt neben ihm,
stützt ihn.*

*Einmal in diesen Wochen sagt er: Schade! und stößt einen Kiesel mit
solcher Wucht auf den Rasen, daß er noch ein paar Spannen weit
rollt. Und erzählt, wie er als Junge Polarforscher werden wollte.
Amundsen und Nansen, das waren so meine Helden!
Aber da geht es ihm schon besser.*

*Irgendwann in diesen Wochen träumt sie von einem kahlen Baum,
in dem nackte, geschundene Leiber wie schwere Früchte hängen.
Der Baum hat keine Wurzeln.
Sie weiß nicht, mit wem sie davon sprechen kann.*

XX.

Als sähe sie in einen Spiegel
1976/77

1.

Ehe die Besucher der Untersuchungshaftanstalt Moabit um 10 Uhr eingelassen werden, drängen sie sich vor dem Portal so eng aneinander, als müsse einer den anderen überrunden. Aber vielleicht suchen sie auch nur die Wärme der anderen. Oder verkriechen sich in der anonymen Menge.

Der Wind hat die Baumkronen leergefegt. Vertrocknete Blätter wirbeln über den Rasen, decken die Trittspuren zu, das schäbig gewordene Grün. Auf der anderen Straßenseite hält ein Unfallwagen, wird eine Bahre herausgehoben. Unfall? Selbstmord? Schlaganfall? Das tägliche Unglück.

Neben Gabriele steht eine Türkin, das Kopftuch gerade über die Stirn gebunden, hilflos in dem Gerempel und Gedrängel. Hinter ihr reden welche von Petern seine Möbel, die sie sich holen wollen, denn der verschwindet doch hier uff zehn, zwölf Jahre! Vor ihr duckt sich eine sehr kleine alte Frau in den Windschatten eines dicken Mannes; sie hat auffallend große Ohrläppchen, in die Löcher für Ohrringe gestochen sind.

Gabriele registriert den Abstand, der um sie ausgespart bleibt. Sie gehört nicht dazu, und das ist ihr nicht einmal unangenehm. Sie hat sich dabei ertappt, daß sie nicht direkt auf die U-Haftanstalt zugegangen ist, sondern schon ein paar Hundert Meter vorher die Straßenseite gewechselt hat, um dicht an den Häusern entlang zu gehen, vor dem Tabakladen und Grünkramladen stehenzubleiben wie irgendeine, die Einkäufe macht und dann wie zufällig vor der U-Haftanstalt auf die Wartenden zugeht. Sie hat einen Sonderbesuchsschein in der Tasche, um einen Untersuchungshäftling zu sprechen, der einen Selbstmordversuch gemacht und dessen Fall Aufsehen erregt und Kritik an der Verwahrung ausgelöst hat. Da ihre Sendungen über die Obdachlosenasyle und über die Drogen- und Alkoholszene am Bahnhof Zoo ein großes Hörerecho gehabt haben, hat sie den Auftrag bekommen, obwohl sie unter den Reporterinnen jetzt die Älteste ist und nicht mehr so oft eingesetzt wird wie früher. Sie arbeitet jetzt lieber zuhause am Schreibtisch, seit Jörg nach der Krankheit mehr Ruhe braucht, sie hat Bücher und Auszüge neben sich, immer beschäftigt mit kaum bekannten Aufständen der europäischen Geschichte.

Die Diätküche kostet Zeit, Jörg soll regelmäßig spazierengehen und hat sie gern dabei. Sie reden von Claudias Hochzeit noch vor dem Abitur. Sie planen ein kleines Fest, auch wenn sie mit dieser frühen Hochzeit und Schwangerschaft nicht einverstanden sind, die Claudias Zukunftspläne durcheinanderbringt: Afrika, Entwicklungshilfe, unklare Vorstellungen von Abenteuer und Menschlichkeit. Sie reden, rechnen, machen sich Sorgen. Sie werden für Claudias Ausbildung und Familiengründung einzustehen haben. Jörg wird vorzeitig auf Rente gehen müssen. Was bleibt dann noch? Und wozu das alles? Die quälende Frage der Jugend ist wieder geläufig.

Als der Beamte in der Tür erscheint, wird Gabriele von denen, die Petern seine Möbel holen wollen, beinahe umgerissen, aber die Türkin klammert sich an sie, und sie fangen beide den Stoß ab. Wegen des Sondersprechscheins will der Beamte sie bevorzugt abfertigen. Sie lehnt ab und sitzt dann im Warteraum neben der Türkin, die ihr immer wieder den Unterarm tätschelt.

Die ersten Besucher werden aufgerufen und an der Tür von Beamten erwartet. Bei jedem Aufruf verstummen die Gespräche, bis die Tür zuschnappt und die Sätze sich wieder verknäulen: Meiner nu schons dritte Mal, immer wieder kribbelts den und er mußn Auto knacken. – Und wat Otto für seine Kleene tut. – Wenn der Dieter so ins Kaufhaus kommt, ich verstehs nich, son lieber Junge, muß sich doch nich immer wieder erwischen lassen. – Unsrer, wo der doch keine Mutter hat, jeden Wunsch hat er erfüllt jekriegt. Und nu allet für nischt!

Die alte Frau mit den großen Ohren wringt ihre Hände, daß die Haut knittert, andere kramen in den Einkaufstaschen. Eine packt frische Wäsche aus. Den hamse doch direktemang vonne Baustelle wegjeholt! Viele kennen sich, nur die Türkin sieht verschreckt von einem zum anderen, versteht nicht, was ihr widerfahren ist. Immer wieder kommen Neue in den Warteraum, die Stühle reichen nicht, sie schieben sich bis zur Heizung durch, lehnen sich an den Heizkörper.

Sie prägt sich die Gesichter, die Gespräche ein, versucht, hinter die Sätze zu hören, irgend etwas außer Neugier zu empfinden, und zuckt zusammen, als weitere Besucher in die Tür geschoben werden.

Renate!

Die wirft das Haar zurück, vertraute Bewegung, bleibt jäh stehen, den Mund halb geöffnet, als wollte sie schreien. Dann senkt sie den Kopf, das Haar fällt ihr ins Gesicht.

Renate, sagt sie, was machst denn du hier?

Und steht auf und geht auf die Tochter zu. Die Scheu, sie zu umarmen.

Die Scheu, weiterzufragen.

Die anderen tuscheln. Nu kieck doch! Die Türkin will Renate den Platz anbieten. Aber da ruft der Beamte: Der Sondersprechschein bitte!

Ich warte nachher auf dich, Renate!

Renate nickt, immer noch stumm.

Hinter dem Beamten durch den schmalen Gang gehen bis zu zwei anderen Beamten hinter einem rechteckigen Tisch. Auf dem Tisch Telefon, Schreibzeug und Ablage, ein Buschen Strohblumen in einem Glas, ein Koppel und eine Radiosonde zum Abtasten der Kleidung. Sie muß den Sondersprechschein zeigen, eine Unterschrift leisten, die Handtasche abgeben. Vorher darf sie Geld aus dem Portemonnaie nehmen, um eine Packung Zigaretten aus der Automatenwand zu ziehen. Der Beamte, der sie begleitet, nimmt ihr das Päckchen ab, wird es dem Gefangenen in der Sprechzelle geben, sagt er und geht einen halben Schritt vor ihr her, den großen Schlüsselbund in der Hand, schließt eine Zwischentür auf und wieder zu, öffnet die Zelle mit der Nummer 6. Am schmalen Tisch sitzt der Häftling, den sie sprechen will, neben ihm ein Beamter. Der sie begleitet hat, wirft die Zigaretten auf den Tisch und verläßt die Sprechzelle.

Der Häftling hat blonde schulterlange Haare, helle Augen. Er trägt einen dunkelroten Pullover. Seine Hände greifen nach den Zigaretten. Der Beamte neben ihm auf der Sitzbank lehnt sich mit dem Rücken gegen die Wand. Die Zelle ist ziemlich dunkel. Draußen ist wieder das Schließen zu hören. Schritte, Türenschlagen. Auch in den Nebenzellen warten sie auf Besuch.

Guten Tag, sagt sie endlich.

Wenn sie sich doch konzentrieren könnte! Ob es Renates Schritte sind, die jetzt neben den Stiefelschritten zu hören sind?

Setzen Sie sich doch, sagt er.

Ja, Sie haben recht. Und sie setzt sich und stellt die Fragen, die sie sich zurechtgelegt hat und ist freundlich. Und schämt sich. Und schiebt die Hand über den Tisch hin bis zu seiner Hand, die sich um die Zigarettenpackung klammert. Es gelingt ihr, ihn gerade anzusehen, seinen Blick auszuhalten, bis sie beide lächeln.

Nun endlich kann sie sprechen, ohne sich dabei zu beobachten. Und er antwortet ohne Reserve, nichts von der Tat, das ist in der U-Haft nicht zulässig, berichtet vom Gefängnisalltag, von der langen Dauer seiner U-Haft, den körperlichen Beschwerden, der Behandlung im Krankenhaus nach einem Suizidversuch, vom Hofgang, von seinem Beruf, er war Gärtner damals. Der Beamte neben ihm sieht wieder auf die Uhr. Bitte, kommen Sie zum Schluß.

Ein Zwanzig-Minuten-Gespräch zwischen Fremden.

Was kann ich für Sie tun?

Er wünscht sich zwei Bücher, eines über das Überwintern von Knollenpflanzen, eines über das Lebensalter von Bäumen.

Und wenn Sie darüber berichten, und deswegen sind Sie ja doch wohl hier: Ich bereue den Selbstmordversuch nicht!

Bitte kommen Sie zum Schluß!

Der junge Mann mit den blonden Haaren lächelt wieder. Er hat der Beihilfe beim Überfall auf einen Geldtransport noch nicht überführt werden können, die Ermittlungen laufen im dritten Jahr, weiß sie.

Bitte kommen Sie zum Schluß! Der Beamte klopft mit den Fingerknöcheln auf die Tischplatte.

Nein, ich bereue den Selbstmordversuch nicht, auch wenn ich ihn wahrscheinlich nicht wiederholen werde.

Der Beamte steht auf, schiebt sich am Tisch vorbei, an den Knien des jungen Mannes vorbei und bleibt an der Tür stehen.

Bitte kommen Sie zum Schluß!

Wissen Sie eigentlich, wie allein einer ist, wenn er verachtet wird?

Er rafft die Zigarettenpackung, schiebt sie in den Hosenbund, steht nun auch auf. Sie hält ihm die Hand hin. Er nimmt sie, drückt sie kurz.

Der Beamte öffnet die Tür. Sie treten in den Gang, der an den beiden Enden durch verschlossene Türen begrenzt ist.

Sie gehen da rechts lang, sagt der Beamte, hat auf einen Klingelknopf gedrückt und geht neben dem Blonden nach links, schließt die Tür auf, sie wendet sich um, sieht den Gefängnistrakt, Treppen, Gitter, Drahtnetze. Der Blonde hat sich umgedreht, hebt die Hand halb gekrümmt zum Winken, wird von dem Beamten durch die Tür geschoben. Wieder das Schlüsselgeräusch, das Einrasten des Schlosses. Die Tür, die aus dem Sprechzellentrakt führt, wird aufgeschlossen. Sie geht an der Automatenwand entlang zu dem Tisch, ohne Begleitung diesmal, weist ihren Sprechschein vor, erhält die Handtasche zurück, die der zweite Beamte am Tisch aus dem Tresor schließt. Beide Beamten verbeugen sich und weisen ihr die Tür zum Warteraum. Wegen der Bücherwünsche melden Sie sich am Portal, da gibt es die Formulare!

Renate ist nicht mehr im Warteraum.

Kann man sich hier noch aufhalten? fragt sie. Lauter neue Gesichter, auch die Türkin ist nicht mehr hier.

Nee, lieber draußen, wenn Se en kleen Plausch haben wolln.

Schreech rüber isn Resterang. Bloß Kaffe dürfen Se da keen trinken, der taugt nischt!

Sie sagt Auf Wiedersehen! ohne daß ihr geantwortet wird.

Scheen verrückt, werden die Frauen denken, wat isn die passiert? Oder auch: Sondersprechschein! Wat isn die for eene!

Beim Pförtner läßt sie sich das Formular für die Bücherzustellung geben und erhält ihren Ausweis zurück. Alt-Moabit 12 A. Wind. Wirbelnde Blätter. Der Unfallwagen gegenüber ist weggefahren. Sie geht auf und ab. Auf und ab.

Die Spannung. Die Freude. Ich erwarte meine Tochter. Aber sie hört nur die Schritte, das Klappern der Schlüssel, den dumpfen Satz: Bitte kommen Sie zum Schluß und dahinter wie in einem Film, wo die Bilder, die Stimmen übereinander kopiert werden können, das Lächeln des Blonden: Ich bereue den Selbstmordversuch nicht! Und den Satz: Wie allein einer ist, wenn er verachtet wird.

Immer wieder wird die Pforte aufgeschlossen, treten Besucher heraus, die sie vom Warten kennt, die kleine alte Frau mit den großen Ohren, die sich jetzt endlich ungeniert mit dem Taschentuch über die Augen wischt, die Türkin, die ihr zunickt; schließlich die mit Petern seine Möbel.

Warten. Zeit ausrechnen. Zwanzig Minuten. Alle haben zwanzig Minuten Besuchszeit. Warten.

Früher, als die Kinder klein waren, hat sie manchmal mittags vor der Schule gewartet. Oder auch abends, wenn sie Chor hatten oder Orchesterprobe, und es zu dunkel war, um sie allein gehen zu lassen. Gelbes Laternenlicht in den Nebenstraßen, Regengleißen. Warten war Freude, Vorfreude.

Als endlich die Tür hinter Renate geschlossen wird und sie aufeinander zugehen, muß sie die Augen kneifen, weil sie nicht sentimental sein will. Aber sie umarmen sich dann, vor dem Portal Alt-Moabit 12 A, Untersuchungshaftanstalt. Gehen wortlos schräg über die Straße und auf das Restaurant zu.

Hast du Zeit fürn Stückchen Kuchen oder Bockwurst mit Salat? Ja, sagt Renate. Ja.

2.

Kaffee soll hier mies sein. Sie trinken ein Bier. Bockwurst ham wir nicht, aber Bouletten. An den Wänden Fotos von Sportlern, Papierkränze. In den Schaukästen gekrümmte Tortenstücke. Gestank von Zigaretten und Bier von gestern, der Wirt gedunsen, käsig, aber beflissen, ihnen einen Schnaps anzubieten. Danke, nein. Statt dessen dreht er die Musikbox an. Begleitmusik für das Verhör. Ja, es wird ein Verhör.

Mama, sagt Renate, was machst du denn in Moabit?

Mama, wie sie als Kind manchmal gesagt hat. Zynischer dann: Ne Reportage, was?

Sie trinken, stochern in den trockenen Bouletten herum.

Iß doch, Kind, auch was anderes. Brot und Käse wirds ja hier geben.

Iß doch Kind! die uralte, bescheidene Zärtlichkeit der Mütter.

Renate sieht schlecht aus, hager und mit Schattenringen um die Augen.

Du hast jemanden besucht?

Renate nickt, nimmt einen Bierdeckel von dem kleinen Stapel in der Mitte des Tisches, stellt ihn auf und rollt ihn mit den Fingerkuppen hin und her wie ein Rad, das auf seine Festigkeit geprüft werden soll.

Was wißt ihr eigentlich von uns? fragt sie leise. Ihr habt doch mitgemacht, noch wenn ihr euch gewehrt habt, Vater in der Gewerkschaftsarbeit, du in deinen Sendungen über die Widerstandsbewegungen, die die Geschichtsschreiber vernachlässigt haben. Ihr habt euch nicht verweigert. Ihr seid in die Freiheit hineingeschlüpft wie in ein gut sitzendes Paar Schuhe, mit dem man bequem Schritt halten kann.

Renate hat die Hand ausgespreizt, hält mit dem Rollen inne, wartet, fragt weiter, rollt den Bierdeckel wieder hin und her:

Familie als Alibi. Oder? Nelias Tod und das neue Baby. Flucht mißglückt. Oder? Dabei wolltest du dich doch selbst verwirklichen. Oder? Warst endlich so weit, aus deiner Arbeit Konsequenzen ziehen zu können. Oder?

Das hartnäckige, bohrende Oder? macht sie ungeduldig. Sie ist Renate keine Rechenschaft schuldig. Aber sie hört den flackernden Atem, die Angst, die hinter den Fragen steckt. Und sie schiebt den Teller zur Seite, auch das Glas. Reinen Tisch machen, fällt ihr ein. Weißt du, was das ist: ein Ich? Du forderst es. Ich habe es zu leben versucht!

Das hat sie noch nie zu jemandem gesagt, weil sie es sich nie hat eingestehen wollen!

Aber das Wort taugt nicht: Ich. Der Satz taugt nicht: Sich selbst verwirklichen. Denn er setzte voraus, daß uns das Leben eigen wäre, Substanz, an der wir, jeder nach seinem Entwurf, modeln können. Wer kann das noch, Renate? Wie wenige haben je ihr Leben zu eigen gehabt? Und auf wessen Kosten?

Renate läßt den Bierdeckel über die Tischkante wegrollen. Noch immer die Begleitmusik, das Surren des Eisschrankes, Vormittagsgeräusche in einer miesen Kneipe.

Also Verzicht?

Nein, Renate. Ich seh nur, wohin wir mit dem falschen Satz abgetrieben sind. Statt der drei Wünsche aus dem Märchen haben wir dreihundert Wünsche, um das Ich aufputzen zu können. Statt Verantwortung proben wir Ellbogenfreiheit. Statt Liebe – aber davon will ich nicht reden. Ich suche ein anderes Wort, das uns für die Ratlosigkeit tauglicher macht.

Renate bückt sich und hebt den Pappuntersatz auf und legt ihn auf den Stapel zurück.

Wir arbeiten für die Emanzipation aller.

Ein schöner Satz, der uns Europäer zur Herrschaft über die Welt ermuntert hat. Du weißt, was daraus geworden ist.

Das widerlegt den Satz aber doch nicht!

Vielleicht haben wir nur den Gegen-Satz vergessen! Den Tod, der die Emanzipation aller wieder aufhebt. Den Tod haben wir vergessen und verdrängt.

Renate legt die Hände um den Bierdeckelstapel, antwortet nicht. Warum beugt sie sich nicht vor, um Renates ineinander verklammerte Finger zu berühren, sie aus der Fremdheit zu erlösen?

Warum sagt sie nicht: Komm, Kind, wir warten noch immer auf dich? Warum fragt sie nicht: Wen hast du da in Moabit besucht? Warum schlägt sie nicht mit dem Fingernagel ans Glas, um den Wirt herzubeordern und noch zwei Bier zu bestellen? Warum sitzt sie so da, eine Tischbreite von der Tochter entfernt, und sieht auf die Bilder von den Sportlern, auf die Papierkränze, unfähig, sich auszudenken wie das sein wird nachher, wenn Renate gegangen ist? Als Renate leise sagt: Ich habe Joe besucht, du kennst ihn von der Hasenheide, schiebt sie endlich die Hände über den Tisch.

Ihr saht aus wie ein Liebespaar!

Renate wird rot.

Gabriele fragt nicht, warum Joe verhaftet worden ist und wann. Sie sagt nur: Da hast du dir also einen freien Tag genommen.

Nein, ich habe Spätschicht. Wir füllen jetzt Ostereier, kurz vor Weihnachten – ach, Mama, da reden wir und reden.

Mama. Das zärtliche Schwingen der Stimme, das die Unsicherheit preisgibt, tut ihr weh und gut zugleich. Sie möchte sagen: Du allein hebst die Welt nicht aus den Angeln, auch nicht ihr tausend oder paar Tausend. Aber sie sieht die trotzig vorgeschobene Unterlippe, sieht jäh, als sähe sie in einen Spiegel, das Mädchen vor der Wohnungstür in Baumschulenweg oder in irgendeinem dunklen Korridor, ein Päckchen aus der Aktentasche nehmend.

Joe ist ausgeflippt, das willst du doch wohl wissen! Hat die Geduld verloren. Und ich, ich kann mir auch denken, was du jetzt sagen möchtest. Aber sag es nicht, bitte! Denk an die, die du da eben im Warteraum gesehen hast! Was tun wir denn für die? Was haben wir für die getan? Warum sitzen so viele Halb-Analphabeten im Gefängnis? Warum werden zuerst die Hauptschüler ohne Abschluß arbeitslos? Warum verkommen so viele als Trinker, als Süchtige oder einfach, weil sie alt sind?

Renate nimmt den ganzen Packen Bierdeckel und streut ihn auf dem Tisch aus.

Warum sind wir ratlos? Weil sich Jan Pallach verbrannt hat? Weil Stalin ganze Völker ausgerottet hat? Weil Allende gescheitert ist?

Sie drückt mit dem Zeigefinger nacheinander auf die Bierdeckel: Da ist Korea, da Argentinien, da Brasilien, da Nicaragua, da Südafrika, da Äthiopien, da der Iran, da irgendein Gulag, da Moabit, da ein anatolisches Dorf, da – schade, die Bierdeckel reichen nicht – und da bist du und hier bin ich. Sag, was sollen wir tun? Können wir denn immer nur predigen oder Bücher schreiben oder Sendungen machen oder Examensarbeiten? – Ich glaub das nicht.

Renate schiebt die Bierdeckel zusammen, steht auf und nimmt ihren Anorak von der Stuhllehne.

Manchmal möchte ich schreien, verstehst du das, Mama? Aber ich schreie nicht, ich sitze vorm Radio und drehe den Senderknopf. Das ist Geschrei genug. Und macht mir Angst. Und da sagst du, wir dürfen den Tod nicht vergessen! Es wird doch so viel gestorben, hingerichtet, verhungert, verunglückt, und als wenn das nicht reichte, warten Atombomben, Sprengsätze, Giftgase, biologische Kampfstoffe. Ich hasse deinen Satz vom Tod. Er darf nicht wichtig sein!

Gabriele sagt jetzt nicht: Du hast recht und ich auch. Sie sagt nicht: Ohne den Tod mitzudenken, wird Emanzipation aller zur Rücksichtslosigkeit aller. Sie denkt: ausgeflippt – und Renate hält zu ihm! fragt nicht: Wie ausgeflippt, Drogen, Alkohol oder Bankraub? Sieht das gespannte, junge Gesicht und fragt: Hast du denn genug gegessen, Renate? und winkt ab, als Renate ihr Portemonnaie aus der Anoraktasche zerrt.

Das hast du schon immer gefragt, Mama!

Renate zwängt das Portemonnaie in die Anoraktasche zurück und hilft ihr in den Mantel. Sie gehen nebeneinander zum Tresen. Der Wirt kommt aus der Küche, schreibt die Posten auf einen winzigen Zettel und wühlt im Wechselgeld, weil sie nur einen Zwanzigmarkschein hat.

Draußen sagt Renate: War schön, daß wir uns getroffen haben. Und danke, daß ihr mich nicht ausfindig gemacht habt. Und – gibt ihr einen Aufkleber mit der Adresse. Charlottenburg, Schloßstraße 9, gar nicht weit weg, manchmal bin ich bei euch vorbeigegangen und habe hinaufgesehen, ob ihr Licht habt.

Den Arm nicht um Renate legen können, nebeneinander gehen, zwei Frauen verschiedenen Alters, Mutter und Tochter, kaum ähnlich, oder doch, die leicht vorgekrümmten Schultern, die zu weit ausholenden Schritte, der wiegende Gang.

Sie erzählt von Claudias Hochzeit und von der viel zu frühen Schwangerschaft und fragt, ob Renate nicht zu der kleinen Feier kommen will, vielleicht als Trauzeugin.

Eine mit dem zweiten Staatsexamen, aber ohne Lehrerlaubnis? Eine, deren Namen auf Flugblättern gestanden hat? Nein, Mama, Joe würde mich verachten.

Ein erschreckender Satz, auf den Gabriele keine Antwort hat.

Sie sieht, daß Renate jetzt aufrechter geht, nicht mehr reden will, als habe sie schon zuviel von sich preisgegeben. Sie hat eine Stange Pfefferminzbonbons in der Handtasche und bietet sie an, um Renate zu beweisen, daß die Begegnung ganz selbstverständlich war, um die erschreckende Fremdheit und Nähe nicht zuzugeben. Für einen Blick treffen sich ihre Augen. Jähe Röte in Renates Gesicht, sie wendet sich ab und schiebt den Pfefferminzbonbon in den Mund. Sie muß sich beeilen, damit sie pünktlich zur Schicht kommt.

3.

Gabriele arbeitet an dem Bericht über den Untersuchungshäftling. Überschrift: Wissen Sie eigentlich, wie allein einer ist, wenn er verachtet wird? Der Titel wird ihr gestrichen. Sie protestiert beim Programmdirektor. Der bittet sie zu sich ins Zimmer, erklärt ihr, was für Schwierigkeiten der Rundfunkrat macht, wenn über Haftbedingungen kritisch berichtet wird. Schließlich hat der Mann die lange Untersuchungshaft selber veranlaßt, weil er sämtliche Rechtsmittel auszuschöpfen versucht. Daß Ihnen so einer so wichtig ist!

Der Programmdirektor, ein gebildeter, gepflegter Mann, blättert im Manuskript. Ich versteh nicht, daß Ihnen so einer so wichtig ist. Wird viel zuviel hergemacht mit denen.

Sie erreicht, daß die Sendung mit dem Titel ausgestrahlt wird. Renate ruft nach der Sendung an, zum erstenmal, seit sie weggegangen ist, sagt, daß sie zugehört hat, bedankt sich. Aber zur Hochzeit wird sie nicht kommen. Ob ihr das versteht?

4.

Regenwetter. Regen bringt dem Brautpaar Glück, sagt der Fotograf. Bei Sonnenwetter wird er dasselbe von der Sonne sagen. Regen Anfang Januar, damit rechnet man nicht, denkt an blanken Himmel, an Schnee, an das dunkelrote Glänzen der Birkenzweige im Park.
Renate hat einen großen Karton Pralinen geschickt. Von mir und meinen Kolleginnen! Glückwünsche, farbige Seidenbänder.
Nach dem Essen tanzen sie. Sogar Jörg dreht eine Runde mit Claudia. Sie haben im Haus Bescheid gesagt, daß es spät werden wird und unruhig – für eine Nacht.

5.

Sie bringt Claudia ins Krankenhaus, als die Wehen beginnen. Wollen Sie warten? fragt die Schwester in der Annahme. Es kann sechs, sieben Stunden dauern, wir haben zehn Erstgebärende im Saal. Wenn Sie wollen, können Sie von der Besucherkanzel aus zusehen. Ich komme wieder, sagt sie.
Sie fröstelt, als sich das Krankenhausportal hinter ihr schließt und sie auf den Parkplatz zugeht. Grauer Tag, wie viele graue Tage haben wir hier! Sie klappt den Mantelkragen hoch und schiebt die Hände in die Taschen. Geht am Auto vorbei und über die Straße. Zielloses Laufen. Zielloses Fragen, weil wieder ein Mensch geboren wird. Wozu das alles? Warum sind wir ratlos und geben uns doch immer wieder Antworten? Bald schon Licht hinter den Fenstern und die Laternenketten. Sie versucht die einzelnen Leuchten zu zählen und kommt nicht zu Ende. Jörg zählt die Monate bis zur Rente. Wozu das alles? Sie bückt sich, nimmt ein rauhreifgesäumtes Blatt vom Boden, haucht es in der Handhöhle an, daß der Reif wegtaut, knüllt es, spürt den Widerstand der Äderung, behält das Blattskelett in der Hand, als sie die Krumen wegbläst.

Spät am Abend kann sie Claudias Kind sehen, winzig, affengesichtig wie alle.

Ich bin so froh, sagt Claudia.

6.

Hier ließe sich enden. Oder auch an dem Sonntag, als sie zwischen Türken und Griechen und Jugoslawen im Besucherraum der Entbindungsstation stehen, weil die Babys hinter der Glaswand gezeigt werden. Renate war da, erzählt Claudia. Wir haben uns kaum noch was zu sagen.

EIN JANUARSONNTAG, EIN ZUG VON TAUSENDEN UND TAUSENDEN, DIE IHRE BITTEN VORZUTRAGEN GEKOMMEN WAREN, UND DIE SOLDATEN DES ZAREN SCHOSSEN IN DIE MENGE AUF DEM WEITEN PLATZ. Paul war dabei – die kratzige Stimme der Urgroßmutter.

Sie muß sich wegwenden, weil Claudia und der junge Vater sich so unbefangen umarmen, als gäbe es nur das: Anfangen, sich lieben, ein Kind haben, keine Fragen, keine Zweifel, keine Erinnerung an das alte, immer neue Elend der Vielen. Als gäbe es die Angst nicht, die Renate umtreibt.

Auch Monate später ließe sich enden, wenn sie mit Claudias Jungen im Kinderwagen spazierengeht, ihm Wörter sagt, die er noch nicht versteht, Baum, Haus, Blume, Vogel –

Oder anläßlich des Arbeitsjubiläums von Jörg, bei dem sie durch ein Fenster in das Labor sehen kann, in dem er all die Jahre gearbeitet hat bei immer gleicher Temperatur und immer gleichem Licht und hinter einer Gesichtsmaske verborgen. Zum Jubiläum hat er dienstfrei und den dunklen Anzug an –

Oder beim nächsten Besuch im Gefängnis. Daß Sie wiederkommen, sagt der mit den blonden, schulterlangen Haaren. Wissen Sie, wie langsam Bäume altern? Nur Birken sterben schon mit 120, 130 Jahren. Ein schönes Buch! Er dankt ihr, daß sie das geschickt hat –

Oder an irgendeinem Dienstag oder Mittwoch oder Donnerstag, wenn die Straßen zur Rush-hour verstopft sind und die Funkwagensignale aufheulen und sie innehält über der Schreibmaschine, über dem Sendemanuskript und zu dem Kind hinsieht, das mit seinen Fingern spielt und wortlos plappert –

Oder an einem Sonnabendvormittag, als sie Renate in der Wilmersdorfer Straße beim Verteilen von Flugblättern treffen: Argentinien 78 – Fußball ja, Folter nein! Sie steht mitten im Gedränge der Kauflustigen, unbeachtet, überschrien von den Würstchenverkäufern und dem, der die Riesenaale anpreist, unbeachtet, angerempelt von denen, die in die Kaufhäuser drängen. Sie nickt ihnen zu.

Anmerkungen

134 Dietrich Bonhoeffer	– protest. Theologe, zur Bekennenden Kirche gehörend, als Widerstandskämpfer hingerichtet am 9.4. 1945 in Flossenbürg
139 Christbäume	– Leuchtkörper, die vor einem Luftangriff über dem Angriffs- gebiet abgeworfen wurden, um die Ziele auszuleuchten
140 ... er nennt den Reichsmarschall Meier	– Hermann Göring, Reichs- marschall, hatte erklärt, er wolle Meier heißen, wenn je ein feindliches Flugzeug über Deutschland auftauchen würde
147 stuken	– stoßen (von oben nach unten), um etwas zusammenzupressen (z. B. Wäsche)
150 KDF	– Kraft durch Freude Organisation, die billige Reisen und andere Vergnügungen durchführte
153 schüttern	– kurze, harte Schwingungen
161 austrecken	– trecken – zerren, hier: etwas vom Leibe zerren
179 u.k.	– unabkömmlich, d.h. vom Wehrdienst befreit
189 Kartoffelplinsen	– im östlichen Deutschland verbreitetes Kartoffelgericht, auf der Pfanne gebratener Kartoffelteig
223 zergeln	– zänkisch sein